4N1K

4N1K

Yazan: Büşra Yılmaz
Genel Yayın Yönetmeni: Meltem Erkmen
Kapak Tasarım: Esma Yıkılmaz / Elif Hacer Yıkılmaz
Kapak Zemin Görseli: © Tomert | Dreamstime.com
Fotoğraflar: Sinan Göksel
Kapak Uygulama: Nurhan Seyrekbasan

2. Baskı, Ekim 2015

ISBN: 978-605-173-054-7

YAYINEVİ SERTİFİKA NO: 12280

Baskı ve Cilt: Kitap Matbaacılık
Davutpaşa Cad. No: 123 Kat: 1 Topkapı-İst
Tel: (0212) 482 99 10 (pbx)
Fax: (0212) 482 99 78
Sertifika No:16053

Yayımlayan:
Epsilon Yayıncılık Hizmetleri Tic. San. Ltd. Şti.
Osmanlı Sk. Osmanlı İş Merkezi No: 18 / 4-5 Taksim / İstanbul
Tel: 0212.252 38 21 Faks: 252 63 98
İnternet adresi: www.epsilonyayinevi.com
e-mail: epsilon@epsilonyayinevi.com

4N1K

Büşra Yılmaz

epsilon®

Bu hikâye; ayaklarıyla birilerinin başlarını okşayan, halıda yuvarlanan, tavandaki avizelerle konuşan tuhaf ve özel insanlara ithaf edilmiştir.

TEŞEKKÜR

Bana her koşulda güvenip destek olan, başta annem ve kız kardeşim olmak üzere tüm aileme...

Güzel arkadaşlıklarıyla bana ilham kaynağı olan, dünyanın en harika dostları; on yıldır bana hem arkadaşlık hem annelik yapan güzellik Seda Bay'a; 4x4'ün her zaman 16 olmadığını, bazen 7,5 bazense 1 olduğunu öğretenler, lise yıllarımın en güzelleri, gülünce güldüklerim, Nurdan Cansel Gürer, Buket Yılmaz ve Simay Yüksel'e; birlikte güldüğüm kadar birlikte ağladığım Buse Bozoğlu'na; ne olursa olsun, senede sadece bir kere görüşebilsek de aramızdaki bağın asla kopmadığı Şeyma Çavuşoğlu'na; hayatın bana en son kattığı ama en son hayatımdan çıkacaklardan olan, evimin direği Neslihan Karadeniz'e; ortağım yüce bıyık Mustafa Mert Aydın'a; İtalyanca türkülerin vazgeçilmezi Doğan Can Polat'a; benim egolarıma ekmek banıp, her daim aynı kalmamı sağlayan Onur Cem Işık'a'; en genç apartman yöneticisi Samet Karaca'ya; her zaman, her koşulda beni yüreklendiren tatlılık Deniz Bulut'a...

Kapak yapımı sırasında bana sonsuz yardımcı olan, grafikerim Esma Yıkılmaz'a; saatlerce konuşsak da doymadığımız, güzel arkadaşım Elif Hacer Yıkılmaz'a; ve kitabın kapağında kullanmak için bana dünya tatlısı çalışmalar hediye eden sevgili okurum Aslıhan Erkan'a…

Benden desteklerini asla esirgemeyen yazar dostlarım, dünyanın en ponçik pastacısı Betül Güçlü'ye; çilek kokulu güzel kadın Burcu Büyükyıldız'a; ayıcıklar diyarının kraliçesi Mervenur Çimen'e; güzeller güzeli iyilik meleğim Şule Terzi'ye…

Hikâyeden kitaba yolculukta, bir yıl boyunca bana her türlü desteği ve dünyanın en harika sevgisini karşılık beklemeden veren, başta grup yöneticileri olmak üzere, '4N1K hikâyesi' Facebook grubu üyelerine…

Ve en önemlisi ....'ya sonsuz teşekkürlerimi sunuyorum.

(Lütfen, sondaki boşluğa isminizi yazınız. Çünkü en büyük teşekkürü, okurlarım olarak siz hak ediyorsunuz. Her zaman dediğim gibi, siz benim sadece okurum değilsiniz. Aynı zamanda yol arkadaşlarımsınız.)

Birinci Bölüm

Her küçük kız, hayatında bir kere prenses olmanın hayalini kurmuştur gece yatmadan önce. Prenses olup, o kabarık elbiseden giyerek prensinin kollarına atılmanın hayalini... Hiçbir zaman öyle bir kız olmadım ben. Hatta, küçüklüğümde annemin beni uyutmak için okuduğu masallardan ve o masallardaki prenseslerden nefret ettim hep. Kıyafetlerinden utanıp, bir periden yardım kabul eden ve camdan bir topuklu ayakkabıyla onu sadece öyle görüp beğenecek bir prense giden Sinderella'dan nefret ettim. Uyanmak için bir erkeğe muhtaç Uyuyan Güzel'den nefret ettim. Kuş tüyü yatağındaki bir bezelyeden rahatsız olan o prensesten nefret ettim. Bacakları olan bir adama âşık olup, sonunda köpük olan deniz kızından nefret ettim. Ölünce, onu deli gibi seven yedi dünya tatlısı cücenin ağlamasına uyanmayıp, bir prensin öpücüğüyle uyanan Pamuk Prenses'ten nefret ettim. Hepsinden... Bence prensesler, dünyadaki en aptal kişilerdi. Annem her ne kadar ben böyle deyince dudaklarıma parmağıyla bastırıp, "Bir daha duymayayım, yoksa dışarı top oynamaya yollamam seni!" diye tehdit etse de, o odamdan gidince yine prenses kostümlü bebeklerimin üzerinde tepinip onlardan nefret ettiğimi söylerdim sürekli. Pembe ve mavinin kesin bir çizgi ile ayrılmadığı ve birbirine karıştığı kendi ütopyamda, birlikte saklambaç oynayıp eğlenen prenses ve prensler daha tatlıydı çünkü.

Ama annem hiçbir zaman buna inanmadı. Onun için her zaman kızlar birer prensesti ve prenseslerin pembeli düşleri, kıyafetleri ve yatak örtüleri olmak zorundaydı. O hafta sonu dışarı çıkmak için hazırlanırken dolabımda, askıda öylece asılı, etiketi hâlâ üzerinde duran pembe gömlek gibi...

"Anne," dedim tam annemin karşısına dikilip, kaşlarımı çatarak. Elimi bel boşluğuma yerleştirip, gömleği tuttuğum elimi annemin burnuna doğru iyice uzattım. "Bu ne?"

"Hmm... Buradan bakılınca sana yeni aldığım gömlek gibi duruyor kuzum."

"Şimdi rahatladım gerçekten," dedim gömleği annemin burnunun ucundan çekip. Yapmacık bir gülümseme takındım yüzüme sonra. "Beğendin mi?" dedi dalga geçer gibi. Gülmek için zorladığım yüz kasmalarımı sinirlenebilmeleri için tekrar serbest bıraktım, "Tabii ki hayır!" derken. "Sana kaç kere diyeceğim ana kraliçe, bana giyince trafik lambası gibi görüneceğim şeyler alma diye." Elimdeki gömleğe "seni oluşturan renk pigmentlerine ekmek banayım" der gibi bakıp, "Hem bu... Pembe be!" dedim.

"Kız sen beni delirtecek misin," dedi annem elinde ayıkladığı fasulyeleri önündeki sehpaya bırakıp. Sakin tavrı, yine kadın programlarında iki dakika önce ikinci *sınıf* bir pop şarkı eşliğinde göbek atıp, iki dakika sonra nereye çemkireceğini şaşıran teyzeler misali darmaduman olmuştu. "Ne olmuş pembe ise? Daha önce kaç kere konuştuk seninle bu konuyu, neden hiç benim aldığım şeyleri beğenmiyorsun?! Hem bak birkaç gün sonra Tülay Teyze'ne gideceğiz, orada giy diye aldım. İtiraz kabul etmiyorum bu defa."

"Üzgünüm ama ana kraliçe," dedim arkamı dönüp büyük adımlarla kapıya yönelirken. "Ben bunu giymem. Git yeşil al, sarı al, kırmızı al. Ama bana pembe alma. Tiksiniyorum bu renkten, anlamıyor musun?!"

Dış kapının zincirini açtığımda, "Nereye?!" diye bağırdı arkamdan. "Bizimkiler beni bekliyor, oraya!" diyerek bir yalan uydurdum. "Gömleği düzgünce koy yerine, öyle git!" Cevap vermeyip, gömleği buruşturarak tişörtümün içine soktum. "Kime diyorum kız ben?!" diye bağırırken ise, kapıyı çarpıp koşarak çıktım evden.

Dedim ya... Pembeden nefret ediyordum. Anneme göre bu, bir kız için korkunç bir şeydi ve ortada mutlaka bir tuhaflık olmalıydı. Neden bir kız pembeden ve elbiselerden nefret eder ki? Neden sürekli kot ve tişört giyer? Ama anlamadığı bir şey vardı. Nasıl ki turuncudan hoşlanmama hakkım varsa, pembeden de nefret edebilme hakkını bana doğa vermeliydi. Nasıl ki açık renk kotları çok sevmiyorsam, elbiseleri de sevmeyebilirdim. Sadece kız olduğum için, çoğunluğun sevdiği şeyleri sevmiyorum diye tuhaf olan ben olmamalıydım; rengi bile cinsiyete bölüştüren annem ve annem gibiler tuhaf olmalıydı.

Kendimi sokağa attığımda, tişörtün içine sokuşturduğum gömleği çıkardım, balkondan "Bak sakın, o gömleğe bir şey olmayacak!" diye ciyaklayan annemi duymamaya çalışarak. Gömleği elimde evirip çevirdim ve etiketten markasını çözmeye çalıştım. Annemin onu nereden aldığını çakınca da, "Yakayı ele verdin ana kraliçe" deyip kendimden emin bir şekilde yürümeye başladım. Birkaç sokak alttaki bir butikten almıştı. Polisiye romanlarda, finalde dedektifler bütün kahramanları bir odaya toplar ve dudakları arasına bir puro yerleştirip gözlerini kısarak "Katil aramızda!" der ya havalı havalı... Tam da öyle bir bakış attım sokağın sonuna doğru. Ve elimle yolu işaret edip, "Gidelim Watson..." dedim. İki adım atınca, bağlamayı unuttuğum bağcığa basıp düşmeseydim, kesinlikle havalı bir sahne olabilirdi bu. Evet.

***

"Ne demek değiştiremezsiniz? Annem yanlışlıkla almış, rengini değiştireceğim diyorum. Bunun için fişe veya ya değişim kartına ihtiyacım olduğunu düşünmüyorum." Geldiğim butikte, arkamda bir kuyruk insan varken kasa görevlisiyle gömleği değiştirmedikleri için kavga ediyordum. Arkada sesler, homurtular yükselince görevli parmağıyla kapıyı işaret edip, "Hanımefendi, fişiniz veya değişim kartınız ile gelirseniz yardımcı oluruz seve seve. Ama şimdi," dedi dişlerini sıkarak. "Lütfen gidiniz."

"İyi be aman," dedim kasada öylece duran gömleği bir hışımla çekip. "Gidiyorum!"

Kasadaki kuyruktan yüzümün yarısı sinirden uyuşmuş bir halde homurdanarak çıktım. Bir yandan gözlerimi sinir bozucu pembe gömlekten ayırmadan ona nefret kusuyordum, diğer yandan kasadaki o tuhaf burunlu, kocaman gözlüklü gıcık görevliye Yaprak tipi beddualarımdan sıralıyordum. "Fiş lazımmış... Kız istemeye gittiğinizde fiş getirmezseniz kızı vermeyiz derler de mal gibi kalırsınız ortada inşallah. Ayrıca sevgili pembe, sen ne biçim renksin be? Kırmızı desen değil, beyaz desen hiç olamamışsın. Arada kalmış çirkin bir renksin. Gökkuşağında bile yoksun. Nefret ediyorum senden. Keşke pembe kussaydık. Layığını bulurdun. Çirkin şey..." Gömleği koltukaltıma sıkıştırıp yoluma devam edecektim ki, birden bir yere tosladım. Duvar olamayacak kadar yumuşak bir yere... Başımı tutarak bir adım geri çekildim. Çarptığım şey, kafamı kaldırmadığım sürece sadece memeleriyle bakışacağım bir erkekti. Uzunca bir erkek. Fazla uzun... Kafamı kaldırıp, içimden 'sen kapat, oradan çok yazar' diye geçirdim.

"Pardon..." dedi ben hâlâ aval aval ona bakarken. "Sorun değil," dedim umursamaz bir tavırla. Elimi, 'gerçekten önemli değil' der gibi havada hafifçe sallayıp, tekrar yürümeye başladım. Ta ki az önce çarptığım sırık tarafından ikinci kere durdurulana kadar. "Pardon, bir şey rica edebilir miyim acaba?" diye bağırınca butiğin çıkış kapısının tam önünde durdum ve arkamı döndüm. "Efendim?" dedim tek kaşımı kaldırarak. Çocuğa matematik sınavında, elliden yukarı aldığım kâğıdıma baktığım gibi, şaşkınlıkla bakmış olacağım ki, panikle "Ah, şey... Öyle bakma lütfen. Öyle korkulacak bir şey değil," dedi.

"Korkulacak bir şey olduğunu düşünmedim zaten. Devam et..." dedim elimle golden sonra oyuna devam edin emri veren bir Fatih Terim edasıyla. Eliyle bana, 'gel gel' yaptı etrafına bakınıp. Beni bu kadar uğraştırması başta sinirimi bozsa da, dudaklarımı hafifçe toplayıp, küçük adımlarla yanına gittim. "Evet, seni dinliyorum. Biraz hızlı konuşsan iyi olur. Oradan buraya geç geliyor, iki dakika sonra anca mavi tik oluyor." Bana anlamadığını belli ederek bakınca "Ah, sen beni takma. Ne istemiştin?" dedim.

"Şey..." dedi çekinerek. Elindeki elbiseyi uzattı bana doğru. "Sevgilime hediye bakıyorum da... Bedeninden emin olamadım. Aşağı yukarı senin boyunda ve kilonda. Şey diyecektim..." Elini saçlarına götürüp huzursuzlukla kaşıdı. "Acaba bunu bir deneyebilir misin? Eğer sana olursa, ona da tam olacaktır."

Çocuğa gözlerimi kırpıştırarak baktım. Üzerimdeki bol tişörtten bedenimi çözmesine şaşırmam bir yana, memeleri fazla gelişmiş bir ilkokul erkek bebesi kadar olan benimle aynı bedende bir sevgilisi olması... Gey misiniz acaba dememek için kendimi zor tuttum. "Pek sanmıyorum," deyip kıkırdayınca gözlerini kocaman açıp "Neyi sanmıyorsun?" diye sordu hayal kırıklığına uğramış gibi. "Lütfen..." dedi sonra ağlamaklı bir yüz ifadesiyle. "Yarın kız arkadaşımın doğum günü. Gerçekten ona güzel bir sürpriz hazırlamak istiyorum," dediğinde, içimden "Demek ki gey değil," diye geçirip güldüm. Masmavi gözlerini, yardım edip etmeyeceğimi anlayabilmek için kocaman açtı. Gözlerimi hafifçe devirip elindeki elbiseyi aldım. Benim pembe gömleği de eline tutuşturup "Deneyelim bakalım..." dedim kabinlerin olduğu yerin yolunu tutarak.

***

Sırık oğlanın denememi istediği elbiseye alıcı gözüyle baktım kabine girince. Tüllü pullu tuhaf bir elbiseydi. Pudra rengi miydi? Yoksa başka bir renk mi? Çözemeyeceğimi anlayınca kafamı salladım. Ara renklerle arası iyi olmayan kızlardandım ben. Yedi ana renk bana fazlasıyla yetiyordu çünkü. Camgöbeği, kavuniçi, yavruağzı... Işınların kırılmasına göre sürekli değişen renklere fazla anlam yüklüyorlardı bana göre. Elbisenin fermuarını açıp, üstümü çıkarmadan geçirdim üzerime. Yandaki fermuarını çekip, kabindeki aynaya baktım. Altımda kot pantolon, üzerimde tişört... Onların üzerinde tüllü pullu bir elbise... "Elbise giydirilmiş bir haşlanmış patates," deyip güldüm yine kendi kendime. Sonra kabinin önünde benden haber bekleyen sırığa seslendim. "Bu oldu bana, çıkarıyorum!"

"Dışarı çıkmayacak mısın?" dedi eliyle kapıya tıklatıp. "Hayır," deyince kendi kendine bir şeyler söyledi ama daha laflarını bitirmeden ben çoktan kabinden çıkmıştım bile. Elbiseyi eline verip, almaya pek de istekli olmadığım gömleğimi geri aldım elinden. "Sana yarın iyi şanslar."

"Teşekkür ederim," dedi gülerek. "Yarın şansa fazlasıyla ihtiyacım olacak."

Butikten çıkar çıkmaz, Alilere gittim. Ali... Benim başımın belası dört çocukluk arkadaşımın arasında en aklı başında, en gamzeli olanı. Alilerin evi geçtiğimiz yazdan beri boştu. Çünkü annesi de babası gibi İngiltere'deki bir şirketten teklif alıp onun yanına gitmişti çalışmak için. Bu yüzden Ali birkaç aydır yalnız yaşıyordu evde. Arada gelip kalan huysuz anneannesi ve birkaç uzaktan akrabasını saymazsak tabii. Ha bir de akşam geç saatlere kadar evi çekirge sürüsü gibi istila eden bizi...

Ali hepimize birer anahtar yaptırmıştı, acil bir şey olduğunda hemen gelebilmemiz için. O gün de, o anahtarla girdim eve. Kapıyı sessizce örtüp parmak uçlarımda ilerledim salona doğru. Salon kapısının önüne gelince, elimi kapı koluna yerleştirip, yüzümde mahallelinin eriklerine dalan ve yakalanmadan eve kaçan bir çocuk gülümsemesiyle hızla içeri girdim. Kapıyı hızla açıp, "Ben geldim!" diye cırladığım an, yüzüme çarpan bir cisim yüzünden ışık hızıyla düşen enerjime eşik ederek ben de düştüm yere. "Hayvan mısınız ya, bu ne?!" diye bağırırken, kafama gelen şeyin Gül Teyze'den kalma bir pilates topu olduğunu anladım. "Bir şey oldu mu lan?" diye bağırdı Sinan salonun diğer ucundan.

"Nöron sayımda üçte bir oranında bir azalma söz konusu ama iyiyim yüzyılın sığırı!" dedim halıdan destek alarak dizlerimin üzerinde doğrulurken. Popomun üzerine oturup, hafifçe geriye kaydım ve sırtımı kanepeye yasladım. "Ne bu sinir? Hıncını toptan mı çıkarıyorsun?"

"Fizikçi notları sisteme girmiş. Bil bakalım bu arkadaşın yine kaç aldı?" Halıya, tam karşıma çöktü o da. "Sıfır iki... Hepsini doldurmuştum bu defa, siz şahitsiniz! Ulan puan kırma demiyorum, hobi olarak yine kır, ama bir insan evladının kâğıdından doksan sekiz puan nasıl kırılır? Otuz puan kır... Kırk kır... Hadi elli kır. Yok abi... Herif atomu parçalayamamasının zorunu o atomları benim kıçımda patlatarak çıkarıyor resmen. Her seferinde verdiği notlar, gol hanesine yazılırdı ama bu defa topu doksanıma taktı anlıyor musun Yaprak? Jeneriklik bir goldü bu. Sezon sonunda babamla izleyip yorumlayacağız hayırlısıyla."

"Nefes al be konuşurken!" dedim elimle omzuna vurarak. "Valla benim de senden pek bir farkım yok. Yirmi üç vermiş bana da. Bizim komple puanları toplarsak belki geçer not alırız," dedim gülerek. Sinan gülemedi. "Diğerleri nerede? Yalnız mısın evde?"

"Ali markete gitti, evde bir şey kalmamış. Oğuz da kasiyer kızın 'memeleri' aşkına yardıma gitti Ali'ye. Gökhan da damlar birazdan." Sinan daha lafını bile bitiremeden, dediği gibi Gökhan salon kapısında belirdi. O, adının geçtiği yere üçüncü saniyede damlayan tiplerdendi. "Geldi bak, dedim sana."

"Arkadaşlar, fizikçi bana sulanıyor kesin emin oldum." Ayağının dibindeki pilates topuna vurdu sinirle. Yine bana gelmesin diye eğdim başımı. Uçarak odanın diğer köşesine gitti top. "Ne oldu, yine emmeli gömmeli bir not mu verdi?" dedim gülerek. "Otuz bir vermiş yine. Bu adamın benimle derdi ne ulan? On sekiz... Otuz bir... Otuz üç... Söylerken insanın içini gıcıklayan notlar veriyor herif bana durmadan. Hadi onu geç, bari yüksek not ver. Kaç dönemdir dersini alıyorum adamın, geçmek nasip olmadı." Üzerimizden zıplayıp en sevdiği koltuğa geçti. Televizyonun hemen önündeki... "Gökkuş, belki o sana o notları vermiyordur da, sen özellikle ayarlıyorsundur ha? Ben fizikçinin yerinde olsam şüphelendirdim yani," dediğim an, ayağıyla kafama vurdu hafifçe. "Bak bugün bulaşmayın bana, sinirlerim çok bozuk. Fizikçiye ayrı sinirlendim, Merve'ye ayrı..."

Merve, Gökhan'ın eski sevgilisiydi. Kız ne kadar 'bitti' dese de Gökhan için asla geçerliliği olan bir ayrılış değildi bu. Bir senedir... Ayrılık sebepleri her ne kadar Gökhan'ın çılgınlık boyutundaki kıskançlıkları olsa da, ayrıyken bile kıskançlıktan delirip, Merve'yi de delirtiyordu. O yüzden Merve ne yaptı da sinirlendin diye sormadık bile. "Kanka, sen Merve'yi bırak, fizikçiyi al. Bıyıklarına kurban... Valla bak. Hem belki bizi de baldız kontenjanından geçirir belki. Ha?" dedi Sinan yapmacık bir ciddiyetle.

"Ahlak seviyem ile IQ seviyem aynı düşüklükte. O dersi geçemiyorum ama sana küfürlerimle bir güzel geçirebilirim, bunu biliyorsun değil mi güzel kardeşim?"

Gökhan'ı üç kelimeyle anlatın deseniz, kıskanç, korumacı ve küfürbaz derdim herhalde. Ama sizin bildiğiniz küfürbazlardan değildi. Hep söylediği bir şey vardı bu konuda. 'Küfürbazlıkla sihirbazlık arasında ince bir çizgi vardır, ben de tam oradayım.' Evet, tam da böyleydi. Herkes küfrederdi ama kimse Gökhan gibi edemezdi. Biraz da onun için stres atma yöntemiydi bu. Sürekli hayatındaki kadınlar ve belalısı fizikçi yüzünden ortalıkta öfke küpü olarak dolaştığı için kimse umursamazdı bile o küfredince. O an olduğu gibi... Biraz homurdandı bize tünediği koltukta zap yaparken. Ama kendimizi Gökhan savar moduna aldığımız için duymadık bile.

"Sinan, Pes atalım mı? Canım çok sıkıldı," dedim telefonuyla uğraşmaya başlayan Sinan'a. Beni sallamadı. İşaret parmağımı telefonunun ekranına bastırdım rastgele. "Lan! Kızın resmini beğendim yanlışlıkla senin yüzünden!" diye çemkirip kalkıp kanepeye oturdu. "En hassas yerlerinizi beğenirler yanlışlıkla inşallah..." dedim kendi kendime. Kaşlarımı çatıp sıkıntıdan sesli bir nefes alarak halıya uzandım. "Sıkıntıdan kusacağım!" diye bağırdım tekrar. "Fazlalıklarınız içine kaçsın inşallah" deyince ikisi de yanlarındaki yastıkları kafama fırlattılar. Bu, bizim için 'sus' emriydi. Sinirle yastıkları kenara fırlatıp, sıkılınca yaptığım gibi halıda yuvarlanmaya başladım. Yuvarlanmak, gerçekten sıkıntının tek ilacıydı! Belki de yuvarlanırken insanın beyni lıkır lıkır ettiği için o an küçük çaplı bir beyin sarsıntısı geçirdiğimden sıkıldığımı bile anlamayacak duruma geliyordum ya... Önemli değil. Hem memelerimin küçük olmasının verdiği bir avantaj da vardı. Yuvarlanırken pek sorun çıkarmıyorlardı bana. Ben, halıda on ikinci turumu atarken, dış kapının örtülme sesi geldi. Kimin geldiğini anlayabilmek için durdum. Ali'ydi gelen. Tam kapının önünde durup, poşetleri yere fırlattı sinirle. "Bir daha bu herifi peşime takarsanız markete giderken, hepinizi sikerim." Sonra ayakucunda öylece yatan bana baktı gülerek. "Sen hariç Yaprak'ım..."

Parmaklarımı öpüp Ali'ye doğru üfledim. O da havadaki görünmez kalpleri eliyle yakalar gibi yaptı gülerek. Yüzü, Oğuz'un pişkin pişkin gülerek içeri girmesiyle tekrar düştü. "Ya amma abarttın ha, ne yaptım ki?" diye sordu grubumuzun yaz aylarında gevşeyen elektrik telleri misali, gevşek üyesi. "Ne mi yaptın?" dedi Ali sinirle kanepede Sinan'ın yanına geçerken. "Bir de ne yaptım diye mi soruyorsun lan?!"

"Evet, ne yaptım?" dedi ısrarcı bir tavırla Oğuz. Kolundan tutup halıda yanıma çektim onu. Poposunun üzerine düştü. "En sevdiğim yerim acıdı," dedi poposunu tutup. Sonra ayaklarıyla kendini iterek kanepeye sırtını dayadı. "Oğuz, sinirlendirme beni, valla o fazlalığından tavana asarım seni; Yaprak depresyona girdiğinde avize yerine seninle konuşur!"

"Ay bakamam ben ona öyleyken," dedim elimi gözlerime kapatıp. "Ne yaptı yine lan, kasiyer kıza salça mı oldu?" dedi Sinan beni takmayarak. Ellerimi gözlerimden çekip, Ali'ye doğru döndüm. "Abi delirtti beni ya, bildiğin delirtti!" dedi kanepeye vurup. "Önce kendine ayrı bir alışveriş arabası alıp gelip gidip arkadan çarptı bana..."

"Alışveriş arabana mı çarptı?" dedim öyle olduğunu umarak. "Hayır Yaprak'ım," dedi gülmek ile sinirlenmek arasındaki o ince çizgide takılı bir yüz ifadesiyle. "Bildiğin kıçıma çarptı ikide bir! Bir de cidden komikmiş gibi iki saat anıra anıra güldü."

"Komikti ama," dedi Oğuz yine pişkin pişkin. Ali ayağının dibindeki pilates topunu alıp Oğuz'a fırlatacakmış gibi yaptı, sonra "Dua et yanında Yaprak var. Yoksa bok böceği gibi ezmiştim seni bu topla!" dedi. Topu usulca yere bırakıp devam etti konuşmaya. "Sonra bunu et reyonunda kıstırıp alışveriş arabasıyla vura vura bayağı pastırma kıvamına getirdim dengesiz herifi. Getirdim ki uslu uslu dursun... Ama yok, herif arsız. Ben vurdukça kahkaha attı! Daha fazla rezil olmayalım diye bıraktım geri zekâlıyı. Dedim herhalde aklı başına gelmiştir. Sonra kampanyalı gofretleri gördüm, üst üste dizmişler bir köşeye. Eğildim, neymiş diye bakıyorum... Ne oldu bilin hadi." Bir bana, bir Sinan'a, bir Gökhan'a baktı. "Arkadan alışveriş sepetiyle bana bir vurdu, ben direkt kutulara girdim. Hepsi üzerime yığıldı!"

"Çok komikti lan, bir baktım dağ gibi çocuk Eti Petito'nun pandasına dönmüş!" dediğinde, Oğuz'un ayaklarına çimdik attım 'sus' diye.

"Kutulardan iki tanesi de açılınca, gofretler üzerime döküldü... Sinirden beynime giden damarlar kulaklarımdan çıktı! Adamlar yardım etti bana, kalktım. Dizdik kutuları tekrar, özür falan diledim. Sonra bunu deterjan reyonunda saklanırken yakaladım. Şu perde reklamındaki kadınlar gibi beni görünce direkt 'aaa' diye ciyaklamaya başladı. Herkes bize bakıyor falan... Yalvardı, bir şey demedim yine. Düşürdüm önüme... Kasadayız işte, ben aldıklarımızı geçiriyorum, bu defa kasiyer kızla uğraşmaya başladı. Yaka kartını ellemeler, 'Hım, demek adınız Candan, ne tesadüf, benimki de Oğuz' demeler... 'Beni de bir tur geçirir misiniz kasadan' diye espri yaptığını zannetmeler... Ulan en son çıldırdım, elimdeki kola şişesini fırlattım kafasına!"

"Allah'tan bir litreydi ha... Yoksa dünyadaki en harika mese ölüyordu."

"Mese mi?" dedim kaşlarımı çatıp. "Mese ne be?"

"Gizli bir örgüt. Ben kurdum. Henüz tek üyeyim ama..." Ellerini yumruk yapıp ağzına götürdü ve manifestosunu okumaya hazırlanan bir lider edasıyla hafifçe öksürdü. "Kural bir, bu örgüte üye olanlar memeyi sembolik bir güzellik göstergesi olarak görmeli ve Kate Upton tek gerçek lider olarak alınmalıdır."

"Kudurdun mu yine?" dedim ayağına küçük bir yumruk atıp. "Ne be! Bazıları gibi," dedi Gökhan'ı işaret edip, "kız ellemek için bir yıl peşlerinde koşmuyorum. Benim görüşüm tamamen hormonlardan uzak, estetiğe yakın. Anlatabildim mi? Sadece sembolik olarak seviyorum ve ilgileniyorum." Gökhan, Oğuz'un tam ayağının ucunda duran kafasına vurdu. "İki," dedi Gökhan'ı takmayarak. "3P fetişisti olmalı üyeler. Pizza, pijama ve pislik! Örgüt üyelerinin milli yemeği pizza olmalıdır. Pizza yemeyen bir insan evladını örgüt topraklarımıza asla alamayız! Kesinlikle çeşit çeşit pijaması olmalı ve pijamanın dünyadaki en harika buluş olduğunu kabul edip bunu hayat mottosu haline getirmelidir. Ve arkadaşlarına pislik yapmak tek eğlencesi olmalı ve bu konuda olabildiğince acımasız davranmalıdır. Şimdilik bu kadar. Henüz tek üye ben olduğum için kuralları yavaş yavaş belirliyorum." Tek tek odadaki herkese baktı, tepkimizi ölçmek için. Hepimiz 'senin var oluşun hangi günahın bedeli' bakışı atınca bize dil çıkarıp "Siz ne anlarsınız, Fight Club gibi büyüyünce örgüte girmek için yalvarırsınız ama," dedi. Klasik Oğuz... Onun davranışlarına verilebilecek en güzel iki tepkiden biri olan yok saymayı tercih ettik o an.

Günün devamında ben yine sıkıntıdan yerde yuvarlandım. Ali ve Sinan ile biraz Pes oynadık. Sinan'ı açık ara yenince "Utançtan fazlalıklarım içine kaçtı," diyerek trip attı bana birkaç saat. Oğuz bir ara pilates topuyla futbol oynamaya kalktı. Avizelerden birini aşağı indirince Ali onu evden kovdu. Sinan akşama doğru bir ara bizle iddiaya girerek yüz mekik çekebileceğini iddia edip, on ikide belini kırmak suretiyle iddiayı kaybetti. En son gece 11'e gelirken Gökhan koridorda fizikçiye küfrederek koşuyordu, gerisini bilmiyorum. Her ne kadar ben ruhumun memesi yok herhalde diye düşünsem de, aileme göre, on bir yaşında, saçları iki yandan örgülü, mavi önlüklü bir kız çocuğuydum hâlâ. Bu yüzden onlardan hep birkaç saat önce ayrılmak zorunda kalıyordum. İçlerinden birisi de, her defasında ben ne kadar itiraz edersem edeyim, beni eve bırakıyordu ki bu kişi genelde Ali olurdu. O gece de olduğu gibi. Tam on iki yıldır olduğu gibi...

Hepimiz beş yaşımızdan beri arkadaştık. Bir tek Sinan'ın ailesi o sekiz yaşındayken taşınmıştı mahalleye, o kadar. Ne yalan söyleyeyim... Kızlarla evcilik oynayarak büyüyüp, bir erkek için bir tarafımı yırtacağıma, onlarla mahallelinin camlarını kırarak büyümüştüm ve şimdi tam dört tane sevgilim vardı. Ve bunu dünyadaki başka hiçbir şeye değişmezdim... Onlar benim hem sevgilim, hem arkadaşım, hem annem, hem babam, hem kardeşimdi... Her zaman geçtiğimiz sokak lambası, her zaman yürüdüğümüz kaldırım, her zaman geçerken burnumuzu kırıştırdığımız çöp konteynırı ve eve yaklaştığımızı belli eden, köşedeki minik market... Ali'nin koluna girdim, yolun sonuna yaklaştığımızı fark edince. "Daha kaç yıl sen eşlik edeceksin acaba ben eve giderken, çok merak ediyorum Alikuş," diye soruverdim birden.

"Sen bir başkasını yanında görmek isteyene kadar," dedi elini omzuma atarak. "O zamana kadar hava kararınca seni eve bırakan hep ben olacağım." Kafasını hafifçe çevirip, güldü bana. Ben de gülümsemesine hafifçe gülerek karşılık verdim. "Yarın erken kalk. Kahvaltıyı bizde yapalım. Tamam mı?" deyince başımı usulca salladım. "Ama bana krep yaparsan..."

"Beceremiyorum ben o şeyi!" dedi mızmız çocuklar gibi. "Kaç kere denedim, hepsinde kek gibi kapkalın oldu. Ya da yandı... Başka bir şey yapsam olmaz mı?"

"Şaka yaptım," dedim gülerek. "Ne yaparsan yap, bu küçük Tazmanya Canavarı hepsini silip süpürecek!"

Cevap vermedi Ali, çünkü cevap vermeye fırsat kalmadan evin önüne geldik. Kolundan kolumu çekip, hafifçe el salladım ona. O da aynısını yaptı. Her zamanki ritüel... İyi geceler yok. Sadece gülümseyin, geceniz iyi geçsin!

***

On yedi yıllık hayatımda her sabaha, annemin ismimi tekrarlayarak beni çileden çıkarmasıyla başlardım bir Yaprak geleneği olarak. Ancak hafta sonları genelde çok ilişmezdi bana, öğlen olana kadar. Ama o pazar günü bayağı erken başlamıştı ismimi sayıklamaya. "Yaprak dedim!" diye odaya paldır küldür dalana kadar kale almamıştım pek. Yorganı üzerimden çekip, "Kızım sana bağırıyorum kaç saattir, duymuyor musun?" deyince, yastığımın altındaki telefona baktım yarım açık gözlerimle. Saat 9'du. "Anne," dedim kafamı kaşıyarak ayağa kalkarken. "Beni pazar pazar bu saatte kaldıracak kadar önemli en fazla ne olmuş olabilir diye düşünüyorum da şu an... Deprem belirtisi yok, evimize düşmüş bir göktaşı olsa duyardım, yıldız kayıp bize girse hissederdim... Yani, açıklaman ne bilmiyorum ama cidden-" Eliyle ağzıma bastırdı annem. "Bu sanaymış," dedi elindeki büyükçe bir kutuyu bana uzatarak. "Aç içini hadi, meraktan öleceğim!"

Annemin elime tutuşturduğu büyük ama hafif kutuyu kucağıma alıp, yatağıma oturdum. Uykum dağılmıştı birden. Kim bana bir kutu gönderirdi ki? "Bana baksana kız, sonunda sevgili mi yaptın?" dedi annem büyük bir coşkuyla. Annemin gözlerindeki heyecanı kırmak istemezdim ama, Yaprak'tım be ben... Sevgilim olma ihtimali, Sinan'ın fizikten geçme ihtimalinden bile düşüktü.

"Ne sevgilisi be ana kraliçe. Bizim salaklar eşek şakası yapıyordur," desem de, kalbim biraz hızlanmıştı, ne yalan söyleyeyim. Hızlıca dışındaki jelatini parçalayıp, annemin meraklı bakışları altında paketi açtım. Ve sanırım hayatımda yaşadığım en büyük şoku yaşadım... İçimden kocaman bir 'yok artık' deyip paketteki elbiseyi çıkardım. Dün butikte sırık oğlanın bana denettiği elbisenin aynısıydı. Birkaç saniyelik şokun ardından elbiseyi iyice kaldırdım, daha iyi bakabilmek için. O anda, elbisenin arasına sıkıştırılmış bir kâğıt kucağıma düştü. Kaşlarımı çatarak, elbiseyi yana fırlattım ve kâğıdı açtım hemen. Kâğıtta aynen şöyle yazıyordu...

'İçindeki prensesi öldürmeye çalışsan da, o can çekişerek içinde bir yerde saklanmayı başarıyor. Bu, içindeki prensese hediyem... Her ne kadar içindeki o yaramaz kız çocuğuna da aynı oranda âşık olsam da...'

İkinci Bölüm

Kâğıtta yazılanların şokunu atlatamadan, anne tehlikesini atlatabilmek için notu hızlıca buruşturup yanımdaki çöp kutusuna fırlattım. "Yanlış geldi herhalde... Ben akşam sorarım apartmana, kiminmiş diye. Üzgünüm ana kraliçe, seni de boşuna heyecanlandırdım," dedim, annem her ne kadar bana "Notta ne yazıyordu" temalı meraklı sorular yöneltse de. Ayağa kalkıp omuzlarından hafifçe ittirerek "Birinin siparişiymiş annelerin en güzeli, hadi çık sen," diye bir yalan uydurdum hemen. Birkaç adım geriye doğru atıp, kapının girişinde durdu annem ve elini bel boşluğuna yerleştirdi. "Öyle olsun bakalım. Kahvaltı sofrasını toplamadım, istersen in ye hemen."

"Aaa... Bugün pas geçiyorum. Ali çağırdı dün, kahvaltı için. Hep beraber yapalım dedi."

"Çünkü sürekli ayrısınız, bugün kahvaltıda da buluşun aman..." dedi annem gözlerini kısıp. "İyi tamam. Selam söylersin."

Annem odadan çıkınca kapıyı kapattım hemen ve sırtımı kapıya dayadım. "Sanırım biri benimle dalga geçiyor. Bizimkilerin işine de benzemiyor ama..." Sırtımı kapıdan çekip, telefonumu az önce bıraktığım yerden aldım. Aklıma gelen ilk kişiyi, Ali'yi aradım. İkinci çalışta beni meşgule atıp, ardından telefonuma "Şu an kahvaltı masası ile uğraşıyorum, uyandıysan hemen gel" diye mesaj gönderdi. Yapacak başka bir şey olmadığı için dediğini yaptım. Yavaş yürüyerek on beş, hızlı yürüyerek on, koşarak beş dakikaydı Alilerin evi bize. Kafam biraz bulanık olduğu için, koşmayı tercih ettim o gün. Yuvarlanmaktan sonra koşmak, beni rahatlatan ikinci şeydi çünkü.

Alilerin evinin kapısına geldiğimde, nefes nefeseydim. "Hamlamışım," dedim yüzümü buruşturup. Sırtımı kapıya yasladım. Nefesimi düzene sokmaya çalışırken, tersten kapıyı tekmelemeye başladım. Daha üçüncü tekmemde kapı açılınca, kendimi geri çekme şansım olmadığı için içeri doğru düştüm. Ali'nin kollarına... "Bir kere de normal bir giriş yapsan keşke Yaprak!" dedi gülerek. Ben kollarında debelenirken, omuzlarımdan tutup doğrulttu beni. "Kapının arkasında mı bekliyorsun anlamadım?" deyince güldü sadece ve eliyle geçmemi işaret etti. "Bugün bir tuhafsın ha," diye homurdandım yanından geçip salona doğru yürürken. Ali de takip etti beni. Kapının tam önüne geldiğimizde mahalle berberinin boncuk perdeli kapısı gibi sürekli sonuna kadar dayalı olan salon kapısının kapalı olduğunu gördüm. Biraz şaşırıp tek kaşımı kaldırarak kafamı Ali'ye çevirdim. O ise, benim şaşkın suratımdan zevk alıyor gibi güldü yine ve yan tarafımdan kolunu uzatarak salon kapısını açtı. Ben ne olduğunu anlayamadan beni içeri ittirip kapıyı üzerime kilitledi.

"Ne oluyor lan?" dedim gözlerimi kırpıştırarak. "Bu neydi şimdi?" Birkaç adım atıp tam kapının dibinde durdum ve kapıya vurdum hafifçe. "Oyun mu oynuyorsunuz benimle lan? Aç şu kapıyı Ali?!" Cevap gelmediği gibi, cama vuran silueti de gitgide uzaklaşıyordu benden. "Ali?! Kime diyorum?! Old boy muyum lan ben, niye odaya kilitliyorsunuz beni?!" Bir adım geri çekilip, kaşlarımı çattım ve kafamı yukarı doğru kaldırdım. "Allahım, ne oluyor ya... Bugün niye böyle şeyler oluyor hep? Bugün kuradan ben mi çıktım? Eğer bir oyunun içine alınacaksam doğru kişi değilim valla, saklambaç oynarken bile poposunu dışarda unutan biri olarak." Başımı tekrar önüme çevirdim. "Ya valla oyun havamda değilim, çıkarın beni şura-" Cümlemi tamamlayamadan, gözlerim kapının yanında asılı kâğıttan yapılmış oka takıldı. Kaşlarımı tekrar çatıp oraya doğru yaklaştım ve o okun ucunun başka bir oku işaret ettiğini gördüm. O da başka bir oku takip ediyordu. "Okların sonunda el hareketi falan yapan biri çıkarsa, hepsini geberteceğim!" Birkaç sıralı ok, beni odanın penceresine götürdü. Perdeyi bir çırpıda sonuna kadar açtım, "Yine ne işler karıştırıyorsunuz siz!" diye söylenerek. Pencere perdesinden ayrılınca, sanırım şu hayatta gördüğüm en güzel manzarayla karşı karşıya kaldım.

Kasım ayındaydık. Her yere kar yağsa da İzmir'e yağmazdı. Ama o an, pencereden bana yansıyan görüntü bu gerçeğe inat öylece duruyordu önümde. Lapa lapa kar yağıyordu. Karların tam ortasında ise, bir iple pencereye sarkıtılmış yeşil bir zarf vardı. Vücudumdaki tüm tüyler 'duygusallaşma' denen, benle alakası olmayan o saçma şeyin etkisi altında saygı duruşuna geçti birden. Tek elimi ağzıma doğru götürüp bastırdım. Boşta kalan elimle ise pencereyi açıp, elimi uzattım ve dışarıda yağan karın avuçlarıma dolmasına izin verdim. Sol taraftan vuran güneşe rağmen avuçlarıma dolan sahte karı gülümsemeyle selamlayıp, zarfı çekip ipinden ayırdım usulca. İçinden bir kâğıt ve anahtar çıktı. Kâğıtta *"Her doğum gününde, bu kış İzmir'e kar yağsın diye dilek diliyorsun değil mi? Geri zekâlı. Yağmıyor işte. Salak salak her doğum gününde kar yağmasını dileme. Yukarı çık ve adamakıllı bir dilek dile,"* yazıyordu. Yazıyı okurken benden habersiz yanaklarımdan süzülen bir damla gözyaşını hırkamın koluna sildim. "Geri zekâlılar..." Sağ avcumda sımsıkı tuttuğum anahtarı da alarak kapıya doğru koştum ve Ali'nin kilitlediği kapıyı açtım hemen. Bir yandan kendi kendime gülüp diğer yandan onlara saydırıyordum. Koşarak beş kat çıktım ve çatıda beni bekleyen o dört aptalın yanına gittim. Kapıdan içeri girdiğim anda yapay kar spreylerini bana doğru püskürtmeye başladılar bu defa. Yapışkan yapay kar baştan ayağı vücuduma yapışarak dakikalar içinde beni çirkin bir kardan adama çevirdi.

"İyi ki doğdun güzelim!" diye bağırdı Ali, terasın diğer

ucundan. Koşarak yanıma geldi sonra. Yüzünde, bana kocaman bir gülümseme hediye etmenin verdiği mutluluk vardı. "On iki yıldır her doğum gününde kar yağmasını dilediğini biliyoruz salak kız. Bu doğum gününde sana, bir dilek hakkı hediye etmek istedik." *Allahım, lütfen... Lütfen ağlamayayım.* Ağlarsam benimle on yıl dalga geçeceklerini bildiğimden, teras girişince kontrol ettiğim gözyaşlarımı, tekrar salmamak için sıktım kendimi bir süre. Hâlâ kar spreyleriyle bir oraya bir buraya koşuşturan Sinan, Gökhan ve Oğuz'a baktım. Sonra bana güzel gamzelerini belli ede ede gülen Ali'ye... Sonra daha fazla dayanamayarak, gözyaşlarımı salıverdim. "Geri zekâlılar... Hepinizi asacağım ipe fazlalıklarınızdan, görürsünüz siz!" deyip ellerimi iki yana açtım. Bana sarılmaları için. En yakınımdaki Ali, bana ilk hamleyi yapamadan Oğuz koşarak geldi, Ali'yi ittirdi ve sarıldı bana. Sonra Gökhan ve Sinan, en son Ali... Hâlâ ellerindeki spreyden kar püskürtmeye devam ettikleri için bembeyaz bir top haline gelmiştik. Kolay kolay sarılmazdık. Ya da sevgi sözcükleri söyleyemezdik birbirimize. O an olduğu gibi... Diyemediğim her *iyi ki varsınız* cümlesi için, biraz daha sıkı sarıldım o yüzden. Ve içimden, on iki yıl sonra ilk kez başka bir şey diledim doğum günüm için. *"Allahım lütfen, bu dört aptal oğlan çocuğunu yanımdan ayırma. Ne olur, biz sonsuz olalım..."*

***

Doğum günü coşkusu, yorgunluk ve herkesin feci derecede hissettiği 'yapış yapış olma' hali yüzünden yerini yine eski sıradan günlerin rutinine bırakmıştı. Ali bir köşede kestiriyor, Sinan telefonuyla uğraşıyor, Gökhan bir yandan televizyon izleyip diğer taraftan Merve'nin tweetlerini kontrol ediyordu. Ben ise her zamanki gibi, panda misali halıda yuvarlanıyordum.

Hani en olmadık yerde en olmadık yerlerin kaşınır ya, tam da öyle kendi halimde yerde yuvarlanırken küçük oldukları için arada varlıklarını bile unuttuğum memelerimden biri kaşınmaya başladı. Halının ortasında durup bana bakıp bakmadıklarını kontrol ettim göz ucuyla. O an Gökhan ile göz göze geldik. "Merve *'Bir öküze âşık oldum'* diye tweet atmış. Allah kimseyi inşallah o öküz benimdir diyecek kadar âşık etmesin," dedi telefonu bana doğru uzatarak. Ekrandaki küçük puntolu yazıya bakıp aklımdan geçen 'meme kaşıntısını' çaktırmamaya çalışarak "Haa, sensindir ya... Bayağı öküzsün sen de!" dedim gülerek. Kaşlarını çatıp baktı birkaç saniye, sonra söylenerek kafasını geri çevirdi. Baktım olacak gibi değil, yerde ters dönmüş kaplumbağa misali debelenerek ayağa kalktım. "Su getirsene bana hazır ayağa kalkmışken Yaprak'ım," dedi Sinan her zamanki fırsatçılığıyla. "Şap atacağım suyunun içine," dedim burnumu kırıştırarak. Vereceği cevabı beklemeden ayaklarımı popoma vura vura mutfağa koştum. "İçime mi sıktılar yapay karları anlamadım ki, nasıl da kaşındı!" deyip mutfak kapısını kapattım hızlıca. Sonra elimi tişörtümün içinden daldırdım ve küçük tırnaklarımı kaşınan bölgede gezindirdim. Erkek arkadaşlarının olması böyle nadir anlarda iyi olmayabiliyordu işte. Yani ufak bir kaşıntı için, kalkıp başka odaya gitmek gibi... Kaşınma işim bitince yüzümde müthiş bir rahatlama ifadesiyle tam kapıdan çıkacaktım ki, Sinan'ın su istediği aklıma geldi. Geri dönüp suyu aldım ve tekrar salona döndüm. Suyu uzatırken bilerek biraz üzerine döktüm, fark etmedi bile. "Yeni biri mi?" dedim sırıtarak baktığı telefon ekranına kafamı eğip. Suyu tek dikişte içip bardağı geri uzattı bana. "Gözde... Onuncu sınıflardan. O kadar güzel ki Yaprak," dedi kafasını ilk kez ekrandan kaldırıp. "Yemin ederim kızı görünce İkbal Gürpınar gibi 'Allahuekber vuhuuu' diye bağırıyor içimde birisi. O derece..." Ben ona, yüzümdeki tek bir kası bile hareket ettirmeden bakınca, hâlâ geri almadığım bardağı burnumun dibine kadar uzattı. Bir hışımla bardağı geri alıp dibinde kalan suyu suratına serptim. "Babam mısın sen lan, bardağın dibindeki suyu surata dökmek mi kaldı?" diye çemkirdi arkamdan. "Kız yarın bize geliyor. Skor tabelama yeni bir hane ekliyorum. Siz kendi saplığınıza yanın."

"O değil de, Oğuz nerede ya?" dedim Sinan'ı takmayarak. "Kaç saattir gözükmüyor."

"*Siz bunu okurken ben çok uzaklarda* olacağım diye bir not bırakmış geri zekâlı. Tuvalettedir. Tweet okuyup, Kate Upton'a mention atıyordur kesin."

"Oğuz'u bir an öyle hayal ettim de," dedim Ali'ye suratımı buruşturarak bakıp. "Pikseli 144p olan bir filmden bile daha çirkin bir görüntü."

Kanepelerde yer olmadığı için, tekrar halıya mecburi iniş yaptım. Herkes kendi işine dönünce, gözüm karşıdaki hediyelerime takıldı. Beşiktaş forması, One Piece mangası ve bir bilgisayar oyunu... Bana her yıl ne alacaklarını en iyi onlar biliyordu. Gülümsedim kendi kendime. İçimden şanslı doğum günü kızı diye geçirirken, sabahtan beri aklıma bile gelmeyen o elbise olayıyla ilgili bir şey fark ettim. Kafamdaki jeton girişinde saatlerdir kendi kendine dönen ama bir türlü düşemeyen jetonum, bir anda şak diye düşüverdi o an. Bana dün zorla elbiseyi deneten çocuk, yarın kız arkadaşımın doğum günü, demişti! "Oha!" diye bağırdım. "Bugün doğum günüm!"

"Kızı terasta kafa üstü mü düşürdük sarılırken, ne yaptık... Ya da yapay karı ağızına mı sıktık yanlışlıkla da beyni de yapış yapış oldu, ne oldu... Kutlama yapalı on saat oluyor, daha yeni anladı!" dedi Gökhan gülerek. Ama ben gülemedim... O sırada diğerleri yüzümdeki *galiba sıçtım* ifadesinin sebebini sormaya hazırlanıyorlardı ki, Oğuz yarım yamalak çektiği pantolonuyla odaya hızlı bir giriş yaparak beni açıklama yapmaktan kurtardı.

"Telefonum klozete düştü laaaaan!"

***

Pazartesi sendromunu bilirsiniz. Hani hafta sonundan sonra pazartesinin ağır gelmesi ile yaşanan duygusal çöküntü. Bizde o biraz farklıydı. Her pazartesi, okul müdürünün odasına çekilirdik genelde. İlk teneffüs, uğursuz muydu ya da hafta sonu tüm enerjimizi biriktirip ilk teneffüs mü çıkarıyorduk acısını, bilmiyorum.

"Ulan oynamayacaksınız futbol teneffüslerde! Ya cam pencere aşağı iniyor, ya milletin kafasını yarıyorsunuz! Bu defa da benim tatlı Gonca'mın kafasına gelmiş top!" diye bağırdı müdür, sabahtan beri yaptığı gibi. Genelde, büyük çaplı hasar vermeden odaya çekmez, dışarıda azarlardı ama bu defa hasarı aşırtma bir topla biricik kızı Gonca'ya verince yine delirmişti adamcağız.

"Hocam, bir şey sorabilir miyim?" diye sordu Gökhan işaret parmağını ilkokullu bir çocuk gibi havaya kaldırarak.

"Soramazsın lan." Gökhan sorduğu sorularla her defasında müdürü delirtirdi. O yüzden o anda kıpkırmızı olan suratıyla çocuk gibi omuz silkerek inat ediyordu müdür.

"Aaa, hayatını bilime adamış bir bilim insanı, milenyum çağının yetiştirdiği en güzide müdürlerden biri olan siz değerli müdürümüz bir sorumu cevapsız mı bırakacaksınız?"

"Kes sesini lan demirli!" Kaşına taktığı piercing yüzünden, Gökhan'a öyle hitap ederdi müdür. "Sordurmuyorum işte. Soramazsın."

"Hocam, bu okulda teneffüslerde ders çalışmak yasak mı?"

"Ulan soramazsın demedim mi ben sana?!" diye gürledi müdür elini masasına vurarak.

"Aşk olsun sayın ve saygıdeğer hocam. Lütfen soruma cevap verir misiniz?" Gökhan'ın numaradan müdüre böyle yavşakça davranıp sonunda onu delirtmesi artık bir Gökhan klasiği olmuştu. Biz ise, gülmemek için kendimizi zor tutan suratlarımızla müdüre bakmamaya özen göstererek öylece dikiliyorduk sadece, her zaman olduğu gibi."Beden dersi de bir ders değil mi? Neden futbol oynamak yasak olsun teneffüslerde? Hocam yoksa siz, ders faşizanlığı mı yapıyorsunuz? Ders ayrımcılığına girer bu!" O an emin oldum, bu Gökhan'ın beynini ters takmış olmalılardı. Elimi ağzıma kapattım, güldüğümü çaktırmamak için.

Müdür birkaç saniye kıpkırmızı suratla Gökhan'a baktı.

"Çıkın gidin lan. Çıkın gidin! Sinir hastası ettiniz beni şu üç yılda. Defolun!"

***

Üçüncü ders fizikti. İlk iki dersin türevi bir sıkıcılıkta başlamıştı o da. Ben en arkada Ali'yle oturuyordum. Benim önümde Gökhan'la Sinan vardı. Onların önünde ise Oğuz... Sıkıldığım her derste yaptığım gibi süreyi saniye cinsinden hesaplayıp, içimden geriye doğru saymaya başladım dersin ortalarında. Ama fizik dersinde yedi dakika bizim dünyamızda yedi yıldı sanki. Benim gibi Gökhan da bunu düşünüyor olacak ki, benim yüzüm iyice sıramla ilişkiye girdiği an arkasına dönüp "Arkadaşlar, galiba bir sonsuzluğun içerisindeyiz. Bir dersin bu kadar olmasının imkânı yok. Bence biriniz iç işlerine *uzaylılar tarafından kaçırılıp, sonsuzluk kapsülünün içine yerleştirildik, lütfen bizi kurtarın* diye mesaj atsın," dedi fısıltıyla. Gökhan'a cevap vermek yerine parmağımla alnına dokunup ittirdim "Hoca bakıyor, dön önüne," diyerek. "Listeyi aldı eline, sözlüye kaldıracak," dediğimde önüne döndü Gökhan. Dediğim gibi, tahtaya bir şekil çizilip, o *I want to play a game* yüz ifadesiyle sınıf listesine doğru yürüyorsa, sözlü geliyor kollayın kendinizi demekti bu.

"Önce gönüllüleri alayım," dedi fizikçi listeye bakmadan önce. İşte klasik... Yalnızca bilindik birkaç kişi parmak kaldırınca kaşlarını çattı. "Neden hep aynı parmakları görüyorum?"

"Şeytan diyor orta parmağını kaldır, al farklı parmak de... Ne istiyor acaba? Kaldır işte birini." Gökhan yine tutuşmuştu. Fizik sözlüleri onun için her zaman efsane olduğu için, yine gerilmişti birden. Ne zaman gergin olsa, iyice çirkinleşirdi.

"Karademir," dedi fizikçi arkasına dönen Gökhan'ı görüp. "Galiba gönüllüsün."

"İşte başlıyoruz," dedi Gökhan gözlerini kapatıp. Önüne döndü ve usulca ayağa kalktı. "Hocam, bir şey soracağım..." Gökhan yine o çenesini tutamayacağı zamanlar takındığı yapmacık gülümsemesini takındı yüzüne. "Gerçekten, lise 1. sınıftayken sınav kâğıdına kanayan parmağımı basıp *'beni geçirmezseniz kız* ölür' yazdığım için mi bana gıcıksınız hâlâ? Yani lise 1'deyken daha yeni girmiştim ergenliğe, kanım falan kaynıyordu. O ara yaptıklarımın bedelini dört sene boyunca bana takmanızla ödemeyeyim. Yani bence artık unutalım o ara yaptığım şeyleri..."

"Ya tahtaya çık Gökhan ya dışarı..."

Gökhan, "Ama..." diye itiraz edecekti ki, eliyle sert bir şekilde kapıyı işaret etti hoca. "Peki, yayında ve yapımda emeği geçen herkese teşekkür ederim. Kaçayım ben o zaman," deyip, bize el sallayarak sınıftan dışarı çıktı Gökhan. Üç saniye içinde, kafasını geri uzattı kapının arkasından. "Bu arada hocam, yok yazmazsanız sevinirim. Devamsızlığım o kadar çok ki, ölsem öbür taraftan geleceğim, yok yazmasınlar diye. O derece." Hocanın alev çıkan gözlerini görünce hemen kafasını geri çekti ve kapıyı kapattı.

Oğuz'un arkasını dönüp "İyi oldu sığıra," dediği an, "Oğuz Bey, sen cevaplayacaksın soruyu!" diye diğer bağırdı fizikçi bizden tarafa doğru. Oğuz, ciddiyetini bozmadan ayağa kalktı hemen. "A şıkkı hocam," dedi.

"Anlamadım?"

"Hocam ben test olarak hazırlandığım için, yalnızca şık olarak cevap verebiliyorum."

"Sadece az önceki değil ki, arka grup komple aynı," dedi fizikçi bıyıklarının altından, küçümseyen bir ses tonuyla. "Sen de çık, arkadaşına eşlik edersin." Oğuz, cevap vermeye bile gerek görmeden, doğruca dışarı çıktı. Dersten çıkmak için bahane arardı zaten. Sinan, Oğuz'un ardından kıkırdarken fizikçi bu defa onu kestirdi gözüne. "Sen... Gönüllüsün galiba?" dedi tahta kalemini Sinan'a doğru uzatıp.

"Hocam şimdi mi çıkayım, siz mi kovarsınız?"

İşte benim mükemmel arkadaşlarım.

***

"Kankalar sıkıntı yok, ben artık dersten atılmaya alıştım. Hatta her gün bir kere atılmazsam duramıyorum. Canım istiyor." Son ders seçmeliydi. Yani hani şu kimsenin seçmediği ama birilerinin bizim adımıza seçtiği saçma bir ders... Dolayısıyla kimse dersi dinlemiyor, kendi halinde takılıyordu. Yan sınıftan bir kız teneffüste Ali ile bir şey konuşmak istediğini söyleyip dışarı çıkarmıştı onu. O yüzden derse geç gelmişti Ali. Sırada yanıma oturunca ön sıradaki Oğuz da Sinanların sırasına geldi. Hepimiz 'ne konuştunuz' der gibi meraklı gözlerle baktık Ali'ye doğru. "Ne bakıyorsunuz lan?" dedi tek tek hepimize bakarak. "Bir şey mi oldu?"

"Ne konuştunuz anlatsana oğlum, fıstık gibi kız valla."

"Önemli bir şey değil. Seni seviyorum falan dedi."

"Ne?! Eee, sen ne dedin?" dedik hepimiz aynı anda. Ali hiç istifini bozmadan "Allah başka dert vermesin dedim, ne diyeyim?" deyince, "Ulan ağır ılıksın ha! O kız kaçar mıydı be!" diyerek çemkirdi Sinan. O, kızlara kıyamayan tiplerdendi, demiştim. Tam ben de ağzımı açıp bir şey diyecektim ki, lafımı sınıf kapısının çalınması böldü. Nöbetçi öğrenciydi gelen.

"Hocam, Yaprak Ayvaz'ı müdür bey çağırıyor." Bu sefer tüm gözler bana döndü. "Ben mi?" dedim parmağımı kendime doğru çevirip. "Şimdi gelmesi lazım," diye yineledi nöbetçi öğrenci, öğretmene doğru. Ondan onay alınca da, eliyle kapıyı işaret etti. Bir şey demeden kalkıp nöbetçiyi takip ettim. Benle ne yapacaktı ki müdür? Genelde toplu azar için çağırırdı, ona alışkındım da... Tek başıma ilk kez çağırıyordu beni. Koridorda nöbetçi kızın arkasından saf saf müdür odasına doğru ilerlerken, sağ tarafa dönmeye yeltenince, kız uyardı beni, "Oradan değil, müdür bey burada. Beni takip et," diyerek. O gün ruh halim *'ananı niyolay ye ye'* diye şarkı yapıp halkın bunu *'ananı yiyolar ye ye'* olarak anlaması üzerine halk tarafından linç edilen şarkıcı Volkan gibi olduğundan, hiçbir şey demeden nöbetçiyi takip ettim. Kız, burası diye eski öğretmenler odasını gösterip hemen yandaki merdivenlerden aşağı indi.

"Ne işi var lan müdürün burada?" diyerek içeri girdim biraz tedirgin olsam da. Karanlıktı. İçimden bir ses, Yaprak kızım, bu işin sonu kötü, kaç git, diyordu ama diğer yandan neler döndüğünü anlamak istediğim için geri dönüp gidemiyordum. Işığı yaktım. "Kimse yok mu?" Eskiden öğretmenlerin oda olarak kullandığı küçük oda, tozdan görünmüyordu. Ortada eskiden kullanılan eski bir masa vardı. Masanın üzerinde ise bir kutu... "Hoop, kimse yok mu?" İki adım ileri bir adım geri mehteran ekibi gibi ilerliyordum masaya doğru. Masaya ulaştığımda meraklı yanıma engel olamayıp kutunun kapağını açtım. Siyah bir çift topuklu ayakkabı... "Siktir..." deyiverdim birden, bir adım geri çekilip. Üzerinde yine dün bana gelen paketin içindeki not kâğıdından vardı. "Lan dalga mı geçiyorsunuz benle?! Çıksın kim yapıyorsa bunu!" Odanın içinde bir aşağı bir yukarı dolanmaya başladım. Bir yandan odayı kontrol ediyor, diğer yandan da en hassas yerlerimden alevler çıkarana kadar bağırıyordum. "Geçen günkü sırık oğlan, sen misin lan?!" Ne kadar bakınırsam bakınayım, ne kadar bağırırsam bağırayım bir sonuç alamadığımdan sinirlerim iyice gerilmişti. Masaya tekrar gelip sinirle kâğıdı açtım. Yine aynı el yazısı ve yine aynı türden bir not...

"Topuklu ayakkabılar sana göre değil, değil mi? Her zaman, Converse'lerine sığınan kızlardansın sen de. Bana geldiğin sürece, hangi ayakkabıyı giydiğini umursamıyorum. Ama... Bana âşık olduğunda, bu ayakkabıları giymek zorundasın. Çünkü yüzünün tam yüzümün hizasında olmasını istiyorum. O güzel yüzünü daha iyi görebilmek için... Bana âşık olduğunda, bana bu ayakkabılarla gel, olur mu?"

Üçüncü Bölüm

Notu sinirle tekrar içine fırlatıp, kutuyu koltuğumun altına sıkıştırarak odadan çıktım. Herkes derste olduğu için ortalıkta kimse yoktu. Doğruca o yalancı nöbetçinin yanına gidip, o topuklu ayakkabıyı ona yedirerek minik minik stilettolar sıçtıracaktım ona. "Müdür çağırdı ha?" Nöbetçi öğrenci masası kırmızı, ben boğa misali ilerledim hedefime. Masaya kafasını gömmüş olan kızı sertçe dürttüm. "Şş, yalancı çoban, bana bak!" diye bağırdım kusulmaya hazır öfkemi de de ses tonumla belli ederek. Kızın kafasını kaldırıp "Buyurun?" dediği an, farklı bir kıza çemkirdiğimi anladım. Yüzümdeki ifadeyi biraz toparlayıp "Senden başka bir nöbetçi kız olacak bugün, nerede o?" diye düzelttim sorumu.

"Anlayamadım?" dedi kafası karışmış bir ifadeyle. Elindeki kalemi yanağına bastırdı. "Benden başka nöbetçi kız yok ki. Bugün bir ben varım bir de alt kattaki nöbetçi -ki o da erkek."

"Emin misin?"

"Evet, eminim."

Harika. Hiçbir şey demeden, nöbetçi kızın masasından ayrılıp sınıfa doğru ilerlemeye başladım. "Biri benimle dalga geçiyorsa, tsunami gibi vururum kıyısına!"

Ama şöyle bir durum da vardı ki aklıma kimse gelmiyordu bunu yapacak. Benimle kimin ne derdi olabilirdi ki? Acaba sınıftaki dallı güllü kızlardan biri miydi? Geçen hafta beden dersinde göğüslerine pamuk doldurduklarını söylediğim için mi, yoksa ondan önceki fizik dersinde sıralarına raptiye koyduğum için mi, yoksa geometri dersinde ağızlarından sular aka aka uyuduklarında resimlerini çekip sınıfın grubuna attığım için mi yapıyorlardı? Öğretmeni takmayarak sinirle kapıyı çalmadan içeri daldım. Sırama gitmeden şöyle bir şüphelendiğim kızlara baktım. O kadar kendi hallerinde takılıyorlardı ki şüpheli gelmediler. İçimdeki Sherlock "Temiz!" uyarısını verince, onlara takılmadan en arkaya, kendi sırama geçtim. Oğuz sınıftaki kızlarla uğraşıyor, Sinan iddaa kuponu dolduruyor, Gökhan müzik dinliyor, Ali ise uyuyordu. Önce Ali'yi dürttüm. Sonra Sinan'a arkasını dönmesini söyledim. Gökhan'ın kulaklığının tekini çıkarıp kulağına "Biraz da beni dinle demirli," diye fısıldadım. En zor olanı da, yan sıradaki kızlara yalan hikâyeler anlatan Oğuz'u kedi gibi ensesinden tutarak bizim sıraya getirdim. Hepsi homurdanarak, onlara ne diyeceğimi bekliyorlardı meraklı bakışlarla. Yere koyduğum kutuyu masanın üzerine çıkardım ve kapağını açtım. "Birileri benimle çok fena dalga geçiyor arkadaşlar. Eğer içinizden biriyse, yemin ederim, son seviyede çalışır vaziyetteki mikseri sokarım onun ağzına, dökerim bütün dişlerini." Hepsi bana 'denge problemi yaşandığı aşikâr' der gibi bakınca anladım ki benim dört aptalın asla alakası yoktu kutularla. "Yaprak'ım, ne içtin sen?" dedi Gökhan ayakkabının tekini eline alıp. Ayakkabıyı elinde sallamaya başladı "Ne şimdi bu," derken. "Kanka, sallama onu öyle, valla belalın fizikçi görürse kur yapıyorsun zanneder."

"Oğuz, şu topuğu görüyor musun, hah işte o senin-" deyip ayakkabının topuğunu havaya kaldırınca Ali onun ayakkabı olan eline vurup "İt dalaşınızı bırakın da anlatsın kız ne olduğunu!" diye bağırdı. Sonra bana döndü sakince ve "Sen devam et anlatmaya. Nerden çıktı bunlar?" diye sordu gerçek anlamda merak eden gözlerle.

"Aslında olay dün başladı. Yani size daha önce söyleyecektim de, emin olamadım. Geçenlerde annemin aldığı şu pembe gömleği değiştirmeye gitmiştim ya," dedim hepsine tek tek bakıp hatırlamalarını bekleyerek. Hepsi başını *hatırladık* der gibi sallayınca devam ettim. "İşte orada bir çocukla karşılaştım. Sevgilimin yarın doğum günü, hediye bakıyorum, falan dedi. Sonra işte benimle aynı kiloda mıymış neymiş," dedim burnumu kırıştırarak. "Almak istediği elbiseyi deneyip deneyemeyeceğimi sordu."

"Lan ben kaç yıllık arkadaşınım, senin bedenini ben bile çözemedim. O nasıl çözmüş şak diye?" Oğuz yine kendince bir yere takılmıştı. E haklı çocuk, beni sürekli kendimden iki beden büyük kıyafetlerle görmekten, bazı şeyleri hayal etmekte güçlük çekiyordu.

"Öyle söyleme lan, ben ve benim gibi erkekler bir kızı görünce direkt anlarız öyle şeyleri. Bak bu gözleri görüyor musun?" diyerek gözlerini işaret etti Sinan, Oğuz'a yaklaşarak. "Yemin ederim tomografi cihazı gibiler, bir kıza bakar bakmaz iç organlarına kadar görürüm. Yetenek bu."

"Ne yani, benim memelerimi falan da mı görüyorsun lan?" Ellerimi göğüs hizamda çapraz bir şekilde birleştirdim. "Meme mi?" diye atladı Oğuz. "Senin memen mi var? Meme değildir ya o, ödemdir. Meme olsa duramazdın kanka."

"Lan bu nasıl muhabbet," diye gürledi Ali birden bize sinirlenip. "Yaprak uyma sen de şu hıyarlara!"

"Aman Ali Rıza Bey, tadımız kaçmasın," dedi Oğuz Yaprak Dökümü'nün nabza göre şerbet vericisi annenin taklidini yaparak. Ali, Oğuz'a öyle bir bakış attı ki, "Yaprakçığım, devam eder misin lütfen, Aliciğim sinirleniyor," diye kıvırdı hemen. Oğuz'un koluna küçük bir yumruk atıp, anlatmaya kaldığım yerden devam ettim. "Sonra kabine girip denedim elbiseyi kabine girip... Ertesi gün doğum günümde denediğim elbiseyi yolladı biri bana. İçinde işte saçmasapan bir not... Âşığım falan yazıyordu, ciddiye almadım. Yanlış geldiğini düşündüm. Ama az önce de müdürün yanı diye nöbetçi kızın beni soktuğu yerde, bunu buldum." Kutuyu ve içindeki notu işaret ettim. Ali kâğıdı aldı hemen, açtı ve yazanı içinden okudu. Yüzündeki ifadeyi çözemedim, ama sinirlenmişe benziyordu. Kâğıdı buruşturup kutuya geri fırlattı ve "Kim lan bu yavşak?" dedi kaşlarını çatıp. "Ne bileyim lan ben, ben de size soruyorum işte," dedim.

Kâğıt elden ele dolaştı. En son Oğuz'un eline geçince, "Kanka bunu bana yapsa bir oğlan, ben bile veririm," dedi müthiş bir rahatlıkla. Bir anlık şokla açılan gözlerimizi görünce, "Kalbimi verirdim lan. Ne anladınız ki?" diye çevirdi.

İşte böyle arkadaşlara sahip olduğum için, o kutuların bana gelmesi saçmaydı. O kutular, bütün Whatsapp kız gruplarına resmini atarak diğerlerini kıskandıracak bir kıza yollanmalıydılar. Kesinlikle bana değil...

Öğle arası kantinde ders zilinin çalmasını beklerken, Gökhan ortaya okuldan kaçma fikrini attı. Hepimiz biliyorduk ki, bir kişi o fikri ortaya attığında, ikinci bir emre kadar okulda durma fikri ertesi güne kadar akıllardan çıkarılırdı. Net olarak. Cevap bile vermeden, çantalarımızı alıp okuldan kaçtık.

Alilere geçince, önce şu kutu mevzuunun durum değerlendirmesini yaptık biraz. Daha önce butikteki sırığı görüp görmediğimden, nöbetçi rolü yapan kızın kim olduğuna veya bunu bana kimin yapabileceğine kadar bir sürü şey... Ama şöyle bir şey vardı ki, tek şüphelimiz olan sırık oğlanı daha önce ne okulda ne de mahallede görmüştüm. Hoş, görsem bile dikkat etmemiştim kesin. Çünkü yolda yürürken gözlüğünü evde unutmuş miyoplar gibi kimseyi gözüm görmezdi. Kaç yaşına gelirse gelsin, kaldırımın çizgilerine basmamaya çalışıp, sokağı görmeyen tiplerdendim ben. Elimizdeki bilgilerin yetersizliğine karar verip, "Yarın nöbetçi rolü yapan kızı bulalım, kim için yalan söylemiş anlarız" diyerek kutu mevzuunu kapattık ve on beş dakika içinde kendi rutinimize döndük.

Ali bir köşede o günkü beşinci sigarasını içiyordu, hiç âdeti değildi o kadar içmek. Gökhan, en sevdiği koltuğa ters oturarak, Merve yüzünden yine minik bir depresyon geçiriyordu. Sinan'la Oğuz ise bana gönderilen topuklu ayakkabıyı deniyorlardı.

"Kankalar bi'bakın, yakıştı mı bana? Zayıf gösterdi bence beni. Bacak boyum yükseldi bir kere..." Oğuz ayağına siyah topukluları geçirmiş, odada seke seke yürüyordu. Sinan "Ya bir tur da ben giyeyim, bir çıkar," diyerek Oğuz'u kanepeye itip ayağındaki ayakkabıları çıkardı ve kendi ayağına geçirdi. Birkaç adım atıp, dengede duramayarak halıda yanıma yığıldı. "Ulan sırf bize güzel gözükmek için şu zulmü çeken bir türe ben nasıl saygı duymayayım ya?"

"Aynı anda birden fazla kızı götürmeni legalleştirmeye mi çalışıyorsun puşt?" Ali her zamanki sakin tavrıyla söylemişti bunu, ama dudaklarının arasındaki sigara yüzünden biraz agresif çıkmıştı kelimeler ağzından. "Ona aynı anda birden fazla kız götürmek demeyelim bence," diyerek savunmaya geçti hemen Sinan. "Ben 'kız' denen canlıya âşığım. Neden bir kişiye bağlı kalayım ki? Hem ortada etik dışı bir durum da yok. Kimseyle çıkmıyorum ben, takılıyoruz. Yani resmi olarak aldatma diye bir durum da olmuyor böylelikle," dedi pişkin pişkin. Oğuz başını Ali'nin dizine dayamış halde yüzüstü uzandı, "Gösterip elletmiyor yani kanka. Piçlik türü bu bunun," diyerek Sinan'a laf sokarken.

"Hayır kanka, elletip göstermiyorum ben," dedi Sinan. Bir ayağıyla, diğer ayağındaki ayakkabıdan kurtulup halıya tam olarak yerleşti. "Farkımız, tarzımız."

Sinan çapkın bir çocuktu. Ama dediği gibi, aldatmak lugatında yoktu. Kimini dudağından, kimini belinden, kimini düşündüren zeki sözünden diyerek günübirlik severdi o. Ama cidden severdi. Kızların her gün hiç üşenmeden yaptıkları makyaja, o işkence gibi olan topukluları giymelerine, kaçan çoraba oje sürmek gibi şeyler bulan fonksiyonel beyinlerine, her şeylerine âşıktı.

İlerleyen saatlerde Sinan, Gözde onlara geleceği için eve geçti. Oğuz topuklularla futbol oynayabileceğini iddia edip, evin içinde ayağında topuklular, futbol oynamaya kalkışınca, ayakkabının birinin topuğu kırıldı. Bir de Ali'nin ananesinin diktiği çiçek... Ali ayakkabılardan sağlam olanı, çiçeği kırdığı için Oğuz'a fırlattı. Sağlam olanın topuğu ise Oğuz'un kafasından sekip duvara geldiği için kırıldı. Yani sözde âşık olunca giyeceğim ayakkabılar daha üçüncü saatten giyilmez hale geldiler. İşte ben de kimsem, aşka gidecektim de; topuklu giyecektim, değil mi?

Akşamüstü Sinan geri döndü. Gözde tuvalete gitmiş bir ara, o da tesadüfen önünden geçmiş... İçeriden gelen çatur çutur sesleri duyunca birden sırtından aşağı bir soğuk inmiş bizimkinin. "Oğuz ile aynı biyolojik faaliyeti yapan, yaptığını da saklamayan bir kıza dokunamam!" diyerek, kaçıvermiş yanımıza. Ne dediysek, geri gönderemedik. Daha sonra kız arayıp ağzına geleni saydı. O ara, mutfakta gizli gizli içip sarhoş olan Gökhan, Gözde'nin sesini telefonda Merve'ye benzetip "Senin o yeni sevgilinin tellerine kuşlar konduracağım" temalı küfürleri sıralaması ise ayrı bir saçmalığın konusuydu.

Normalde o kadar hareketli geçmezdi günlerimiz ama o gün herkes ciddi anlamda bir âlemdi. Yoksa bana gelmeye başlayan kutu, lanetleriyle de mi geliyordu üzerimize, bilemiyordum.

Akşam, eve uzun bir aradan sonra ultra maraton koşmuş bir atlet misali yorgun argın döndüm. Elimde topukları kırılmış ayakkabımla... Kutuyu elbisenin yanına fırlatıp üzerimi bile değiştirmeden yüzüstü yatağa atladım. Birkaç dakika kıpırdamadan yüzüstü durdum yatakta. Boğulma aşamasına gelince, yana devrildim. Günün yorgunluğu bir yana, kafamı karıştıran paketler yüzünden ruh halim de pek iyi değildi. Sanki kafamda bir trikotaj atölyesi vardı da, iplik yumakları saçılmıştı her yana. O derece karışıktı zihnim. Kafamı toparlamak için derin bir nefes aldım. "Umursama Yaprak. Umursama..." dedim kendimi yatıştırmaya çalışarak. Ama bu dediğime kendim bile inanmayıp, birden sinirle yatakta ayaklarımı çırpmaya başladım. "Ulan kimsin sen be?!"

***

Salı günlerini ilk iki ders beden eğitimi olduğu için fazlasıyla severdik. O gün yine bir beden eğitimi dersi klasiği olarak, kızlar taytlarını giyip numaradan voleybol oynayarak oğlanlara göz süzerken, ben baba eşofmanımı giyip oğlanlarla futbol oynuyordum. İkinci dersin sonlarına yaklaşmıştık ve maç hâlâ bitmemişti. Top bizim kaleden uzaklaşınca Gökhan'a yaklaştım.

"Kanka, en hassas yerlerimden terler akıyor şu an. Ölüyorum lan..." Ellerimi dizlerime koyup, nefes nefese konuşmuştum. "Bunlar ne biçim hareketler lan? Babaannem misin sen?" diye bağırdı Gökhan bana. Tam bir şey söyleyecektim ki, o sırada gelen seslerden bizim kaleye doğru yaklaştıklarını anladım. Karşı takımdan Ayı Hayri topu sürerek bizim kaleye doğru geliyordu. Benim tam beş katım olan çocuğa doğru atağa geçtiğimde, karşıdan gelen Ali beni çekip; kendini öne attı ve topa vurdu. Top sekerek voleybol oynayanların tarafına doğru gitti ve arkası dönük, formalı bir çocuğun ayaklarına değip durdu. Hemen "Ben alırım," diyerek atıldım. Çocuk arkasını dönüp topu ellerinin arasına alınca durdum. "Hey, salla topu buraya doğru!" Boşta kalan eliyle cebinden bir şey çıkardı, beni takmayarak. Topu yere koyup çömeldi ve bir şeyler yapmaya başladı. Bizim sınıf söylenmeye başlayınca "Alıyorum lan gidip, susun!" dedim ve tekrar topa doğru koşmaya başladım. "Kardeşim, ne yapıyorsun sen? Atsana topu, zaten üç beş tane ATP kalmış vücudumda, onu da topu almak için harcadım senin yüzünden." Beni hâlâ takmıyordu. Bir iki adım daha atıp, iyice yaklaştım yanına. Eğilip, topa bir hamle yaptığımda elindekileri cebine tıkıştırıp topla birlikte ayağa kalktı. "Abi dalga mı geçiyorsun sen-" Lafımı bitiremedim. Çünkü lafımı bitiremeden, elindeki topu gülümseyerek bana uzattı. Çocuğun yüzüne bakınca bacaklarım titredi, kalbim sinirimi bozacak şekilde hızlandı ve bana yakışmayacak şekilde donup kaldım. O gün butikteki sırık oğlandı! Benim birkaç dakikalık şokumdan faydalanıp, ben daha hiçbir şey soramadan arkasını döndü ve gitti. Elimdeki topa bakınca, topun üstüne bir post-it yapıştırdığını gördüm. Üzerinde bir şeyler yazıyordu.

"Neden seni terli bir şekilde futbol oynarken görünce bile heyecanlanıyorum? Aptal mıyım ben?"

Dördüncü Bölüm

Ben sırık gözden kaybolana kadar öylece donup kaldığım için Gökhan koşarak peşimden geldi. "Yaprak'ım, istersen sahayı buraya taşıyalım, sen zahmet etme olur mu?" dedi alaycı bir tavırla. Topu elimden çekip aldı ve arkasını dönüp koşmaya başladı. "Kızım hadi, zil çalacak!" Gökhan'ın arkasından zorla da olsa gidip maça devam ettim. Tabii benim o şapşal halimden yararlandıkları için üst üste iki gol yedik. Birini direkt ben bizim kaleye atmışım, haberim yok.

Benim yüzümden kaybedilen kolaların acısını bana çemkirerek çıkıyorlardı, üçüncü derse girerken. Bir Oğuz, bir Gökhan, bir Sinan laf sokuyordu bana. "Ulan kim dedi bizim kaleyi oraya koyun diye!" diye bağırdım dayanamayıp.

"Yaprak'ım bi'dahaki sefere istersen iki kaleyi de rakip kale yapalım, sen canının istediğine atarsın golünü."

"Başlatmayın maçınıza da, golünüze de!" diye bağırınca Gökhan'a, hepsi bana döndü birden şaşırarak. Sakinleşip, devam ettim. "Çok önemli bir şey oldu. Hani şu top kaçınca topu bana veren uzun boylu çocuk var ya..." Hepsi gözlerimin içine meraklı gözlerle bakıyordu. "Butikteki sırık oğlandı!"

"Ne demek butikteki sırık oğlandı?"

"Ulan bildiğin o sırık oğlandı işte! Bana elbise deneten. Kim o? Biliyor musunuz? Bizim okuldan mı?" Ali sırada geriye yaslanıp, tek kaşını havaya kaldırdı. "Ben tanıyorum. Kısmen... Barış adı. Üst devrelerden."

Üçüncü dersin teneffüsünde hepimiz birlikte üst katta Barış denen sırığın olduğu sınıfa gittik. İçeride kızlı erkekli bir grupla muhabbet ediyordu. Aralarında dün beni sınıftan çağıran nöbetçi rolü kesmiş kız da vardı. O kıza, "seni yalan söylediğin yerlerinden tavana asacağım küçük sıçan" bakışı atsam da, kız beni görmediği için boşa gitti güzelim nefret bakışım. Bizim çocukları, "Siz geri durun" diye uyarıp, sırığa doğru bağırdım. "Şşş, sırık. İki dakika gelebilir misin?" Sırık oğlan ve arkadaşları aynı anda bize doğru döndü. Adının Barış olduğunu öğrendiğim, ama benim için sonuna kadar sadece sırık oğlan olan çocuk beni görünce gülümsemeye başladı. Gözlerini benden ayırmadan ayağa kalkıp, tam karşıma dikildi yine suratındaki sinir bozucu gülümseme ile. "Sen istersin de, ben gelmez miyim?" O kadar uzundu ki, kısa bir kız olmamama rağmen ancak omuzlarına geliyordum.

"Şimdi, ilk soru... Bana gönderilen o iki paketle de senin doğrudan bir alakan var mı? Yoksa sen de sadece aracı mısın? Üç saniyen var sırık."

"Ben masumum hakim bey, ben yalnızca aracıyım!" Yüzünü, yüzümle aynı hizaya getirmek için eğildi. Sağ elimi alıp, göğsünün sol kısmına yerleştirdi. "Bütün suç onun." Gözlerim bu hareketiyle kocaman açıldı. Sanırım birkaç saniyelik şoktan Ali'nin küfrüyle çıktım. "Siktirme kalbini şimdi!" dedi öne çıkıp. Ali'nin kolundan tuttum hemen. "Ali lütfen, geride durun siz. Ne dedim size?" Ali, sırığa gözlerinden alev çıkan bir bakış atıp geri çekildi. Bu hareketlenmeden sonra Barış'ın arkadaşları da hazır ola geçtiler. "Bak sırık, bu numaralar bana sökmez. Amacın ne, neden yapıyorsun bunları bilmiyorum ama..." Yüzümün hemen önündeki yüzüne aramızda yalnızca birkaç santimetre kalacak şekilde biraz daha yaklaştım. "Eğer tek bir saçma paket, ya da tek bir not alırsam..." Her bir kelimemden sonra yüzüne biraz daha yaklaşıyordum. "Yemin ederim hepsini tek tek-" Parmağını dudaklarıma bastırdı.

"Benim için giyeceksin ve bana geleceksin değil mi?"

"Bu özgüvenin nereden geliyor bilmiyorum ama yanlış kapıdasın sırık oğlan. Git kendine oynayacak başka boş araziler bul."

"Neden birinin sana âşık olabileceğine inanmıyorsun? Özgüveni patlayan ben değilim, özgüvensiz olan sensin. Sana, âşık olunmaya değer biri olduğunu kanıtlayacağım." İşte bu beni sinirlendirmişti. "Ne dedin sen?" dedim gözlerimi sinirle kısarak. "Özgüvensiz miymişim ben?" Yan tarafta olan sıranın üzerine çıktım. Eğildiği yerden doğrulup şaşkın gözlerle bana baktı. Sıraya çıktığımda tam olarak aynı boya erişmiştim onunla. "En özgüvenli yerin neresi sırık oğlan? Bu aptal kafan mı?" Yine en hassas yerlerimden soluyordum. Neden beni bu kadar sinirlendirmişti ki bu söylediği şey? "O zaman al bakalım!"

Evet. Yine bir Yaprak klasiği... Sana âşığım diyen çocuğa, sıraya çıkıp kafa atmıştım. Birkaç saniye içinde ortalık karıştı. Onun arkadaşları ve benimkiler derken... Soluğu favori mekânımız olan müdür beyin odasında aldık.

***

Sağ tarafa biz, sol tarafa Barış ve arkadaşları dizilmiştik müdürün odasında. Müdür sandalyesinde oturmuş, ellerini yüzüne koymuş, gülerek bize bakıyordu. Sanırım, iki günde bir müdür odasına geldiğimizden direkt suçlu taraf ilan edilmiştik. Bunda, Barış'a kafa atmamın da etkisi olabilirdi tabii... "Söyleyin bakalım sevgili arkadaşlar..." dedi önce sakin sakin. Sonra dayanamayıp, sesin desibelini İnönü'ye çıkardı. "Üst kata çıkıp, kavga çıkarmak ne demek oluyor lan?!" Yüzündeki ellerini çekip masaya hızlıca vurdu. "Hele sen Yaprak Hanım! Ne demek sıraya çıkıp bir oğlana kafa atmak? Kızım kimsin sen? Zeyna mısın?"

"Hocam, orada nefsi müdafaa vardı. Damarıma bastı!"

"Evet müdür bey, haklı. Damarına bastım, ondan oldu. Şikâyetçi değilim ben." Burnuna tıkalı pamuklarla Barış'ın bu söylediği ne kadar ciddiye alınabilirdi, inanın bilmiyorum.

"Ne demek şikâyetçi değilim oğlum? Şu yüzünün haline bak!"

Barış bana doğru bakıp güldü. Ben ise yüzümü buruşturdum. Bu hali cidden fazlasıyla sinirimi bozuyordu o an sebepsiz. Yapmacık şey!

"Şikâyetçi değilim. Eğer bir ceza alınacaksa, cezaya ortak olmam lazım. Dediği gibi, ben damarına bastığım için oldu." Barış'ın söyledikleri müdür beyin renkten renge girmesine yol açmıştı. O sırada Barış'ın yanında duran kızlardan birisi elini kaldırdı. "Ama ben birinden şikâyetçiyim müdür bey!" Parmağıyla Oğuz'u gösterdi kız sinirle. "Bu çocuk! Benim kavgayla hiçbir alakam olmadığı halde, bana sarılıp 'Lütfen sakin ol, yapma lütfen!' diye salak salak şeyler söyledi!" Hepimiz geri zekâlı bir yüz ifadesiyle sırıtan Oğuz'a baktık. Kulağıma "Nerede olursan ol, fırsatı değerlendireceksin kızım," dedi yılışık yılışık. Dirseğimle karnına bir tane geçirince sustu.

"Sizi uyarıyorum... " Müdür parmağını bize doğru sallamaya başladı. "Bakın uyarıyorum, bir daha en ufak bir şeyden buraya gelirseniz, hepinizi-" Gökhan parmağıyla yan taraftaki kızı gösterince, müdür bey öksürdü ve devam etti. "Hepinizi, hoş olmayan şekillerde ağırlarım. Tamam mı?"

***

Müdür ilk bizi kovdu odasından. Biz tam dışarı çıkarken, Barış arkamızdan yetişti. "Bi'dakika..." Cebinden telefonunu çıkarıp, beni yanına çekerek hızlıca bir fotoğrafımızı çekti. Ali hemen yanımıza gelip beni kendine doğru çekti sinirle. "Ne yapıyorsun lan yavşak!" diye bağırdı. Barış, Ali'nin sert çıkışına gülümseyerek karşılık verdi sadece. Eliyle sakin ol hareketi yaparak, tam Ali beni çekerken yarım yamalak çıktığım fotoğrafı bize gösterdi.

"Büyük aşkların nefretle başladığı geyiğine inanmayanlara, bana âşık olduğunda bunu göstereceğim." Gözlerimi kırpıştırarak baktım sırığa. Çünkü söyledikleri alıcılarımla oynamıştı sanırım, aldığım veriyi işleyemiyordu beynim. Âşık olmak mı?! Arkasını dönüp yürümeye başladı. Birkaç adım sonra durdu, başını benden tarafa çevirdi ve burnundaki pamukları çıkarıp yandaki çöp kovasına fırlattı. "Unutma Yaprak, bir gün sen de bana, en az benim sana olduğum kadar âşık olacaksın."

"Ben bu çocuğu sikerim." Ali'nin kolundan tuttum. Boynundaki damarların atışından ne kadar sinirlendiği açık ve net belli oluyordu. Barış ise çoktan uzaklaşmaya başlamıştı yanımızdan.

"Beni de yazın! Ben de. Hayatımda çok bir tarafı kalkık insan gördüm, ama bu herifinki Eyfel Kulesi'nde anasını satayım."

"Özgüvenden yampir yampir yürüyor baksana şuna. Yampirik piç! Ah okulda olmasaydık var ya, her bir hücresini ayrı ayrı-" Elimle hepsine susun işareti yaptım, Gökhan küfrünün doruklarına çıkmadan. Hepsinin bir anda nefret ettiği adamlar listesinde trend topiç olmuştu sırık oğlan.

"Tamam artık, yeter. Sırık oğlan mevzusunu kapatıyoruz." Yaprak'tım ben. Kimsenin âşık olmasına ihtiyacı olmayan, kimseye âşık olmaya gerek duymayan Yaprak. Sırık oğlanın başlattığı oyun neyse, asla yenilmeyecektim. Başlarım aşkına da, sırığa da diyerek hiçbir şey olmamış gibi eski halime geri döndüm, onları da yatıştırabilmek için. "Eee? Akşam bi' Pes turnuvası mı yapsak?"

***

Akşamüzeri Pes turnuvamızı benim ezici galibiyetimle sonlandırmıştık ve yine herkes kendi köşesinde salak salak takılmaya başlamıştı. Ben ise halıda bir köşeye kıvrılmış, ölümümü bekliyordum. Sabahtan beri çılgınlar gibi karnım ağrıyordu! Popomun üzerinde kayarak yerde oturan Ali'nin yanına gittim ve yanına sokuldum. "Ali'm, karnımı sıvazlar mısın azcık? Çok ağrıyor." Ali'nin o gün neşesi hiç yerinde değildi. Hepimizin sırık oğlan yüzünden keyfi kaçmıştı ama biz hemen eski halimize dönmüştük. Bana diğerlerinden daha çok annelik-babalık yaptığı için galiba, bu durum en çok onun canını sıkmıştı. Ali ben söyler söylemez usulca karnımı sıvazlamaya başladı.

"Acaba kırmızı alarm mı? Geçen gün burada düşürmüşsün bir paket şey..." Kulağıma eğilip fısıltıyla konuşmaya başladı. "Hani şu kanatlı şeylerden... Dolaba sakladım, bizim sığırlar görüp dalga geçmesin diye. İstersen, getireyim..." Evet, pedlerden bahsediyordu. Ali hariç hepsi bu konuda çok geyik döndürdüğü için, sessiz söylemişti bunu. Düşünceli Ali'm... Ama ne yazık ki, kafasını Ali ile aramıza sokmuş Sinan, çoktan konuşmamıza kulak misafiri olmuştu bile.

"Kanka bir şey sorabilir miyim?" Yüzünde yine pislik yaparken takındığı surat ifadesi vardı. "Bu konularda, erkeklerin arasında olan sigara otlakçıları gibi kızlar var mı? Yani sürekli gelip 'Bi dal şeyin var mı ya... Hassas günümdeyim de' falan diyen." Gözlerimi sinirle kıstım Byakugan'ını kullanan bir Ninja misali. "Hassas günümdeyim, hassas hassas çarptırma suratına Sinan!"

"Ben inanmıyorum var ya bu kızların hassas gün muhabbetine." Gökhan'ı dürttü sonra. "Haksız mıyım? Bence bunlar kendi aralarında anlaşıp, sinirlerini erkeklerden çıkarmak için uydurdular bence. Bizi yiyorlar, ayda bir hafta hassasım diye. Ulan bir insan hayatının dörtte birini nasıl hassas dönem ayağına cama yapışan sinek misali delirmiş gibi geçirir?"

"Ben de senin gibi düşünüyorum kardeşim," diye onayladı Gökhan. "Adam öldürseler, hassas dönemimdeyim deyip yırtacaklar. Keşke bizim de hassas dönemlerimiz olsaydı anasını satayım. Maçta çok gol yiyince, 'Ama benim hassas dönemim!' diye cırlayıp dayaktan yırtardım."

"Oğlum çok komik olurdu lan, düşünsene... Halı sahaya gitmeden milletin hassas gün çizelgesine falan bakardık." Başımı Gökhan'ın dizine doğru atıp, anıra anıra güldü Sinan. Gökhan da karşılık verdi. Biz Ali ile sadece acıyarak bakıyorduk ikisine. "Düşünsene Oğuz'un sıradan kalkarken kulağıma eğilip 'kanka arkamı kontrol etsene ya' dediğini" deyince kendimi tutamayıp ben de güldüm. Ne kadar, dünyanın en utanç verici konuşmasın yapıyor olsalar da, komikti. Yine de içim rahat etsin diye, üç saniye içinde ciddileşip, "Sinan, yemin ederim makineden yeni çıkmış ıslak çamaşır gibi seni mandalla çamaşır ipine asarım o fazlalığından!" diye bağırdım. Onlar hâlâ az önceki konuşmalarına karınlarını tuta tuta gülerken, odadaki eksikliği fark ettim. Oğuz. "Bu arada Oğuz nerede?" dememle birlikte Oğuz vücuduna bir sürü ped yapıştırmış bir halde içeri girdi.

"Kanka bu bebek bezleri ne değişik lan!"

***

Eve her zamanki saatinde gelip kendimi yatağıma attım. Normalde ilk işim telefonumu alıp bizimkiler yine ne kaynatıyor diye kontrol etmek olurdu. Ama onun yerine gömleğimin cebinden sırık oğlanın bugün bana yazdığı notu çıkarıp tekrar tekrar okudum. "Geri zekâlı sırık oğlan..." Kâğıdı dörde katlayıp yanımdaki komodinin çekmecesine yerleştirdim yataktan kalkmadan. Elimi cebime atıp saatlerdir titreyen telefonumu çıkardım. Bizimkilerle olan Whatsapp grubuydu titreşimlerin sebebi. Yine kendi aralarında dünyanın en saçma muhabbetlerini döndürüyorlardı. Araya içip içip, saçmasapan karakterlerle oluşturduğu yeni lugatıyla salça olan Gökhan'ı saymazsak, her şey normaldi. Niyeyse o gün, bir şey yazasım gelmedi gruba. Telefonu tam yastığımın altına koyacakken, telefonuma başka bir mesaj geldi. Hızlıca tuş kilidini açıp, mesaja baktım. Bilmediğim bir numaradan gelmişti mesaj. "Pencerenin önüne bak" yazıyordu sadece. Bu mesaj nedense kalbimi hızlandırmıştı. Normalde olsa bu mesaja 'kimsin lan sen yavşak' diye cevap atardım. Ama o an telefonu hemen yatağa fırlatıp koşarak pencerenin önüne gittim ve perdeyi sonuna kadar açtım. Görünürde bir şey yoktu. Pencereyi açtığımda ise, pencerenin tam önünde bir saksı buldum. Ufacık, pembe bir çiçeğin dikili olduğu küçük bir saksı... Üzerinde yine o aşina olduğum not kâğıdı ve bir not...

"Bu küçük çiçeği ilerde 'seviyor, sevmiyor' yapmak için büyüt. Benim yerime... Benim ona ihtiyacım yok, çünkü ben sonucu biliyorum. Seveceksin."

Sinirle kâğıdı söktüm yerinden. Saksıyı eski yerine bırakıp, pencereyi kapattım. "Geri zekâlı sırık oğlan... Bok olurum sana âşık!" Tam kâğıdı buruşturup atacaktım ki, arkasında da bir not olduğunu gördüm. Buruşturduğum kısımları tırnağımla düzeltip arkadaki notu da okudum.

"Küfür mü ettin az önce? Ya da 'sana asla âşık olmayacağım' diye tepindin mi halıda? Peki o zaman Amazon kızı... Var mısın iddiaya?"

Beşinci Bölüm

Okula her zaman hep birlikte giderdik. Önce Ali ve Gökhan beni alırdı, sonra biz Oğuz'u ve en son Sinan'ı alırdık evinden. Ama o gün hiçbirini beklemeden tek başıma gittim okula. Çünkü Bay Sırık'la bizimkileri karıştırırsam içimden hoş bir şekilde çıkamayacağımız ufak bir meselemiz vardı. Erkenden gidip sınıflarının kapısının önünde beklemeye başladım. Sanırım biraz abartmışım, çünkü saate baktığımda daha 7.30'u gösteriyordu. Yüzümü buruşturarak telefonu cebime tıkıştırdım ve telefonumla aynı cebimde olan not kâğıdını da aynı anda çıkardım. Buruşuk kâğıdı parmaklarımla düzelterek açtım ve bilmem kaçıncı defa okudum içimden. 'Var mısın iddiaya?' O cümleyi sesli bir şekilde söyleyip, derin bir nefes aldım gözlerimi kapatıp. "Ne oldu? Galiba çok hoşuna gitti notum." Omzumun arkasından bir anda kafasını uzatan sırık oğlan, az kalsın beni kalpten götürüyordu. Koluna ufak bir yumruk attım. Elimi korkudan hızla çarpan kalbime götürdüm. "Ne oldu? Korkuttum mu Amazon kızını?" diye sordu.

"Ne korkacağım be! Boş bulundum bir an sadece..." Gözlerimi kaçırdım. Cidden boş bulunmuştum. Ne güzel, bütün diyeceklerim hazırdı ama o bir anda çıkınca karşıma, diyeceğim her şey uçup gitmişti aklımdan. "Beni görmek için mi sabahın köründe geldin okula?" diye sorunca, "Alakası yok. Sadece..." dedim hâlâ toparlanamamamın verdiği etkiyle. Uzun boyu yüzünden uzak kaldığım yüzünü, yine benimkine yaklaştırdı. "Sadece ne?"

"Bu." Elimde buruşturduğum kâğıdı yüzüne doğru uzattım. "Bunu iznin olursa en hassas yerlerine yerleştirmeye geldim. Ben sana demedim mi bir daha-" Hiç beklemediğim bir şey yaptı o an ve burnumu sıktı. "N-ne yapıyorsun!" Sesim üç yaşındaki gibi çıkmıştı. "Bıraksana!" Burnumu tutan parmaklarına tırnağımı geçirdim. "Bak böyleyken hiç de Amazon kızı değilsin. Bildiğin ufak minicik tatlı bir kedi gibi, miyavlıyor ve tırnaklıyorsun beni." Burnumdaki parmaklarını gevşetince sol göğsüne sağlam bir yumruk attım. "Oğlum sorunlu musun sen? Derdin ne benle?" diye bağırdım sesimin boş koridorda yankılanmasına aldırmadan. Muhtemelen kıpkırmızı olmuştu yüzüm sinirden o an. Cebinden aniden telefonunu çıkarıp fotoğrafımı çekti. Flaş patlayınca far görmüş tavşan gibi kalakaldım. "İşte şimdi delirdim! Ver çabuk onu!"

"O zaman al." Ben telefonu alabilmek için ona doğru bir hamle yapınca telefonu havaya kaldırdı. O boyuyla havaya kaldırdığı telefonun önünde gökdelene bakan fare gibi kalakaldım. Ne zıplamam ve ona vurmam ne de başka bir şey yapmam fayda etti. Birkaç küfür, birkaç hakaret eşliğinde süren çabam elimde patlayınca ellerimi belime koyup öylece durdum karşısında. "Ne oldu? Pes mi ettin? Amazon kızı bir telefonu mu alamıyor benden?" Gözlerimi kıstım ve "Varım!" dedim.

"Neye?"

"İddiaya. Varım. Ne yaparsan yap sana âşık olmayacağım sırık oğlan. Hatta eğer gerçekten dediğin doğruysa, bana karşı bir şeyler hissediyorsan onu da yok edeceğim. Zerresi kalmayacak. İlk aşamaya başlayalım mı?" Yukarı kaldırdığı kolunu usulca serbest bıraktı ve telefonu cebine koydu. "Hay hay... Başlayalım. Ama ne yaparsan yap, senden soğumam."

"Emin misin? Peki. Bunu sen istedin. Bundan sonra kork benden!" dedim parmağımı yüzüne doğru sallayarak. Sonra arkamı dönüp hızlı hızlı yürümeye başladım. İki sınıf ilerlemiştim ki tekrar ona doğru döndüm ve koridordaki iki üç kişiye aldırmadan bağırdım. "Ayrıca o telefon var ya..." dedim o bana şaşkın şaşkın bakarken. "Hah işte o götüne girsin!" Saçlarımı savurup gururla ilerledim. Bir erkek küfür eden kızlardan hoşlanmazdı değil mi? Bence bu soğuması için yeterli bir sebepti. Üçüncü sınıfı da geçiyordum ki, arkamdan bu defa o bağırdı.

"Amazon kızı! Yanlış yoldasın. Ben senin iki soğanlı dürümü mideye indirip geğirerek 'oh be' deyişini görmüş adamım. Bunlarla beni kendinden uzaklaştıramazsın." Gülümsedi. Benim suratımdaki şoktan tatmin olunca, ellerini cebine sokup sınıfına girdi. Ben ise arkasından salak gibi bakakaldım.

***

O gün, okul bittikten sonra mahalledeki kahvehane benzeri mekâna gidip okey oynamaya karar verdik. Sami Abi'nin mekânı dünyadaki bütün kafelerden de müthişti! Emekli dayılarla birlikte Türkiye gündemini tartışıp, maç muhabbeti yapıp aynı zamanda okey oynamak... En zevk aldığım şeylerden biriydi kesinlikle! Bugün yaşadığım sırık oğlan sinir harbinin tek ilacıydı bu.

"Lan yavşak, taş mı çalıyorsun sen?!"

"Lan kıçımdan mı çıkaracağım taşı! Bak lan bak, bak!" Gökhan kafasına bağladığı kravatla Sinan'ın üzerine yürürken cidden komik görünüyordu. Taşlarımı dizerken o görüntüye güldüm. "Hele bir çalsın, benim gözüm üstünde, çaldığı bütün taşları alt boşluktan sokup kulağından çıkarırım valla." Ali, okey oynarken sürekli taş çalmaya kalkan Gökhan'a bakmadan söylemişti bunu. Gökhan, Sinan, Ali ve ben oynuyorduk, Oğuz yancı olarak takılıyordu. Masanın altından Oğuz'un ayağına vurdum. Bana kaş göz yaparak Sinan'ın elinde neler olduğunu anlatmaya başladı. Her zamanki taktik! Oğuz'u kandırmak, her zaman kolaydı. Bir de yakalanmasa! "Lan bu ne kaş göz yapıyor götümün ardından! Piç, kopya mı veriyorsun yine Yaprak'a?"

"Kanka, ne alakası var? Yüz egzersizi yapıyorum ben."

"Bir dakika arkadaşlar!" deyince durup Gökhan'a baktık hepimiz. Istakasından bir taşı alıp ortaya fırlattı. "İşte buna okey derler!" Hepimiz gözümüzü kısarak Gökhan'a baktık. "Taş az gelir. Istakayı sokmak lazım buna. Nerden çaldın lan yine sen o taşları?"

"Ya kıskanmayın kardeşinizi... Burada yılların okey oyuncusu duruyor" dedi çirkin galibiyet surat ifadesiyle. Taşları karıştırmaya başladık Gökhan'a söylenerek "Bu arada Yaprak'ım o uzun ibnetor rahatsız ediyor mu daha?" Gökhan her şeyi dalgaya alır, cidden önemsediği şeyleri bile şakaya vurarak söylerdi hep. İçten içe beni çok önemsediğini, koruyup kollamak istediğini bilirdim ama o an olduğu gibi. Yanağını sıktım. "Merak etme Gökkuşum. Bir şey yapamaz o bana." Sami Abi'nin çırağı Samet'e seslendim sonra. "Hop, Samet, bana oradan bi' tost getirsene ya... Karışık olsun. Ketçap, mayonez bol olsun, bozuşmayalım."

"Senin ruhun 56 yaşında bir emekli dayı değilse ben de bir şey bilmiyorum Yaprak'ım."

"Ne 56 yaşı be... 70'inden sonra elini arkaya atıp gezen, sapık dayılara benziyor Yaprak bence. Bak şimdi..." Kısık gözlerle baktığım Sinan, kulağımın arkasına bir dal sigara yerleştirdi. "İşte şimdi tam olmadı mı?"

"Kanka, içlik de giyiyor musun? Hani şu yünlü, krem rengi olandan?"

"Ali'm, şunlara bir şey der misin?" dediğimde, "Susun, sikerim," dedi Ali başını dizdiği taşlardan kaldırmadan.

"Kanka, bu Ali'de hafif ılıklık mı var lan? İki lafından biri bu anasını satayım. Hayır halleniyor mu ne yapıyor?" dedi Oğuz, Sinan'ın kulağına. Ali "Lan yavşak, hallensem sana mı hallenirim!" diye cevap verdi yine aynı sakinlikle.

Okeyde, bir sonraki el de Gökhan ne yapıp edip yine kazandı. Hesabı bize iteleyeceği için bir kahvede yenip içilebilecek her şeyi yiyip içtiği için kahvehanenin tuvaletine kustu. Geri zekâlı klozete yetişemediği için, direkt lavaboya kusmuş ve giderleri tıkamıştı. Gittiğimizde kustuğu her şey lavabonun üzerinde yüzüyordu. Oğuz'la koşarak gidip dükkânın birinden pompa satın aldık. Evde yalnız kaldığı için bu işlerden bir tek Ali anlıyordu. Ama en son yine Gökhan'ın kusmuğunu temizlediği için delirince, Gökhan'ı pompayla üç sokak kovaladı. Sonra eve gitmemek için dışarıda biraz oyalandık ve saat 10'a gelirken beni eve bıraktılar, böylece bu günü de böyle bitirmiş oldum.

İçinde büyük bir sıkıntı olan Ali, gecenin ilerleyen saatlerine aldırmadan bankta oturuyordu sigarasını içerek. Üst üste sekiz tane sigara yakmıştı o gece. Dokuzuncuyu cebinden çıkardığında birisinin ona seslendiğini duydu. "Biraz daha içersen, bir rakibimden hızlıca kurtulacağım." Gelen Barış'tı. Ali, sigarasından büyük bir lokma alıp oturduğu yerde geriye doğru yaslandı. Barış ise, tam yanına oturmuştu çoktan.

"Ne istiyorsun?"

"Hiç. Sadece konuşmak istedim."

"Ne hakkında?" Ali ne hakkında olduğundan emin olsa da, formaliteden soruyordu. Çünkü Barış'ın konuşmak istediği konu canını acıtacaktı, biliyordu bunu. Barış, "Sen de Yaprak'ı seviyorsun değil mi?" diye sorunca birden, Ali cevap veremedi. Sessizliğe "Son bir yıldır Yaprak'ı izliyorum uzaktan. Doğal olarak sizi de... O'na diğerlerinden farklı bakıyorsun," diye bir soru daha yöneltti çocuk, Ali'den bir cevap bekler gibi.

"Seni ilgilendiren bir şey olduğunu düşünmüyorum."

"Evet, seninle ilgili bir şey beni ilgilendirmez. Sadece... Üzülerek Yaprak'ın ilerde bana âşık olacağını söylemek istedim, o kadar. Yani, kazanan tarafın sen olmana izin vermeyeceğim." Ali yine cevap vermedi. "Saçma gelebilir şimdi bir anda karşına çıkıp bunları söylemek ama... Sanırım en ciddi rakibim sen olduğun için biraz korktum. Bunu bir savaş ilanı olarak kabul edebilirsin."

"Seviyor musun Yaprak'ı?"

"Çok."

"Anladım. O zaman ben kaybetmem."

"Anlamadın?"

"Eğer Yaprak sana âşık olsa da kaybetmem ben. Benim için Yaprak mutluysa, ben kazanmışımdır. Bana âşık olması gerekmez. Ben onu yıllardır böyle sevdim." Ali yarım sigarasını bankta söndürdü ve ayağa kalktı. Ellerini pantolonunun cebine atıp, yürümeye başladı. Birkaç adım attıktan sonra durdu ve arkasını bile dönmeden Barış'a son sözünü söyledi. "Ve unutma, eğer Yaprak'ın canını en ufak sıkarsan, senin canını fena yakarım." Barış'ın bir şey demesine fırsat vermeden evinin yolunu tuttu. İçinden 'benim kızımı benden başkası fark etti demek' diye geçirip, göğsünün üzerinde yıllardır gözünden sakındığı oyuncağını kaybetmiş bir çocuğun acısını taşıyarak...

Altıncı Bölüm

Oğuz, ikinci dersin teneffüsünde, bir koluna taktığı bir simit, ağzında kocaman bir lokma ile koşarak Gökhan'a duymak istediği bir haber verdi, "Gökhan, Merve kantinde lan!" diye bağırarak.

"Ne demek lan Merve!" deyip uyuduğu masasından kafasını kaldırdı Gökhan. "Yaprak koş koş koş!" Arka sırasında oturan beni kolumdan tuttuğu gibi çekti. "Oğuz, sen gelme, ağzına sıçarım." Önümde Gökhan, arkasında ben, koridorda koşmaya başladık ben daha ne olduğunu kavrayamadan.

"Oğlum sakin olsana iki dakika lan!"

"Kızım, üç dakikalık teneffüste, gerekirse ışınlanmayı bulup inerim üç kat aşağı, birkaç saniye daha fazla görmek için, sakin ol deme bana lütfen." Nefes nefese üç kat merdiven indik. Kantinin tam önüne gelince Gökhan kapının yanındaki kolona yaslanıp birkaç saniye soluklandı. "Bak Yaprak, sanki ben ona hiç bakmıyormuşum gibi yapacağız, sanki sen bir şey almaya gelmişsin-" Elimi uzatıp, olaya hâkim Yaprak yüz ifademle susturdum onu. "Gökhan, bu işlerin kitabını yazdım sayenizde. Sen kendine hâkim ol, gerisi bende." Usulca omzuna vurdum. "Doğal davran, salak salak hareketler yapma. Hatta Merve'ye arkadaşça bir selam ver. Bu ona sanki sallamıyormuşsun havası verir, bu hafta yaptığın rezillikleri biraz kurtarırız belki." Gökhan başıyla onayladı ve ikimiz aynı anda içeri girdik. Merve hemen kapının sağındaki masadaydı. Dirseğimle dürttüm ve fısıldadım. "Sakin ol ve selam ver. Arkadaşça." Gökhan tek elini cebine atıp, Merve'nin masasına doğru bir iki adım attı ve sanırım o an 'eski sevgililik' tarihine geçecek bir salaklık yaptı. "N'aber lan göt?" Geri zekâlı arkadaşım ve onun arkadaşça selam verme şekli... Evet, hata ona arkadaşça selam ver deyip, güvenen bendeydi. Merve, masadaki arkadaşları ve ben, yüzümüzde kocaman bir şokla bir süre Gökhan'a baktık. O ise, gururla Merve'ye bakıyordu hâlâ. Durumu kurtarmak için koşarak yanlarına gittim hemen. "Merveciğim! Nasılsın? Gökhan da işte-" derken ben, "Her zamanki öküzlüğü işte Yaprak. Sorun değil, alışkınım ben," diye cevap verdi Merve.

"Ne öküzlüğü lan? Hâlâ arkadaş sayılırız ya, seni takmıyorum ya, ondan arkadaşça bir selam verdim. Ne var bunda? Ha?" Gökhan ellerini masaya dayayıp, kafasını Merve'ye doğru yaklaştırdı. Merve ise yapmacık bir şekilde gülümseyerek gözlerini devirdi, haklı olarak. Gökhan gitgide bayıltıyordu...

"Evet, eminim takmıyorsundur Gökhan Bey. İçip içip aramalar, erkek arkadaşıma küfür etmeler, salak salak göndermeli tweetler atmalar... Nasıl arkadaş kalmaksa artık." Merve'nin şu anki sevgilisinin geçtiği her cümlede, Gökhan sinirden yerde yuvarlanma derecesine geliyordu ve Merve de bunu çok iyi biliyordu. Adım gibi eminim, o an sırf Gökhan'ı delirtmek için sevgili muhabbetini açmıştı.

"Hiç de... Ne seni, ne şu anki sevgilin olacak o yavşağı umursuyorum. Ayrıca şimdi o piçi araya sıkıştırıp hatırlatman şart mıydı?" deyince Gökhan, Merve dalga geçer gibi baktı. İstediğini almıştı bile. Gökhan'ı kolundan tutup sınıfa çekmeye çalışsam da, beceremedim. Ne yaparsam yapayım, Shikamaru'nun gölge jutsusu ile yere sabitlenmiş gibiydi o an. Tek bir milim oynatabilene aşk olsun! Merve sessiz kaldıkça ise, Gökhan'ın şalterler biraz daha attı. Bu defa içinde tuttuklarını patlattı art arda. "Kim lan o piç? Hangi okulda? Karşıda mı? Kaçıncı sınıf?" Gökhan'a sessiz birkaç küfür edip, kolundan tekrar çektim. Asla vazgeçmiyordu.

"Seni ilgilendirmez Gökhan."

"Bak o çocuğu bulduğum yerde kıçından soluk alacak hale getiririm Merve. Delirtme beni! Söylesene lan!"

"Oğlum bana bak, biz ayrıldık!" dedi en son Merve dayanamayıp ayağa kalkarak. "Tamam mı? Bitti. Bitiş çizgisini gördük. Şu an ne bana karışmaya hakkın var, ne de 'erkek arkadaşıma' bir şey demeye..." Erkek arkadaşıma derken havaya parmaklarıyla görünmez iki tırnak çizmişti.

"Erkek arkadaşını sikeyim senin."

"Kibar ol biraz, hayvan!"

"Erkek arkadaşın olan beyefendiye cinsel istismarda bulunayım senin. Oldu mu?"

"Tam bir geri zekâlısın" dedi Merve ve yanındaki arkadaşlarına eliyle bir hareket yapıp onları da ayaklandırdı. Tam yanımızdan geçerken Gökhan'ın kulağına "Ayrıca biz öpüştük bile" diye fısıldadı ve saçlarını savurarak yanımızdan ayrıldılar. Merve ve Gökhan'ı delirtme yöntemleri... Gökhan, iptal.

***

Öğlen, yemekhanede yemek tepsilerimizi alıp, kendimize pencere kenarından bir yer seçtik. Gökhan yine hardcore depresyon yaşıyordu, Merve'nin sabah söyledikleri yüzünden. "Arkadaşlar, bundan sonra aşk gazisi sayılırım ben. Artık otobüslerde bana yer vermeleri lazım."

"Oğlum abartmasana, memeli popülasyonunun bu kadar yoğun olduğu bir ütopyada bir çift meme için amma tatava yaptın."

"Lan sen kimsin Merve'ye bir çift meme diyorsun?"

"Ulan susun ikiniz de, yeter! Uykusuzum, başım çatlıyor." Ali neredeyse ilk kez konuşmuştu o gün. Sandalyemi popomla hareket ettirerek Ali'ye yaklaştım ve başını ellerimin arasına aldım. "Ali, iyi misin bugün?" diye sorduğumda birkaç saniye yüzüme baktı, sonra çatalına taktığı köfteyi ağzıma tıkıştırdı. "İyiyim."

"Nasıl iyisin be? Böyle iyi mi-" Ağzıma bir köfte daha sıkıştırdı. "Ağzın doluyken konuşma."

"Tabağında iki köfte var, onu da bana mı veriyorsun salak mı-" Son köftesini de çatalına takıp ağzıma doğru uzattı. Kafamı geri çekip ağzımdaki lokmayı yutarak, konuştum. "Yemeyeceğim. Sen ye onu da! Zaten canın sıkkın gibi-" Burnumu sıktı, nefes alabilmek için ağzımı açtığımda ağzıma çataldaki son köfteyi tıkıştırdı. Köfteyi çok sevdiğimi bildiği için, ne zaman yemekte köfte çıksa, tabağındakilerin hepsini bana yedirirdi zorla. Ben yüzümü buruşturarak siniri sinirli, bir yandan da bugünkü haline üzülerek Ali'ye bakarken, elinde tepsisiyle Sinan masaya hızlıca oturdu.

"Neredesin lan sen sabahtan beri?"

"Sormayın, Gözde ile uğraşıyorum. Hatun delirdi, yanımda dişi sinek görse sinekliği, kız görse kılıcını kuşanıp yanımda bitiyor. Abi delirtti. Demin de konuştuğum bir kıza saldırdı. Ayırırken, beni de araya alıp, doğmamış çocuklarıma tekme attı vicdansız. Çok acıyor," dedi Sinan yüzünü buruşturup. "Neymiş, ona umut verip geri çekilmişim. Ulan sanırsın kızı nikâh dairesine götürüp, sonra nikâh şahidisin dedim."

"Kanka, hayırlı olsun, Gözde sana bugüne kadar yaptıklarını ağır ödetecek gibi," deyince Oğuz, Sinan omuz silkti. Sonra yemeğine gömüldü hiçbir şey olmamış gibi. Ne de olsa, o bir yolunu bulurdu çünkü. Klasik Sinan ve kızlarla problemleri işte...

Yemeklerimizi yerken pencereden Barış'ı gördüm. Tam pencerenin yanında oturduğum için o da beni görebiliyordu. Eliyle aşağı inmem için işaret etti. Kafamı geri çevirdim. Bu defa telefonuma mesaj attı. Çocuklara çaktırmamak için masanın altında okudum gelen mesajı, gizli gizli. "Sana çok önemli bir şey söyleyeceğim. Aşağı iner misin?" yazıyordu. Mesajı silip, telefonu cebime tıktım. Ali yüzüme baktı o an. Kendimi ondan bir şey saklıyor gibi hissettiğim için suçluluk duygusuyla doldum. Gözlerimi kaçırıp, tepsimdeki yemeklerle oynamaya başladım. Biraz oyalandıktan sonra çaktırmadan pencereden dışarı baktım tekrar. Ağaca yaslanmış, bana bakıyordu. Benim de ona baktığımı görünce yaslandığı ağaçtan sırtını çekti ve telefonu çıkarıp bir şeyler yapmaya başladı. Bana yeni bir mesaj gönderip göndermediğini kontrol etmek için elimi cebime attığımda yemekhanede tuhaf bir şey oldu, karşı masadakilerin hepsi aynı anda elini telefonuna attı ve birkaç saniye sonra dönüp bana baktılar. Bizimkilerin sırtı yemekhaneye dönük olduğu için çok şükür onlar görmedi. Şaşırdığımı çaktırmamaya çalışarak göz ucuyla pencereden aşağı baktığımda Barış sırıtıyordu. Hiçbir halt anlamadığım için saçma bir bahaneyle bizimkileri yemekhanede bırakıp, aşağı Barış'ın yanına koştum. Kolundan tutup, duvarın kenarına çektim panikle. Pencereden bizimkiler görsün istemiyordum. "Ne mesaj attın millete? Niye dönüp bana baktılar?" dedim dişlerimi sıkarak.

"Hiçbir şey. Sadece bizim basketbol takımına antrenman saatinde ufak bir maç yapacağımı, o saatte basketbol sahasına gelmemelerini söyledim. O kadar."

"Bunun bana bakmalarıyla alakası ne peki sırık bey?"

"Ah, önemli bir durum değil. Rakibimin sen olacağını da yazdım da, ondan hepsi baktı sanırım."

"Dalga mı geçiyorsun benle yine?"

"Hayır. İddiaya varım dememiş miydin? Ufak bir iddiayla başlayalım. İlk ben seçiyorum. Teke tek basketbol maçı."

"Asla. Seninle uğraşamam!" deyip arkamı dönüp gidecektim ki, kolumdan tutup beni kendine doğru çekti. "Ne olursa olsun, benim bir yıldır izlediğim Yaprak, sözünde durur."

"Salak herif, okulun basketbol takımından biri ile basket maçına tutuşacak kadar geri zekâlı mıyım ben sence?" dedim kolumu ellerinin arasından çekip.

"Ha... O kolay. Kurallar farklı zaten. Senin attığın her sayı beş puan değerince olacak. Benimkiler bir... Ve on olan kazanacak. Bence avantajlısın."

"Diyorsun," dedim gözlerimi devirip. Bir anda aklıma yatmıştı sanki. Ama hâlâ bu iddia meselesinde gaza gelip evet dediğim için pişmanlık duyduğumdan, atlayamıyordum da hemen evet diye. Cevap vermeyince tekrar söze girdi. "Söz verdin, unutma. Varım iddiaya demek, senin sözlüğünde ne anlama geliyor bilmiyorum ama, benim için anlamı bu soruma evet olarak geliyor."

"İyi be tamam. Neyse ne... Çıkışta gelirim. Seni yenince ağlamak yok ama." Yine sırığın bile boyundan büyük laflar ettiğime göre, salaklık kotamı doldurmuştum. Bir şey demesine izin vermeden arkamı dönüp yürümeye başladım. Arkamdan "Ödül ve cezayı merak etmiyor musun?" diye bağırana kadar. Olduğum yerde durdum ve kaşlarımı çatarak arkamı döndüm. Koşarak yanıma geldi. "Eğer sen kazanırsan ne istersen yapacağım, sınırsız yetki veriyorum sana. Ama ben kazanırsam..." Bir adım daha yaklaştı ve parmağıyla bacaklarımı gösterdi. "Okulda giydiğin şu pantolonu çıkarıp, yerine bir hafta boyunca diğer kızlar gibi etek giyeceksin."

***

Çıkışta yine bir bahaneyle bizim çocuklardan ayrılıp, basketbol sahasına gittim. Her ne kadar avantajlı olsam da, bana sık sık topu bilerek kaptırsa da, basketboldan zerre anlamayan ben sırık beye şahane bir şekilde yenildim. Elime bir poşet tutuşturdu maç sonrası. İçinde muhtemelen bir okul eteği vardı. Hiçbir şey demeden elimde poşetle basketbol sahasından çıktım. İçimde bizimkilerden gizli iş yapmanın verdiği vicdan azabı, yenileceğimi bile bile ağzımdan çıkan bir laf yüzünden buraya gelip o sırıkların efendisine yenilmemin verdiği sinirle, elimdeki poşeti yere koyup, ayağımla gelişine vole vurdum spor salonunun çıkışındaki koridora gelince. "Geri zekâlı sırık... Aptal... Boyunu bosuna sokayım senin. İki metre boyunla bir kızı yenince adam mı oldun? Yavşak herif. Michael Jordan oldu sanki başıma çakma NBA oyuncusu. O basket topu-" Ben sinirle poşete tekme atarak bunları sayarken bir öksürük sesi böldü lafımı.

"Kulaklarımı kanattın Amazon kızı." Barış kapıya yaslanmış,

bana bakıyordu. Kulaklarını işaret etti ve güldü. Ben sinirle, yere attığım poşeti alırken, ayak seslerini duydum. Kafamı kaldırdığımda tam önümdeydi. Benim sinirlenmeme fırsat vermeden, hiç beklemediğim bir şey yapıp omuzlarımdan tutarak sağa doğru dönmemi sağladı. Karşımızda bir boy aynası vardı. Kendimi görünce bir tuhaf hissettim. Maç yaptığım için terlemiş ve sinirden kıpkırmızı olmuştum. Ben kendi tuhaf yansımama bakarken bir anlık boşluğumdan yararlanıp, yukarıdan sımsıkı topladığım saçlarımdaki tokayı bir çırpıda çıkardı. Saçlarım omuzlarımdan aşağı dökülüp, belime düştü. "Sırık oğlan, zaten çok sinirliyim, daha fazla oynama benle. Ver şu tokayı!" diyerek arkamı döndüğümde omuzlarıma biraz bastırıp, tekrar aynaya dönmemi sağladı. "Bak bir kendine... Yemyeşil gözlerin var. Adın gibi... İnsanın boynuna dolayıp, nefesini kesebilecek kadar güzel olan simsiyah, upuzun saçların... Küçük, pespembe bir dudağın var. İnsanın değil öpmeye, dokunmaya kıyamayacağı güzellikte... Burnun... Kaşların... Gözünün altındaki o ufak iki ben... Neden bunları gizliyorsun Yaprak? Neden haylaz bir erkek çocuğuymuşsun gibi davranmak zorunda hissediyorsun kendini? Benim için fark etmez. Hatta böylesi daha bile iyi, sadece ben görürüm güzelliğini. Ama hal böyleyken, sen bile ne kadar güzel olduğunun farkında değilsin. İşte bu yüzden, ne olursa olsun gireceğimiz bütün iddiaları kazanıp, önce senin kendi güzelliğini sana kanıtlayacağım, sonra da kalbini kazanacağım." Saçlarımın üst kısmını eliyle hafifçe okşadı ve yanımdan ayrıldı. Tokamı da yanında götürerek... Tam dış kapıdan çıkmak üzereyken son kez geriye döndü. "Yarın seni ilk kez etek giyerken görünce umarım heyecandan ölmem!" deyip gülümsedi ve gözden kayboldu. Bense aynanın karşısında öylece kalakaldım...

Yedinci Bölüm

Elimdeki poşeti tekmeleye tekmeleye evin yolunu tuttum. Bir yandan sırıkların efendisine dilimin döndüğünce edebildiğim en ağır küfürleri ediyordum, diğer yandan aynanın karşısında bana söylediği sözlerden dolayı tuhaf düşüncelerin içinde boğuluyordum. Neydi o be? Güzelliğimi bana kanıtlayacakmış. Güzellik ne işime yarayacaksa... Bana yeni bir Beşiktaş forması alabilecek mi bu güzellik? Halı sahada kontrataklarda daha hızlı koşmamı sağlayacak mı? Fizikten geçirebilecek mi beni? "Seni de, güzelliği de, bu eteği de, o potaya her attığında giren basket topunu da ayrı ayrı..." İnsanların bakışına aldırmıyordum o dakikalarda. Sinirliyken gözüm hiçbir şey görmezdi zaten. Eve yaklaştığımda, evin önündeki çocuk parkında basketbol oynayanları gördüm. Aklıma sırık oğlana yenilmem geldi bir an, sinirlenip çocukları kovaladım. Sanırım hafiften aklımı yitiriyordum. Ne yapıyorum lan ben deyip, çocukları boş vererek eve gittim. Annem ve babam akşamüzeri eve gelirdi işten dolayı. Ev bomboştu gittiğimde. Bunun verdiği rahatlıkla elimdeki buruşan poşeti içeri girer girmez rastgele bir yerlere fırlattım. Karnım deli gibi acıkmıştı. Üzerimdeki hırkayı ve gömleği çıkarıp attım. Pantolonumu ayağımdan aldığım destekle çıkarıp, sağ ayağımla koltuğun üzerine fırlattım. Atlet, külotla evde kimse yokken dolanmak, sanırım dünyada beni en çok mutlu eden şeylerden biriydi. Mutfağa doğru giderken "Keşke ilk insanlardan olup çıplak dolaşsaymışız," diye mırıldandım kendi kendime. Buzdolabının kapağını açtım, elime ne geçerse çıkarıp tezgâha koydum. Ekmek sepetinden bütün bir ekmek alıp içini bıçakla açtım. Elime ne geçerse içine doldurdum. Küçüklükten beri bizimkilerle saçmasapan şeyler yemekten iyice midesiz biri olmuştum. Oğuz yanımda patates cipsi ile birlikte çilekli süt içerken, Gökhan ekmeğin arasına börek koyup yerken ben nasıl normal şeyler yiyebilirdim ki? Tam kocaman ekmeğimin içine dolaptaki alakalı alakasız her şeyi doldurup kapıdan çıkacaktım ki, içecek bir şey almayı unuttuğumu fark ettim. Pata pata koşarak tekrar dolabın başına gittim, dünden kalma büyük bir şişe kolayı diğer elime aldım ve dolabın kapağını popomla kapattım. Elimdekileri kanepenin önündeki sehpaya koyup, televizyonu açtım. NTV spor her zamanki okul sonrası kanalımdı. Kanalı oraya alıp kanepeye yayıldım. Ekmeğimden kocaman bir ısırık alıp televizyona baktığımda bir basketbol maçı olduğunu gördüm. Ekmeğim boğazımda kalıyordu az kalsın. Ekmek ağzımda küfür edip çarpılmamak için ekmeğimi yutup, sırığa tekrar küfür ettim ve kanalı değiştirdim. "Neden herkes bana o sırığı hatırlatıyor lan bugün?!"

Televizyonda bir aşağı bir yukarı bakındım, ekmeğimi kemiririrken. Evlilik programında paravan açılmadan, zengin adayı görüp çay içmeye karar veren kadın, reklamda kireçli rezidansını görüp yalandan cırlayan ev hanımı, yemek yemek için üşenmeyip il il dolaşan bir sunucu... Ekmeğimin büyük bir kısmını yedikten sonra televizyonun benim için bittiğini bir kez daha kavrayıp, kapatma tuşuna bastım ve kalan ekmek parçasının hepsini ağzıma doldurup, ağzım ayrılana kadar çiğnedim ve yuttum. Mideme taş gibi oturan o büyük son lokmadan bir de boğazıma oturmuştu sanki. Moralim bir anda çok bozulmuştu. Ortalığa saçtığım kıyafetlerimi ve sırığın verdiği poşeti alıp yukarı odama çıktım. Elimdekileri halının ortasına bırakıp, pijamalarımı hızlıca giyip yatağıma girdim. Biraz uyursam belki kendime gelirdim... Klasik.

Uykumun ortasında duyduğum bir sesle uyandım. Açmakta zorlandığım gözlerimle, kafama kadar çektiğim yorganın ucundan odaya baktım. Ses pencereden geliyordu sanki. "Pencere mi?" diye mırıldandım uykulu sesimle kendi kendime. Hemen yorganımı üzerimden atıp yalpalayarak pencereye koştum. Perdeyi sonuna kadar araladığımda aşağıda Ali'nin olduğunu gördüm. Pencereyi açtım hemen. Ali'ye elimle ne oldu der gibi bir hareket yapınca, eliyle kapıyı açmamı işaret etti. Önce saate baktım. Saat gece 1'e geliyordu. Bu biraz beni korkutsa da, babamların uyuduğundan emin olup sessizce aşağı inip kapıyı açtım. "Ne oldu?"

"Evdekiler uyudu mu?" diye sorduğunda elimle içeri geç işareti yaptım. Eline aldığı ayakkabılarıyla sessizce üst kata çıktık. Kalbim küt küt atıyordu. Annemle babam Ali'yi kendi oğulları gibi severlerdi. Ali'nin annesi ve babası aile dostumuzdu. Giderken biraz da bizimkilere güvenerek gitmişlerdi İngiltere'ye. Ama gecenin bir vakti benim odamda onu görürlerse, ne tepki vereceklerini pek tahmin edemiyordum. Özellikle de babamın. Bu düşüncelerim Ali'nin de aklından geçmiş olacak ki, odaya girip kapıyı kilitlerken konuştu. "Taner Amca beni bu saatte burada yakalarsa topuğuma sıkar galiba."

"Babamın bana ne kadar düşkün olduğunu biliyorsun. Seni çok sevse de fark etmez. Gece 1'de kızının odasında kim olursa olsun, kollarını açılmamış goncalarına sokar." Güldüm. O da güldü. "Geç otur," dedim elimle yatağımı işaret ederek. Ben de bilgisayar sandalyemi sürükleyerek karşısına çektim. "Eee?"

"Ne eee?"

"On iki yıllık arkadaşımsın, ilk kez gecenin 1'inde gizlice odama geliyorsun. Bir şey olmuş olması gerekmez mi?"

"İçim rahat etmedi de..." Ellerini ensesinde birleştirip yatağıma uzandı. "Bugün salakça davrandım. Özür dilerim," deyince sandalyeden kalkıp, yatağın yanına diz çöktüm hemen. "Saçmalamasana oğlum, ne özrü?" diye sordum.

"Surat asıp durdum tüm gün boyunca."

"Ali'm ya..." Dizlerimle biraz ilerleyip, daha da yaklaştım ve yanağını sıktım. "Söyle hadi bana, canını sıkan bir şey mi var?" Yüzünü bana doğru çevirip derin bir nefes aldı. Nedense bu içimi acıttı. "Her şey keşke çocukkenki gibi kalabilse değil mi? Biz büyüdükçe, bazı şeyler daha zor olmaya başlıyor." Ayağa kalktım ve yatağa zıpladım. "Kay bakalım şöyle..." dedim. Ali'nin şaşkın suratına aldırmadan kendime yanında yer açtım. "Bak! Her şey çocukluğumuzdaki gibi. Eskiden hep birlikte uyurduk, hatırlıyor musun?" Ali kalkmaya çalıştıysa da, kolundan çekip geri yerine yatırdım. "Alikuşum, biz hâlâ aynıyız. Yaşımız kaç olursa olsun. Yetmiş yaşıma gelip buruşuk bir nine olsam da, yine sana sarılıp uyuyabilirim. Bu hakkımı kimse benden alamaz." Ali biraz uzak dursa da, tekrar yattı yanıma. İkimiz de tavana bakıyorduk. Aramızda eskiden olmayan bir mesafe vardı ama. E haliyle... Çünkü artık 5 yaşında değildik. "Alacak. Birileri... İlerde birine âşık olacaksın ve o kişi senden bu hakkı alacak."

"Saçma. Ben âşık olmayacağım."

"Olacaksın güzelim. Şimdi olmasa üniversitede, kütüphanede rastladığın birine ya da işyerinde fotokopi makinesinin önünde gülümsediğin bir adama ya da otuz yaşlarının ortalarında sürekli gittiğin kahve dükkânında sürekli seninle aynı kahveyi alan takım elbiseli adama... Ne zaman bilmiyorum ama bir gün olacaksın." Ali'ye biraz yaklaştım böyle deyince. "Öyle olsa bile, benden sizi en ufak uzaklaştıracak birine âşık olmam ben. Siz zaten benim aşkımsınız," diye cevap verip başımı göğüs kafesine koydum. "Ali... Neden kalbin bu kadar hızlı atıyor?" diye sorunca ben, şaşkınlıkla kollarını boynumun altından geçirdi ve beni kendine biraz daha yaklaştırdı.

"Babandan korkuyorum sanırım Yaprak. Babandan..."

***

Ali saat beşe gelirken evine gitti. Bense o gittikten sonra uyuyamadım. Bir süre öylece dışarıyı izledim, sonra biraz tavanı...

Saat 7'ye gelirken annemin sesini duydum. "Kızım uyan hadi, geç kalacaksın!" Uzandığım halıdan kalktım. İştahım olmadığı için kahvaltıya inmedim. Önce banyoya gidip çişimi yaptım, elimi yüzümü yıkayıp dişlerimi fırçaladım. Saçlarımı tarayıp bağladım. Dün sırığın saçımdan çektiği tokaya inat, her zamankinden daha sıkı bağlamıştım saçımı. Odama döndüğümde ise, üzerimi değiştirmeye başladım. Dün rastgele fırlattığım gömleğim buruş buruş olmuştu. Dolaptan yeni bir tane çıkarıp üzerime geçirdim. Pijamamın altını çıkarmadan köşede duran poşeti açıp içindeki eteği çıkardım ve aynanın karşısına geçip, üzerime tuttum. "Yok ebesinin... Bu ne lan?" Kızlar o şeyi nasıl giyiyorlardı bilmiyorum ama benim o iki karış şeyi giymemin imkânı yoktu! Sinirle eteğe gelişine bir vole vurdum ama etekti ya... Gitmeyip ayaklarımın ucuna düştü. Bir süre sinirle eteğin üzerinde tepindim. Yapacak bir şey olmadığını kavrayınca eteği yerden alıp, zorla da olsa üzerime geçirdim. Altımdaki pijamayı çıkarmadan... "Böyle mi gitsem acaba?" Bir süre aynada kendime baktım sinirle. Sonra ayaklarımın ucundaki sarı poşeti alıp kafama geçirdim. "Ancak böyle gidebilirim okula," dedim ve kafamda sarı bir poşetle sinirden tepinerek küfür etmeye başladım. "Senin gibi oğlanın ben ta... Geri zekâlı! Senin ben yedi ceddine limon sıkayım! Sarı kafalı bok torbası!" En son birkaç küfür daha edip, biraz daha çığlık attıktan sonra kafamdaki poşeti çıkardım. Çıkarmamla, kapıda öylece durup bana bakan annem ve babamı görmem bir oldu. Okul eteğinin altında yeşil pijamam ve kafamdaki sarı poşetle küfür edip zıplarken beni gördüklerinden dolayı sanırım, yüzlerinde 'seni yaptığımız güne lanet olsun' bakışı vardı. Bana birkaç saniye bakıp, kapıyı usulca çekip çıktılar. Daha da sinirledim. "Ulan sırık, ben de Yaprak'sam, sana bir daha yenilmeyeceğim!" Sinirden altımdaki pijamayı çıkardım ve koşar adım aşağı indim. Saat 7'yi çeyrek geçiyordu.

"Anne! Şu bacağımdaki siyah şeylerden on beş dakika içinde nasıl kurtulabilirim?!"

Sekizinci Bölüm

Annem ve babam ağızları bir karış açık bir şekilde, mavi önlük devrinden sonra ilk kez etekle gördükleri kızlarına, yani bana baktılar. "Yaprak... Artık okulda etek mi giyeceksin yavrum?" Annem elindeki ekmeği bırakıp, kahvaltı masasından kalktı. "Yavrum..." Elimle dur yolcu işareti yaptım. "Hemen sevinme ana kraliçe. Sadece bu haftalık... Şimdi söyle bana, bunlar nasıl gidecek?" Annem, sonunda biraz kıza benzeyeceğim için seviniyordu ki, hevesini kursağında bıraktım sanırım. "Bu da bir şeydir! Hayatım, görüyor musun, kızımız etek giymiş!"

"Benim aslan kızıma pantolon da yakışıyor."

"Babakuşum, öperim seni!" deyip babama parmaklarımla ufak bir öpücük gönderdikten sonra anneme döndüm. "Ana kraliçe, seni dinliyorum." Annem az laf çok iş mantığı ile bir şey demeden kolumdan tuttuğu gibi beni banyoya çıkardı. "Ağda mı epilatör mü? Seç," diye sordu korkunç bir yüz ifadesiyle.

"Bu ne biçim soru, kırk katır mı kırk satır mı gibi... Ayrıca annekuş, on dakikam kaldı. Hangisi hızlıysa alayım ondan bir dal."

"10 dakika mı? 10 dakikada nereni alıyorsun kızım sen. Geç şöyle... Çocuklara mesaj at, iki ders geç git. Bir şey olmaz. Ben ararım müdürünüzü."

"Ne demek iki saat... Ne yapacaksın bana?" Annem elinde ağdayla bana doğru şeytani bir gülümsemeyle yaklaşmaya başlayınca iyice korkup "Ben vazgeçtim, böyle gideceğim," dedim. Tabii boşuna... Beni yakaladı ve ana kraliçeliğinin verdiği yetkiye dayanarak, bana bu hayatta yaşadığım en büyük acıyı yaşattı. Ağda...

***

Annemin derimi yüzerek bacaklarımı almasının ardından, odama geçmiş, bir yandan telefonda Barış'a sövüyordum, diğer yandan halıda ağlayarak yuvarlanıyordum. "Kıçından nefes almaya başlarsın inşallah tek hücreli piç! Beynin yumurta akı kıvamına gelir de kulaklarından akar inşallah! Fizikten kaydırma yaparsın da, kaydırdıkların sana girer, münasip yerlerin faltaşı gibi açılır inşallah! Ardına yıldırım düşer de, üç gün alev sıçarsın inşallah! Sen var ya sen, bittin oğlum!" Barış ise, ben ona nefessiz bir şekilde beddua edip, küfrederken telefonda gülmekten çatlamak üzere bir halde beni dinliyordu sadece. "Senden nefret ediyorum!" dedim gülüşü iyice sinirimi bozunca. "Ne gülüyorsun oğlum? Ben burada canımla uğraşıyorum!"

"Y-yaprak..." Ben ağlamaktan konuşamıyordum, o ise gülmekten... "Gerçekten..." O güldükçe benim sinirlerim daha da tepeme çıkıyordu. "Ölmek üzereyim..."

"Geber!" Burnumu çekerek söylemiştim bunu. Sinirlenince dünyanın en pis ağızlı kızına dönüşüyordum galiba. Başkasına bu kadar hakaret etsem herhalde onuncu saniyede telefonu yüzüme kapatırdı. Ama o sanki bundan tatmin oluyordu. "Gerçekten iddiaya girerken işin o boyutunu düşünmemiştim. Demek ağda ha?" deyip tekrar gülmeye başladı. "Ne zaman geleceksin? Gelip alayım mı?" diye sordu pişkin pişkin.

"Gel bakalım, kim kimi alıyor yavşak seni... Okula gelince de sakın yanıma falan gelme, bu sinirle kafanı ısırırım."

"Kafamı mı? Isırmazsan affetmem seni. Isır."

"Kapatıyorum" deyip çat diye suratına kapattım telefonu.

Annem arabayla bırakacaktı beni okula. İkinci dersin teneffüsünde olduklarından, üçüncü dersin başlarına yetişebilecektim ancak. Annemin aşağıdan bağırdığını duyunca, yattığım yerde doğrulup "Geliyorum!" diye bağırdım. Aynada kendime son bir kez baktım aşağı inmeden. Yuvarlanmaktan saçlarım darmadağın olmuş, ağlamaktan gözlerim kızarmıştı. Saç tokamı gevşetip, tekrar bağlayacaktım ki, annem bir daha bağırdı. Tokayı bileğime takıp, çantamı alıp koştum hemen. Annem arabanın içinde beni bekliyordu. Suratım beş karış, ön tarafa oturdum. "Surat mı asacaksın böyle? Bak ne güzel süt gibi oldu bacakların," dedi.

"Kusura bakma ama ana kraliçe yılların garezini aldın. Derimi yüzdün resmen, epidermis tabakasına kadar görünüyor."

"Ne garezi bebeğim. Ben sadece kızımın güzel olmasını istedim. Ne güzel ak pak oldun, mis."

"Ben belki istemiyorum ak pak. Ben bacağımdakilerle mutluydum. Kışın sıcak tutuyorlardı..."

Okul yürüyerek yirmi–yirmi beş dakika, arabayla yedi-sekiz dakikaydı. Yani ne kadar o halimle utançtan ölsem de en fazla beş dakikaya okuldaydım. Kırmızı ışıklarda durduğumuzda bileğimdeki tokayı fark ettim. Arabanın dikiz aynasını kendime doğru çevirip saçımı bağlamaya başladım, bir oradan bir buradan tutam tutam elimde toplayarak. Kırmızı ışık geçti geçecekti ki annem elimdeki tokayı hızlıca alıp pencereden dışarı attı ve yeşili görür görmez gaza bastı. Ben şoktan birkaç saniye öylece kaldım. "Ne yapıyorsun sen anne?! Kafan mı güzel?"

"Evet. Sabah babanla kahvaltıda şarap içtik kuzum, her zamanki aile ritüelimiz. Bilmiyor musun?"

"Dalga mı geçiyorsun benimle? Ne yapacağım şimdi ben? Neyle bağlayacağım saçımı?!"

"Bugün de bağlamayıver."

"Anne!"

"Kuzum!"

"Gerçekten... Ağlamak istiyorum."

***

Sınıf kapısının önünde, içeri o halde nasıl gireceğimi düşünüyordum. Annem tokamı arabanın camından atmıştı, sırık yüzünden etek giymiştim... Böyle Yaprak mı olurdu? Olmazdı işte. Ben elimde çantam, kara kara düşünürken birden arkamdan sırık oğlan başını omzuma yasladı. "Sanırım az önce vefat ettim."

"Isırırım kafanı sırık, çekil."

"Saçlarını da açmışsın... Sanırım beni gerçek anlamda nasıl cezalandıracağını buldun." Kafamı çevirip, yüzümü buruşturarak baktım sırık oğlana. Elimle kafasını geriye ittirdim. "Sana okulda benimle konuşma demedim mi?"

"Zaten konuşmuyorum ki... İnan nutkum tutuldu."

"Yavşak yavşak konuşma, sinirlendirme beni."

"Ölüye saygın olsun bari."

"Senle mi uğraşacağım be!" Yaslandığım duvardan kendimi geri çektim ve hızla sınıfa doğru ilerledim. "Yaprak!" diye bağırdı ardımdan bu defa, sinirle arkamı döndüm. "Ne var?"

"Seni seviyorum."

Buruşturduğum suratım gevşedi. Ne diyeceğimi bilemedim. Neden bilmiyordum ama sinirlerimi bozduğu halde ağzımı açıp bir şey diyemiyordum o an ona. Benim şaşkın suratıma doğru bir gülümseme gönderip, yanımdan uzaklaştı. Ben de önümü döndüm ve az önce söylediği şeyi unutmaya çalışarak derin bir nefes aldım. Sınıfa girme vakti...

Kapıyı tıklatıp içeri girdiğimde, dersin fizik olduğunu gördüm. "Girebilir miyim?" Fizikçi kafasıyla 'gir' işareti yaptı. Kolaydı tabii! Bedenimi, sakladığım kapıdan çekip utanarak içeri girdim. Bizimkiler, kendi âlemlerinde olduğu için beni görmediler. Ama onların dışındaki herkes, bana öyle bir bakıyordu ki... Tarif etmem imkânsızdı. Hepsine 'dönün önünüzü, gözünüzü oyarım' bakışı attım. Usulca arkaya doğru ilerlerken beni ilk fark eden Gökhan oldu. Bir süre kilitlenip kaldı. Gökhan'ın yanına ulaşınca dürttüm onu hemen "Mal mısın lan, utandırma beni," diyerek. Ben konuşunca hepsi kafasını kaldırıp bana baktı. "Fizik bende kafa yapıyor galiba..." dedi Sinan, afallamış gözüküyordu. Ağır geldi tabii. O sırada Oğuz ayağa kalktı bana bakarak. Sonra fizikçiye dönüp, "Hocam, beni şu an sınıftan atın, rica ediyorum. Kaldıramayacağım bir görüntüyle karşı karşıyayım. Lütfen!" diye yalvardı. Oğuz da sanırım ağır bir travma geçiriyordu. Hoca, Oğuz'u azarlayıp yerine oturttu. Ben de hızlıca yerime geçtim. Hepsi hâlâ bana bakıyordu. Ali bir şey dememişti, ama şaka olduğu her halinden belliydi. *Sanırım... Utançtan... Öleceğim...*

Ders bitip hoca sınıftan çıkınca, sınıftakiler başıma üşüştü. Bizimkiler hâlâ şoku atlatamamışlardı zaten, bir de sınıftakilerin saçmasapan tepkileri, iyice bunaltmıştı beni.

"Yaprak şoke oldum, sen ve etek!"

"Saçlarını da ilk kez açık görüyorum!"

"Çok yakışmış!"

"Siktirin gidin lan şuradan, delirtmeyin beni! Size ne, ne giymişse giymiş!" diye bir anda parladı Ali. Ardından herkes söylenerek uzaklaştı yanımdan. Bizimkiler salak bir yüz ifadesiyle yüzüme bakıyorlardı hâlâ. "Kimsin sen? Doğru söyle. Yaprak'a ne yaptın?" dedi Oğuz burnumun ucuna elindeki kalemini dokundurup. "Münasip bir yerime soktum Yaprak'ı. Geri zekâlı."

"Kızım Merve bitti sen mi başladın mini etek giyip beni delirtmeye," deyip hafifçe elime vurdu Gökhan. Dişlerini sıkarak konuşuyordu, ailemizin kıskanç erkeği. "Ulan, ben kaldıramam. Bak valla istiyorsan benim pantolonu çıkarayım, altına giy. Ben donla dururum. O dereceyim şu an."

"Ateşi var mı bir bakayım," diyen Sinan, elini alnıma koydu. "Çek şu elini, bir şeyim yok. İddiayı kaybettim sadece," dedim.

"Ne iddiası?"

"Özür dilerim... Sizden gizli bir halta kalkıştım. Sırıkla iddiaya girdim."

"Ne sırıkla iddiasına lan?"

"Basketbol..."

"Ulan mal mısın sen? Okulun basket kaptanı, iki metre çocukla basketboldan iddiaya mı girilir?"

"Çemkirmeyin lan bana! Ne bileyim. Tamam deyiverdim

işte..." deyince hepsi mimiksiz yüz ifadeleriyle bana baktılar. Gözlerimi kaçırıp boşluğa diktim, azıcık duygu sömürüsü yaparak kendimi affettirebilmek için. "Bu arada, oğlum kızlar böyle kısa etekleri nasıl giyiyorlar lan sürekli? Resmen gelene kadar rüzgâr esecek, kıçım gözükecek diye panik oldum. Marilyn Monroe gibi eteğimi tuta tuta yürüdüm." O ana kadar hiçbir şey söylemeyen Ali'ye baktım. "Ali'm... Bana kızgın mısın?"

"Neden bizden gizli yapıyorsun böyle şeyleri Yaprak?"

"Özür dilerim dedim ya... Olay büyümesin istedim."

"Büyüdü büyüyeceği kadar. Sana bakan ilk erkekte, gidip o eteği o piçe giydireceğim."

"Alikuş, sakin ol. Bizim de planlarımız var elbette..." Elimle yaklaşmalarını işaret ettim. "Madem o beni baskette yendi, biz de onu halı sahaya gömüp bu etek mevzuunun intikamını alacağız!"

***

Teneffüs bitmeden hep beraber yukarı sınıfa, sırık oğlanın yanına çıktık. Bizimkiler arkamda, ben önde, yine ilk sefer geldiğimiz gibi durmuştuk tam önlerinle. Bu defa herkes ilk önce baştan aşağı beni süzdü. Yan tarafta gizliden fotoğrafımı çeken çocuğa dönüp sinirle parmağımı uzattım. "Senin o telefonu da!" Sonra bana, daha çok da bacaklarıma bakan diğerine döndüm "Sizin de bana bakan gözlerinize de papatyanıza tıkarım ha, dönün lan önünüze!" diye bağırıp, sinirle önümü döndüm ve sırık oğlana elimle gel işareti yaptım. Hemen dediğimi yaptı. "Buyur Amazon kızım."

"İddia seçme sırası bende değil mi?" diye sorduğumda sarı ukala kafasını evet der gibi salladı. "O halde, halı sahada maç teklif ediyorum. Kabul etmeme şansın yok, bay." Arkamı döndüm ve çocuklara gidelim işareti yaptım. Hepsi döndü ama bir tek Ali dönmedi. Neden bilmiyorum ama Barış'la bakıştıkları o beş saniye içim bir tuhaf oldu. Ali'yi dürttüm. "Hadi Ali... Gidelim." Ali bana bakıp başını salladı ve arkasını dönüp yürümeye başladı benimle birlikte. Tam sınıftan çıkacaktık ki sırık oğlan seslendi arkamızdan.

"Yaprak, vazgeçtim. Etek giyme süreni bir haftadan bir güne indiriyorum. Okuldaki erkekler sana böyle bakarlarsa, sanırım birkaçını öldürmem gerekebilir." Gülümsedi. "Bu hem onlar için, hem benim için hoş olmaz..."

Dokuzuncu ve Onuncu Bölüm

Etekle geçen işkencelerle dolu bir okul gününün ardından, Alilere gittik okul çıkışı. Ben Ali'nin eşofmanlarından birini giyip halıda sinirden yuvarlanıyordum, bizimkiler ise aralarında iddiayı Barış kaybederse ona ne ceza vereceğimizi tartışıyorlardı. "Bence okula kırmızı tangayla gelip Eti Petito dansı yapsın." İşte bu tam da Oğuz'un hayal gücüne uygun bir şeydi. Sinan "Ya da topuklu ayakkabıyla koridorda 'Koca istiyorum, alın beni Allah'ını sevdiklerim' diye koşsun sırık piç" diye hayal gücünün sınırlarını zorladı. Sonra hiçbirini sallamayarak "Bence kendi kendini becersin, beni uğraştırmasın" diye homurdandı Ali yattığı kanepeden yüzünü buruşturarak. Ali eğer yüzüstü uzanmışsa, gerçekten çok sinirli demekti.

"Ya da, fizikçiye gidip senden hoşlanıyorum desin" deyince Gökhan, hepimiz ona doğru baktık. "Ne var lan, belki belalım fizikçi sırığa sarar da ben de rahat ederim."

"Bence benim yaşadığım acıyı yaşasın amip. Tek tek bütün tüylerini cımbızla yolayım ben," dedim halıda güçlükle doğrulurken. "Yaprak, ağda o kadar mı acıtıyor lan?" diye sordu Sinan.

"Acımaz mı Sinankuşum. Kurbanlık koyun gibi yüzdüler postumu sanki. Öyle bir his..."

"İşte bu yüzden kızlar kutsal yaratıklar diyorum. Kıyamam onlara ya, bize güzel görünmek için tavuk gibi yoluyorlar oralarını buralarını."

"Abartmayın lan. En fazla ne kadar acıyabilir?"

"İstersen dene bi Gökhancığım," dediğimde "Denerim lan, ne var," dedi öylesine. "Bir tane ağda bandı arttı paketten, size gösteririm güleriz diye çantama atmıştım annemden gizli." Gökhan beni takmasa da, ben çoktan Sinan ve Oğuz'a beklenen işareti vermiştim bile. "Tutun hıyarı, ağda bandını getiriyorum!" Koşarak, girişte askıda asılı çantamdan bahsettiğim ağda bandını alıp içeri döndüm. Odaya girdiğimde, Sinan ve Oğuz, Gökhan'ı tutmuş, beni bekliyorlardı. Sinan, Gökhan'ın neredeyse iki katı olduğundan, Gökhan, çırpınamıyordu bile. Sadece, ağa takılmış bir balık misali kıvranıp, küfrediyordu. "Hepinizin götüne göktaşı düşer inşallah. Ulan derdiniz ne benle?! Bırakın lan beni!"

"Yaprak, yorulduk, hadi. Başla da, en fazla ne kadar acırmış görsün sığır."

"Lan Allah'ınız yok mu sizin?! Bırakın lan beni!"

"Geliyorum Gökkuşum. Hiç acımayacak..." Ağda bandını iki elimin arasında, sabah annemden gördüğüm şekilde birbirine sürterek ısıtıp açtım. "Oğuz, aç şunun bacağını!" diye emir verince, Gökhan'ın tekmeleri arasında Oğuz güç bela dediğimi yaptı.

"Ne yapıyorsunuz lan, işsiz misiniz?" dedi Ali, yattığı yerde. "Ali'm, sosyal deney yapıyoruz şurada!" diye cevap verdim, elimde açılmış ağda bandı, hedefime ilerlerken. "Evet kanka, sosyal deney bu. Bir Gökhan nasıl göt edilir deneyi!" derken Sinan, hedefe bandı düzgünce yapıştırıp, elimle iyice bastırdım.

"Sizin sosyal deneyinizin de sizin de- Aaaaaaaa!" Gökhan sözünü bitiremeden yapıştırdığım ağda bandını çektim hızla. Onun çığlığıyla birlikte hepimiz gülerek halıya yığıldık.

"Discovery Channel'da 'bir ayının ölümü' adlı programımızı izlediniz, iyi günler." Sinan gülmekten kızarmış bir halde, Gökhan'a doğru bağırdı. Gökhan bacağını tutarak yerde yuvarlanıyordu "O ayı seni düdükleyecek şimdi, bekle sen!" derken.

"Kanka, bacakların güzelmiş, gel hepsini alalım tüylerinin.

Süt gibi ol, fizikçiye frikik ver, hepimizi geçirir valla. Gel evet de kardeşim." Oğuz yine Gökhan'ı en çok kızdıracak şeyi söylemişti. Gökhan, acıyan bacağından elini çekip, halıda doğruldu ve Oğuz'un üzerine zıpladı. "Siktim seni Oğuz! Derdiniz ne lan benle Allahsızlar?! Gel lan buraya, kaçma!" Gökhan'ın altından sürünerek kaçtı Oğuz. Gökhan bu defa yerde gülmekten çatlamak üzere olan Sinan'ın üzerine zıpladı. "Senin gülüşüne sıçarım! Gülme lan! Gülme diyorum!" Gökhan, Sinan'a sağlı solu vururken, Sinan gülmekten kımıldayamıyordu bile. Gökhan vurdukça, daha da gülüyordu, bu da Gökkuş'u sinirden öldürmeye yetiyordu.

"Lan, ölüyorum..." diyen Sinan, elleri karnında yere devrildi. Gökhan, Sinan'ın üzerinden kalkıp bana doğru bir bakış attı. Ben de gülmekten kıpkırmızı olmuş, ter atıyordum. O bana doğru yaklaştıkça popomla geriye kaymaya başladım popo moon walk'u yaparak. "Gökhan, valla..." Gülmemi durduramıyordum. "Gelme bak..." Popomla geriye giderken birden kapüşonumdan yakaladı Ali. Yattığı yerde kendine doğru çekti beni usulca. Kolunu boynuma doladı ve "Hele bir dene de gör ebeni!" dedi. Gökhan, Ali'ye bakıp bakıp, geri Oğuz ve Sinan'a dadanmaya gitti. Bir Sinan'a zıpladı, bir Oğuz'a... Ben hâlâ gülerken, ellerimden destek alarak ayağa kalkıp Ali'nin yanına sıkıştım. "Sağ ol Ali ya... Yoksa öldürürdü Gökkuş beni."

"Ben varken kimse sana bi' bok yapamaz. Merak etme sen."

"Hatırlıyor musun Ali, küçükken bir ara aşağı mahallenin çocukları dadanmıştı bana. Markete giderken dövüyorlardı beni hep. İlk o zaman bana dövüşmeyi öğretmiştiniz."

"Hatırlıyorum tabii. Küçücük yumruklarını unutmam mümkün mü?" deyip gülünce, güzel gamzeleri çıktı ortaya. Her zaman en sevdiğim şeydi onun gamzeleriyle oynamak. Yanağına parmağımı sokuverdim. Ben öyle gamzesiyle oynarken, devam etti o da. "Son zamanlarda küçükken sadece benim görebildiğim şeyleri, herkesin görmeye başladığını anladım. Nedense korkuttu bu beni. Keşke hep o yaşlarda kalsaydık demeden edemiyorum." Ali'nin ne dediğini anlamadan gözlerimi kırparak ona baktım. "Saçmaladım değil mi?" diye sorup gülümsedi. "Dolapta kakaolu süt var. Dün market alışverişi yaparken sana aldım." Kakaolu süt mü? İşte hayır diyemeyeceğim tek şey.

"Sen var ya dünyanın en en en tatlı arkadaşısın Alikuş!"

O günün ilerleyen saatlerinde Gökhan bizden intikamını en ağır şekillerde almaya başardı. Benim yediğim yemeğin içine tükürdü, Oğuz'un tuvalette telefonla uğraşırken fotoğrafını çekti, Sinan'ın telefonunu çalıp aynı anda konuştuğu kızları toplu sohbete aldı. Sinan, Gökhan'a sinirlenip onu balkondan aşağı sallandırdı, zor tuttuk. Ali en sonunda ben hariç hepsini evden kovdu. Gökhan'ı can güvenliği için, bizzat kendisi çıkardı. Yine aksiyonu ve kahkahası bol bir gün geçirmiştik yani. Saat 9'u gösterirken, evde bir tek Ali ile ben kaldık. Ben halıda bir köşeye, Ali de diğer köşeye boylu boyunca uzandık öylece. "Söylesene Ali, bu bizim büyümüş halimiz mi?" dedim bugün yaşadıklarımızı aklımdan geçirirken. Ali gülümsedi, elleri ensesinde boş boş tavanı izlerken. "Pişt, yuvarlanarak ortada buluşalım mı?" diye sordum birden. Kaşlarını hafifçe çatıp, ne demek istediğimi anlamadığını belli etti. "Hadi ama! Üç deyince tamam mı?" diye ısrar ettim. Başını evet der gibi salladı sonunda. Zaten bana hayır diyemezdi ki... "Bir... İki... Üç!" Hızla yuvarlanmaya başladım. Üçüncü saniyede Ali ile çarpıştık, ben hızımı alamayıp, Ali'nin üzerine mecburi iniş yaptım. "Hepimiz büyüsek de, sen büyüme ulan!" dedi üzerine düşen bana bakarak. Kafam ve vücudumun sağ tarafı Ali'nin üzerindeydi. Kendimi çekip, yanına uzandım.

"Büyümeyeceğim ulan. Zorla mı?"

"İşte benim kızım!"

"Sen de büyüme diyeceğim de, eşek kadar adam oldun. Eskiden seni kucaklayıp, kaldırabilirdim bile. Şimdi tek kolunu kaldırmaya kalksam, belim çıkar."

"Demek öyle Yaprak hanım? Eşek kadar oldum ha?"

"Evet."

"Peki bakalım, gel buraya..." Beni tutup kendine çekti. "N'oluyor, Ali dur!" dedim korkuyla. Ayaklarını karnıma koyup beni küçükken olduğu gibi ayaklarıyla havaya kaldırdı ve "Oradan bak bakalım, büyümüş müyüm?" diye sordu gülerek.

"Yok vallahi, ne büyümesi, hâlâ 5 yaşında gibi... Ali, indirsene oğlum, oynama benle!"

"Çocukken böyle yapınca çok mutlu olurdun. O zamanlar bacaklarım zayıftı, sadece on saniye tutabilirdim. Yine de 'seni seviyorum Alikuş' diye bağırırdın oradan. Eski küçük Yaprak ol."

"Bak sen şuna... Tamam! Ali, seni kocaman seviyorum!" diye bağırdığımda bacaklarını gevşetti, üzerine düştüm. Kendimi öne atıp, kafasına çok küçük bir şaplak attım. "Eşek kafalı, karnım acıdı." Yana kendimi bırakıp geri yerime uzandım. "Burası mı?" diye sordu karnıma elini koyup.

"Evet."

"Peki..." Eliyle karnımı sıvazlamaya başladı. "Bir kere de yerdeyken desene..."

"Efendim?"

"Ah, yok bir şey, burası da acıyor mu?"

***

Akşam 10 gibi geçtim eve. Nedense çok fazla yorulmuştum o gün. Hiçbir şey yapamadan direkt yatağıma girdim. Biraz yatakta döndükten sonra tam uykuya dalacaktım ki, yastığımın altındaki telefonum deli gibi titremeye başladı. Ekran parlaklığı gözümü alsa da, birkaç saniyede ışığa alışınca gözüm, arayanın sırık oğlan olduğunu fark ettim. İstemsizce doğruldum yatakta. "Ne?" diye açtım telefonu.

"Yarına maç ayarladım. Hazırsınız değil mi?" dedi, kaba bir şekilde telefonu açmama takılmadan.

"Biz her zaman hazırız sırıkların efendisi. Asıl siz hâlâ sahaya gömülmeye hazır mısınız?" dedim diklenerek. Uykum dağılmıştı bile onuncu saniyede. Bu çocuk cidden bünyeme zarardı.

"Gömecek olan sensen, ben hazırım," diye cevap verdi her zamanki yılışık konuşma tarzıyla. "Bu arada, bu maçta da savunmada mı oynayacaksın?"

"Sen benim savunmada oynadığımı nerden biliyorsun lan?"

"Ben bilirim."

"Beni mi izliyorsun sen sapık sırık?"

"Sapığım, evet. Eee? Cevap vermedin hâlâ."

"Ne yapacaksın?"

"Eğer savunmada oynarsan, ben forvette oynayacağım. Eğer sen forvet oynarsan, savunmada da... Senden uzak kalmamak için," dediğinde öyle insan dışı bir ses çıkardım ki, kahkaha atıp konuyu değiştirdi hızla. "Neyse. Bu arada, cezayı düşündün mü?

"Sürpriz. Hâlâ tam seçemedik. Çok fantastik seçeneklerimiz var da, Oğuz sağ olsun. Ama bana en yakın gelen fikir, maç sonrası eve çıplak gitmeniz. Kepaze ola ola... Ne hoş!"

"Beni çıplak görmek istiyorsun demek? Peki."

"Yılışık şey, seni çıplak görsem otomatik olarak mozaiklerim seni zihin gücümle, pis seni." Yine kahkaha attı lafıma. Arsızdı biraz herhalde... "Peki biz kaybedersek?" diye sordum bu defa. Bir süre ses gelmedi telefondan. Sonra, az öncekinden farklı olarak daha yumuşak gelen ses tonuyla cezamı söyledi.

"Maç sonunda, eğer biz kazanırsak... Bir sarılma borçlu olacaksın bana önce. Ve sarılmanın ardından hâlâ heyecandan ölmemişsem, minik bir öpücük kazanacağım. Senin güzel dudaklarından..."

On Birinci Bölüm

Sırık oğlana cevap bile vermeden telefonu suratına kapattım ve yatakta ona küfür ederek, tepinmeye başladım. Telefonu sinirden fırlatasım geldi, ama telefonuma kıyamadım. Havalı davranmaya gerek yok, dünyanın parasını verdiğim telefonumu neden boşuna bir sırık için harcayayım ki? Telefonu komodinin üzerine bırakıp, yorganımı kafamın üzerine kadar çektim. Eğer kaybedersek bu sıçtığımın resmiydi. Hem ben, o tek hücreli sırık oğlanı öpersem, kendimi bir köşede unutup ölüme mahkûm ederdim, hem bizimkiler, Ali başta olmak üzere sırık oğlanın kafasını kıçına sokar, ibret olsun diye üç gün mahallede dolaştırırlardı. Ama neyse ki, futbol söz konusuysa, bizi yenmelerinin imkânı yoktu. Bu biraz içimi rahatlatsa da, yine de işi sağlama almakta fayda var diye, komodine bıraktığım telefonu alıp, bizimkilere mesaj attım.

4N1K Whatsapp Grubu

Yaprak: Sırıklarla maç pazar günü, az önce konuştuk. Yenilirseniz, ayaklarınızı birbirine düğüm yapar denize dökerim sizi.

Oğuz: Yarın mı? Ayy, tam da muayyen günümdeydim ya...

Gökhan: Ya ben bu ay geciktim... Hamile miyim acaba?

Ali: Geyiğin sırası değil lan, susun! Cezan ne olacak Yaprak kaybedersek?

Yaprak: Onu boş ver be Ali'm, nasılsa kaybetmeyeceğiz.

Ali: Yaprak söyler misin?

Ali: Yaprak, sinirlendirme beni, söyle çabuk.

Ali: Lan valla hiç üşenmem, şu ağrıyan başımla o sırığı bulur, yağlı kazığa oturtur gelirim, delirtme beni.

Oğuz: Ali bu ne sinir, sen de mi muayyen günündesin bebeğim?

Yaprak: Oğuz, Ali'nin gelip teoride zararsız olan küfürlerini seni soda şişesine oturtarak canlandırmasını istemiyorsan sus.

Ali: Yaprak bana cevap ver.

Yaprak: Ya sinirleneceksiniz şimdi boşuna... Eğer yenilirsek ufak bir sarılma ve öpücük kapacakmış benden... Ama nasılsa kaybetmeyeceğiz, sıkıntı yok.

Gökhan: Kimi öpecek lan? O da mı beni öpecek?

Yaprak: Ya Gökhan, gerçekten bazen gerçekten kaç kromozomlu olduğunu merak ediyorum.

Sinan: Şu an tam Gökhan'a laf sokacak yer buldum, ama laf sokmaya yetecek kadar bile biyoloji bilgim yok. Lanet olsun.

Yaprak: Ali neden cevap vermiyorsun?

Yaprak: Alikuş?

Yaprak: Aliii?

Ali bana cevap vermeyince, direk Whatsapp'tan çıkıp, onu aradım. Açmadı. Gece yanında kalacak olan Sinan'ı aradığımda Ali'nin markete gittiğini, muhtemelen ondan telefonuna bakamadığını söyledi. Neden bu kadar panik yaptıysam... Bu arada saat epeyce geç olduğundan göz kapaklarım iyice taşıyamayacağım hale gelmişti. Ben de, en sevdiğim uyuma pozisyonu olan bacak arası yastık yaparak uyudum.

Ali, canı ne zaman sıkılsa evlerinin ilerisindeki parka gidip, sigara içerdi. O gece olduğu gibi... Sinan'a markete gideceğim deyip, oraya gelmişti yine içindeki yükü biraz olsun boşaltabilmek adına. Banka oturup bir sigara yaktı, telefonunu çıkarıp birilerini aradı. "Alo Salih, sana işim düştü. Üst devrelerden... Şu basketçi tayfadan Barış denen hıyarın numarasını bulsana bana. Evet... O evet... Tamam bekliyorum. Bu arada, aramızda kalsın. Tamam mı?" Telefondaki sesten onay alır almaz, telefonu hızlıca kapatıp cebine koydu. Canı, iddianın ucundaki şeyden dolayı fena halde sıkılmıştı. Üst üste üç sigara içtikten sonra, telefonuna Salih'ten mesaj geldi. Numarayı bulmuştu çocuk. Elindeki yarım sigarasını hızla söndürüp, Barış'ın numarasını çevirdi vakit kaybetmeden. İkinci çalışta açıldı telefon. "Efendim?" dedi sinirini bozan ses.

"Geçen günkü yere gel, bekliyorum."

"Ali? Sen misin?"

"Çabuk ol."

"Peki. Geliyorum..."

Ali, cevap vermeden telefonu kapatıp cebine koydu ve Barış'ı beklemeye başladı. Barış, on beş-yirmi dakika sonra Ali'nin yanına ulaştığında, o çoktan iki sigara daha içmişti bile. Barış'ı parkın girişinde görünce elindeki sigarayı söndürdü ve Barış'a doğru yürümeye başladı sinirle. Ortada buluştuklarında, Barış'ın yakasından tuttu. "Ulan yavşak, beni iyi dinle! Karışmıyorum, uzakta duruyorum diye boş mu buldun meydanı? Sınırları geçiyorsun... Geçme. O kadar uzun boylu değil. Değil Yaprak'ı öpmek, saçının teline dokunursan şu saatten sonra, yemin ederim, seni gebertirim!" Barış yakasını tutan elleri tuttu ve çekti hafifçe gülerek. Şaşırtmıştı bu ani hareket onu.

"Yavaş ol bakalım şampiyon... Sen de sınırlarını aşıyorsun şu an. Her zaman gülen tarafımı görüyor olman, içimde bir yerde kızgın bir Barış olmadığı anlamına gelmez. Yaprak'ın hatırı olmasa, şu yaptıklarından sonra bu kadar sakin kalmazdım, emin ol."

"Sakinliğini siktirme! Geri alacaksın."

"Efendim?"

"Anlamazdan gelme ulan! Siktiğimin iddiası... Ne yaparsan yap, ama Yaprak'a bir metreden yakına yaklaşacağın iddialardan uzak dur. Yemin ederim, çok kötü olur."

"Bak Ali," dedi Barış ilk kez ciddileşerek. Gözlerini, karşısındakinin gözlerine kilitlemiş bir şekilde konuşuyordu. "Onu ilk sen görmüş, ilk sen tanımış, ilk sen sevmiş olabilirsin. Ama ona kalbimi kaptırdığımda bunların hiçbirinden haberim yoktu. Hoş... Olsa da sırf sen onu seviyorsun diye, ondan vazgeçmezdim ya... Neyse. Şimdi asıl sen beni iyi dinle. Ona âşığım ve senin korkaklık edip, açığa çıkarmaya çekindiğin o kalbi yemin ederim, ne pahasına olursa olsun bir gün açığa çıkaracağım. Özür dilerim. Bu senin canını yakacak, farkındayım. Senin adına üzüleceğim o gün gelince, ama elimden de bir şey gelmez. Sen âşıksan, ben de âşığım. Sen seviyorsan, ben de seviyorum. Yaprak'ı kıskanıyorsan, ben de kıskanıyorum. Asıl ben ne yapayım? En büyük rakibim sürekli âşık olduğum kızın yanında. Bu yeterince zorken, bir de işime burnunu sokman... Hayır. İzin vermeyeceğim Ali. Ne olursa olsun... " Barış'ın söyledikleri karşısında derin bir nefes aldı Ali. Barış, ona mimiksiz bakan Ali'ye gülümsedi ve "O halde izninle," deyip arkasını döndü ve gitmeye hazırladı. Bir adım atmıştı ki Ali, Barış'ı omzundan tutup kendine çevirdi ve çenesine sağlam bir yumruk attı kendini tutamayarak.

"Bir daha sakın... Ama sakın Yaprak'a olan duygularımla ilgili tek bir şey söyleme. İçimdeki şey senin gibi birinin anlayacağı bir şey değil!" Yere düşen Barış'ın üzerine çıkıp, yakasından tuttu. "Ayrıca..." Bir yumruk daha attı. "Benimki korkaklık değil. Cesaret... Onu üzmemek için yıllarca içinde bin tonluk bir ağırlığı taşımak senin gibi götü titrese âşık olduğunu zanneden tiplerin anlayacağı bir şey değil." Barış, üzerindeki Ali'yi yakasından tutarak üzerinden yana attı. Ve bu defa o Ali'nin üzerine çıktı ve yakasına yapıştı. "Bu kadar kendini beğenmiş olma koca oğlan! Zaman önemli değil, içinde hissettiklerin önemli." Ali'nin yüzüne bir yumruk da o geçirdi. "Ve... Asla başkasının kalbindekileri tam olarak bilemezsin. O yüzden, sanki senin aşkın daha büyükmüş gibi konuşmayı kes."

Ali, üzerindeki Barış'ı boynundan tutarak üzerinden attı ve ayağa kalktı. Barış da, yerdeki bedenini ellerinin yardımıyla toparlayıp, aynısını yaptı. Ali ve Barış bir süre nefes nefese öylece durup birbirlerine baktılar. Ali, sinirlenip bağırarak saçlarını karıştırdı. Barış ise son bir kez Ali'ye bakıp arkasını döndü ve uzaklaştı onun yanından. Tam parkın kapısından çıkmak üzereydi ki, arkasını dönüp parmağını Ali'ye doğru uzattı ve bağırdı. "Yaprak bana âşık olduğunda onu senden çalmak zorunda kalacağım. İşte o zaman bana istediğin kadar vurmana izin vereceğim. Söz." Barış'ın sözleri karşısında Ali'nin yine derin bir nefes alması gerekti. Soğuk hava, ciğerlerine dolduğunda bile serinlemediğini hissetti içinin.

"Yaprak sana bir gün âşık olsa bile," dedi sonra ilk defa sakin bir şekilde. "Bana, aşkının benimkinden büyük olduğunu kanıtlamadığın sürece, Yaprak'ı sana vermeyeceğim. Bunu aklından çıkarma!"

Pazar günü, uyanır uyanmaz maç için gerekli her şeyimi alıp Alilere geçtim. İddia günü olduğu için, içimde garip bir heyecan vardı sanırım. Yerimde duramıyordum bir türlü. Halıda yuvarlanmakta level atlayıp, kanepede, koridorda, nerde bulursam yuvarlanıyordum panda misali. Arada kalkıp zıplıyor, sonra salak salak koşuyor, bazen de bizimkilerin üzerine zıplıyordum. Sanırım... Gerçekten feci bir şekilde heyecan yapmıştım.

Akşama kadar ben bütün enerjimi harcayacak şeyler yaptım, Oğuz ve Gökhan benimle dalga geçti, Sinan ve Ali ise dün gece pek uyumadıkları için geç saate kadar uyudular. Maç saati gelince hepimiz hazır olup üç mahalle aşağıdaki halı sahaya geçtik ve rakiplerimizi beklemeye başladık. Tahminimize göre okulun basketbol takımındaki arkadaşlarıyla gelecekti ve biz o basketbol güllerini sahaya gömecektik. Bir süre sonra önde Barış, arkasında takım arkadaşları içeri girdiler. Ve biz sanırım kelimenin tam anlamıyla ağızlarımız iki metre açık, onların girişini izledik. Çünkü arkasındakiler, beklediğimiz gibi basketbol takımından arkadaşları değildi. Geçen yıl mezun olan, okulun futbol takımından öğrencilerdi. Bölge şampiyonu öğrenciler... Barış, üzerinde turuncu şortu ve kramponlarıyla gülerek yanımıza geldi ve "Hazır mısınız gençler?" diye sordu. Biz hâlâ şoke olmuş bir şekilde Barış'ın arkasındakilere bakıyorduk. "Aaa, onlar..." dedi parmağıyla takımını işaret edip. "Geçen seneden tanıyorsunuz değil mi? Kaptanları çocukluk arkadaşım. Sağ olsun, kırmadılar. Bu gece onlar eşlik edecekler bana. Bir sorun yoktur umarım."

Vardı. Hem de büyük bir sorun. Sanırım bu defa sert kayaya toslamıştık. Ve birazdan o kayayı, doksanımıza takacaklardı.

On İkinci Bölüm

"Tamam, panik yok arkadaşlar. Yenebiliriz..." Ben bizim takım içinde gerilen ortamı yumuşatmaya çalışıyordum ama çoktan moraller denize sıfırdı.

"Ne yenmesi lan, Real Madrid, Yeni Mahalle kahvehane takımına karşı şu an farkında değil misin?" Sinan her zamanki gibi realistti. Fazla realist... "Kıçınızı yırtmak pahasına da olsa alacaksınız bu maçı!" diye bağırdı Ali ortaya, biz umutsuzca birbirimize bakınırken.

"Ali kanka, valla maçı kazanacağımızı bilsem en sevdiğim yerim Yaprak'a feda olsun da yani, bölge şampiyonu mezun futbol takımı karşıdakiler."

"Olduğu kadar arkadaşlar, neyse." Yanımda duran Gökhan ve Sinan'ın sırtına usulca vurup gülümsedim. İkisi bir an bana bakıp, biri bir yanağımdan, diğeri öteki yanağımdan tutup çekti. "Salak salak konuşma kızım. Kaybetsek bile gerekirse ben gider, o sırığa öptürürüm kendimi. Bilirsin, erkekler bana hayır diyemiyor."

"Ya Gökkuş, güldürme!" dedim Gökhan'ın kolundan tutup. "Neyse, hadi bakalım. O zaman ne diyoruz..." Elimi Gökhan'ın kolundan çekip ortaya uzattım. Benimle birlikte hepsi ellerini benim elimin üzerine koydu. Ve hep birlikte sloganımızı söyledik.

"Nerede, ne zaman, neden, ne olursa olsun! Hepimiz kızımız, kızımız hepimiz için!"

***

Büyük bir gerginlikle başlayan maçta daha ilk golümüzü beşinci dakikada yememizle ve altıncı dakikada Ali'nin Barış'a sağlam bir faul yapmasıyla maçın nasıl bir felakete doğru gittiğini hepimiz anlamıştık. Olay, rakip takımın bizim kaleyi folloş edip art arda golleri sıralamaları, bizim ise bir tek Ali'nin bir iki golüyle maça devam etmemiz ve beş dakikada bir Ali'nin ve diğer çocukların Barış'ı öldürmeye teşebbüs edip, art arda faul yapmalarından ibaretti. Ortam bu yüzden iyiden iyiye gerilmişti maçta. Doksanıncı dakikaya doğru altı farklı yeniliyorduk. Baktık iyice sıçtık sıvıyoruz, daha sert oynamaya başladık. Zaten maç başından beri ne zaman benim olduğum yere gelse Barış, bizimkilerden en az ikisi, ona sağlam giriyorlardı, sonlara doğru önlerine kim gelirse girmeye başladı hepsi. İş tam futboldan çıkıp Amerikan güreşine dönmüştü ki, maç bitti.

Maç bitince Ali ve Sinan direkt koruma psikolojisi, yanıma geldiler. Barış ise bayağı uzağımda yere çökmüş, bana gülümsüyordu. Bir yandan maç içinde çok fazla sert müdahaleye maruz kaldığı için üzülsem mi, uzaktan bana yavşak yavşak güldüğü için sinirlensem mi bilemedim. Bir süre oturduğu yerden kalkamayan sırık oğlan, nefesini kontrol altına alınca, arkadaşlarından birinin yardımıyla ayağa kalktı ve bana doğru yürümeye başladı. İçimden 'sıçtı Cafer don getire' diye geçirdim. Yanımıza ulaştığında, Ali ve Sinan benim önüme geçecek gibi oldular, ama ikisine de engel oldum ve bir adım öne çıktım. Kaçmanın anlamı yok. "Sorun değil çocuklar. Sıçtığım olayı kendim temizleyeceğim." Ali kolumdan tuttu "Yaprak, ne yapıyorsun?" diyerek. Kolumu yavaşça Ali'nin ellerinden çektim ve gülümsedim. "Sorun değil." Elden bir şey gelmezdi. Üzerime bir ölüm sakinliği çökmüştü sanki. En büyük planım elimde patlamıştı. Hem de öyle büyük patlamıştı ki, yanında big bang halt ederdi. Birkaç adım ben attım, birkaç adım o... Ortada buluştuk. Etraftaki gergin elektriği sırık oğlanın kıçına bağlayıp yüksek voltajdan öldürmeyi istedim bir an.

"Sanırım maçta aldığım darbelere değecek," dedi. Yine yüzünde benim sinirime dokunan o gülümsemesi vardı. Gözlerimi devirdim. "Senin cezan... Benim ödülüme hazır mısın?" Yutkundum. İçimden 'Allah'ım ne olur şu an deprem olsun, fırtına kopsun, tsunami çıksın, bulunduğumuz yeri unicornlar istila etsin, bir şey olsun lütfen' diye dua ediyordum ki, Barış kolumdan tutup beni kendine çekmeye yeltendiğinde ilk fırtına koptu. Gökhan arkadan Barış'a dokundu, Barış kafasını çevirdiği an Sinan ona kafa attı. Harika, işte başlıyoruz...

Yemin ederim sadece ve sadece on saniye içinde ortalık karıştı.

Ortalık sağlam karışınca, halı saha görevlileri polisi çağırdı, mahalle karakoluna götürüldük. Neyse ki, Sinan'ın babası karakolda komiserdi. Başta formalite icabı bir şeyler sordu diğer polis, sonra müdür odası ayağı, hepimizi Ömer Amca'nın odasına doldurdular. "Hadi bu 4 zibidiyi geçtim, kızım sana ne oluyor?" diye sordu Ömer Amca, bana hayal kırıklığı yaşayan bir ebeveyn edasıyla. "Ya Ömer Amca valla ben bir şey yapmadım" dedim başımı yere eğip.

"Kızım, çocuğun kafasını ısırmışsın, nasıl bir şey yapmadın?"

"Valla Ömer Amca..." Suratımı asıp, parmağımla yan tarafta sandalyede oturan sırık oğlanı gösterdim. "Ben asıl bu sırığın kafasını ısıracaktım, ama boyum yetişmedi. Zıplayıp zıplayıp ısıramayınca ben de boyu boyuma diye o arkadaşın kafasını ısırmışım o sinirle." Kafasını ısırdığım çocuğa özür dileyen gözlerle baktım. Tam alnının üzerinde otuz iki dişimin izi duruyordu. Bana kötü kötü bakınca kafamı geri çevirdim.

"Hele sen... Oğlum, içlerinde en aklı başında sen zannederdim. Korner direğiyle girişmek nedir, yankee misin lan sen? Amerika mı burası?"

"Öyle olmadı aslında, korner direğini arkadaşlardan birinin özel bir yerine sokmayı hedeflemiştim, kısmet değilmiş. Tutturamadım. Ben de Allah ne verdiyse..."

"Şunun laflara bak! Delirtecek misiniz lan siz beni? Hiç mi

büyümeyeceksiniz?" deyip sinirle masaya vurdu Ömer Amca elini. Sonra Gökhan'ı işaret edip "Hele sen lan..." dedi. "Hele sen, tribündeki çocuktan ne istedin, maçla bile alakası yokmuş?!"

"Ömer Amca o olay biraz karışık..."

"Demek karışık... Bayılırım. Anlat çözelim evladım." Ömer Amca yapmacık bir sakinlikle konuşmuştu. "Kavga sırasında tribünde bu arkadaşı görünce..." Gökhan biraz duraksadı. "Şeye benzettim." Gözlerini yana çevirdi. "Eski kız arkadaşımın yeni sevgilisine. İçime öyle doğdu bir an... Ben de o ara aradan çıkarmışım, valla farkında değilim. Zaten Merve ile alakası yokmuş, kusura bakmasın." Gökhan gülerek dövdüğü çocuğa baktı.

"Komiser Bey, bir de fotoğrafımı çekti. Şikâyetçiyim!"

"Kötü bir niyetim yoktu Ömer Amca, valla. Sadece Merve'ye seninkini si-" Geç olmadan Gökhan'ı dürttüm. "Şey, seninkine kaba kuvvet uyguladım, bak hoşuna gitti mi diye mesaj atmak için çektim o resmi. Valla... Sildim hemen zaten."

"Ulan hepinizi falakaya yatırmak lazım!" Ömer Amca yan taraftaki çocuklara döndü. "Şikâyetçi misiniz?" diye sordu. Çocuklar Barış'a bakıp kafalarını 'hayır' der gibi salladılar. Bir tek Gökhan'ın dövdüğü çocuk şikâyetçi oldu, ona da Ömer Amca aracı olup anlaştılar. Bizden de kimse şikâyetçi olmayınca Ömer Amca diğerlerini odadan çıkarıp bize son bir azar çekti, daha sonra polislerden biriyle bizi eve bıraktırdı. Bende pek bir şey yoktu ama... Diğerleri hem kavgadan, hem maç yorgunluğu yüzünden biraz yamulduğu için, hep birlikte Alilerde kaldılar o gece. Gece 2'ye doğru duş alıp anca yatağıma girince ancak sorabildim nasıl olduklarını.

4N1K Whatsapp grubu

Yaprak: Yamuklarım, nasıl oldunuz?

Gökhan: Ölüyorum lan... Götümün üstüne yatamıyorum. Biri götümü ısırdı galiba kavgada.

Yaprak: Ya güldürme salak...

Gökhan: Harbi diyorum lan. Mosmor olmuş anasını satıyım. Süt gibiydim, Milka'nın mor ineğine döndüm.

Sinan: Ben trake solunumuna geçtim arkadaşlar, akciğerlerim pert.

Ali: Sen trake solunumunu ne biliyorsun lan?

Sinan: Espri yapacak kadar bir şeyler biliyoruz oğlum, ne sandın...

Oğuz: Biyolojik olarak gerçekleştirdiğim tek faaliyeti bile gerçekleştiremiyorum bu gece. Tuvalette kuru kuru otuyorum sadece. Resmen bağırsaklarım kurudu karnıma top yemekten.

Yaprak: Ya çocuklar... Hepinizi seviyorum.

Gökhan: Yaprak duygusala bağladı kaçın kaçın!

Gökhan şakaya vurup beni rahatlatmaya çalışsa da her zamanki gibi, onların demek istediği şeyin de aynısı olduğunu biliyordum. Yorgunluktan ölsem de, bugün yaşadıklarımızdan sonra içim içimi yese de, gülümseyerek telefonu yastığımın altına sıkıştırıp, gözlerimi kapadım o gece. Ne yaparsam yapayım, onlar varken sorun değildi çünkü.

***

Pazartesi günü, öğleden sonra ilk ders olan din kültürü ve ahlak bilgisi dersindeydik. Hepimiz, önceki günün yorgunluğunun verdiği etkiyle jöle kıvamına gelip sırayla bütünleşmiş, yatıyorduk öylece. "Evet çocuklar, sınavlarınızı geç olsa da okudum sonunda," deyip çantasından tomarla kâğıdı çıkarınca hoca, istemsizce doğruldum. Ali'yi dürtecektim ki uyuduğunu gördüm, kıyamadım. Ön taraftaki Sinan ve Gökhan'ı dürttüm. "Kalkın lan, yazılıları okuyor hoca." Hepimiz uyumaktan kızarmış gözler, sıraya yatmaktan iz tutmuş yanaklarla hocanın açıkladığı notları dinlemeye başladık.

Ali Tekelioğlu 75.

Gökhan Karademir 58.
Yaprak Ayvaz 83.

Sona kalan iki kâğıt Oğuz ve Sinan'ınkiydi. "Oğuz Ünal, kaç bekliyorsun?" diye sordu hoca, Oğuz'a bakarak. "Ben bilmem kıymetli öğretmenimiz. Allah'ın takdiri neyse onu alacağım." Oğuz'un dalgayla karışık gevşek cevabına, gözlüğünün üzerinden ters ters baktı hoca. "22 evladım. 22!" Kriz. Sinan, Oğuz'u dürttü ve kulağına sadece bizim duyabileceğimiz şekilde fısıldadı. "Tuvalette ekmek mi kemirdin, Allah'a şirk koşarken kul hakkı mı yedin, dört büyük kitaba diss mi attın, şeytana ruhunu mu sattın anasını satayım. Dinden 22 almak ne lan?"

"Sinan Yorulmaz. Sen de 15 aldın... Bravo." Hoca elindeki son kâğıdı da kâğıt yığınının üzerine koyup, hepsini hızla çantasına tıkıştırdı.

"Ben de galiba Oğuz'a bunları yaparken eşlik ediyordum..."

Din kültürü dersinden sonraki teneffüs, bahçede beni yanına çağıran beden eğitimi öğretmeninin yanına gittim içi boş bir çuvaldan farksız bir halde. O kadar bitkindim ki... Bana dersle ilgili önemsiz birkaç duyuru haberi verdikten sonra geri yolladı. Bahçeden, okul binasına doğru yürürken sınıfın penceresinde Ali'yi gördüm. El sallayıp, koşmaya başladım. Her ne kadar kendimi kötü hissetsem de, ona çaktırmamak istemiştim nedense. Ders başlamak üzereydi zaten, hızlı da olmam gerekiyordu. Daha yarım metre ilerleyememiştim ki, birisi önüme çıkıp beni durdurdu. Başımın belası sırık oğlan...

"Ödümü kopardın! Çekil, derse geç kalacağım." Yana bir adım atınca, o da aynısını yaptı. Bu defa diğer taraftan geçmeye çalıştım, yine önümü kapadı. "Oğlum bıraksana beni!"

"Bırakırım ama... Önce bana iki dilek hakkımı geri ver sayın lambadaki Amazon kızı."

"O lambayı şimdi sana so-" Kendime hâkim olup derin bir nefes aldım. "Çekil."

"Sözünü tut."

"Bak sonra konuşalım bunları olur mu?" Sözümden caydığım için biraz alttan almaya çalışıyordum. Hızlıca yanında geçip gitmeye yeltendim yine, kolumdan yakaladı bu defa. "Şu an o iki dilek hakkıma ihtiyacım var. Görmüyor musun?" Dünkü kavgadan kalan yara izlerini gösterdi. Büyük bir suçluluk duygusu sarsa da bedenimi, yine de hiçbir şey demedim. Gözlerim sınıfın penceresine kaydı. Ali bizi izliyordu. "Bak Ali de bi-" Sözümü tamamlamama izin vermeden beni kendine çekip sımsıkı sarıldı. Öyle sıkı sarıldı ki, nefessiz kaldım. Bir şeyler söylemek istedim, küfür etmek, her zamanki gibi bağırıp çağırmak... Ama onları bile yapamadım. Sanırım ilk kez bir erkek bana böyle sarıldığı için şok geçiriyordum. *Allah'ım... Bu güç...* Kesinlikle kol kaslarından bahsetmiyorum. *Beni saran bu güç de neydi böyle?* Ben hâlâ şoku atlatıp bir şey diyemeden hafifçe kollarını gevşetip saçlarıma bir öpücük kondurdu.

"Bu defa üzerine fazla gitmemek için, ödülümü saçlarından alıyorum. Ama ikinci sefere, dudakların bana borçlu. Unutma..." Tam kollarını tamamen bedenimden çekti derken, bir daha sımsıkı sarıldı. "Özür dilerim... Bu sarılma da borcum olsun. Şu an... Buna ihtiyacım var..."

On Üçüncü Bölüm

Barış'ın kolları bedenimi sararken, kendimi tuhaf hissetmem normal mi değil mi bilmiyorum ama, birkaç saniye sonra o hisler de uçup gitti. Kendime gelip, bedenimin kontrolünü elime aldığımda ilk iş üzerimdeki kollarını tutup çekmek oldu. Bir adım geriye atıp, önce etrafı kolaçan ettim. Neyse ki, ders zili çalmak üzere olduğundan ve arka bahçede olduğumuzdan kimseler yoktu. Derin bir nefes aldım. Barış ise çekinen gözlerle bana bakıyordu. Gülümsedim. Parmağımla 'yaklaş' hareketi yaptım. "Sana bir sır vereceğim..." Önce şaşırsa da küçük bir adım attı bana doğru. Biraz daha yaklaşması için parmağımı hâlâ 'yaklaş, yaklaş' der gibi sallıyordum gülümseyerek. "Kulağına..." Yüzünü, yüzümle aynı hizaya getirecek şekilde eğip meraklı gözlerle bana baktı. Son bir kez gülümseyip kulaklarından yakalayarak kafasını tuttum ve ısırdım. İşte bu be! Küçük bir 'ah' sesi çıkardı. Kafasındaki dişlerimi ve kulaklarındaki ellerimi çektim. "Bir daha sakın sırıkların efendisi, sakın! Benden izinsiz bana elini süreyim deme! Yoksa yemin ederim kafanı koparana kadar ısırırım." Barış kocaman gözlerle kafasını tutarak bana doğru bakarken, saçlarımı savurarak hızlıca yanından geçip koşmaya başladım. Ben köşeyi dönmeden arkamdan Barış'ın bağırmasını duydum.

"O zaman kafamı daha çok ısıracaksın Yaprak! Sen bana gelmedikçe ben sana zorla geleceğim çünkü!"

Sınıfa gittiğimde hoca çoktan derse girmişti. Hızlıca özür dileyip yerime geçtim. Yerime oturur oturmaz Ali'nin Barış'a küfredeceğini falan düşünmüştüm, ama beklediğim gibi olmadı. Bana bakıp gülümsedi ve "Akşam ne yemek yapayım sana? Hafta sonu hiçbir şey yapamadım. Kendimi affettireyim," dedi sadece. Şaşkınlıkla Ali'nin suratına baktım ama bozuntuya vermeden ne isterse yapabileceğini, onun yaptığı her şeye ölebileceğimi söyledim. Söyledim de... Neden böyle sakindi ki? Görmedi mi acaba? Belki de sadece görmemiş gibi yapıyordu. Her neyse... Benim işime geliyordu böyle olması. O anı hatırlamak dahi istemiyorum!

"Çıkışta alışverişe gidelim, unutturma. Bu midesiz hıyarlar yüzünden dolap yine boşalmış. Buzluktaki dondurulmuş kışlıkları bile kemirmiş Gökhan'la Oğuz." Gökhan isminin geçtiğini duyunca direkt arkaya döndü ve savunmaya geçti. "Kanka napayım acıkmıştım, dolapta bir şey yoktu. Çıkardık, eritir yeriz diye. Eritememişiz... Asıl ben mağdurum lan, buzlu buzlu yediğim için tuvaletimi yaparken kıçımda buz sarkıtı oluştu üç gün."

"Yemin ederim beyin yerine at pisliği var bunların kafasında." Kınayan bir bakış attım Gökhan'a. "Dön önüne, hoca bakıyor."

Ders biyolojiydi. Biyoloji hocamız, ders anlatmaya koridorda başlayan, bir elinde silgi diğerinde kalem olup her saniye bir şeyler anlatan öğretmenlerdendi. Dersin daha onuncu dakikası herkesin beyni kulaklarından akmaya başlardı. Ben her zamanki gibi biraz direnip, on üçüncü dakika mı desem on beş mi, dalmışım. Teneffüste Sinan ve Oğuz'un bağrışmalarına uyandım. Gözlerimi zorlayarak açıp, ışığa adapte olmaya çalışırken, Ali'nin de sırada uyuyakaldığını gördüm. Gözlerimi tamamen açmayı başarınca kalkıp öğretmen masasının etrafında iddia dolduran Gökhan, Sinan ve Oğuz'un yanına giderek, "Niye uyandırmadınız lan, yüz yıldır uyuyorum," diye sordum esnerken. Beni sallamadı hiçbiri. Oğuz ile Gökhan'ın kafalarını birbirine tokuşturdum o yüzden. Tam Gökhan bana küfredecekti ki, pencerenin önündeki Sinan araya girdi "Lan Gökhan, Mervelerin sınıf beden dersine çıkmış, koş!" diye bağırıp. Gökhan elindeki gazeteye fırlatıp pencereye koştu ve camı açtı hemen, sanki yıllardır bu haberi bekliyormuş gibi. Bir süre Merve'yi izledi, sonra yüzünde şapşal bir gülümsemeyle konuşmaya başladı. "Ya bir insan nasıl bu kadar güzel olabilir oğlum ya... Kuş gibi kız. Minicik, sarışınım be-" Birden yüzü düştü Gökhan'ın. Kafasını ileri atıp, gözlerini kısarak baktı dışarı. "Tayt mı giymiş lan o?" Ben de hemen pencereye koştum. Pencereden onu izlediğimizi gören Merve ise Gökhan'ın inadına üzerindeki uzun hırkasını da çıkardı ve sadece tişörtü ve taytı ile kaldı. Gökhan iptal. "Lan Merve!" Camdan kafasını çıkarıp bağırdı Merve'ye, öğretmenlerine aldırmadan. "Giy lan üstüne onu!" Ben kolundan tutup içeri çekmeye çalışsam da, kendini iyiden iyiye camdan sarkıtıyordu aşkını Hindistan cevizi ile süslediğimin çocuğu. "Lan mavili, nereye bakıyorsun lan sen?! Dön lan önüne! Merve giy şu üstünü, delirtme lan beni. Yaktırma lan okulu bana! Kime diyorum lan?!" Ben Gökhan'ı içeri sokmaya çalışırken bir el ensesinden tuttu onu. Müdür... "Nereyi yakıyorsun lan sen demirli?" Gökhan yandan yandan ensesinden tutup onu içeri çeken müdüre baktı. "Hocam ben mağdurum. İçim yanıyor..."

"Senin direkt hayatın yanıyor oğlum. Attıracaksın illa kendini bana. Bir adam ol lan!" Ensesini bıraktı Gökhan'ın. "Geç yerine, o kaşındaki demir de çıkacak demedim mi ben sana?! Mıknatısla çeker, atarım seni dışarı ha!"

***

Okul çıkışı, beden dersinde bahçede uzaktan Merve'yi izleyip depresyona giren Gökhan'ı okulun kaldırımdan kazıyarak alıp, markete gittik. Oğuz'u kasiyer kıza geçen sefer yaptığı şey yüzünden yanımızda götürmeye niyetimiz yoktu, ama ne yaptıysak da peşimizden ayrılmadı. Marketin kapısından girerken Ali, Oğuz'a seksen ikinci uyarısını yaptı o yüzden. "Bak Oğuz, yemin ederim en ufak bir şey yaparsan, ağzından en ufak bir şey çıkarsa seni bulgur reyonuna sokar, orda kimse görmeden gebertirim seni."

"Bulgur reyonu mu? Hani şu annelerin çocukları bir şey isteyince gizliden sokup çimdikledikleri yer mi?"

"Tam da orası. Kola, görevlilerden gizli atılan çimdikler... Kasada kırmızı gözlerle poşete alınanların doldurulmasını beklemek..."

"O anne çimdiği en çok misafirlikte acıdır oğlum. Masada o bacağına atılan çimdik ve 'evde görüşeceğiz seninle' fısıltısı..." Sinan, köşede duran alışveriş sepetlerinden birini çıkardı. Ali de beni tutup her zaman olduğu gibi kucakladı ve sepetin içine yerleştirdi. İşte en sevdiğim şey!

"Alışveriş başlasın!"

Alışverişi yaptıktan sonra, didişe didişe eve geldik. Ali bize yemek yaptı, karnımızı doyurduk. Herkes kendi âleminde olduğundan pek sesimiz çıkmıyordu. Normalde halıda bir o yana bir bu yana yuvarlanmam gerekirken, yemek sonrası rehavetle Ali'nin yanına çökmüştüm kanepede. Bir süre, o sessizlikte takıldıktan sonra dayanamayıp gidip halıda yatan Oğuz'un yanına uzandım. Benim yanıma morali bozuk olan Gökhan geldi birkaç dakika sonra. Sonra Ali ve Sinan'ı da çağırdık. Küçükken çimlerin üzerine uzandığımız gibi beşimiz yan yana uzandık.

"Oğlum çeksene arka fazlalığını... En seksi yerlerim açıkta kaldı senin yüzünden."

"Bana diyene bak... Oğlum senin yüzünden sığmıyoruz asıl. Sinan Kardashian mısın, nesin anlamadım. Valla üzerime oturrsan, poposuyla adam öldüren ilk kişi olursun ha. O derece."

"Oğuz, suratına oturur, seni nefessiz bırakırım ha şimdi!"

"Eskiden daha kibardınız siz. Yeter be! Bıdır bıdır... Bir susun. İki dakika nostalji yaşatmadınız adama."

"Tamam tamam. Sustuk."

"Ben bizim yerimizi özledim... Oradan gökyüzü farklıydı sanki..."

"Apartman diktiler anasını satayım çocukluğuma."

"Allahsızlar, bütün çocukluğum orada oynamakla geçmişti. Geçen gördüm, üçüncü binayı dikiyorlar."

"Biraz daha abartıp şehir kursunlar kıç kadar yere... Sinir oldum yine."

Biz, çocukken her gün oynadığımız araziye apartman dikenlere söverken, o ana kadar sessizliğini koruyan Ali konuşmaya başladı gözlerini tavandan ayırmadan. "Çocukluğunuz orda değil." Hepimiz Ali'ye baktık. İşaret parmağını şakaklarına bastırdı ve "Burada..." diye tamamladı cümlesini.

Ali her zaman haklıydı. Çocukluğumuz zihnimizin en özel kısmındaydı. "Ali haklı" dedik hepimiz tek tek. Ve o gün saatlerce çocukluğumuzu konuştuk. Yer yer gülmekten karnımız acıdı, yer yer duygulandık. Eskiden bugüne hatırlayınca daha iyi anladım. Ben gerçekten dünyanın en şanslı kızıydım...

O akşam eve her zaman olduğundan daha geç gittim. Bu defa babam biraz haşlasa da, o gün mutlu günümde olduğumdan alttan alıp, babama bir öpücük verip sıyırdım. Odama gidip, günlerdir yığınların arasından aniden bir insan çıkacak gibi duran odamı topladım. Duş aldım, dişimi fırçaladım, pijamamı giydim ve yatağıma yatacağım derken, telefonuma bir mesaj geldi. Ali'den.

"Yaprak, kaçabilecek misin evden? Sana bir şey göstermem lazım."

***

"Bugün zaten geç geldim diye paparayı yedik, bu saatte tekrar dışarı çıktığımı fark ederse babam, çok tatlı şeyler olacak," dedim Ali elimden tutup beni bir yere sürüklerken. Gecenin bir yarısı nereye gidebilirdik ki? "Alikuş, nereye götürüyorsun beni?"

"Sana bir şey göstereceğim."

"Onu anladım da... Bu saatte ne göstereceksin?"

"Sabret azcık."

Bir süre hiç konuşmadan yürüdük. Karanlık olduğu için

tam olarak nereye gidiyorduk seçemiyordum. Ali durduğunda nereye geldiğimizi anlamak için etrafıma bakındım. Yanılmıyorsam... Çocukken oyun oynadığımız araziydi. "Ali... Neden getirdin beni buraya?"

"Gel benimle..." Elimden tutup beni apartmanların oraya doğru sürükledi tekrar. Ne yapmaya çalıştığını anlamıyordum. "Sessiz ol tamam mı? Yakalanırsak kötü olabilir," dedi. Apartmanın içine girdik sonra. Ben yakalanmamak için ağzımı bile açmıyordum ama deli gibi 'Aklını mı kaçırdın Ali?' diye bağırmak istiyordum. Tam on kat yukarı çıktık. Ben artık akciğer solunumundan trake solunumuna geçmiştim ki, sonunda durdu. Sanırım tavan arası gibi bir yerdi geldiğimiz yer. "Ali delirdin mi? Ne arıyoruz burada?" dedim nefesim hâlâ düzene girmemişken.

"Kapat gözlerini."

"Ali, oyun mu oynuyorsun benimle?"

"Kapat dedim!" diye ısrar edince, derin bir nefes aldım ve kapattım gözlerimi. Omuzlarımdan tuttu ve beni içeri ittirdi. "Şimdi... Açabilirsin." Gözlerimi usulca açtım. Karanlık bir tavan arası... "Bu ne şimdi?" diye sordum ne olduğunu anlayamadığım için. Parmaklarıyla yukarıyı işaret etti. Kafamı yukarı kaldırıp baktığımda ise içimde bir kuş kanat çırpmaya başladı adeta... Karanlıkta parlayan kalemlerle tek tek çizilmiş, onlarca yıldız; kapkaranlık tavan arasında, gökyüzündelermiş gibi parlıyorlardı. "Ali..."

"Bugün oradan gökyüzü başkaydı dedin ya, ne bileyim. İçimden çıkmadı. Madem onlar bizim gökyüzümüze apartman diktiler, ben de gökyüzünü onların apartmanına indirdim. Birlikte izleyelim mi yine? Çocukken akşamları gizli gizli çimlere uzanıp izlediğimiz gibi?"

On Dördüncü Bölüm

"Alikuş... Sanırım ben dünyadaki en şanslı kızım!" dedim şapşal bir gülümseme ile yapay yıldızları seyrederken. Yere uzanmıştık eskiden olduğu gibi. Altımda Ali'nin montu serili olasına rağmen, çok azcık yerden soğuk yiyordum ama olsun. O an, göğüs kafesimin üzerinde mutluluktan uçuşan milyonlarca minik kuş, onu hissetmememi sağlıyordu. "Dünyanın en tatlı, en müthiş, en harika dostusun..." Durup durup, iki dakikada bir ya Ali'yi övüyor ya kendimin ne kadar şanslı biri olduğumu söylüyordum. "Ya resmen sen var ya-" Yanımda uzanmış olan Ali yeter artık der gibi bana baktı. "Tamam tamam... Sustum."

"8 yıl önce, bu arazide top oynarken düşüp ayağını kırdığında seni sırtıma almıştım, sonra bir de ben seni düşürüp diğer bacağını kırmana sebep olmuştum, iki ay iki bacağın alçıda kalmıştı hatırlıyor musun?"

"Hatırlamaz mıyım be..." dedim gülerek. "İki ay delikli sandalyeden sıçmıştım resmen."

"Sana bir sürü çiçek toplayıp getirmiştik ertesi gün, hani böyle kucak dolusu. Annen içeri almamıştı o kadar çiçekle eve bizi, biz de kapınızın önüne yığmıştık hepsini..."

"Onu da hatırladım. Nergis Teyze sizi sopayla kovalamıştı evimin önünü mahvettiniz diye."

"Kızım onu mu diyoruz şimdi?"

"Tamam tamam..."

"Bir de bi' not sıkıştırıp kaçmıştık eline aynı gün. Saklıyor musun hâlâ onu?"

"Salak..." Koluna çok hafif bir şekilde vurdum. "Saklanmaz mı o be? Geri zekâlı dört arkadaşım utanıp bana söyleyecekleri şeyi kâğıda yazıp elime sıkıştırmış sonra da kaçmış, öyle bir şey atılır mı? Yazdığınız hâlâ ezberimde harfi harfine." Elimi yumruk yapıp ağzıma götürdüm ve hafifçe öksürdüm. "Sevgili Yaprak, bacağın kırıldığı için çok üzülüyoruz. Bizimle oynayamayacakmışsın, duyunca daha da üzülüp maçta senin bacağını kıran çocuğu dövdük. Merak etme. Sen gelene kadar biz de oyun oynamayacağız. Lütfen hemen iyileş. Bir de hepimiz doğum günümüzde mumu üflerken 'Allah'ım lütfen Yaprak'ın dileği gerçek olsun' diyeceğiz. Bundan sonra bütün dileklerin gerçekleşmiş olacak. Üzülme tamam mı? Seni seven arkadaşların Ali, Sinan, Gökhan ve Oğuz. " Gözlerim doldu. "Salaklar... Hoş, daha üçüncü gün balkondan top oynadığınızı görmüştüm ya neyse..." deyip güldüm. Ali de güldü bu defa.

"O gün söz verdik ya, ben hâlâ o sözü tutuyorum. Sen dünya tersine dönsün istiyorum dersen, beceremem ama, en azından seni alıp ters tarafa döndürebilirim. Gülme... İmkânsız dileklerinin içindeki imkânları bulup, bütün dileklerini gerçekleştireceğim. Senin için değil... İki ayağı kırık 9 yaşındaki Yaprak'a söz verdiğim için." Gülümsedim ve sürekli beni böyle mutlu eden bir arkadaşa sahip olmanın verdiği mutlulukla başımı Ali'nin omzuna hafifçe yasladım.

"İki ayağı kırık 9 yaşındaki Yaprak dünyanın en şanslı kızı..."

Sabah 6.30 civarı elimde iki ekmekle eve girdim. Sanki sabah erkenden onlara sürpriz yapmak için ekmek almaya gitmişim gibi... Şansıma daha uyanmamışlardı. Derin bir oh çekip kahvaltıyı hazırladım. Annem uyanıp kahvaltı masasını hazır görünce hiçbir şey demeden gidip yüzünü bir daha yıkadı. Geldiğinde yine aynı manzarayı görünce ne olduğunu anlayıp çığlık atarak evde sevinç turu attı. Profesyonel öğrencilik hayatımda 11 yıldır yataktan sürüklenerek uyandırılıyordum da... Kadın haklı bir yerde. Uyanmışım da, kahvaltı hazırlamışım da... Evet. İçinde biraz yalan da olsa bu yaptığım jesti haneme altın harflerle yazıp gelecek on yıl her fırsatta öne sürmek üzere beynime kaydettim.

***

"Şu kız kim lan?" 3. dersin teneffüsündeydik ve Sinan yine gözüne birini kestirmişti. Yaslandığı koridordan kendini çekti ve "Gençler, izleyin ve bir şeyler öğrenin!" deyip bizim kınayan bakışlarımız eşliğinde birkaç adım attı kızın arkasından. Elini cebine atıp cüzdanı çıkardı ve henüz çok uzaklaşmamış olan kıza seslendi. "Pardon, cüzdanını düşürdün galiba..." Kız şaşkın gözlerle Sinan'a bakarken, Sinan kıza birkaç hızlı adımda ulaştı. "Cüzdan?"

"Benim değil," deyip kibarca gülümsedi kız. "Emin misin? Bir daha baksan, belki senindir? Ha?" Sinan ve hormonlarının verdiği ayrı bir dünya olan beyin nöronları... Kim bilir ne yapmaya çalışıyordu. "Benim değil eminim de... Hem bu..." Kız cüzdanı eline aldı. "Erkek cüzdanı zaten." İçine açtı baktı ve Sinan'ın kimliğini çıkardı. "Sinan... Yorulmaz." Bir kimliğe baktı, bir Sinan'a. "E sensin bu."

"En azından adını bilmediğim tatlı şey, artık benim adımı biliyor. Bu bana yeter." Sinan gülümsedi, kızın elindeki cüzdanını aldı ve arkasını döndü gidecek gibi yapıp. "Simge," dedi birden kız. Sinan, kızın konuşmasıyla attığı adımı geri çekip tekrar kıza döndü. "İsmim..."

"Tanıştığıma memnun oldum Simge. Çıkışta bir işin var mı?"

"Şey... Yok sanırım."

"Artık var. Çıkışta görüşürüz o zaman." Sinan gülümseyip, kızın saçına dokundu. Hiçbir kızın buna dayanamayacağını biliyor tabii. Ah Sinan... Kızcağız da gülümseyip başıyla onayladı ve dönüp yoluna devam etti. Sinan ise sırıtarak yanımıza geri döndü. "Arkadaşlar, Sinan'ı gelmiş geçmiş en büyük yavşak ilan ediyorum, kabul edenler..." Gökhan'ın söylediğini hepimiz onaylayarak el kaldırdık. "Kabul edilmiştir."

"Oğlum ne yavşaklığımı gördünüz? Ben kızları seviyorum, kızlar beni. Yuvarlanıp gidiyoruz. Size ne oluyor?"

"Valla bize değil de Gözde'ye bir şeyler oluyor kanka, senin az önceki yavru ceylana bir şeyler diyor." Oğuz'un parmağıyla işaret ettiği yere döndük hepimiz. Gerçekten de Gözde kıza bir şeyler söylüyordu. Kız, Gözde'nin söylediklerinden sonra kaşlarını çatarak Sinan'a baktı ve sinirle arkasını dönüp gitti. Gözde Sinan'a yapmacık bir gülümsemeyle el salladı kız giderken. Sinan error.

***

O gün, Oğuzlarda altın günü olduğu için, her ay yaptığımız gibi günden kalanları sömürmek üzere Oğuzlara gittik okul çıkışı. Herkes dağılmış, sadece bizim annekuşlar kalmıştı. Hepimiz içeri girer girmez çantaları fırlatıp, masanın üzerinde açık büfe şeklinde dizilmiş gün yiyeceklerine saldırdık. Kısırlar, börekler, tatlılar, sarmalar... Masadan tabaklarımıza tepeleme bir şeyler doldurup kendimize bir yer seçip geçtik. "Eeee bebeklerim, nasılsınız bakalım?" diye sordu Oğuz'un annesi Zeliş Teyze her zamanki neşesiyle."Nirvanadayım Zeliş Teyze şu an... Resmen irmik tatlısıyla doruklardayım," diye cevap verdi Gökhan. O, yemek yerken tatmin olan cinslerdendi.

"Benim moraller bozuk valla Zeliş Teyze. Boylu poslu delikanlıyım, sevgilimle orda burada fink atacağıma, oturmuş kısır yiyorum." Sinan'ın morali hâlâ Gözde olayına bozuktu. E çocuk haklı... Kime elini atsa, Gözde gidip ya kıza ya Sinan'a çelme takıyordu. Dinsizin hakkından imansız gelir hesabı, iyi de oluyordu aslında. "Benim oğlan böyle hanımlar, kanı kaynıyor. Dayısına çekti. Genç çocuk, tabii ki kız arkadaşı olacak da... Bu olayı biraz abartıyor."

"Melike Teyze, senin oğlan işi abartmıyor, bokunu çıkarıyor."

"Gökhan, sen küfür mü ediyorsun oğlum?" dedi Hale Teyze tek kaşını hafifçe kaldırarak. Gökhan'ın annesi, edebiyat öğretmeniydi ve çok kibar bir kadındı. Gökhan kesinlikle annesinin oğlu değildi o anlamda. "Aaaa, ben asla küfür etmem anne," dedi Gökhan gözlerini döndürerek. Yalandan ölünse, kesinlikle Gökhan ölmüştü bunu derken.

"Ediyor musun Gökhan, doğru söyle?" Oğuz salağı ise her zamanki gibi Gökhan'ı bozma peşindeydi. "Etmiyorum lan, sus işte" dedi Gökhan.

"Etmediğine emin misin?"

"Ulan..." Gökhan bir yandan böreğini tırtıklıyor, diğer yandan bir annesine bir Oğuz'a bakıyordu. "Etmiyorum güzel kardeşim, sus."

"Ediyorsan?"

"Ulan etmiyorum!"

"Ediyorsan?"

"Ediyorsam piçim!" Gökhan birden gaza gelip yine ağzından söylememesi gereken bir şey kaçırmıştı. Hafifçe öksürdü. "Hiçim... Ne demiş ünlü düşünür Nietzsche, eskiden hiçtim şimdi piç oldum anne..." Hale Teyze ayağındaki terliği usulca çıkarıp yanındaki Zeliş Teyze'nin ayak ucuna ittirdi. Bu demek oluyordu ki, Ortadoğu ve Balkanların en hızlı terlik atan kadını Zeliş Teyze'den Gökhan'ı haklamasını istiyordu. Gökhan bunu görünce direkt tabağı yana fırlatıp kaçmaya çalışsa da, kapı eşiğinde Zeliş Teyze popodan vurdu onu. Poposunu tutarak yere çöktü demirli, "Bugün de günlerden Milka'nın mor ineği Gökhan," diye söylenerek.

"Benim sıpa bir şey yapıyor mu bebeklerim? Bak bir şikâyetiniz varsa söyleyin, ben hazırım." Zeliş Teyze ayağındaki pembe tüylü, mini topuklu terliklerini salladı. "En güçlü silahlarımı giydim."

"O çok acıtıyor lan. Bir kere attıydı, falso alıp belime geldi üç gün yattım, kalkamadım."

"Ooo öyle mi, o zaman Zeliş Teyze, oğlun meme diye diye dolanıyor ortalıkta."

"Yavrum ben bunu yedi yaşına kadar emzirdim, ondan bu böyle oldu. Psikoloğa götüreceğim..."

"Ne psikoloğu Zeliş Sultan, saçmalama. Ben şaka yapıyorum kız, valla."

"Ben bilirim senin şakalarını... Eşek sıpası!"

"Zeliş Sultan bebeğim, valla kız şaka yapıyorum, sen bakma bunlara... Hep yakışıklı oğluna atılan iftiralar bunlar."

"Kasiyer kız-" Oğuz tabağındaki böreği bütün haliyle Gökhan'ın ağzına tıkıştırdı susturmak için onu. "Merve de-" bu defa Gökhan tabaktaki sarmayı Oğuz'un ağzına tıktı. Karşılıklı dolu ağızlarla birbirlerine baktılar. Bu ikisi tam anlamıyla salaktı. Ama dünyanın en tatlı iki salağı.

"Ali oğlum yesene, annen bize emanet etti seni. Sonra iyi bakmamışsınız der vallahi."

"Yiyorum Oya Teyze. Sağ ol. Elinize sağlık hepinizin."

"Görüyor musun, bir şunun efendiliğine bakın, bir kendinize."

"Ya anne, numara bunların hepsi, bakma sen. O var ya..." Ali, Sinan'ın bacağına alttan bir tekme attı ve kulağına eğilip bir şey fısıldadı. "O var ya, normalde daha efendi. Bana mesela Sinan Bey diye hitap eder falan..."

Yine klasik bir altın günü sonrası anne – çocuk muhabbetiydi ortadaki. Ben yemek yemekten muhabbete katılmıyordum. Oğuz ve Gökhan birbirleriyle uğraşıyorlar, sonuç olarak Zeliş Teyze'den falsolu terlik yiyorlardı, anneler olarak Ali'yi övüyorlardı, sonra Sinan'ın annesi Sinan'ın notlarının düşüklüğünden girip kız düşkünlüğünden çıkıyordu. Bir şekilde annelerimizi bile kendimize benzetip saçma sapan yerlerde buluyorduk muhabbeti. O gün akşam 8'de direkt eve geçtim annemle. Uzun zamandır ilk kez o saatte eve geliyordum. Biraz bilgisayarda oyun oynadım, biraz televizyona baktım, biraz babamla sohbet ettim. Ama yok... Uyku vaktime yine dünyalarca zaman vardı. Yatağıma uzanıp telefonumla uğraşmaya başladım. Şaşılacak işti ki, o gün bizimkiler sessizdi. Tam sessizliği bozayım, mesaj atayım derken telefonum çalmaya başladı. Arayan numarayı görünce bir an paniklediğimden telefonu yüzüme düşürdüm. Sırık oğlan... Burnumun acısıyla bağırarak açtım telefonu. "Alo! Ne var?!" diye. "Daha ilk saniyeden sinirlisin, olmadı ama bu. Senin şu an sakin olman lazım ki, birazdan seni sinir edebileyim. Yoksa zevkli olmuyor" diye cevap verdi bana.

"Bak laf ebesi sırık, burnum acıyor zaten, sadede gel, kapatırım yoksa."

"Ama seni göremedim bugün, özledim. Bugünkü kafamı ısırma hakkımı telefon jokerine çevirsek, azcık konuşsak olmaz mı?"

"Seyirci jokerine çevirip mahalleyi bağlıyım sana, olmaz mı?"

"Ya da yarı yarıya joker hakkı ver bana, diğer yarım ol?"

"Salak."

"Olmaz mı?"

"Sadece beş dakika. Süren başladı. Hadi konuş."

"Ama öyle olur mu? Dur dur hazır değildim. Tamam, şu andan itibaren beş dakika olsun bari."

"Süren akıyor telefon sırığı."

"Yaprak..."

"Hmm?"

"Geçen gün sana sarıldığımda ne hissettin? Kızgınlıktan önce."

"Ne demek istiyorsun?"

"%99'un kızdı bana. Ama ilk sarıldığımda, vücudunun dürüst olduğu o on saniye içinde ne hissettin? Heyecan mı? Korku mu? Tutku mu?"

"Hmm... Cevap veriyorum, D şıkkı, hiçbiri."

"Yalancı..." Güldü. "Neyse, bir daha sarılmamı ister misin bir daha bakmak için?"

"Bak yine fabrika ayarlarından yavşaklık moduna geçtin, sinirlendirme beni!"

"Peki peki... Bu arada sıradaki iddiayı ne zaman söylememi istersin?"

"Ne iddiası be, bitmedi mi o iş? En son korner direği bir tarafınıza giriyordu takımca, hâlâ mı akıllanmadın?"

"Sana ulaşabilmek için bir şeyler yapmak, bunun karşılığında okula etekle geldiğini görmek, sana sarılmak, saçlarından öpmek, seninle basketbol veya futbol oynamak, seni daha fazla görmek... İddiaları kaybetsem de, başıma bir şeyler gelse de umurumda değil. Ama söz verdiğin gibi sonuna kadar devam edeceğim ben. Ne olursa olsun. Tabii sen korkaklık edip kaçmazsan ve sözünden caymazsan." Nereden gireceğini iyi biliyordu sarısına kırmızı iliştirip, Şükrü Saraçoğlu'na gönderdiğim. "Ne kaçacağım oğlum!" dedim yine birden gaza gelip. "Senden korkan, senden beter olsun. Söz verdiysem tutarım ben. Tabii o günkü dayak meselesi gibi şeylerde, mesuliyet kabul etmem, her an her uzvun tehlikede bilesin."

"Her uzvum gayet yerinde ve güvende sen merak etme." Haklıydı aslında bu konuda. Benim yüzümden çok alttan alsa da, çevresi fazla geniş, uzun boylu bir üst dönem basketbol oyuncusundan bahsediyoruz. Çok da hafife alınamayacak türden biriydi aslında. "Yeni iddia ne?"

"Haftaya duyduğum kadarıyla fizikçi size ara sınav yapacakmış. Bugün öğretmenler odasında konuşurken duydum. Ondan 90'ın üstünde alıp alamayacağın iddiamız. Bak, bu defa tamamen senle alakalı... Benim etkim bile olmayacak."

"Sen var ya tam bir bok kafalısın. Fizikten üç yıllık lise hayatımda toplamda erişemedim o rakama ben!"

"Biliyorum." Ben sinirden derin bir nefes aldım, o konuşmaya devam etti. "Eğer kazanırsam, benim ödülüm senin cezan... Bana bir gününü vermen olacak. Koca bir gününü..."

On Beşinci Bölüm

"Sana bi günümü vereceğime, giderim o günümü Türk Hava Kurumu'na bağışlarım daha iyi!" deyip, telefonu Barış'ın yüzüne kapattım. Elimdeki telefonu sinirle yastığımın altına koydum ve yorganı yüzüme kadar çektim. "Oğlana bak... Yine buldu kolaydan bir kazanma yolu!" dedim kendi kendime sinirle. "Ama ben de Yaprak'sam kaybetmeyeceğim ulan bu defa!" Kaybetmeyeceğim de... Fizikten 90 almam demek, Oğuz'un artık normal bir insan olması, Gökhan'ın Merve'yi unutması, Sinan'ın düzenli ilişki yapması kadar imkânsızdı. Biraz daha sayıp sövdüm sırığa içimden, sonra derin bir nefes alıp, yastığımı bacağımın arasına aldım ve uyku pozisyonuma geçtim. Tabii bu sinirle ne kadar uyumayı becerirsem...

***

Sırıkla konuşmamızın ardından tam üç gün geçmişti. Hafta sonu Alilere bile gitmeden ders çalışmaya çalışsam da, fiziğin f'sinden i'sine ancak geçebilmiştim. Fizik dersine girmeden önceki teneffüs, ben bizim çocuklara daha iddiayı bile diyememiş bir halde, en münasip yerime karanfil takılmasını bekliyordum umutsuzca sıramda. Ali uyuyordu, Sinan ise gazetede maç sonuçlarına bakıyordu. Oğuz ortalıkta dolanıyordu. Ben ise kafamı sıraya dayadım gözlerimi kapatarak. Tam o saniye, Gökhan'ın sesini duyunca gerisin geri açtım kepenklerimi. Gökhan, telefonda konuşarak görüş açıma girdi birkaç saniye içinde. "Ulan ben senin e-okul fotoğrafını görüp senden soğumamış biriyim, niye üzüyorsun lan beni? Lan ben sırf sen rahatla diye senle saatlerce tanımadığım kızlar hakkında dedikodu yapmış, sol elinle oje süremiyorsun diye sağ eline oje sürüp oje kokusundan koku alma yetimi üç günlüğüne kaybetmiş biriyim. Böyle biri üzülür mü Merve? Diğer teneffüs geleceğim, konuşacağız. Bak bir daha kızlar tuvaletine kaçsan da girer çıkarırım. Me... Merve? Alo? Kızım? Alo? Kapattı." Telefonu masaya fırlatıp sıraya oturdu.

"Ne oldu lan yine? Yine mi rahatsız ediyorsun kızı?"

"O beni rahatsız ediyor asıl. Eteği resmen günden güne kısaltıyor. Yakında göğsünün altına çekecek diye korkuyorum kıvırırken... Lan bak yine iki dakikada sinirlerimi altüst etti. Bir de benden kaçıp kızlar tuvaletine saklandı. Tükendim arkadaşlar. Finishoyu gördüm. Ben birkaç hafta şu köşede ölmüş gibi yapacağım, bana yaşadığımı hatırlatmazsanız sevinirim." Hiç yeri değildi biliyorum ama, kendi derdime düştüğümden sırasına başını koyan Gökkuş'u dürttüm. "Öldüm diyorum, dürtüp durmayın. Moraller bozuk yazmayın!" Ayağa kalkıp bir daha dürttüm "Gökkuş bi' gelsene ya!" diye mızmızlanarak. Gökhan'ın kolundan tutup salladım bana tepki vermeyince. "Gökkuş bi' gel ya..." Biraz daha hızlı salladım. "Gökkuş ya lütfen hadi bir şey diyeceğim..."

"Yaprak... Ne var Yaprak? Ne Yaprak? Ne ha ne Yaprak?" Sinirle sırasından kalktı. Ben cevap bile vermeden kolundan çekip bizimkilerden uzak olan duvar köşesine sürükledim onu. "Kızım manyak mısın?"

"Sessiz ol Gökkuş, bir şey isteyeceğim senden," deyince, bana gözlerini kırpıştırarak baktı olan biteni anlamak ister gibi. "Birazdan sürpriz sınav yapacakmış fizikçi."

"Peki benden ne istiyorsun? Herifin sınavlarından anca emmeli gömmeli notlar alıyorum lan, benden kopya isteyecek kadar düşmüş olamazsın değil mi?"

"Ya ne kopyası... İptal ettirmeni istiyorum senden sınavı. Ayağına giydiğin çorap olayım Gökkuş, bir şey yap ertelet şu sınavı. Yapsan yapsan sen yaparsın Gökkuş'um, ne olursun..."

"Lan manyak mısın, ne yapayım? Gidip, hocam saat kaç, bu saatten sonra sizinim mi diyeyim? Bayıra karşı yatır beni, tırmala beni, kaşı beni mi diyeyim? Siyah bir gece karşılığında sınavı erteleyin mi diyeyim? İndim derelerine bilmem nerelerime kaytan bıyıklarını sürsem nerelerime mi diyeyim ha? Hem ne diye tutuştun sen lan? Her zamanki gibi zayıf alıp oturalım yerimize işte. Ne kasıyorsun?"

"Sorma... Yampirik sırıkla iddiaya girdik," dedim yüzüme en dokunaklı surat ifademi yerleştirip. "90'ın üstünde almazsam sıçışlardayım."

"Ulan sen almadın mı boyunun ölçüsünü? Ne iddiası daha?"

"Kanka, ağzımdan çıktı bir kere, birimiz pes etmediği sürece bitmeyecek. Benim pes etmem demek, ona âşık olmam demek, onun pes etmesi benim ona âşık olmayacağımı kabul etmesi demek..."

"Harika, liseden mezun olana kadar devam edeceksiniz yani."

"Gökkuş'um... Ne olur bak şimdilik şu sınavı erteleyelim, akşam çocuklara da açıklarım durumu, birlikte kafa patlatır buluruz bir şey," derken, fizikçi tam o an içeri girdi. "Gökkuş, yap bir şeyler..." Gökhan yüzüme hiç tepki vermeden baktı ve yerine geçti. Ben de hayattan bezmiş bir şekilde kendi yerime geçtim. Fizikçi elindeki kahverengi çantasıyla masasına geçti. "Günaydın arkadaşlar... Oturabilirsiniz." Çantasını masaya bırakıp, içini açtı ve içinden bir tomar kâğıt çıkardı. "Bilin bakalım yine size nasıl bir sürpriz yapacağım?"

"Bıyığına tüküreyim, sürprizmiş..." Gökhan'ın kulağına eğilerek, en acıklı ses tonumla "Durdur Gökkuş, ne olur ya!" diye fısıldadım.

"Tabii ki sınav yapıyorum! Sıraları ayırın, sınav pozisyonlarını alın hemen."

"Gökkuş pozisyon diyor, sağlam girecek bak ne olur hadi..." Gökhan tepki vermiyordu ne dersem diyeyim. Fizikçi çoktan koordinatları dağıtmaya başlamıştı bir hava pilotu edasıyla. "Sen ve sen yer değiştirin... Siz aynı hizaya gelin..."

"Hocam!" Gökhan elini havaya kaldırdı ve aynı anda hızla ayağa kalktı birden. Gözlerim, çizgi film karakterleri gibi ışıl ışıl parlayarak büyüdü o an Gökhan'a bakarken. "Bir şey söylemem gerek!" İşte benim arkadaşım!

"Gökhan Karademir... Söyle ne söyleyeceksen çabuk, sınav başlayacak."

"Hocam, ben soruları çaldım! Bu vicdan azabıyla yaşayamam hocam... Lütfen sınavı erteleyelim!" Hoca elinde dürdüğü kâğıtlarla sinirli sinirli Gökhan'a bakıyordu. Ah benim fedakâr Gökkuş'um... "Sınıftan da birkaç kişiye verdim bir de, tek ben olsam... Hadi beni atın, diğerlerini sınav yapın diyeceğim de... Bir de ben zaten alışmışım o malum notları almaya, şimdi çaldığım sorularla 100 alırsam o bana fazla gelir. Bünyem kaldırmaz... İptal mi etsek?"

"Çık lan dışarı! Soldan dönüp müdürün odasına gidiyorsun doğru! Ve siz arkadaşlar... Gökhan arkadaşınız sayesinde bir sonraki ders bundan iki kat zor bir sınava gireceksiniz ve bu ders teneffüsünüzü de alarak aralıksız ders işleyeceğim." Sınıftan 'aaa' sesleri yükseldi. "Çıkışta Gökhan arkadaşınıza istediğinizi yapabilirsiniz."

"Baş üstüne!" Eliyle asker selamı yapıp kapıya doğru yürüdü Gökhan. Kapıdan çıkmadan önce arkasını dönüp bana göz kırptı. Gökkuş'um... Bala batırıp yenecek türden bir arkadaşsın sen!

***

"Mal mısın lan? Niye yalandan soruları çaldım deyip siciline işletiyorsun bunu? Aldığın disiplin cezaları, uyarılar az mı geldi?"

"Aynen Sinan kank[illegible] iki gün disipline gitmesem aşeriyorum yeminle."

"Beni dinleyin!" Halının ortasında dikilip iki elimi havaya kaldırdım. "Gökkuş benim için kendini feda etti. Gerçi ben böyle yapsın istemezdim ama..." Göğsümün solunu sembolik olarak çıkardım ve Gökhan'a attım. O da görünmez kalbimi sağ eliyle yakalayıp gülümsedi. "Gençler, yeni bir iddia..."

"Ne iddiası lan yine?!" diye bağırarak yattığı yerde doğruldu Ali. "Bitmedi mi o iş?!"

"Alikuş... Fizikten 90 almazsam bir günü onunla geçirmem gerekecek."

"Gelsin benimle geçirsin bir gün, bak bakalım bir daha senden böyle şeyler isteyebiliyor mu yavşak!" Ali sinirle kalktığı yere yeniden yattı. Kafamı Sinan'a çevirdim umudun kırıntısı dahi olmayan yüz ifademle. "Kanka, ben biraz zorlarsam 06 alırım, ters çevirip sırığa 90 diye yutturabiliriz" deyince o da, iyice pes edip kendimi halıya bıraktım tekrar.

"Ya Sinan... Ciddiyim ben. Hafta sonu biraz çalışayım dedim de, beynimdeki bütün nöronlara limon sıktılar sanırım, bir bok anlamadım."

"Daha üç günümüz var. Buluruz bir şeyler..." Ali kafasını yattığı yerden yana çevirdi. "Sıkma sen canını."

"Buluruz bir şeyler değil mi Alikuş?" Yerde ters dönüp, dizlerimin üstünde Ali'nin uzandığı kanepeye gittim. "Buluruz değil mi?"

"Yakarız anasını satayım, okulu gerekirse. Senden önemli mi?" Dizlerimin üzerinde başını koyduğu kısma kadar ilerledim ve gamzesine parmağımı soktum. Ben ne zaman bunu yapsam gülümserdi, gamzesi iyice çukurlaşır, parmağım daha da içine girerdi. Yine gülümsedi. Ben de Alikuş'un kenarına kıvrıldım. Halıda oturmaktan, oturma yerim kurumuştu adeta. Kanepede pamukların üzerindeydim sanki.

"Anneleri sosyal medyadan uzak tutma büyüsü bilen var mı aranızda?" diye bağırarak içeri girdi Oğuz. "Ulan kötü haber, annem twitter açmış, bana saçmasapan şeyler yazıyor uluorta!" Yanıma geldi ayaklarını yere vura vura. "Ulan halanları yükleyemedim Oğuz, bana yüklesene diye tweet atmış. Kendimi nerelerden atayım söyleyin bana." Ali ile aramıza girdi ve Ali'yi düşürdü. Ali yere iniş yapınca, yukarıdaki Oğuz'a tekme attı. Sonra biraz süründü ve kendini halıya bıraktı. Oğuz sallamadan, bana telefonunu göstermeye çalışıyordu hâlâ. "Bak bak... Şunlara bak Yaprak. Kate Upton'a sürekli mention atıyorum ya, oradan görmüş herhalde sevdiceğimi. Kıza ne yazmış bak. 'Kızım, sen bakma benim sıpaya. Üzerini de kalın giy, üşütürsün bak. Resimlerine baktım hep incecik...' Ulan bu bana yapılır mı ya? Twitter'ı zirvede bitirme kararı aldım arkadaşlar. Bir devrin sonudur bu!"

***

Saat akşam 7'yi gösterirken, Gökhan'ı annesi perde takmaya çağırmış, Oğuz Zeliş Teyze'nin mentionlarına dayanamayıp eve erken gitmiş, Sinan ise acil olarak babasına bir belge götürmesi gerektiği için yanımızdan ayrılmıştı. Biz de Ali'yle yemek yiyip, şiş karınlarımızla halıda uzanmıştık. Her zamanki gibi...

"Alikuş... Bana kızgın mısın?"

"Neden?"

"Saçma bir şey yapıp sırık oğlanla iddiaya tutuştuğum için..."

"Biraz..." Yuvarlanarak yanına gittim. Gamzesinin olduğu yere baskı uyguladım parmağımla, gülsün de içine geçsin parmağım diye ama bu defa gülmedi. Biraz daha bastırdım, yine güldüremedim. "Kızma bana ama... Ne bileyim, bastı damarıma bir anda. Biliyorsun, çok çabuk gaza geliyorum." Bir şey demedi. Ben de yanına uzanıverdim. "Sen hiç âşık oldun mu Alikuş? Yani... Ben aşk gibi duyguların neye benzediğini pek bilmiyorum. Tamam, sırığa âşık olmadığımdan eminim ama... Bir gün gerçekten âşık olsam da anlamam ben biliyor musun? Salak mıyım, neyim."

"Anlarsın Yaprak'ım. Merak etme." Kafamı çevirdim Ali'ye doğru. "Öyle çirkin bir duygudur ki o, bazen sen görmezden gelmeye çalışırsın da beceremezsin, bırak fark etmemeyi..."

"Öyle bir konuştun ki sanki körkütük âşıksın be Alikuş..."

"Çikolatalı süt ister misin? En son aldıklarımı Oğuz sığırı bitirdi diye yeni aldıklarımı saklamıştım. Getireyim mi?"

"Sonra... Şimdi istemiyorum."

"Peki..."

"Alikuş? "

"Hmm?"

"Bir kere onun yüzünden kalbim hızlı attı. İstemeden oldu. Böyle bana sarılınca aniden... Çok kızdım kendime ama-" Elini ağzıma kapattı "Daha fazla duymak istemiyorum," diyerek. Usulca ağzımdan çekti elini sonra, benim şaşkın bakışlarıma maruz kalarak. "Özür dilerim," dedi utangaç bir tavırla. O an hiç, yıllardır tanıdığım Ali gibi gelmedi.

"Sırık oğlana olan kızgınlığın yüzünden böyle davrandığını biliyorum ama... Düşüne düşüne çıldıracağım. Senden başka anlatabileceğim kimse yok, biliyorsun."

"Sana âşığım Yaprak."

"Ha?" Elini hızla çarpmaya başlayan kalbimin üzerine yerleştirdi. "Bak... Şoke olmak da insanın kalbini hızlandırır. İlla birine bir şey hissetmen gerekmez." Ben hâlâ gözlerimi şaşkınlıkla kırpıştırırken, görmek istediğim gamzelerini çıkardı ortaya. "Ah, şimdi anladım!" dedim coşkuyla. "Sırık oğlan bana aniden sarıldı diye şoke olduğum kalbim hızlı attı! Ona karşı bir şey hissetmeye falan başlamadım! Kaç gündür içim içimi yiyordu. Şimdi rahatladım."

"Ama sen yine de bir daha kalbin ona karşı hızlı atarsa bana söyleme olur mu?"

"Atmayacak ki..."

"Olsun, sen yine de söyleme."

"Peki."

Birlikte bir saatten fazla boş tavanı izledik. Kapı çalmasa bir o kadar daha izlerdik ya... Neyse. Zil çalınca uzandığım halıda güç bela doğruldum ve kapıya koştum. Sinan mıydı, Oğuz mu yoksa Gökhan mı? Dürbünden bile bakmadan kapıyı hızlıca açtım. Ve kapıda gördüğüm görüntüyle kalbim bir kez daha şoktan hızlı atmaya başladı.

"Emre!"

On Altıncı Bölüm

Emre, mahallemizde oturan babaannesine iki yılda bir yazın kalmaya gelen çocukluk arkadaşımızdı. İlk 9 yaşındayken gelmişti mahalleye. Yeni çocuk olması ve ilkokullu çocuk oyun kuralları "yeniyi dışla" maddesi yüzünden, kimse onunla oynamazdı, o da hep pencereden oyun oynayan çocukları izlerdi. Ali bir gün pencereden bizim top oynadığımızı izleyen Emre'yi gördü. Ayağındaki topu kolunun altına alıp, pencerenin önüne hızlıca koştu ve Emre'ye dışarı gelmesini işaret etti. Emre dışarı çıkınca, topu onun kucağına attı ve "Top senin!" dedi. Emre başta olmak üzere hepimiz şaşkın gözlerle Ali'ye bakmıştık, hiç unutmam o bakışları. Mahalle maçları kural otuz sekiz: Top kiminse, oyuncuları o seçer. Ali'nin de yapmak istediği buydu çocuk kalbiyle. "Top onun, kimin oynayıp oynamayacağına o karar verecek." Emre şaşırsa da yanımıza sevinçle koşup herkes oynasın dedi ve aramıza katıldı. Eee, o böyle yapınca da, bizim tayfa dışındaki çocuklar hemen Emre'yi kabullendiler. Böylece Emre'nin yazı, pencerede değil, mahalle arasında top oynamakla geçmişti o ve ondan sonra her yaz on beş günlüğüne.

"Emre geldi! Emre geldi! Emre geldi! Emre geldi!" Kanepenin üzerinde zıplayarak telefonda Sinan'la konuşuyordum bir an önce büyük haberi vermek için. Ama Sinan ısrarla onu kandırdığımı düşünüp inanmıyordu bana. "Ne dalga geçmesi lan, valla geldi!" Zıplamayı kesip halıya hopladım. "Sen diğerlerine haber ver. Tamam? Ya küfür edeceğim sağlı sollu radyasyonlu, geldi diyorum işte ne dalgası!"

"Hiç değişmemişsin Yuyu!" deyip, yanıma oturdu Emre ben telefonu kapatınca. Emre eskiden beri bana Yuyu diye hitap ederdi. "Neden değişecekmişim?" Yanına oturup karnına parmağımı soktum. "Kilo mu aldın sen? Eskiden bu kadar içeri girmezdi parmağım."

"Almaz olur muyum?" Elini karnına yerleştirdi. "Sığır gibi oldum anasını satayım. Bizim sultan bana iyi bakıyor."

"İyi olmuşsun ama. Eskiden sıska bir oğlandın." Ali'nin yanına kaydım kanepede. "Alikuş, hatırlıyor musun Emre'nin küçüklüğünü... Kuş gibi bir çocuktu. Ne boyu vardı ne canı. En çok ona yakışıyordu kuşluk. Emrekuş!" Bu defa Ali'yi bırakıp Emre'nin yanına kaydım. "Emrekuş!"

"Emre, sen bakma Yaprak'a. Sevinçten çıldırdı," dedi Ali gülerek. Emre'yi gördüğüne benden daha çok sevinmişti belki de, ama sakin tavrını koruyordu her zamanki gibi. Çünkü Ali olmak bunu gerektirirdi.

"Yuyu'nun bu heyecanlı yanını seviyorum ben. Karışma bakalım sen..." Emre yanaklarımı sıktı, ben de onunkileri... "Yuyu... Koca yanaklı kız. Aramızda kalsın, bu dört sığırdan çok seni özledim." Ali'ye göz kırptı sonra. "Yalancı seni!" deyip, ellerimi onunla aynı anda yanağından çektim.

"Diğerleri nerede? Geliyorlar mı?"

"Gelirler bi-" Lafımın ortasında zil çaldı. Elimle kapıyı işaret ettim. "Her iddiasına girerim Gökkuş bu. Anıldığı an gelen başkası olamaz." Kalkmaya yeltendiğimde Ali eliyle otur işareti yapıp ayağa kalktı ve kapıyı açtı. Tahminin doğruydu, gelen Gökhan'dı. Diğerlerinden daha hızlı gelmesinin bir sebebi de, Alilerin yan apartmanında yaşamasıydı tabii.

"Nerde lan Emre? Yalansa olay çıkarırım." Gökhan odaya girip karşısında Emre'yi görünce gülmeye başladı hemen. "Oha Emre!" Hızlıca içeri girdi ve ayakta onu karşılayan Emre'ye sarıldı. "Oğlum nasıl sürpriz lan bu!"

"Hep yazın mı geleceğiz oğlum."

Onlar sarılırken ben gidip ikisine birden sarıldım. "Her mevsim gelse keşke!" diyerek. Ali, ensemden tutup beni geri çekti. "Küçük koala, bulduğun yere yapışma. Bırak, sıra Gökhan'ın." Kaşlarımı çatıp Ali'ye baktım. Başımın arkasından tuttu her zamanki gibi nazikçe ve kendine çekti. "Tamam, hadi, bu seferlik ağacın ben olurum." Birkaç dakika yüzüne bakıp sonra güldüm ve sarıldım. O sırada Emre bizi işaret edip "Hiç mi bir şey değişmez bir buçuk yılda. Şunlara bak!" dedi neşeyle.

"Salla onları, sen anlat oğlum bir buçuk yıl oldu lan!" Gökhan, Emre'yi kolundan çekip kanepeye oturttu. "Ne anlatayım lan, hayatım öğrenciden hallice işte... En fazla ne olsun." Kapı bir daha çaldı. Bu defa ben koştum kapıya hemen. Oğuz ve Sinan'dı gelen. Oğuz'un üzerindeki pizza dilimi desenli pijamayı görünce gülerek "Bu ne tip lan, oradan buraya pijamayla mı geldin?" diye sordum. O ise, beni bir paçavra gibi kenara ittirdi. "Çekil kız sen kenara, Emre gelmiş, senle uğraşamam." Hepimiz Emre'ye bayılırdık. İki senede bir yalnızca on beş gün gördüğümüzden o geldiğinde, eve Almanya'dan teyzesi gelmiş çocuk moduna bürünüyorduk. O yüzden Oğuz'un o hareketine sinirlenmedim bile. Ama "Aşk olsun Oğuz, Emre gidince yine bana kalacaksın ama!" diye bağırmaktan da kendimi alıkoyamadım.

"Yaprak'ım, sen hâlâ bestsin de kusura bakma, Emre gelmiş, seni ben de kenara alacağım..." Sinan da benim yanımdan içeri geçti hızlıca. Yüzümü buruşturmakla yetindim bu defa. Ama içten içe gülüyordum. Emre gelmiş be!

Oğuz ve Sinan'la da gürültülü bir merhabalaşmanın ardından hepimiz halıya bağdaş kurduk. "Eee Sinan, sen nasılsın?" dedi Emre özlediğim sımsıcak gülümsemesini yüzüne yerleştirip. "Nasıl gidiyor işler?"

"Gözde'den hallice be kanka." Sinan'ın son favori cümlesiydi bu. Hayatının kötü gittiğini böyle belirtiyordu. Emre bu olayı bilmediğinden boş boş Sinan'a baktı. "Yani kanka, bu aralar sıçtım sıvıyorum, bir aksiyon yok."

"Sen? Sinan? Ne yaptınız lan Sinan'a?" Emre, Gökhan'a döndü. "Ya sen bakma bu yavşağa. Her hafta üç kız götürüyordu, geçenlerde sert kayaya tosladı" diye cevap verdi o da.

"Ben yine anlamadım?" dedi Emre. Bir bana baktı bir Ali'ye. Biz omuz silkince, gülerek, "Peki o zaman," dedi ve Oğuz'a döndü. "Eee Oğuz Efendi... Seni soralım, sen nasılsın?"

"İyiyim Emre kanka, şu sıralar tek sorunum Zeliş Sultan'ın sosyal medya merakı... Az önce Sinan aramadan Zeliş Sultan'ın kucağındaydım, neden tahmin edin hadi." Tek tek hepimize baktı, hepimiz gelen cevaba hazır değiliz bakışı atınca devam etti. "Bana bir çift meme verenin kırk yıl kölesi olurum diye tweet atmıştım, görmüş. 'Sen bana köle mi olacaksın oğluşum, sütüm sana son damlasına kadar helal olsun. Yerim senin o yumurta kafanı' diyerek, yatırdı dizine, popoma vura vura sevdi. Ulan olayı çok yanlış anladı... Tükendim." Birkaç saniyelik sessizlikten sonra herkes birbirine baktı önce. Sonra klasik, kahkahayı patlattık. "Zeliş Sultan fenomen olacak, fena mı?" dedi Emre elini Oğuz'un omzuna atıp. "Oğlum, dalga geçme, valla durum sandığınızdan ciddi. Dün Swarm açmış, evin odalarında yer bildirimi yapmış. Gerçekten tükeniyorum..."

"Bir mese tükeniyordu," dedi Emre, elini attığı omuzdan çekip. Sonra birkaç saniye tek tek hepimizin yüzlerine baktı, sanki ne kadar değiştiğimi ölçüp biçmek ister gibi. Sonra en içten ses tonuyla "Oğlum köpek gibi özlemişim lan sizi!" dedi elini Gökhan'ın bacağına koyup. "Yemin ediyorum, biraz daha görmesem fark etmeden ölürmüşüm ha."

"Biz de seni ulan." Ali ensesinden sıktı Emre'nin, her zaman yaptığı gibi. Gerçekten... Ali hepimizden ayrı severdi Emre'yi. Onları yan yana görünce içim karıncalandı birden. Ali... Ne güzel gülüyor be! Uzun zamandır yüzünden gitmeyen hüzün sanki kaybolmuştu Emre'yi görünce. İşte bu, beni Emre'nin gelişinden daha çok sevindirmişti. "Bu arada, bu gece hepiniz burada kalacaksınız değil mi?"

"Tabii lan. Gider miyiz hiç..."

"Ben..." Kedi gibi baktım alttan alttan... "Ben nasıl izin alacağım?"

"Ben Oya Teyze'yi ikna ederim de, Taner Amca'ya kızın 5 erkekle aynı evde uyuyacak hadi hoşça kal dersem sanırım gelip telefonu fitil niyetine bir tarafıma sokar."

"Ya Gökkuş... Dur bakalım ben bir annemi arayayım, yalvarırsam belki ikna edebilirim." Ayaklarımı popomun altına aldım ve sırtımı dikleştirdim. "Dua edin." Telefon çalmaya başladı. İkinci çalışta açtı annem. "Alo... Ana kraliçem! Benim biricik annekuşum nasılmış? Tamam tamam... Şey diyecektim anakuş, hani Emre var ya... Evet evet o Emre... Sürpriz yapmış, geldi. Şimdi hepsi de bu gece burada kalacak bizimkilerin." Annem ne isteyeceğimi anladığı için huysuzlanmaya başlayınca plan ikiye, çılgınlar gibi yalvarmaya geçtim. "Anne ben de kalayım mı ne olur anne lütfen... Anne valla kendi kendimi döverim, kendi kendimin elinde kalırım eğer bu gece burada kalmazsam, bak anakuş valla. Anne, babama uydurursun bir şeyler... Anne lütfen, uyudu erkenden falan de bir şey de, bizim kızımız aslında yok, sen onu kafanda yaratmışsın de ama ne olur ana kraliçe!" Annem babamı öne sürerek ayak yapıyordu, ben ne kadar yalvarırsam yalvarayım. Ama tek nefeste o kadar çok konuşmuştum ki pes edip telefonu Ali'ye vermemi istedi. "Ali, annem seni istiyor," deyip telefonu Ali'ye uzattım.

"Efendim Oya Teyze?"

Annem uzunca bir şeyler söyledi, Ali de yalnızca 'peki, tamam' gibi kelimelerle onayladı onu. "Tamam Oya Teyze, merak etme sen. Taner Amca'yı sen idare et, gerisi benim sorumluluğumda. Aklın kalmasın. İyi akşamlar." Telefonu kapattı ve bize baktı. "İzin verdi."

"Oley be!"

O gece önce biraz konuştuk, sonra salak salak şeylerden bahsedip yuvarlanarak güldük, sonra çocukluğumuzdan bahsedip birazcık duygulandık... Bir ara yine Sinan, Oğuz'un saçma bir lafından sonra Oğuz'u öldürmeye teşebbüs etti. Gökhan,

Emre'nin gelmesinden dolayı çok iyi olan ruh haline rağmen Merve'nin bir oğlanla birlikte resim çekilip Instagram'a atması üzerine delirdi. Önce resimdeki çocuğun gelmişine geçmişine dümdüz gidip sonra Emre'nin hatırına sinirinin içinde patlamasına izin verdi ve kendine geldi. Ali'nin zaten gülmekten gamzesi sabit kalmıştı yanağında adeta o gece.

Saat iyice geç olunca, ben hariç hepsi babadan kalma tarlaların kavgasını yapan oğullar gibi yer kavgası yapmaya başladılar. "Ben Sinan'la uyumam lan! Geçen sefer ayağını ağzıma sokmuştu sığır."

"Kanka, sadece ağzınaysa, iyi..." deyince Oğuz, "Lan bak çocuk, seni üçe katlar kat yerlerinden sikerim. Ne biçim konuşuyorsun sen?!" diye bağırdı Gökhan. "Hayatımda böyle orijinal bir küfür duymadım kardeşim," deyip elini uzattı Gökhan'a Emre. Her gelmesinde ondan çok ilginç küfürler öğrenip dönerdi evine, o da bizim gibi alışıktı bu duruma. "Tabii ki kardeşim, orijinal küfür bizim işimiz," diye cevap verdi Gökhan ise pişkin pişkin.

"Ya Ali, valla ben de bu Gökhan'la yatmam, Merve sanıp sarılıyor uykuda hıyar herif. Sinan kuralları madde bir, seksi bedenime sadece dişi varlıklar dokunabilir." Hepsi hep bir ağızdan durmadan konuşuyorlardı. Oğuz, eliyle basketboldaki mola işaretinden yapıp araya girdi. "Aranıza ben yatarım kankalar, sıkıntı yapmayın ya..."

"Lan bu da mı bizle yatacak?! Arkadaşlar ben gider balkonda uyurum, oturağı sağlama almak lazım. Sabah donmuş bedenimi alıp son kez Merve'ye gösterdikten sonra defnedebilirsiniz. Ha bir de vasiyetim, o resim çektirdiği yavşağı bulup canice katledin. Neden öldürdünüz diye sorarlarsa da Merve'ye yavşamak yedi büyük günahtan biriymiş, Gökhan Beyimiz buyurdu deyin."

"Lan bak delirtmeyin beni, girin yatın şuraya, alıp üst üste koyar kilerde yatırırım sizi yoksa!" O gün ilk kez bağırmıştı Ali. En mutlu gününde bile n[illegible]rdi bir şekilde çocuğu. Hepsi korkarak, ellerini alınlarına koyup asker selamı verdiler Ali'ye. "Peki komutanım!"

Bana kendi yatak odasını vermişti Ali. Oğuz, Sinan ve Gökhan sıkış tepiş yan odada yerde uyuyacaklardı. Ali ve Emre de oturma odasında çekyatlarda... Gökkuşların yatma düzenini ayarladıktan sonra, Ali bana pijama vermek için benle birlikte yatak odasına geldi. Dolabından gri renkte bir eşofman altı ile mavi renkte bir kazak çıkardı. "Al bakalım. Sana biraz büyük olacaklar ama idare edersin. İyi geceler güzelim."

"Benim uykum yok ama..."

"Saat 5'e geliyor. Yarın okula gideceğiz. Biraz uyuman lazım."

"Ama Alikuş..." Yine kedi gibi alttan alttan baktım. Gülerek yanıma geldi. "Kapıyı üzerine kilitlemek zorunda bırakma, ben çıktıktan sonra kendin kilitle tamam mı?"

"Alikuş... Cidden hiç uykum yok, ben de geleyim mi yanınıza? Kesin uyumayacaksınız Emre'yle siz, ben biliyorum sizi," deyince yanağımın bir yanından tuttu ve çekti. "Yalancı Yaprak. Gözlerin kıpkırmızı... Daha yarın var, merak etme. Kaçmıyor Emre."

"Peki..." Gözlerimi aşağı çevirip, dudaklarımı yukarda topladım. Çenem aynı anda yukarı kıvrıldı. Ali yanağımdaki elini çeneme götürüp, çenemden tuttu ve alnıma bir öpücük kondurdu.

"İyi geceler."

"İyi geceler..."

Ali, hep babam gibiydi. Çocukça nazlarımı çeker, sonunda beni tatlı bir hareketiyle ikna ederdi. Ne olursa olsun... Bir süre üzerimi değiştirmeden öylece boş boş Ali'nin çıktığı kapıya baktım. Tam üzerimi değiştirmek için elimi gömleğimin düğmesine atmıştım ki, Ali "Kapıyı kilitlemeden ve perdeyi örtmeden üzerini değiştirme!" diye bağırdı. Gülümsedim kendi kendime. Sonra ayağa kalkıp önce perdeyi çektim, sonra kapıyı arkadan kilitledim ve üzerimi değiştirdim. Yorganı aralayıp içine süzülünce bir tuhaf oldum nedense. Ali'nin yatağı... Aynı Ali gibi kokuyordu. Baharda, yağmur sonrası ağaçlar nasıl kokuyorsa öyle... Yastığında kafam içeri gömülürken, aklımdan son zamanlarda olanları geçirdim son günlerde âdet edindiğim gibi. Ama o kadar geç olmuştu ki saat, ikinci hayalime geçmeden uyuyakalmışım.

Ali ve Emre herkes uyuduktan sonra balkona çıktılar. Ali, cebinden sigara paketini çıkarıp bir dal çekerek Emre'ye uzattı. Emre normalde sigara çok içmezdi ama Ali'ye eşlik etmek istemişti o gece. Ali önce kendi sigarasını yaktı, sonra arkadaşınınkini... Çakmağı cebine sokup, sigarasından büyükçe bir nefes çekti içine. Sonra usulca gecenin karanlığına doğru üfledi. "Ee Ali'm anlat bakalım... Yaprak'la hala aynı mı?"

"Tabii ki aynı olacak." Ali sigarasını dudaklarına götürürken gülümsedi. "Ne olabilir ki?"

"Demek öyle..." Emre, Ali'nin Yaprak'ı sevdiğini başından beri bilen tek kişiydi. Ali söylememişti, o kendisi anlamış ve Ali'ye de itiraf ettirmişti. Yıllardır da bu sırrı herkesten saklıyordu. "Hiç mi düşünmüyorsun açılmayı? Oğlum kaç yıl oldu... Dokuz mu, on mu?"

"On iki..." Yine gülümsedi Ali. "Fazla olmamış değil mi?"

"Ciddi ol iki dakika ulan. Bak geçen sefer geldiğimdeki Yaprak'ı görmedim ben. Demedim ona ama, ne kadar büyümüş. Artık iyice göze çarpacak hale gelmiş... Bak kapar biri gelir, böyle mal gibi arkalarından bakarsın oğlum. İyi düşün."

"Ben korkmuyor muyum sanıyorsun be Emre..." Sigarasından bir nefes daha aldı. "Ama ben onun arkadaşlığını, içimdeki aptal aşktan daha çok seviyorum. Ona söylersem ve arkadaşlığımız zarar görürse, cidden yaşayamam. O da yaşayamaz. Biliyorum..."

Emre, "Anladım..." deyip sırtına dokundu Ali'nin. "Öyle olsun bakalım."

"Olduğu kadar işte..."

"Hiç görüştüğün başka kız falan yok mu? Peşinde çok kız var diye hatırlıyorum geçen yazdan."

"Hımm birkaç tane oldu... Gerçi o da şöyle... Yaprak şey demişti geçen sonbaharda, 'Senin düğününde gelini sana ben getireceğim. Onu ilk gördüğündeki yüz ifadeni ben görmek istiyorum.' Öyle söyleyince kendimi nasıl hissettim tarif edemem be Emre... Bir an düşündüm. O cidden beni hiç doğmayan kardeşi gibi görüyor. Karar verdim kendimce, unutacağım dedim. İşte birkaç kişiyle çıktım o ara. Olmadı, ayrıldım. Aklım sıra unutacağım ya... Sonra Gökhan'ın epeydir beni tanıştırmaya çalıştığı bir kız vardı, Merve'nin arkadaşıymış, epeydir hoşlanıyormuş benden. Ben de tamam dedim. İşte bir gün o kızla telefonda konuşuyoruz. Muhabbeti sardı, diğerlerinden daha iyi anlaştım. Saatlerce konuştuk. Kız konuşurken bana bir anda seni seviyorum dedi, tam o an omuzumda bir ağırlık... Kafamı yana bir çevirdim, Yaprak uyuyakalmış, başı omuzuma düşmüş." Ali sigarasını dudaklarına götürüp daha önce hiç nefes almamış gibi büyük bir lokma çekti içine. "Onun yüzünü uyurken görünce bir an, öyle bir sıkıştı ki göğsüm... Kıza cevap bile vermeden telefonu kulağımdan çekip kapattım. Yemin ederim birkaç dakikalığına nefes almayı unutmuşum Emre. O kadar yani... Normalde arkadaşım olan Yaprak'ı, içimde âşık olduğum Yaprak'tan daha çok önemsediğimden idare edebiliyordum, kanabiliyordum unutacağıma da... Onu öyle uyurken görünce... Dedim sikerim her şeyi, unutamıyorum anasını satayım. Gebereceğimi bileyim, ölene kadar Yaprak'a söyleyemeyeceğimi bileyim, yalnız gelip yalnız gideceğimi bileyim, yine de bir daha ne onu unutmaya çalışmaya kalkacağım ne de hayatıma başkasını almaya... Belki o benim gelinimi bana getirmeyecek de, ben onu gelinlikler içinde başka bir herifin ellerine teslim edeceğim ama..." Gözleri doldu Ali'nin. Âdemelması usulca titredi. Bitmek üzere olan sigarasını ağzına götürüp bir nefes daha aldı. "Yine de unutmayacağım."

On Yedinci Bölüm

Gökhan, Yaprak'ın kaldığı yatak odasının kapısının önünde onu uyandırmaya çalışıyordu azimle. Yaprak'ın uykusuna ne kadar düşkün olduğunu herkes gibi o da biliyordu ama yine de sinirleniyordu gitgide bir türlü uyanmamasına. "Yaprak uyan hadi, okula geç kalacağız, bak devamsızlık bir tarafımıza dayandı zaten!" diye bağırdı bir öncekilerden farksız bir ses tonuyla. O sırada, Ali gömleğini düğmeleyerek kapıyı yumruklayan arkadaşının yanına gitti. "Uyanmadı mı?" dedi uykulu bir sesle. "Çekil bakalım..."

"Ali, biz bunu bırakıp gidelim, üç ay uyusun bu. Anca alır uykusunu!" deyip arkadaşına izin verdi.

"Yaprak güzelim," dedi Ali kapıya tıklatırken. "Hadi okula geç kaldık."

"Mal mısın ulan, iki saattir kendimi yırtıyorum, kapıyla bir bütün oldum, yine de uyandıramadım. Sen bu yatak odası ses tonuyla onu uyandırabileceğini mi düşünüyorsun? Resmen kapıdan çocuk bekliyorum. Biraz daha uyanmazsa çocuğum koşarak 'halacığım, halacığım' diye Yaprak'ın boynuna atılacak zaten. Bekleyelim bence." Gökhan kapının yanında kolona yaslandı. Ali ise, tek nefeste o kadar cümle kurabilen arkadaşına hayretle baktı birkaç saniye, sonra tekrar kapıya çevirdi kafasını. "Yaprak hadi..." dedi yeniden umutsuzca. Sonra o da ses tonunu biraz yükseltti, baktı bu olacak gibi değil... "Güzelim sen uyu, ben okula gelirim sana!"

"Ya Ali, şu Oğuz'a bir şey de, çıkmıyor tuvaletten. Valla çocukken yaptığım gibi gider balkona işerim, çıkar şunu!" dedi Sinan, koridorun ucunda cehennem bölgesini tutarak zıplarken. "Valla yaparım!"

"Lan Oğuz, çık tuvaletten, getirme beni yanına!" diye Oğuz'a bağırıp, tekrar Yaprak'ın kapısını çaldı Ali, git gide artan sinirine engel olamıyordu. "Kızım hadi sen de uyan artık!"

"Ali, işiyorum valla, son saniyelerim..." Sinan duvara dayanmıştı ve çok sıkıştığı için dayandığı duvardan kımıldayamıyordu. "Valla ucunda..."

"Ya yapacağınız işe sokayım, nasıl ev lan burası?! Oğuz çık lan dışarı, valla tuvalet fırçasıyla döverim seni, getirme beni oraya!" Ali önünü dönüp tekrar kapıya vurdu. "Yaprak hadi sen de, geç kaldık zaten!"

"Ben gidip bir şeyler yiyeyim bari..." Gökhan dayandığı kolondan kendini çekip mutfağa giden dönemeçten döndü. Giderken tuvalet kapısının önünde sıra bekleyen arkadaşına el şakası yaptı. Birden kendini geri çekince, az kalsın altına kaçırıyordu Sinan. "Lan elleşme bana, işedim işeyeceğim zaten!" derken, Oğuz tuvaletten üzerinde pizza dilim desenli pijaması ve kafasında leoparlı uyku bandıyla çıktı ve "Ya bir rahat verin be! Resmen biyolojik faaliyetlerimi bile özgürce karşılayamıyorum! Yeter!" diye yapmacık bir sitem etti arkadaşlarına.

"Çekil lan çekil, kaçtı kaçtı kaçtı..." Sinan bacaklarını zorla [illegible]rak, Oğuz'u ittirip tuvalete girdi. Ali ise hâlâ Yaprak'ı [illegible]rmaya çalışıyordu. Oğuz en pervasız tavrıyla poposunu [illegible] kaşıya, olay mekânına gitti. "Ne yapıyorsun Ali kanka?" [illegible] ağzını gere gere.

"Yaprak uyanmıyor. Bir şey mi oldu acaba?" diye sordu Ali [illegible] tavırla. Cidden endişelenmişti. "Kapıyı mı kırsam?"

[illegible] taktik bilmiyorsunuz. Yaprak'ı Oya Teyze her sabah [illegible]yerek ve çemkirerek uyandırıyor. Kızın bünye ona [illegible] Sen burada bir tarafını yırtsan da uyanmaz." Ali'yi [illegible] kapının önüne geçti. "Şimdi izle beni çaylak" deyip elini yumruk yaptı ve ağzına götürdü. Ciddi bir şey yapacakmış gibi hafifçe öksürdü ve sonra İnönü rekoruna yakın bir desibel ile bağırmaya başladı.

"Yapraaaak! Kalk kız sabah oldu, okula geç kaldın valla, getirme beni oraya, saçını başını yolarım senin! Yapraaak! Kız kalk dedim sana, duymuyor musun beni?! Yapraaak!"

Ali şoklar içinde Oğuz'u izlerken içerken sesler geldi. Birkaç saniye sonra kapı kilidi tıkırdadı ve içeriden belinden düşmek üzere olan eşofmanını tutan, dağınık saçlarıyla gözleri açılmamış Yaprak çıktı.

"Uyandım anne... Tamam iki dakikaya-" Usulca gözlerini aralarken zihni de açıldı kızın. "Anne? Ha?"

İlk iki ders bedendi, ama biz Ali'de kaldığımız için eşofmanlarımızı getirememiştik. *Beden dersi kuralları madde 1: Eşofmansız isen, bahçe yasak!* Beşimiz de beden öğretmeninin bizi bahçeden kovmasıyla kantine çıktık. Sabah Oğuz'un çemkirmeleriyle uyanmanın verdiği etkiyle, okulda başım inanılmaz ağrıyordu. Kantinde oturduğumuz masaya başımı dayadım, bizimkilerin saçma muhabbetine eşlik ederken. "Ya bence ben çok tatlıyım," dedi Oğuz patates cipsini meyveli yoğurda batırıp ağzına atarken. "Hatta o kadar tatlıyım ki, o yüzden sevgilim yok. Olsa dayanamazlar bu tatlılığıma, o yüzden uzaktan sevmek en iyisi... Ne diye yakayım kızları. Değil mi?" Bu defa eline aldığı baharatlı çubuk krakeri yoğurda batırdı ve yanından geçen alt devreden bir kıza laf attı. "Ooo, üçünüz de harikasınız bugün!" diyerek. Kız, Oğuz'un göndermesini anlamamış olacak ki, duraksayıp "Efendim?" dedi. Gökhan eliyle Oğuz'un ağzını kapattı, çok geç olmadan.

"Bacım, sen sağdan sağdan uzaklaş, yoksa travma geçirtecek bir cevap verecek bu beyin nöronlarından öptüğüm," dedi. Kız hepimize deliymişiz gibi bakıp, korkan gözlerle kantinden çıktı. "Lan Oğuz var ya, rezillikte insanüstüsün!" diyerek ellerini Oğuz'un ağzından çekti demirli. "Lan iki dakika sakin ol ya... [illegible]daki-" Lafını bitiremeden gözü kantine giren Merve'ye takıldı. "Merve! Lan kimdi lan o fotoğraftaki amip?!"

"Bana diyene bak..."

Gökhan ayağa kalkınca, Merve içeri daha üç adım atmışken gerisin geri çıktı kantinden. "Merve! Lan kime diyorum, kaçmasana!" diye bağırdı arkasından Gökhan ama nafile. Sonra hiçbir şey olmamış gibi yüzünü buruşturarak sandalyeye geri oturdu.

"Havalı olmak doğuştan verilir arkadaşlar..."

"Emin ol Sinancığım, zebra desenli çoraplarını kantin masasına uzatmış biri olarak şu an hiç de havalı değilsin."

"Yaprak'ım bak şimdi..." Sinan, masadaki ayaklarından birini tutup kafamın olduğu yere sürükledi. "Bak şuna... Altında gerçek zebra var. Bak... Sağdakinin adı Lulu, soldakinin adı Fufu. Ben onlar da azcık insan yüzü görsün istiyorum."

"Ya çek şunu Sinan, mal mısın?!" diye bağırarak yattığım yerden burnuma dayadığı sağ ayağını ittirdim. Neden bütün arkadaşlarım böyle olmak zorundaydı ki?

"Hepimizi sosyolojik deney için bir yere kapatacaklar bir gün," dedi Ali bize bakarak. Elini ensesinde birleştirip sandalyesinde gerindi. "Hadi gidelim ya... Ne yapacağız ki? Hem Emre evde, bedenci derse de almadı."

Hepimiz bir süre boş boş Ali'ye baktık ve sanki bunu söylemesini bekliyormuşuz gibi aynı anda ayaklandık. Hep böyle olurdu zaten. Ders çalışırken birimizin 'hadi bitirelim ya' demesini beklerdik. Ya da okula giderken 'ya gitmesek mi acaba' demesini... Çünkü yakın arkadaşlık bunu gerektirirdi.

***

Emre biz gittiğimizde daha yeni uyanmıştı. Okul formalarıyla hepimizi karşısında görünce, şaşırdı önce. Sonra annem annem söylenmeye başladı. Grubumuzun bir annesi olsa bu kesinlikle Emre olurdu! "Ya var ya siz hiç adam olmayacaksınız. Ne diye gidiyorsunuz madem geri geleceksiniz?"

"Bi' okul havası alalım dedik kanka," dedi Oğuz gevşek gevşek. Oğuz'a yanımdaki terliği fırlatıp, dün bir türlü soramadığım soruyu sordum Emre'ye. "Ne kadar daha buradasın Emre?"

"Akşam 5 gibi ben yolcu," dedi yerinde doğrularak. "Ne demek 5?" dedim gözlerimi kocaman açıp. "O kadar erken mi?"

Ali eliyle Emre'ye işaret edip "Emre, sen en iyisi adamakıllı açıkla," deyince hepimiz olduğumuz yerde doğrulduk korkarak." Ne açıklaması ya, korkutmayın bizi..."

"Gençler..." Ellerini dizlerine vurdu usulca. "Babaannemi bize götürmeye geldik."

"Ne? Zühre Nine nasıl yaşasın oğlum İstanbul'da? Olmaz!"

"Yaprakçığım, maalesef babaannem İzmir'le İstanbul'u ayırt edemeyecek duruma geldi neredeyse."

"Alzheimer'ı mı ilerledi?" dedi Gökhan halıda doğrulurken.

"Maalesef..." diye cevap verdi Emre sıkıntıyla. "O yüzden yanımıza almaya karar verdik. Aslında annem gelecekti sadece ama ben de gelmek istedim. Malum... Bu yaz gelemeyeceğim."

"Ne demek gelemeyeceksin? Olmaz, izin vermiyorum!" Oğuz kanepede dizlerinin üzerinde ilerleyip Emre'nin yanına gitti. Ben de Oğuz gibi yaptım hemen. "İki yılda bir de olsa yazları seni görmeye o kadar çok alıştım ki vallahi ben de izin vermem Emrekuş... Olmaz!"

"Ulan durun be! Ritüel bozuldu diye hiç mi gelmeyeceğim sandınız! Elbet ziyaretinize geleceğim. Ama artık bir gece ansızın gelebilirim modunda olacak..." Emre gülümsedi. "Daha heyecanlı değil mi?"

***

Saat 4.30 gibi Emre ile birlikte evden çıktık. Hepimizin içi fena halde buruktu. Hem Emre'yi yolcu ettiğimiz ve iki günde ona doyamadığımız, hem de çocukluk ritüelimiz artık bozulduğu için... En zoru alıştığınız şeyleri kaybetmektir ya... Ondan. Hepimiz yavaş yavaş yürüyorduk Zühre Nine'nin evine doğru. Sanki yavaş yürürsek, gitmeyecekti Emre... Hepsi önden önden yürürken Emre arkada kalan benim yanıma geldi ve benimle aynı hizada yürümeye başladı. "Söylesene Yuyu, var mı hoşlandığın biri falan?" diye sordu fısıltıyla.

"Ne hoşlaşması? Kimden hoşlaşıyormuşum? Biri bir şey mi dedi? Ne dedi?" Nedense bir an panik olmuştum. Sırık oğlandan

mı bahsetmişlerdi yoksa? Yanaklarımın ısındığını hissettim o an.
"Şşşt!" diyerek parmaklarını dudaklarıma bastırdı. "Kimse bir şey demedi. O yüzden seni sıkıştırıyorum ya... Bu sığırların yanında soramazdım."

"Ha..." deyip derin bir nefes aldım. "Öyle..."

"Kimse için atmıyor mu hâlâ bu?" dedi eliyle göğüs kafesimin solunu işaret ederken.

"Atmıyor be Emrekuş. Kalp yerine barometre taşıyorum sanki," dedim ve güldüm. O da güldü ben gülünce. "Sana bir tavsiye vereyim mi Yuyu... Atıyordur da fark etmiyorsundur."

"Ne demek şimdi bu?"

"Aşkı öğren. Aşkı bilmeden âşık mısın değil misin anlayamazsın. Bir dahaki gelmemde senden birine âşık olduğunu duymak istiyorum. Tamam mı?" Emre cevap vermemi bile beklemeden adımlarını hızlandırıp, birkaç adım ilerideki Ali'nin omzuna elini attı. Bense kafam karışık bir şekilde, öylece kalakaldım. *Ne demekti ki o şimdi?*

Saat 5 gibi, Emre'yi arabalarına bindirip yolcu ettik. Benim yine sulu gözlülüğüm, ağladım el sallarken. Ali'nin yutkunduğunu gördüm. O da içinden ağlıyordu galiba... Hepimizin yüzünden düşen bin parça, araba gözden kaybolsa da, bir süre arkalarından baktık öylece. Ne zormuş be, bilinmeze yolcu etmek hatıralarında yer etmiş bir dostunu...

***

O gün, Emre'yi yolcu eder etmez doğruca eve geçtim. Annem benle hiç vakit geçirmiyorsun dediği için, moralim bozuk olsa da onunla biraz sohbet edip, yemeğimi yedim ve odama çıktım. Canım sıkıldığından okul formamı bile çıkarmadan yatağa uzandım. Telefonuma yeni indirdiğim oyundan oynadım biraz. Sosyal medya hesaplarımı tavaf edip, tanımadığım zibilyon tane insanın profilinde gezindim. Ama can sıkıntım geçmedi. Ne varsa bizimkilerde var diye, Whatsapp'a girdim. Nasılsa her koşulda beni güldürebilecek tek canlı türü onlardı.

4N1K whatsapp grubu

Yaprak: Ne yapıyorsunuz kuşlarım? Sıkıldım.

Oğuz: Annem Snapchat yüklemiş, mutfaktan bana snap atıyor, moraller bozuk, yazmayın...

Yaprak: Zeliş Sultan idolümsün! Söyle bana da snap atsın.

Oğuz: Hiç tavsiye etmem, az önce yeşil fasulyenin resmini çekip üzerine 'gel tuzuna bak' yazmış yollamış. Ben de Google Play Store'da yemeğin tuzunu ölçen bir aplikasyon var anne, onu indir dedim dalgasına. İki saattir onu arıyor... Kate Upton'un ikizleri şahidim olsun ki, çıldıracağım!

Gökhan: Zeliş Teyze için bir dakikalık saygı duruşu...

Sinan: Arkadaşlar, zebralı çorabımın tekini bulamıyorum, Allah'ını seven çorabın tekini bulma duası falan atsın bana.

Gökhan: Yaz Sinan, 'Anneçorabıntekinerdegelbulneolur, âmin.' Gerisinde annen kılığında bir melek gelip çorabının tekini veriyor sana.

Oğuz: Gökhan, bir gün çarpılırsın da ağzın yere kadar iner inşallah.

Gökhan: Allah'ım bütün günahlarım Oğuz'a âmin.

Oğuz: Allah'ım bütün günahlarım Sinan'a âmin.

Sinan: Allah'ım bütün günahlarım Ali'ye âmin.

Ali: Allah'ım bütün günahları bana, ama yeter ki al şunları başımdan, âmin.

Ne olursa olsun, yine yatakta tepinerek gülüyordum bizimkilerle konuşurken. Tam konuşmanın ortasında başka birinden mesaj geldi. E Yaprak'a kim mesaj atabilir ki? Ya bizimkiler, ya sırık oğlan. "Sizin evin yanındaki sokak lambasının altındayım. Gelir misin? Önemli." Böyle yazmıştı. Başta 'o lamba sana girsin, gelmiyorum' yazmak istedim, ama sonra dayanamayıp aşağı indim. Öylece duvara yaslanmış, beni bekliyordu. Sinirli yüzümü takınmak istemiştim ama onu öyle görünce içim acıdı biraz. Derin bir nefes aldım ve yanına gittim. "Buyur bakalım sırık. Ne vardı?"

"Bugün okulda yoktun."

"Evet. Kaçasımız geldi, girmedik derslere."

"Hmm..."

"Bunu sormak için mi geldin?"

"Bilmem... Geldim işte. Ben de anlamadım. Göremedim ya seni iki gündür... Göresim geldi. Neyse... Gideyim ben. Kusura bakma önemli diye yalan söylediğim için. Gerçi... Benim için önemliydi ya... Neyse. İyi akşamlar." Arkasını dönüp yürümeye başladı. Sırık oğlanda bir tuhaflık vardı o akşam. Canı bir şeye sıkılmıştı belli ki... Her zamanki ukala halinden eser yoktu. Bu hali cidden tuhaf hissettirmişti kendimi. Peşinden gittim. O önde yürüdü, ben arkasında... Sola dönüp, dar bir sokağa girdiğinde anca fark etti beni. Arkasını döndü kaşlarını çatarak. "Ne yapıyorsun?"

"Bilmem, yapasım geldi."

"Yaprak..."

"Efendim?" Başparmağıyla yanına gelmemi işaret etti, gittim hemen. "Moralim bozuk. Sanırım... Biraz da yıkığım. Senle alakası yok... Ama ne bileyim, ayaklarım beni sana getirdi. Moralim biraz düzelir belki diye." Başıma dokundu. "Gülsene..."

"Ha?"

"Bir kere gül, gideyim."

"Yani böyle bir anda..."

"Sarılırım yoksa. Gül..."

"Yine sırıklaştın."

"Sarılayım mı? Moralim düzelmiyor işte. Hadi... Gül..." Normalde sırığın nazına gitmezdim. Ama gerçekten ne olduysa morali fazlasıyla bozuk görünüyordu. O yüzden yapmacık olduğu belli olsa da gülümsedim. Gülümserken yanağımın sağ tarafından yakaladı parmaklarıyla. "Böyle değil. İçten... Onların yanındaki gibi!" dedi sesini çok az yükseltip. Ben mimiksiz bir şekilde ona bakınca sanırım daha da bozuldu morali. "Peki..." dedi. Yanağımı bırakıp, çok hafifçe gülümsedi sonra. "Bu da alacağım olsun... Bana âşık olduğunda fazla fazlaO güleceksin."

"Sırık..."

"Sus Yaprak!" İlk kez bağırdı bana. Şoktan bir an öyle kalakaldım tepki veremeden. "Sırık sırık sırık! Beni sevmeyeceğini ben de görüyorum, her gün söylemene gerek yok! Bari şu an şu halimi gördükten sonra sırf moralim düzelsin diye yalan söyleyebilirsin değil mi?" Başını yere eğip derin bir nefes aldı, sakinleşebilmek için. "İyi akşamlar," dedi sonra kendini sıkarak. Bir kez daha arkasını döndü ve yürümeye başladı. "Göreceğiz..." dedim o karanlıkta kaybolurken. "Göreceğiz sırık efendi! Aşkın nasıl bir şey olduğunu anladığım gün..." Tüm gücümle boş sokağa bağırdım. "Anladığım gün gelene kadar, bir daha sana 'sana âşık olmayacağım' demeyeceğim!"

Barış yavaşladı birden ben böyle bağırınca. Sanki bir şey diyecekmiş de diyemiyormuş gibi bir süre durdu ve hiçbir şey demeden yoluna devam etti. İlk kez... İlk kez sırık oğlana gerçek anlamıyla üzülmüştüm. Ne olursa olsun güler, dalga geçerdi o. Ama sanki o gece, ilk kez gerçek Barış'la tanışıyordum. Ben de arkamı dönüp, kollarımı göğsümde birleştirerek yürümeye başladım. Birkaç adım attıktan sonra arkamdan seslendi. Geç bile kalmıştı...

"Amazon kızı! Seni seviyorum... Moralim bozukken ayaklarımın beni sana getireceği kadar! Bana git dediğinde sürekli sana geri gelecek kadar! Hatta... Az önce sana sesimi yükselttiğim için kendimden nefret edecek kadar! Unutma sakın. Bir gün aşkı öğrendiğinde beni seveceksin! Sana aşkı öğrettiğimde, kalbin sadece benim için atacak. Söz mü?"

On Sekizinci Bölüm

Sırık oğlanı, birbirimize bağıra çağıra içimizden geçenleri söylediğimiz geceden sonra okulda hiç görmedim. Günlerden iddia günü olmasına rağmen, o gün de ortalıkta görünmüyordu. Onu görmediğim günlerde hem söylediği sözler, hem de girdiğimiz iddia kafamdaki panayırın başkahramanlarıydı. Ben, sırığa bir daha ona asla 'sana âşık olmayacağım' gibi beylik laflar etmeyeceğime söz versem de o gece, kendi kendime bir karar daha almıştım. En azından girdiğim iddiaları kazanacaktım. İkimizden biri pes edene kadar... O yüzden elimden geleni yapmak için, bütün gecemi ders çalışarak geçirmiştim. Ama kabul etmem lazımdı ki, gerçekten fizikten 90 almam oldukça uzak bir ihtimal olarak görünüyordu yakın geleceğimde. Her ne kadar pek bir işe yaramayacak olsa da çocuklardan duymuştum, Ali o gece sabaha kadar fizik çalışmış. Bir ara ondan kopya çekmeyi düşündüm ama nafileydi. Fizikçi genelde beni bir köşeye, onu bir köşeye atardı sınavlarda.

Fizik sınavından bir önceki teneffüstü ve ben bunları düşüne düşüne delirme aşamasına gelmiştim. "Ben karar verdim Ali. Sınav kâğıdına ismimi yazmayacağım. Belki yazmazsam benim olduğumu anlamaz, sınava girmemiş falan sayar. Bir şekilde çamura yatarım..." dedim büyük bir umutsuzlukla. "Öyle yap," dedi Ali parmağını yanağıma değdirirken. "Yazma."

"Değil mi? Evet, kesinlikle en mantıklısı..." Kafama yatmıştı bu fikir. Kafamı sallayarak önüme döndüğümde Oğuz'un kapıdan girerken sınıftan bir kızla çarpıştığını gördüm.

"Hop, bacım yavaş..." dedi Oğuz acıyla. Karnını tutarak kapıya dayandı. Sağlam geçirmişlerdi birbirlerine... "Bacım senin anandır!" dedi kız sinirle. Kızın adı Yeşim'di ve Oğuz'un yıllardır 'bacım' dediği tek kızdı. Bu yüzden Yeşim, Oğuz'un ona böyle hitap etmesine sinir olurdu. "Valla memesi olmayan her kız bacımdır. Sen de öylesin Yeşim Bacım, kusura bakma."

"Terbiyesiz!" dedi Yeşim ve Oğuz'un sol omzuna bir yumruk geçirdi.

"Doğruları söyleyince terbiyesiz mi oldum? Gerçi senin de psikolojin bozulmuştur. Üstüne çok gitmemem lazımdı, pardon" deyince bizim salak, kız daha da sinirlendi. Kızardığını ben bile görebiliyordum en arka sıradan. "Bak Oğuz uğraşma benimle!" diye bağırdı tekrar. Baktı olacak gibi değil, Ali girdi araya. Oğuz ise hâlâ bıdır bıdır konuşuyordu kıza doğru. Şu çocuğun çenesi... Oğuz'u çekip sıraya getirdi ve sıraya fırlattı. "Ulan yeter, sus! Delirtme beni, ne istiyorsun kızdan?!"

"Kanka ya... O bastı damarıma eksi otuz beden göğüsleriyle. Yoksa ben durduk yere ne diyeyim." Oğuz dudaklarını çocuklar gibi büzüp önüne döndü. Ben de arkasından gıdıkladım salak ama tatlı uzaylı Oğuz'umu. Ne olursa olsun, numara da olsa öyle surat asınca dayanamıyordum.

"Sen de gitme be kızın üstüne, uzaylı mese."

"Tamam tamam..." dedi arkasına dönüp. Elindeki Sünger Bob desenli kurşun kalemini burnumun ucuna dokundurdu. "Bu arada sınavda başarılar Yaprak'ım."

Ah, sınav... Oğuz bile ciddiyetle bana başarılar diliyorsa, gerçekten iş ciddi demekti. Yüzüm tekrar düştü. O anda fizikçi arkasında Gökhan ve Sinan'la içeri girdi. Gökhan hocanın arkasından salak salak hareketler yapıyordu. Hayır biri ikisi değil ki... Fizikçi yine aynı konuşmalarını yapıp, sınav düzenini almamızı söyledi hiç vakit kaybetmeden. Beni yine Ali'ye en uzak köşeye attı. Sonra sınav kâğıtlarını dağıttı. Sınav kâğıdını daha elime alır almaz ise bana ne açıdan gireceğini de anlamış oldum. Ne biliyorsam yaptım, ama o kâğıttan 90 almamın imkânı yoktu. Ben de daha önce dediğimi yaptım ve ismimi yazmadım.

Bir sonraki ders de fizikti. Fizikçi hepimizi serbest çalışmamız için bıraktı ve kâğıtları okumaya başladı. Ben moralim bozuk olduğu için bir süre sadece uyudum. Sonra kalkıp tuvalete gitmek için izin aldım. Kızlar tuvaleti üst katta sırıkların sınıfının köşesindeydi. Tam onların sınıfın önünden geçerken niyeyse bir an duraksadım. "Acaba okula geldi mi?" dedim kendi kendime. Evet. Sadece bunu merak etmiştim. Sağıma soluma baktım önce. Kimse yoktu. Küçük adımlarla sırık oğlanın sınıfının kapısına gittim ve eğilip anahtar deliğinden sınıfı gözetlemeye başladım. Sırık arkalarda oturuyor olsa gerekti. Biraz sola kayıp arkayı görmeye çalıştım. Tam o sırada biri bel boşluğumdan dürttü beni. Korkudan bir anda sıçrayınca karşımda sırık oğlanı buldum. *Lütfen biri beni öldürsün...* Utançtan kıpkırmızı bir şekilde bana gülen sırık oğlana baktım.

"Beni görmek için bu kadar çabalamana gerek yoktu. Söyleseydin gelirdim," dedi ve yüzünü yine yüzüme yaklaştırdı bunu söylerken. "Kıpkırmızı oldun... Çok tatlısın Amazon kızı." Yanağımı sıktı iki eliyle. Sinirle ellerini tutup çektim yanağımdan. "Hiç de... Sadece öyle geçerken..." Konuştukça batıyordum. "Hem bakıyorum da moralin düzelmiş. Eski gevşek hallerine dönmüşsün."

"Ama sen Amazon kızı hallerine dönememişisin. Hâlâ o geceki gibisin. Bu beni mutlu etti."

"Gidiyorum ben," dedim arkamı dönerken. Kolumdan tutup kendine çevirdi, daha bir adım bile atamadan. "Sınav olmuşsunuz. Sabırsızlıkla sonuçlarını bekliyorum. Kızma ama... Seninle bir gün geçireceğim için umarım 90'ı geçemezsin demek zorundayım. Affet beni, olur mu?" dedi.

"Affet beni olur mu?" diyerek sırığı taklit ettim. Ona karşı ne kadar uysal davranmaya çalışsam da sonunda bir şekilde beni sinir edebilme yetisine sahipti sarı kafa. "Kursağında kalacak bu iddia. Çekirge bir sıçrar iki sıçrar... Üçüncüde sıçan sen olacaksın." Kolumu hızlıca çekip, saçlarımı savurarak ayrıldım yanından. O ise arkamda gülüyordu yine.

"İşte benim Amazon kızım!"

***

Tuvalete gidip yüzüme su çarptıktan sonra koridorda biraz oyalandım ve sınıfa geri döndüm. Dersin bitmesine çok az kalmıştı. İçeri girdiğimde fizikçi kâğıtları herkese dağıtmıştı bile. Sırama geçince benim sıramda da bir kâğıt olduğunu gördüm. *Harika... İsmim yazmasa da demek ki benim olduğumu anladı.* Son umudum da suya düşmüştü. Yüzümü buruşturarak yerime oturdum. "Ali... Alıştıra alıştıra söyle. Ben bakamayacağım..." dedim kâğıdı Ali'ye doğru uzatıp.

"Bak güzelim, bak... Doya doya bak," dedi ona uzattığım kâğıdımı alıp gözümün önüne tutarken. Gözlerim notumu görünce neredeyse şaşı oluyordu. 93 mü yazıyordu orada yoksa ben kafayı mı yiyordum?

"Alikuş... N-nasıl?" dedim kâğıdı çekip. "Ama bu... Ulan bu benim kâğıdım de-" Ali elini benim ağızıma kapattı. "Ben de ismimi yazmayı unutmuşum." Göz kırptı. "Neyse ki benim kâğıdı bulduk herkesin kâğıdı dağılınca... 55 almışım. Fena değil, idare eder." Ali'nin ağzımdaki ellerini, tutup çektim. "Ya Alikuş..." dedim şaşkınlık ve sevincin birbirine karıştığı ses tonumla. "Ya Ali ya..."

"Ne?"

"Seni çok seviyorum!" dedim boynuna sarılırken. Tam o anda zil çaldığı için söylediğim şey biraz havaya karıştı. Bir daha söyledim. "Seni seviyorum ulan!" Ali gamzesini belli ede ede o kadar kocaman güldü ki ben öyle deyince, bir daha dedim. "Seviyorum, seviyorum, seviyorum! Sen nasıl bir arkadaşsın be!" Heyecanla sırt çantamı tek omzuma takıp, sınav kâğıdımı aldım ve Barış'a göstermek için koştum. Ama o çoktan sınıf kapımızın önündeydi bile. Ben birkaç saniye durup ona baktım imalı imalı. Sonra birkaç adım atıp önünde durdum ve 93 yazan kâğıdı gururla göğsüne bastırdım. Kâğıdı tutup aldı ve notuma baktı.

"Eee sırık efendi, keser döner, sap döner, gün gelir hesap döner sana girer. Nasıl? Beğendin mi notumu?" Koridorda herkes bize bakıyordu. Ama o kadar mutluydum ki, kimseyi sallamadan sırığa istediklerimi söylüyordum. "Bu sefer kork benden. İlk iki iddianın acısını çıkaracağım!" O sırada Ali çıktı sınıftan ve hiçbir şey demeden bir süre sırığa baktı. Sonra yürümeye başladı. Birkaç sınıf ilerlemişti ki, sırt çantasını çıkarıp önüne taktı ve arkasını dönüp bana işaret etti gülümseyerek. Bunun anlamı çok netti! Sırığa dil çıkarıp koşmaya başladım. Koştum, koştum, koştum ve Ali'nin sırtına zıpladım. O da ben sırtına zıplar zıplamaz bacaklarımdan tuttu ve koşmaya başladı. Bu, bizim zafer turumuz demekti. Küçüklüğümüzden beri... Koridorda Ali'nin sırtında ilerlerken tek elimi havaya kaldırıp yumruk yaparak bağırdım.

"Açılın ulan! Amazon kızı ve kahramanı geliyor!"

On Dokuzuncu Bölüm

"Ali bir dahaki sınavda da benim adımı yazsana lan, ne olur. Valla Gözde'yle iddiaya girdik, kaybedersem-" Sinan'a ayağımla ufak bir müdahalede bulundum. Bu alenen sırık oğlan göndermeli bir cümleydi.

"Özgün ol biraz bari hayvan!" dedim. Ayağındaki zürafa deseni bileklerine kadar çıkan çorabıyla, o da bana vurdu usulca. "Kankalar, buldum! Bu defa emmeli gömmeli bir not vermedi ama daha derin bir mesaj verdi!" Gökhan yine favori köşesine kurulmuş saçmasapan teoriler üretiyordu son fizik sınavıyla ilgili. "Bakın şimdi... 62 alınca, bu defa şüpheli bir rakam gibi gelmemiş olabilir size. Ancak ben çözdüm verdiği mesaj! Şimdi 62'den ne yapılır bir düşünün? Tavşan. Tavşan neyin simgesi? Playboy'un. Yani burada ne demek istiyor? Seni tavşan gibi-" Ali, hoş olmayan çıkarımlar yapan Gökhan'ı kafasına kumanda atarak susturdu hemen. "Güzel müdahale" dedim başparmağımı havaya kaldırıp. "Gökhan, sen de şu kafayı sınavlarda kullansan çok farklı şeyler olacak da..." Gökhan ise poposu altında topladığı ayaklarından birini çıkarıp 'git' yaptı bana ayağıyla. Bir eliyle de kumandanın kafasını sıyırıp geçtiği yeri tutuyordu.

"Onu bunu bırakın da gençlik, yılbaşında ne yapıyoruz? Bu sene de ailelerle kutlamayı benim bünyem kaldırmaz. Exclusive Club'da parti varmış, oraya mı gitsek?" Sinan yine olmayacak planlar peşindeydi her zamanki gibi.

"Reşit ol önce bi' sığır. Ondan sonra git nereye gidiyorsan."

"Ali'nin içine babam kaçmış, bi' dakika..."

"Ali haklı lan. Yine tombala mombala..." dedi Oğuz yüzükoyun yattığı kanepeden. "Yeni yıla kızlarla girmek varken yine Gökhan'ın alnına rakı bardağını koyup içmeye çalışacağım."

"Lan ben bunun girdiği seneye girmem. Vazgeçtim, kalıyorum ben bu yılda. Geçen yılbaşı geldi aklıma, hevesim kaçtı." Yüzünü buruşturdu Gökhan. Sonra yüzüne sert bir ifade yerleştirip Oğuz'a döndü. "Hele bi' benim kafamın güzelliğinden yararlanıp böyle şeylere kalkış bir daha, yılbaşı ağacını sokarım açılmamış goncalarına!"

"Kanka, bu sene Gökhan'ın göbeğine zeytin koyup yesene Serdar Ortaç gibi!" diye laf atınca Sinan, Gökhan mimik dahi yapmadan küfür nasıl edilir onu gösterdi. "Öldürseler içmem bu yılbaşı lan. Size güvenmiyorum." Gökhan tekrar topladı ayaklarını ve kumandayı alıp kendine uygun kanal aramaya başladı. Bu 'sizi takmıyorum şu saatten sonra' deme yöntemiydi.

Yılbaşında genellikle ailelerimiz hep birlikte olurdu. Bizimkilere ek birkaç komşu daha gelir, önce biraz oturulur sonra babalar içmek için başka bir yere geçer; kadınlar ve erkekler ayrı ayrı eğlenmeye başlardı kendi yöntemleriyle. Başta sakin başlayan gün, geceye doğru birkaç babanın sarhoş olmasıyla heyecanlanır, fırsattan istifade içen Gökhan ve Oğuz'un da şamataya katılmasıyla iyice zıvanadan çıkardı. Gelenek gibi bir şeydi bu, şaşmıyordu hiçbir zaman. Bu yıl Ali'nin ailesi olmayacağı için biraz buruktum ben. Her ne kadar çaktırmasa da çok özlüyordu onları çünkü, anlayabiliyordum. Sürekli telefonda konuşsalar da yetmezdi tabi. O yüzden, o yılbaşı dileğimi çoktan dilemiştim yeni yıl perisinden.

"Lütfen, bu yıl Ali mutlu olsun."

***

Yılbaşı gecesi

O yılbaşı gecesi Sinanların evde toplanmaya karar vermiş aileler. Bizimkilerin dışında Sinanların yan komşusu, şehir dışında üniversite okuyan abisi Kerem, kocası ve küçük kızıyla teyzesi ve Gökhan'ın babaannesi gelmişti. Yemekleri yedikten sonra salona geçtiğimizde "Yer açın bana" diyerek Ali ile ortamıza oturdu Sinan. Biz 'ne yapıyorsun' bakışı attığımızda, Gökhan'ın babaannesini işaret etti gizlice. "Kanka, ben bu kadından çok korkuyorum."

"Ulan hâlâ mı..." dedi Ali. "Kaç yıl oldu, sil o görüntüyü hafızandan."

"Silemiyorum kanka. Gördükçe aklıma geliyor." Sinan ellerini birbirine doladı, üşür gibi titredi. "Valla aklıma geldikçe bir tuhaf oluyorum."

Sinan, daha mahalleye yeni taşındığı sıralar, Gökhan'ın babaannesi Gökhanlarda kalıyordu. Bir gün onların evde saklambaç oynarken, Sinan banyoya saklanayım diye Gülizar Babaanne'yi banyo yapıyorken o hale görüvermişti. O günden sonra bir süre psikolojisi düzelemedi. Gülizar babaanneden o yüzden korkardı. Nasıl bir görüntüyse artık...

"Yaprak'ım beni de bu kız korkutuyor," dedi Oğuz beni dürtüp. Eliyle usulca, sandalyede oturup kurabiye kemiren küçük kızı işaret etti. "İki saattir böyle bana bakıyor, panik oldum. Eğer ucuz bir korku filminin içinde olsaydık, bu kız herkesi doğrardı. Doğradığı ilk kişi de ben olurdum." Kıza baktım Oğuz öyle deyince. İki yandan örgülü saçlarıyla, elindeki kurabiyesiyle gözünü ayırmadan soğuk bir ifadeyle Oğuz'a bakıyordu. Oğuz renkli bir kişilikti ve rengârenk giyinirdi hep. E çocuklar renkli şeyleri sever, ondan bakıyordur dedim geçiştirdim. O sırada içeri Kerem Abi girdi. O da Sinan gibi çok yakışıklıydı. Melike Teyze oğullarıyla hep övünür, her fırsatta 'benim genler işte' der ve şen kahkahalar atardı. Yine Kerem Abi içeri girer girmez oğlunu övmeye başladı. "Allah'ım şu boya bosa bak... Resmen genlerimden bir şaheser dünyaya getirmişim."

"Mitoz bölündün sanki, genleriymiş... Benim de genim var, ben de yaptım onları," dedi Ömer Amca. Herkes güldü, tabii Sinan dışında. Sinan sadece anne ve babasına bakıp yüzünü buruşturdu. Onların bu rahat tavrı Sinan'ı utandırırdı hep.

"Ay yarabbi çok şükür..." dedi Gülizar Babaanne. Her yaşlı gibi on dakikada bir o da derdi böyle. "Gülizar Babaanne'ye vahiy geldi yine herhalde," dedi Oğuz gülerek. Kolunu dürttüm annem annem bir tavırla.

"Eee, hadi biz yan tarafa geçelim beyler," dedi Ömer Amca beş dakika sonra. Zor dayanmışlardı. Yan taraf dediği, yan komşuların eviydi. Erkekler ve hanımlar olarak ayrılacaklardı yine. E malum, hanımlar pasta kek, beylerin derdi içmek... Ömer Amca der demez bütün erkekler toplanıp yan daireye geçtiler. Biz de tam peşlerinden gidiyorduk ki, annem beni kapüşonumdan yakaladı.

"Nereye bakalım küçük hanım? Sen de burada kalıyorsun."

***

Saat neredeyse gece yarısına gelene kadar annemlerle oturmak ve dedikodu yapıp, dizi muhabbeti dinlemek zorunda kaldım. İşkence gibiydi... Arada Gülizar Babaanne'yle ilgilendim. Bilmediğim muhabbetlere girip, "Evet onlar hep makyaj güzeli, valla" deyip internetten ünlülerin makyajsız hallerini gösterip klasik geyiği yaparak kendilerini iyi hissetmelerini sağladım annelerin. O kadar ki, Gülizar Babaanne bile, "Bana makyaj yapsalar, ben de" ile başlayan cümleler kurmaya başladı. Küçük kızla halıda yuvarlandım. Pasta börek çörek tıkındım. Ama ne yaparsam yapayım bir türlü vakit geçmiyordu. En iyisi gizlice sıvışmak diye düşünüp saat 23.30 gibi küçük kıza 'sessiz ol' işareti yaptım ve kızın sanki çişi gelmiş de onu tuvalete götürüyormuşum gibi odadan çıktım. Koridora geldiğimizde hiç konuşmayan küçük kıza "Sessiz ol, tamam mı? Ben abilerin yanına gidiyorum. Hadi içeri gir" dememle kızın bacağıma yapışması bir oldu. "Şşş, küçük ne yapıyorsun?" dedim kızı bacağımdan çekmeye çalışırken dişlerimi sıkarak. "Şşş, bırak kızım... Hadi bak içeri git... Yavrucuğum hadi bak!"

Ne dediysem de bacağıma sardığı kollarını kendimden çekemedim. Mimik bile yapmadan bana bakıyordu üstten üstten, korktum biraz Oğuz gibi. Onu da alıp yan tarafa gittim. Bacağımdaydı tabii hâlâ... Kapıyı Sinan açtı. Elinde bir bardak rakı, yüzünde sarhoşluğun verdiği salak bir yüz ifadesi, boynuna doladığı... *Ne dolamıştı be o boynuna?* "Bu ne hal lan?" dedim bacağımdaki canavarla içeri girerken.

"Ne varmış halimde? Ne kadar da tatlıyım halbuki" dedi ve hıçkırdı. "Bacağında bir şey var..."

"Salak!" dedim koluna vururken. "Kuzenin o..." Yakından boynundaki şeyin şarj aleti olduğunu gördüm. Aparatı arka kısımda olduğundan ilk başta anlayamamıştım. "Ulan mal mısın, biri öldürmeye mi kalktı seni?" diye sordum boynundaki şarj aletini çözerken. "Pil bitti şarja tak dedi. Benim de pilim bitti Yarpak..." Kelimeleri güçlükle çıkarıyordu ağzından.

"Yarpak sana benzer sığır." Güç bela boynundaki şarj aletini çözdüm ve bacağımdaki küçük keneye çemkirdim. "Yavrum geldik, in artık bacağımdan!"

İçeriden gelen sesleri duyunca açık salon kapısına çevirdim başımı. Kim bilir beni nasıl bir görüntü bekliyordu. Bacağımdaki kızdan kurtulunca doğruca salona koştum. Sinan ise peşimden gelirken bir yere çarptı sanırım, 'küt' diye bir ses geldi ama bakamadım. Çünkü bakmam gereken başka bir şey vardı. Korkarak salondan içeri girdiğimde tahmin ettiğim bir manzarayla karşılaştım. Oğuz'un babası Ural Amca kafasına bağladığı süslerden biri ve kocaman göbeğiyle odanın ortasında Sinan'ın eniştesiyle göbek atıyordu. Oğuz üzerindekini çıkarmış, elindeki rakı bardağıyla Gökhan'dan dayak yiyordu. Ve bundan tatmin olur gibi kahkahalar atıyordu. *Kim bilir ne yaptı çocuğa...* Sinan'ın babası tekli koltukların birinin üzerine tünemiş, tıkınıyordu. Babam sızmıştı. Ev sahibi Osman Amca ayık diğer kişiydi. O da ne yapacağını bilmeden sarhoş olmuş canavarları zaptetmeye çalışıyordu umutsuzca. Ali ise çıldırmış gibi bir ona koşuyordu, bir buna... Kerem Abi ortalıkta yoktu, sanırım kaçmıştı bu ortama daha fazla dayanamayıp. "Ali, ne oluyor? Bu kadar neden içirdin? Annemler bunları bu halde görse olay çıkar," diye sordum gülmeme engel olamayarak.

"Yaprak sen mi geldin? Allah'ın varsa kaç kurtar kendini, ben kendimi keseceğim birazdan" derken bir ses daha geldi arka taraftan. Hızlıca arkasını döndü Ali. İşte beklediğim hareketler...

"Lan Gökhan bırak o ağacı!"

"Bırakın lan beni sokacağım ben bunu bu Oğuz'a!" diye bağırınca Gökhan'ın babası kafasını hemen onlara doğru çevirdi. "Affedersin babacığım ama hak etti," dedi Gökhan gözlüğünün altından ona bakan babasına. O ara Ali, Gökhan'ı gömleğinin bel kısmından tutup çekti, ensesine patlattı bir tane. "Lan ne oluyor iki dakika yalnız bıraksam!" Babalar olmasa ne diyeceğini ben çok iyi biliyordum da... Terbiyeli Alikuş işte. O ara bize önünü dönen Gökhan birkaç kapalı düğmesini de açtı ve bize gösterdi. "Bunu yapmış bu puşt!" Sarhoş olduğundan kelimeler ağzından bir girdaptan çıkıyormuş gibi geliyordu kulağıma. "Bakın!" Gökhan tamamen bana doğru dönünce, sanırım gülmekten ölecektim. Oğuz salağı Gökhan'ın göğüs kısmını yuvarlak içine almış, meme uçlarını da siyaha boyamıştı. Gülerek yandaki sandalyeye oturdum.

"Lan Oğuz bak ver şu telefonu!" Oğuz omuz silkince, Ali'ye döndü ağlamaklı sesiyle. "Ali ya, duvar kâğıdı yapmış bir de... Söyle versin!" İçince bir anda aslan bir anda fare olurdu hepsi. Ne tuhaflar... Hayatımda hiç sarhoş olmadığımdan nasıl bir şey bilmiyordum ama, sarhoş insanları izlemek çok eğlenceli geliyordu bana. O an olduğu gibi... Bir süre Gökhan'a güldükten sonra Ural Amca yanıma gelip kollarımdan tutarak beni odanın ortasına çekti. "Yapraaak! Hadi kızım oynayalım! Oturmaya mı geldik, yeni yıla gireceğiz daha!"

"Ural Amca... Durarak da giriliyor yeni yı-" demeye kalmadan Ali beni belimden yakaladı tek eliyle ve kendine çekti. Yani beni kurtaran yine kahramanım oldu. Diğer elinde Oğuz vardı zaten hâlâ. "Yaprak sen çık beni mutfakta bekle," dedi Oğuz'a dönmeden. "Lan sen de bırak içmeyi, bir daha Gökhan'ın salak salak resimlerini çekme!" Kulağına eğilip bir şeyler fısıldadı sonra. Sanırım küfretti, müzik sesinden duyamadım. Ben de Ali'nin dediğini yaptım ve o anason kokan canavarlara bir saniye daha bakmadan çıktım odadan. Tam mutfağın kapısına gelmiştim ki, Ali'nin sesi geldi yine.

"Sinan! Babanın kulağına içki mi döküyorsun lan?!"

***

Mutfak balkonuna çıktım Ali'yi beklerken. Telefonuma baktığımda Saat 12'ye 10 vardı. On dakikadır balkondaydım. Üzerim pek kalın olmadığından üşümüştüm, ama soğuk az önceki kargaşadan sonra iyi gelmişti sanki. Zihnim açılmıştı. Bir süre patırtı kütürtü oldu, ama takmadım. Zaten o gece sessiz olsalar, birisi hepsini katletti sanıp merak eder bakardım ancak. Gürültüleri normaldi. Birkaç dakika sonra Ali mutfağa geldi ve arkadan kapıyı kilitledi, sanki biri onu kovalıyormuş da mutfağa kendini zor atmış gibi. Balkonda olduğumu görünce yüzündeki o ifade yerini gülümsemeye bıraktı ve yanıma geldi hemen. "Hallettim. En azından yeni yıla huzurla girebilirim."

"Nasıl?"

"Gökhan'ı banyoya kilitledim. Banyoya götürürken kıyafet askısına sarıldı geri zekâlı 'Merve Merve' diye... Zor bıraktırdım. Küçük kız, Oğuz'un bacağını ısırdı. Oğuz da halıda kuduz oldum diye yuvarlanmaya başladı, köpek sandı o kafayla galiba. Kızı aldım yan tarafa şutladım, annelere uydurdum bir şeyler. Oğuz'u da Sinan'la diğer odaya kilitledim. Babaları da Osman Amca'ya emanet ettim. En azından 10 dakika idare eder bu," diye anlatıverdi bezgin sesiyle. *Ah Alikuş... Ailesinden ayrı geçirdiği ilk yılbaşı uğraştığı şeylere bak...* "Telefonunu ver," dedi sonra bir anda.

"Ne? Neden?" dedim cebimden çıkarıp Ali'ye uzatırken. Yanan ışıktan gördüğüm kadarıyla yeni yıla 5 dakika kalmıştı.

"İşte..." deyip telefonumu kapattı. "Biraz kapalı kalsın."

"Alikuş... Bir şey mi oldu?"

"Yok... Ah, aklıma gelmişken..." Elini cebine atıp bir şey çıkardı ve sımsıkı tutmaya başladı bana göstermek istemiyormuş gibi. Sonra gülümseyerek beni kolumdan tutup kendine çekti ve çevirdi. Saçlarımı elleriyle yana atıp, bir kolye taktı boynuma. Ben bir anda şoke olup hiçbir şey diyemezken, o konuştu. "Bu rahmetli babaannemin kolyesi. Ölmeden tek torunu olarak bana vermişti. *'İleride değerli bir hanım kıza verirsin.'* Böyle demişti işte... Yıllardır saklıyordum. Bu gece sana veriyorum. Benim hayatımdaki annemden sonra en değerli *'hanım kıza'*." Ben önümü dönüp şaşkın gözlerle Ali'ye bakarken, o bana gamzelerini belli ederek sımsıcak bir gülüş attı soğuya meydan okuyarak. "Ali..." dedim parmaklarımı kolyeye dokundururken. "Ama bunu ilerde âşık-"

"Senin o."

"Ama Alikuş..."

"Susup hediyemi kabul edecek misin, yoksa yeni yıla kavga ederek mi girelim?"

"Tamam ama..."

"Bana 2014'ün son iki dakikasını verir misin?"

"Al seni olsun be!" dedim coşkuyla. O kadar mutlu etmişti ki, beni annesinden sonra en değerlisi olarak görmesi. Sanırım hayatımdaki en doğru karardı, çocukken Barbieleri bırakıp onlarla top oynamam, lise hayatımda sevgililik saçmalıklarını bırakıp onların dostluklarına sığınmam... Gülümsedi. Ben de tabii ki o yılın son gamzeye parmak sokma işlemini gerçekleştirdim. Gülünce içe giren o yanağı, sanırım gelecekte de en sevdiğim şey olacak! "5..." dedi. "4..." diye karşılık verdim. "3..."

"2..."

"1."

Beni kendine çekip sımsıkı sarıldı.

"Yeni yıl bütün güzellikleri sana getirsin güzelim. Hatta benden aldıklarını da... Bu yıl hep mutlu ol."

Yirminci Bölüm

Yeni yıla Ali ile huzur içinde girdikten tam iki dakika sonra, içeriden gelen gürültüler yüzünden yine o kaosun ortasına dönmek zorunda kaldık. Babalar yine delirmişlerdi, Osman Amca zor zaptediyordu. Ali bana Sinan'ın odasının anahtarını verdi onlara bakmam için ve balkondan aşağı sarkan Ural Amca'nın yanına koştu. Ben de vakit kaybetmeden hızlıca Sinan'ın odasının kapısını açtım. Odaya girmemle gözlerimin kocaman açılması bir oldu. Sinan, Oğuz'un ağzına elini sokmuştu, Oğuz ise mosmordu. "Lan ne yapıyorsun çocuğa?!" diye koştum yanlarına ve Sinan'ı ittim. Oğuz öksürerek yere yığıldı. Sinan ise elinde ıslak bir çorapla diğer yana...

"En sevdiğim çorabım ağzına kaçtı da!" dedi hıçkırarak. Hâlâ durmamıştı hıçkırığı. "Onu çıkarıyordum Yarpak'ım."

"Oğuz, iyi misin?" dedim omuzlarından tutup sarsarak. "Ağzımda at tadı var." Ağzını şapırdattı, buruşturduğu yüzüyle. Kelimeleri ağzından sarhoşluğun etkisiyle hafif peltek çıkıyordu. "Doğru söyle Sinan mı soktu ağzına?" diye sorup Sinan'a döndüm sinirle.

"Ben sokmadım Yarpak... Valla..."

"Ulan bıktım hepinizden! İki dakika yalnız bırakmaya gelmiyor!" Oğuz'u koltukaltlarından tutarak kaldırıp, yatağa fırlattım. "Bir daha ne yılbaşı bilirim ne düğün, içmeyeceksiniz! Sizi mi çekeceğim lan ben! Hayır, babalarının oğulları!" Sinan'ı da tutup kaldırdım. "Durun burada uslu uslu, şap atar düşürürüm valla fazlalığınızı!" İkisi asker selamı verdiler bana, korkmuş gibi yaparak. Sonra iki adımda bir onları kontrol ederek banyoya gittim. Gökhan'ı da kontrol etsem iyi olacaktı, çünkü onun da o ikisinden farkı pek yoktu sarhoşken. Banyonun kapısını açar açmaz ise ikinci bir şok yaşadım. Gökhan'ın ağzından pembe bir şeyler akıyordu yattığı yerde. Korkuyla yanına koştum hemen.

"Lan şampuan mı içtin sen?!"

***

Saat sabah 7'ye geliyordu. Gökhan'ın midesini yıkayıp odaya almışlardı. Durumunda da ciddi bir şey yoktu ama Hale Teyze Gökhan'a çok düşkün olduğu için geceden beri panik halinde bir ağlıyor bir Caner Amca'ya çemkiriyor, bir bize kızıyordu. "Hepsi senin yüzünden Caner. Ben demedim mi içirme diye..." Caner Amca kafasını çevirince, Gökhan'a döndü. "Hadi tamam içtin, oğlum niye şampuan içiyorsun? Aklını mı yitirdin?" Hale Teyze, Gökhan'ın yanına oturdu tekrar. "Ya anne ne bileyim... O kafayla kim bilir ne sandım ben onu." Gökhan kafasını yana çevirdi. Durumu iyi de olsa onu öyle hastane yatağında kolunda serumla görünce bir tuhaf olmuştuk hepimiz. Sinan ve Oğuz da ayılmış ve hastaneye gelmişlerdi. Ali zaten başından beri Gökhan'ın yanındaydı. Diğer ailelerden Ural Amca, Zeliş Teyze ve babam vardı. Oğuz, böyle ciddi ortamlarda konuşamazdı zaten. Tarzı değil... Ural Amca'nın göbeğine yatmış, öyle etrafı izliyordu. Sinan ise ayakta bir aşağı bir yukarı dolanıyordu. Ali, duvara yaslanmıştı. Ben ise Gökhan'ın ayakucundaydım.

"Hale, tamam daha gitme çocuğun üstüne," dedi Caner Amca başını ovarken. Hepimiz uykusuzluktan ve erkekler ekstra olarak akşamdan kalma olduklarından perişan haldeydik. Bizim her yılbaşı olduğu gibi, sonunda başımıza böyle bir şey geleceği belliydi.

"Nasıl gitmeyeyim Caner! Oğluşuma baksana," dedi elini yanağına koyup. "Bebek yüzlü oğlum hastanelere mi düşecekti..."

"Hale Teyze, bir şey yok dedi doktor işte. Serum bitsin çıkaracaklar." Ali her zamanki gibi her şeyi halleden taraftı. Yine hastanede sakin kalıp her işe o koşturmuştu.

"Ah Aliciğim... Öyle ama," derken Hale Teyze, kapı çaldı.

Hepimiz kapıya döndük aynı anda. Gelen Merve'ydi. Hepimiz şaşkın gözlerle 'Girebilir miyim?' diyen Merve'ye başımızla 'gir' yaptık. Gökhan'ın ise beti benzi attı Merve'yi görünce. Midesine hortumlar salınırken dalga geçen çocuk ne yapacağını şaşırdı. Ayağıyla bana usulca vurdu, ben de mesajı aldım.

"Hadi, biz çıkalım artık. Biraz dinlensin Gökhan," dedim hemen. Kimse beni dinlemedi tabii. Özellikle Hale Teyze sinirli gözlerle Merve'yi süzüyordu. "Hale teyzekuşum, Caner Amcacığım hadi... Ural Amca, Oğuz... Zeliş Teyze... Hadi üst üste oturuyoruz zaten, hadi..." Küçücük odaya doluşmuştuk zaten. Biz Ali ile herkesi yerlerinden kaldırırken, Merve girişte çekingen tavırlarla bizim çıkmamızı bekliyordu. Birkaç saniye içinde Ali ile biz herkesi çıkardık dışarı. Hale teyze ise kızın meşhur Merve olduğunu anladığı için kendi kendine söyleniyordu. "Gördün mü Zeliş, buymuş ölüp bittiği kız. Güzel olsa bir de... Ben hiç beğenmedim," dedi odadan çıkar çıkmaz.

"Valla Haleciğim ben de beğenmedim. Kuru götlü bu. Kuru götlüler sinsi olur," diye fısıldadı Zeliş Teyze, Hale Teyze'nin kulağına.

"Haklısın valla..."

"Hale ne biçim konuşuyorsun canım, yakışıyor mu hiç senin gibi bir eğitimciye?" dedi Caner Amca. Biraz dalga geçiyordu, belliydi.

"Canerciğim, seninle eve gidene kadar konuşmama kararı aldım."

Herkes yine kendi âlemindeydi. Hepimizin sinirleri bozuk, gözaltları uykusuzluktan morarmış... Babama baktığımda çoktan oturduğu yerde yine uyuyakaldığını gördüm. Oğuz yine Ural Amca'nın göbeğine yatmıştı. O da uyuyordu. Ali ise oturacak yer olmadığından yine ayaktaydı ve duvara yaslanmıştı. Gözlerini kapamış... Ne kadar yoruldu dünden beri ailesinden ayrı geçirdiği ilk yılbaşında... Eğer uykum olmasa çok üzülürdüm bu duruma ama üzülemedim. Çünkü yanımda, babasının göbeğinde uyuyakalan Oğuz'un üstüne doğru ben de uyuyakalmışım sanırım... Hatırlamıyorum.

"Sinan haber verdi de," dedi genç kız, öylece yatan Gökhan'ın yanına doğru usulca ilerlerken. "Şey... Ciddi bir şey yok değil mi?"

"Yok yok... İyiyim," dedi Gökhan gülerek. Eliyle yatağın ucuna vurdu. "Gel, otur..."

"İyiyim ben böyle..."

"Otur diyorsam otur. Hastayken bari lafımı dinle," dedi Gökhan, kızın kolundan tutup çekerken.

"İyisin bakıyorum da... Sinan telefonda durumu ciddi falan demişti, aklım çıktı. Beni mi kandırıyorsunuz siz?!"

"Yani kızım midemizi falan yıkadılar. Burnumdan hortum soktular, kıçımdan çıkaracaklar diye çok korktum Merve."

"Ya salak mısın, böyle durumun dalgası mı olur?!"

"Korktun mu?" dedi Gökhan gülerek. Koluyla Merve'yi dürttü. "Şş, söylesene korktun değil mi?"

"Aptal, tabii korktum!"

"Barışsak mı ya hazır sen korkmuşken?"

"Yılışma hemen, geldiğime pişman etme beni."

"Peki..." dedi Gökhan kollarını göğsünden birleştirip. Kaşlarını çattı. "Bu arada... Hangi kafayla şampuan içtin? Aptal mısın sen? Kaç yaşındasın?" diye sordu kız korkmuş yüz ifadesini dağıtmak için alaycı bir tavır takınarak. "Oha, kim söyledi lan bunu sana? Ben daha havalı bir şey söyleyin demiştim!"

"Salak..." dedi Merve usulca. "Aptal... Gerçekten dünyanın en aptal insanısın sen Gökhan."

"Ama sen hâlâ bu aptala âşıksın değil mi?" deyip gafil avladı

Gökhan kızı. "Şu an gerçekten emin oldum. Sevgilin falan da yok. Hepsi beni kıskandırmak için değil mi?"

"Hiç de..." dedi Merve başını yere eğerken. "Var sevgilim."

"Hadi itiraf et sarışınım," dedi Gökhan yatağında doğrulup. "İtiraf et kurtar beni. Bak bir gün kafam güzelken şampuan değil kezzap içip kurutacağım bütün iç organlarımı. Hadi sarışınım, söyle..."

"Gökhan..." dedi usulca Merve. Gökhan'ın yüzüne bakamıyordu.

"Merve..."

"Gökhan..."

"Merve..." dedi Gökhan biraz daha yaklaşıp. Yaklaştı ve saçlarına dokundu. "Merve... Buradan baktım da... Bu göğüs dekoltesi ne lan?!"

O gün saat 9'a doğru ancak eve gidebildim. Gider gitmez üzerimi bile değiştirmeden kendimi yatağa bıraktım ve akşam 7'ye kadar derin bir uyku çektim. Yorganın içine bile girmemişim, üzerinde öylece uyumuşum. Kalktığımda ise gündüz uyumanın ve önceki akşam fazlasıyla yorulmanın verdiği iğrenç bir baş ağrısı ve yorgunluk vardı üzerimde. Karnımı doyurmak için aşağı indiğimde bizimkileri bulamadım. Popomu kaşıyarak gezindim biraz evde. En son masadaki notu fark ettim. Bana 'Babaannene gidiyoruz, yarın döneceğiz. Mutfakta yemek var.' notu bırakmışlardı. Burnumu kırıştırarak notu geri masaya bıraktım. "Umarım yemek yapmışsındır ana kraliçe," dedim mutfağa giderken. Ocağın üzerindeki tencerelere baktığımda ise trajik bir şeyle karşılaştım. Nohut... "Yapma be... Ana kraliçe dedik bağrımıza bastık!" Tencerenin kapağını hızla yerine yerleştirdim. Yine Oğuz tipi beslenmeye talim olacaktım o akşam. Ekmek arası ne varsa...

Ekmek sepetinden bir ekmek alıp dolapta ne bulduysam doldurdum içine ve oturma odasına geçtim. Annem yokken her zaman orada yerdim. Kanepeye yayılarak ve televizyon izleyerek... Kocaman ekmeğimle dünkü kıyafetlerim hâlâ üstümdeyken kanepeye zıpladım. Zıplarken cebimdeki telefonum halıya düştü. Ekmeğimi televizyon sehpasına bırakıp telefonumu yerden aldım. Düşündüm de... Dün geceden beri kapalıydı. Kanepeye oturup tek elime ekmeğimi geri alıp, diğeriyle telefonu açtım. Ekmeğimden birkaç ısırık almıştım ki telefonum açıldı. '27 cevapsız çağrı...' Ağzıma kocaman bir lokma daha atıp, çağrıları kontrol ettim. Birkaçı annemdendi, muhtemelen uyanıp uyanmadığımı kontrol etmek için aramıştı... Diğer hepsi ise Barış'tandı. Sanırım yılbaşında gece aramıştı ısrarla, ama Ali telefonumu kapattırdığı için ulaşamamış, sinirlenmişti. Pek içim rahat değildi ama, ağzımda ekmek varken küfür etme riskine karşın; en azından elimdeki ekmeğimi yiyene kadar, geri aramak istemedim. Telefonu göbeğime bırakıp, sandviçimi yedim hızla. Bitirince ayağa kalkarak üzerimi silkeledim ve telefon olan elimi ağzıma götürüp hafifçe öksürdükten sonra Barış'ın numarasını çevirdim. İkinci çalışta açtı. "Alo... 27 kere aramışsın da bir arayayım dedim." Abartılı bir ses tonuyla konuşmuştum. Sanki 'Başka türlü seni aramam sırık' demek ister gibi...

"Telefonun dün gece neden kapalıydı?"

"Öyle gerekti... Karışık biraz."

"Takvim yaprağını koparmadım."

"Efendim?"

"Takvim yaprağını diyorum... Koparmadım. Telefonumda da tarihi bir gün geri aldım."

"Sırıkların efendisinden çılgınca hareketler yine... Amacın ne oğlum?"

"Sen bana gelip benle yılbaşını kutlamadığın her gün bunu yapıp, her gün 31 Aralık'ta kalacağım."

"Sana gelmek?" deyip duraksadım. "Yılbaşını?" Bir kez daha durdum. "Kutlamak?"

"Evet. Seni affetmem için. Senin yüzünden dün gecem mahvoldu. Altı üstü tam gece yarısı sesini duymak istemiştim. Şimdi bana borçlandın."

"Sırık oğlan, kapatıyorum."

"Asıl ben kapatıyorum. Gelecek yıla kadar telefonumu açmayacağım."

"Salaklaşma," dedim ama duymadı. Çünkü dediğini yapıp, telefonu suratıma kapatmıştı. Bir süre telefona gözlerimi kırpıştırarak baktım. "Oha... Suratıma kapattı sığır." Sinirle tekrar çevirdim numarayı. Kapalıydı. Burnumu kırıştırdım tekrar.

Normalde olsa 'ne halin varsa gör sırıkların efendisi' derdim. Ama nedense kendimi biraz suçlu hissettirmişti söyledikleriyle. Telefonumu kenara atıp öylece oturdum bir süre. Ama sonra dayanamayıp tekrar aradım sırığı. Yine kapalıydı. O an aklımdan ne geçiyordu bilmiyorum ama, sinirlenip montumu giydim ve dışarı çıktım. Kapıdan çıkar çıkmaz telefonumu çıkarıp Sinan'ın numarasını tuşladım. Hemen açtı. "Sinankuş şimdi beni iyi dinle, annemler bu gece evde yoklar, ben de şu an bir yere gidiyorum. Olur da eve erken dönerlerse seninle ders çalışıyorum tamam mı? Oğlum ne yapacaksın, ufak bir işim var. Ya kapat hadi, çenen açıldı yine, sus!"

Nereye gittiğimi bilmeden biraz yürüdüm. Sonra bizim sınıftaki basketçi çocuğun numarasını buldum birinden ve onu arayıp Barış'ın evinin nerede olduğunu öğrendim. Yürüyerek yarım saat mesafedeydi. Aşağı mahallenin altındaki sitelerin birinde oturuyormuş. Beş bloklu siteden, nasıl Barış'ı bulacaktım bilmiyordum ama... Gelmiştim işte. Hava İzmir'e ters düşüyordu o akşam. Bayağı soğuktu... Montuma sarılıp bir süre sitenin girişinde bekledim. Şansıma on dakika sonra siteden bir amca çıktı. Gülümseyerek yanına gittim hemen. "Amcacığım bir şey soracaktım," dedim çekinerek. Başıyla 'buyur,' dedi. "Bu sitede biri oturuyor. Arkadaşım... Telefonu kapalı ulaşamadım. Hangi blok bilmiyorum da..."

"Adı ne arkadaşının kızım?"

"Sırık. Ay, yani Barış." Soyismini bilmediğimi fark ettim o an Barış'ın. "Sarı kafalı hani... Biraz... Uzunca bir sırık..." Saçmalıyordum iyice. Amca bana anlamayan gözlerle bakarken biri beni montumun şapkasından tutup çekti.

"Metin Amca, benim o sarı kafalı sırık. Kusuruna bakma, biraz aklı gidiktir." Yana döndüğümde sırığın gözleriyle buluştu gözlerim. Gözlerimi kısarak baktım. O ise bana mimik dahi yapmadan bakıp, Metin Amca dediği kişiye döndü tekrar. "İyi akşamlar." Sonra bana hiçbir şey demeden kolumdan çekerek sürüklemeye başladı. "N-ne yapıyorsun sırık! Çekme ulan!" Kolumu hızla ellerinin arasından çektim.

"Geleceksin madem, neden beni depresyona soktuktan yarım saat sonra geliyorsun?"

"Sana gelmedim" dedim gözlerimi yana çevirirken. "Şadece telefonu suratıma kapatamazsın demek için geldim."

"Tamam. Görüşürüz o zaman."

Sırığa ters düşecek hareketlerdi yine. Gerçekten beni öylece bırakıp dış kapıdan içeri girdi elindeki siyah bir poşetle. Kapanırsa bir daha şansım olmayabilir diye, kapı tam kapanacakken ayağımı koydum araya ve ben de peşinden girdim. Asansör bekliyordu sırık oğlan. Bir kez bile arkasını dönüp, gerçekten gittim mi diye bakmadı. İyice endişelendiriyordu bu tavrı... Asansör kapısı açıldığında hiç tereddüt etmeden içeri girdi ve bana birkaç saniye bakıp, bir tuşa bastı. Ben de hızlı birkaç adım atıp kapanmak üzere olan asansöre son anda elimi uzattım. Gerisin geri açıldı asansörün kapıları. "Sözümü bitirmedim!" Barış birkaç saniye bana bakıp kolumdan tuttu ve beni içeri çekti. "Dur..." dedim asansör kapıları örtülürken. Ama çoktan kapılar kapanmıştı bile.

"Bu gece," dedi asansör yukarı doğru yol alırken bana bakmaksızın. "Benimle kalır mısın?"

"Aç ulan asansörün kapılarını. Seni merak edip buraya gelende kabahat! 2014'te mi kalıyorsun, zaman makinesi bulup doğduğun tarihe gidip kendi kendini aldırıp intihar mı ediyorsun beni ilgilendirmez." Rastgele asansörün düğmelerine bastım. "Yanlış anladın... Gece yarısına kadar-" dedi elimi tutarken. Ben ise son gaz asansör tuşlarına basıyordum. "Yaprak dur..." dedi panikle.

"Ne olursa olsun... Gelmem hataydı zaten. İndirin ulan beni!" Hâlâ on parmak önüme gelen tuşlara basıyordum. "Yaprak dur, tamam, basma!" derken Barış, bir anda asansörün ışığı söndü ve 'çat' diye bir ses geldi.

Sanırım... Kendi mezarımı kendim açıp, üzerine toprak bile atmıştım. Sırıkla asansörde mahsur kalmak... Harika!

Yirmi Birinci Bölüm

Barış, asansör durunca söylenerek sırtını asansörün aynalı kısmına dayadı. "Harika!" dedi elindeki poşeti yere bırakıp. Cebinden telefonunu çıkardı. "Çekmiyor. Gerçekten ölmek için harika bir gün..." Gözlerini kapatıp derin bir nefes aldı. Bense suçlu küçük çocuklar gibi ona bakıyordum alttan alttan. Bir adım yana atıp düğmelerin olduğu yerde durdum. Çaktırmadan anlamını asla bilmediğim tuhaf tuşlara bastım tekrar. Sonra asansörün kapısına vurup "Kimse yok mu!" diye bağırdım son gücümle. "Boşa uğraşma," deyince ise çekinerek arkamı döndüm. Solgun yüzünde canını sıktığıma dair birkaç mimik sezdim. Usulca yere çöktü ve eliyle yanını işaret etti. "Gel..."

"Sırık bir şeyler yap, çıkar bizi... Sesimizi duyarlarsa gelirler..." Bir yandan asansörün kapısına vurmaya devam ediyordum konuşurken. "Hey, kimse yok mu?!"

"Yılbaşı ertesi, pek kimse yok apartmanda. Sanmıyorum birinin duyacağını."

"Ne demek sanmıyorum?" dedim yanına giderken. Yere çöküp omuzlarından tuttum. "Sırık oğlan, korkutma beni. Bak valla ben kalamam kapalı alanda. Ölürüm. Cidden..."

"Ölürüz," dedi mimik yapmadan. Bu hallerine alışkın değildim sırığın. Tuhaf hissettim kendimi. Omuzlarındaki ellerimi usulca kaydırdı ve beni yere çekti. Popomun üstüne mecburi iniş yaptım. "En geç iki-üç saate Metin Amca döner. O zaman kurtuluruz."

"Ya sırık" dedim kafamdaki şapkayı çıkarırken. "Korkuyorum."

"Amazon kızı?" Çenemden tuttu ve kafamı kendine çevirdi. "Amazon kızları da korkuyormuş demek ki." Cevap vermeden çenemdeki elini çekip önüme döndüm ve bacaklarımı karnıma kadar çektim. Bir süre konuşmadık. Bir yanım korkum azalsın diye sırığa bir şeyler söylemek istiyor, diğer yanım ne diyeceğimi bilmediği için susuyordu. Normalde hep o konuşur ben kızardım, ama o akşam o da konuşmuyordu. O yüzden ne diyeceğimi bilmiyordum. Bir süre sustuktan sonra dayanamadım ve ben konuştum. "Son zamanlarda bi' tuhafsın. Bir şey mi oldu?"

"Hmm... Olması değil olmaması sorun olan bir şeyler var tabii" dedi bana imalı imalı bakarken. Utanıp başımı önüme çevirdim.

"Oksijeni azaldı burasının... Nefes alma biraz."

"Olur," dedi yine soğuk bir suratla. Yerdeki poşetine uzandı ve içinden bir şişe çıkardı. "Hop, dur orada sarı oğlan," dedim elindeki biraya uzanırken. "Dün yeterince uğraştım sarhoşlarla zaten, bir de seni çekemem." Elindeki şişeyi alıp yan tarafıma, popomun hemen yanına koydum. "Hem sana güvenemem, iki metre yerde, sarhoş bir sırık ne yapar hiç bilmiyorum."

"Ben kolay kolay sarhoş olmam, korkma." Poşeti tekrar açıp bir kutu daha çıkardı. "Olmaz. Ben gittikten sonra iç..." derken elindeki şişeyi de aldım. Bu defa sinirle baktı bana. "Yaprak lütfen... Gerçekten, biraz kafamın dağılması lazım."

"Siz erkekleri hiç anlamıyorum. Nasıl bir kafaysa içmeden dağılmıyor," dedim kaşlarımı çatıp. Yine tepki vermedi.

"Erkekler aptaldır. Beyinleri uyuşmadan katlanamazlar bazı şeylerin yokluğuna. Şimdi izin ver, biraz kendime geleyim." Avuçlarını açıp bana doğru uzattı. Şişeyi geri uzatmak yerine eline bir şaplak geçirdim. "Olmaz. Sonra gel kendine. Birazdan biri gelir bulur bizi zaten..."

"Hiçbir zaman benim isteklerimin önemi yok zaten," derken hışımla poşetinden bir şişe daha çıkarıp yana döndü ve tek dikişte içti.

"Sırık, içme diyorum sana! Kime diyorum?!" Dizlerimin üzerinde yanına gidip elindeki kutuyu almaya çalıştım ama beceremedim. "İyi, hepsini ben içerim gerekirse, ama yine de sana içirmem!" Elindeki poşeti alıp, dizlerimin üzerinde yana kaydım. Sırık elimden poşeti almaya çalışırken, poşeti bacaklarımın arasına sıkıştırıp, bir kutunun kapağını açtım. Neden bu sırıkla her anım böyle inatlaşma ve iddia ile geçiyordu ki?

"Tamam, ver içmeyeceğim!" dedi elimdeki şişeyi almaya çalışırken. "Ay, ne kötü bunun tadı!" Yüzümü buruşturarak yere oturdum tekrar. O ara elimden poşeti aldı sırık ve eski yerine geçti. "İlk kez mi içiyorsun?"

"Hayır..."

"Yalancı!" derken elimdeki yarım şişeyi aldı ve tek dikişte içti. "Şimdi senin içtiğin şişeden içtiğime göre, dolaylı yoldan öpüşmüş mü olduk?"

"Cidden içtikçe eski yavşak haline dönüyorsun." Bacaklarımı tekrar göbeğime çektim. "İstersen eşlik edebilirsin." Poşetten bir şişe çıkarıp bana uzattı. "Sırf sen çok sarhoş olma diye içeceğim. Aklına başka bir şey gelmesin," dedim elinden şişeyi alırken. Daha önce bizimkileri ya da babamı sarhoşken toparlamaktan içmeye ne fırsatım ne isteğim olmuştu. Ama orada sırıkla fazla yakın olmamızdan dolayı gerildiğim için biraz gevşemeye ihtiyacım vardı sanırım. O yüzden tadını sevmediğim içkiden birkaç yudum daha almak istemiştim sadece. Birkaç yudum sadece... Birkaç... Yudum...

Yaprak, ikinci şişenin dibini görünce, pek alışkın olmadığı için sarhoş olmuştu. Küçücük asansörün içinde saçmasapan şarkılar söylüyordu Barış'ın etrafında dönerken. "Mini mini bir kuş solmuştur, pencereme dolmuştur!" Barış iki kolunu açıp asansör kapısına yapışıp şarkı söyleyen Yaprak'ı yerine oturtmaya çalışıyordu, ama beceremiyordu. "Tamam sarhoş amazon kızım. Tamam... Hadi otur!"

"Aldım onu içeriye, vik vik vik vik öpsün diye..."

"Tamam Yaprak, hadi bırak şu kapıyı! Bak açılacak aniden, kalacaksın arada!"

"Vik vik diye ötsene sırıkkuş" derken önünü döndü Yaprak. "Vik vik diye mi öter kuşlar? Road Runner mıyım ben?" dedi çocuk gülerek. Yarım saat öncesine kadar canı acayip sıkkındı ama Yaprak'ın sarhoş olmasıyla biraz keyfi yerine gelmişti. O hali fazlasıyla tatlı gelmişti ona çünkü.

"Sen ne biliyorsun piçkuş. Vik vik diye öterler onlar... Vik... Vik..." Zor açtığı gözlerini kırpa kırpa Barış'ı itip 'vik vik' diye öterek asansörün aynalı kısmına doğru ilerledi. Aynanın karşısında durup bir süre kendine baktı. "Kimsin?" dedi kendi yansımasına.

"Amazon kızı delirdi!" deyip gülerek Yaprak'ın yanına gitti Barış. Eliyle aynada Yaprak'ın yansımasını gösterdi. "O benim sevgilim."

"Çok çirkinmiş." Yaprak tekrar poposunun üzerine oturdu. Yerde son kalan iki şişeden birine uzandı tekrar. Barış ne kadar elinden almaya çalışsa da döke saça biraz daha içti. "İyi ki sevmedin tadını, sevsen ne olurdu kim bilir..." Dibinde hâlâ biraz kalmıştı şişenin Barış çekerken. "Sarhoş Amazon kızı, tatlı olabilirsin ama, bir yere kadar."

"Sen kimsin sarı piç?" derken Yaprak parmaklarını Barış'ın burnuna soktu. Barış çok geç olmadan hemen burnundaki elini çekti Yaprak'ın. "Yaprak..." dedi gülerek. Keyfi gitgide daha da yerine geliyordu. Cebinden telefonunu çıkarıp birkaç resim çekti. İlk kez bu kadar yakınında duruyordu Yaprak. Sarhoşluğun etkisiyle kızarmış yanakları çok tatlı geldi, sıkıverdi ikisini de. "Dövüyor musun beni piçello!" diyerek Barış'ın omzuna vurdu kız.

"Hayır. Sadece yanağını sıktım. Sıkamaz mıyım?"

"Sıkamazsın. Isırabilirsin..."

"İyice uçtu," dedi Barış kendi kendine gülerek. "Daha önce benim kafamı ısırdığın gibi mi Yaprak? Cidden ısırabilir miyim?"

"Evet."

"Zevkle..." Barış gözleri kapandı kapanacak olan Yaprak'ın, kıpkırmızı olan yanağına doğru usulca gidip dudakları tam yanağına değecekken durdu. "Şimdilik bununla idare et," dedi ve var ile yok arası ufacık bir buse kondurdu kızın yanağına. "Acımadı ki..." dedi kız. "Benim acıdı," dedi oğlan gülümseyerek. "Neden sana kızgınken bile bir anda eski salak halime geri dönüyorum ki?" diye sordu çocuk Amazon kızına. O sırada onu duymayan Yaprak, "Kusacağım galiba," deyip elini ağzına götürdü. Tam o an asansör birden hareketlendi. "Aaa, uçuyorum..."

"Sonunda birisi geldi" dedi ve Yaprak'ın da elini tutarak ayağa kalktı Barış.

"Kusuyorum ben sırık..."

"Şşş, dur bak biri geldi, kurtulduk. Az daha dayan!" derken Barış, güçlükle ayakta duran Yaprak'ın beline elini doladı. O sırada asansörün kapısı sarsılarak açıldı. Kapının önünde Ali ve Sinan vardı.

***

Sinan, başka bir yerde Yaprak'ı arayan Oğuz'a haber veriyordu telefonla. "Bulduk bulduk, sen eve dön. Yok oğlum bir şey, *tamam hadi dön eve sen. Hadi, sonra görüşürüz..." Yaprak'a telefonla ulaşamayınca, korkup çocuklara haber vermiş, aramaya başlamışlardı. Tam telefonu cebine koyacaktı ki, Gökhan aradı. "Alo, oğlum, mesaj attım ya bulduk diye. Yok, yat yattığın yerde, hasta hasta çıkma, bir de senle uğraşmayalım. Yok lan bir şeyi, merak etme tamam. Gerek yok diyorum mal mısın, sinirlendirme adamı kapatıyorum. Ya sus be, kapat salak herif!"*

"Gökhan mı?" dedi Ali kucağında Yaprak ile yürürken. "Gökkuş mu? Gökkuş... Hangi kuş? Gökkuş..." Yaprak ise Ali'nin kucağında biraz daha sızmıştı ama hâlâ kendi kendine her lafa atlıyordu. "Aynen. Geri zekâlı tutturdu ben de geleceğim diye!" diye cevap verdi Ali'ye Sinan.

"Merak etmiştir o da..."

"Kız Yaprak," dedi kafasını Ali'nin göğsündeki Yaprak'a uzatırken. "Kız kafasına fışfışladığım, korkuttun bizi..."

"Fış fış kayıkçı... Kayıkçının böreği... Akşama kuzgun küreği... Hop hop eder..."

"Bu ne anasını satayım, bunun kafa içince 3. sınıfa gitmiş direkt."

"Çişim geldi Ali..."

"Tamam sık biraz, az kaldı eve." Ali usulca gülümsedi. Canı Barış'a gitmesine biraz sıkılsa da, Yaprak'ın sarhoş olmasına kızgın olsa da, o hallerini görünce bütün kızgınlığı gitmişti. "İşeyeceğim Ali..."

"Kanka düşünsene kucağına işiyor... Valla üç yıl dalga geçerim."

"Sus lan, çok konuşma."

"Kanka, anneme Oya teyze'yi arattım, bu gece gelmiyorlarmış. Size götürelim."

"Öyle yapacağım zaten."

"Ben de kalırım, tek başına uğraşamazsın bu canavarla."

"Yok sen eve git, ben hallederim."

"Kanka ama-"

"Aması falan yok oğlum, sen git dinlen. Ben hallede-

rim. Hobi olarak sarhoş bakıyorum, sıkıntı değil!" deyip Sinan ile ayrılacakları yol ayrımından tek başına döndü onu dinlemeyerek. Arkası dönükken "Hadi iyi geceler," demeyi de ihmal etmedi Sinan'a. Ve kollarında gitgide ağırlaşan Yaprak'la evin yolunu tuttu.

***

Ali eve girince kucağındaki Yaprak'ı usulca yere bıraktı. "Hadi, tuvalete git bakalım hemen" dedi. Yaprak kanepenin kenarına belini yaslanıp, kafasını kanepenin ucuna dayadı. "Kaçtı..." diye mırıldandı kendi kendine.

"Hadi güzelim," diye yineledi Ali, Yaprak'ı omuzlarından tutup kaldırırken. "Kaçmamıştır o. Gidelim yap çişini. Hadi..."

"Ya kaçtı diyorum içine," derken Ali'nin kollarından kurtulup tekrar halıya oturdu Yaprak. Ali ise gülerek yanına çöktü. "Peki peki..."

"Alikuş... Alikuş kusacağım."

"Kus güzelim. Alışkınım ben kusmuk temizlemeye. Gökhan sığırınınkini temizliyorum sürekli, seninkini mi temizlemeyeceğim. Kus..."

"Alikuş... Bir tuhaf hissediyorum kendimi. Böyle kafamda Afrika yerlileri dans ediyor gibi."

"Öyle mi?" dedi Ali gülerek. "Uyumak ister misin biraz?"

"Alikuş... Galiba kustum."

"Yaprak," dedi Ali gülerek. "Şu an sana kızgın olmam lazım, ama böyle tatlı olarak işimi güçleştiriyorsun."

"Alikuş... Kendimi dövmek istiyorum."

"Beni asla duymuyorsun değil mi?" derken, Yaprak'ı çenesinden tutup kendine çevirdi Ali. Gözlerine yakından bakmayalı uzun zaman olmuştu, kalbi hızlanınca tekrar yana çevirdi kızın başını. Ne zaman ona yakından baksa kendini kötü hissederdi. "Alikuş... Kulağımda kedi var."

"Öyle mi? Ondan mı duymuyorsun beni?"

"Vik vik vik..."

"Duymuyorsun değil mi? Duysan da anlamıyorsun?"

"Mini mini bir Alikuş donmuştur..."

"Âşığım ulan sana."

"Vik vik vik diye öterken..."

"Âşığım sana."

"Öterken pırladı ellerim cırladı..."

"Çok âşığım."

"Vik vik vik..."

"Köpekler gibi."

"Kusacağım."

"Çok âşığım." Ali, Yaprak'ın algılayamadığını bilse de, söylemek istediği cümleleri yüzüne söyleyince, göğsündeki ağırlık hafiflemiş gibi hissetti o an. Gülümsedi. "Böyle bayağı âşığım yani."

"Ali, kafanda bir şey var. At gibi..."

"Çok âşığım ulan."

"Ali çişim geldi..."

"Peki peki," dedi Ali gülerek. Keyfi yerine daha da gelmişti. Elini tuttu Yaprak'ın, onu ayağa kaldırdı ve kucağına aldı. Birkaç adım atıp kapıyı ayağıyla açtı ve lavaboya götürdü. Usulca yere indirdi ve "Bak Yaprak ben çıkıyorum, düzgünce yap çişini, bapantolonunu çekmeyi unutma. Tamam mı? İşin bitince bana bağır," diye tembih etti. Onay beklerken, "Kaçtı..." dedi karşısında kocaman bir anaokulu çocuğu gibi duran sevdiği kız. Önce güldü, sonra "Kızım dalga mı geçiyorsun benimle?" diye çıkıştı.

"Kusacağım galiba."

"Yaprak... Hadi güzelim yap çişini de yatırayım yatağına. Hadi..."

"Alikuş kusacağım ga-"

Yaprak, lafını bitirmeden Ali'nin üzerine doğru kustu bu defa.

"Şurada klozet varken üzerime kustuğun için seni tebrik ediyorum Yaprak." Ali, omuzlarından tutup yere indirdi Yaprak'ı. Hâlâ kusuyordu Yaprak. Ali klozeti açıp onun geri kalanını kusması için yardımcı oldu. Kız ne var ne yok kustuktan sonra Ali, kusmuk olan tişörtünü üzerinden çıkarıp ters çevirdi ve temiz yeriyle Yaprak'ın ağzını sildi. "Hadi," dedi ayağa kalkarken. "İçini dışını boşalttın galiba." Tekrar kucağına aldı Yaprak'ı. Saçındaki toka düştü bu defa kızın. Uzun siyah saçları aşağı doğru uzandı. Elleri Ali'nin çıplak üstüne dokununca usulca ses çıkardı. "Soğuk muyum?" Yaprak'tan cevap gelmedi. Gülümsedi Ali. "Özür dilerim güzelim."

Sinan, onu arayıp "Yaprak beni arayıp saçmaladı, şimdi de telefonu kapalı," deyince öyle bir korkmuştu ki Ali, o soğukta tişörtüyle çıkıvermişti dışarı. O yüzden biraz soğuktu bedeni. Yatak odasına varınca usulca yatağa bıraktı Yaprak'ı. "Hadi yatağa gir." Yaprak sızmıştı. "Tamam hadi güzelim, sok bacağını şu yorganın içine..." Güç bela Yaprak'ı yorganın içine soktu. Birkaç dakika öylece Yaprak'ı izledi, sonra dolaptan birkaç tane battaniye çıkarıp üst üste üzerine serdi. Üşümesinden korkmuştu. İşi bittikten sonra üzerine bir kazak geçirip yatak odasının balkonuna çıktı. Ne olursa olsun, o gece biraz kötü hissediyordu kendini, Yaprak'ı bulduğu yer yüzünden. Sigara içmek istedi, her zamanki kaçış yoluydu bu onun. Perdeyi sonuna kadar açtı, Yaprak'a bakabilmek için. Sırtını balkon demirlerine dayadı. Telefonundan rasgele bir radyo kanalı açtı ve sigarasını yaktı. Şansına radyoda çalan şarkı "Haluk Levent - Anlasana" idi. "Şarkılar da yardımcı olmuyor" dedi gülümserken. Sigarasını dudaklarına götürüp sağlam bir nefes çekti içine. Yaprak'ın geceye karışmış silik siluetine doğru üfledi. Dumanın bittiği yerden, nakarata eşlik etti o da usulca. "Ölürüm aşkına yar... Ölürüm diyar diyar... Beni biraz anlasana..." Sigarasını tekrar götürdü dudaklarına. "Sarıl bana... Beni biraz anlasana...

Sabah gözlerimi kan ter içinde açtığımda, bir süre ne olduğunu anlayamadım. Sonra yavaş yavaş bilincim yerine gelince, Ali'nin odasında olduğumu fark ettim. Ne oldu hatırlamıyordum ama yine süper kahramanım Ali beni kurtarmıştı galiba. Üzerimde onlarca yorgan ve battaniye vardı. Terlememe şaşmamalı diye düşünerek üzerimdekileri hızlıca kenara çektim. "Siktir..." Altıma işemiştim. Panikle tekrar yorgan ve battaniyeleri üzerime çektim. "Siktir... Siktir... Siktir!" En son 6 yaşındayken misafirlikte altıma işemiş, annemden dayak yemiştim. O günden sonra ilk kez... "Allah kahretsin, ulan nasıl oldu bu iş?!" Aklımdan neler yapabileceğimi geçirdim hızlıca. Ali görürse utançtan kendi bedenim kendini imha ederdi. Küçükken altıma kaçırdığımda yatağı yorganı pencereden aşağı atardım. E onu yapamazdım... Kendimi oraya kilitleyip saç kurutma makinesiyle kurutmayı düşündüm, ama koku... Olmuyordu. Ne düşünürsem düşüneyim, o ıslaklıkla 'ne bok yiyeceğim ben' ruh halinden öteye gidemiyordum. Ben kendi düşüncelerim içinde kafayı yemek üzereyken Ali girdi içeri. Önce uyandığımı fark etmeyip çekmeceden bir şey aldı. Sonra ise bana dönüp "Uyandın mı?" dedi. Uyandım da işte... "Hadi kalk, Gökhan'ın yanına gideceğiz. Kahvaltıya bekliyorlar."

"Sen git... Ben arkandan gelirim." Sesim kedi gibi çıkmıştı. Ali tam kapıdan çıkacaktı ki, ses tonumdan ve yüz ifademden bir şeyler sezinleyip durdu ve bana baktı. "İyi misin sen?"

"Neden iyi olmayacakmışım... Çok iyiyim."

"Yaprak," dedi yanıma gelirken. "Bu yüz ifadesini tanırım ben. Bana numara yapma."

"Ali, bir şey yok dedim. Hadi sen git, benim bir işim var, geleceğim peşinden..."Ellerim hâlâ göğsümün üzerinde, yorganı sımsıkı tutuyorlardı. "Yaprak..." dedi gülerek. "Yoksa..."

"Hayır!" diyerek kafamı yorganın içine soktum. "Hayır, hayır, hayır, hayır!"

"Güzelim utanma, bak sarhoşken olur böyle şeyler," dedi kahkahalarının arasında. "Ben boşuna mı kilitliyorum Gökhan'ı içince banyoya?"

"Ali susar mısın?!"

"Çıkar kafanı güzelim, hadi. Sorun değil..."

"Ali..."

"Bak hasta olursun."

"Ali ne olur utandırma beni, ölüyorum zaten!"

"Bak seni dürüm yapıp banyoya götürmeye mecbur bırakma beni." Sesimi çıkarmadım. O anda Ali sanırım dediğini yapmaya başladı ki, sarsıldım. "Ali," dedim başımı yorgandan çıkarırken. O ise yorganın uçlarını içe katlayıp beni yorganın içinde dürüm yapmış, omzuna atmıştı bile. "Ali, indir beni yere!"

"Seninle mi uğraşacağım? Daha kahvaltıya gideceğiz."

"Ali, indir, valla korkuyorum!" Omzunda yorgan arası dürüm banyoya taşıdı beni ve yorganımla birlikte küvetin içine bıraktı. "Yorganı, kıyafetlerini falan kapının önüne bırak, iyice yıkan. Ben sana temiz birkaç parça kıyafet bırakacağım kapıya, artık idare edeceksin benimkilerle. Ben o arada kirlileri, nevresimleri falan makineye atayım, sonra hemen çıkalım. Tamam mı? Bizi bekliyorlar." Ali o kadar sıradan şeylermiş gibi bahsediyordu ki, beni rahatlatmak için... Yüzüme bile bakmadı utanmayayım diye, hemen çıktı banyodan. O an o kadar utanmıştım ki, Ali çıktıktan sonra birkaç dakika küvetin içinde tepinip kendime küfrettim. Ah fedakâr Alikuşum... Bir çişimi temizlemediği kalmıştı!

***

Akşam Gökhanlardan eve Ali'nin kıyafetleriyle geldim mecburen. Kapıda cebimde anahtar olmadığını fark ettim. Kıyafetimin cebinde kamış olsa gerekti. Paspasın altındaki yedek anahtarı alıp, kapıyı açtım. Annemler çok şükür daha gelmemişlerdi. Doğruca odama çıkıp üzerimi değiştirdim ve yatağıma zıpladım. Tam telefonumu çıkarıp biraz oyun oynayacaktım ki, gözüme bir kutu takıldı. Daha önce orada olmadığına emindim halbuki... Ayağa kalkıp kutunun olduğu yere ilerledim ve kapağını usulca açtım. İçinde siyah saçlı bir bebek vardı. Üzerinde yeşil, tek omuzlu bir elbise... Elinde ok... "Amazon kızı?" Kutunun dibindeki zarfı hızlıca açtım. Bir adet '1 Ocak' takvim yaprağı vardı. Bir de not...

"Dün için özür dilerim Amazon kızım. Biraz... Saçmaladım. Bu takvim yaprağı sende kalsın. Bana âşık olacağın zaman, her yıl bir tanesini daha kat yanına. Şimdilik, senin yerine ben yapıyorum bunu. Bu arada... Üzgünüm bunu yapacağım için, sanırım biraz seni korkutacağım seni ama... Arkanı dön."

Arkamı döndüğümde ise gözlerim kocaman açıldı ve küçük bir çığlık attım.

"Sırık?!"

Yirmi İkinci Bölüm

Barış'ı arkamda öylece dururken görünce, önce bir şoke olup ikinci dakikada çığlık atmaya ve zırlamaya başladım. Bana yakışmıyor değil mi? Ancak birkaç dakika önce ortalıkta çilekli külotumla dolaştığım aklıma geldikçe, yerin dibine girmek, sırığı da o dibe gömmek istiyordum. "Sapıkların efendisi!" diye bağırdım omuzuna sağlam bir yumruk geçirirken. "Şşş, bağırma tamam! Vallahi görmedim hiçbir şey, yemin ederim!"

"Ulan ne demek görmedim, bildiğin iki saat dolandım burada kü-" Öksürdüm. "Üzerimi değiştirdim! Hiç mi utanman yok ulan senin?!"

"Yemin ederim görmedim diyorum sana, o kadar düşüncesiz miyim?! Bir süre yan tarafta saklandım, bir dinlesen..."

"Lan, beni delirtme! Ulan düşüncesiz olmayan biri ne diye bu saatte bir kızın evine gizliden girer? Ya babam görse?!"

"Bugünde evde değiller diye biliyordum... Yanlış duyum mu aldım?"

"Lan çakma Sherlock, ne duyumundan bahsediyorsun?" dedim bir adım daha atıp üzerine doğru. Tam tekrar göğsünün üstüne ufak bir yumruk atacaktım ki bileğimden tuttu beni ve kapıya yasladı. "Beni iki dakika dinle, gideceğim."

"Görmedin değil mi çilekli bir şey..." dedim burnumu çekerek. "Çilekli?" dedi alnını kırıştırarak. Sanırım gerçekten görmemişti. "Boş ver... Tamam, ne diyorsan de git. Akşamın bu saatinde evime gizliden girmek için sağlam bir sebebin vardır umarım."

"Şey için gelmiştim aslında," dedi gözlerini kaçırarak. "Annenler bugün yok sanmıştım ama... Eğer biraz vakit varsa... Benimle bir yere gelir misin? Sana göstermek iste-" derken sırık, daha cümlesini bitiremeden olabileceklerin en kötüsü oldu ve aşağıdan kapının örtülme sesi geldi. Harika.

***

Eve en olmadık zamanda dönen annemlere hızlıca hoş geldin deyip, ders çalışacağım bahanesiyle kendimi odaya kapatıp kapıyı kilitledim birkaç dakika içinde. Sonra aklıma ilk gelen kişiyi, Gökhan'ı aradım. İkinci aramamda anca açtı, ben odada müebbet yemiş suçlu gibi volta atarken. "Gökhan, bittim ben Gökhan!" dedim panikle. "Gökhan, babamlar geldi! Yok, sorun o değil... Mal mısın, bir dinle ulan!" Sırık ise sanki hiçbir şey olmamış gibi sandalyeme oturmuş, dönüyordu sadece. Sırığa sinirli bir bakış atıp telefondaki Gökhan'a döndüm. "Sırık benim odamda şu an. Evet, yampirik olan..."

"Sırık... Yampirik... Piçello... Bakalım daha neler duyacağım!" dedi sandalyede dönerken. Burnumu kırıştırarak bakmakla yetindim sadece. "Gökhan, Allah'ın varsa bir bahaneyle gelin bize de çıkarın şunu odamdan. Babam görürse biterim."

Barış, "Ben diyorum, söyleyeyim kızınızı seviyorum diye, izin vermiyor!" diye bağırdı Gökhan'a ayağa kalkıp.

"Gökkuş, küfretme tamam, bir şey bul, gel kurtar beni. Yoksa ikinci kattan atacağım sırığı, hapislerde çürüyeceğim!" derken telefon suratıma kapatıldı. Telefona bir süre kaşlarımı çatarak bakıp, cebime sıkıştırdım. Muhtemelen geliyordu. Bana oturduğu yerden dik dik bakan sırığa dil çıkarıp, yatağıma yarım yamalak oturdum her an kalkacakmış gibi. Babam odaya gelse, sıçtığımın resmiydi. Saklasan saklanmazdı ki sırık... Dirseğimi dizime dayayıp ellerimi yüzüme koydum. "Ne yapacağım ben..." O an bir ışık kütlesi geldi gözümün önüne. Gözlerimi kırpıştırarak Barış'ın olduğu tarafa baktım. "Mal mısın, resim çekilecek zaman mı?!"

"Çok tatlıydın," dedi yarım bir gülümsemeyle. Kafamı çevirdim. Nedense üzerime böyle geldikçe, günden güne daha da utanıyordum. Sinir bozucu şey... Bir süre konuşmadan öylece durduk. Ben korkudan ikide bir kapıyı kontrol ediyordum, sırık oğlan ise hâlâ kendi kendine sandalyede dönüyordu. On dakika kadar sonra aşağının zili çalınca adrenalinim tavan yaptı. Hemen oturduğum yerden kalktım. "Kalk sırık, ne olur ne olmaz, sen saklan şurada... Şuraya... Yok ya da şuraya..." O anki paniğimle olur olmaz yerleri gösteriyordum. Elim ayağım birbirine dolanmıştı. "Tamam, o kutuya eminim saklanabilirim Yaprak," derken o, ben çoktan dışarıdan kapıyı kilitlemiştim bile onun üzerine. Koşarak merdivenlerden indim. Annem mutfaktaydı ve kapıyı babam açmıştı. Ben merdivenin ortalarındayken "Çocuklar hayırdır?" dediğini duyunca babamın, sadece Gökhan'ın gelmediğini anladım. Harika... Bakın siz curcunaya...

"Aaaa, kimler gelmiş!" dedim merdivenin son basamağına gelince yapmacık bir gülümsemeyle. Tahmin ettiğim gibi hepsi gelmişti. Ali, Sinan, Oğuz ve Gökhan...

"Merhaba Taner Amca! Biz de ders çalışmaya geldik de..." dedi Oğuz gerçek kesit oyunculuğuyla. 'Şu çocuğa numara yaptırmayın,' diye geçirdim içimden. Hem yine o tuhaf pijamalarından birini giyip gelmişti. Kafasında ise göz desenli uyku bandı... Esnemesine bakılırsa uykudan uyanmıştı. O haliyle değil babam, hiç kimse ciddiye almazdı Oğuz'u. "Ders mi?" dedi babam bir bana bir esneyen Oğuz'a bakarak. Otuz iki dişimi göstererek güldüm. "Evet babacığım, sınav haftamız başlıyor ya... Ondan... Şimdiden başlayalım dedik, vakit kaybetmeyelim."

"Anlıyorum kızım..." dedi babam ama pek içine sinmediği, belliydi. Sadece çocukların yanında bir şey diyemedi. "Kapıda kaldınız, geçin bakalım..."

"Biz yukarı çıkalım doğruca babacığım," dedim Oğuz'dan farksız bir oyunculukla. Babam biraz pimpiriklense de, bir şey demedi yine. Ben de bizimkileri ufak bir el hareketiyle merdivene yöneltim. Merdivenden çıkarken Ali kulağıma fısıldadı. "Nasıl girdi bu piç senin odana?"

"Valla bilmiyorum Ali, geldiğimde buradaydı. Ama bak ne olur kavga çıkarmayın... Olur mu? Şuradan babam görmeden çıksın yeter bana." Cevap vermedi Ali, sadece sinirle önüne döndü. Birkaç basamak sonra benim odamın olduğu kata ulaştık. Bizimkiler kendi kendilerine homurdanıyorken babamın gelip gelmediğini kontrol ederek kapıyı açtım. İçeri girdiğimizde sırık yine aynı bıraktığım yerdeydi. Ben içeri girince gülümseyip elini kaldırdı. Kafamla kesmesini işaret ettim. Sırasıyla dördü odaya girince kapıyı kilitledim. "Çocuklar, önce sakin olun, geçin şöyle," dedim Barış'a ters ters bakan bizimkilere. "Geçelim de ben geçirmeye geldim be Yaprak," dedi Gökhan, Barış'a sinirle bakarak. "Gökkuş! Olay çıkarmak yok dedim." Gökhan ve Ali'yi kollarından tutup benim yatağıma götürdüm. Sinan da söylenerek yatağımın ucundaki halıya çöktü. Oğuz'u ise kendi haline bıraktım. "Şimdi gençler," dedim tam halının ortasında durup, "nasıl çıkaracaksınız bu sırığı şüphe çekmeden?"

"Ben diyorum ki dört parçaya ayıralım, taşıması kolay olur."

"Sinan," dedim dişlerimi sıkarak. "Espri yapma, fikir üret!"

"Valla Sinan haklı Yaprak'ım, en kolayı o."

"Bence arkadaşlar, benim pijamalarımı sırığa giydirelim, aramıza karışsın çıkarken," dedi Oğuz, kapının önündeki halının üzerine kedi misali kıvrılırken. Kimse sallamadı. Sonra "Neden girdin kızın evine? Nasıl bu kadar sorumsuz olabiliyorsun ulan? Hiç mi düşünce yok sende?" dedi Ali diğerlerinden farklı olarak, büyük bir sakinlikle. Sinirini laflarına sıkıştırıyordu. "Ali," dedim çekinerek, "zamanı değil."

"Bırak Yaprak. Konuşsun." Barış ilk kez konuşmuştu. "Siz gecenin bir saati buraya gelebiliyorken, ben bir kez emrivaki yaptım. Çünkü benim sizin gibi onun yanına her dakika gelme şansım yok. Değil mi?"

"Demek ki o şansı sana Yaprak vermiyor. Neden üstüne gidiyorsun?"

"Üstüne gitmesem on küsur yıl beklemem gerekecek. Değil mi Ali?"

"Senin gibi biri 'on ay' anca bekleyebilir. Öyle de oldu değil mi?"

"Beklemek saçma. Harekete geçmek lazım. İstediğin şey için savaşmak, sizin tabirinizle 'yavşaklık' demek değil. Bunu anlayacağınız gün çok yakın..."

"Çocuklar yeter... Neden bahsettiği-"

"Yaprak, sen karışma. Geç şöyle," dedi Sinan oturduğu yerden kalkarak. Beni kolumdan çekip yanına oturttu. "Bak..." dedi Gökhan. "Yaprak benim için annemden sonra gelir. Ne sevgilim ne de başka bir kız... Kimse onun kadar değerli olmayacak. Diğerlerinin de benim gibi düşündüğüne eminim. Çok fazla karışmıyoruz diye devenin kulağına su kaçırma. Sınırını bil." Gökhan'ın söylediklerini şoklar içinde izliyordum. *Gökkuş*... "Ha dersen ki sınırımı bilmiyorum, seni sınıra götürür, sınır çizgisinde sikerim."

"Halbuki çok iyi gidiyordun Gökhan," dedim. "Duygulanmama iki saniye kalmıştı, cidden."

"Heyecanınızı anlıyorum gençler, ama sizin söylediklerinize sadece Yaprak'ın hatırına katlanıyorum. Bana bir tek Yaprak karışabilir. O yüzden, boşa küfür edip kotanızı doldurmayın."

"Seni kotam dolana kadar si-" derken Gökhan, ayağına vurdum. "Lan Yaprak, bak sen de karışma iki dakika! Buraya olay var dedin geldik, ben anlamam, küfür edip rahatlamam lazım."

"Ulan babam ders çalışıyoruz sanıyor, yavaş!"

"Tamam tamam, Ortadoğu ve Balkanlar'ın en orta yol bulucu mesesi Oğuz her şeyi halledecek." Kıvrıldığı halıdan kalktı Oğuz, poposunu kaşıyarak. "Bir planım var!"

"Ya Oğuz siktir git," dedi Sinan yatağımdaki minik yastığı Oğuz'a fırlatırken. "Lan bir dinleyin! Bence sırığı götürmeyelim, Taner Amca'yı götürelim. Nasıl fikir?" Hepimiz gözlerimizden çıkan lazer ışınlarıyla Oğuz'u öldürmeye çalışacaktık ki, sinirlendiğimizi anlayıp "Ay, kıçımın kenarları!" diyerek kalktığı yere geri kıvrıldı.

"Şimdi herkes sessiz olsun. Kavga istemiyorum, sadece asıl amaca odaklanın."

"Ya nasıl ya? Asıl amaç sırığı sikertmek değil miydi?"

"Gökhan!" dedim sinirle. "Yemin ederim amacımdan şaşar, seni de şaşırtırım ha! Şap koyacağım -yemeğine kırk gün, düşüreceğim fazlalığını komple!"

"Yaprak kanka, biraz fazla koyup komple düşürsene lan Gökhan'ı," dedi Oğuz yattığı yerden. Her ortayı gole çevirmesi gerekirdi Gökhan ile uğraşmak için, çünkü bu onun hayat felsefesi haline gelmişti. Gökhan küfretmeye hazırlanıyordu ki, odadaki tek mantıklı kişi Ali'den bir plan fikri geldi. "Yarım saat sonra kalkarız. Bririniz Taner Amca'yı oyalayacak, biriniz Oya Teyze'yi... O arada diğer üç kişi kamufle edecek bunu... Tamam mı?"

"Bence de... Evet evet, kesinlikle Ali haklı!" dedim sevinçle elimi çırparak.

"Ya ben hâlâ dörde ayıralım diyorum..."

"Yaprak, sen neden içindeki prensesi göremiyorsun, daha iyi anladım şimdi."

"Sırık, istersen ben senin içindeki prensesi göstereyim sana olur mu? Biraz derine dalmam gerekebilir yalnız." Gökhan yine sübliminal küfürler ediyordu. Hay küfür edişine yandığım..."Ucuz göndermeler yapmak için fazla büyüksün bence. Neyse, ben yine susayım, yoksa Amazon kızım üzülecek. Değil mi Yaprak?" diye dik dik cevap verdi Barış hiç beklemediğim bir şekilde. "Ulan sırık demeyeyim demeyeyim dedim de, sen de sus işte bence yani!" dedim ellerimi iki yana açıp.

"Ooo, emir büyük yerden. Peki, susuyorum."

Barış gerçekten fazla ukalaydı o gece. Sanırım karşısında beni kıskandığı dört erkek varken gardını daha da yükseklere çekmişti. Nedense bu duruma bu yüzden fazla kızamıyordum.

"Bu arada sırığın cezasını şimdi belirlemeye ne dersiniz gençler?" dedi Gökhan şeytani bir bakışla. "Hazır yarım saatimiz varken..."

"Benim için fark etmez," dedi Barış büyük bir özgüvenle. Geriye yaslandı gülerek. "Buyurun."

"Bence de," diye yattığı yerden zıpladı Oğuz. "Ne olur ben vereyim cezasını. Ne olur!"

"Şşş, sırık bak bu çocuğu görüyor musun," diye Oğuz'u işaret etti Sinan. Üzerinde bir sürü harfin olduğu pijaması ile ortada duruyordu zıplayarak. "Bak eğer şu çocuğa tamam sen ver cezasını dersek, sıçtın. Şu an elimizdesin yani..."

"Öyle mi?" dedi Barış küçümseyen bir gülümsemeyle. "Fikirlerini merakla bekliyorum."

***

"Ya da koşarak öğretmenler odasına girip 'sarılmandan belli kırıcan mı belimi, çok canım acıdı çeksene elini' desin." Oğuz halının ortasına oturup hayal gücündeki bütün saçmalıkları ceza olarak sırığın önüne sermeye başlamıştı, sırık ise şoklar içinde Oğuz'u dinliyordu. Biz de 'biz dedik sana' der gibi gülerek izliyorduk bu manzarayı. "O da olmadı okul koridorlarında 'tren gelir düttürü, düdüğünü öttürü' türküsünü söylesin. Ama üzerine 'düdüğümü öttürecek kişi aranıyor' yazan bir tişört giysin."

"Hâlâ tatmin olmadın mı sırık efendi?" dedim Barış'a doğru. Ama o şoke olmuş suratıyla yüzüme bakabildi sadece.

"Ya da minibüse binip para uzatırken 'Abi şuradan bir öğrenci al, ama beni benden alırsan seni sana bırakmam' desin. Zaten minibüs şoförleri asabi oluyor, o dakika kuytu bir yere çeker minibüsü, sırıktan alacağını alır."

"Oğuz'un bilinçaltı beni bile ürkütüyor..."

"Bir başka önerim de şu... Fuat Abi'nin kahvehanesine gidip, Fuat Abi'ye herkesin ortasında 'Sen bana bir gül versen, inadı bırakıp sevsen, ölür müsün be sevgilim, azıcık ucundan versen' desin. Fuat Amca eski güreşçilerden."

"İlla bir ponçikleteceksin sırığı," dedi Sinan gülerek.

"Gerçekten şoklar içerisindeyim..." Sırık tuhaf bir yüz ifadesiyle bana baktı. "Gerçekten bana bu cezalardan birini mi vereceksiniz?"

"Hayır. Senin cezanı ben belirledim bile. Sonra öğreneceksin..." deyince Ali, hepimiz meraklı gözlerle ona baktık. "Ne cezası? Bize neden söylemiyorsun Alikuş?"

"Öyle işte... Siz de üstelemeyin. Bir bildiğim var," dedi gözlerini Barış'tan ayırmayarak. Barış da aynı şekilde karşılık verdi Ali'nin bakışlarına. "Artık kalksak mı bu arada? Saat geç oldu epey. Birazdan Taner Amca basacak bizi."

"Aynen ha, kalkalım yavaştan. Siz yine de şu dörde bölme işini bir düşünün derim..."

Ben dişlerimi sıkarak, "Gökhan!" diye bağırınca "Tamam be aman!" dedi çirkef mahalle kadını yüz ifadesiyle.

"Şimdi önce ben aşağı iniyorum, Taner Amca'yı oyalayacağım, Yaprak sen anneni mutfağa çağır. Siz üçünüz de ben size mesaj atınca doğruca aşağı inip sırığı çıkarın."

Ali yine her şeyi planlamıştı. Dediğini yaptık. Gerçekten de kalbim yerinden çıkacak gibi olsa da, bir şekilde her şey planlandığı gibi gitti. Oğuz gitmeden yine babama Gerçek Kesit oyunculuğuyla 'İyi geceler Taner Amca. Gerçekten çok verimli bir şekilde ders çalıştık. O yüzden çok mutluyum şu an' demeseydi daha iyi olacaktı ya neyse... Bizimkileri yollayıp babamın bir şeylerden şüphelenip şüphelenmediğini anlamak için onunla biraz vakit geçirdim. Sonrası ise, olayları unutmak için çekilen derin bir uyku...

Ali herkesi gönderip, Barış ile yalnız kalmıştı. Bir süre konuşmadan daha önce konuştukları parkın oraya gittiler. Sigara içmek için elini cebine attığında, paketi önce Barış'a uzattı. Barış sigara kullanmadığı için geri çevirdi bu jesti. Ali sigarasını parkın girişindeki duvara yaslanıp tutuşturdu Ali. "Birincisi, bir daha böyle saçmasapan şeylere kalkışma," dedi. "Yaprak'ın hatırına bir şey yapmıyorsam bu her zaman Yaprak'ı dinleyeceğim anlamına gelmez. İkincisi, Yaprak varken bana benim duygularımla ilgili göndermeler yapma, ağır sikerim seni, kimse alamaz elimden. Üçüncüsü," dedi sakin tavrını koruyarak. "cezan; Yaprak'tan özür dilemek... Ona kendini kötü hissettirdiğin için."

"Anlamadım?" dedi Barış onun ilk iki söylediğini duymazdan gelerek. Son söylediği gerçekten şaşırtmıştı çünkü kendisini. "Bak... Yaprak'a sürekli 'içinde bir prenses var' ya da 'sana güzelliğini kanıtlayacağım' deyip duruyorsun. Ama senin ve siktiğimin zihniyetinin anlamadığı bir şey var. Futbolu, pantolonu, küfrü erkeklere ait şeylermiş gibi gösterip onları seven kızları ötekileştirmek ya da kızlara yontulan şeyleri seven erkekleri aynı şekilde yargılamak... Bu... Hiç adil değil. Ucuz... Anlıyor musun? Ne yani, prenses olması için o sıçtığımın camdan topuklu ayakkabısını mı giymesi gerekiyor sadece? Benim prensesim krampon giyip küfür ediyor belki? Olamaz mı? Aşkın umurumda değil Barış. Yaprak'ın kendine olan saygısını azaltmaktan başka bir boka yaramıyorsun. Eğer aşkın için savaşacaksan da, yolunu değiştir. Yoksa... Seni rakip olarak kabul etmem."

Yirmi Üçüncü Bölüm

Cumartesi günleri her zaman öğleye doğru uyanırdım. Ama o gün, Alilere ders çalışmaya gideceğim için biraz erken uyanmam gerekti. Uykuya canından daha düşkün biri olarak erken kalkabilmek için geceden on iki tane alarm kurmuştum. Sabah hepsini tek tek reddedip uykuya kaldığım yerden devam ediyordum ki, annem odaya hafta sonu sabahı tipiyle dalıverdi. Gecelik, dağınık saç ve uykudan tam uyanamamış kısık gözler... Bir gece uyumadığım zamanlarda bilgisayar başında beni basınca bu tablo korkunç oluyordu, bir de sabah uyanmak istemediğim halde beni uyandırmaya gelince... "Yaprak, bu ne sabahtan beri! Uyanacaksan uyan artık. Ya da kapat şu zımbırtının sesini!"

"Tamam ya git, şey yapacağım ben onu..." dedim uykulu sesimle.

"Yaprak!"

"Anne tamam, şey yapacağım diyorum, git!" dedim yorganımı tekrar bacağımın arasına alırken. "Ders çalışmaya gitmeyecek miydin sen?" derken bacaklarımın arasındaki yorganı çekti. Ben de bir koalaya yakışır şekilde, sımsıkı tutunuyordum yorgana. Ben tutundukça, o daha kuvvetli çekiyordu. "Ya anne, bırak istemiyorum çalışmak, uyuyacağım ben!" diye yorganı kendime çektiğimde, annem 'ana kraliçe power' gösterip, son gücüyle yorganı üzerimden sıyırmayı başardı. En nefret ettiğim şey; yatakta yorgansız öylece kalmak. 'Çırılçıplak hissediyorum kendimi, yapma be ana kraliçe' diye geçirdim içimden, ama ona bir şey diyemedim. Çünkü o kadar bile enerjim yoktu.

Annem söylenerek odadan çıkarken ben de yatakta doğrulup ayaklarımı yataktan sarkıttım. Ellerimi dizlerime koyup yarım gözlerle bir süre halıyı izledim. Gözlerim acıyordu. Uyumak istiyordum. Ama haftaya final sınavlarımız olduğu için, mecburen kalkmak zorundaydım. Bir hafta içinde gireceğimiz onlarca sınav ya da bize girecek onlarca sınav... Halıdaki desenler birbirine karışmaya başladığında gözümün daldığı yerden kafamı çekip ayağa kalktım. Kaşlarımı gözlerimi açık tutabilmek adına iyice yukarı kaldırıp, banyoya doğru yürümeye başladım. Ama ne yaparsam yapayım gözlerimi açık tutamıyordum. Banyoya varınca yüzüme kuvvetlice su çarptım. Pek işe yaramadı. Yüzümden sular damlaya damlaya odama geri döndüm ve dolaptan rastgele bir şeyler alıp üzerime geçirdim. Üzerimden çıkardığım pijamaları yerde öylece bırakarak odamdan çıktım. Merdivenlerin ortasına gelmiştim ki üzerimde bir boşluk hissettim. Çantam yoktu... Ders çalışmaya öylece gidemezdim. Kendi kendime onay verip yarım gözlerle tekrar odama döndüm, yere öylece bıraktığım kıyafetlerin üzerinden atlayarak masaya ulaştım ve çantamı sırtıma geçirdim. Tekrar kıyafetlerin üzerinden atlayarak geri çıktım odadan. Annem kahvaltı hazırlıyordu. "Anne, ben çıkıyorum!" diye bağırdım merdivenin başına geldiğimde ve o daha bir şey diyemeden evden çıktım. Normalde on dakikada yürüdüğüm yolu, uyku sersemi daha uzun sürede gitmiştim. Birkaç kez ağaca toslamamın etkisi de büyüktü tabii...

Alilerin dairesinin önüne geldiğimde, içeriden gelen seslerden herkesin çoktan geldiğini anladım. Sanırım yine biri biriyle kavga ediyordu, çünkü zile basmadan üç saniye önce bir bağırma sesi duydum. Kapı açılmadı. Bir kez daha bastım zile. Yine kimse yoktu. Açılmadıkça sinirlerim bozuldu, zile bastığım parmağımı hiç kaldırmadan ayağımla kapıya tekme atmaya başladım. "Ulan açsanıza kapıyı!" diye bağırınca, birilerinin kapıya doğru koştuğunu duydum. Parmağım hâlâ zildeyken kapı açıldı. "Ulan niye açmıyor-" diyecekken Gökhan'ın gülmekten kıpkırmızı olmuş yüzünü gördüm. "Ne ulan bu hal? Bir tarafın çıkacak gülmekten."

"Yaprak," dedi gülmekten zar zor konuşarak, "ölüyorum."

"Oğlum nefes al!" dedim kapıyı örterken. Gökhan ise sırtını duvara dayamış, karnını tuta tuta gülüyordu. Parmağıyla salonun girişini gösterdi. "Gülerken en hassas yerlerinde papatyalar açar, sonra da liseliler seviyor sevmiyor yaparlar inşallah Gökhan."

Kim bilir niye bu kadar gülüyordu... Çantamı sırtımdan çıkarıp salonun girişine fırlattım. İçeri girer girmez gördüğüm görüntü karşısında birkaç saniyelik bir şok geçirip, ardından ben de sağlam bir kahkaha attım. Ali ve Sinan, Oğuz'u halıya yatırmış, kafasına sıkışan kovayı çıkarmaya çalışıyorlardı. "Ulan ne oldu?" dedim kahkahalarımın arasında. "Ya Yaprak sorma, Gökhan hıyarı geçirdi çocuğun kafasına, çıkmıyor," dedi Sinan bana bakmadan.

"Ben geçirmedim lan," diye bağırdı Gökhan. "O kafasını benim elimdeki kovaya geçirdi."

"Sus lan gevşek, sinirlendirme beni!" Ali, Oğuz'un boynundan tutmuş, küçük hareketlerle kovayı yukarı çekmeye uğraşıyordu. Oğuz ise içeriden boğuk boğuk gelen sesleriyle Gökhan'a küfür ediyordu. "Gökhan, bir kurtulayım şundan; ebenle dans edeceğim senin! Kate Upton şahidim olsun ki…" derken Oğuz kovanın içinde, Ali kovaya vurdu "Ulan bir sus!"

"Ali, ayıp oluyor ama. Burada ölüyoruz…"

"Şimdi ben öldüreceğim ikinizi de… Ulan bir günde başınıza iş açmayın be!"

"Başa iş açmak… İlk defa bu kadar cuk oturmadı mı gençler?" dedi Gökhan içeri girerken. "Gökhan inşallah kafan hamam tasına sıkışır da, tellaklar çıkarırken her yerini ponçikler seni göbek taşına yatırıp!" Oğuz'un sesi yine uzaktan gelmişti kova yüzünden. Ali bir kez daha vurdu kovaya susması için.

"Sus ulan sus, çıkıyor!" Birkaç dakika sonra kafasındaki kova sonunda çıktı ve Oğuz derin bir nefes aldı. "Allah'ım sana geliyorum... Ulan çift görüyorum herkesi..." dedi yerde kıpkırmızı bir şekilde yatarken. "İyi oldu sana, uğraşmazsın bundan sonra benimle işte." Gökhan gülerek benim yanıma geçti.

"Sen dur lan silikon beyin, bir kendime geleyim, ben sana neler yapacağım."

"Kimse kimseye bir şey yapmıyor, valla hepinizi çarpanlarına ayırırım!" diye bağırdı Ali. Kıpkırmızı olmuştu zavallım sinirden ve yorgunluktan. Sonra gülerek bana döndü. "Tabii ki sen hariç Yaprak." Parmaklarımı dudaklarıma götürüp Ali'ye ufak bir öpücük yolladım. "Yaprak da geldiğine göre herkes masaya, bir sürü konu var, hepsini ben anlatacağım bir de... Nasıl yetişecekse anasını satayım..."

Her sınav dönemi olduğu gibi yine Ali'den medet umuyorduk hepimiz. Normalde derste biraz dinlese geçecek kadar not alırdı zeki çocuğumuz. Ama sırf bize ders anlatabilmek için, sınav haftaları biraz ders çalışır, bize anlatırdı. Fedakâr Alikuş... Hepimiz hemen toparlandık. Ben halıda uzanan Oğuz'u kolundan tutup kaldırdım. Zaten masayı çoktan hazırlamışlardı, sadece ben eksiktim. Çantamdan kalem, defter ve kitabımı alarak masada yerimi aldım. Benim yanıma Oğuz oturdu. Gökhan karşıma, Sinan onun yanına... Ali de dördümüze en yakın olacağı şekilde masada yerini aldı. "Tamam, şimdi ilk önce geometri çalışalım," deyip önündeki kitabı açtı gamzeli öğretmenimiz. "Nerden başlayalım?"

"Mısırlılardan başla kanka," dedi Sinan.

"Tarih değil geometri çalışacağız," dedi Ali kaşlarını çatarak. "Mısırlılar nerden çıktı?"

"Kanka geometri zaten... Mısırlılar bulmadı mı geometriyi? İşte bulunduğu yerden itibaren al sen. Bende geometri oradan itibaren eksik de."

Ali, şok içinde Sinan'a bakarken durumu kurtarmak için dirseğimi masaya dayayıp ilkokul bebeleri gibi parmak kaldırdım "Öğretmenim!" diyerek. Ali, gözlerini Sinan'dan çekip bana baktı umutsuzca. "Öğretmenim, Sinan'a beddua edebilir miyim?" diye sordum çocuk taklidi yaparak. Ali hafifçe güldü, "Söz senin" deyince hafifçe öksürüp büyük bir zevkle Sinan'a döndüm. "En hassas yerlerine dik çekip hipotenüsünü bulsunlar Sinan, otuzunuzun karşısına a, altmışınıza kök üç a yazarlar inşallah!"

"Ben de küfredebilir miyim öğretmenim?" dedi Gökhan beni kıskanıp. Kolumla dürttüm, "Hı, benden gördü öğretmenim," dedim yine çocuklar gibi. "Ediyorum," deyip Sinan'a döndü. "Senin köşegeninden çizgi çeker, z açısı bulur, içlerindeki eş açılarını sikerim Sinan."

"Küfre geometri katacak kadar biliyorsun, şaştım kaldım," diye cevap verdi Sinan küçümseyen bir tavırla. "Aynı performansı sınavda da bekliyorum."

Bizimkilerin atışmalarına gülerken, oturduğu yerde 'ben ne yapacağım bunlarla' diye depresyona giren Ali'ye baktım. Yazık, kendi iç açılar toplamını hesaplayıp, hesaptan bizimkileri düşecekti, öyle bakıyordu bize. En son, Oğuz "Gökhan, sen hocaya gidip 'Hocam özel üçgen koleksiyonumu görmek ister misiniz' de, geçersin. Alışkınsın fizikçiden" dediği an beklediğim oldu ve Ali delirdi. Önündeki silgi, kalem ve bilumum kırtasiye gerecini fırlattı susmaları için. Tabii ki ben hariç...

O hafta sonu birkaç kez daha ders çalışmaya niyetlensek de her niyetin sonu hoş olmayan yerlere çıktığı için bir süre sonra pes edip yine her şeyi sınavdan bir gün öncelere bıraktık. Çünkü öğrenci olmanın ana kuralı, yumurta en hassas yerlerimize dayanmadan çalışmak yasak!

***

Pazartesi günü üç sınavımız vardı. Geometri, tarih ve din kültürü. Okulumuzun sınav sistemine göre birinci ve üçüncü sınavlar tüm okulda ortak ve test oluyordu. Öğleden sonra listeden sınava gireceğimiz sınıfa baktık, maalesef ben Oğuz ile aynı sınıftaydım; Ali Sinan ve Gökhan başka sınıfta...

Oğuz ile birlikte üst katta olan sınıfımıza gidiyorduk ki, merdivenden aşağı inen Yeşim'i gördük. Yeşim, Oğuz'u görünce suratını buruşturdu ve ağzının içinden bir şeyler geveledi her zamanki gibi. Oğuz ise tam Yeşim'in yanında geçerken bu manzaraya kendi yöntemiyle cevap verdi. Duramazdı ki... "Ay, haspam. Şuna bak... Hem memesiz hem güçlü. Görüyor musun Yaprak?" derken o, karnına dirseğimi geçirdim. "Geri zekâlı!" dedi Yeşim ve bir tane de o geçirdi. "Uğraşma benimle, gerçekten kötü olur!"

"Memen kadar konuş kız," dedi kaşlarını çatarak Oğuz. Canını acıtmıştı sanırım son darbe, ama hak etmişti. "Memesizler benimle konuşamaz yazacağım en sonunda alnıma."

"Oğuz," dedim dişlerimi sıkarak. "Delirtme beni, sus, gidelim!" Kolundan tutup sürüklemeye başladım. O ikisi ise aksi yönlere gittikleri halde birbirlerine laf atıyorlardı hâlâ. Üst kata ulaştığımızda, kolunu bırakıp sinirle çemkirdim Oğuz'a. "Oğuz, sana çok net bir soru soracağım. Mal mısın?"

"Hayır, meseyim."

"Ya defol git sınıfa, yer kap bana da, ben lavaboya gidiyorum, elimi yüzümü yıkamam lazım. İki dakikada ateş çıkardın başıma!"

"Tamam, ben de gidip yer tutayım; sen gelene kadar da Kate Upton resimlerine bakayım. Yeşim'den sonra şekerim falan düştü, kendime gelmem lazım."

"Bak hâlâ konuşuyor," dedim sinirle arkamı dönüp. "Git lan sınıfa!"

Oğuz dil çıkarıp sınıfa girdi, ben de lavabonun yolunu tuttum. Birkaç adım atmaya kalmadı ki Barış'ı gördüm karşımda. Duvara yaslamış, bana bakıyordu. Gülümsemekle gülümsememek arasında gidip gelen dudakları hafifçe yana kıvrıldı ben ona bakınca. Kafamı geri çevirdim. "Amazon kızı," dedi ve parmağını yanına gelmem için sallamaya başladı. "Biraz gelir misin?"

"Gelemem. Sınav başlayacak, lavaboya gitmem lazım."

"İki dakika, söz."

"Tamam, çabuk o zaman," dedim iki adımda aramızdaki mesafeyi kapatırken. "Ne var?"

"Sınavda... Başarılar."

"Bu muydu?"

"Evet. Bir de... Sana söylemem gereken bir şey var. Akşam saat 6'da buluşsak olur mu?"

"Söylesene şimdi, bir daha neden yoruyorsun beni sırık?"

"Öyle bir şey değil işte..." dedi elini yanağıma usulca dokundurup. Yanağıma koyduğu eline kaşlarımı çatıp bakınca hemen geri çekti. "Akşam görüşürüz."

Ali o gün arkadaşlarına göre erken çıktı sınavdan. Hep erkenden bitirirdi zaten. Camın kenarına yarım yamalak oturup, diğerlerinin çıkmasını beklemeye başladı. Bir süre bekledikten sonra çıkmalarının uzun süreceğini anladığı için uzun süredir konuşmadığı Emre'yi aramak geldi aklına. Derste değildir diye umarak numarasını tuşladı. Telefona üçüncü çalışında cevap verdi Emre. "Alo Emre? Derste değildin değil mi kardeşim? Niye kırdın ulan okulu, kız meselesi mi? Hadi bakalım öyle olsun..."

Havadan sudan konuştular birkaç dakika. Sonra pencereden Yaprak'ı gördü. 'Demek ki benden önce çıkmış' diye geçirdi içinden, ama telefonu da kapatmadı. Bir yandan Emre ile konuşup diğer yandan çantasını önüne takmış, bahçede öylece oturan Yaprak'ı izlemeye başladı. "Sınavdan çıktım da ben de, bizimkileri bekliyorum. Yaprak çıkmış, şimdi gördüm. Bahçede... Yok, diğer sığırlar çıkmamıştır. Son dakikaya kadar belki birinden bir şey görürüz diye çıkmaz onlar bir bok bilmeseler de. Aynen aynen..." Ali, Emre'nin sorularına bilinçsizce cevap verirken birden Yaprak saçlarını çözdü. O an saçları yana düşünce, Ali öylece bakakaldı. Telefondaki sesi duymadı bir süre. Son anda yakaladı sesi. "Ne dedin kardeşim, duyamadım? Dinliyorum dinliyorum da... Yakalandım, tamam. Ulan ne bileyim, birden içimde bir şeyler oldu böyle. Ne boktan bir durum. Atmasın diyorum anasını satayım şu kalbim böyle, atıyor ama... Durdur durdurabilirsen," dedi gülerek.

Emre'yle konuşurken Yaprak'tan rahatça bahsedebildiği için ne olursa olsun hafiflemiş hissederdi kendini. "Yok be oğlum, ne açılması, saçmalama. Yok yok... Öyle işte. Neyse Emre, ben kapatıyorum, akşam arayayım seni, çıkıyorlar galiba-" derken tam arkasındaki Gökhan'ı fark etti. Telefonu kulağından çekip cebine attı korkuyla. "Kimi seviyorsun lan sen?" dedi Gökhan ciddi bir yüz ifadesi ile. "Bakalım bakalım," deyip itti Ali'yi. "Bu aralar bir tuhafsın zaten. Salak salak bir yerlere dalmalar, sürekli uyumalar... Üzerine gitmeyeyim dedim ama yeter. Köpek gibi birini sevip kardeşlerinden saklamak ne demek?"

"Gökhan..." dedi Ali şoktan hareket edemeden. "Yok öyle bir şey."

"Hangisi lan? Doğru söyle, valla affetmem seni, yeter. Kimmiş Ali'nin gönlündeki?"

"Ne?" Ali şaşırmıştı, çünkü az önce bahçede bir tek Yaprak vardı. Hızlıca arkasını dönüp pencereden baktığında, Yaprak oturduğu yerden kalkmıştı çoktan. Onun yanında birkaç kişi daha vardı bahçede. Derin bir nefes aldı. "Söylesene lan, bu üçünden hangisi?" diye ısrar etti Gökhan. Ali, bahçedeki üç kıza baktı. İçeri girmek üzere olan sarışın kızın koluna girdiği bir erkek olduğu için onu seçti yalan söylemek için. "Şu sarışın olan... Ama öyle ciddi bir şey değil, zaten sevgilisi var baksana. Unuturum yakında," dedi panik içinde. "Önemli bir şey değil, basit bir beğenme sadece."

"Bade mi? Lan sen Bade'den mi hoşlanıyorsun?" diye sordu Gökhan gözlerini kocaman açarak. "Ulan ondan hoşlanmayan mı var hıyar?!" Gülerek Ali'nin omuzuna vurdu. "Seni çakal... Ağzının tadını da biliyor." Ali, Gökhan'ın bu tepkisine çok şaşırsa da belli etmemeye çalıştı. Çünkü bahsettiği kızı daha önce gördüğünü bile hatırlamıyordu. "Aaa, evet Bade," dedi yapmacık bir şekilde gülerek. Hâlâ içinde bir korku vardı, sanki Gökhan yalanını yakalayacakmış gibi. "Ama sen yine de kimseye söyleme, yani aramızda kalsın. Kızın sevgilisi var zaten."

"Ne sevgilisi lan, kolundaki hıyarı diyorsan kuzeni o. Alt sınıflardan Cücük Kenan. Geçen sene maçta bacağını kırdığım oğlan var ya, onun kankası."

"Demek öyle," dedi Ali içinden kendine küfrederek.

"Oğlum, bütün okul kızın peşinde lan. Okulun en güzel kızı yemin ediyorum. Merve'den sonra tabii... Ama bence git açıl sen, kız senden iyisini mi bulacak."

"Neyse ne," dedi Ali konuyu kapatmak için ama Gökhan'ın buna niyeti yoktu. Çünkü yıllardır kimseye bir şey hissetmeyen arkadaşı ilk kez bir kıza ilgi gösteriyordu ya, kapatmamalıydı konuyu. Kendince öyle düşünüyordu. "Ulan resmen Ali Bade'den hoşlanıyor, kendine yakışır birini buldu sonunda. Rahat ölebilirim!"

"Ya Gökhan sus dedim, biri duyacak!"

"Utandın mı? Ulan var ya sizin aranızı yapmayanı tüm okul düdüklesin. Kardeşim ayda yılda birinden hoşlanmış!"

"Oğlum sus diyorum, tamam," dedi Ali bezgin bir suratla. "Gerçekten yeter."

"Ali kalp Bade," dedi Gökhan eliyle kalp şekli yaparak.

Ali, "Gökhan siktir git!" diye küfredip sinirle arkasını döndüğünde ise en son görmesi gereken kişiyi gördü. Sarı saçları omuzlarından düşen uzun boylu, zayıf bir kız. Bade... Kolona yaslanmış, gülerek onlara doğru bakıyordu.

"Çok ilginç... Demek buzlar prensi benden hoşlanıyormuş."

Yirmi Dördüncü Bölüm

Bahçede bizimkilerin sınavdan çıkmasını beklerken, canım sıkıldı ve okula geri girmeye karar verdim. Sınavlarımın sağlam girmesinin akabinde hararet mi basmıştı, kış ayında olmamıza rağmen hava tuhaf bir şekilde sıcak mıydı o gün anlayamadım, ama fena halde terlemiştim. Üzerimdeki yeşil montu çıkarıp elime aldım okul kapısından içeri girerken. Tek elimle de kendime rüzgâr yapıyordum menopoza girmiş orta yaşlı kadınlar gibi. Utanmasam koridorda 'Ay bir kapı pencere açın, sıcak bastı' diyecektim. Alilerin sınava girdiği sınıf, giriş katındaydı. Suratım içten gelen yanmayla kıpkırmızı bir şekilde, Alilerin sınıfına giden dönemeçten döndüm. Döner dönmez, Ali ve Gökhan'ı gördüm zaten. Kendimi belli etmek için, rüzgâr yaptığım elimi değil de, salak gibi mont olan elimi kaldırdım. Tabii montum yere düştü. Gerçekten ruh halim, sınavda yanında oturan lise son sınıf kızdan kopya çekmeye çalışan bir Oğuz gibi olduğundan, mantıksız hareketler yapıyordum. Yere düşen montumu usulca eğilip aldım ve hafifçe silktim. O sırada Ali beni fark etti sanırım, bana doğru baktı. Elimi salladım yanlarına doğru giderken. O sırada fark ettim de... *Oradaki kızla mı konuşuyor bunlar?* Şu yan sınıftaki sarışın hatun değil miydi? Ben tuvalete yüz yıkamaya giden türden kızlardandım, o ise makyaj tazelemeye gelen... Kızlar tuvaletinde sürekli karşılaşırdık. *Bizimkilerle ne konuşuyor ki?* Yanlarına yaklaştığımda, önce kıza, sonra Ali'ye, sonra da Gökhan'a baktım. "Ne oldu? Gitmiyor muyuz? Neyi bekliyorsunuz?"

"Şey... " diye bir şeyler söylemeye çalışırken Gökhan, Ali araya girdi. "Gidiyoruz," dedi ve beni kolumdan tutup sürüklemeye başladı, ben daha ne olduğunu idrak edemeden. "Ne oluyor yahu, dur," derken, Gökhan'ın arkamızda homurtusunu duydum. "Sinan'la Oğuz?"

"Gelir onlar, hadi biz bi' çıkalım da şuradan..."

"Tamam da... Bir şey mi oldu? Ne konuşuyordunuz o kızla?" diye sordum meraklı meraklı tam koridorun ucuna gelince. O sırada, Ali daha cevap veremeden arkadaki sarı hatunun sesi geldi.

"Buzlar prensinin utangaç yanı... Bunu sevdim!"

***

Sarışın kızın 'buzlar prensi' dediği kişinin Ali olduğunu öğrendiğimde, ciddi anlamda bir şok geçirmiştim. Benim Ali-kuş'un neresi buz prensiydi yahu? Hem 'utangaç yanı' da ne demek oluyordu? Eve geldiğimizde, zaten elime çikolatalı süt tutuşturmuştu. Şüpheli bir davranıştı bu. Rüşvetti sanırım. Üzerine çok gitmedim ama. Çünkü sınav sonrası beyin yanmasına bağlı olarak geçirdiğim sınav sonrası depresyonum yüzünden ruh halim biraz da, 'Ice Bucket Challenge' etkinliğinde Obama'ya meydan okuyan Hilal Cebeci gibi olduğundan, istesem de çok üzerine gidemezdim. Nasılsa sonra öğrenecektim ya işin aslını... Onun da rahatlığı vardı tabii. Halıda yuvarlanmak bile istemiyordu canım o gün, kanepede debeleniyordum çikolatalı sütümü içerken. "Alibuz, sınavların nasıl geçti diye soramadım. Gerçi sen yapmışsındır..."

"Alibuz?" dedi suratını asarak. "Buz kelimesini yasaklıyorum şu dakikadan sonra."

"Dalga geçiyorum."

"Geçme."

"Sınavın nasıl geçti?" diye sordum yeniden. Höpürdeterek süt içiyordum hunharca. "Cevap versene Alibuz."

"İyi."

"Trip yapan Alibuz."

"Yaprak!" dedi kafama koltuğun en yumuşak yastığını fırlatırken. Salak Ali... Sinirlenip yastık fırlatırken bile, en yumuşak olanı seçiyordu. "Tamam, tamam..." dedim yastığı geri fırlatırken. "Ama işin peşini de bıraktım sanma buz oğlan."

"Yaprak, yine günlerden nöron savaşları ha?" dedi Ali oturduğu kanepeye uzanarak. Hep öyle derlerdi bana, bu saçma ruh haline büründüğümde. "Sınav sonrası delirmesi be Alikuş," derken bizimkilerin geldiğini belli eden kapı çarpma sesi duyuldu dışarıdan. "Geldiniz mi ulan, ben o sınavdan sonra sıradan kalkamazsınız sanmıştım!" diye bağırdım daha onlar içeri girmeden. Birkaç saniye sonra önce Gökhan girdi içeri, çantasını Ali'ye doğru fırlatarak. Parmağını salladı imalı imalı, sonra Ali küfür etti sanırım, tam duymadım. Gökhan onun yanına geçti. Arkadan ise Oğuz ve telefonla konuşan Sinan girdi. Kıkırdıyorlardı. Sınav sonrası ne bu neşe diye kanepede doğruldum. "Din kültüründen kalmak dinden çıkarır mı bizi?" dedi Sinan telefondaki sese. "Hayır merak ediyorum da..."

"Kimle konuşuyor lan bu?" dedim Oğuz'a. Oğuz ise eliyle 'sus işareti' yapıp yanıma geldi. "Diyanet işleri danışma hattı ile."

"Peki başka bir soru..." dedi Sinan halının ortasına otururken. Yemin ederim, acınacak hallerinden geyik çıkaran tek türdü benim arkadaşlarım. "Geometride, 'hay senin gibi üçgenin açısını...' tarzı bir üçgene yönelik hakarette, öbür tarafta o üçgen bizden şikâyetçi olacak mı?"

"Lan çarpılacaksınız, kapat şunu." Ayağımdaki terliği fırlattım Sinan'a. Yüzünü buruşturup, parmağını dudaklarına götürüp sus işareti yaptı. "Anlıyorum... Peki, son bir soru daha sormak istiyorum. Tarihte ölmüş insanların arkasından konuşuyoruz, öbür tarafta onların da etlerinden yiyecek miyiz?"

"Ulan yeter!" derken tutamayıp kendimi kahkaha attım. "Allah'ım bütün günahlarım Oğuz'a," dedim gülmemi legalleştirmek için. Sanırım karşı taraftan ufak bir azar işitti ki Sinan, telefonu kapatıp gülerek yerde yuvarlanmaya başladı. "Kanka delirdi," dedi Oğuz, halıdaki Sinan'ın yanına giderken. "Delirdik biz."

"Sınavlar?" dedim halıda yanlarına zıplarken.

"Girdiler!" dedi ikisi aynı anda kahkaha atarak. Sanırım üçümüz sınavların girmesiyle, manik depresif atak geçiriyorduk. Bir süre saçmasapan şeyler söyleyip gülerek debelenip durduk halıda. Üzüntü sonrası delirmeye varan neşeli hal bir süre sonra durgunluğa bıraktı yerini. Herkes kendi köşesine çekildi. Gökhan balkona çıktı, Sinan yeni tanıştığı bir kızla daha rahat konuşabilmek için yatak odasına, Oğuz ise favori mekânı olan tuvalete gitti tweet falan okumak için. Ben ise sıkıntıdan gidip kafamı Ali'nin karnına gömdüm. "Ali..." dedim. Sesim, kafamın göbeğinde olmasının verdiği etkiyle fazla çıkmamıştı. "Ali ben ne bok yiyeceğim?"

"Bir şey olmaz ben varken."

"Ali ama bugünkü sınavların hepsi iğrenç geçti. Hem de daha en kolaylarıyken... Diğerlerinde ne yapacağım ben?"

"Gerekirse yine benim adımı yazarsın kâğıdına. Ne olacak?" Kafamı gömdüğüm göbeğinden kaldırdım ve yüzüne baktım. "Gamzesine parmak soktuğumun çocuğu seni," dedim gülerek. "Güldürme beni. Bir daha öyle bir şey olmayacak tabii ki!"

"Sınav kâğıdına adını yazdığımın kızı" diye cevap verdi saçmasapan sevgi dolu küfrüme. Sonra yanağımı sıktı. "Her zaman Alikuş'un burada."

"İyi ki varsın Alikuş," dedim tekrar kafamı karnına gömerken. "İyi ki..."

***

Eve, ders çalışmak için her zamankinden biraz daha erken geldim. O günkü sınavlarımın fazlasıyla kötü geçmesinin de, bunu yapmamda etkisi büyüktü. Saat 7'ye gelirken, yemek bile yemeden çalışma masama kurulmuştum bile. "Yarın ne var..."

dedim defterlerimi karıştırırken. "Fizik, İngilizce ve Edebiyat. Eh, iyi bari... Fizikten ara sınavdan Alikuş sayesinde 93 almıştım, yırttım." Fizik kitabını alıp yana fırlattım. Okul konusundaki tek mottom 'geçebilecek kadar al, yeter'di çünkü. "Edebiyat," diye mırıldandım kitabı önüme çekerken. "Sayısalcıyım ben yahu... Edebiyattan büyük beklentilerim olmamalı. Hem... Sallasam tutar zaten." Edebiyat kitabını da ittim ileriye doğru. "İngilizcem de iyi thanks God," dedim bozuk psikolojimin verdiği yetkiye dayanarak. "Ne iğrenç bir espri yaptım, öz saygımın üçte biri gitti şu an. " İngilizce kitabını çekmeceden çıkarmamıştım bile. "Eee, bu kadar mıydı?" Yine bir ders çalışma girişimim kendimi kandırmam yüzünden üç dakika sürmüştü. Masadan kalkıp yatağıma zıpladım. Yatağımın hemen yanındaki çantama uzanıp, sınavda kapatıp daha da açmadığım telefonuma uzandım. Açma tuşuna uzunca bastım ve açılmasını izledim. Telefon tamamen açılınca iyice yayıldım yatağımda. Birkaç mesaj birikmişti. Kimden olduğuna baktığımda sırık oğlan ismini görünce daha mesajı okumadan, panik olup yatakta doğruldum. Bana 6'da buluşalım demişti! Mesajını açtığımda kendi resmini gönderdiğini gördüm. Bir direğe yaslanmış, yüzünü asmıştı resimde. Altına da 'Bir buçuk saat oldu, kaç saat daha bekleyeceğim?' yazmıştı. Kendime sinir oldum. Kim olursa olsun, birini bekletmekten nefret ederdim çünkü. Hemen numarasını tuşladım, daha ilk çalışta açtı. "Alo..." dedim çekinerek. "Sırık?"

"Evet. Beklemekten kök saldım, sırıklıktan ağaçlığa terfi ettim. N'aber?"

"Kusura bakma... Şey, geleyim mi şimdi? Önemli bir şeydi galiba."

"Beni bir buçuk saat beklettiğin için vicdan yapıyorsun şu an. Amazon kızım böyle konuşmaz."

"Ağaç ol, kabuk tut, üzerine liseli sevgililer adlarının baş harfini kazısın inşallah!" dedim sinirle. "Oldu mu? Bu muydu istediğin?"

"İşte bunu sevdim."

"Sonuç olarak geleyim mi, gelmeyeyim mi?" dedim homurdanarak. "Gelme," diye cevap verdi ilginç bir şekilde. "Senin değişen ruh haline başlayacağım şimdi ama," dedim burnumu kırıştırarak. "Tamam, kapatıyorum o zaman."

"Kapatma..."

"Sırıkların efendisi... Yorma beni."

"Özür dilerim."

"Özürlük bir şey değil de yani bir gel bir gelme-"

"O değil. Başka..." dedi usulca. "Seni değiştirmeye çalışmam sanki senin bu halini küçük görüyormuşum gibi görünüyormuş ya, onun için özür dilerim. Yemin ederim öyle bir niyetim yoktu. Ben..." deyip tekrar derin bir nefes aldı. "Sadece kendi güzelliğini de gör istemiştim. Bu şu an güzel olmadığın anlamına gelmiyor. Güzelsin Yaprak. Ama kendin farkında değilsin. Saklamışsın, ben sadece gör istemiştim ama..."

"Ne diyorsun ulan yine sen?"

"Güldürme," dedi hafiften gülerek. "Ciddi bir şey konuşmaya çalışıyorum."

"Ben bir halt anlamadım."

"Demem o ki, sana kendini kötü hissettirdiğim için özür dilerim. Ama üzülerek demek istediğim bir şey var ki, yolumdan dönmeyeceğim. Sana kanıtlamaya söz verdiğim şeyler var."

"Sırık... Biri sana bir şey mi dedi?"

"Hayır."

"Emin misin?"

"Uykum geldi."

"Mal mısın?"

"Galiba."

"Nöron savaşları?" dedim anlamasını bekleyerek. Anlamadı tabii bizim çocuklarla aramızdaki espriyi. "Neyse, neyse ben kapatayım artık. Hadi iyi akşamlar."

"Bu arada... Yine sana göstermek istediğim şeyi gösteremedim. Kaçtı sen gelmediğin için. Söz ver, bir gün kendin görmek isteyeceksin."

"Sırık..." dedim üzülerek. Suçlu hissetmiştim kendimi. "Belki bir gün."

"Belkilerden nefret ediyordum senden önceye kadar. Ama şimdi, yüreğime su serpiyor. Asladan iyidir değil mi?" Cevap veremedim. Gerçekten kendimi kötü hissediyordum Barış böyle dedikçe. Ama ben neysem oydum. Değişemezdim ki... Kalbim atmıyorsa onun için, tutup kalbimin ayarlarını ona kuramazdım. Hoş, ben hâlâ kalbimin yerinde barometre olduğunu düşünüyordum ya, neyse... Birkaç dakika öylece sustuk. "Bu arada galiba az önce Ali'yi gördüm," dedi umursamaz bir tavırla. "Ali mi? Nerede?" dedim yerimde doğrulup. "Bizim eve giden yol var ya, anacaddenin ilerisinde..." diye cevap verdi. "Allah Allah..." diye mırıldandım Ali'nin orada ne aradığını düşünerek. Aklımdaki diğer tüm şeyler uçup gitmişti birden. "Yanında bir kız var."

"Kız mı?" dedim daha da şaşırarak. "Kim? Tanıyor musun? Hiç de bir şey demedi..."

"Dur bakayım... Sarışın bir kız," dedi isteksiz. "Bekle, biraz daha yakına gideceğim. Eğer yakalanırsam suçu üzerine atarım."

"Sırık Holmes..."

"Sanırım sizin devrelerdeki kız. Neydi adı..." dedi ismi hatırlamaya çalışarak.

"Bade," dedim. "Bade mi?"

"Evet evet. O kız..."

"Demek öyle... Tamam sırık, sağ ol, görüşürüz." Telefonu hızlıca kapattım. Bu Ali ne işler karıştırıyordu benden habersiz? Üzerine gitmemiş olmam, benden bir şeyler saklayabileceği anlamına tabii ki gelmiyordu. Hemen Ali'yi aradım. Açmadı. Sonra Gökhan'ın numarasını çevirdim. O ise birkaç çalışta hemen açtı. "Alo..." dedim sinirle. "Ne zamandır benden gizli iş çevirir oldunuz? Ne iş lan o Bade?"

"Yaprak'ım sakin... Söyleyecektim size de Ali engel oldu."

"Neye?"

"Kızım büyük haber," dedi büyük bir neşeyle. "Bizim oğlan sonunda birinden hoşlanıyor!"

Yirmi Beşinci Bölüm

Ali, o sabah yaşadığı tatsız şeyler yüzünden evde duramamış, biraz hava almak için markete uğramaya karar vermişti. Evden çıkınca bir sigara yakıp, usulca yürümeye başladı. Bugün olanları düşünürken kocaman bir nefes çekti sigarasından. Panik halinde söylediği bir yalanın bu kadar büyüyeceğini hiç tahmin etmemişti oysaki. Gökhan'ın olayı abartmasını ya da Bade'nin bunu duymasını önemsemiyordu da... Yaprak duyarsa diye düşündükçe canı sıkılıyordu. Aklından bunları geçirirken, epey yürümüş, iki mahalle aşağıya gelmişti. 'Neyse...' diye geçirdi içinden. Oradaki bir markete girmeye karar verip köşeyi döndüğünde ise birden Bade ile karşılaştı. Bade'yi görmezden gelmeye çalışsa da olmamış, kız çoktan onu görmüştü bile. Birkaç adım atıp Ali'nin önüne çıktı. "Ooo, demek sabah akşam karşılaşıyoruz. Tesadüf mü bu?" dedi Ali'ye hafiften gönderme yaparak.

"Acelem var biraz," dedi Ali en soğuk tavrıyla. "İyi akşamlar..."

"Bir dakika..." Bade yanından geçmek için harekete geçen Ali'yi kolundan tuttu ve kendine çevirdi. Ali içinden 'İşte başlıyoruz' diyerek derin bir nefes alıp Bade'ye baktı. "Neden beni görmezden gelmeye çalışıyorsun? Bu kadar utangaç olamazsın herhalde değil mi? Yani... Benden hoşla-" demesine kalmadan Ali, Bade'nin eliyle tuttuğu kolunu çekti usulca. "Hoşlanmıyorum," dedi ardından. "Sadece ufak bir yanlış anlaşılma o kadar.

Umarım sen de bundan sonra bunu görmezden gelerek yaşayabilirsin. Tekrar..." dedi hafiften gülümseyerek. "İyi akşamlar."

Ali, her ne kadar yapmacık ve soğuk bir gülümsemeyle veda etse de, gamzeleri belirmişti sol yanağında. Bade biraz şoke olsa da, çaktırmamaya çalıştı önce. Ali birkaç adım uzaklaşmıştı ki Bade arkasından bağırdı. "Buzlar prensinin üşütmediği tek ben kalmıştım sanırım" dedi önce. Sonra daha yüksek sesle bağırdı yavaş yavaş ondan uzaklaşan Ali'ye sesini duyurmak için. "Ama şunu unutma, sana inanmıyorum! Buzlar prensiysen bile, eriyeceksin!" Biraz bozulan Bade, Ali'nin bu söylediklerinden sonra bile dönüp bakmaması üzerine daha da delirdi. "Aptal buz prens," dedi kendi kendine Ali gözden kaybolunca. Ve ellerini göğsünde birleştirip Ali'nin tersi istikamette yürümeye başladı.

Ali ondan hoşlanan kızlara, fazlasıyla soğuk davranmasıyla meşhurdu okullarında. Sınıflarından birçok kişi zamanında Ali'ye açılmış, ama o kimseyi istememişti. Hatta reddederken fazla soğuk davrandığından kızlar arasında lakabı 'buz prens'e çıkmıştı. Bade de bunu biliyordu. Okulda peşinde onlarca çocuk olmasına rağmen, ilk kez birinin ondan hoşlandığı düşüncesi gururunu okşamıştı bu yüzden. Hatta sınıftan birçok kişiye söylemişti bile Ali'nin ondan hoşlandığını. 'Buz prens bir tek benden hoşlanıyor...' İyi gelmişti nedense bu ona. Az önce ise Ali'nin tavrı her ne kadar inanamasa da tam tersini gösteriyordu. Ve bu durum bir hayli canını sıkmıştı. "Ne olursa olsun" dedi rüzgâr yüzüne vura vura yürürken Bade. "Eriyeceksin buz prens."

Gökhan'ın telefonunu kapattıktan sonra büyük bir şok geçirdiğimden bir süre telefon elimde öylece bakakaldım karşı duvara. "Ali..." dedim kendi kendime inanamayarak. "Ali ve Bade..." Kaşlarımı usulca çatıp gözlerimi kırpıştırdım. Ali ve Bade kırk yıl düşünsem yan yana getiremeyeceğim iki isimdi. Ali'nin hep daha farklı bir kıza âşık olacağını düşünürdüm çünkü. Gökhan hep güzel kızlara âşık olmuştu şimdiye kadar. Merve'den sonra gözü kimseyi görmese de Merve de çok güzeldi ya... Oğuz'un aşkla pek işi olmasa da, onun için de genelde gösterişli kızlar ilgi odağındaydı. Sinan zaten kızlara genel olarak âşık... Yani o üçünün böyle şeylerine fazlasıyla alışkındım aslında. Ama Ali, sanki o üçü gibi kolaya kaçmaz da; böyle herkesin âşık olabileceği biri değil de, daha farklı birine âşık olurmuş gibi gelirdi bana. Galiba en çok bu yüzden şaşırmıştım duyduğum habere. Telefonu cebime tıkıştırıp tekrar yatağa devrildim. Ruh halim tuhaf bir şekilde yine popçu Çelik'i kız kılığında gördüğüm günkü gibi olmuştu. Böyle sanki yok sayabileceğim bir şeymiş de, sanki aklımdan atamıyormuşum gibi olmuştum o zamanlar. Şimdi de sanki öyleydi. Böyle şaşırdıktan sonra geçip gidecekmiş gibi, ama değil gibi de... *Ne karışık bir iç dünya...* "Nasılsa yarın hesabını alırım" dedim yorganının içine girerken. Birkaç dakika gözlerimi kapatıp uyumaya çalışsam da dayanamadım, Ali'yi aradım tekrardan. Bu defa hemen açtı telefonu. Sıkıntıyla "Efendim Yaprak," dedi. Âdeti değildi böyle cevaplamak, bir an bocalasam da toparladım hemen ve "Yine en son babalar duyardaki kel adam yaptınız beni, tebrikler," dedim. Birkaç saniye cevap vermedi. "Söylesene Ali, ne zaman söyleyecektin birinden hoşlandığını? Gökhan söylemese haberim olmayacaktı."

"Birincisi," dedi derin bir nefes alıp. Nefesi o kadar kuvvetliydi ki, kulağımda hissettim adeta. "Bade'den hoşlanmıyorum. İkincisi, sen o Gökhan puştunun her dediğine inanma bu aralar. Üçüncüsü..."

"Üçüncüsü?"

"Yok üçüncüsü. Ben bir şey söyleyene kadar kimseye inanma sen hiçbir konuda. Tamam mı?

"Tamam."

"Birazdan gamzemin resmini atacağım, bu gece senin olsun. Sen yokken çıkmıyor nasılsa."

***

Sabah benden beklenmeyecek bir hareketle erkenden uyandım. Daha hava bile tam aydınlanmamıştı. "Ne yapıyorum lan ben?" dedim yorganı boynuma kadar çekip sıkıca tutarak. Ama gözlerim araba farı görmüş tavşan gibi öylece açıktı hâlâ. "Geri zekâlı mısın?" diye sordum kendi kendime. Çünkü sabahın 5'inde kalkmak için geri zekâlı olmak gerekirdi benim hayat felsefeme göre. Ben ki, bıraksalar üç gün uyuma potansiyeline sahip bir insan, tutup okul zamanı bu saatte uyanıyordum... Gözlerimi tekrar sımsıkı yumdum. Ama birkaç saniye bile dayanamadan tekrar açtım. Kendimi o an yetmiş üç yaşında bir kaplumbağa gibi hissediyordum. Ağır hareketlerle, kendime söverek ayağa kalkıp karşımdaki dolabın aynasının karşısında dikildim. Aynadaki yansımamı görünce moralim bozuldu. Uykumu tam alamadığım için moraran gözler, dağınık bir topuz ve tek bacağı dizlerime kadar sıyrılan pijamam... Yeniden yatağa girdim. Gözlerimi tek bir saniye bile kırpmadım, annemin çığlık çığlığa odamın önünde tepinme seremonisine kadar. Saat 7'ye gelirken, annemin çığlıklarının daha üçüncü saniyesinde mor gözaltlarım ve ölü gibi suratımla karşısına dikilince hem şaşırdı hem korktu hem de sabah sabah tek stres atma yöntemi olan 'beni uyandırma' olayını mahvedip hemen kalktığım için sinirlendi. Annem de bir tuhaftı işte...

Giyindikten sonra bizimkilere mesaj attım erken gidelim okula diye. Normalde beni yataktan spatula ile kazıyarak uyandırdıkları için, o saatte mesaj atmama şaşırdılar biraz. Gökhan'ı fizik kitabının başında uyandırmıştım mesajımla. Zavallım fizik çalışırken ağzından sular aka aka uyuyakalmış; uyandırdığımda beyni eriyip aktı kitaba zannedip korkmuş... Sinan, uyuyorum diye cevap verdi mesajıma. Salak çocuk... Oğuz deseniz gece tuvalette uyuyakalmış, üşütmüş alt taraftaki havalandırma taraflarını. Karnı ağrıyormuş, kalkamazmış yataktan erken. En son yine imdadıma tek mantıklı cevabı vererek Ali yetişti ve onların eve doğru yürümemi söyledi. Sonra ise birlikte oyalanıp diğerlerini de tek tek evden alarak okula geçtik.

Oyalanmayı biraz abartmış olacağız ki, yola erkenden çıkmamıza rağmen zile birkaç dakika kala ancak yetişebildik okula. Oğuz cidden biraz üşütmüştü. O yüzden çok enerjik değildi. Sinan biz onu beklemeden gideceğiz sanıp çorabının tekini giymeden çıkmıştı dışarı, o yüzden huysuzlanıyordu. Gökhan, sabaha kadar fizik çalıştığı halde yine malum notlardan birini almaktan korktuğu için elinde kitap yürüyordu koridorda. "Ya çok dengesizim şu an. Resmen sağ ayağıma fillli çorabımı giydim, sol ayağım çorapsız. Ben bu şartlar altında sınava falan giremem anlıyor musunuz?" diye homurdandı Sinan yürürken.

"Ben diyorum, klozette uyuyakalmışım, en sevdiğim taraflarım buz tutmuş, bu ne diyor..." Oğuz, hastalanınca mızmızlanan cinsten erkeklerdendi. "Hiç umurunuzda değil, değil mi? Ya çok fena üşüttüysem en hassas yerlerimi? Ya ölürsem? Ya çocuğum olmazsa?"

"Ya Oğuz bir sus, valla senin doğmamış çocuklarını kopartırım!" diye bağırdı Gökhan, Oğuz'a. Yine her zamanki tuhaf küfürlerini cümlesine serpiştirmişti.

Biz Ali'yle üçünü de sallamadan önden önden yürüyorduk sınıfa doğru. O biraz sessizdi, ben ise uykusuz... Koridorda sınıfımıza doğru ilerlerken ağzımı gere gere esniyordum ki, Ali elini ağzıma kapadı. "Niye erken kalktın bu kadar bugün?"

"Bilmiyorum Alikuş, salağım ya işte... Durur dururum sınav haftası hiç de ders çalışmadığım halde uyku tutmaz. Cidden şu an kendimi sınıfta 0.5 uç kullanan tek kişi olup sınavda ucu biten inek kız gibi hissediyorum."

"Neyse, öğlene kadar uyursun derste, bir şey olmaz," dedi elini omzuma atıp. Tam o sırada karşıdan Bade göründü. Nedense Ali'ye bir şey demek, laf sokmak istemedim. Benim yerime arkadakiler yapıyordu yeterince zaten. Ali kolunu omzumdan çekmeden arkada saçma sapan sesler çıkaran bizim oğlanlara dönüp dudaklarını hafifçe oynatarak küfretti. Bade ise yanında iki kız arkadaşı ile gözünü Ali'den ayırmadan geçti gitti yanımızdan. Gökhan, Bade'nin bu hareketinden sonra kafasını ikimizin ortasından uzatıp "Lan kız sana dik dik bakıyor, resmen ortayı açıyor, sen niye doksana takmıyorsun topu?" diye laf attı Ali'ye. Sinan da kafasını sokuşturdu aradan. "Kanka, bu kız sana yüz veriyor da sen astar istemiyorsan ağır ılıksındır ben diyeyim."

"Bence abartıyorlar Ali kanka. Egosu memesinden büyük. İstemiyorum ben bunu yenge," dedi Oğuz. Yine kendi kriterlerine göre yargılamıştı Bade'yi. Her zamanki Oğuz işte...

"Şu kafalarınızı çekin şuradan, sinirlendirmeyin beni!" diye bağırınca Ali, "Sinirlenme Alikuş!" dedim bizimkilerin kafasına vurarak. Onlar kafalarını tamamen çekince "Bakma sen bunlara," dedim.

"Bence bak yani kanka. Sen Yaprak'ın sözüne gidersen Alikuş olarak kalırsın. Bade'yle uçarsan," dedi Gökhan gülerek, "Alikartal olursun be!"

İşte sonrasını anlatmayayım... Ali Gökhan'ı erkekler tuvaletine kadar kovaladı. Sinan ile Oğuz da peşlerinden gitti. Ben tabii tuvaletin kapısında Mazhar'ın sürekli nikâh masasında bıraktığı Reyhan gibi kalakaldım. Dışarı çıktıklarında Sinan ve Oğuz gülüyordu, Gökhan kedi gibi, Ali ise sinirliydi. Neler olduğunu sorduğumda, Gökhan'ın korkusundan kendini tuvalete kilitlediğini öğrendim. Ali ise yan tuvalettin üst boşluğundan Gökhan'ın kısmına girince... Tabii biraz boğuşma, biraz kaçma kovalama... Biraz Sinan ve Gökhan'ın sulu provokesi ile iş çığırından çıkmış. Klasik bizimkiler işte... O gün derse biraz geç girdik. Ben tüm derslerde uyudum, diğerleri ne yaptı hiçbir fikrim yok.

***

"Yaprak, 3. soru ne kız?" dedi Sinan fizik sınavının ortasında arkasını dönüp. Evet, bu defa da kör talihim, Sinan ile aynı sınıfa düşmüştüm düşe düşe. "Ne bileyim oğlum..." dedim gözetmen öğretmenin beni görmediğinden emin olduğumda. "Ben çıkıyorum zaten beş dakikaya."

"Dur lan dur... Beşinci soru ne? Yedi? Sekiz? On iki? On beş?"

"Sinan mal mısın, hoca görecek, dön önüne! Oğlum ben de bir halt bilmi-" derken gözetmen öğretmen Sinan'ı fark etti. "Şşş, sen ne yapıyorsun orda?!" diye bağırdı parmağını Sinan'a doğrultup.

"Ben mi?" diyerek ayağa kalktı Sinan. "Galiba kopya hocam," dedi eliyle ensesini kaşıyarak. "Zaten söyleyecek yalanım yok. Bari dürüst olayım. Zaten giren girdi, çıkan çıktı. Yani dürüstlüğümden belki birkaç kız etkilenir falansa..." Her zamanki gibiydi. Böyle şeylerde hiç uğraşmayı sevmez, direkt işi şova döker sahneyi terk ederdi. Öğretmen gelip Sinan'ın önündeki kâğıdı çekti aldı sinirle. Sonra "Çık lan dışarı!" diye bağırdı. "Peki öğretmenim!" Sinan ilkokul çocukları gibi konuşunca, gözetmen daha da delirdi. Sinan tabii koşar adım dışarı... Ben de kâğıdımı teslim edip Sinan'ın peşinden sınıftan ayrıldım.

Dışarıda pencere kenarına yaslanmış gülüyordu gevşek ben çıktığımda. "Ulan..." dedim çantamı sırtıma geçirirken. Bir yandan da ona doğru yürüyordum. "Bir gün atılacaksın okuldan şu gereksizliklerin yüzünden, olan o olacak."

"Ya kızım ne yapayım. Kız gibi 'Yok hocam, valla boynum tutulmuş, ondan döndüm arkaya hocam, hocam n'olur hocam, muayyen günümdeyim hocam' deyip ağlasam mıydı? Aslanlar gibi yaparım itirafımı çıkarım."

"Yalancı... Zaten sıfır alacaktın, bari gövde gösterisi yapayım dedin. Ben senin ciğerini bilirim."

"Valla orası öyle. Öyle de... Açılmamış goncalara giren şemsiyeleri ne yapacağız kız? Her dersten patır patır kalıyorum ben."

"İkinci dönem düzeltiriz diyeceğim de," dedim onun gibi pencere kenarına yaslanırken. "Böyle yalan söyleye söyleye lanetlendik bence okul tanrıçası tarafından."

"Aynen Yaprak. Ama düşününce, ben hayatımda 'ikinci dönem çok çalışacağım, söz' cümlesi kadar güzel yalan görmedim mesela. Mütemadiyen on bir yıllık profesyonel öğrencilik hayatımda kullanıyorum kendisini. Çok fonksiyonel..."

"İşte biz bu kadarız," dedim gülerek. "Bu arada diğerleri ne zaman çıkar? Acıktım ben."

"Çıktılar bile..."

"Buradayız!" diye el salladım koridorun en ucundaki bizim oğlanlara. Bizi görüp, kendi aralarında konuşarak, bize doğru yürümeye başladılar.

"Bir mese asla soru sallamaz arkadaşlar. Bütün soruları C şıkkı yaptım. Neden? Çünkü C alfabemizin üçüncü harfi. Üçü yan yatır? Neye benziyor?" diye Gökhan'a bir şeyler anlatarak yine gereksizliğini kanıtlıyordu Oğuz. Dayanamayıp susması için bir tane patlattı ensesine Gökhan. "Bir sus ulan, fizik yüzünden beynim yumurta akı kıvamına geldi şu an!"

Oğuz ve Gökhan'ın didişmelerini yok sayarak "Hadi gidelim," dedi Ali tamamen yanımıza geldiklerinde. Ben de yok saydım o ikisini, Ali'nin koluna girdim hemen ve yürümeye başladık. Bizimkiler de kendi aralarında konuşarak arkamızdan geliyorlardı.

"Alikuş... Galiba yine kötü geçti sınavlar. Artık öyle bağışıklık kazandım ki, kötü geçince bile hissedemiyorum," dedim eltisinden dert yanan gelin ses tonuyla. Ali güldü, ben de güldüm. Gülüşerek birkaç adım atmıştık ki, karşımıza Bade çıkıverdi. Son zamanlarda fazla mı karşılaşıyorduk, yoksa son olaylar yüzünden o kıza karşı algım mı açılmıştı da öyle sanıyordum bilemiyorum. O da bizi görünce tek kaşını kaldırdı ve gülerek konuştu. "Merhaba çocuklar," dedi hepimize doğru. "Erkek erkeğe sınav sonrası eğlenceye mi?" dedi 'erkek erkeğe kısmını bastırarak. Bu ayan beyan, bana laf sokmaktı. Sinirlendim. Ama bir şey demedim. "Merhaba ve hoşça kal," dedi Ali beni çekiştirerek. "Gidelim."

"Alilere gidiyoruz biz de..." Ses, arkadan geliyordu. Sinan ve Gökhan pek meraklı oldukları Bade'ye Ali'nin yerine cevap veriyorlardı sanırım. Sallamadım başta ve yürümeye devam ettim. Ta ki Bade bizimkilere "Ben de gelebilir miyim?" deyinceye kadar. Durup, şaşkınlıkla kocaman açılan gözlerimle arkamı döndüm. Ne demek, benim yıllardır tek olduğum mabede başka bir dişi, hem de sinir bozucu bir dişi daha gelecekti?!

Yirmi Altıncı Bölüm

Bade'nin hepimizi şoke eden sorusuyla bir süre sessizlik oldu koridorda. Hepimiz bir Bade'ye bir Ali'ye bakıyorduk. Ben içimden 'gelmesin, gelmesin' diye cırlarken, dışarıdan bir şey diyemiyordum. Sonuçta Ali'nin eviydi orası ve ne benim ne de diğerlerinin cevap verme hakkı vardı. Bade sessizliği bozmak ister gibi sorusunu yineledi, "Gelebilir miyim ben de?" diyerek.

"Sanırım," dedi Ali arkasını dönerken, "gelemeyeceksin, üzgünüm."

"Ama..." derken Bade, şaşkınlıkla gözlerini kırpıştırdı. Sanırım bunu beklemiyordu. Kaşları usulca çatıldı sanki, ya da ben öyle sandım.

"Önemli işlerimiz var, yanlış anlama." Ali eliyle arkadakilere 'gidelim' işareti yaptı. "Hadi siz de, oyalanmayın."

Gökhan ve Sinan, Bade'yi usulca selamlayıp şaşkınlık ve mahcubiyet karışımı bir yüz ifadesiyle yürümeye başladılar. Oğuz ise, doksandan top çıkaran bir kaleci kadar keyifliydi diğer ikisinin aksine. Bade'nin yanından geçerken tuhaf bir yüz ifadesi yaptı. *İlk etapta sevmediği herkese aşırı gıcık olan ve bunu belli etmekten asla çekinmeyen Oğuz...* Bade'yi arkamızda bırakıp okul bahçesine çıktığımızda bizimkiler homurdanmaya başlamıştı bile.

"Sinan, bir şey diyeyim mi?" dedi Gökhan, Ali'ye duyurmak için. "Ciddi diyorum bu herif mal. Hem kızdan hoşlanıyor, hem de yüz vermiyor."

"Kanka, belki kaçan kovalanır taktiğini uyguluyordur." Sinan cebinden o çok sevdiği lolipoplardan birini çıkarıp ağzına attı. "Ama bence olayın bokunu çıkarıyor. Road Runner bile bu kadar kaçmamıştır."

Biraz daha uğraştılar Ali ile, sonra kendi aralarında saçmasapan espriler yapıp gülüştüler. Yine olay beş dakikada Bade'den çıkıp bize ve saçma ruh hallerimize dönmüştü ev yolunda. Ciddi bir konu konuşurken, kızgınken ya da moralimiz bozukken... Hep böyle olurdu zaten. Üçüncü dakikadan sonra Oğuz ortaya bir saçmalık atar, Gökhan bunu Sinan'a paslar, Sinan bu pastan orta açar ve birimiz golü bulurduk. Golümüz, saçmasapan arkadaşlığımızdı. Ne şanslıyız...

Eve giderken pizza almaya karar verdik. Oğuz'un ikinci aşkı olduğu için pizza, içeri girdiğimizde birden hasta çocuk canlandı ve saçmasapan sevinç dansları yapmaya başladı. Pizzaları aldıktan sonra içecek almak için markete uğradığımızda, Oğuz üçüncü aşkı kasiyer kızı görünce iyice canlandı. Ali onu markete sokmadığı için, biz kasadan içecekleri geçirirken, bir ara cama yapıştığını gördüm. Salak oğlan... Ali poşetlere içecekleri doldururken, 'ben göstereceğim sana' diye kafasını sallayınca, Oğuz daha biz çıkmadan yere koyduğu pizza kutusunu da alıp kaçtı. Sinan dayanamayıp pizzasının yarısını yolda yedi. Bir ara durup, filli çorabının tekini çıkarıp, diğer ayağına giydi 'üşüdü' diyerek. Gökhan, Mervelerin evinin oradan geçerken, bir seyyar satıcının megafonunu alıp 'Merve seni çok seviyorum lan!' diye bağırınca, az kalsın apartman sakinleri tarafından linç ediliyordu. Galiba o gün, sınav sonrası 'nöron savaşları' durumu sadece benim için değil, hepsi için geçerliydi. Yarım saatlik yolumuz, bunların saçmalıkları yüzünden uzadıkça uzadı. Ve o uzayan zaman diliminde anladım ki, korkmama ya da saçmasapan kıskançlıklar yapmama gerek yoktu. Bize 'bizden başkası' çoktu ve içimize girmesi im-kân-sızdı.

***

Cuma günü okul çıkışı

Cuma günü bütün sınavların bitmesinin verdiği mutlulukla "Bütün sınavlar bitti ulan!" diyerek kendini halıya attı Sinan. Bütün sınavların bitmesi ile birlikte hepimiz gevşemiş, yazınki elektrik tellerine dönmüştük. "Bitti ulan bütün sınavlar!" Eşikten geçip Sinan'ın üzerine atladı Gökhan da. "Sınavlar bitti bütün ulan!" Oğuz da atladı ikisinin üstüne, Gökhan'ı araya alıp sandviç yaptılar.

"Ben de atlayayım mı?" dedi Ali halıdaki çirkin görüntüyü işaret ederek. "Atla Ali, kuru kayısıya dönsün hepsi!" deyince Sinan girdi araya korkuyla. "Ali sen gelme lan ayı, bağırsaklarım götümden çıkacak zaten!" En altta kıpkırmızı olmuştu zavallım. Ali, bunu görünce gülerek çantasını ve montunu çıkarıp bana verdi ve koşarak üzerlerine atladı. "Belim lan belim, belim ameliyatlı belim..." diye bağırdı Oğuz, Ali atlayınca. Küçüklükten beri neresi acısa, bu yalanı söylerdi.

"Lan ölüyorum inin lan!"

"Lan Oğuz bana dayıyor galiba!" diyen Gökhan, birkaç küçük hareketle aradan sıvıştı ve hepsi Jenga oyununda aradan olmadık bir taş çekilmişçesine yere yığıldı. Kahkaha atarak halıda bir köşeye çekildiklerinde, ben de aralarına karıştım.

"O değil de, fizikte ilk sınavım 02, ara sınav 13, son sınav kopya yüzünden 0... Ortalamam 05. Ulan uç mu bu? Bu nasıl not anasını satayım?"

"Kanka..." dedi Oğuz, sürünerek Sinan'ın yanına giderken.

"Gel fizikçiyi arayıp 'Beni fizikten geçir, Gökhan elimizde' diyelim. Sözlüne 350 verir, geçirir."

"Size bugün küfür dahi etmeyeceğim," dedi Gökhan ve poposunu dönüp diğer tarafa devrildi. "Ama şunu söylemeden edemeyeceğim, size 05 uçlu kaleme 07 uç sokmaya çalıştığım gibi ağır sokarım. Ağır..." Ayağımı uzatıp, bana yakın olan kafasını okşadım Gökhan'ın. Ama o kafasına ayağımla dokunmamdan nefret ederdi. Sinirlenince çok şirin oluyordu demirli, o yüzden ısrarla öyle severdim onu. Ayağımı eliyle itip cebinden çıkardığı telefonuyla uğraşmaya devam etti. Ben tam telefonda neyle uğraşıyor diye Gökhan'ın olduğu tarafa doğru gidecektim ki, Ali kapüşonumdan tutup beni kendine doğru çekti ve başımı karnına yerleştirdi.

"Bu arada," dedi Oğuz yine kıvrımlı birkaç popo hareketiyle yer değiştirip, kendine hepimize yakın bir yer seçerek. "Haftaya cumartesi Nunu aşkıma gidiyoruz. Anneler ayarlamış." Nunu aşkım dediği, Oğuz'un bir sahil kasabasında yaşayan 80'lik çıtır anneannesi Nurhayat Nine'ydi. Oğuz'un genlerinin çılgın tarafını aldığı kişi... Oğuz, anneannesine çılgınca âşıktı. İkisi bir araya gelince hiçbir şey yapmaya gerek olmadan onları izlemek bile yetiyordu bize oraya gidince.

"Oley be, Nunucuğumu çok özledim ben de!" derken Sinan, Oğuz ayağıyla Sinan'a vurdu. "Sen özleme lan. Ben özlerim."

"Sana ne lan, özlerim!" Sinan da ayağını savurdu Oğuz'a doğru. Tekme Oğuz'un poposuna gelince, çığlığı bastı bizimki "Ya en sevdiğim yerime niye vuruyorsun ulan?!" diyen. Oğuz ayağa kalkıp Sinan'ın yanına zıplayacaktı ki, Ali çelme taktı Oğuz'a.

"Yemin ederim halının altına süpürürüm sizi, susun."

"Kanka, bu Ali iyice ev hanımına bağladı." Oğuz düştüğü yerden, az önce kızdığı Sinan'ın yanına süründü. "Aynen kanka!" diye karşılık verdi Sinan, Oğuz'un omzuna kolunu atarken. İşte bunların kavgası da bu kadardı.

***

Saat 5:30'a gelirken, bir bahaneyle bizimkilerin yanından ayrıldım. Son bir haftadır sınavlarla uğraştığım için hep ertelediğim sırık oğlanla, sınavların da bitmesiyle buluşacaktım çünkü. Alilerden ayrıldıktan sonra direkt arayıp, gelmemi istediği yeri öğrendim ve oraya doğru yürümeye başladım. Bir yandan son zamanlarda sırık oğlana karşı yelkenleri fazla suya indirmiş gibi görünmekten korktuğum için panik vardı içimde, bir yandan yine bizimkilere söylemediğim için vicdan azabı... Ama sanırım yapacak başka bir şeyim yoktu. Bizimkilere desem ya 'gitme' diyeceklerdi ya da 'biz de gelelim, bize de göstersin.' Gitmemek seçeneği ise, son zamanlarda eski ukala tavırları yerini durgunluğa bırakan sırığa içten içe üzülmem sebebiyle düşünemeyeceğim bir seçenekti. Eskiden 'yavşak yavşak konuşma sırıkların efendisi' der geçerdim ama... Ne bileyim. Regl dönemimin verdiği duygusallıktan mıydı bu, yoksa sırığın durgunlaşması yüzünden duyduğum hafif dozajlı vicdan azabından mı bilemiyorum. İzmir'in kışının yumuşak rüzgârı yüzüme vururken, aklımda bunlar, öylece yürüyordum. Kafamdaki duygu karmaşası yumağına fazlaca dalmış olacağım ki, birine çarpınca kendime geldim. "Pardon, görme-" derken panik halinde, kafamı kaldırmamla çarptığım kişinin sırık olduğunu fark etmem bir oldu. "Sen miydin sırık..." dedim dudaklarımı hafifçe büzerek. "Neden duruyorsun geçeceğim yerde? Vücudun kafama çarptı."

"Öyle mi?" dedi omuzumdan tutup beni yola doğru çevirerek. "Kusura bakma Amazon kızı."

"Nereye?"

"Karşıya geçeceğiz." Bileğimden tuttu ve kaldırımdan aşağı indirdi beni. "Ben geçerim," diye bileğimi ellerinin arasından çekmeye çalıştığımda daha da sıkı tuttu. "Olmaz." Bizim için yeşil ışık yanınca gülümsedi ve yürümeye başladı.

"Sırıkların efendisi ne olacak..."

Karşıya geçtiğimizde bileğimi gevşeteceğini düşündüm, ama

öyle olmadı. Sanki göstermek istediği şeyi görmeden gidecekmişim gibi, sımsıkı tutuyordu bileğimi hâlâ. Önce dar bir sokağa girdik. Yol boyu ben homurdansam da, o yine sırığa ters düşecek şekilde pek cevap vermedi bana. İşte beni ona karşı eskisi gibi hırçın olamamaya iten şey... Durgundu o gün de. Benle ilgili olmadığını çok net anlayabiliyordum ama, yine de ben de üzerine gidersem daha da üzülecekmiş gibi geliyordu. Sırık işte... Konuşsa yavşak yavşak konuşup delirtiyor, sussa da pek olmuyordu. Birkaç aradan geçip, başka bir anayola çıktık ve bir ağacın yanında durduk. O zaman bıraktı bileğimi. "Neymiş göstereceğin şey sırık?" deyince "Bekle. Beş-on dakikaya geçer," diye cevap verdi bana bakmadan.

"Ne?"

"Bekle sen..."

"Bu aralar bir tuhafsın. Ben miyim malum dönemde, sen misin anlamadım."

"Ne?"

"Yok bir şey," dedim omuz silkerek. Bizimkiler benim sayemde bu tarz göndermeleri hemen anlardı da, işte ne bilsin sırık. Kafamı tekrar anayola çevirdim. Birkaç dakika öylece gelen geçen arabalara baktım. Yine sesi çıkmayınca dayanamayıp tekrar konuşmaya başladım. "Şey... Bu aralar canını sıkan," dedim ve hafifçe öksürdüm. Nedense, utanmıştım biraz. "Var," dedi bana doğru gülerek. "Ama bana kalbini açmadan, ben de sana kalbimdeki sıkıntıları açmayacağım."

"Çünkü hata bendeki sana soruyorum bunu. Söylemezsen söyleme," dedim ellerimi göğsümde birleştirirken. "Ayrıca nerede bana göstereceğin şey?!"

"İşte geliyor!" dedi heyecanla. Hemen yanıma geldi. Bir eliyle kolumu tutup, diğeriyle uzaktan bir aracı işaret etti. "Şu beyaz büyük araç var ya, ona iyi bak buradan geçerken."

"Tamam," dedim şaşırarak. En fazla ne olabilirdi ki? Beyaz büyük araç yaklaştıkça kalbim biraz hızlı atmaya başladı. Birkaç adım atıp kaldırımın tam ucunda durdum. Birkaç saniye sonra tam önümden geçen aracın yanındaki yazıyı görünce ise gözlerim kocaman oldu. Dağınık ve tuhaf bir yazı şeklinde, koskoca dağıtım aracının yanında "YAPRAK BARIŞI SEVECEK" yazıyordu. Yüzümün o an şaşkınlıktan kireç gibi olduğuna emindim. "Gördün mü? Okuyabildin mi?" diye sordu Barış heyecanla yanıma gelirken. "Söylesene?"

"O," dedim elimle bizden hızla uzaklaşan aracı işaret ederek. "Neydi ulan?"

"Amazon kızım yine farkını ortaya koydu. Böyle mi tepki verilir?"

"Oğlum, koskoca dağıtım aracına... Nasıl ulan?"

"Sırık sırrı," dedi ellerini göğsünde birleştirerek.

"Sırık oğlan..." dedim tek kaşımı kaldırıp. "Anlatacak mısın?"

"Sürün biraz öyle."

"Şimdi senin hassas yerlerine doğru bir sürüneceğim, ısırırım kafanı bak yine!"

"Özlemişim delirmeni."

"Sırık..." dedim pes edip. Sırtımı tekrar ağaca yasladım. Yanıma geldi hemen, ayakucuma oturdu ve sırtını bacaklarıma yasladı.

"Her gün bizim basket oynadığımız yerin karşısındaki anlamadığım bir binaya dağıtıma gelen bir araçtı. Üzerinde sloganları yazıyordu. Dikkatimi çekti, ikimizin de adı geçiyor diye. Bir çay firmasının aracıymış. Sloganları 'ÇAY YAPRAKLARIMIZ EVRENE ARANAN HUZURU VE BARIŞI GETİRECEK VE BİR GÜN HERKES YALNIZCA BU TADI SEVECEK.' Görünce aklıma bir fikir geldi, risk aldım. Topladım bizim takımı, gereksiz birkaç harfi söktük. Sonuç... Sizin eve gizliden geldiğim gün sana bunu gösterecektim ama olmadı. Sonra geçen... 6'da buluşalım dediğimde de... Ama yine tam saatinde gelemedin, kaçırdın. Dedim ki kendi kendime, 'Bak Barış, eğer bu herifler Yaprak bunu görmeden yazıyı düzeltirlerse vazgeçeceksin.' Bugün buraya gelirken biraz korktum aslına bakarsan. Ondan gergindim. Ya tamir ettilerse diye... Sana gösterememekten değil. Senden vazgeçmekten korktum." Ne diyeceğimi bilemeden, öylece sırık oğlanı dinledim. Etkilendim mi, etkilenmedim mi anlayamadan... Benim suskunluğuma aldırmadan neşeyle ayağa kalkıp eliyle iki yanağımı sıkıştırdı. "Bu arada... Seveceksin değil mi Amazon kızım? Herkes bunu söylerken senin başka şansın yok değil mi?"

Aynı günün gecesi

Herkes eve gittiğinde, Ali önce biraz ortalığı toparladı söylenerek. Evi her zamanki gibi fena dağıtmışlardı. Etrafa saçtıkları çöpleri alıp balkondaki çöp kutusuna attığında zilin çaldığını duydu. "Yine hangisi acaba..." dedi çöp kutusunun kapağını örterken. Balkondan çıkıp kapıyı açmaya giderken ayağını masanın kenarına çarptı. Masanın kenarına küfredip, tek ayağının üzerinde zıplayarak kapıya ulaştı. Kapıyı açıp aynı anda saydırmaya başladı ayağındaki acıyla. "Ulan yeter, yine ne va-" derken yüz kasları gevşedi karşısındaki kişiyi görünce. Kış aylarına rağmen ince bir tişört giymiş, kollarını soğuktan birbirine sıkıca kenetlemiş Bade. "Bade?" dedi kaşlarını usulca çatıp. "Hayırdır?"

"İçeri girebilir miyim?"

"Bu saatte ne işin var burada? Ailen merak eder. Hem bu ne hal, üşümüyor musun bu soğukta?"

"Babamla kavga edip evden çıktım. Anneme gideceğim diye... Ama o da hangi cehenneme gittiyse gitmiş, kapıda kaldım!" diye bağırdı kız tüm apartmanda yankılanacak şekilde. "Ve o Allah'ın cezası kız arkadaşlarımın hiçbirinin yüzünü görmek istemi-" derken Bade, Ali kolundan tutup içeri çekti onu. "Tamam, sus bağırma, uyandıracaksın herkesi!" deyip kapıyı usulca örttü. "Geç..."

Ali, kendine karşı bir şeyler hisseden kızlara umut bağlamasınlar diye bilerek soğuk davransa da; kızlara karşı fazlasıyla kibar bir erkekti. Karşısında gecenin bir saati gidecek başka yeri olmayan üşümüş bir kız varken, onu asla kapının dışında tutamazdı. Kim olursa olsun. İçeri buyur etti Bade'yi. Fazla soru sormadı. Önce, üzerine giyebilmesi için kendi kazaklarından birini verdi, sonra sıcak bir kahve yaptı. Yanına oturmak yerine, olabildiğince uzak bir köşe seçti kendine oturmak için. Ayaklarını içeri toplayıp oturduğunda, o gün ilk kez oturabildiğini fark etti. Yorgundu biraz.

"Zahmet verdim sana da," dedi Bade kahvesini yudumlarken. Ali cevap vermek yerine hafifçe gülümseyip başını salladı, 'önemli değil' der gibi. "Ama cidden... Aklıma başka bir yer gelmedi."

"Önemli değil. Bu gece benim yatağımda yatabilirsin ama sabah erken kalkıp kahvaltı edip gidersen sevinirim. Bizimkiler erken gelir, seni burada görüp yanlış anlamalarını istemiyorum."

"Peki," dedi Bade hafifçe gülümseyerek. "Bu arada, seni yatağından etmeme gerek yok, ben burada uyurum."

"Yanlış anlama ama, senin yerinde hangi kız olsaydı yatağımı verirdim. Seninle alakası yok. Ben burada uyurum."

"Sormayacak mısın ne oldu diye?"

"Sormayacağım. Ama için rahatlayacaksa, anlatabilirsin. Dinlerim."

"Anlatmayacağım."

"Peki," dedi Ali kanepeden ellerinin yardımıyla kalkarken. "Ben çarşafları değiştireceğim. Geçersin birazdan odaya."

***

Bade, yatağa yattığında Ali özür dileyerek içeri girdi. "Şarj aletimi alacaktım da..." dedi. Yatağın hemen yanındaki komodinin çekmecesindeki şarj aletine uzanırken, Bade kolundan tutup yanına çekti onu. "Ne yapıyorsun?!" dedi Ali şaşkınlıkla. Elindeki şarj aleti bile yere düşmüştü.

"İçim rahat etmez. Burada uyuyabilirsin. Söz, köşeye çekilirim, rahatsız etmem seni," deyip gülümsedi kız.

"Şansını zorlama istersen Bade."

"Lütfen..."

"Cidden sinirlenmeye başlıyorum."

"O zaman ben uykuya dalana kadar kal. Korkuyorum."

"Bade, oyun oynama benimle gece gece."

"Yemin ederim..."

Ali, kafasını sağa çevirdi. Normalde asla taviz vermezdi ama... Kendisine dolu dolu gözlerle bakan Bade'yi eliyle kendinden uzaklaştırıp konuştu. "İleri," dedi parmağıyla çift kişilik yatağın en ucunu gösterip. "Sadece yarım saat durur, giderim. Uyuyup uyumamak sana kalmış." Bade kaya kaya yatağın diğer ucuna gitti. Ali de diğer ucuna kıvrıldı. "Süren başladı." Bir süre hiç konuşmadılar. Ali, fazlasıyla rahatsız olduğu için gözünü asla kırpmıyor, tavanla bakışıyordu. İçinden 'Fazla iyi niyetlisin Ali...' diye geçirdi kendine kızarak. Ama ağlamasından korkuyordu Bade'nin. Çünkü ağlayan kızlara hiç dayanamazdı. İçindeki rahatsızlık duygusunun geçmesini dileyerek derin bir nefes aldı. O sırada kız konuştu. "Neden bana karşı böylesin Ali? Şu hoşlanma meselesi... Yanlış anlaşılma ya da başka bir şey... Tamam, anlıyorum. Ama hiç mi hoşlanmıyorsun? Hiç mi beğenmiyorsun beni? Güzel değil miyim sence?" diye sordu başını tavanı izleyen Ali'ye çevirerek.

"Bir erkek için dünyada sadece iki tane güze kadın vardır. Biri annesi, diğeri âşık olduğu kişi. O yüzden, benim için güzel değilsin." Kafasını bakıştığı tavandan çevirmeden, en sert ses tonuyla cevap verdi Ali. "Eğer böyle konuşup uyumayacaksan gidiyorum ben."

"Gerçekten tam anlamıyla bir buz prenssin. Erimeyeceksin asla değil mi?"

"Hayır. Fazla eridim birine, ondan böyleyim."

"O kız değil mi? Şu sürekli yanınızda gezen..."

"Çok mu belli ediyorum uzaktan?" dedi Ali hafiften gülerek. "İnkâr etmeyeceğim."

"Gerçekten anlamıyorum seni," dedi Bade yatağın diğer tarafına dönerken. "Herkesin kalbindeki buz prens, tuhaf bir kıza âşık. Gerçekten aklım almıyor."

"Asıl tuhaf olan sen ve senin gibiler. Güzellik yüzyıllarca farklı algılanmış... Mesela 1930'larda balık etli, kısa kıvırcık saçlı kadınlar güzel bulunurken, 90'larda fazla zayıf, uzun saçlı kadınlar daha güzel bulunmuş... Yani güzellik o kadar farklı ki, seni şu an güzel bulanlar belki de senin şu anki görüntünü yıllar sonra beğenmeyecekler. Hani şu an tek tutunduğun şey olan 'güzelliğin' sadece algısal... Onu demek istiyorum. Yaprak... Onun güzelliği ise evrensel. Kaç yıl geçerse geçsin modası asla geçmeyecek bir güzelliğe sahip. Çünkü o, olduğu gibi... İçinden geldiği gibi giyiniyor, içinden geldiği gibi davranıyor, kendi için yemek yiyip kendi için yapıyor her şeyi. Mesela, karşımda iki tabak mantıyı yerken iştahını bir görsen... O zaman güzel. Sıkılınca halıda yuvarlanıyor. O zaman da güzel. Hele bazen benim pantolonlarımdan giyiyor öylesine. Canı istiyor çünkü. Belinden düşüyor... Çeke çeke dolaşıyor. O zaman da güzel. Grip olunca sürekli burnu akıyor, burun kenarları kıpkırmızı oluyor. Daha güzel... Küfrediyor güzel, sinirleniyor güzel, ağlıyor güzel... Güzel işte anasını satayım. Tuhaf değil, güzel. Senden güzel. Sizden güzel. Herkesten güzel. Bana göre o en güzeli. Tamam mı?" Yataktan sinirle kalktı Ali. Ona şaşkınlıkla bakan Bade'ye gülümsedi. Eliyle sol yanağında oluşan gamzesini işaret etti. "Burası onun." Yanağını işaret eden parmağını göğsünün soluna indirdi. "Burası da." Son olarak şakaklarına bastırdı parmağı. "Burası da... Tamam mı? Ve asla başkası bunlara sahip olamayacak. Ben şimdiden diyeyim de... Neyse, iyi geceler."

Yirmi Yedinci Bölüm

Sabah uyku ile uyanıklık arasında gördüğünüz rüyaya dışarıdan duyduğunuz seslerin karışması nedir bilir misiniz? Hani, normal bir şekilde giderken rüyanız, çok saçma bir şeye dönüşür bir anda. O sabah onu yaşıyordum. Normal, sıradan bir rüya görürken birden rüyamdaki herkes eline silah alıp birbirini taramaya başlamıştı. Ortalık meydan savaşına dönüp kan gölüne çevrilince sarsılarak uyandım. Evet, üst kat komşumuzun matkap sesi rüyamın orta yerinde konuk oyuncu olarak dahil olmuş, Lale Devri'ni direkt I. Dünya Savaşı'na sarmıştı tarihte. Gözlerim hâlâ tam açılmamışken dudaklarımı büzüp yatakta hafifçe doğruldum. "Ulan cumartesi cumartesi bu ne?!" diye bağırdım yukarı kata doğru. "Ulan yeter, magma tabasına kadar inecek misin? Nereyi deliyorsun acaba?!" derken ayaklarımı yatağın yanından sarkıttım. Gözlerim iyice açılmıştı seslerden. Kafamın içinde ise yine Afrika yerlileri dans ediyormuşçasına bir ağrı vardı. "Götünüze girsin o matkap, ben hiç-" derken ayağa kalkınca annemi fark ettim. Evet, vakit Gökhan'ın çevir yanmasın moduna bürünüp ettiğim küfrü çevirme vaktiydi. "Kötü yere girsin... Kötü yer... Yani kötü bir yere girerse hani..." Çeviremedim. E bu konuda bir Gökhan değildim çünkü. Annem bana 'senin olmanda payım olduğu için dünyadan özür dilemeye gidiyorum' tarzı bir bakış atıp odadan ayrıldı. Annem kapıyı tamamen kapatınca, esneyerek telefonuma baktım. Saat sabahın 9'uydu. "Sabah ezanıyla başlasaydınız anasını satayım, geç başlamışsınız..." dedim telefonu yatağa fırlatırken. "Matkap sesini alarm sesi olarak ayarlarsınız da her gün o sesle uyanırsınız inşallah!" Ayağımın yardımıyla pijamamı çıkardım ve dolabıma doğru ilerledim. "Delin delin, biraz daha delip benim odaya kadar gelin." Elime ilk geçen pantolonu geçirdim bacağıma. Üzerimdeki tişörtü sıyırıp Gökhan'ın Merve'ye alıp veremediği ve sonra 'al sen giy' diye bana verdiği mor kazağı giydim. Bir an önce evden çıkmalıydım, yoksa beynimdeki tüm nöronlar savaşı bırakıp bu sesten koşarak uzaklaşacak ve ben de hayatımın geri kalanını alık bir kız olarak devam ettirecektim. Odadan çıkmadan dayanamayıp son bir beddua ettim "Götünüze meteor patlar da, üç gün laev sıçarsınız inşallah!" diyerek. Sonra panikle etrafıma baktım, annem var mı yok mu diye. Bu defa yoktu. Rahatlayıp, merdivenleri çifter çifter atlayarak kendimi dışarı attım.

Ali'yi aradım önce, ama telefonu kapalıydı. Hâlâ uyuyor olsa gerekti, boşa uyandırmayayım onu diye Gökhan'ı aradım sonra. Telefonu açıp "Aradığınız Gökhan'a şu anda ulaşılamıyor" deyip yüzüme kapattı. Sinirlendim. Sinan'ı aramaya bile değmezdi, onun bu saatte uyanmış olması Oğuz'un pizzasını biriyle paylaşması kadar imkânsızdı çünkü. Geriye son şansım olarak kalan Oğuz'u aradığımda tabii ki şaşırdığım olmadı ve açılmadı telefon. Sokağın ortasında öylece kalakaldım. Kendimi Pittbul ve Nicki Minaj ile düet yapamamış Amerikalı şarkıcı gibi hissediyordum o an. Öylesine yalnız... Üç saniyelik bir yalnızlık hissinin ardından "Gidip Oğuz'u uyandırayım bari..." dedim kendi kendime ve Oğuzların evinin yolunu tuttum. Çünkü uyandırması en kolay Oğuz'du aralarında.

Oğuzların dairesinin önüne gelince Zeliş Teyze'nin uyandığından emin olsam da, Ural Amca'nın uyanıp uyanmadığını bilmediğim için kapılarını elimle tıklatmayı tercih ettim zile basmak yerine. Zeliş Teyze ikinci tıkta hemen açtı kapıyı. Beni sabah sabah evlerinin önünde görünce şaşırsa da toparladı ve içeri davet etti hemen. "Oğuz uyuyor bebeğim, istersen git uyandır" dedi gülerek. "Kahvaltı hazırlıyorum ben de. Hemen sofraya gelin. Sofrayı kurunca Snapchat'ten resim atarım kuzum." İyi aile kızı Yaprak olup, gülümseyerek başımla onayladım. "Peki Zeliş Teyzeceğim" diyerek. Zeliş Teyze mutfağa girince, ben de sinsi sinsi gülerek Oğuz'un odasına dalıp kapıyı arkadan kapattım. Oğuz, pelüş timsahına sarılmış uyuyordu. Pizza desenli yatak örtüsü, pizza dilimli pijaması ve leoparlı göz bandı ile cidden komik görünüyordu bizim oğlan. Odasına epeydir girmemiştim. Değişiklik var mı diye önce şöyle hızlıca bir göz gezdirdim. Duvarlarda yine Kate Upton posterleri, masasının üzerinde pembe saksısında duran, tepesinde kurdelesi olan kaktüsü memesu, fotoğraf çerçevelerinde ise bizimle ama en çok da anneannesi Nurhayat Nine ile resimleri vardı. Köşede birkaç tane dergi, manga ve çizgi roman yığını, şarjdan hiç çıkmayan ve açık bir şekilde köşede duran dizüstü bilgisayarı ve kurbağalı çöp kovasının yanında yığılı pizza kutuları... İşte bizim Oğuz'un saçma mini yuvası. Bizim grup gökkuşağı olsa, yedi rengin altısı Oğuz olur, biz tek rengi paylaşırdık, o derece renkliydi Oğuz. Her zaman...

Yatağının yanına dizlerimin üzerine çöküp, ağzı açık uyuyan Oğuz'un burnunu tuttum önce. Burundan nefes alamayınca ağızından derin bir nefes alıp burnuna götürdü elini. Hemen elimi geri çektim. Pelüş timsahına daha da sarıldı tekrar uykuya dönünce. Bu defa kulağına parmaklarımla ufak bir fiske vurdum. Omzunu kulağına götürdü, sanki kulağına konan sineği kovalarmış gibi. Komodinde duran yarım bardak suya parmaklarımı sokup, parmak uçlarımdan damlayan suyu yüzüne sıçrattım. Yüzünü pelüş timsahına gömdü o an. Uyurken Oğuz'la böyle uğraşmayı seviyordum ama bir yere kadar. En sonunda sıkılıp hızlıca sarstım Oğuz'u. "Uykucu mese, hadi uyan lan. Kate Upton gelmiş, kahvaltıya bekliyor," der demez ben, yatağında doğrulup göz bandını sıyırdı. "Nerde lan Kate, kahvaltıya mı gelmiş?!"

"Günaydın Oğuzcuğum!"

"Kate aşkımsız gün ayamaz tamam mı Yaprak? Nerde lan Kate aşkım?" dedi uyku sersemi yarım açık gözleriyle.

"Kanka, valla az önce gitti, son otobüsle New York'a geçmesi gerekiyormuş. New York Seyahat'ten bilet aldık cam kenarı, muhtemelen dağıtılan top keki yiyor şu an."

"Yaprak..." dedi gözlerini ovuşturarak. "Git kendi kendine hakaret et ayna karşısında beni yorma. Ulan bir mese, 'Kate Upton gelmiş' denerek uyandırılır mı?"

"Hadi, Zeliş Sultan kahvaltıya bekliyor," dedim dediklerini duymazdan gelerek. Koltuk altlarına elimi sokup ayağa kaldırmaya çalıştım, olmadı. "Ulan kalksana!"

"Kate deyince belden altım felç oldu. Ali Rıza Bey'e döndüm sayende... Taşı beni."

"Olur bebeğim, sırtıma mı binersin gelinlik kızlar gibi kucağıma mı alayım?"

"Kucağına al."

"Tamam..." dedim dizlerimin üstünde yatakta yana doğru sürünüp. Bacaklarından tuttum Oğuz'u ve tek ayağımla gövdesinden ittirerek yataktan aşağı sarkıttım. Ayakları ise hâlâ elimdeydi.

"Lan beynim burnumdan akıyor Yaprak, çek lan beni yukarı. Lan kime diyorum?! Çek lan! Allah'ım Kate aşkımı mıncıramadan, ona ellerimle pizza yedirirken sefie çekinemeden öleceğim!" diyerek bir çırpınmaya başlayınca ellerimden kaydı ayakları ve yer düştü kafasının üzerine. Ben ise gülerek sırtımı duvara yasladım. Halıya ters bırakılmış kaplumbağa gibi bir süre düzelmeye uğraştı, en sonunda kalkabildi halıda. "Sen bittin kızım, bir meseyi kafa üstü halıya çakmak neymiş göstereceğim sana..." derken yatağa zıplayıp timsahını aldı ve yüzüme bastırdı. Hem gülmekten hem de suratımdaki pelüş hayvan yüzünden nefes alamıyordum ama bir şey de yapamıyordum. O sırada kapı açıldı ve Zeliş Sultan'ın çığlığını duyduk.

"Eşek sıpası, ne yapıyorsun kıza?!"

***

1 hafta sonra

Tatilimizin ilk gününde daha günler öncesinden planlanan Nurhayat Nine'nin evine ziyaret için babaları üç günlüğüne evde bırakıp annelerle birlikte yola koyulduk. Fazla kalabalık olduğumuzdan üç araba gidiyorduk. Arabaların birini annem, birini Hale Teyze biri de Melike Teyze kullanıyordu. Biz, hepimiz Melike Teyze'nin arabasına doluşmuştuk çocuklarla. "Ya baba ne demek ben hediye aldım? İstemiyorum giymesini ya, beni ilgilendirmez. Hem çok kırıldım, ben Merve'nin beğendiği mini eteğin mağazadaki bütün bedenlerini alıp sırf giymesin diye saklarken, sen karına o elbiseyi giydiriyorsun." Gökhan annesi Hale Teyze'nin giydiği elbisenin boyuna takmıştı kafayı. "Ya baba valla ben hiçbir şey demiyorum sana, iyice Kanye West oldun başımıza ha! Tamam kapatıyorum hadi."

"Gökhan oğlum, abartma lütfen, ne kadar şık bir elbise..." dedi Melike Teyze direksiyonun başından.

"Melike Teyze, ben kıskançım. Giymesin benim hayatımdaki hiçbir kadın kısa. Deliriyorum ben. Valla tansiyonum düştü... Dur ben bir annemi arayayım."

"Lan kadın araba kullanıyor mal, rahat bırak kadını!" dedim Gökhan'ın ensesinden tutup.

"Ay iyi be, giysin. Açılsın her yeri de katil olayım ben!"

"Sinan oğluşum, benim kıyafetim nasıl?"

"Harika annelerin en güzeli. Her zamanki gibisin, 40'ında bile hâlâ taş bebek, benim hayatımın en kıymetlisi!" Sinan annesine ciddi anlamda âşıktı. Melike Teyze de oğullarına... Yuvarlanıp gidiyorlardı birbirlerini överek işte.

Yol çok uzun değildi. Kırk dakika gibi kısa bir sürede varmıştık Nurhayat Nine'nin evine. Biz valizlerle uğraşırken Nurhayat nine kapıda göründü. Üzerinde Superman'li sweatshirt, altında yanları pembe şeritli bir eşofman vardı. Bir elinde sigara diğer elinde telefonu... İşte klasil Nunu Nine. Oğuz kapıda anneannesini görünce elindeki valizi Gökhan'ın ayağına bırakıp "Nunu aşkım!" diye bağırarak kapıya koştu ve Nurhayat Nine'nin boynuna atladı. "Seni çok özledim Nunu aşkım!"

Nurhayat Nine'nin evi iki katlı kocaman bir evdi. Eşi Yaşar Dede ile yıllardır burada yaşarlardı. İkisi birbirinden çılgın iki yaşlı delikanlı... Birkaç saat hep beraber oturulup muhabbet edildi, yemek yenildi derken Nunu nine bizim annelerden sıkıldı her zamanki gibi, bahçeye bizim yanımıza kaçtı. "Ben zaten bıkmışım yaşlılardan, sizin bu karılar benden yaşlı ayol" dedi pembe tüylü terliğini şaklatarak yanımıza gelirken. Oğuz da yanındaydı. Nunu Nine nereye giderse yanında gidiyordu çünkü. "Gel Nurhayatcığım, otur şöyle" dedi Sinan yanını gösterirken. Bir tek Sinan hitap ederdi ona, bu da çok hoşuna giderdi. Kendini genç hissettiriyormuş, öyle diyordu.

"Otururum tabii Sinancığım," dedi kahkaha atarken. "Gel böceğim, sen de dizime otur" dedi suratını asan Oğuz'a. Oğuz bunu duyunca direkt koşup Nunu Nine'nin kucağına yattı. O sırada bahçenin kenarında durup bize bakan bir yaşlı belirdi. Meraklı komşulardan biriydi kesin... "Kız sarkık memeli Melehat, bizi mi gözetliyorsun?" diye bağırdı Nunu Nine kadına. Kadın panik olup hemen hızlı adımlarla ayrıldı kapının önünden. "Bıktım ben bu meraklı yaşlılardan..." dedi tekrar gülerek. Evet, kendisi 83 yaşındaydı. "Eee, ne var ne yok sizlerde?"

"Hepimiz aynıyız güzellik, senin torunun meseden hallice, Sinan kız düşüreceğim diye uğraşıyor, Gökhan Merve diye ölecek... Ben desen bunların arkasını topluyorum. Yaprak da yuvarlanıp gidiyor... Ama cidden yuvarlanıyor, biliyorsun."

"Bilmem mi ayol, geçen yaz birlikte yuvarlanıyoruz diye hastanelik olmuştum," dedi Nunu Nine şen kahkahalarının arasında.

"Kız Nunu, kızdırma beni! Çok korkmuştum bir şey oldu diye!"

"Bana bir şey olur mu be? Taş gibi kadınım, iki yuvarlandık diye ölecek miydim?" Nurhayat Nine her ne kadar öyle dese de, cidden az kalsın gidiyordu kalpten. Her ne kadar hastaneye kaldırıldığı gecenin sabahı hastane tuvaletinde elinde sigarasıyla yakalansa da... "O değil de çocuklar, saçlarımı sarı mı yapsam bu defa, siz anlarsınız. Şu yanları da kısaltırız," derken Nunu Nine elini saçını atıp, Yaşar Dede belirdi kapı önünde. "Hele bir daha yapsın, boşarım valla!" dedi bahçeye girerken.

"Boşarsan boşa sarkık popolu adam, sana mı kaldım ben!" diye cevap verdi omuz silkip ihtiyar delikanlı ninemiz. Öyle diyordu ama, öyle değildi işte. Hepimiz bu atışmalarının sevgiden olduğunu bilirdik. Birbirlerine 60 yıldır deli gibi âşık iki huysuz ihtiyarın atışmaları... Klasik Nunu&Yaşar, idollerimiz... Gelecekte onlarınki gibi olsun istiyordum yaşlılığım.

Allah'ım lütfen, 80 yaşına geldiğimde bile bana çikolatalı süt içirip benimle oyun oynayacak bir Yaşar istiyorum geleceğin Nunu'su olarak!

***

Gece Oğuz, Nurhayat Nine ile aynı desen pijamalarını giyip, dedesi ile ninesinin arasında yattı. Bizim oğlanların hepsi salondaydı, ben ise annelerle misafir yatak odasına kalmıştım. Gecenin 2'si olduğu için bırakmıyordu da annem gideyim yanlarına... Yatağın içine girip yorganı kafama kadar çektim ve Ali'ye mesaj attım, uyuyup uyumadıklarını sormak için. Diğer ikisinin uyuduğunu, ama onun bahçede sigara içmeye çıktığını öğrenince tuvalete gitme bahanesiyle odadan çıkıp onun yanına gittim. "Alikuş, ölecektim sıkıntıdan. Uyumuyorlar da, yok mahalle dedikoduları yok diziler... Beynim patladı."

"Öyle mi?" dedi Ali gamzesini belli ede ede gülerek. "Gel otur, epeydir yalnız kalamıyorduk."

"Aynen valla! Seninle dertleşmeyi özledim Alikuşum." Ayağıma bahçe terliklerini geçirip yanına oturdum bahçedeki divanda. "Böyle diyorsan benden gizlediğin bir şeyler vardır pinokyo. Dökül bakalım..." dedi burnuma dokunup. Kızardım. Her zaman bir şey gizlediğimi anlardı zaten.

"Gizlediğim bir şey yok da..." dedim hafifçe öksürüp. "Yani bazen önemsiz şeyler aklımdan çıkıyor, o kadar."

"Sen öyle diyorsan öyledir. Ama ben senden önemsiz de olsa bir şey gizlesem dayanamıyorum" dedi sigarasından bir nefes alırken. Usulca tekrar bıraktı ağzına dolan gri dumanı. Sonra yüzüme bakıp devam etti. "Geçen hafta, bir gece Bade geldi bana. Babasıyla kavga etmiş, gidecek yeri yokmuş."

"Ne?" dedim gözlerimi kocaman açarak. "Ne demek gece sana geldi? Başka arkadaşı yok muymuş da sana geliyor?"

"Gitmek istememiş işte, ne bileyim. Annesi de yokmuş evde... Öyle söyledi yani."

"Sen de bu yalanı yedin değil mi?" dedim ellerimi göğsümde birleştirip geriye yaslanırken. "Sevmedim o kızı Ali. Cidden... Ona karşı bir şey hissediyor musun bilmiyorum ama, ben istemiyorum o kızı."

"Senin sevmediğin kimseyi sevmem ben. Merak etme."

"Ben seni üzecek kimseyi sevmem, sen de hep mutlu olursun. Evet evet, kesinlikle benim çok sevdiğim birine âşık ol ilerde tamam mı?" dedim parmağımı havaya kaldırıp. Parmağı görünce ne demek istediğimi anladı ve gülümsedi. Sol yanağında ortaya çıkan gamzeye sokuverdim parmağımı. "Ama şimdiden anlaşalım, kimi seversen sev ilerde, bu gamze benim. Onu paylaşmam kimseyle."

"Senin."

"Şaka yaptım..." dedim tebessüm ederken. "Bu arada... Ben de sana bir şey itiraf edeceğim. Geçen hafta sırıkla buluştum."

"Anladım," dedi bana bakmadan. Yutkundu sanki hafifçe, emin olamadım. "Ne oldu peki? Yani, şey..." Başını bana çevirdi sigarasını söndürüp. "Ondan hoşlanmaya mı başladın?"

"Hayır tabii ki!" dedim ellerimi sallayarak. "Sadece bana göstereceği bir şey varmış, onu görmeye gittim."

"Neymiş göstereceği şey?"

"Şey... Bir yazı... 'Yaprak barışı sevecek' diye bir şey... Yani bir aracın üzerinde. Arkadaşlarıyla bir sloganın harflerini mi sökmüşler ne yapmışlar..."

"Anladım," dedi yine. Sonra bir şey dememe müsaade etmeden ayağa kalktı "Ben biraz yürüyeceğim, sen de içeri gir, hava soğudu," deyip.

"Ne oldu? Kızdın mı bana senden habersiz gittim diye? Ama Ali... Cidden kötü bir niyetim yoktu. Bazen sırığa çok üzülüyorum. Sanki haksızlık ediyormuşum gibi... Size desem göndermeyecektiniz."

"Yaprak..." dedi bana doğru bir adım atıp. "Kimi sevdiğini ya da ileride kimi seveceğini umursamıyorum. Benim içimdeki yerin hiçbir şekilde değişmeyecek. Tamam mı? Benden bir şey saklamana gerek yok. O herife mi gidiyorsun, ben bileceğim. Kalbin hızlı mı attı? Demiştim ya bana söyleme diye, vazgeçiyorum, duymak istiyorum. Bana söyleyeceksin. Bir gün o herife âşık olsan bile ilk gelip bana söyle. Kesinlikle, ilk ben duyacağım! Tamam mı?" Söyledikleri beni şoke etse de, başımı usulca salladım. "Güzel... Hadi şimdi içeri gir," dedi, arkasını döndü ve yürümeye başladı. Bahçe kapısına varınca hâlâ öylece kalakalan bana döndü tekrardan.

"Son bir şey daha... Ne yaparsan yap. Kime âşık olursan ol. Ama... Ne olursa olsun kendini çok sev olur mu?"

Yirmi Sekizinci Bölüm

Sabah, annemler uyanıp odadan çıkana kadar oksijensizlikten kendi kendime fotosentez yapma kıvamına gelsem de çıkarmadım kafamı yorganın altından. Annem kahvaltıya gelmem için biraz dürtse de, misafirlikte olduğumuz için her sabahki uyandırma servisi görevinin tatlı versiyonu olan hafif gülümseme ve dürtmenin beni uyandırmaya yetmeyeceğini anlayıp diğer annelerle odayı terk ettiğinde kafamdaki yorganı indirip derin bir nefes doldurduğum ciğerlerime. O an anladım ki, iki dakika daha çıkmasalardı odadan, yeşillenecekmişim. Oksijenin beynime ani hücumuyla açılan zihnimde ise ana gündem Ali ve dünkü konuşmamızdı. Gece boyu kafamda dönüp duran ve beni uyutmayanından... Beynimin bir lobu savcı olup 'Ali eski Ali değil, bir baksana' diyerek moralimi bozuyor, diğer lobu 'salaklaşma düşüncesine fışfışladığım, çocuk sadece seni korumaya çalışıyor' deyip beni yatıştırıyordu. Ben ise beynimdeki mahkemede bir o yana bir bu yana savrulmaktan iyice folloş olmuştum. Beynin folloş olma durumunun getirilerinden biri olan 'artık düşünememe' ve 'beynin yumurta akı kıvamına gelip burun deliklerinden akması' durumunu yaşadığımdan iyice tuhaflaşmıştım. "Bana çok düşünmek yaramıyor" dedim tavandaki avizeyle bakışırken. "Değil mi?" diye soruverdim avizeye. "Senin de götün çok kalktı avize... İnsan bir cevap verir." Tabii avize hâlâ sessiz... "Bana baksana sen, seni yukarılara çıkaran halk, aşağı indirmesini de bilir, terbiyesiz! Hayır sen kimsin de bana cevap vermiyorsun?" Aklımın dibine ekmek banıyordum galiba. Son kalan üç beş nöronumu avizeyle kavga ederek harcıyordum. "Avize olmuşsun ama adam olamamışsın..." derken kapıdan bir öksürük sesi duydum. Yorganı tekrar kafama geçirip yatağın içine gömüldüm.

"Yaprak..." dedi Sinan yanıma gelirken. "Nöron meydan muharebesi?"

"Uyuyorum ben, git!" diye cırladım yorganın altından.

"Lan Oya Teyze'ye benzemem ben, kalk kahvaltı yapıyoruz, seni bekliyorlar. Bacaklarından çeke çeke götürmek zorunda bırakma beni."

"Ya yemiyorum... İstemiyorum, rahat bırakın beni. Artık yeme olayını bıraktım, kendi besinimi kendim yapacağım. Fotosentez falan idare ediyorum. Git başımdan..."

"Adını fazla benimsemiş bu..." dedi kapıdan giren başka birine. "Fotosentez yapan Yaprak. Bu da yeni çıktı."

"Nöron?" dedi Gökhan'a ait olduğunu anladığım ses.

"Savaşları," diye cevap verdi Sinan.

"Ulan gidin başımdan, şurada iki üç ATP kalmış vücudumda, sizin için harcayamam."

"Ulan bu iyice bitkisel hayata girmiş. Yaprak sarması?"

"Olur," dedi Sinan. Ve ben ne olduğunu anlamadan yine Ali yöntemi, yorganla birlikte biri ayağımdan biri omuzumdan tutup ayağa kaldırdılar. Geçen sefer dürüm olmuştum, şimdi yaprak sarması... "Lan mal mısınız?!" dedim yorgandan sinirle kafamı çıkarıp. "Bırakın diyorum size işte!"

"Kahvaltıya böyle yaprak sarması olarak mı gelmek istersin, yoksa kendin gibi mi?" derken Sinan, üzerimdeki yorgandan kurtulup yerine fırlattım. "Güzel. Hadi şimdi gel, yoksa açlıktan Gökhan'a dil atacağım O derece..."

Kahvaltı sofrasına oturduğumda istemsiz olarak Ali'ye en uzak köşeyi seçtim kendime. Oğuz ile Nunu Nine'nin arasıydı bu yer. Aralarına girdiğim için Oğuz biraz sinir olmuştu ya, neyse… Gözaltlarımın morluğundan ve saçlarımın kafam kadar karışık olmasından herkes uyuyamadığımı anlamıştı. Yerimi yadırgadım bahaneleri ile geçiştirdim herkesi. Ama yemeğini yemeyip tabağındakilerle oynayan Ali anlamıştı bir tek neden uyuyamadığımı sanırım. Belliydi huzursuz tavrından. Kıyamadım o haline, tuzluğu uzatmasını rica ettim gülümseyerek. Bu bile ona yetmiş gibi, gamzelerini belli ede ede gülümsedi tuzluğu bana uzatırken. Ne olursa olsun, kafamda ne dönerse dönsün, hiçbirini üzgün görmeye dayanamıyordum. Hele ki, gülümseyince parmak sokulası gamzeleri ortaya çıkan Ali'yi… Yumurtama Ali'den aldığım tuzluktan tuz boşaltırken, Oğuz tuzluğun arkasına vurdu ve bütün tuz yumurtama döküldü. "Ya Zeliş Teyze, ne yaptı Oğuz gördün mü?!" diye cırladım en ağlamaklı tonumla.

Oğuz, "Anne, ben daha iyi dökülsün istedim valla kız, yapar mı senin tatlı oğlun öyle şeyler?" dediğinde, Zeliş Teyze masanın altından onun bacağına çimdik attı. "Anam anam anam! Kız akrep Zeliş, sıkıştırdın yine kıskaçlarına en tatlı yerlerimi. Aşk olsun…"

"Görüyor musunuz, bir de böyle arsız…" dedi Zeliş Teyze çatalındaki salamı ağzına götürürken.

"Arsız mese feat Mc Zeliş. İki sıfır on beş…" Gökhan, her zamanki gibi Oğuz ile ilgili her olaydan kendince bir dalga çıkarıyordu.

"Oğuz'uma laf edenin en mahrem yerlerinde sigaramı söndürürüm," dedi Nutellasına kaşık daldıran Nunu Nine. Ardından sağlam bir kahkaha attı. "Şaka yapıyorum kız bakmayın. Ama yine de Oğuz aşkıma laf eden kollasın arkasını."

"Nurhayat, iyice bunadın! Ne biçim konuşuyorsun çocukların yanında. Boşarım valla seni kadın!"

"Aman buruşuk herif, boşa da kurtulayım."

"Anne, baba! Oluyor mu bak herkesin içinde!" Zeliş Teyze bir yandan deli gibi yemek yiyor, bir yandan da Oğuz, Nunu Nine ve Yaşar Dede'ye laf yetiştirmeye çalışıyordu. "Ay durun, ben bi check-in yapayım, unutmuşum." İşte Oğuz'un kusursuz ailesi. Çılgın bir anneanne, huysuz ama tatlı bir dede ve internet bağımlısı bir anne.

Kahvaltının devamında yumurtam tuzla dolduğundan kendi yumurtamı gizliden Oğuz'unkiyle değiştirdim. Fark etmeden tuzlu yumurtayı ağzına atınca, neredeyse sandalyeden düşüyordu. Kahvaltı sonrası tuzlu yumurta yediği için tansiyonum çıktı diye bir o kanepeye bir bu koltuğa oturdu oturdu kalktı Oğuz. En sonunda Nunu Nine'nin tansiyon aleti ile tansiyonunu ölçerlerken kolunu yanlış pozisyonda tuttuğundan alette "32'ye 12" gibi saçma bir rakam çıkınca 'bir mese ölüyor' diye yuvarlanmaya başladı uzandığı koltukta. İşte her zamanki salaklıkları... Zeliş Teyze poposuna terlikle vurunca kendine geldi, pıstı bir köşeye, yattı. Gökhan ve Sinan ise biraz kasaba havası alıp doğayla bütünleşme bahanesiyle dışarı çıktılar. Anneler ise kahvaltı sonrası yürüyüşü için eşofmanları giyip, Nunu Nine ve Yaşar Dede'yi de peşlerine takarak yürüyüşe gittiler. Evde bir tek Ali ile biz kaldık. Ben her ne kadar hiçbir şey olmamış gibi davranmaya çalışsam da, beynimi dün gece çok çalıştırdığım için anormal davranışlarımla kafamdaki mütarekeyi fazlasıyla çaktırıyordum. O yüzden Ali içeride otururken ben bahçeye çıkmaya karar verdim. Bahçedeki divanda bir köpeğin oturduğunu görünce gerisin geri içeri girip "Divanda köpek var, korktum" diyerek Ali'nin karşısındaki sandalyeye tünedim. "Alayım mı istersen?" dedi en normal ses tonuyla. "Neyi?" diye dünyanın en saçma sorusunu sordum çocuğa. Gülüp ayağa kalktı ve elimden tutup beni de yanında sürükleyerek bahçeye çıkardı. Ben eşikte beklerken, ayakkabılarını giydi ve divandaki köpeği kucağına alıp, yana kaydı. "Korkma, ben tutuyorum, otur sen."

Ayağıma kapı önündeki Nunu Nine'nin tüylü terliklerinden birini geçirip korkarak divanda en uca oturdum. Bir süre hiç konuşmadan durduk öylece. O elindeki köpeği sevdi, ben onları izledim. Sanki köpek o varken konuşamadığımızı düşünmüş gibi Ali'nin kucağından zıplayıp koşa koşa bahçeden çıktı.

"Dün..." dedik birden ikimiz aynı anda. Elimle işaret edip, ilk sen konuş der gibi bir hareket yaptım. "Dün..." diye devam etti Ali. "Biraz sinirlendim. Saçma salak şeyler söyleyip üzdüysem seni özür dilerim. Pek hatırlamıyorum bile ne dedim o ruh haliyle..."

"Yok yok... Hata bende. Yani bunca yıldır sizden hiçbir şeyini saklamayan ben, sırf bir oğlan için bir şeyler sakladım. Kötü bir niyetim olmasa da, haklısın. Ne olursa olsun, bileceksiniz bundan sonra. Söz."

"Rahatladım..." dedi başını geriye atıp, arkasındaki duvara yaslarken. "Cidden rahatladım."

"Dün biraz kafam karışmıştı aslında. Yani eski Ali gibi olmadığını, bir değişiklik olduğunu düşünmüştüm sende. Ama şimdi anlıyorum ki, değişen benmişim. Merak etmeyin, eski Yaprak olacağım."

"Sen nasıl bir Yaprak olursan ol, bizim için fark etmez. Yaprak, Yaprak'tır. Değil mi?"

"Alikuş..." deyip popomla minik hareketlerle divanda yanına doğru kaydım. "Siz benim için o kadar büyük şanssınız ki..."

"Sen de bizim için. Depresyona girdiğinde fotosentez yapmaya kalksan da, nöronların savaş ilan etse de beyninde, yemek yemek yerine yeşillenmeyi tercih etsen de, avizelerle kavga edip saçmasapan şeyler yapsan da..." dedi gülerek. "Senin her halin bizim için şans."

"Depresyonumun her aşamasını bilen arkadaşlarım var. Ne şanlıyım be!" dedim işaret parmağımı küçük çocukların derste tahtaya kalkmak için salladığı gibi sallayarak. O da anladı zilin sesini ve yanağını bana çevirdi gülerek. Yaprak kuralları 5656, sana dönmüş bir gamze varsa, o parmağı oraya sokacaksın! Biz, divanda öylece iki dakikada eski halimize dönmenin mutluluğu ile takılırken, yine bir ses bütün ortamı bozdu.

"Lan koşun, Sinan'a kaz saldırdı!"

***

"Ulan kızlar bana saldırsın derken, kazlar saldırıp yere yatırdılar..." Sinan, uzandığı yerden kendi kendine söyleniyordu biz gülerken. "Hayaller kızlar, hayatlar kazlar... Ulan hep Gözde'nin yüzünden. Kesin büyü yaptırdı bana. Bütün kızlar 'Oha Gözde'nin Sinan' deyip konuşmayı kesiyor benle zaten. Bir de başıma gelen felaketler..." derken bizim kahkahalarla gülen suratlarımıza sinirle döndü. "Gülmesenize lan, ölüyordum az kalsın!"

"Kanka, kusura bakma da, üç tane kazın seni yere yatırıp gagaladığını görüp de şu an burada gülmemem imkânsız, anlıyor musun?" dedim gülerek. "O değil de, nasıl oldu da saldırdı bu çılgın kuşlar size?"

"Lan hep bu sığır Gökhan yüzünden... Yürürken bir evin ahırında inek gördü. Kendi türünü görünce heyecanlandı tabi büyükbaş hayvan, dedi Sinan, ne olur uzaktan da olsa bir bakalım. Ben de dedim özlemiştir kendi hemcinslerini bakalım tamam... Bahçeye girdik gizliden, işte ahırın önünde durduk, bakıyoruz içeri. O sırada ineklerden biri Gökhan'ı görünce aşka mı geldi ne yaptı, bağırmaya başladı. Bir baktım üstümüze geliyor. Bu piç kaçtı tabii hemen, ben kaldım. Ben de tabanları yağlayayım derken, deyim can buldu, ayaklarım bir kaydı, götümün üstüne yere düştüm. Toparlanıp hemen çıkayım bahçeden derken kafamı bir kaldırdım, üç tane kaz üzerime üzerime geliyor... Anasını satayım az kalsın hardcore becereceklerdi beni. Gagaladılar her yerimi... Ben yüzümle geçinen biriyim arkadaşlar, şu haline bakın, ponçiklenmiş gibi duruyor!"

"Baktı kızlardan hayır yok, kazlar ponçiklesin bari deyip kendi bilerek yere düştü yalan söylüyor gavatar," dedi Gökhan gülerek. "Yalan mı lan, eski Kazanova?"

"Gökhan bak seni atla çiftleştirir, doğan çocuğunuza altın takarım! Senin yüzünden ne hallere düştüm, bir de dalga geçiyor!"

"Tamam tamam, geçti bitti. Ucuz kurtuldun ha, kazlar çok tehlikelidir. Dua et az hasarla kurtuldun."

"O değil de, bir şey eksik..." dedi Ali oturduğu köşesinden. "Sinan'ın mağduriyeti... Gökhan'ın dalga geçmesi... Yaprak'ın gülmesi... Oğuz? Oğuz nerede?" demesiyle hepimiz telefonlarımızı çıkardık aynı anda. Bir sürü mesaj gelmişti Oğuz'dan gruba, hiçbirimiz o hengamede fark etmemiştik.

-4N1K Whatsapp grubu-

Oğuz: Gençler, neredesiniz ya bir uyandım kimse kalmamış evde. Bensiz parti hard durumları varsa alınırım.

Oğuz: Ben çok sıkıldım ya... Nunu'm da evde yok.

Oğuz: Tuvalete giriyorum, biraz tweet okuyayım. Bu arada, buranın tuvaleti klozet değil, alaturka... Ters bir durumda gelin kurtarın beni.

Oğuz: Laaaan, ayaklarım uyuşmuş kalkamıyorum!

Oğuz: Lan gelin kurtarın beni, Ali Rıza Bey'e döndüm ben yine!

Oğuz: Beni bırak sen git diyor bacaklarım. Kertenkele gibi bırakacağım olduğu yere bacaklarımı, top gibi yuvarlanarak geleceğim yanınıza...

Oğuz: Lan ölüyorum galiba... Bu pozisyonda hiç hoş olmayacak ama cidden ölüyorum şu an ılık ılık...

Oğuz: Vasiyetimi yazıyorum, adıma bir mese derneği kurulup cenazemde pizza dağıtılacak ve her yıl ölüm yıldönümümde durumu olmayan meselere meme tahsil edilecek.

Oğuz: Merhaba. Ben ölü kız Oğuz. Bu mesajı 15 yere yapıştırmazsan gece odana gelip suratında twerk yapacağım.

Hepimiz, Oğuz'un Whatsapp mesajlarını okuyup tuvalete koştuk. Tabii ben girmedim, diğerleri söve saya bir şeyler yapıp, dışarı çıkabilir hale getirdiler önce. Sonra Oğuz'u olduğu gibi tutup dışarı çıkardılar omuzlarda. Geri zekâlı, öylece çömmüş pozisyonda kaskatı kesilmişti. Bir süre bacakları çözülmedi, sandalyeye oturttuk. Ayakları yavaş yavaş çözülünce kanepeye Sinan'ın karşısına yatırdık. Bir yandan Sinan mızmızlanıyor, diğer yandan Oğuz... Ali, Sinan'ın yaralarına tekrar yara bandı yapıştırırken ben ise Oğuz'un ayaklarını ovuyordum. Gökhan ise Oğuz'un tuvalette o haliyle çektiği resmine bakıp bakıp gülüyordu. İşte mükemmel tatilim!

Akşam, hepimiz hareketli geçen bir günün ardından ölü bedenlerimizi sürüye sürüye, anneler uyuduktan sonra kendimize bir köşe bulup kıvrıldık oturma odasında. Oradaki son günümüz olduğundan, uzun zaman sonra birlikte sabahlamak istemiştik. Oğuz, Ali'nin dizlerine başını koymuştu. Sinan halıya uzanıp ayaklarını kanepeye kaldırmış, ben ise Gökhan'ın dizine başımı yaslamıştım. Gökhan çok fazla duygularını belli eden bir çocuk olmadığından, o gün biraz duygusal tarafından yakalayıp, saçlarımla oynamaya ikna etmiştim. Öyle bir süre havadan sudan konuştuktan sonra Ali'yle yaptığım konuşmayı diğerlerine de yapmaya karar verdim sakin havadan da destek alarak. "Gecekuşlarım..." dedim hafifçe sağa dönüp Gökhan'ın dizinde. "Size bir şey söyleyeceğim. Ben bir karar aldım."

"Yine fotosentez yapmaya karar verdim de de, düşüp bayılayım şuraya," dedi Sinan ayaklarını oynata oynata.

"Salak, değil öyle... Bir sus da dinle. Geçenlerde sizden gizli sırıkla buluştum. Özür dilerim... Ama kötü bir niyetim yoktu. Boşunuza sinirleriniz yıpranmasın istedim." Gökhan saçlarımla oynayan eliyle kafama hafifçe vurdu. "Oğlum bir dur ya... Dün Ali'ye de dedim. Yani beni biliyorsunuz. Ben anlamam aşk gibi şeylerden. Sırık ne yaparsa yapsın gözüme batıyor, sinirleniyorum. Ama bazen haksızlık yapmışım gibi hissediyorum ona. Ne bileyim... Yani şey demiyorum yanlış anlamayın, yelkenlerimi suya indirmedim. Sadece eskisi gibi 'hey höyt keserim bana yaklaşırsan pipini' modunda gezmeyeceğim. İddialara devam edip, sonunda kimin kazandığını görmek istiyorum. Belki de kendimi tanımak için iyi bir fırsat bu benim için. Aşk denen şey sizin ellediğiniz kızlardan ibaret olmamalı benim için. Yani... Belki yine sırığı sevmeyeceğim. Ya da uzun süre kimseyi sevemeyeceğim yine. Ama ilk kez aşkın nasıl bir halt olduğunu öğrenmek için fırsat varken... Diyorum ki göze göz dişe diş... Kendimden ödün vermeden, kendi aşk tanımımı keşfedeyim..."

"Sen ne karar verirsen bizim için tamam kızım. Sen nasıl istersen öyle olsun. Ama sırf sen biraz yumuşadın diye benim de yumuşamamı bekleme, en ufak bir yavşaklığında yine sikerim o sırığın her santimetrekaresini."

"Al benden de o kadar. Bizim için sen ona âşık olmadığın sürece o 'yampirik' olarak kalacak o sırık. Ama dediğini yap sen. Bakalım bizim fotosentez güzeli aşkı neresinden kavrayacak..."

"Bizim kız aşkı götünden yakalayıp, olayı çok yanlış anlayacak diye çok korkuyorum çok," dedi Oğuz yine ortamı biraz gevşetmek ister gibi. Sonra kendine pek yakışmasa da ciddileşti. "Ben de destek veriyorum sana. İddialarda her zaman yanında olacağız. Eee, ne diyoruz? Nerede, ne zaman, neden, ne yapıyorsak..."

"Hepimiz kızımız..." dedi Gökhan, Oğuz'un cümlesinin peşine. "Kızımız hepimiz için" diye tamamladı ilk kez konuşan Ali. "Ne olursa olsun biz yanındayız güzelim. Kazan, kaybet... Dediğin gibi, kendi aşk kavramını yarat. Her zaman olduğun gibi, sözlük karşılıklarına takılma. Kendi değerlerini yarattığın gibi, bu defa da bilmediğin aşkı kendine göre yorumlayıp kazı hafızana. Sonuç ne olursa olsun..." dedi duraksayıp. "Hep yanındayız biz."

"Ya oğlum durun, duygusallaşmayın, dört mandıra sığırı aynı anda duygusala bağlayınca gerildim ben, özünüze dönün lan!"

"O değil de, senden ilk hoşlanan o sırık değil Yaprak'ım."

"Ha?" dedim halıda yatan Sinan'a doğru.

"Lan hatırlasanıza, ilk ve ortaokulda kim Yaprak'tan hoşlanıyorum dese, gidip erkekler tuvaletine sokup döverdik."

"Oha, benim neden haberim yok?"

"Valla Yaprak'ım, sana söylemiyorduk ama epey bir oğlanı

dövdük zamanında. Liseye geçince de zaten dördümüzle dolandığını gören kimse cesaret edememiştir yanına yaklaşmaya. Sırığı tek sanıp yüceltme kafanda. O sadece çoraptan çıkan parmak gibi beklenmedik bir anda çıkan biri."

"Ama Yaprak kanka, çok koordine çalışırdık o zamanlar. Sana yavşayanı çekerdik erkekler tuvaletine... Sinan tutar, Ali döver, ben yeni öğrendiğim küfürleri onlar üzerine deneyimlerdim, Oğuz ise çocukların psikolojisini bozardı."

"Aynen ya... Bu piç bir keresinde dövdüğümüz çocuğun kafasına, burnunu sildiği peçeteyi sürmüştü. Çocuk üç gün okula gelmedi. Sonra başka bir çocuğu döverken çocuğun külotuna tuvalet camında vızıldayan sineği yakalayıp atmıştı. Ulan bir devrin psikopatlarını hep bu yarattı, sorumlusu da sensin Yaprak."

"Şu an kendimi en son babalar duyardaki kel adam gibi hissediyorum. Neden haberim yok ulan bunlardan benim? Ben de yıllardır 'Ruhu Volkan Demirel olan kız' olarak takılıp, sırığın bana ilgi duyan ilk erkek olmasını ilk başlarda 'gey mi acaba' diye yorumlamıştım."

"Kızım ben sana Volkan Demirel'den farkın yok diyorsam, kardeşim gibi olduğundan. Oğuz, Sinan, Ali neyse, sen de osun. Ondan... Konuşturmayın ulan beni, beceremem ben böyle şeyleri. Hem ortada bir gey olsa, bizim gruptan sana değil bana sulanırdı. Bilirsin, erkekler bana bayılıyor..."

"Salak..." dedim Gökhan'ın eline vurup. "Daha önceleri umursamıyordum bu tarz şeyleri ama, sırık bazen öyle şeyler söylüyordu ki bir tuhaf hissediyordum kendimi. İyi geldi bunlar... Sıçmışım diğerlerine. Ben sizin tatlı Volkan Demirel'iniz olsam yeter bana. Sürüye uymaktansa, kendi sürümü yaratırım. Bunu da o sırığa kanıtlayacağım. Kendimi keşfedeceğim bu yolda, yalnızca ve yalnızca içimden geldiği gibi davranıp, yine içimden geldiği gibi olacağım. Sonucunda ne olur, kim kazanır bilmem. Ya o bana cidden aslında içimdeki prensesin sesini kıstığımı kanıtlayacak ve kalbimi kazanacak, ya da ben kazanıp pişman olmadan yine kendi yolunda yaşayıp kendi bulduğum aşkın tanımına göre bir gün başkasına âşık olacağım." Ayağa kalktım hepsi bana bakarken. Gülümsedim halının ortasında. "O zaman arkadaşlar... İddialarımız kaldığı yerden devam etsin!"

Yirmi Dokuzuncu Bölüm

Nurhayat Nine'nin evindeki iki günlük mini tatilimizden sonra tekrar ışık hızıyla eski rutin hayatımıza geri döndük, her tatil sonrası olduğu gibi. Tatil sabahları annemin beni zorla uyandırması, benim buna karşı koymam ve annemin zaferi sonucu 'uyku gazisi' olarak otobüslerde bana yer verilmesini beklemem, kahvaltı sonrası Alilere gidip bizimkilerle saçma salak geçirilen bir günün ardından akşam eve gelip bilgisayar oyunu ve birkaç animeyle günü kapatıp yine yatmadan bizimkilerle konuşmam... İşte klasik bir 4N1K sömestr planı. O gün, Nunu Nine'nin yanından gelişimizin ikinci günüydü. Alilere gitmek için evden erkenden çıktım. Oğuz'un dün gece 'Nunu aşkımı özledim' depresyonunu bahane ederek Ali'de kaldığını bildiğim için saçma bir görüntüye hazırlıklı bir şekilde düştüm yollara. Son günlerde iyice kafayı yememden mütevellit ruh halim yine mutsuz günlerde giyilen kötü iç çamaşırından halliceydi. "Kızım Yaprak, yine beynin erimiş dondurma kıvamında. Kendine gel..." dedim kendimi bir elektrik direğine çarpmaktan son anda kurtardıktan sonra. Yoluma devam ederken bir dişi kedinin peşine düşüp onu takip eden sarı renkli bir kedi görünce nedense sinirlerim bozuldu ve kedilere küfür ettim. Sonra "Allah'ım, bütün günahlarım sırık oğlana..." dedim. Ve sanki komikmiş gibi buna yolun ortasında güldüm. "Günaydın," dedim sonra Alilerin evine giden yolda her gün gördüğüm çöp konteynırına.

"Bence sen çok tatlısın ama kokuyorsun..." derken yine kendime olan özsaygımı kaybetme riskini göze alarak, omzuma bir elin dokunmasıyla üç adım öteye sıçradım, uzun atlamacı bir atlet misali. "Ulan sırık piç, ben sana kaç kere diyeceğim beni aniden korkutma diye!"

"Çöp konteynırıyla mı konuştun az önce, bana mı öyle geldi?" dedi gülerek.

"Yoo... Ne alaka? Sor istiyorsan, ben bir şey demedim ona..." deyince bir kez daha kahkaha attı. "Seninle uğraşamam, sırıkların efendisi."

"Dur dur dur..." dedi gitmeye niyetlendiğimde. Kolumdan tutup kendisine çevirdi. "Kaç gündür göremiyorum seni, böyle tesadüfen karşılaşmışken bari bırak iki dakika göreyim yüzünü Amazon kızım."

"İki dakika..." dedim saatime bakarak. "Süren başladı."

"Çok acımasızsın..."

"Yoo, değilim. Sor istersen," dediğimde gülemedi. Bu defa ben kahkaha attım. "Şaka yaptım. Merak etme, sadece ufak çaplı nöron savaşları... Kafam yerinde." Elimle, ters taktığım şapkama vurdum.

"İyi o zaman. Bana âşık olmadan delirmeni istemem."

"Tıraş olmadın mı sen? Yüzünde sarı sarı şeyler var."

"Utandırma!" dedi gülerek sırık. "Depresyondaydım biraz. Göremedim ya seni... Olmuyorum tıraş falan bir süredir."

"Bence ol sırık... Sarışınsın sen, kendine gel. Bıyık, sakal senin neyine... Gerçek kesitteki sarı bıyığa dönmüşsün."

"Yaprak!" dedi tekrar. Yine güldü. "Cidden bir tuhafsın bugün, korkutuyorsun beni."

"Ya kafamın yanında iki hava boşluğu var ya, cereyanda kaldım o yüzden," dedim kulaklarımı işaret edip.

"Kulaklarını daha önce görmedim. Saçını hep dağınık topluyorsun ya..." derken yanıma gelip şapkamı çıkardı.

"Ulan namahrem benim kulaklarım, ver şu şapkayı!"

"Yoksa hafif kepçe mi? Ondan mı saklıyorsun?" Şapkamı

alıp kendine taktı. "Yoo, gayet minicik kulaklarım var. Ama kimselere göstermiyorum. Prensip meselesi..." dedim zıplarken. "Ulan sendeki bu boy buradan bizim eve yol olur, Çin Seddi misin mübarek. Aşamıyorum..."

"Hadi bir bakayım kulaklarına, ne olur..."

"Yavşaklaşma yine!" dedim ayağına tekme atıp. "Ver diyorum, tükürürüm bak."

"Tükürsene... Ne olur."

"Yavşaklıkta bir dünya markasısın Barış."

"Bana ismimle hitap ettin!" diye bağırdı birden. "Duydunuz mu Barış dedi bana?!" Yoldan geçenlere doğru konuşuyordu.

"Salak..." dedim kolundan çekip. "'Ne diyeyim, Mahmut mu?' esprisi bile yapasım gelmiyor şu an. Rezil oluyoruz!"

"İsmimi sevdim sayende. Bir daha söylesene Amazon kızım. Lütfen..."

"Sırıkların efendisigillerden, yavşak Barış. Evet, senin adın bu."

"Hmm, İspanyolca isimler gibi... Güzel. Sevdim ben."

"Cidden bazen adamı delirtiyorsun sırıkların efendisi. Ben gidiyorum..." dedim arkamı dönüp. Şapkamı hatırlayınca kuyruğunu yakalamaya çalışan kediler gibi gerisin geri döndüm anında. Ellerimi uzattım burnuna doğru. "Şapkamı ver."

"Bende kalacak. Hatıra..."

"İki gram insaniyeti hak etmiyorsun be sırık. Kolla kendini geliyor beddua..." dedim ellerimi boksörlerin gardını aldıkları gibi yapıp. "Oksijen yerine karbondioksit alırsın da, nefesin götünden çıkar inşallah. Dinozorlar gibi neslin tükenir de, bilim kurgu filmlere konu olursun, Amerikalı kahramanlar ponçikler seni filmlerine. Tuvalete girdiğin an tuvalet kâğıdı biter de, evde kimse olmadığından kıçını bitmiş tuvalet kâğıdından arta kalan kartona silmek zorunda kalırsın inşallah. Ay, yeter. Şiştim. Piçoz seni!" deyince birden güldüm yine kendi kendime. "Aaa, bunu yeni buldum... Paçoz... Piçoz... Ay valla ben kullanırım bunu." Arkamı dönüp sanki hiçbir şey olmamış gibi kendi kendime konuşmaya devam ettim. "Ya çok güzel oldu... Tutar bu. Sevdim..."

"Amazon kızım... Beddualarını da seviyorum senin. Sen iste, tuvalette, tuvalet kâğıtsız da kalırım, oksijen yerine karbondioksit de alırım. Ama dinozor olamam galiba da çok istersen bir zorlarım..."

"Yavşaksın, yaparsın sen."

"Kendine iyi bak!" dedi kafasındaki şapkamla. Sonra gülerek arkasını döndü ve aksi istikamette yürümeye başladı.

Bir süre içimden 'Acaba iddialara devam edeceğimi söylesem mi, söylemesem mi' diye geçirerek arkasından gidişini izledim. Ama nedense söyleyesim gelmedi. Ben öyle dalmışken, beni kendime getiren telefonum oldu. Kafamı kendime gelmek için hafifçe sallayıp, telefonu açtım. Arayan Gökhan'dı. "Yaprak, Sinan yanında mı?" dedi telaşlı telaşlı. "Yok kanka, şimdi geçiyorum Alilere. Ordadır belki... Ne oldu?" dedim. "Kanka sıçtık, kırmızı alarm. Ece gelmiş. Az önce gördüm pencereden. Sinan'ı kilitleyin bir yere diyecektim. Dur sen kapat, ben onu arayayım, neredeyse gideyim, ben çekemem o çorap gülünün depresyonunu. Hadi görüşürüz Ali'de."

Gökhan telefonu kapatınca, arkamı dönüp hızlı hızlı yürümeye başladım. "Ece gelmiş..." dedim kendi kendime sıkıntıyla. Bu, Sinan'ın bir günlük ağırlaştırılmış depresyona mahkûmiyetinin sireni oluyordu. Ece kim miydi? Hani her erkeğe diz çöktüren bir kadın vardır ya, işte Sinan'a diz çöktüren tek kişiydi o. Şu ana kadar kimseyle çıkmamayı etik değerleri hanesine yazıp, kimlerle takılırsa takılsın hiçbir kızla çıkmayı aklından bile geçirmeyen, kızların bunu istemesiyle olay mahallini hızla terk eden Sinan'ın, zamanında ilk ve son kez teklif edip, reddedildiği kız... Babasının annesini aldatma olayı yüzünden erkeklerden nefret ediyordu o sıralar Ece. E Sinan da gidip, onun bu nefretinin en doruklarda olduğu zaman Ece'ye âşık olmuştu. Aramızdaki kadersizlik konusunda master yapmış kişi olarak, normaldi tabii. Aldatma olayından sonra annesinin babasından ayrılması üzerine, annesiyle yaşamak için başka bir şehre taşınmıştı. Sinan'ın ona açılmasından kısa bir süre sonra. O günden sonra ara sıra bizim mahalleye yakın oturan babasını ziyarete gelir, Sinan'ı depresyona sokup geri giderdi. Ve Sinan aramızda depresyonu en çekilmeyen kişiydi belki de... Ali depresyona girince sigara içer, uyur ve sessizleşirdi. Gökhan sürekli içip içip sızar, Oğuz ise... Oğuz pek depresyona girmez, depresyona sokmayı tercih ederdi. Ben deseniz, cansız nesnelerle konuşur ve yorganın altında can verene kadar kafamı çıkarmazdım yataktan. Ama Sinan... Sinan bu konuda bir tuhaftı. Bir anda sevgi böceğine dönüşür, hepimizi öpmeye kalkar, sonra hepimize bir anda sinir olur, salak salak laflar söylerdi. Bir anda kendini yere atar, bir anda saçmalar, bir anda koşmaya başlardı... Tarifsiz bir istikrarsızlık abidesi olarak geçirirdi zorlu süreci. O yüzden, Ali'lere doğru giderken tek temennim, Sinan Ece'yi görmeden yetişip, Ece gidene kadar olaya hâkim olmaktı. İşte benim de aşk hayatım... Bizimkilerin ardını toplamak... E-Amazon kızı ne yapsın?

"Güzelim ne gerek var isme? Yani ha sevgili ha arkadaş... Ben isimlere takılmam. O yüzden teklif falan olaylarına karşıyım. Takılıyoruz işte... Neden isimle sınırlayalım ki birbirimizi. Haksız mıyım?" dedi Sinan telefonda konuştuğu kıza. Tek eli cebinde, Ali'ye giderken telefonda da bir kızla konuşuyordu. "Bak şimdi... Ben sana ne hissediyorum biliyorum. Sen biliyorsun... Neden bizim birbirimize hissettiğimiz farklı ve değişik duyguları 'çıkmak, sevgili olmak' gibi klişe kalıplara sokalım ki? Biz farklıyız Fundacığım. Tabii güzelim... Aynen öyle. Neyse, yarın görüşürüz o zaman, gelirim ben 2 gibi. Ev boştu değil mi? Tamamdır. Oldu o zaman, yarın görüşürüz. Ben gelene kadar kendine iyi bak. Ağlarım yoksa... Tamam? Hadi... Görüşürüz... Tamam hadi... Hadi tamam artık, kapattım," deyip hızla kapattı telefonu. "Ulan şu kızların son dakika vedayı uzatma huyu delirtecek beni. 'Tamam hadi hadi görüşürüz, hadi tamam, hadi bay bay' derken ağzım yamulacak anasını satayım." Telefonunu cebine attı ancak tekrar çaldı telefon. Arayan bu sefer diğer konuştuğu kızdı. "Bu niye arıyor lan..." dedi kendi kendine ve yalancı bir coşkuyla telefonu açtı. "Sudeciğim? Efendim canım. Ne meşgulü? Ha o mu..." dedi burnunu kırıştırıp. "Şey güzelim, bankayı aramıştım da... Evet evet ufak bir şey için... Yok ya önemsiz de işte bankaları bilirsin, annenin yok kızlık soyadı, yok babanın plaka numarası, yok sıçarken hangi peçeteyi kullanırsınız, yok teyzenizin oğlunun en sevdiği programın on ikinci harfi..." deyince karşıdaki kız güldü. Sinan hafifçe 'oh' çekti çaktırmadan. "Öyle işte... Yarın mı? Yarın doluyum güzelim ya... Bizim çocuklara söz verdim. Vermesem, al bütün günlerim miladi takvime göre senin olsun. Aynen aynen... O zaman ondan sonraki güne ne dersin? Bizim ev boş o gün, bize gel. Olmaz mı? Anlaştık o zaman. Hadi canım, tamam görüşürüz... Hadiii, tamam hadi tamam hadi sen de canım hadi..." Tekrar sıkıntıyla telefonu kapatınca direkt sessize aldı bu defa. "Nefessiz kaldım yine son on saniye... Bir aramayı daha kaldıramam." Telefonu tekrar kotunun cebine sıkıştırdı ve ıslık çalarak yürümeye devam etti.

Son birkaç gündür, okul dışından kızlarla görüşmeye başladığı için Gözde işlerini bozamıyordu ya, keyfi bir hayli yerindeydi. Seke seke yürürken, kendi kendine kaldırımda oturup oynayan bir kız çocuğu gördü. Sinan, kız çocuklarına asla dayanamazdı. Gülümseyerek kızın yanına gidip başını okşadı. "İki kulaklı kız..." dedi gülerek. "Tavşan mı olmak istedin? Neden saçlarını öyle yaptın?" Kız cevap vermeyince biraz daha üsteledi konuşabilmek için. "Ben de hep saçımı böyle yapmak istiyorum ama saçlarım kısa..."

"Uzatmalısın o zaman," dedi kız başını oyuncak bebeğinden kaldırıp. "Ben çok fazla küçükken de senin gibiydi saçlarım, o zaman annem yapardı iki kulak."

"Öyle mi? Umut var yani? Bir gün geleyim de yap saçlarımı, olur mu?" dedi Sinan küçük kızın yanaklarını sıkarken. Kız başını hafifçe sallayıp oyununa geri dönünce ayağa kalktı Sinan "Allah'ım ne olur ilerde kızım olsun, erkek olursa çocuğum dayanamam valla..." diyerek. Ayağa kalktığı an, karşı kaldırımda birini görünce yüzündeki gülümsemesi yerini şoka bıraktı. "Ece?"

"Merhaba. Uzun zaman oldu görüşmeyeli..." dedi Ece, Sinan'ın yanına gelip. "Nasılsın?"

"Bir dakika öncesine kadar tele tabiler kadar mutluyken, şu an Sünger Bob'daki Squidward gibi hissediyorum. Özeti güzel geçtim mi?"

"Sinan, her zamanki gibi çok tatlısın," dedi Ece gülerken. "Eee, nasıl gidiyor hayat görüşmeyeli?"

"Ece, dalga mı geçiyorsun şu an benimle? O kadar şeyden sonra neden her seni görmemde bana şu işkenceyi çektiriyorsun? Kızım hoşuna mı gidiyor arada gelip kendini hatırlatıp ağzıma sıçmak?"

"Abartma lütfen. Arkadaş sayılırız biz," derken Ece eliyle Sinan'ın omzuna dokundu. "Neyse, yine karşılaşırız belki. Babam kahvaltıya bekliyor, kaçmam lazım. Kendine iyi bak. Olur mu?"

Alilerin evin önüne gelince klasik Yaprak kapı çalması, tek elimi zile bastırdım çekmeden ve aynı anda ayağımla kapıya vurmaya başladım. Ne olursa olsun, öyle vurunca daha hızlı açılıyordu kapı çünkü. Birkaç saniye sonra Gökhan kış aylarında olmamıza rağmen giydiği şortuyla kapıyı açtı. "Ulaşabildin mi Sinan'a?" dedim içeri girerken. "Yok kanka, açmadı telefonu çorap gülü." Odaya, yine gardımı alıp girdiğimden gördüğüm saçma görüntüye pek şaşırmadım. Oğuz, pilates yapıyordu, Ali'nin annesinden kalma pembe pilates topunun üzerinde. Kanepede karşısına koyduğu bilgisayarda ise Ebru Şallı'nın videosu açıktı. "Ya Oğuz, mal mısın?" dedim ayağımla altındaki topa vurup. "Bu ne şimdi?"

"Nefes al... Ve ver..." dedi beni takmayarak. "Nefes... Nefes..."

"Ya Yaprak siktir et şu salağı. Bir bok yaptığı yok, topun üzerine oturup Ebru Şallı'yı keserken nefes alıp veriyor. O kadar..."

"Lan, arkamdan konuşmayın piçler. Şurada ciddi bir iş yapıyoruz değil mi?"

"Allah'ını seversen, ne ciddi işi Oğuzcuğum?" dedim bilgisayarı koyduğu kanepede köşeye ilişip.

"Kanka son zamanlarda kilo aldım, en sevdiğim yerim olan popom büyüdü. Ondan şimdiden önlem alıyorum... Hem bir erkek mese kilo almamalı. Çünkü kendi memesi azcık büyüse kendine bile asılır. Tamam?"

"Ya Yaprak, sen şunu ciddiye alma..." Gökhan elindeki ekmeği kemiriyordu, Ali'nin ayak ucunda.

"Nefes... Al... Ver... Ay veremedim lan dur. Al tekrar ver..." Oğuz'a önce hepimiz şöyle bir bakıp, yok sayma kararı aldık.

"O değil de Sinan nerede kaldı ya..." dedim başımı geriye doğru atarken. "Ece'yi gördü kesin." Daha bizimkiler cevap vermeden dış kapının örtülme sesi geldi. Ben hemen hafifçe doğruldum oturduğum yerde ve oturma odasının kapısında suratı asık bir şekilde duran Sinan'a baktım. "Sinan, bir şey mi oldu?" Cevap vermedi. Ayağa kalkıp yanına gittim. "Sinankuş?"

"Kuş öldü beybi..."

***

Akşam üzeri Sinan biraz yatışınca, babamın yedi kez aramasından sonra eve geldim. Uzun zaman sonra ilk kez eve erken geldiği için benim de yemekte olmamı istemiş işte... Onlarla rutin aile sohbetlerimizi edip, yemek yedik. Biraz televizyona baktık derken iki saatte onlarla yapabileceğim her şeyi yaptığıma karar verip vicdanımı temizleyerek, odama çıktım ve bizimkilerle mesajlaşmaya başladım. Sinan'ı merak ediyordum en çok. Onu o halde bırakmayıp, hepsi Alilerde kalmaya karar vermişlerdi o gece. Kıskanıyordum biraz...

4N1K whatsapp grubu

Yaprak: Ne yapıyorsunuz?

Oğuz: Hmm, besinlerimin oksitlenmiş kalıntılarını anüs yoluyla dışarı atıyorum, sen?

Yaprak: Çirkinleşme Oğuz...

Ali: Ulan Oğuz, çık tuvaletten, yemin ederim başını klozete sokarım gelirsem. Prostat olacağım genç yaşımda senin yüzünden!

Oğuz: Ali bebeğim... Çişin geldiyse neden söylemiyorsun? Çıkarım yarım saate falan.

Sinan: Bence sen çıkma oradan puşt, kayıp çoraplarımı buldum. Benim en sevdiğim domuzcuklu çorabıma sen hangi cesaretle ağzını silip kanepenin kenarına sıkıştırırsın!

Gökhan: Oğuz, pislik misin bebeğim?

Oğuz: Kafam karışmış, ben mutlu muyum sanıyorsun senin çorabına ağzımın kenarındaki pizza sosunu silmekten? O kadar mutsuzum ki şu an ağlıyorum tuvalette gizli gizli...

Sinan: Sen bir çık oradan, bu sefer çoraplarımı boşaltım merkezinin temel taşına tıkayacağım, üç yıl sıçamayacaksın!

Yaprak: İşte bunlar hep nöron savaşları...

Gökhan: Lan Merve mesaj attı, yarın sabah size geleceğim dedi. Konuşacağı bir şey varmış!

Yaprak: Kanka, ne konuşacak ki acaba?

Gökhan: Benim çocukluktan arkadaşım var ya, Tuğba... Onunla karşılaştık bugün. Epeydir görmeyince sarıldık falan, biri onu gördü de haber mi verdi acaba? Ulan Merve ayrılmasın benden?

Sinan: Kanka, üzmek gibi olmasın ama ayrılması için önce sizin tekrar barışmanız lazım. Halihazırda hâlâ ayrısınız siz zaten.

Gökhan: Şimdi sana onu soran oldu mu sayın geri zekâlı?

Gökhan'ın son yazdığına cevap vermek için sohbet kutucuğuna başparmağımı bastırmıştım ki, telefonum çalmaya başladı. Sırık... Açmadım önce. Çaldı çaldı kapandı. Telefonu avucumda sıkıp bacağımın üzerine koyunca gözüm ayağıma kaydı. Çorabım kaçmış, baştan ikinci parmağım olan en uzun parmağım dışarı çıkmış... Aklıma Gökhan'ın sırık benzetmesi geldi o an. "O yırtık çoraptan aniden çıkan parmak gibi..." Parmağımı usulca sallayıp kendi kendime güldüm. Sonra elim istemsizce telefonuma gitti ve sırığı aradım. Sanki eli telefondaymış gibi ilk çalışta açtı telefonu. "Ne var?"

"Kulağında ne var?"

"Mal mısın?" dedim verdiği saçma tepkiye şaşırarak. "Ne demek istiyorsun sarı bıyık?"

"Ya hani bugün dedin ya kulağımı kimse göremez, namahremim diye... Hani üzerinde ne var der ya telefon sapıkları, ben de kulağını..." diye açıklama yaparken bir an pes etti. "Aman, neyse ne... Ne yapıyorsun?"

"Sırıkçığım, ne zamandır seninle havadan sudan sohbet eder olduk? Çıkar baklayı."

"Valla bakla falan yok... Arayasım geldi."

"Tamam." Birkaç dakika öylece sustuk karşılıklı. "Konuşacak konumuz bitti, kapatalım."

"Daha bir şey konuşmadık ki..." dedi sıkıntıyla. "Bana seninle konuşacak kadar kendini tanıma şansı bile vermiyorsun."

"Limon sıkma vicdanıma şimdi sırık..." derken çorabımdan kaçan parmağımı salladım tekrar. "Sana bir şey diyeceğim ben."

"Sevindim."

"İddia sırası bendeydi değil mi?"

"Sendeydi Amazon kızım."

"O zaman ben bir şeyler düşünüp..." Hafifçe öksürdüm söylemekte zorlandığım için. "Seni ararım." Ve telefonu suratına kapattım. Gerçekten benim için zor bir adımdı... Doğruca yatağımın içine girip yorganı kafama kadar çektim. Yatağın içinde utançtan biraz tepindikten sonra telefonuma bir mesaj geldi. Barış'tan...

"Ben salak salak sırıtırken, keşke yüzüme telefonu kapatmasaydın telefonu be Amazon kızım. Ama... Teşekkür ederim. Sanırım uzun zamandır beklediğim şey, bu adımdı. Artık rahatça uyuyabilirim. İyi geceler..."

Gökhan, Merve'nin geleceği için fazla heyecanlıydı o sabah. Erkenden kalkıp kafasını dağıtmak için uzun zaman sonra ilk kez odasını toplamış, biraz bulmaca çözmüş, ağırlık kaldırmış, iki koca kâse mısır gevreği yemiş, hatta sabah programlarına bile bakmıştı. Ama bir türlü vakit geçmiyordu. Huzursuzlukla telefonuna baktığında, hâlâ ne mesaj vardı ne çağrı... Suratını buruşturup tekrar gömüldü pencereye en yakın kanepeye. "Nerde kaldı ki... Yolda biri falan mı bir şey yaptı?" diyerek kendi kendine hızla ayağa kalkıp Merve'yi aradı. Telefonu açılmayınca ilk arayışında "Kesin bir şey geldi başına" dedi ve panikle tekrar numarayı tuşladı. Bu defa ikinci çalışta cevaplandı telefon. "Ne oldu?" dedi Merve büyük bir rahatlıkla. Gökhan kızın sesindeki rahatlığı duyunca derin bir oh çekti kendi kendine. "Merve, Emel Sayın gibi halıya sarıp kaçırdılar sandım seni de ondan... Nerde kaldın?" Önce kahkaha attı Merve, Gökhan'ın lafına, sonra ciddileşti. "Kapıdayım. Aç kapıyı." Gökhan telefonu kızın yüzüne kapatıp koşarak kapıyı açtı. "Sonunda gelebildin..."

"Dakika bir gol bir. Dur bi' içeri gireyim sonra sinirlendir." Ayakkabılarını çıkardı Merve. Daha önce defalarca geldiği için kendi evi gibi iyi bildiği eve uzun zaman sonra tekrar gelmenin gerginliğini hiç yaşamadan, köşede duran terlikleri ayağına geçirdi. "Hâlâ annemin terlikleri nerde duruyor unutmamışsın sarışınım," dedi Gökhan kapıyı kapatırken. "Tekrar mı barışsak ya?"

"Artık o kadar ağzına sakız oldu ki bu, ciddiye alamıyorum seni."

"Sivri dilli sarışınım..." dedi Gökhan birkaç adımda hemen

önüne geçerek. "Açsan, mutfağa geç, sana kahvaltı hazırladım. Değilsen oturma odasına... Yok ben geçmişi anayım dersen benim odama geç-" derken Merve son söylediğine sinirlenip karnına yumruk attı Gökhan'ın. "Her zamanki gibi benim miniğim canımı yakamadı."

"Mutfağa geçelim, açım biraz."

"Olur. Gönül isterdi ki sana ellerimle en sevdiğin kreplerden yapayım, ama elimden ancak anneme yalan söyleyip sana işe gitmeden krep yapmasını istemek geldi. Soğudular biraz ama..." Eliyle mutfağın kapısını açıp içeri buyur eti Merve'yi. "Olsun," dedi Merve büyük bir sakinlikle. Çantasını sandalyenin yanına astı.

"Buyur..." dedi Gökhan sandalyesini çekip. Merve sandalyesine yerleşince o da tam karşısına oturdu.

"Epey değişmişsin. Sandalye çekmeler falan... Buraya en son geldiğimde 'Merve kız ayağımı ovsana' deyip bilgisayar oyunu oynadığın sandalyeden ayaklarını uzatmıştın."

"Kızım yani şu an uzatmalı bir ayrılık sürecindeyiz, onlar ileride..."

"Asla değişmeyeceksin Gökhan..." dedi Merve, ağzına en sevdiği kreplerden tıkıştırırken. "Çok lezzetli!" dedi birden siniri geçerek. "Cidden bayıldım!"

"Allah'ım, senin şu gülen yüzünü görmeyeli ne kadar uzun zaman olmuş. Şu an kalkıp İdo dansı yapabilirim."

"Salak..."

"Eee, bu ani ziyaretini neye borçluyum?"

"Sorguya mı çekiyorsun beni?"

"Hayır hayır..." dedi Gökhan ellerini hızlıca itiraz eder gibi sallayarak. "İstersen sebepsiz gel. Hatta hep gel ama... Telefonda dedin ya bir şey konuşacağım seninle diye. Ondan... Kızım sabahın 5'inde uyandım heyecandan. Kargalara seni anlattım, onlar 'kahvaltı yapmadık daha, sikme beynimizi Gökhan' dediler."

"Espri yapma. Ciddi bir şey konuşacağız."

"Ben ciddi olamam, gülerim ama," dedi Göthan çocuk gibi

gülerken. Sonra Merve'nin sinirli bakışlarına tanık olunca eliyle yüzünü kapatıp ciddi bir surat ifadesi takındıktan sonra geri çekti. "Tamam. Ben artık ciddiyim, şimdi sen düşün sarı hatun."

"Pekâlâ," dedi Merve elindeki çatalı tabağın kenarına bırakırken Merve. "Sana bir şey soracağım..."

"Evet evlenirim!"

"Gökhan!" diye bağırdı Merve sinirlenerek. "Ciddi ol!"

"Tamam..." dedi Gökhan, eliyle gülen yüzünü tekrar ciddi şekle sokarken. "Ciddiyim."

"Dün annemle perdecideyken karşıda seni bir kızla gördüm. Sarıldınız..." Merve kaşlarını hafifçe çatarak, pembeleşen yanaklarını saklamak için başını tabağına eğdi ve tabağındakilerle oynamaya başladı. "Yani biriyle çıkıyorsan ilk ben bilmek isterdim..."

"Biri..." dedi Gökhan gülerek. "Biriyle çıkmak?" Biraz daha arttı kahkahası. "Ben?"

"Hiç beklemezdim senden. Sürekli peşimdeyken gidip bir anda..."

"Ya sarışınım," dedi Gökhan, gülerek sandalyesinden kalkıp. Merve'nin sandalyesinin hemen yanına diz çöktü ve yanaklarını avuçlarının içine alıp kendine çevirdi. "Ne çıkması kız, ben sensiz asansörle bile çıkmıyorum ayrıldığımızdan beri, sen gelmiş ne diyorsun bana. O Tubitto ya, annemin arkadaşının kızı. Yedi yıl olmuştu görüşmeyeli. Severdim eskiden... Çocukken annemle sık sık giderdik onlara. Böyle görünce, o heyecanla sarıldım. Ne var ki?"

"Yaprak'tan başka kızı arkadaşın olarak kabul edemem. Sarılmak falan..." dedi Merve, Gökhan'ın yüzündeki elini çekip tekrar önünü dönerken. "Yani seni kıskandığımı düşünme. Sadece beni kandırmış gibi-" derken kız, Gökhan ayağa kalktı ve Merve'yi de ayağa kaldırdı. "Ne yapıyorsun?" Gökhan, cevap vermeden sandalyeyi kenara çekti. Merve'nin boş tabağını ve çatal bıçağını, elini Merve'nin hemen yanından geçirip sert bir hareketle yere fırlattı. Ve Merve'yi belinden yakalayıp bacağının üst kısımlarından tutarak masanın üzerine oturttu. "Gökhan salak mısın, ne yapıyorsun?!"

"Şşş, sessiz ol..." dedi Gökhan, Merve'nin dudaklarına parmağını bastırırken. "Bugüne kadar hep buruk yanımı salaklıklarımla, abartılı hareketlerimle ya da bu tarz şeylerle bastırdım ama... Cidden daha fazla dayanamıyorum. İlk kez beni kıskandığını hissettiğim için belki de şu an bu cesareti buluyorum ama..." Elini şaşkınlıkla yüzüne bakan Merve'nin dudaklarından çekti. "Susmazsan birkaç dakika sonra kalbimin sesini duyamayacaksın."

Merve, "Gökhan... Cidden bırak!" derken Gökhan bileklerinden yakaladı onu ve aşağı inmesini engelledi. "Beni dinleyene ve beni affedene kadar bırakmayacağım Merve."

"Böyle zorbalıkla hiçbir bok elde edemeyeceğini son bir yılda öğrenmiş olman lazımdı koca kafalı."

"Öğrenemedim sarışınım. Öğretemedin."

"Gökhan... Söyleyeceklerini insan gibi de söyleyebilirsin. Aramızda iki santim varken değil! Çekil lütfen, inmek istiyorum."

"Olmaz. Kalbimin sesini de duymak için bu mesafede kalman lazım..."

"Peki..." dedi kız pes ederek. "Söyle ne söyleyeceksen."

"Neden ayrıldık hatırlıyor musun? Sırf seviyorum, kıskanıyorum diye..."

"Hayır aptal. Salak kıskançlıkların yüzünden ayrıldık. Sevgi ile alakası olmayan şizofrence kıskançlıkların yüzünden... Evime geldiğinde kızdığın eteklerimden üç tanesini gizlice tişörtünün altına saklayıp götürdüğün için, bana sırf dersle ilgili bir soru soran çocuğu uzaktan yanlış anlayıp ağzına silgi soktuğun için, seni kandırıp kandırmadığımı anlamak için sürekli Whatsapp'tan bana konum attırdığın için, özel ders aldığım hoca erkek diye benimle aynı dersi almaya kalktığın ve hoca kabul etmeyince onu tehdit ettiğin için... Daha sayayım mı? Bunların hiçbirini aşk, sevgi gibi masum şeylerle açıklayamazsın. Sevip kıskanmak benim şu an yaptığım gibi olur! Seni birine sarılırken görünce kalbinin acıması, canının yanması gibi bir şey. Şizofrence davranmak değil!"

"Çok güzelsin Merve." Gökhan, eliyle gözleri dolan Merve'nin başını kendine doğru yaklaştırıp alnını usulca kendi alnına dayadı. "Elimden kayıp gideceksin diye ödüm kopuyor, ben ne yapayım? Ben öyle çok göze çarpan biri değilim. Hani zaten erkeğim, öyle beni biri elinden alacak korkun çok yok... Kızları bilirsin, sevgilisi olan erkeklere zaten çok yaklaşmazlar. Ama sen... Kızım erkekleri bilmiyorsun sen... Sen mini etek giyince deliriyorum çünkü benden başka bir erkeğin senin güzelliğini görmesini istemiyorum. Sen bir erkekle konuşurken görünce deliriyorum çünkü sana o kadar yakın durunca senin güzelliğini görecek diye korkuyorum. Bana yalan söyleyip o arkadaşlarınla bir yerlere gidip gezeceksiniz diye götüm tutuşuyor. Çünkü biliyorum, etrafınızda bir sürü erkek olacak. Hem de ben yanında değilken. Tutup biri sana baksa, laf atsa ya da daha ileri gitse..." derken biraz daha bastırdı başını Merve'nin altına. Gözleri sımsıkı kapalıydı. "Kızım anlamıyorsun bu korkuyu. Şizofrence de... Manyaksın sen de. Çıldırmışsın de... Kabul. Ama aşktan değil bunlar deme Merve."

"Aptal..." dedi Merve ağlarken. "Aptalsın..."

"Aptalım. O da kabul..." derken Gökhan elleriyle ıslak yanaklarını sildi sarışınının. "Köpek gibi seviyorum seni anasını satayım. Sırf beni kızdırmak için yaptığın hayali sevgilini bile deli gibi kıskanacak kadar... Düşünüyordum da, öyle bir çocuk olmadığını bile bile bu kadar canım acıyorsa, gerçekten başka birini alsan hayatına..." Başını çekti ve gözlerine baktı sevdiği kızın. "Yemin ederim düşününce bile ölecek gibi oluyorum."

"Var belki öyle biri. Nasıl bu kadar emin-" diyemedi Merve. Sözünü tamamlayamadan Gökhan onu kendine çekip, dudaklarını dudaklarına bastırdı. Merve, hemen yüzünü ittirdi Gökhan'ın ve omzuna vurdu. "Ne yapıyorsun?!"

"Sakın. Sakın bana öyle bir şey söyleme. Doğruyu söyleyene kadar öperim yoksa."

"Söylemiyo-" derken bir daha öptü Gökhan. "Gökhan kes şunu!"

"Doğruyu söyle. Ve... Seni hâlâ seviyorum de. Yoksa bırakmam."

"Asla..." derken bir daha öptü Gökhan. Bu defa Merve daha hızlı vurdu Gökhan'a. "Gökhan, bana ben istemediğim sürece dokunamazsın!"

"Öyle mi..." dedi Gökhan, Merve'nin bileklerini tekrar masada sabitleyip dudaklarından öperken. "İsteyene kadar, gerçekleri söyleyene kadar, beni affedene kadar, bana seni seviyorum diyene kadar bırakmıyorum seni."

"Gökhan dedim!" Merve ne kadar çırpınırsa çırpınsın hareket dahi edemiyordu. "Gebereceksin Gökhan. Sırf boktan kıskançlıkların yüzünden bir yıl bizi ayrı düşürdüğün için, sen geberene kadar kıskandıracağım seni. Gerekirse gerçekten gidip başkasını-" Tekrar cümlesini tamamlamasına izin vermeden öptü Merve'yi Gökhan. "Asla tamamlayamayacaksın bu tarz cümlelerini. Tamamlatmayacağım."

"Senden nefret ediyoru-" derken bir kez daha öptü susturmak için. "Gökhan, senden cidden nefret-" Bir daha öptü.

"Sana âşık olduğumda..." dedi tekrar küçük bir öpücük kondururken küçük sevgilisinin dudaklarına. "Okulun daha ilk günüydü. Sonbahardaydık... Görünce seni dedim ki..." Bir kez daha öptü. "İşte âşık olduğum kız... Saçları ona âşık olduğum mevsimdeki ağaçların rengi gibi..." Bir daha öptü. "Küçücük bedeni, kuşlara benziyor. Tam benim güçlü kollarıma göre, uçmayı öğretebileceğim türden..." Merve iyice ağlamaya başlayınca, bir kez daha öptü tuzlu dudaklarından. "Ne kadar koştum peşinde hatırlıyor musun? Süründürdün beni. Ama pes etmedim. Senden önce gururdan ölecek egolu koca kafam, senden sonra arsız birine dönüştü. O yüzden miniğim..." dedi tekrar öperken. "Sen istediğin kadar geri dönme bana. İstediğin kadar ayrıl benden. Kaç yıl geçerse geçsin, ne yapıp edip yine bana gelmeni sağlayacağım. Ben yapacağım... Sen kaçtıkça ilk günkü salak halimle peşinden geleceğim. Tekrar barışalım diye sana yalan söylemeyeceğim," Bir daha öptü iyiden iyiye pes etmek üzere olan sarışınını. "Yine kıskanacağım. Kısa giyince delirip, bir erkekle görünce kafayı yiyeceğim.

Ben buyum... Değişemedim senin için, değişemeyeceğim de... Bu kıskanç koca kafalı çocuğu bu haliyle kabul edecek misin?"

"Gökhan..." dedi Merve beyaz bayrağı sallamak üzere olan ses tonuyla. "Gökhan, bana seni affedeceğim sözler söyleme. Seni affetmek istemiyorum..."

"Ama affedeceksin değil mi?" derken bir kez daha öptü Gökhan. Bu defa biraz daha uzundu bu öpüş. Ellerini bırakmaya karar verdi o an, kızın dudakları dudaklarındayken. Risk aldı. Ya tekrar omzuna vuracak ve masadan aşağı atlayarak evi terk edecekti. Ya da kollarını boynuna dolayacak, eski günlere döneceklerdi. Bir süre Merve karşılık vermese de öpücüğüne ters bir hareket de yapmadan öylece durdu. Gökhan dudaklarını usulca ondan ayırınca "Peki... İstemiyorsan-" derken, Merve Gökhan'ın hiç beklemediği bir şey yapıp onu tişörtünün yakasından tutarak kendine doğru çekti ve bu defa o öptü. Gökhan birkaç saniye şoktan ve sevinçten ne yapacağını şaşırsa da, kollarını boynuna dolayan sevgilisinin başını usulca tuttu ve kendini biraz daha yaklaştırdı ona. Birkaç dakika sonra Merve kendini geri çekince "Seni seviyorum lan ben!" dedi Gökhan. "Yemin ederim bir gün ölümüm senin yüzünden olacak..."

"Koca kafalı eşek..." dedi Merve, Gökhan'ın kafasına usulca vururken. "Biliyorum yine beni delirteceksin ve şu an seni affederek kendim edip kendim bulacağım ama... Ben de seni seviyorum."

"Biliyorum sarışınım," dedi Gökhan ve Merve'yi kendine çekip sımsıkı sarıldı. "Ben yine bir bok yiyip seni delirteceğim, sonra sen beni tekrar terk edeceksin. Sonra ben yine köpek gibi peşinden ayrılmayacağım. Sonra tekrar bir şekilde affettireceğim. Bir beş altı yıl böyle idare edelim, sonra basarım nikâhı... Kafa rahat."

"Salak. Ben senin malın mıyım be, o nasıl konuşma! Basarım nikahı, benim olursun der gibi..."

"Benim değil misin?" dedi Gökhan biraz daha sarılırken. "Valla Merve, telif hakkı olsan Oğuz'u satar seni yine alırdım, o derece."

"Salak..."

Akşam sırıkla konuştuktan sonra, Ali'ye verdiğim sözü yerine getirmek için ilk iş onun yanına gittim. Sabah olduğundan daha kimse gelmemişti, Ali de kahvaltı yapıyordu spor kanalını izlerken. Altında lacivert bir eşofman vardı, üzerinde ise bir şey yoktu. "Oğlum, dün Gökhan şortla geziyordu, bugün sen böyle... Kış ayında ateşiniz başınıza çıktı herhalde," dedim yemek masasına çökerken. "Ekmeği uzatsana..." Evde kahvaltı yapmıştım ama, masa ve üzerinde yiyecek olan ortamlarda masaya çöreklenme gibi bir huyum vardı. Ali'nin uzattığı ekmeği alıp büyük bir parça kopararak ağzıma attım. "Dün sırıkla konuştuk, dedim iddialara devam edeceğim diye."

"Tamam." Elindeki ekmeği çilek reçeline banıp benim ağzıma attı. "Sen ne yaptığını biliyorsun zaten."

"Bakalım be Alikuş..." dedim ağzımdaki ekmeği çiğnerken. "O değil de, senin şu fittirik kız mesaj atıyor mu hâlâ?"

"Fittirik?" dedi kaşlarını çatıp 'o kim' der gibi. "Bade mi?" dedi hemen anlayıp. Başımla onaylayınca devam etti. "Arada mesaj atıyor hâlâ ama öyle işte... Bir şey yok."

"Sonra mesajlarınızı okuyabilir miyim?"

"Okuyabilirsin," derken ağzıma bir lokma daha tıkıştırdı. "Boğulacağım oğlum dur..." derken parmağını ısırdım yanlışlıkla. "Aaa, çok pardon!"

"Önemli değil, istersen komple kolumu ısır küçük titanım."

"Titanım..." dedim tıslayarak gülerken. İzlediğimiz animedeki insan yiyen devlere verilen ad ile bana hitap etmesine tuhaf bir şekilde sevinmiştim. Neden ki? Ne bileyim. *Sürekli birileri-*

ni ısıran bana güzel bir ad oldu diye geçirdim içimden. O sırada Ali'nin böldüğü ekmeğin küçük bir kırıntısı gözüme kaçtı yanlışlıkla. "Gözüm..." dedim elimdeki çatalı fırlatıp. Sağ elimle gözümü ovalamaya başladım. "Bir şey mi kaçtı?" derken Ali hemen sandalyeden kalkıp benim sandalyemin başına geldi ve hafifçe eğildi. "Aç bakalım gözünü..."

"Ekmek şeysi kaçtı..." dedim elimle hâlâ gözümü ovalarken.

"Çek elini, yapma şöyle. Bakayım bi..." Elimi gözümden çekip, yüzünü yüzüme yaklaştırdı ve usulca gözümün içine üflemeye başladı.

"Acıyor..."

"Tamam dur oynama, daha fazla canın yanacak," deyip tekrar üflemeye devam etti. Elleriyle başımı tutup sürekli sağa sola çevirdiğim kafamı sabitlemişti. İki gözümü istemsiz yumdum.

"Ya Ali, tamam bırak..." derken kafamı hafifçe yukarı kaldırmış bulundum bir anlık dalgınlıkla.

"Aç gözünü," dedi Ali benimle aynı anda kafasını biraz daha aşağı eğip.

Ve aynı anda bilinçsizce bunu yapınca, sanırım dünyada iki arkadaşın başına gelebilecek en saçma şeylerden biri oldu ve Ali'nin dudağının kenarı dudağıma değdi...

Otuzuncu Bölüm

İkimiz de aynı anda kendimizi geri çektiğimizde Ali bir adım geri atıp yere düştü, ben de sandalyeden düştüm... Kalbimin ritmi biraz bozulmuştu normal olarak. Hem korkmuş hem de şaşırmıştım. Ali'ye baktığımda onun benden daha fena halde olduğunu gördüm. Çocukcağız gözlerini kırpıştırarak öylece bana bakıyordu. Sanırım beni utandırdığını düşündüğü için, ne yapacağını bilemiyordu. Ona yardım etmek için sanki bir şey olmamış gibi düştüğüm yerde dizlerimin üzerinde doğruldum ve emekleyerek Ali'nin yanına gittim. "Ali iyi misin?" Başını iki yana salladı 'hayır' der gibi. "Canın mı yandı düşerken?" deyince yanlış cevap verdiğini anlamış gibi yine aynı şekilde hayır dedi. "Oğlum ne diyorsun? Kendine gel..." İki eliyle yerden destek alarak doğruldu. "Özür dilerim, yanlışlıkla..." dediğinde sözünü kestim "Benim hatam, duramadım durduğum yerde," diyerek. "Yağmur yağacak..." dedi sonra birden. "Çamaşırları toplamam lazım."

"Yağmur yağacak gibi durmuyordu ama..." dedim şaşkınlıkla. "Tamam, hadi kalk toplayalım."

"Neyi?" deyince boş boş baktım gözlerimi yana çevirip. "Ha, çamaşır mı? Şey ama önce benim onları yıkamam lazım," dedi ve hızlıca ayağa kalktı. Ne yapmaya çalıştığını tam olarak idrak edemeden öylece Ali'yi izliyordum yerde. "Sen burada dur, sakın kıpırdama. Ben çamaşırları makineye atayım, sonra asalım.

Sonra işte yağmur falan..." Cevap veremeden sadece boş boş yüzüne bakınca, kaşlarını huzursuzlukla çattı, eliyle yeri işaret edip "Burada dur, tamam mı?" diye son kez tembih etti ve birkaç saniye içinde çıktı gitti odadan.

Yaprak'ın cevap vermesini bile beklemeden hızlıca odasına gidip kapıyı arkadan kilitledi Ali. Kapının arkasına sırtını yaslayıp usulca aşağı kaydı. "Geri zekâlı Ali..." dedi kendine kızarak. Dudağının kenarındaki küçük dokunuşun, Yaprak'ın dudağının baskısı olduğunu fark ettiğinde göğsünün sol üst kısmında, yıllardır söz geçiremediği organ, ilk kez daha önce çarpmadığı kadar hızlı çarpmaya başladığı için, ne dediğini bilememişti o an. O yüzdendi kızgınlığı... "Sıçtın bir de sıvadın!" dedi tekrar aklına gelince söyledikleri. Ellerini saçlarının arasına daldırıp hızlıca karıştırdı. "Senin ben heyecandan saçmalayan beynin sıçayım." Kazara dudağına değen o küçük dudakların bu kadar ölümcül olabileceğini üç saniye öncesine kadar bilmiyordu o da. Ama o an çok net görebiliyordu ki, ölmekten beter hale getirebiliyordu insanı.

Kapı dibinde kendine küfrederken aklına böyle durumları anlatabileceği tek kişi geldi. Elini hızlıca cebine attı telefonunu bulmak için, ama cebinde değildi. Dizlerinin üzerinde yatağıma doğru ilerledi. Yatağının içinde telefonunu ararken kendi kendine söylenmeye başladı yine. "Kalıbından utan, şu haline bak..." Yastık kılıfının arasında yakaladı telefonunu. "Nereye girmişsin lan öyle!" diye telefona bağırıp Emre'nin numarasını tuşladı. Hemen açtı telefonu sırdaşı. "Alo, Emre müsait miydin?" dedi en kısık sesiyle, Yaprak'ın duymaması için.

"Tuvalette yakalandım ama önemlidir diye açtım. Çok acil değilse on dakika sonra-" Sesi tuvalette olduğu için yankılı geliyordu.

"Önemli. Çok tutmayacağım zaten, bir şey anlatmam lazım, yoksa delireceğim."

"Bir şey mi oldu?"

"Evet, öldüm."

"Ne?" dedi Emre gülerek. "Oğlum iyi misin?"

"Öldüm, ama iyiyim," derken oturduğu yerden yatağa zıpladı Ali. "Öldüm diyorum lan, nasıl iyiyim?!"

"Anlat bakalım, son sır tutucu Emre dinlemeye hazır."

"Az önce..." dedi Ali yatakta tamamen yatar pozisyona geçip. "Yaprak'ın gözüne bir şey kaçtı..."

"Abarttın iyice. Çıkar o birazdan, kendi kendine oğlum, bu muydu sorun?"

"Tabii ki hayır," dedi Ali içini çekerek. "Ben çıkarayım dedim, yani üfleyeyim..."

"Sadede gel Ali."

"Kazara dudağı dudağıma değdi." Bu cümleyi kurarken bile kalbi tekrar tekrar hızlanıyordu Ali'nin kalbi.

"Oha..." dedi Emre gülerek. Sesi yankılı geldiği için kahkahaları daha bir kulak acıtıyordu. "Ne demek dudak?! Lan oha!"

"Yavaş ol..." dedi Ali yine fazlasıyla kısık bir sesle. "Sorun şu ki, o an o kadar çok heyecanlandım ki, saçmasapan şeyler söyledim. Hani normal saçmalamak vardır, bir de Oğuz tipi saçmalamak vardır ya... Ben Oğuz tipi saçmalamanın bile üstünde bir performansla saçmaladım."

"O kadar vahim yani durum?"

"Sanırım şu an benim 'sakın buradan ayrılma' dediğim mutfak parkesinin üzerinde öylece oturup tepkimi analiz ediyor. Sıçtım. Koskoca çocuk, liseli kızlar gibi heyecanlanıp saçmaladı... Ulan yemin ederim kendimi dövmek istiyorum şu an. Ne yapsam, kendimi dolaba sokup nefessiz mi bıraksam?"

"Kardeşim... Olan olmuş biten bitmiş. Zaten kaza diyorsun bak... Takma kafana. Hem," dedi Emre kıkırdayarak. "Resmi olarak Yaprak'ın ilk öpücüğü sana gitmiş oldu."

"Deme be..." dedi Ali kalbi boğazında atarken. "Kazara da olsa ilk öpücüğünü ben mi çalmış oldum?"

"Yani..." dedi Emre yine gülerken. "Darısı içinde aşk olanına."

"Şu konuşma biraz daha uzarsa sonum iyi değil benim. Kapatıyorum."

"Elinden geleni yap ve çal şu kızın kalbini ulan. Sana güveniyorum. Ve unutma... Sen ona kalbini açmadan onun kalbini göremezsin. Ve kalbinde neler döndüğünü kendi bile bilmeyen bir kızın kalbini öylece uzaktan elde edemezsin. Kendini aç, onun kalbindekileri de görmesini sağla. Bir dahaki gelişimde Yaprak'ın eli ellerinde olacak o kadar. Sizi öyle görmeden ölmek istemiyorum. Hadi şimdi kapat..."

Bir süre Ali'nin buradan ayrılma dediği parkede oturdum öylece. İlk başta Ali'nin tepkisi olsa da önceliğim, bir süre sonra olayı idrak ettim. Dudaklarımız birbirine değmişti... Elimi dudaklarıma götürüp hızlıca başımı salladım. Bu tarz şeylerin çok doğal olduğunu biliyordum. Vedalaşırken iki kişinin yanlışlıkla aynı yöne hamle yapmasıyla dudaklarının birbirine değmesi, ya da yanağa konacak busede karşı tarafın aniden dönmesiyle arkadaşça öpücüğün yön değiştirip dudağa konması gibi... Hatta daha önce Oğuz ile Sinan'ın da başına böyle bir şey gelmişti, o zaman Gökhan, Ali ve ben anıra anıra gülmüştük o ikisine. Biz de Ali ile arkadaş olduğumuza göre bu duruma normalde anıra anıra gülmemiz gerekmez miydi? Ama nedensiz bir şekilde olay hiç de öyle devam etmemişti. Tuhaf bir şekilde ondan farklıydı sanki. Ali'yi utandırmamak ve 'ilk öpücüğümdü' gibi saçma bir sebepten kendini suçlu hissetmemesi için doğal davranmaya çalışsam da, o odadan çıktığında kastığım yerlerimden serbest kalınca anladım ki, en az onun kadar ben de kendimi sıkmıştım. Elimle kendime rüzgâr yaptım. Muhtemelen kızarmıştım da... Daha sonra sandalyenin altından tutunarak ayağa kalktım. Mutfaktan çıkmaya yeltendiğimde dış kapının tıkırdadığını duydum, elim kapı kolunun üstündeyken. En normal yüz ifademi takınıp gülümseyerek kapıyı açtığım an yüzüm tekrar düştü. "Bu ne tip yüzyılın sığırı?"

"Ece'yi gördüm yine. Hâlâ mahallede... Bir de benim odamın önünden geçiyor nereye gitse. Bilerek yapıyor galiba," dedi Sinan. Bir tek Oğuz'un pijamayla sokağa çıkmasına alışkındık.

Her yere büyük bir özenle giyinip kuşanıp giden Sinan'ın yataktan çıktığı gibi evinden Alilere kadar öylece gelmesi büyük şoktu benim için. "Ben salona gidip köşemde biraz depresyona gireceğim, lütfen beni rahatsız etmeyin. Olur mu tatlım?"

"Tatlım mı? İğrençsin."

"İğrenç mi? Şu an çok kırıldım sana Yaprak. Moralimi bozdun... Galiba ağlayacağım."

"Yemin ederim Ece'ye şu şehre girme yasağı koyduracağım en sonunda," dedim ve Sinan'ın peşinden odaya girdim. O direkt karşı kanepeye yüzüstü yattı, ben de yanındaki tekli koltuğa geçtim. "Bu arada, bugün randevun yok muydu senin?"

"Vardı..."

"Eee, gitmeyecek misin?" dediğimde cevap vermeyip kafasını yastığa biraz daha gömdü. "Oğlum, Gözde'nin erişemeyeceği iki kız düşürmüşken elinin tersiyle itiyor musun şu an?"

"Kıçının tersiyle bile iter o kanka, biliyorsun kıçı büyük." Oğuz sinsi sinsi girmişti odaya. Eliyle kendine rüzgâr yapıyordu. Yüzü kıpkırmızıydı, ne olduysa artık... "Ay, menopoza girdim galiba. Bir cam pencere açın," dedi Zeliş Teyze'yi taklit ederek.

"Bu ne hal lan, kıpkırmızı olmuşsun?"

"Kanka, annemle biraz koşuşturduk da" dedi kendini halıdaki mindere bırakırken. "Buraya kadar koşarak geldim."

"Ne bok yedin de sinirlendirdin kim bilir kadını yine..."

"Ne yapacağım be," dedi Oğuz bir haltlar yediği her halinden belli gülümsemesiyle. "Annemin çiçeklerinden ikisinin saksısını değiştirdim odamın dekorasyonu için... O kadar."

"N-ne yaptın?"

"Kanka işte... Bildiğin saksı değişimi," dedi pis pis sırıtarak. "Geçen gün bir iç çamaşırcıdan aldığım leoparlı destekli sutyenin içinde çiçek yetiştirmek istedim, bir meseye yakışır bir oda tasarımı için. İşte annemin iki küçük çiçeğini toprağıyla birlikte boşalttım sutyenin loblarına..."

"Senin ben beyin kıvrımlarının arasına bal döküp yalayayım,

geri zekâlı," dedim popomun kenarındaki yastığı Oğuz'a fırlatırken.

"İşte annem görünce o manzarayı... Azcık güreştik bizim hatunla."

"Ben de Ece ile güreşmek istiyorum," dedi Sinan yattığı yerden.

Oğuz, "Ece sendromu?" diye sorunca, "Ece sendromu," diye onayladım onu.

"Aaa, titriyorum..." dedi Sinan büyük bir sakinlikle, bizi takmayarak. Elini cebine atıp telefonunu çıkardı. "Bugün buluşacağım kız arıyor." Yattığı yerde doğrulmadı bile. Direkt açıp, telefonu kulağına götürdü. "Aradığınız Sinan'a şu anda ulaşılamıyor. Lütfen daha sonra tekrar deneyiniz. The Sinan you have called can not be reached at the moment, please try again later." Sonrasında telefonu kızın suratına kapatıp tekrar cebine tıkıştırdı. Ben Sinan'a yaptığı odunluk yüzünden tam sağlam bir beddua hazırlamıştım ki, Gökhan dans ederek içeri girdi. "Merve ile barıştık lan!" diye bağırdı ellerini iyi yana açarak. Küçük popo ve ayak hareketleriyle salonun tam ortasına kadar geldi sonra. "Öpüştük bile." İyice ayaklarını hızlandırmış, salonun ortasında fıldır fıldır dönmeye başlamıştı. Çok mutlu olduğunda yaptığı saçma dansıydı bu. Merve ile barıştıklarına sevinsem mi, şu manzara yüzünden Merve'ye acısam mı bilemedim o an. "Bu arada bir sürü dedikodu öğrendim." Merve ile birlikteyken sürekli Merve'den tüm okulun dedikodularını dinler, mecburi sevgililik hizmeti olarak, önemli kısımları da gelir bize anlatırdı. Yine dans ederek devam etti. "Bade, Ali'ye âşık olmuş, herkes de biliyormuş. Yayılmış okulda... Mervelerin sınıftan bir kız Oğuz'u seviyormuş. Gözde, Sinan'ın hakkında gey diye dedikodu çıkarmış.." dedi hepimiz şoktan gözlerimiz faltaşı gibi açılmış bir vaziyette Gökhan'a bakarken. Poposunu bize doğru dönüp sallamaya başladı. "Falan..." dedi büyük bir zevkle. Sonra diğer tarafa döndü. "Filan..."

"Bade, Ali'ye mi âşık olmuş? Bildiğimiz aşk?!" dedim ayağa kalkıp.

"Bir meseye kim hangi cüretle âşık olmuş? Önce kaç beden taktığını söylesin, ona göre ön elemeye alabilirim" dedi Oğuz oturduğu yerde.

"Ben miymişim lan gey?!" Sinan, her ne kadar depresyonda olsa da yıllarca götürdüğü kız sayısını saymayı bile bırakan bir çapkın olarak buna asla dayanamazdı. Kanepeden hızla kalkıp ellerini yukarı kaldırarak bağırmaya başladı. "Tanrılar kurban istiyor, kan istiyor lan, ne demek Sinan gey?! Ben ki, kadınların her hücresine âşık Sinan... Yanlışlık iki kıza aynı yerde randevu verip ikisini de idare etmiş bir üstat!" dedi ve kanepeden zıpladı. "Sıçtım lan Gözde sana..." Oğuz ve ben aynı anda Sinan'a doğru hamle yaptık. Ben bacağından, o ise belinden yakaladı. "Bırakın lan beni, valla bunu kaldıramam!"

"Yık geç bubanı Sinan... Yık geç..." Gökhan ise Sinan'ın önünde durmuş, dalga geçiyordu.

"Gökhan, geliyor bak beddua!" diye çemkirdim. "Sinan sen de dur, valla ısırırım ayağını!"

"Bırakın lan beni?!" dedi Sinan koca gövdesini bizden kurtarmaya çalışırken.

"Lan Yaprak, şu an tuttuğum neresi lan bunun?!" Oğuz arkadan yakalamıştı Sinan'ı.

"Bırakın lan oramı buramı!"

"Yık geç bubanı Sinan... Yık geç..." dedi yine Gökhan Sinan'ın önünde dans ederek.

"Gökhan?!" diye bağırırken ben, sanırım Ali sesimizi duyup gelmiş olacak ki, kapının kenarına yaslanmış öylece bize bakıyordu. Hepimiz dönüp Ali'ye baktık.

"Üç saniye içinde hepiniz köşelerinize geçip sakince oturmazsanız hepinizi makinede kısa yıkamaya atarım, götünüz sudan büzüşene kadar çıkarmam," dedi Ali büyük bir serinkanlılıkla. Sonra gülümseyerek bana baktı. "Sen hariç Yaprak..."

***

Akşama kadar Alilerde, bizimkilerin saçma ruh halleriyle uğraşırken, annem misafir geleceği için beni eve erken çağırmıştı. O yüzden saat altı gibi eve gitmek zorunda kaldım homurdanarak. Apartmanın merdivenlerinden yukarı söylene söylene çıkıyordum, ruh halim kazların saldırdığı Sinan'dan hallice. Bir alt katımızda tek başına oturan Kadriye Nine'nin evinin önünden geçerken birden kapı açılınca korkudan sıçradım. "Bism... Aklım çıktı!" Kafamı çevirip bir basamak aşağı indim. "Bir şey mi oldu Kadri-" diyecekken, sözüm yarım kaldı. Kadriye Nine'nin olduğunu düşündüğüm kapının önünde, aşağı yukarı benim yaşıtım, turuncu saçlı, asık suratlı bir erkek duruyordu. Şaşırsam da çaktırmamaya çalıştım. "Pardon, Kadriye nine sandım..." dedim gülerek. "İyi akşamlar."

"Gel buraya," dedi sesinde tek bir ton farkı olmadan.

"Efendim?" Tek kaşımı kaldırıp baktım ardıma. Sert bir şekilde söylediği için şaşırmıştım. Eliyle gelmemi işaret etti yine. İki adım geri atıp tekrar dairelerinin önüne gittim. "Buyurun?" der demez arkada duran sol elini açığa çıkarıp elinde tuttuğu bir şeyi aldı ve başıma geçirdi. "N-ne yapıyorsun ulan kırmızı?!" Işık hızıyla kafama geçirdiği şeyi çektim aldım. Benim çilek kızlı külotlarımdan biri... "B-bu..." dedim en az onun kafası kadar kırmızı bir suratla. "Benim kü-" öksürdüm ve elimdeki külotu montumun cebine tıkıştırdım panikle. "Yani benim çilek kızım sende ne arıyor?!"

"Bir daha ucuz külotlarını balkona asarken dikkat et. İyi mandalla... Benim odamın balkonuna düşmesinler. Yoksa seni memelerinden ben mandallarım o ipe. Ayrıca Strawberry Shortcake..." dedi gözlerini biraz daha kısarak. "Geldiğimden beri üç gündür sizden paldır küldür sesler geliyor... Ne yapıyorsun, evde uzun atlama antrenmanları mı? Gelmesin ses. Babaannemi falan dinlemem, bir dahaki sefere polis çağırırım. Ayrıca... O dinlediğin çirkin müzikleri de biraz kısık sesle dinle. İğrenç seslerin benim ruh sağlımı bozmasına asla müsaade edemem. Sonumun senin ve türevlerin olan o tuhaf liseli canlılara dönmesini istemiyorum. Ve son bir şey..." dedi bir adım öne atıp kapı önündeki terliklerin üzerine basarak. Başparmağını uzatıp tam mememin üstüne batırdı.

"Lan?!" dedim geri sıçrayıp. "Sapık mısın be?!"

"Ah, gerçekten varmış memen. Cidden... Midemi bulandırıyorsun. Göz zevkimi bozuyorsun. Sinirden şu an ölebilirim. Hemen içeri girip yüzüne kapıyı örteceğim çünkü bütün çakralarım içime kaçtı."

"Ha?" dedim kireç gibi bir suratla. Bir adım geri çekilip kapının arkasına geçti. "İğrençsin..." dedi tekrar kapıyı suratıma kapatırken.

"Neydi lan o?" dedim kendi kendime. Büyük bir tayfun gelip her şeyi alıp götürmüş gibi öylece kalakaldım kapının önünde. "Nöron savaşı desem bu hayal gücü bana fazla... Kendine gel Yaprak..."

"Sen hâlâ gitmedin mi kapımın önünden? Ayrıca sapık lafını geri al, kızlar ilgi alanıma girmiyor. Az önce sana dokunan işaret parmağımı kesmeye gidiyorum şimdi. Gözden çıkardım, 9 parmak yeter bana."

"Lan oğlum manyak mısın sen?!" dedim. Sinirden ağlamakla çocuğa kafa göz dalmak arasında gidip geldim birkaç saniye.

"Manyak değilim. Kültürlü, zengin, yakışıklı zor bulunan bir kızılım. Baksana talihe, mal verir kimine, beni vermiş senin gibi birine... Üzgünüm ama geyim. Ve senin gibi kızlara da sinir oluyorum. Ayrıca seni hatırladım, sen on yıl önce teyzemin düğününde kafama kusan o çirkin kızsın. Sanırım gidip kafamı komple kesmeliyim. Senin beynimde biraz daha fazla yer edinmen bünyeme zarar verebilir." Ben gözlerimi kırpıştırarak şoklar içinde kızılı dinlerken o bir kez daha kapıyı yüzüme kapattı ve saniyeler içinde tekrar açtı. "Son olarak, bir daha seni bizim dairenin önünden bile geçerken görürsem kafanı koparırım. Uçarak mı gidersin, Spiderman gibi duvardan mı tırmanırsın beni ilgilendirmez" deyip tekrar kapıyı suratıma kapattı.

Evet, hatırladım. Tuna... Tuna'ydı! Kadriye Nine'nin İstanbul'daki kibirli torunu! On yıl önce Necla Abla'nın düğünündeki kızıl kafalı oğlan! Düğünde dağıtılan dönerler mideme dokununca onun kafasına kusmuştum yanlışlıkla. Ne işi vardı ki tekrar burada diye düşünürken ben tekrar kapı açıldı. Bu defa Kadriye Nine'ydi.

"Kızım, bir şey mi dedi benim sıpa sana? Bizim oğlan ceza olsun diye yolladı buraya. Bu senenin sonuna kadar..." dedi bastonundan sıkıca tutarak. "Dayanacağız işte."

***

"Senin o kızıl saçlarının her bir renk pigmentine sokayım ben. Gökkuşağına dil atarsın yanlışlıkla da, rengârenk sıçarsın; psikolojin bozulur inşallah!" Odamda üzerimi değiştirirken bir yandan Tuna'ya sinirimden deli gibi zıplıyor, diğer yandan içimdeki bütün beddualarımı ipe boncuk dizer gibi peşi peşine gönderiyordum ona. "Sen kimsin de bana çirkin diyorsun ulan kızıl piç! Mahalle arasında bir kuaföre gidersin de saçına zorla sarı röfle yaparlar inşallah. O sarı-kırmızı kafanla da, Şükrü Saraçoğlu'na düşersin de ponçiklerler seni tribün sayısınca inşal-lah!" Nefes nefese kalmıştım. "Ulan bizim şu bizim stad da bir yapılsaydı, kendi takımımızı örnek bile veremiyoruz anasını satayım. Bak bir de ona sinirlendim..." Daha güçlü zıpladım. "Dünya tersine döner de, dönüp dönüp en hassas yerlerine girer inşallah!" diye son ses bağırdığımda benim zıplama sesimi bastıracak bir ses duydum. Annemin misafir terliğinin topuğunun kulak yakan acımasız sesi... "Efendim ana kraliçe?"

"Sen iyice kudurdun bu aralar... Misafirler gitsin ben göstereceğim sana!" dedi dişlerini sıkarak. "Uslu uslu otur oturduğun yerde, beni delirtme! Aşağı in bir merhaba de hem, ne terbiyesiz bir kız oldun sen!"

"Peki annekuş..." dedim kedi gibi. "Gelirim."

"Başlatma annekuşuna, bekliyorum, in beş dakikaya!" dedi ve kapıyı kapatıp terliklerini tıklata tıklata aşağı indi.

"Hepiniz Yaprak'ın üzerine gelin. Sonra neden bu kız bu aralar delir-" derken telefonum çaldı. Sesli de kullanmaya alışkın olmadığımdan yine korktum. "Yemin ederim bugün bir kere daha korkarsam ilerde çocuğum olmayacak." Ayaklarım zıplamaktan acıdığı için yanlarına basa basa masamın önüne gidip telefonumu aldım. "Alo sırık, sen kapat ben de aramam; ikimize de yazmasın."

"Esprili günündesin yine galiba..." dedi telefonun karşı tarafından. "Yarın buluşalım."

"Her zamanki buluştuğumuz kafede buluşalım mı?" dedim dalga geçerek.

"Dalga geçme."

"Nasıl tutayım kendimi yahu, gelmiş yarın buluşalım diyorsun, sanki sürekli buluşurmuşuz gibi..."

"Yeni iddiayı belirleyeceksin ya... Hem onu konuşuruz, hem de... Seninle bir flört provası yapmış oluruz."

"Flört provasını falan unut. Sadece bir çay içer, iddia konumuzu söyler, ciddi ciddi ilk kez kurallarımızı belirleriz, sonra ben kalkarım. Tamam?"

"Boş attım dolu tuttu..." dedi kahkaha atarak. "Yarın 2'de seni alırım evden. Görüşürüz Amazon kızım."

Barış da beni kandırdığına göre, son dönemlerin en berbat gününü daha bitirmiş bulunmaktaydım. Telefonumu yatağımın yanındaki puf mindere fırlattım. E sinirlenip duvara telefon atan tiplerden değildim ben. Kıyamazdım... Yorganın içine girdim, kafamın içinde yine bana kabaran bir şeyler varken. Merve ve Gökhan'ın barışması ve Gökhan'ın sevinçten sıyırması mı dersiniz, Sinan'ın önce Ece depresyonu ve ardından öğrendiği gey dedikodusu yüzünden delirmesi mi, çocukluk kâbusum Tuna'nın alt katıma taşınması mı, yoksa Barış'ın yine ayak üstü beni kandırıp randevu kapması mı... Ama hayır. Yatağa yattığımda tuhaf bir şekilde birkaç dakika içinde bütün bunlar kafamın içinden puf olup uçtular. Geriye anlam veremediğim bir şekilde sadece yanlışlıkla Ali'nin dudağının dudağıma değmesi kaldı. Yanaklarımın ısındığını hissedince kendime sinirlenerek yorganı yüzüme kadar çektim ve sinirle yatakta tepinmeye başladım.

"Neden durduk yere aklıma geldi yine ulan?!"

Otuz Birinci Bölüm

Omzumla telefonuma destek olurken, dolabımın kapağını açtım. Bir yandan telefonla Gökhan'a ulaşmaya çalışıyor, diğer yandan Barış ile buluşmaya gitmek için üzerime giyecek bir şeyler bakıyordum. "Aç şu telefonu demirli," dedim askıdaki gri kapüşonlumu geriye iterken. "Merve'yi mi sömürüyor acaba... Sonuçta bir yıldır-" derken ben birden "Alo?" dedi Gökhan. Ellerimden birini telefona götürüp kulağımda sabitledim. "Gökhan Bey, artık telefonumu otuz sekizinci çalışta mı açacaksın? Merve ile hasret mi gideriyorsun seni gidi testosteronuna fışfışladığımın oğlu seni," derken başımı iki yana salladım pis pis sırıtarak. İyice altmış yaşına merdiven dayamış bir dayıya dönmüştüm o an. Utanmasam 'kamışa su yürüdü mü aslan yeğenim' diyecektim Gökhan'a.

"Evet Yaprakçığım, bir saniye... Aynen o konu-" Kapı kapanma sesi geldi. "Lan, kız yanımda ne biçim konuşuyorsun testes- bilmem ne falan!"

"Ne bileyim lan, aşk kuşu! Aç o zaman şu telefonu ilk çalışta da laf söylemeyeyim!"

"Kız nöron savaşçısı, sinirlendirme beni, ne diyeceksen de! İki dakika sarışın mıncıracağız, onda da hemen arayın!"

"Aşk olsun demirli," dedim ayağımla alt raftaki pantolonumu alırken. "Hobi olarak yine mıncır, ben sana mıncırma mı diyorum..."

"Yaprak, delirtme beni istersen."

"Tamam tamam... Şey diyeceğim, ben sırıkla buluşacağım. Haberiniz olsun. Şimdi Ali'yi arayıp delirtmek, Oğuz'u arayıp diline düşmek istemedim. Sinan zaten depresyonda, malum."

"Ne sırığı lan? Nerde buluşuyorsunuz? Kaçta? Neden? Evine mi çağırdı yoksa o sarısını beyazından ayırdığımın çocuğu? Evine gidersen ağzına sıçarım senin Yaprak."

"Geri zekâlı geri zekâlı konuşma! Kafede buluşacağız. Şu iddia şeyi yüzünden... Konuşmamız lazım. Yani telefonda konuşmayı beceremiyorum ben biliyorsun, ne zaman konuşsak işin sonu benim ona küfrüm ile sonlanıyor."

"Allah'ım bir tarafım yerine oturdu şu an... Rahatladım. İyi, tamam, bana kafeye gittiğinde Whatsapp'tan konum at. Tamam mı?"

"Gökhan," dedim bezgin bir yüz ifadesiyle. Alt pijamamı sıyırdım yine omzumu telefona destek yaparak. "Ben Merve değilim."

"Merve duymasın ama," dedi sesini iyice alçaltarak. "Sen ilk göz ağrımsın. Merve'ye aşkım ile kıyaslama bunu. İkisi farklı... Şu an ben senin annen-baban konumundayım. Valla sütümü helal etmem Yaprak. Atacaksın bana o konumu, tamam?"

"Gökhan, yanlışlıkla şeker kovasına popon girer de, karıncalar dadanır en hassas yerlerine inşallah. E mi?" dedim ve telefonu Gökhan'ın suratına kapattım.

Telefonu yatağa fırlatıp bileklerimdeki pantolonu baldırlarımdan geçirirken dengemi kaybettim ve popomun üzerine yatağa oturdum. Oturduğum yerde, biraz daha yukarı çekip kotumu, tekrar ayağa kalkıp iyice çektim yukarı. Düğmesini iliklerken zorlandığımda anladım ki kilo almıştım. "Göbeğim isim konulmalık kıvama gelmiş yine," dedim kaşlarımı çatıp, karnıma vururken. "Oğuz diyetine başlamalıyım." Oğuz diyeti, uygulayabileceğiniz en pratik ve kullanışlı diyetti. Tuhaf kombinasyonlarla yemekleri ye, sonra zaten otomatik kusuyorsun. Kilo alma derdi yok. Aynanın karşısına geçip saçlarımı çözdüm.

Son günlerde iyice saç diplerim acımaya başlamıştı. Başımı öne atıp saçlarımı şöyle bir havalandırdım kafamı sallayarak. O an üçüncü sınıf bir rock barda headbang yapan Anadolu'dan kopup gelmiş bir kız gibi göründüğüme emindim. "Rockçı Serpil?" dedi bir erkek sesi ben tam kafamı sallarken. Çığlık atarak kafamı kaldırdığımda saçlarım gözümün önüne düştü. "Şimdi de Samara oldun. Ama böyle daha iyi, çirkinliğini örtmüş saçların en azından."

"Ne işin var senin benim odamda?!" diye bağırdım saçlarımı ellerimle gözümün önünden alıp, görüş alanımı açarken.

"Senin temizlik ürünleri reklamlarına konu olacak derecede mikrop içeren odana meraklı değilim. Evi tahtakuruları basmış, ilaçlama şirketi çağırdık. Bir hafta kadar misafirperverliğinize kaldık anlayacağın. Ben de," dedi içeri tiksinerek bir adım atarken. "Birkaç günlüğüne de olsa senin yüzünü göreceğim için şimdiden gelip biraz alıştırma yapayım dedim. Ama sanırım sana üç dakikadan fazla dayanamıyorum."

"Dalga mı geçiyorsun benimle? Bak çok ciddi söylüyorum, amacın beni sinirden öldürmekse, cidden kes bileklerimi diklemesine, kurtulayım!" Ellerimi Tuna'ya doğru uzattım. "Al, al!"

"O on tane uzantısı olan organını çek üzerimden. İğrençsin!"

"Ne demeye geldin o zaman odama, ha?" Bir adım daha attım bana burnunu kırıştırarak bakan Tuna'ya. O sırada kapı açıldı. "Anne?"

"Kız, ne biçim konuşuyorsun arkadaşınla?!" dedi annem kafasını uzattığı kapının ardından. Sonra gülerek Tuna'ya döndü. "Sen bakma, biraz asabidir benimki. Sen benim dediğimi yap... Bugün biriyle buluşacakmış, güzel giyinsin."

"Sen nereden biliyorsun ana kraliçe?" dedim gözlerimi kocaman açarak. "Kapı mı dinliyorsun sen?"

"Anneye soru yöneltilmez. Anneler bilir!" Tekrar döndü Tuna'ya. "Şunun dolabına bak, en olurunu göster. Anlamaz bizim kız... Ha bir de, yan dolapta benim aldığım ama hiç giymediği kıyafetler var. Onlara da bak. Söylediklerini giymezse çağır beni, ellerini kollarını bağlar giydiririm gerekirse."

"Anne saçmala lütfen, neden bu kızılına ekmek bandığım seçiyormuş kıyafetlerimi?"

"Öyle deme... Tuna'nın annesi çok ünlü bir moda dergisinin baş editörü. Anneannesi de üçüncü kuşaktan sarayın terzilerinden birinin torunu hem, Kadriye Ninen anlattı. Tunacığım da zaten ileride bu işle uğraşmayı planlıyormuş. Az önce konuştuk da... Baksana şuna... Maşallah, ne güzel giyiniyor. Rica ediverdim, kabul etti sağ olsun. Çocuğa zorluk çıkarma, yoksa sokarım yine bulgur reyonuna!"

"Ana kraliçe biraz abart-" derken çat diye kapıyı kapattı suratıma. Tuna'ya döndüğümde yine bana aynı surat ifadesiyle bakıyordu. "Ne?"

"Sana karşı kotam dolu. Kıyafet seçerek sana karşı bir iyilik yapıyorum zaten. Sınırlarını soru yönelterek zorlamazsan sevinirim. Mümkün olduğunca sessiz ol, gözlerimin görmeyeceği yerlerde dur."

"Ulan sen kimsin?"

"Ulan mı? Hem çirkin hem ağzı bozuk," dedi tek eliyle beni yana iterken. "Ben de meraklı değilim. Ama bir hafta rahatsız edici de olsa benim için, annene yük olacağız madem, ne olursa olsun annenin isteğini yerine getireceğim. Hiçbir konuda altta kalmaktan hoşlanmam."

"Kalsın! Ben böyle gideceğim."

"Çıplak git, daha iyi. En azından çocuğun etkilenme ihtimali daha yüksek," dedi dolabımı karıştırmaya başlarken. "Bu tuhaf şey de ne?" Haki rengi bir kazağımı askıdan çıkarıp tuhaf tuhaf bakmaya başladı. "Kolları var bunun. Boğazı da var... Yünlü... Sakın bana bunun bir kazak olduğunu söyleme, seni psikolojimi bozmaktan tutuklatırım."

"Ya anne..." dedim dizlerimin üzerine yere çökerken. Sesim iyice ağlamaklı çıkmıştı. "Ya neden ben?!"

"Sesin midemi bulandırıyor, işim bitene kadar çok konuşmazsan sevinirim."

"Evet ölüm meleği," dedim kafamı yukarıya doğru kaldırıp. "Bir hayatın daha sonuna geldik. Yayında ve yapımda emeği geçen herkese teşekkür ederim, ama galiba yolun sonu. Hadi al canımı da kurtulayım."

"Sana konuşma demedim mi? Sanırım kusacağım."

"Küçükken kafana kustum diye mi benden bu kadar nefret ediyorsun? Kafama kus da bitsin bu işkence... Al öcünü kızıl kafa. Hadi," dedim dizlerimle dolabın önünde sinirle kıyafetlerimi karıştıran Tuna'ya doğru giderek. Kafamı uzattım. "Hadi... Valla kus hadi."

"Basarım kafana valla, çekil ayağımın altından."

"Peki biraz kızıl biraz mavi. Tamam..." Ayağa kalktım sinirle. "Hadi, çalsın 'We are the champions!' fonda. Annemle ikiniz beni kupa gibi kaldırıp havaya, kutlayın zaferinizi! Ama şunu unutmayın, bu iş burada bitmeye-" derken ben, suratıma bir şey fırlattı. Yüzümdeki şeyi alıp, gözlerimi kırpıştırarak baktım. "Bu ne?"

"Soyun."

"Ne?"

"Soyunmak... Üzerindeki kıyafete benzer şeylerin o on tane çıkıntısı olan organının yardımıyla vücuttan çıkarılması işlemi. Çabuk giy şunları, yoksa pencereden aşağı sallandırırım seni."

***

Aynanın karşısında annem ve Tuna'nın eserine bakıyordum ağlamaktan şişmiş gözlerimle. Annem beni, Tuna'nın söylediklerini giymezsem babama geçen ay Emre geldiğinde Alilerde kaldığımı söylemekle tehdit ettiği için, başka şansım da kalmamıştı. Altımda üç yıl önce dört-beş kilo daha zayıfken aldığım bir pantolon vardı. E o zaman daha zayıf olduğumdan daha bol olan pantolon iyice sımsıkı sarmıştı bacaklarımı. Tuna içime düz beyaz bir tişört giydirip, göbek kısmına düğüm atarak iyice tuhaf hale getirmişti üzerimdekileri. Üstüne ise kırmızı kareli gömleklerimden birini giydirmiş, ama düğmelerini ilikletmemiş, açık bıraktırmıştı. Saçlarımı açtırırsanız yolda yine toplarım diye ağladığımdan, en azından örgüde orta yolu bulmuştuk. Yandan gevşekçe bir örgü yapmıştı annem. Bana çok uzak olmayan, ama bir o kadar da bana uzak bir görüntüydü bu. Hem Yaprak'tım, hem değil... Burnumu çektim yine kendime bakarken. "Alacağın olsun anne... O kızılla işbirliği yapman ve beni tehdit etmeni unutmayacağım."

"Aşkım, şu yaşa geldin, ilk kez bizim oğlanlar dışında biriyle buluşuyorsun. Azcık güzel giyindin, fena mı? Sil bakalım şu gözlerini," dedi eliyle gözlerimi kurularken.

"Anne o öyle biri değil ya, neden utandırıyorsun beni?!"

"Olsun kuşum... Olsun. Hem Tuna cidden hakkını verdi. Baksana, senin o kıyafetlerinin içinden bir şeyleri bir şeylere katıp ne güzel bir kombin çıkardı."

"Kombin falan anlamam ben. Kombine bilirim bir tek, o da tribünden kombine bilet..." Tekrar çektim burnumu. "Ama bu ilk ve son, unutma ana kraliçe. Bir daha değil babamla tehdit etmek, benim kellemi altın tepside İran padişahına göndereceğini bileyim, kendimden ödün vermeyeceğim. Gidiyorum!" Masanın üzerinden telefonumu ve biraz da para alıp cebime tıkıştırdım. En azından bana taktırmaya çalışacakları o tuhaf çantayı takmak istemiyordum çünkü. Annemin cevap vermesine müsaade etmeden ayaklarımı popoma vura vura, dramatik bir Hülya Koçyiğit koşuşu yaparak merdivenlerden aşağı indim. Salonda Kadriye Nine ile Tuna vardı. Tuna köşesine çekilmiş, kitap okuyor; Kadriye Nine ise evlilik programlarından birine bakıyordu. "Bak bak bak bak..." dedi Kadriye Nine beni görünce gülerek. Biraz daha 'bak bak' dese yumurtlayacaktı. Güldüm. "Kız sen ne güzel olmuşsun, maşallah! Gel bi' tüküreyim yüzüne de nazarım değmesin!"

"Tükürmüş kadar oldun Kadriye Nine, sağ olasın," dedim hafifçe sırıtarak. "Neyse, kaçtım ben. Akşama görüşürüz. Dışarıdan istediğin bir şey var mı Kadriye Sultan?"

"Yok kuzum ne olsun, sağ salim git gel. Ama gel bi' tüküreyim bak..."

"Tamam Kadriye Ninekuşum, tükürdün saydım ben," dedim dış kapıyı açarken. O sırada Tuna'nın kendi kendine mırıldandığını duydum.

"Kanatları çıktı en uçamayanın. Ve yine farkında değildi kanatlarının," dedi gözleriyle kitabı takip ederek. Sonra kafasını kaldırıp bana baktı. "Hadi git, birkaç saniye daha durursam seninle aynı ortamda, vücudum kendi kendini imha edecek."

***

Sokağa çıktığım an ilk işim göbeğimin üzerine tişörtümle attığı düğümü çözmeye yeltenmek oldu. "Bu ne anasını satayım, yeni doğmuş bebeklerin karnındaki kordon gibi... Bu mu moda?!" Yukarıdan annemin sesini duyunca elimi panikle göbeğimin üzerindeki düğümden çektim. "Elini bir sür üzerindekilere, yemin ederim sirkeli suya yatırırım akşam seni!" diye bağırdı balkondan. Tek ayağımı yere vurup, kaşlarımı çattım sinirle ve hızlı hızlı yürümeye başladım. Montumun önünü kapattım, tişörtteki düğümü çözemeden. Yine nöronlarım mütarekeye başlamış, beynim yangın yeriydi. 'Ordular ilk hedefiniz beyne giden oksijen, ileri!' diyordu kafam biri sanki. "Allah'ım," dedim ellerim göğsümün üzerine birleşik bir vaziyette hızlı hızlı yürürken. "Şimdi günaha da girmek istemiyorum ama, neden ben?" Hafifçe yukarı bakıp, kaşlarımı yeni nesil dram dizilerindeki küçük çocuklar gibi kaldırdım. "Allah'ım günaha girmek istemiyorum ama mesela şimdi Tuna neden geldi? Yani hayatımda beni deli eden az insan varmış gibi... Hani renk olsun diye dersen anlarım, ama yani... Gelmese sanki daha iyi değil miydi?" Ben yukarı baka baka, ağzımın içinde bunları gevelerken yanımdan geçen bir kadın ve çocuğu bana acıyan gözlerle baktılar. Hemen önüme dönüp daha hızlı yürümeye başladım. "Bütün günahlarım sırığa."

Buluşma yerine on beş dakika önceden gelmiştim. Ama uzaktan gördüğüm kadarıyla benden daha önce gelen biri vardı. Arkası dönük bir şekilde, sözleştiğimiz bankın önünde dikilen sırığın sırtına vurdum arkadan. "2 dememiş miydik sırık? Neden erken geldin?"

"Ah, geldin demek?" dedi arkasını dönüp gülerek. "Sen de erken geldin... Sevindim. Demek ki sen de sabırsızlanıyorsun."

"Sırıkçığım, yürü..." Koluna girip Barış'ı az ilerideki kafeye doğru sürüklemeye başladım. "Bugün her zamankinden daha sinirli, asabi ve nöronsuzum. Ona göre davran, yoksa kafanı ısırırım. "

"Bayadır ne kafa atıyorsun bana, ne bir yerimi ısırıyorsun zaten Amazon kızım. Özlemiştim..."

"Şeytan diyor parmakları tak burnuna, kafasını savur bowling topu gibi," dedim kafenin kapısından girerken.

"Daha önce yapmadığın şey sanki," deyip güldü. "Şöyle geçelim."

"Ne demek daha önce yapmadığım şey sanki? Ne zaman burnuna taktım parmağımı dengesiz sığır?" İşaret ettiği masaya doğru yürümeye başladım.

"Sarhoş olduğun gün, burnuma parmaklarını sokmuştun. Hatırlamazsın." Sandalyemi çekip, montuma uzandı.

"Ne?! Yaptım mı cidden öyle bir şey?!"

"Mont?"

"Ben çıkarırım..." Montumun fermuarını açtığımda, o da karşıma geçip oturdu. "Birazdan göreceğin görüntü ile dalga geçersen şu masadaki peçeteliği kafana atarım."

"Ne dalgası-" Montumu tamamen çıkarıp sandalyeye astım.

"Tanrım, galiba öldüm."

"Kes sesini."

"Çok... Güzel olmuşsun." Yüzündeki yavşak gülümseme, şaşkın bir yüz ifadesine dönmüştü birden. Bir şey diyemedim. "Yani yanlış anlama, hep güzelsin de... Hani şey gibi... İki farklı kişiyi tek bedende taşıyormuşsun gibi de ben aynı anda iki-" Kafasını iki yana salladı hızlıca. "Anlatamıyorum. Cidden anlatamıyorum. Yani şöyle-"

"Sırık oğlan..." Elimle dur işareti yaptım. "Anladım ben. Sen yine yavşaklaşma yolunda emin adımlarla ilerliyorsun, orada dur."

"Ne alırdınız," dedi o sırada başımıza dikilen tuhaf görünümlü garson. "Ben bir cappuccino alayım," deyip sırık bana döndü. "Sen ne alırsın Yaprak?"

"Çay," dedim burnumu kırıştırarak. "Bildiğimiz, sıradan çay."

"Peki efendim."

"Resmen ilk randevumuzu provoke ediyorsun Amazon kızı."

"Etmiyorum."

"Etmiyorsun o zaman. Şu an ne desen tamam derim, çünkü fazla güzelsin."

"Bak yine tüylerim diken diken oldu... Yavşak savar moduna almalıyım kendimi."

"Neden bilmiyorum ama, sana kızamıyorum," dedi gülerek.

"Arsızsın azcık, ondan olabilir." Dirseklerimi masaya yerleştirip, ellerimi yanağıma koydum. "İddiayı belirledim ben. Turnuvalarda çeyrek finale yükselmişsiniz... Gelecek maç okulun ilk haftası olacakmış. O maçta 40 sayının üstüne çıkıp, çıkamayacağın iddiamızın konusu. Biraz araştırdım, rekorun 25. E rakibiniz de güçlü... Biraz kıç taraflarında havalandırma deliği açılması gerekebilir kendini zorlarken." Ben konuşurken garson benim çayımı getirdi önce. Başımla teşekkür edip, havalı havalı çayımı tepeme diktim. "Lan yandım, yandım, yandım!" Havalı olayım derken, dilim haşlanmıştı. Masadaki pet şişeyi açıp su içtim hemen. Dilimi zılgıt çeken teyzelerinki gibi saçmasapan dolandırıyordum ağzımın içinde. Barış ise bana kahkahalarla gülüyordu. "Cezanı Oğuz'un vermesini istemiyorsan sus, sinirlendirme beni!" Ağzım yandığı için, cümlelerim tuhaf tuhaf çıkmıştı ağzımdan.

"Peki peki... Cezam ne olacak?"

"Sürekli bana kendimi tuhaf hissettireceğim şeyler giydirmeye falan çalışıyorsun ya," dedim bir elimde pet şişe, yudum

yudum su içerken. "Ben de sana bunun benim için nasıl bir duygu olduğunu göstermek istiyorum. Eğer kaybedersen saçını pembeye boyayıp geleceksin okula."

"Hmm, ilginç," dedi çenesi yukarı kıvrılırken. "Peki, nasılsa ne yapıp edip kazanacağım. Sıkıntı yok..."

"Sen? Senin cezan?"

"Benim cezalarım hep işin en eğlenceli kısmı oluyor değil mi? Bu defa benim için daha özel bir şey isteyeceğim senden. O maçtan bir hafta kadar sonra en yakın arkadaşlarımdan birinin doğum günü partisi var. Orada bana eşlik etmeni istiyorum. Tabii... Sana daha önce hediye ettiğim kıyafetle."

"Tamam. Nasılsa kazanamayacaksın çakma Michael Jordan."

"Gerekirse basket kurallarını değiştirir, her basketin değerini beşe çıkarırım. Ama yine de bu iddiayı kazanırım. Çünkü ilk kez bu kadar değerli bir ödül var ucunda. O partide elini tutacağım Amazon kızı. Herkese âşık olduğum kızı açıklamak istiyorum."

"Yeni terimler üretmemi sağlıyorsun, biliyor musun sırık? Yani eskiden 'gevşek gevşek konuşma' derdim millete. Artık 'sırık sırık konuşma' diyorum. Teşekkür ederim."

"Rica ederim Amazon kızım, her zaman."

Bir süre havadan sudan, oradan buradan konuştuk Barış'la. Daha doğrusu o bir şeyler anlattı, ben dediği gibi buluşmamızı provoke edecek saçmasapan cevaplar verdim. Cappuccinosunu içerken dudağının kenarında köpük kalınca, normalde kızlar romantik romantik öperek alırmış da falan da filan... Tabii ki ben öyle yapmadım. Elime bir deste peçeteyi alıp yüzüne fırlattım. Buna kahkahalarla güldü, iyice sinirlendim. Bir çay daha söyledim, bu defa daha demli. Yine sıcak kafama diktiğim için dilim haşlandı. Yine o güldü, ben sinirlendim... Masanın altındaki ayaklarımız sürekli birbirine değiyordu, savurdum bir tekme alttan alttan. Masadaki uzun minik paketlerdeki şekerleri fırlattım yüzüne yavşaklaşınca. Kafedeki herkes sürekli dönüp dönüp bize baktılar kısacık zaman zarfında. İşte, klasik bir sırık & Amazon kızı buluşması. Sürekli yavşak yavşak konuşan Barış'a sinirlenen Yaprak ve akabinde gelişen nöron savaşları... Ne o şikâyetçiydi ne ben artık tuhaf karşılıyordum bu durumu. Ne kadar sinir ayarlarımı iyice bozsa da, kalbimi hâlâ asla hızlandıramayacağını düşünsem de, en azından kabul etmeliyim ki, bir şekilde alışmıştım ona. Üçüncü bardak çayımı içmeye başladığımda ise, çayı fazla kaçırmış olacağım ki, zaten var olan çişim, iyice tutamayacağım hale gelmişti. "Ben tuvalete gidiyorum sırık" dedim ve hızla arkamı dönüp koşmak ile yürümek arasında bir senkron tutturarak seke seke tuvalete gittim. Öyle son noktaya gelmişti ki, kapıyı kilitleyip pantolonumu çözene ve oturana kadar sanırım yalnızca üç saniye geçmesine rağmen bana o üç aymış gibi gelmişti. İşte mutluluk... Son dakika tuvalete yetişmek ve o zaferin bütün vücuda işleyen müthiş huzuru... Kafamı hafifçe yana eğip o meşhur rahatlama gülüşünü yerleştirdim suratıma. Ayrıntıları geçeceğim...

Ellerimi yıkayıp, üflemeli kurutma makineleriyle oynadıktan sonra, dışarı çıktım büyük bir huzurla. Huzur Yaprak'ı bozar diyen evren, sağ köşedeki, kımıl kımıl dört terliksi hayvanı fark etmemi sağladı, beynime tekrar kan sıçraması için. Ben tuvaletten çıkınca onları göreceğim diye saçma salak bir şekilde kendilerini kamufle etmeye çalışan amipler... Biri menüyü yüzüne tutmuş, biri camdan dışarı bakıyor gibi yapıyor, biri masanın altına eğmiş başını, sanki çatalını düşürmüş gibi, biri sırt çantasını geçirmiş kafasına... Oğuz olmasaydı ve kafasında sırt çantası olan bir çocuk görmeseydim belki anlamazdım ama, o kadar barizdi ki benim dört sığır oldukları. Derin bir nefes aldım önce, gözlerimi onlardan ayırmadan. Barış'a elimle ben bir dakikaya geleceğim der gibi işaret edip, onların oturduğu masaya doğru ilerlemeye başladım. Masaya ulaştığımda hâlâ aynı pozisyondaydı hepsi. Bana bakmaları için elimi masaya sertçe vurdum. "Beddua loading bebeklerim... Bana en acilinden mantıklı bir açıklama yapmadığınız takdirde son nöronlarımı ekmekle sıyırıp, size beddua etmek için kullanırım. Hele sen geri zekâlı, kafana çanta geçirmek nedir?!'"

"Ya ben Oğuz değilim, saçmalama," dedi Oğuz kafasında hâlâ çanta varken. "Sadece aşağılık kompleksim var, kafama çanta geçirip geziyorum."

"Bana bakın lan!" Masaya tekrar vurdum. Bu defa hepsi tek tek suçlu gözlerle bana döndüler. Gökhan, masanın altından çıkarken kafasını geçirdi masaya yanlışlıkla. "Çok iyi oldu sana," dedim sinirle. "Şimdi bana kim açıklama yapma şerefine nail olmak istiyor?"

"Ben," dedi Gökhan elini usulca havaya kaldırarak. "Şimdi Yaprakçığım, şöyle ki..." Ayağa kalkıp tam yanımda durdu ve elini omzuma attı. "Yani sana bir açıklama yapmak isterdim ama... O göbeğin ne? Neden açık? Yani tuvalete gidip eteği külotlu çorabına takılmış kızlar gibisin şu an. O yüzden oldu değil mi? Tuvalette unuttun böyle. Yani kızgın falan değilim şu an, ama-"

"Kızım biz sadece olası bir ters durumda müdahale ederiz diye..." Sinan menü ile kamufle ettiği yüzünde sadece gözlerini açmış bana bakıyordu. "Yoksa..."

"Göbeğini ört," diye yineledi Gökhan.

"Kanka, valla ben pizza yemeye geldim," dedi Oğuz.

"Ali," dedim o ana kadar konuşmayan Ali'ye dönerek. "Cidden, sen bari uyarmadın mı bunları ya? Bir şey olsa ben hallederim zaten. Bana neden güvenmiyorsunuz?"

"Ne demek sen bari? Lan bizi çağıran Ali, bu ne diyor." Sinan tamamen indirdi yüzündeki menüyü. "Valla Yaprak, 'Ben gidecekleri kafeyi buldum, kontrole gidiyorum. Benimle gelip gelmemek sizin tercihiniz ama gelmeyeni ipe dizerim,' dedi bize. Demedin mi Ali?"

"Sinancığım," dedi Ali yalandan gülümseyerek. Bu Ali tipi tehditti.

"Demedi. Ben dedim. Hatta dedim ki, 'Ali hiç istemiyor, ama onun da ellerini ayaklarını bağlayıp götürelim.' İşte sonra Ali'yi de zorla..." Sinan gülerek bir bana baktı bir Ali'ye. "Tamam, akşam ben dayağımı yerim. Sorun değil."

"Yaprak şu göbeğini ört, bak son söyleyişim." Gökhan ise konudan tamamen farklı bir yere takılmıştı. Elini göbeğimin üzerindeki düğüme uzattığında eline vurdum. "Buyurun cenaze namazına..."

"Alikuş sana hiç yakıştıramadım," dedim çenemi yukarı kıvırarak. "Resmen gizli gizli takip etmişsiniz beni!"

"Yok, sırık check-in yapmış ondan gördüm," dedi Ali gözlerini yana çevirip.

"İstersen bana gidelim Yaprak, oraya gelemez hiçbiri." Barış, işimin uzamasına dayanamayıp yanımıza gelmişti. Sanırım bizimkilerin damarına basmaya çalışıyordu. "Gidelim mi?"

"Ayarına su kaçırırım senin deve, ne biçim konuşuyorsun lan ev mev.?! Beni at lan eve... Valla beni at, hadi ben istiyorum. At beni eve!" Gökhan sağ tarafımda duran sırık ile aramıza girmişti. "Gökhan, sen çekilsene kenara," dedi Ali ayağa kalkarak. İşte filmin koptuğu yer... "Beni... Yani bizi delirtmeyi hobi edinmiş olabilirsin, ama senin de duracağın yerler var." Bir adım daha attı Barış'a doğru. "Adamakıllı davran, yoksa Yaprak'a verdiğim söz tutamayabilirim."

"Yaprak'a kendini aciz hissettirecek bir hareketle burada bizi gizli gizli izleyen bir 'arkadaş'ın haddine değil bu sözler, üzgünüm. Bana daha önce demiştin ya... Değil işte. Asıl ona kendini kötü hissettiren sizsiniz."

"Kanka, ben bu sırığı küp küp doğrayıp kızgın yağda kızartırım bak," dedi Gökhan kulağıma eğilip. Kolunu çimdikledim, misafirlikte annelerin masanın altından yaptığı gibi.

"Ayrıca," dedi Barış sözü yine devralıp. "küçük oyun arkadaşınız değil o artık. Bu ben olmasam da ileride biri elinizden alacak onu. Sarılacak da, öpecek de... Annesine sizde kaldığını söyleyip, onda da kalacak. Olacak bunlar. İstediğiniz kadar onu bunlardan uzak tutmaya çalışın, o-la-cak. Mesela bir sonraki iddiayı kazanıp, Yaprak ile arkadaşımın partisine gittiğimde parti geç biteceği için bende kalması gerekebilir. Olabilir bu... Yani ileride de böyle şeyler çok olacağı için, bence şimdiden alışsanız iyi olur. O yüzden, bırakın artık bu sahte Hulusi Kertmen tavırlarını. Babacan tavrınız sıktı artık. 'Destek oluyoruz sana, aşkı keşfet!' Gerçekten, bu mu sizin desteğiniz? Ona büyüdüğünü hissettirin." Ali'nin nefes alış verişi iyice artmaya başlamıştı. Diğerleri huzursuzlukla kıpırdanıyorlardı sanki tek bir işaret bekliyor gibi. Gözlerimi diğer üçünün üzerinde gezdirdim 'sakın' der gibi. Sonra Ali'ye döndüm. Kendini sıktığı o kadar beliydi ki... "Ve son lafım da sana Ali. Bana bir daha Yaprak'a kendini kötü hissettiriyorsun' diyemeyeceksin. Sana o hakkı asla vermeyeceğim. Sırf Yaprak için önemlisiniz diye her dediğinizi, her yaptığınızı şu ana kadar sineye çekmiş olabilirim. Ama işler değişti... Okuldan mezun olmama bu kadar az zaman kalmışken sizin hazımsızlıklarınızla uğraşamam artık." Barış bütün kafe bizi izlerken bana döndü. "Şimdi gidiyorum Amazon kızım. Şunu unutma, ben kötü biri değilim. Sadece sana ulaşmaya çalışırken herkesin önünde durduğu âşık bir adamım. Ve ne kadar bu durum umurumda değilmiş gibi numara yapsam da, benim de bir sınırım var. Çırpınıp sana bir arpa boyu kadar bile ulaşamamam ve seni hak etmeyecek kadar korkak birilerinin sana bu kadar yakın olması artık cidden canımı acıtıyor. Ama ne olursa olsun herkesi aşıp, sana ulaşacağım. Bunu kendim için değil, senin için yapacağım." Belimden tutup beni kendine yaklaştırdı ve ben soğuk terler boşaltırken sırtımdan, yanağıma küçük bir buse kondurdu. "Okul açılınca görüşürüz. Kendine iyi bak..."

***

Halının üzerine bağdaş kurmuş, karşımda bana sokak kedisi bakışı atan Oğuz, Gökhan ve Sinan'a bakıyordum. Kafeden çıkıp eve gelene kadar ağızlarını açamamıştı hiçbiri, ben çok sinirli olduğum için. Ali ise çoktan uyuma bahanesiyle odasına çekilmişti. "Size ne kadar sinirli olduğumu biliyor musunuz? Hani sizin bana desteğiniz? Bu kadar mıydı? "

"Ama Yaprak," dedi Gökhan pıstığı yerde hafifçe doğrularak.

"Kapa çeneni küçük sıçan! Lafım bitmedi. Ne demek ulan,

ne demek gizli gizli bizi gözetlemek? Beni ne kadar utandırdınız biliyor musunuz? Ayrıca kusura bakmayın ama, sırık bu defa haklıydı. Ulan hani ben aşkı bulacaktım güya..."

"Ulan çocuğu itin götüne soktun yarım saatte, suratına peçete atmalar, ayağına vurmalar, şeker paketlerini kafasına fırlatmalar... Yapmadığın kalmadı, biz sırf seni gözetledik diye mi aşkı buldurmadık sana anasını satayım."

"Gökhan haklı," dedi Oğuz, eliyle Gökhan'ı işaret ederek.

"Sana söz hakkı veren oldu mu?" diye çemkirdim Oğuz'a. Sonra Gökhan'a dönüp "Belki benim tarzım bu. Belki ben itin götüne soka soka öğreneceğim sevmeyi!" dedim burnumu havaya kaldırarak.

"Kız haklı," dedi Oğuz yine.

"Oğuz sen de sus, valla keserim en sevdiğin yerlerini!"

"Yaprak haklı," dedi yine ağzına görünmez bir fermuar çekerken.

"Valla tansiyonum düştü, şekerim düştü..." Kendimi yere bıraktım. "Şu an çiğköfte ile birlikte Bloody Mary içerek intihar etmek istiyorum." Bir sağa bir sola savurdum kendimi halıda. "Konuşmuyorum sizinle!"

"Yaprak," dedi Gökhan halıda yanıma zıplayıp. "Cidden kızdın mı kız bize? Valla kötü bir niyetimiz yoktu. Hâlâ destekliyoruz biz seni... Sadece her ihtimale karşı tedbirli olalım diye..."

"Gökhan doğru söylüyor valla." Sinan da halıya yumuşak bir iniş yaptı. "Şşş, cevap ver yoksa sen cevap verene kadar gıdıklarım."

"Sinan çek şu koca kıçını, ben de geliyorum." Oğuz kanepeden direk yanımıza zıpladı. "Açılın ya, sığmıyorum!"

Bir süre konuşturmaya çalıştılar beni, hiçbirine cevap vermedim. Ellerimi yüzüme kapatıp, öylece durdum. Gökhan karnımın köşesinden dürttü parmağıyla. Gıdıklanıp hafifçe güldüm ama toparlandım. "Bak bak gülüyor, bak bak..."

"Konuşsana kızım, valla küsersen atarım kendimi kanepeden... Şşş, konuş hadi," diyerek Sinan da dürttü diğer taraftan.

"Konuş benimle, kirli konuş benimle Yaprak! Talk dirty to me Yaprak!" İşte klasik Oğuz. Onun beni güldürmek için dürtmesine gerek yoktu. Dediği güldürmeye yetmişti. Kahkaha atmamak için dudaklarımı iyice birbirine bastırdım.

"Yaprak benimle konuşmayınca kendimi kesilmiş sim kart gibi hissediyorum." Gökhan benimle konuşmayı bırakıp kendini halıda yere bıraktı iyice.

"Yaprak benimle konuşmayınca kendimi sınavda dört şık üst üste aynı gelmiş gibi hissediyorum." Sinan da Gökhan gibi uzandı yanıma.

"Yaprak benimle konuşmayınca kendimi Yıldız Tilbe'yi pezevenklerin elinden kurtaramayan İbrahim Tatlıses gibi hissediyorum."

"Ya," dedim ağzımı hafifçe aralayıp. "Cidden yeter." Tutmaya çalıştığım kahkaham birden çıkıverdi konuşunca. "Don lastiği gibi gevşediniz siz yine."

"Konuştu... Valla konuştu! Bey, konuştu yavrumuz!" Oğuz, Gökhan'ın üzerine çıktı yarım yamalak bana erişmek için.

"İlk 'don lastiği' dedi ama olsun, sonuçta o bizim yavrumuz..."

"Gel babana yavrum..."

"Ya tamam," dedim yine gülerek. "Abartmayın. Üç dakikadan fazla küsemiyorum size. Bırakın bir kere de adamakıllı küseyim."

"Kızım biz arsız olduk iyice. Sen konuşana kadar rahat vermezdik valla."

"Salaklar... Size hâlâ biraz kızgın olsam da," dedim biraz ciddileşerek. "İyi ki varsınız... Ne olursa olsun."

O gün akşama kadar Ali odasından çıkmadı. Biz, öyle kendi halimizde saçmasapan takıldık. Önce biraz Barış konusunda nasihat verdiler. Sonra ben yine ciddileşip suratımı astım. Bu defa 'cici kızlar-delisin' dansı yapıp, o şarkıyı söylediler bana. O zaman yerde yuvarlana yuvarlana güldüm. Sonra bir ara Oğuz, Gökhan ve Sinan'ı kandırıp bir kaşık tarçın yedirdi ikisine. Az kalsın ölüyorlardı. Sonra Sinan ve Gökhan, Oğuz'dan intikam almak için onu tuvalet kâğıdıyla mumyalayıp balkona kilitlediler. Balkonda onu öyle gören karşı komşu Nezaket Teyze korkudan ölüyordu az kalsın. Mahalleyi 'Mehdi geldi, Mehdi!' diye inletti birkaç dakika. Oğuz gevşek gevşek "Kız Nezoş, benim ben; Oğuz. Mehdi değil," diyene kadar tüm komşular cama çıkmışlardı bile. Sonra Oğuz'u yine biri baş biri kıç tarafından tutarak içeri taşıdılar. Onca sese şamataya gürültüye rağmen Ali uyanmadı. Akşam saat epey bir geç olduğunda herkes Ali'yi son kez kontrol edip evine dağıldı. Beni eve bırakmak istediler, ama evin dağınıklığını bahane edip gitmedim onlarla birlikte. Ev bahane, aklım Ali'de kalırdı eğer onlarla gitseydim. Bizim çocuklar gidince savaş alanı gibi olan evi toparladım biraz. Bulaşıkları yıkadım, evi süpürdüm... Ama Ali yine uyanmadı. En iyisi kontrol etmek diye düşünüp, gitmeden usulca odasına girdim. Hâlâ yataktaydı. Uyuyup uyumadığından emin olabilmek için parmak uçlarımda yanına doğru yaklaştım. Usulca eğdim başımı uyuduğu yöne doğru. Gözleri kapalıydı. Çömdüm oracığa. Biraz uyuyan Ali'yi izledim. Neden bu kadar uyuduğunu düşündüm. Diğerleri işi şakaya vurup kendilerini affettirirken neden Ali sadece odasına çekilip uyumayı tercih ediyordu? On iki yılımı birlikte geçirdiğim, ailemden biri gibi olan gamzeli oğlan... Neden son birkaç aydır bu kadar tuhaftı ki? İlk kez onu uyurken izlediğimi fark ettim bunlar geçerken aklımdan. Uyurken gamzesi keskin yüz hatlarına gömülmüştü. Yine ciddiydi yüzü. Elimi usulca gamzesinin çıktığı yere dokundurdum. "Artık eskisi kadar göremiyorum onu Ali," dedim olabildiğince sessiz bir şekilde. Uykusuna karışmasını diledim bu cümlemin. Karışıp ona ulaşmasını... Daha da gülmesini birkaç ay önceki gibi. Beni korumak istemesinin dışında, farklı bir şeyler vardı Ali'de son zamanlarda. Büyüdük ondan mı? Ya da Ali hep böyleydi de ben mi fark edemiyordum? Kafamı iki yana salladım. Dostlukta en önemli şey güven olmalıydı. Dostluk, din gibi olmalıydı. Dogmatik... Görmeden bazı şeyleri, koşulsuz inanmak lazımdı. Evet. O an Ali'yi sorgulamayı kestim. Ne olursa olsun, o en güzelini bilirdi çünkü. "Özür dilerim, çocukken olduğu gibi güldüremediğim için seni." Gülümsedim ve dizlerimden tutarak ayağa kalktım. "İyi uykular." Arkamı dönüp bir adım attığımda, bileğimde bir baskı hissettim. Ardından bir çekim gücü... Ali beni tutup hızlıca yanına çekti. Aniden yaptığı için bunu sanırım, kalbim deli gibi atmaya başladı. "Ali ödümü kopardın!"

"Özür dilerim," dedi, ben tuhaf bir şekilde ayaklarım solda bedenim sağda yatakta öylece ona bakarken. "Gitmesene azıcık, uykum dağılana kadar..."

"Tamam da," dedim kendime çekidüzen verirken. "Söylesen kalırdım, pat diye çekince... Valla korkudan çocuğum olmayacak gamzeli oğlan."

"Deme öyle..." Elleriyle gözünü ovuşturdu. "Kaç saat uyumuşum ben öyle, saat kaç?"

"Saat 10'a geliyor. Deli gibi uyudun. "

"Kızgınlığın ve kızgınlığım geçene kadar birkaç saat uyuyayım dedim, abartmışım biraz. Beynimi patlıyor şu an... Bok gibiyim."

"Babaannem hep der o saatlerde uyumak zararlı diye. Bak... Olacağı bu. İlaç getireyim ben sana," dedim hafifçe doğrulup. Tekrar kolumdan çekti beni yanına. "Ne?"

"İlaç istemiyorum. Biraz burada dur, yeter."

"Ali... Sana bir şey soracağım. Ailen gittiği için mi son zamanlarda bir tuhaf oldun sen? Yani sanki eski neşen yok. Sanki ne bileyim işte..."

"Bilmem, belki de ondandır."

"Bugün yaptığınız şey, affedilmezdi. Ama Gökhanlar sinirimi yatıştırdılar. Yoksa küsüyordum vallahi hepinize."

"İstediğin kadar küs. Üç dakikadan ötesi yok, aklından çıkar onu güzelim. Kaç kere küsebildin ki bize?"

"Valla öyle," dedim gülerek.

Bir süre hiç konuşmadık. Öylece o bana baktı, ben ona. Hani

birbirine uzun süre bakınca güler ya iki yakın arkadaş... O an o olmadı bize. Nedensizce uzun uzun baktık yüzümüze. Ne ben çektim bakışımı ne de o... İtiraf ediyorum, çok azcık yüzüm kızardı. Kaloriferler çok yanıyordu, ondan sanırım. Gözlerimi kaçırdım bir süre sonra pes edip. Elimi yanağıma koydu. "Bazen çok aptal oluyorsun."

"Benim aptal bir kız olduğumu yedi düvel biliyor," dedim gülerek. "Sizinle takılmamdan belli değil mi zaten?"

***

Annem odamı Tuna'ya vermişti uyuması için. Misafir odasına Kadriye Nine'yi yatırmıştı. Ben ise salona kalmıştım mecburen o gece. Elimi ensemde birleştirdim çekyatta yatarken. "Selam avize, beni özledin mi?" Tabi avize yine sessiz. "Bu aralar kendimi akşamdan şarja taktığım telefonda temassızlık varmış da, sabaha kadar şarj olmamış gibi hissediyorum. Anlıyorsun değil mi? Bir yanda Barış, bir yanda kafamı deli gibi karıştırması... Bir yanda iddialarla kendimi bulma çabam, bir yanda başımın yeni belası Tuna. Son günlerde iyice bana kafayı takan annem, diğer yanda Ali..." Biraz duraksadım 'Ali' dedikten sonra. Yine bir tuhaf hissettim kendimi. Acaba onu sorguladığım için yaşadığım bir vicdan azabı mıydı bu? Kafamı iki yana salladım. "Düşünme Yaprak, düşünme... Eninde sonunda su akar yolunu bulur. Sen sadece yoluna bak. Değil mi kız?" Bu defa yanımda duran çiçeğe laf attım. "Senle çok ortak yönümüz var biliyor musun? İkimiz de fotosentez yapabiliyoruz. Ben geçen gün iki üç mol oksijen ürettim, arkadaşlar şahit..." Tabii çiçek de sessiz. Delirmemin üçüncü dakikasında sol tarafıma döndüm. Dönmem ile Tuna'yı elinde bir bardak suyla karşımda görmem bir oldu. Sıçradım birden. "Ah, su içmeye mi kalktın Tuna? Ben de arkadaşımla telefonda konuşuyordum," dedim kendi kendime konuştuğumu çakmasın diye, salak salak gülerek. "Telepati yoluyla mı? Mesaj yaz 3233'a gönder. Evren sana geri dönüş yapsın. Kusura bakma ama, çirkin ve iticiliğinin yanında bir de salaksın. Cidden sana tahammül edemiyorum." Suyunu içerek merdivenlerden çıkmaya başladı. Saçlarımı karıştırıp tekrar yerime yattım. "Kıçında çıban çıksın da, tek lobunun üzerine otur e mi, kızıl kafa. Çilekli diye sanıp aldığın yoğurt light çıksın inşallah. Telefondan bir sürü video izleyip, resim indirdikten sonra wifinin kapalı olduğunu fark edersin de, sol ciğerin komple yanar inşallah. Misafirliğe gittiğinde kapı önünde çorabındaki yırtığı fark edersin de, saklamak için ayaklarını iki büklüm yaparken parmakların yerinden çıkar inşallah. En sevdiğin ünlüyü, en nefret ettiğin ünlüyle shiplerler inşallah!" Ben kendimi kaptırıp gidiyordum ki, ısrarla titreyen telefonumu fark ettim. Sinirle telefonumu açtığımda bizimkilerin de kendince sorunları yüzünden uyuyamadığını gördüm.

4N1K Whatsapp grubu

Gökhan: *Şimdi düşünsenize kankalar, Grinin Elli Tonu Türkiye'de çekilse, Mr.Grey Ana'nın çıtçıtlı badi giydiğini görür, film orda biterdi.*

Oğuz: *Kanka çıtçıtlı badi giyen kızın Play Room*'da işi olmaz zaten. Play Room'un p'sini duyduğu gibi 'sen beni ne sandın, senin grine de sana da sıçarım' diyerek geçirir içinde düzleştirici taşıdığı on kiloluk kol çantasını Christian'ın kafasına.*

Gökhan: *'Evlenmeden Play Room'a girmem...'*

Sinan: *Ben kendime Play Room yapsam, arkadaşlar 'iki el oyun atalım mı lan' der, mahvederler bütün ortamı. Öyle bir şans, öyle bir bahtsızlık bendeki...*

Oğuz: *Kanka o bir şey mi, benim Play Room'um olsa, Zeliş sultan çamaşır suyuyla temizler, kemerlerime kayışlarıma dantel örter bütün büyüyü bozardı.*

Gökhan: *Bir erkeğin en güzel çeyizi, henüz kız atmadığı Play Room'udur...*

Sinan: *Valla şu an öyle bir yokluktayım ki Play Room kalsın, babalardan analardan gizli gizli girdiğim ranza-*

lı kız odalarına bile razıyım. Babam geldi dediklerinde kafayı ranzanın üstüne geçirmeyi bile özledim. Allah'ım duy sesimi... Neden evren sürekli bana görüldü yapıyor? Evren niye sürekli gösteriyor ama elletmiyor?

Oğuz: Arkadaşlar galiba ben öldüm ama kimse bana çaktırmıyor. Etraf karanlık... Gerçi wifi mutfakta zor çekiyor, ölsem kabirde çekmezdi herhalde, değil mi?

Gökhan: Kanka lan dur ölme, sana bir haberim var. Seni seven kızı öğrendim. Hani şu senin kantinde bir kere laf attığın kız var ya? Emre'nin geldiği günün ertesi... Hani şu 'Üçünüz de iyisiniz bakıyorum da' dediğin. Hah o kızmış lan!

Oğuz: Ne demek o kızmış? Yarın gelsin işe başlasın. Sabah 8 akşam 5 sevgilim artık. Sigortasını bile yaptırırım ben onun.

Yaprak: Ne oldu ön elemeye?

Gökhan: Ön ellemeye alacak işte.

Yaprak: Çirkinleşmeyin be iki dakika...

Sinan: Gözümün önünde herkes sevgili yapıyor, kız götürüyor, yılların Kazanova'sı Sinan çölde bir damla su arıyor.

Gökhan: Bu yine Bihter'e döndü anasını satayım. 'Gözümün önünde seviyorlar birbirlerini...'

Sinan: Kanka bende öyle bir şans var ki, Bihter olsam Behlül değil, Beşir düşer bahtıma.

Gökhan: Sende bu şans varken sen olsan olsan Cemile olur, dizide kimseyi elleyemeyen tek karakter olarak oynardın iki sezon boyunca kanka.

Oğuz: Arkadaşlar okul açılsın kızı MAT'a alıyorum. Ön elemeyi 85-B ile geçti...

Yaprak: MAT?

Oğuz: Mese Aşk Testi... Geçerse direk sevgililik olayını atlar, basarım nikâhı.

Gökhan: Nedimen ben olabilir miyim Oğuz aşkım?

Oğuz: Olur. Sinan ortada dans eden göbekli ayyaş dayı olsun, Yaprak kafasına sim dökmüş damat ablası, Ali piyanist şantör... 'Sıradaki şarkıyı pisttekilere sokayım. Sen hariç Yaprak...'

***

Birkaç gün sonra / Okulun ilk günü

Tatilin bitiş sirenlerinin çaldığı acı bir pazartesi sabahıydı yine. Günlerdir öğlene doğru uyanan bedenim, o sabah yine erkenden uyanmayı reddediyordu kendince. Çalan yedinci alarmdı, ben yine alarmı erteleyip yorganı çektim başıma. Sanki başımda birazdan çemkirecek olan annemi görmezsem, hâlâ reddedebilirdim tatilin bittiğini. Öyle bir çaresiz çırpınıştı benimkisi. Annem ilk aşağıdan bağırmayı seçti. "Yaprak kalk kızım, geç kalacaksın ilk günden!" Yana döndüm yatakta. Yorganı biraz daha çektim yukarı. "Allah'ım ne olur şu an herkes ölsün, ben hariç." Ben ısrarla uyanmayınca kapıya dayandı bu defa. "Kız, illa yukarı mı çıkaracaksın! Bir kere de kendiliğinden uyan, şaşırt beni!" Yorganı sinirle üzerimden çekti. "Ya anne vur beni, öldür beni ama şu yorganı üzerimden çekerek uyandırma! Valla çekip alıyorsun olmayan enerjimi sabah sabah!" Ellerimle yanlardan destek alarak doğruldum yatakta. "Kızım, Kadriye Teyzen dün ne dedi sana? Tuna'yı da okula sen götür demedi mi? Çocuk çoktan hazırlandı, sen hala uyuyorsun! Hadi, kalk giy üstünü çabuk."

Evet, o günün bombası da buydu. Tuna'yı okula ben götürecektim. Bizimkilerle birlikte... Tuna'nın sivri dilli oluşundan, gey oluşuna her şeyi anlatıp önceden uyarmıştım hepsini. Ama yine de içim hiç rahat değildi. Ne bizimkiler susardı Tuna laf söyleyince, ne Tuna altta kalırdı bizimkilere karşı. Arada kalan yine ben olacaktım muhtemelen. Hızlıca üzerimi giyip, masadaki kahvaltıdan bir parça peynirle bir lokma ekmek atıp ağzıma, hemen salonda beni bekleyen Tuna'nın yanına koştum.

"Gidelim mi?" dedim. Ne olursa olsun, bana istediği kadar psikolojik olarak işkence etsin, o misafirdi. Ve daha önce hiç görmediği insanlarla okumak zorunda bırakılmıştı. O nedenle Tuna'ya o gün iyi yanımı ayırmıştım. "Gidelim," dedi okuduğu kitabını kapatıp çantasına atarken. Çantası benim anlamadığım o pahalı markalardan birinden olduğu belli olan, çok şık bir şeydi. Yani galiba... Okul formasını kendince uyarlamış, pantolon paçasını olabildiğince daralttırmış; ceketini de tam üzerine oturacak şekilde tamir ettirmişti. Paçaları hafif kısaydı ve alttan okul formamızın rengine uyacak bir çorap görünüyordu. 'Bu çocuk bizim okula fazla' diye geçirdim içimden. Merdivenleri inerken bir adım arkamdaydı. "Hep bu mesafeyi koru, seninle yan yana yürümek istemiyorum dağlar kızı Heidi."

"Sanki ben çok meraklıyım seninle yan yana yürümeye kızıl kafa. Sinirlendirme beni. İki dakika iyi davranayım dedim, üçüncü dakikasında yaptığına bak."

"Sesin midemi bulandırıyor."

Sırt çantamın kulplarından sıkıca tutup merdivenleri sinirle ikişer üçer inmeye başladım. "Bu kesinlikle evrenin bana diss atma yöntemi. Başka açıklaması yok." Kapının önüne söylene söylene vardığımda arkamı dönüp baktım. Hızlı inmeyi abartmış olacaktım ki, Tuna hâlâ görünmüyordu. Kafamı tekrar önüme çevirdiğimde bizimkilerin sokak lambasının önünde beni beklediklerini gördüm. "Geldiniz mi?" dedim saçmalayarak. Onlar dalga geçmeden ben kendimle dalga geçtim. "Yani doğal olarak..."

"Gökhan'ı bekliyoruz. O da geliyor," dedi Ali seke seke yanımıza doğru koşan Gökhan'ı işaret edip.

"Kankalar!" Gökhan zıplayarak tam önümüzde durdu. Gökhan her zamankinden farklı bir şey yapıp saçlarını yandan ayırmıştı. "Saçım nasıl olmuş? Tarz değişikliğine gittim Merve ile ilişkimizi sıcak tutabilmek adına."

"Kanka dört büyük kitaba diss mi attın lan, bu ne tip? Hıyara benzemişsin."

"Sezercik'teki topal Nedim'e dönmüşsün."

"Sen yeni çıkış yapan ilkokullu pop şarkıcısı mısın anasını satayım, kalıbından utan. Bu ne tip?"

"Sen duyma onları Gökkuşum, çok güzel olmuş."

"Allah'ım Yaprak hariç hepsi ölsün, amin." Gökhan eliyle saçlarını karıştırdı. "Mutlu musunuz?"

Kapıda Tuna'yı görünce "Tuna geliyor," dedim sessizce. "Bakın sakın salak salak şeyler söylemeyin çocuğa. Hıyar gibi şekilli şukullu soyarım kabuğunuzu valla. Hoş... Bana kalmadan Tuna laflarıyla sizi cacığa çevirir ya neyse."

"Arkadaşlar," dedi Sinan bir adım öne çıkıp. "Yaprak haklı. Doğal davranalım..." Tuna, birkaç saniyede betondan farksız suratıyla yanımıza ulaşınca, Sinan gülümseyerek konuşmaya başladı. "Selam, ben Sinan. Ve iliklerime kadar kızlardan hoşlanıyorum."

***

Okula adım atar atmaz, iki haftalık araya rağmen okulu hiç özlemediğimizi fark ettik. Etraf, yapmacıktan 'ay aşkım, ne özlemişim seni' diye cırım cırım bağıran kızlar ve 'yine mi sen, tipine soktuğum' diyen erkeklerle doluydu. İşte fark... Belki de o yüzden erkeklerle arkadaşlık etmek daha cazip geliyordu bana. İçleri neyse, dışarı oydu. En azından arkadaşlıkta...

Tuna elinde kitap, bizden az uzakta bizi takip ediyor, Gökhan ve Oğuz önde, biz Sinan ve Ali ile arkadan yürüyorduk koridorda. Sınıfa gelmeye bir metre kalmıştı ki, Bade göründü sınıfın önünden. Bizi, daha doğrusu Ali'yi görünce koşa koşa yanımıza geldi. "Görüşmeyeli uzun zaman oldu," dedi gülümseyerek. Hepimizi yarıp Ali'nin yanına geçmişti bile saniyeler içinde. "Nasılsın?"

"Neden bu okuldaki bütün kızlar çirkin?" dedi Tuna, Bade'den bir adım yana kaçarken. "Ayrıca ucuz parfümünden az sıkarsan sevinirim. Ciğerlerime farelerin üzerine deney yapılan, Çin malı parfümlerden dolması şu hayatta en son isteyeceğim şey."

"Tuna diss to Bade," dedi Oğuz gülerek. "Sevdim."

"Kim bu kızıl kafa?" Kaşlarını çattı Bade. "Ne hakla bana böyle şeyler söyleyebiliyorsun? Çizgini aşma," dedi tek kaşını kibirle kaldırıp.

"Asıl sen kimsin de bana 'bu ve kızıl kafa' gibi haddin olmayacak şekillerde hitap ediyorsun. Bakayım... Ah, en nefret ettiğimden! Yaprak'a laf ettim ama ondan daha beteri varmış. Çirkin olup kendini güzel sanan, doğuştan arada kalmış çirkin bir açık kahverengi saça sahip olup papatya özüyle doğal sarı gibi görünmesini sağlayan, hafif makyajla doğal güzelmiş havası yaratmaya çalışan üçüncü sınıf bir sarışın... Göğüslerinin içine çorap koyduğuna da yemin edebilirim. Şuradan baktım da... Ayaklarının içinde de gizli taban var değil mi? Afrodit'i oynamak için fazla ucuzsun. Midemi bulandırıyorsun, sanırım kusacağım."

Bade, "Geri zekâlıya bak... Sen ne hakla bana bunları söylüyorsun?!" deyip bir adım attı Tuna'ya doğru. Kollarını göğsünde birleştirdi öfkeli olunca yaptığı gibi. "Sorunlu musun oğlum sen?"

"Tanrım, retinam yandı... Yakından daha çirkinsin." Tuna ellerini gözünün üzerine koyup başını yana çevirdi. "Lütfen gider misin beş metre uzağıma, cidden tahammül sınırlarımın fazlaca üstündesin."

"Lan ben bu çocuğu çok sevdim, çekilin ben de biraz diss atacağım." Oğuz, Gökhan'ı ittirip Tuna ile Bade'nin yanına gitti ve Tuna'ya eşlik etti. "Ayrıca saçlarının da dibi gelmiş. Sarı siyah... Nesin sen kız, sarı-siyah Bitlis Spor maskotu mu?"

"Benim güzelliğimi ya da çirkinliğimi ağzınıza dolayabilecek tipler siz olamazsınız, anlıyor musunuz? Önce bir aynaya bakın. Asıl siz midemi bulandırıyorsunuz!"

"Oğuz gel şöyle," dedi Ali dişlerini sıkarak. Oğuz gözlerini devirip, tekrar Gökhan'ın yanına geçti.

"Lan sen mal mısın?" dedi Gökhan Oğuz'u çekip. "Bir de dövseydin kızı... İstiyorsan beşimiz dalalım kıza, ha?"

"Ali," dedi Bade derin bir nefes alıp. Sinirli olduğu bembeyaz boynundaki yeşil damarların gerginliğinden belliydi. "Şu an sinirden ölebilirim, ama senin için sakin kalmaya çalışacağım. Arkadaşlarının kabalığını telafi etmek senin elinde. Bugün çıkışta buluşuyoruz. Okul çıkışı. Tamam mı?"

***

Bade'nin çıkışta Ali ile buluşacak olması sinirlerimi biraz bozsa da, çaktırmamaya çalıştım gün boyu. Tuna'nın bizim sınıfa düşmesiyle kafam dağılmasa, durumu kafama çok takabilirdim. Ama sağ olsun sabahki bütün derslerde sağa sola laf sokarak dikkatimi fena halde Bade koordinatlarından kapıp, kendine çekmişti. *"Derse zaten 10 dakika geç geldiniz, 5 dakika erken bitiriyorsunuz. Geriye kalan yarım saatin 10 dakikasını zaten iğrenç esprilerinizle harcadınız. Ders işlediğiniz 20 dakikanın da pek verimli olduğunu düşünmüyorum,"* diye biyolojiciye attığı diss, *"Eğitimde kaliteli olma ideolojisi sekteye uğramış bir okul... Eminim benim kıyafetlerim yerine derste bir şey veremeyen öğretmenlerle ilgilenseydiniz şu an okulunuz bu halde olmazdı. Kıyafete saça değil, kafanın içindekilere önem verdiğinizde işlerin okulunuz adına değişeceğine eminim. Burada mecburen kalacağım bir dönemde, rica ediyorum biraz bu söylediklerimi dikkate alıp, beni, yok sayın. Çünkü bu şartlar altında ben komple okulu yok sayacağım"* diye müdüre verdiği ayar, *"Beden eğitimi dersinde futbol oynaması için insanları serbest bıraktığınız için olimpiyatlarda doğru dürüst sporcumuz yok. Beden eğitimi stres atılmalık bir ders değildir. Ciddi ciddi eğitim verilmelidir!"* diyerek bedenciye soktuğu laf... Bir günde Tuna'ya 'king of diss' lakabı verilmişti sınıfta. Kimseyle konuşmamasına rağmen, bütün herkes onunla konuşmaya çalışıyordu sürekli. Özellikle kızlar... Deli olmuşlardı Tuna'ya. O ise hepsine tiksinen gözlerle bakıyordu sadece. Biz ise bu durumu şoklar içerisinde izliyorduk.

Tuna'nın bir kızla sözlü münakaşaya girdiği bir ders sırasında, gözlerimi zorla da olsa ondan çekip yan sırada olan kavgaya yönelttim. Sınıfta sürekli arkada kitap okuyup, müzik dinleyen ve sınıfın zıpçıktı veletlerinin alay konusu olan kıza... Meliha. Yine üç salak bir olmuş kızın üzerine gidiyorlardı. "Şşş, kız Meliha yine ne okuyorsun? Bakıyım... Kaçıncı kez okuyorsun lan bu kitabı? Kendini Hogwarts'ta sanıyor, hayal dünyasında zavallı..." Kız geriye çekilince korkan gözlerle, kulaklığını çekip çıkardı tek kulağından. "Yine şu ibne kılıklı heriflerden birinin şarkısı... Sanki sana bakacak onlar. Hayal bunlar hayal..." Kahkaha attılar üçü birden. "Kanka şimdi hayal dünyasında onları üst üste koyup götürüyordur bu..." Sinirden damarlarım gerilmişti benim bile. Tam ağzımı açıp, bir laf edecektim ki Ali'nin ayağa kalktığını gördüm. İşte her kızın kahramanı gamzeli bu olaya da dayanamamıştı. Önce gülümseyerek kızın kulaklıklarını tekrar onun kulağına taktı. Sonra Ercan, Mehmet ve Sadi'yi tutup savurdu kızın uzağına. Sonra ise açtı ağzını yumdu gözünü.

"Ne olmuş yani? Okuduğu kitap ile ilgili hayal kuramaz mı? Sizin gibi ucuz insanlar hayal dahi kuramazken, o hayal dünyasında mutlu olmayı seçiyor belki? Size ne? Kendi boktan hayatınızı, kişiliksiz ve karaktersiz oluşunuzu, basitliğinizi onunla bununla dalga geçerek örtbas etmeye çalışıyorsunuz... Ama yanlış. Komik olan siz oluyorsunuz. Ne var yani, bir ünlüye âşık olmanın yanlış tarafı ne? Sen..." dedi Ercan'ı işaret edip. "3 yıldır köpek gibi yan sınıftan bir kızın peşinde koşuyorsun. Bakıyor mu anasını satayım kız sana? Bakmıyor. Yanı başındayken bile imkânsız bazı şeyler. Ha şu kız binlerce kilometre ötede sahnede parlayan bir herife âşık, ha sen yan sınıfta sana asla bakmayacak birine âşıksın... İmkânsız, imkânsızdır. Ne olmuş? Ayrıca..." dedi bu defa korkudan ve şaşkınlıktan yanakları kırmızı kırmızı olan Meliha'ya dönüp. "Ne olursa olsun, susup kalma. Kendi şansını kendin yakala. Bunlar gibi puştlara dalga malzemesi olma. Güçlü dur, kendine güven. Hiçbir şeyinden, ne okuduğun kitaptan, ne dinlediğin müzikten, ne hayallerinden, bunlar gibiler yüzünden utanıp vazgeçme." Tekrar korkudan donup kalan üçlüye döndü. "Ve size son lafım, eğer bir daha bu kızla uğraşırsanız sizi ağır sikerim. Ben bu sınıftayken, kimseyle bu şekilde dalga geçmenize izin vermem. Anlaşıldı mı?'"

Üçü, homurdanarak çıktılar sınıftan. Meliha, Ali'ye büyük bir minnetle teşekkür etti. O ise yalnızca gülümseyip, tekrar yanıma geldi. Ali'yi diğerlerin farklı kılan şey... Ali, kahramandı. Onu böyle gördükçe bir kuş kanat çırpıyordu sanki göğsümün üzerinde. Neden az önceki sahneden bu kadar etkilenmiştim ki? Elimi usulca kalbimin üzerine koydum. Hızlı atıyordu. Kavga çıkacak diye korkmuştum da ondan mı hızlanmıştı ki? Çaktırmadan Ali'ye baktım... O da bana baktı gülerek. Parmak sokulası gamzesi öylece duruyordu yanımda... Kafamı önüme çevirip iki yana salladım. Allah'ım, son günlerde bana neler oluyor?!

Otuz İkinci Bölüm

Kafamı iki yana salladım, içimden kendime 'salak salak iş yapma' diyerek. Kilo aldığım için yanaklarımın sallandığını hissettim bunu yaparken. Kafamı dağıtmak ve konudan uzaklaşmak için Ali'ye dönüp birden "Ben kilo mu aldım?" diye sordum. Güldü. "Hmm, akşam eve gittiğimizde ben seni Ali usulü tartarım. Bakarız, almış mısın," dedi parmağını olmayan gamzeme sokarken. "yoksa almamış mısın?" Başımı tamam der gibi salladım, esnaf amca gülüşü yaparak. Hani şu 'k' harfinin yoğun olduğu 'kıhkıhlama' tarzı olan. Evet, o itici gülüş. Neden bilmiyorum ama, gergin olduğumda hep öyle gülerdim. Bir de burnum kaşınırdı. O an olduğu gibi. Elimi kaşımak için burnuma götürdüğüm an tekrar konuştu Ali. "Ne oldu, bir şeye mi sinirlendin?" Elimi burnumdan çektim panik içinde. "Ha?" dedim Jim Carrey'nin gerçek kesit performansına yakın bir mimik ile... Hani şu yalan söylerken yapılan, çakma bir şaşırma ifadesi. Güldü yine. "Burnunu ne zaman kaşısan ya sinirli olursun ya heyecanlı ya gergin... Sınava girmeden önce sürekli kalemle burnunu kaşırsın mesela. Ya da sınıftan biriyle kavga ettiğinde... Sen Alikuş'unu hafife mi alıyorsun?" Yutkundum. "Yok yani ne hafifi..." Yine o meşhur gerçek kesit oyunculuğu... "Hafif dedin de... Kilo mu aldım ya ben?" dedim tekrar önümü dönüp gülerek. 'Salak, az önce kullandın bu bahaneyi' dedim içimden. Sanırım bunu dışarıya yansımış olacağım ki Ali bu defa sesli güldü. "Yaprak, bu aralar senin halini hiç iyi görmüyorum ben güzelim. Cidden, nöronlarına okutmaya gidelim. İyi gelir."

"Kadriye Nine'ye akşam tükürttürrüm."

"Hâlâ sizdeler mi lan," dedi Gökhan arkaya dönüp.

"Şu adının geçtiği yere anında damlama huyundan sonra en takdir ettiğim özelliğin muhabbeti dinleyip dinleyip ortasında salça olman Gökkuş," dedim elimdeki kalemi Gökhan'ın burnuna dokundurarak. "Peki ben Yaprak... Anlatsana biraz," dedi Sinan muhabbete katılmak için sandalyede ters dönerken. "Mesela en çok neyimi takdir ediyorsun?"

"Kızsızlık sana yaramıyor Sinan," dedi Oğuz yan sırada kızlarla konuşurken. "Pişt, kızlar şu içinde cephanelik olan çantalarınızdan bir adet parfüm rica edebilir miyim, acil." Ilgın adında bir kızın uzattığı turuncu şişeli parfümü uzanıp aldı Oğuz ve biz ona 'amacın ne' bakışları atarken yanımıza çekti sandalyesini. "Al kanka, kız kokusu..." Sinan'ın üzerine sıktı parfümü. "Çek ciğerlerine... Ateş seni çağırıyor kanka!"

"Oh my Jesus," dedi Sinan sıranın üzerine çıkarken. "Şu an yürüyen Avon kataloğu gibiyim. Bileğini sürtmek isteyen kızlar," dediği an Ali paçasından aşağı çekti Sinan'ı. "Ne lan?"

"Lan bak mal mal laflar etme sınıfta, seni Avon kataloğuna sürte sürt-" Kendine hakim olup, yarım bıraktı küfrünü. "İn aşağı."

"Ali," dedi Gökhan kınayıcı bakışlarla. Bu defa o ayağa kalktı, alkış tutarak. "Bravo Ali, şurada bi' orijinal küfür etme hobimiz var, onu da elimizden al Ali. Kutlarım, bravo. Harikasın..."

"Gökkuş, asıl ben seni alkışlıyorum her türlü kıskançlığı yapmıştın da," dedim ayağa kalkarken. "Bir bunun kıskançlığını yapmamıştın." Ben de alkışlamaya başladım. "Asıl ben seni alkışlıyorum Yaprak," dedi Sinan bu defa bizim gibi ayağa kalkıp alkış tutmaya başlamadan. "Ben bir bardak su istesem, 'ay şu an yuvarlanıyorum, üşenirim' deyip bana su getirmeyip sırf Gökhan'ın alkışlamak için ayağa kalkıyorsun. Bravo..."

"Asıl ben Sinan seni alkışlıyorum," dedi Oğuz bu defa bizden daha yukarlara, sandalyenin üzerine çıkarken. "Çünkü geçen gün sen uyurken popona bardak koydum, durdu. Kim Kardashian gibi malzeme var sende dediğimde bana inanmamıştın."

"Oğuz senin hassas yerlerine alkış tutarım bak, lan niye mal mal işler yapıyorsun arkamdan?!"

"Sinan seni de alkışlıyorum," dedi Gökhan alkış tutan ellerini Sinan'ın yüzüne tutup. "Bir küfür golü de Sinan'dan. Aman Gökhan kardeşinize bırakmayın hiç, aman!"

"Lan yeter, sabah programlarında parayla tutulan şakşakçı teyze misiniz siz? Kesin şu alkışı!" Ali elindeki silgiyi fırlattı Sinan ile Gökhan'a doğru. "Alikuş haklı, oturun bence de. Alkış Alikuş'a," deyince Oğuz, bu kez Ali'ye doğru alkış tutmaya başladık. Ali gözlerini sinirle kapatınca "Ne sinirlendiriyorsunuz lan Ali'yi, oturun!" diye çemkirip sandalyenin tepesinden indi Oğuz. "Aliciğim, bence bunları ceza olarak eve almayalım bu akşam."

Hepimiz yerimize oturduk tekrar. Oğuz Ali'ye sırnaşıp onu deli etmeye başladı, Sinan ise rehberine bakıp daha önce konuşmadığı kız kalmış mı diye kontrol etmeye... Gökhan ise Merve'ler beden dersinde olduğu için, Merve'nin sahadan çıktığı haberini aldığı gibi Mervelerin sınıfa koştu. Ben ise biraz bizimkilerle, biraz kafamın içinde yeni türeyen tuhaf varlıkla, biraz da kalemlerimle konuştum. Evet. Kırmızı kalemimin ağzından lafı kerpetenle aldığımdan biraz zorlandım onunla konuşurken ama...

Allah'ım... Cidden son günlerde kendimi Mahmut Abi ile birlikte The Beatles'ın Yesterday şarkısının arabesk versiyonunu yapan Sevda gibi hissediyorum. O derece ruh halim karışık, o derece çatışmada, o derece tuhaf...

***

"Bugün ne yapıyoruz?" dedim okul çıkışı, koridorda montumu giyerken.

"Ben Merve'yleyim, Oğuz İrem ile buluşacak... Sinan?"

"İrem kim lan?" dedi Sinan tam kendine layık bir takılma yeri bularak.

"Şu Oğuz'dan hoşlanan kız işte... Pizzacıda buluşacaklar."

"Oğuz sevgili yapar da ben sap kalırsam, burnuma ara kablosu sokarak intihar ederim."

"Sen ne yapacaksın çorap güzelim," dedim iki adımda Sinan'ın yanına giderek. "Sen, ben, Ali saplar partisi yapalım bugün."

"Yaprak'ım valla, annem babamla kavga etti dün, depresyonda. Bugün onunla ilgilenmem lazım. Alışverişe falan çıkıp, o kredi kartlarını patlatmazsa kendine gelemez, biliyorsun."

"Babana girecek yine her türlü yani..."

Gökhan en önde Merve'ye doğru yürüyordu. Oğuz ise koşarak arkamızdan geliyordu. Merve bizi görünce el salladı hepimize, sonra Gökhan ile sarıldılar. O tabloyu gören Sinan ayaküstü depresyona girip, Oğuz'un kulağına anahtarını sokmaya kalktı. İşte klasik Sinan... Ne olursa olsun kendine zarar veremezdi o. Ne derse dersin... Ali ile aralarına girdik merdivenlere gidene kadar. Merdivenden inerken kenardan yürüyen Merve'yi bir anda kucağına aldı Gökhan ve "Eteğinin altı gözükür aşkım, ben indiririm seni," dedi. Hepimiz kocaman bir 'oha artık' desek de, Gökhan bu. İnatçılıkta ve kıskançlıkta dünya markasıydı kendisi. Aşağıya kadar kucağında taşıdı kızı. Ta ki Oğuz, Gökhan'ın eli dolu nasılsa diye "Merve biliyor musun, Gökhan ilkokul üçüncü sınıfta yağ satarım, bal satarım oynarken aşağı eğildiği an altına işemişti" diyene kadar. Sonrası malum... Merve'yi yere indirdikten sonra, Oğuz'u da yere... fazla yere indirdi Gökhan. Sinan ise o ikisini sevgili durumlarından kıskandığı için, zevkle izledi birbirlerini yemelerini. Biz ise Ali ile 'bunlar ne zaman büyüyecek' temalı iç çekişlerimizle hepsini izledik... Daha bahçe kapısına gelmeden, üçü de ayrılmışlardı yanımızdan. Bahçe kapısına geldiğimizde, aklıma Bade'nin lafı düştü. "Aaa, Bade şey demişti ya..." Kedi gibi baktım alttan alttan. "Eğer gideceksen sorun değil."

"Saçmalama," dedi gülerek. "Bugün seninle tavla oynayalım mı? Epeydir oynamıyoruz."

"Olur," dedim kulpların tutup.

Birkaç adım atmıştık ki yüzümdeki gülümseme yerini 'geldi yine tipini' yüz ifadesine bıraktı. Nedense son zamanlarda iyice sinir olmaya başlamıştım Bade'ye. Bir yandan kendime kızıyor, 'saçmalama, tek suçu Ali'den hoşlanmak' diyordum. Diğer yandan kafasını tutup kaynar kazana sokmak istiyordum. Deli miyim neyim... Okulun karşısındaydı, yanında da bir çocuk... Bizim okuldan değil, aşağıdaki meslek lisesindendi formasından anladığım kadarıyla. Çocuk Bade'ye bir şeyler söylüyor, Bade çocuğa el kol yapıp karşı çıkıyor gibiydi. Sanki rahatsız ediyordu çocuk. Kafamı Ali'ye doğru çevirdim ve "Gidecek misin?" dedim alacağım cevaptan korkmadan. Çünkü biliyordum. Ali, orada kim olursa olsun, giderdi. "Ufak bir işim var, geliyorum iki dakikaya. Bekle sen," dedi. Sağa bakıp, araba gelmediğini görünce atladı yola. Bekle dedi ama, durur muyum? Çantamdan sıkıca tutup, dudaklarımı hafifçe toplayarak peşinden gittim, iki adım gerisinde durmaya özen göstererek. Ali çocuğun arkasına gelince durdu, ben de gerisinde... Cebine attığı elinden birini çıkarıp çocuğun omuzuna dokundu. Çocuk kafasını çevirdiği an ise, sağlam bir kafa attı. Sonra tekrar elini cebine atıp konuştu.

"Yürü Bade, seni Yaprak'la eve bırakalım. Evine..."

Oğuz, pizzacının önüne gelince, durup montunu düzeltti ve pizza dilim desenli sırt çantasını usulca kaydırdı omuzlarından. Çantasının arka cebine koyduğu telefonunu çıkarıp, tekrar omzuna taktı çantasını. Telefonu açıp, kıza 'geldim ben' mesajı atıp ön kamerasını açtı. Önce sağa, sonra sola çevirerek kendini inceledi biraz. "Çok tatlıyım bence," diye mırıldandı telefondaki yansımasına. Elleriyle zafer işareti yaparak "Pizza," deyip bir de selfie çekti. "Hmm, bunu akşam Instagram'a atayım..." Telefonunu cebine attı sanki hiçbir şey olmamış gibi ve pizzacının kapısına yöneldi. Otomatik kapı açılınca, açılan kapılara 'benimle uğraşmayın, çekilin kenara lan' dedi içinden ve sanki komikmiş gibi bu, her defasında olduğu gibi güldü. Açılan her kapı ile çocukluğundan beri uğraşırdı çünkü. İçeri girdiğinde elini köşedeki masaya yerleştirip şöyle bir baktı etrafa kızı görebilmek için. Elini koyduğu masadaki kızlar, ellerinde pizzayla ona baktıklarında "Ne oldu? Siz de mi benden hoşlanıyorsunuz yoksa?" dedi dalga geçerek. "Ne saçmalıyorsun ya," diye homurdandığında kızlar, omuzunda bir el hissetti Oğuz ve hızla arkasını döndü. İrem'di. "Şuraya geçtim, sorun olur mu senin için?"

Oğuz, elini masadan çekip üzerini silkeledi ve en havalı ses tonuyla, "Let's pizza baby," dedi. Evet. Oğuz'un İngilizcesi orada bitmişti. İrem gülüp, başını salladı, birlikte kızın daha önce gelip oturduğu masaya geçtiler. Montunu çıkarırken, garsona seslendi Oğuz. "Bana jumbo boy karışık..." Çantasını ve montunu diğer sandalyeye fırlatıp kıza döndü. "Sen?"

"Bana da aynısından."

"İlk testi geçtin, bravo," dedi Oğuz hafifçe alkış tutarak.

"Ha?" dedi İrem kaşlarını hafifçe çatıp.

"Karışık jumbo boy pizzayı tek başına gömen bir kız, MAT'ın ilk turunu geçer. Kuraldır. Eğer orta boy falan söyleseydin üç hayırla uğurlar senin pizzanı da yerdim."

"Ah, ben de onu diyecektim... Merve bahsetti ama anlamadım tam. Biraz bahseder misin?"

"MAT. Mese Aşk Testi. Bu arada, Mese olduğumu biliyor musun? Mese derneğinin kurucu ve yöneticisiyim. Henüz dernek yok, tek üye benim ama ilerde genişletmeyi düşünüyorum."

"Eğlenceli görünüyor. Ben de üye olabilir miyim?"

"Tebrikler," dedi Oğuz elini İrem'e doğru uzatıp. "İkinci turu da geçtin."

"Teşekkürler... Ama kaç tur sürecek bu? Yani biraz... Gurur kırıcı gibi, ama eğlenceli de. Şu ana kadar hiçbir erkeğe açılamayan benim için... fazlasıyla eğlenceli. Tabularımı yıkıyorum böylelikle. Evet, sıradaki!"

"Hmm, pizzalar jumbo, yani geç gelecek. Pizzalar gelene kadar hızlandırılmış sözlü aşamaya geçelim o zaman. Hazır mısın?"

"Evet!" dedi İrem ellerini yumruk yapıp. Kıvır kıvır saçları döküldü yüzüne o an. "Hazırım."

"Soru bir, az sonra gelecek pizzandan son bir dilim kaldı. Ama çatlamak üzeresin, bir lokma yiyecek halin yok. O pizzayı benimle paylaşır mısın?"

"Paylaşmam. Çatlayıp öleceğimi bileyim, yine de yerim."

"Meseliğin altın kuralıdır bu. 'Pizzama dokunma!' Aferin. Soru iki, pijama sever misin?"

"Eve gidince üzerimdeki her şeyi çıkarıp, pijamalarımı giydiğimdeki huzuru tarif edemem. Pijama, en iyisi!"

"Peki ya tuvalette tweet?"

"Tuvaleti kullanma sebeplerim içinde boşaltımdan önce gelir."

"Peki ya pislik deyince aklına ne geliyor?"

"Pislik yapmak."

"Pislik yapmaktan kastın, arkadaşlarının eski sevgililerinin tweetlerini retweetlemek, annelerinin yanında açıklarını söyleyip onları zor durumda bırakmak, dalga geçmek gibi şeyler mi? Yoksa başka bir pislik kavramı mı?"

"Tam da o dediğinden. Daha dün, en yakın arkadaşımın bana Snapchat'ten bana attığı yüz maskeli resmini twitterda paylaştım! En sevdiğim şeydir pislik!"

"Peki şunu söyle... Bir mese bir meseye gel beraber Kate Upton memesi seyredelim demiş."

"Bir mese bir meseye gel beraber Kate Upton memesi seyredelim demiş!"

"Alıyorum seni," derken Oğuz, garson pizzalarını masaya yerleştirdi. İkisi de pizzalarından birer dilim çektiler ve aynı anda birbirlerine uzatıp tokuşturur gibi yaptılar.

"Tamam artık sus, pizza yerken konuşmak istemiyorum."

"Galiba evleneceğim seninle."

"Ben de seninle."

"Tamam sus, pizzam soğuyor."

"Asıl sen sus, ketçabı uzat."

"Pizza yerken hiçbir şey uzatamam."

"Haklısın."

"Bence de."

Bade'yi evine kadar bırakıp, eve geldiğimizde, Ali yatak odasına üzerine değiştirmeye gitti direkt. Ben de salona yaylandım ufaktan. Montumu havaya atıp gelişine bir tepke savurdum. Yine her zamanki gibi, tam ayağımın önüne düştü. Bir süre ayaklarımın dibindeki turuncu montumla bakıştık. Elimdeki sırt çantam usulca elimden kayıp yer ile buluşunca, çıkardığı ses kendime getirdi beni. "Sen ne tiksinç bir montsun ya," dedim Tunalaşarak. Evet. Tuna hayatımıza yeni bir terim katmıştı. 'Tunalaşmak.' İşe yarıyordu ama. Sinir strese birebir... "Senden iğreniyorum. Zaten seni neden aldım bilmiyorum. Turuncudan tiksinirim aslında... Sen de kendine renk mi diyorsun? Ulan sarı desen değilsin, kırmızı hiç olamamışsın. Arada kalmış, çirkin bir renksin. Sıcak da tutmuyorsun. Yeşil montumu senden üç kat daha fazla seviyorum. Bir kere adam gibi adam o, senin gibi mi? Onu bir atsam tam kanepeye düşmüştü."

"Yaprak," dedi Ali birden, beni korkutarak. Elimi göğsümün üzerine koyup bir adım geri çıktım. "Korkma... Ya da kork. Deliriyorsun."

"Ha, şey ya... Bu aralar nöronlarım yine 'ananı niyolay ye ye' modundalar be Alikuşum. Takma sen, geçer."

"Peki," dedi gamzesini belli ede ede gülerek. "Alikuş," dedim birden. Ne soracağımı bilmeden, kapıya yaslanmış Ali'yi görünce dökülmüştü dudaklarımdan öylesine. Durumu toparlamak için yine işi daha da batırıp elimle göbeğimi tuttum. "Kilo mu aldım ya ben?"

"Yaprak..." Birkaç adımda aramızdaki farkı kapattı ve elini

altına koydu. "Güzelim senin ateşin mi var? Bak eğer hastalanıyorsan da kafan gittiyse bileyim, yani normal değilsin bugün."

"Neden? Gayet iyiyim ki ben. Kilo mu aldım onu merak ettim sadece... Sıkıyor da pantolonlarım bu aralar."

"Üçüncü kez sordun da aniden." Elini alnımdan çekip, boynuna yerleştirdi. "O zaman," dedi gülerek. "Bir bakalım almış mısın kilo." Bir anda beni kucaklayıp, omzuna attı. "Almışsın biraz..."

"Ay, Ali ya... İndir! Ay korkuyorum bak!"

"İndireyim mi?" dedi beni hafifçe döndürürken. "İnmek mi istiyorsun?"

"Ali valla öğlen yediğimiz patatesler ağzımda şu an, valla kusarım sırtından aşağı, döndürme!"

"Duyamadım?" dedi gülerek. Biraz daha hızlı döndürmeye başladı. "Ali, ne?"

"Ali indir ya, valla midem kalktı ne olursun... Ali!"

"Ali, ne?"

"Alikuş, en çok seni seviyorum var ya ohoo, sen en birincisin. En çok-" Tokam kaydı saçlarımdan. Saçlarım ağzıma girdi. "Ali indir!"

Tek elini yukarı çıkarıp destek aldıktan sonra, tek hamlede beni kucağına indirdi önce. Saçlarım gözlerimin önündeydi, ama başım döndüğü için saçlarımı bile çekmedim gözümün önünden. Ali hafifçe üfledi yüzüme. Yüzüm burun tarafından azıcık açıldı. Biraz daha üfledi. Yüzümün gözüm de dahil küçük bir kısmı gözüktü. Güldü. "Kilo alsan da sorun değil. Kaç kilo olursan ol, her zaman seni kaldıracak kadar güçlü kollarım olacak benim. Her zaman. Söz."

"Kaç kilo olursam da mı?"

"Kaç kilo olursan."

"Baya... Böyle aşırı olsam. Mesela şimdikinin üç katı olsam?"

"Üç kat sen... Sevdim."

O gün evde sadece ikimiz olduğumuz için biraz yerde yuvarlandık ve tavla oynadık. Ali galiba bana bilerek yenildi, her zamanki gibi. Emin değilim. Tavladan sonra biraz da kâğıt oynadık. Yine ben yenince, huysuzlandım. "Bilerek yeniliyorsun değil mi" diye. Güldü sadece. Her zaman yaptığı gibi... Akşam saat 9'a gelirken yanlışlıkla kola döktüm üzerine. Yapış yapış oldu çocukcağız, duşa girdi hemen "Sakın ben çıkmadan gitme, ben bırakacağım seni," diye tembih edip. Ben tamam deyince gitti banyoya. Sanki Ali'nin içine doğmuş gibi, annem aradı on-on beş dakika sonra. Acil eve çağırdı beni. Montumu alıp banyonun önüne gittim, usulca "Ali, ben çıkıyorum. Annem acil çağırdı. Tamam?" deyip cevabını beklemeden tüydüm evden. Cevap beklesem onuncu saniyede çıkardı o haliyle çünkü.

Apartmandan çıkıp, eve doğru yürümeye başladım. Etraf epeyce karanlıktı. Kış ayında olduğumuz için pek kimse de yoktu etrafta. Ama sorun değildi benim için. Bizim yerlerdi oralar. Telefonum cebimde titredi birden. Gülerek açtım telefonu. "Alikuşum, yolu yarıladım bile. Sen iyice kurulan, üşütme. Tamam?" deyip kapattım telefonu hemen, cevap vermesine müsaade etmeden. Kapatmasam, inat ederdi çünkü. Yüzümde aptal bir sırıtışla, ellerim göğsümün üzerinde birleşmiş bir vaziyette köşeyi döndüm. Köşedeki ortaokulun önünde her zamanki gibi liseli oğlanlar saçma sapan muhabbetlerinden döndürüyorlardı galiba, çevirmedim bile kafamı. Birkaç adım ilerledim ki, bir ses geldi o taraftan. "Tanıdım," dedi biri diğerine. Üzerime alınmayıp, yürümeye devam ettim. Ayak sesleri hızlanıp bana doğru yaklaşınca biraz panik olsam da kendi kendimi sakinleştirmeye çalıştım. Bizim mahallede ne olacaktı ki... Birden bir çocuk belirdi önümde. "Harbiden sensin."

"Çekil önümden," dedim çocuğu ittirirken. O, ısrarla benim önümde dururken sokak lambasının vurduğu suratına dikkatlice bakınca, tanıdım çocuğu. Bugün Bade'nin yanındaki çocuktu.

"Bugün Bade'nin yanında bana artistlik yapan puştun yanındaki kız..."

"Puşt sana benzer," dedim tekmeyi geçirirken bacağına. "Düzgün konuş!"

"Sen kime vuruyorsun lan, orospu!" Beni arkadaki çocuğun üzerine doğru ittirdi. "Telefonunu ver."

"Nah veririm," dedim arkadaki çocuğun ellerinden kurtulup yana kaçarken.

"Tut şunu," dedi önümdeki büyük bir serinkanlılıkla.

Yine diğer kötü kokan uzun boylu arkadaşı yakaladı. Kafaları çok yerinde değildi, her hallerinden belliydi. İki kolumdan sımsıkı tutan arkadaşı, tek bacağıyla da ayaklarımı sabitlemişti. Tekrar öteki esmer olan yaklaştı, ceplerimi yokladı ve ne kadar direnseın de buldu telefonumu. "Adı neydi lan onun? Ha?!"

"Söylemeyeceğim," dedim başımı dik tutarak.

"Bak kızım, yemin ederim keserim gırtlağını." Elinde telefon olan elini kaldırdı. "Söyle dedim!"

Korkudan nefes alış verişim iyice hızlanmaya başlamıştı, ama korktuğumu belli etmemek için olabildiğince güçlü durmaya çalışıyordum. Eli havadaydı, her an suratıma inecek bir tokatla yerle bir olacağımı bile bile dimdiktim. Esmer olanın sabrı iyice tükeniyordu. "Söyle, adı ne lan?!" diye sorunca tekrar, içimdeki bütün korkuları daha da körükleyecek bir ses duydum solumuzdan.

"Ali!" diye bağırdı o ses. "Adım Ali ve eğer o kızı bırakmazsanız ben oraya gelene kadar, ikinizi de ağır sikerim." Adımlarını hızlandırdı Ali, yanımıza gelince beni çekip aldı direkt ve sımsıkı sarıldı. "Korkma," dedi başıma dokunup. "Ulan puşt, gücün sadece kızlara mı yetiyor senin? Adamsan benim karşıma çıksana!" Beni usulca kollarından bırakıp, ileri itti. "Yaprak sen eve git çabuk." Başımı salladım 'gitmem' der gibi. "Yaprak, git dedim!"

"Gel," dedi esmer olan bir adım geri çekilip. "Senin karşına şimdi çıkıyorum. Hadi..."

"Yaprak, eğer arkamı döndüğümde seni burada görürsem affetmem seni," dedi ve ittirdi beni gitmem için. Sonra, o ikisinin yanına gitti sinirle. Esmer olanın yakasından tuttu önce. Çenesine sağlam bir yumruk geçirdi. O kadar sinirlenmişti ki, bunu onu yıllardır tanıyan biri olarak çok net anlayabiliyordum. Boynundaki damarları daha önce hiç o kadar net görmemiştim. Uzun boylu olan geri çekildi, telefonum o ara yere düştü. Esmerin elindeydi ya... Küt küt atan kalbimin üzerine yerleştirdim elimi. "Allah'ım ne olur," dedim. Etrafa baktım birilerini görebilmek için ama kimse yoktu. Okul önüydü... Bütün evler arka tarafta kalmıştı. Koşsam gitsem, bırakamam... Dursam, elimden bir şey gelmiyor... Kilitlenmiş bir halde kavgayı izledim. Ölümüne birbirlerine vuruyor, yerlerde sürükleniyorlardı. Ali, en sonunda çocuğun boğazından tuttu eline geçirip kavgayı. Okulun demirlerine doğru ittirdi. O sırada, diğeri de karıştı kavgaya. Tekrar karıştı ortalık. Bu defa ben de koştum. Koştum, koştum, koştum...

Sanki rüyada gibi koşuyor koşuyor, bir türlü ulaşamıyordum yanlarına. Ben daha yanlarına ulaşamadan bir sessizlik oldu. İkisi de aynı anda geri çekildi. Bacaklarımdaki güç iyice gitti o an. Koşmayı bırakın, adım dahi atamadım. Ali, okulun demirlerine dayanmıştı, diğer ikisi ona bakıyordu. Elimi göğsümün üzerine koyup, zorla yanlarına gittim. Benim her acı dolu adımımda, onlar da bir adım geri çıkıyorlardı. Ben iyice yanlarına yaklaşınca koşmaya başladılar. Ben de onlarla birlikte... Ali'nin yanına gidince yere kapaklandım. "Ali," dedim düştüğüm yerden kalkarak. "Ali'm iyi misin?" Güldü. "Bakma," dedi. "Neye Ali," dedim istemsizce yaşlar gözümden akarken. "Yaprak bakma..." Elimi tekrar göğsümün üzerine koydum. Sanki dünya durmuş, bedenim durmuş, beynim durmuş gibi... Gözlerim Ali'nin yüzünden aşağı doğru kaydı. Elinin olduğu yere... Göğsünün sol tarafının biraz aşağısına... "Yaprak bakma," dedi ben elimi ağzıma götürüp çığlık atınca. Bıçaklanmıştı. "Ali," dedim tekrar. Usulca yere çöktü duvarın dibinde. Montumu çıkardım hemen, onun o görkemli vücudu iyice düşerken kollarımın arasına karnına bastırdım.

"Seni kan tutar, bakma," dedi kollarımı başına dolarken ben. "Telefonun..." Ellerim titriyordu. "Telefonun Ali..." Eliyle eşofmanının cebini gösterdi. Güç bela buldum. Ve üçüncü denememde anca tutturdum doğru rakamları. "Alo..." dedim ağlayarak. "Arkadaşım... Arkadaşım..." Dilim varmıyordu bir türlü. Çıkmıyordu ağzımdan kelimeler ağlamaktan. Tek eklimle hâlâ kucağımda yatan Ali'nin başını tutuyordum. "Uygar ortaokulunun oraya acil ambulans! Arkadaşım... bıçaklandı. Acil Allah kahretsin, acil!" diye bağırdım telefondaki sese büyük bir öfkeyle. Telefonu kapatmadan bıraktım kaldırıma. Ali öylece bana bakıyordu. Konuşmak isteyip konuşamıyor gibi... Saçları ıslaktı. Yeni duştan çıkıp geldiği için. Dinlemezdi ki beni... Dinlese ah... "Ali'm dayan," derken ben, elimi sıktı Ali. "Hep benim yüzümden Ali... Özür dilerim..." Gözyaşlarımı koluma sildim. "Özür dilerim Ali... Yine koca kafalılık yaptım. Özür dilerim." Hafifçe sıktı elimi. "Deme öyle," dedi usulca göğüs kafesi bir kuşunki gibi hızlıca inip çıkarken. Daha da ağladım. Boynumdaki atkıyı çıkardım, sardım boynuna. İncecik çıkmıştı dışarı. Tek elimle, kanayan yarasının üzerine bastırıyordum üzerimden çıkardıklarımı.

Önce ellerimde hissettiğim güç azaldı. Sonra gözleri kapandı usulca. "Ali, kapatma gözlerini... Korkutma beni gözünü seveyim..." Kapanan gözkapaklarına dokundum tekrar açması umuduyla. Hıçkırıklarım iyice geceyi inletiyordu gözyaşlarıma sarılarak. "Ali, yalvarıyorum bak ne olur... Bak ben kaldıramam Ali... Yemin ederim ölürüm. Ali... Ali'm..." İyice sokuldum yanına. Daha sıkı sardım başını. "Alikuş... Bak saçların ıslak. Üşüteceksin... Ali... Üşütürsün. Ne olur aç gözlerini... Bak valla kaldıramam Ali..." Kucağımda sessizce yatan Ali'ye ve sessizce yanağında duran belirsiz gamzesine baktım. "Ali ne olur susma bak, cidden dayanamıyorum ben. Ali... Öldürme beni Ali ne olur..."

Telefonu tekrar aldım elime. Gözlerimdeki bulanıklıktan seçemesem de numaraları, güç bela Gökhan'ı aradım. "Gökhan yetiş... Gökhan ne olur, bak Ali konuşmuyor, ne olur. Gökhan ne olur Gökhan bak ben dayanamam. Gökhan yemin ederim konuşmuyor... Gökhan..." Ne diyordu duyamıyordum bile. "Okulun orada... Okulun yanında... Ali uyuyor, konuşmuyor Gökhan... Gökhan bak gel sen bir şey de ne olur..." Ali'nin eli yana düşünce telefon da benim elimden kayıp düştü yere. "Ali..."

Kaç dakika orda durdum, ambulans ve diğerleri ne zaman geldi, hiçbir şey hatırlamıyorum. Tek hatırladığım şey, Ali'nin ambulansa taşınması ve benim peşinden binmek istemem ve Sinan'ın ise ağlayarak beni tutması. O kadar... Kendime insanın genzini yakan o iğrenç hastane kokusunun sindiği nevresimlerle, herhangi bir hastane odasında geldim.

Başımda annem duruyordu. İlk birkaç dakika her şey rüya gibi geldi, derin bir nefes aldım. Sonra tekrar belirdi beynimde görüntüler. Uyanalı bir dakika olmadan, kolumdaki serumu çıkarıp ayağa kalktım. "Yavrum," dedi annem ben aniden kalkınca. "Kızım yat, ne olur. Kendinde değilsin..." Ayakta durmakta güçlük çeksem de, annemi de ittirip çıktım odadan. "Ali? Ali nerede?" diye bağırdım hastane koridorlarını çınlatarak. "Ameliyata aldılar," dedi annem sessizce. "Nerede? Orada beklemek istiyorum," dedim tekrar ağlamaya başlayıp. "Anne nerede? Diğerleri nerede?" derken Gökhan'ın bağırışlarını duydum koridorun sonunda. Hemen oraya doğru koşmaya başladım. Bir hemşire ile tartışıyordu. "Ne demek sizin kanınız olmaz?!" Gözleri kıpkırmızıydı. Sinirle elini kolunu savuruyordu oraya buraya. "Ne sikime yarayacak bu kan benim kardeşime veremeyeceksem?! İstemiyorum ulan o zaman," dedi elini hızlıca duvardaki aynaya vurup defalarca. "Sikerim böyle işi!"

"Beyefendi lütfen, zorluk çıkarıyorsunuz şu an!"

"Gökhan..." Ağlayarak, eli kanayan Gökhan'ın yanına gittim ve sımsıkı sarıldım boynuna. "Gökhan, sen bari yapma ne olur... Bak sana da bir şey olacak, ne olur..." Gökhan'ın omuzlarını ıslatana kadar ağladım. Bir hemşire gelip Gökhan'ın kucağımdan aldı. "Eliniz," dedi Gökhan'ı çekip.

"İstemiyorum," dedi Gökhan sertçe. "Gerek yok."

"Oğlum bak sen bari üzme bizi," dedi annem de ağlayarak. "Bak annen de yolda, bir de seni bu halde görmesin."

Gökhan sakinleşip, oturdu koltuğa eli için. Sustu. Ama bu defa sessizce gözleri konuştu. Usulca süzülüyordu yaşlar gözlerinden. Ağladığından onun bile haberi yoktu, emindim. O kadar ağlamıştı ki, artık istemsizce akıyordu yaşlar. Annem bu defa güçlükle ayakta duran bana sarıldı. "Anne ameliyathanenin önüne götür beni ne olursun," diye yalvardım. Annem usulca sallayıp başını, girdi koluma ve oraya götürdü beni.

Sinan, Zeliş Teyze ve Melike Teyze bekliyordu ameliyathanenin önünde. Bir süre orda durup ağladık. Saatler geçse de, çıkmıyordu içerden kimse. Zeliş Teyze'nin omzunda ağlarken, "Oğuz," diye sordum. "Kayboldu ortadan," dedi bana bakmadan. "Ben onu bulmaya gideyim," dedim birden ayağa kalkıp. Hepsi panik olsalar da, iyi olduğumu söyledim. "Oğuz'u bulup geleceğim beş dakikaya... Biliyorum ben nerede olduğunu."

Duvarlardan tutuna tutuna Oğuz'u aramak için yürümeye başladım. Oğuz ağlayamazdı. Yapamazdı. Kesin, bir köşede bacaklarını toplamış, öylece duruyordu o, bilirim... O daha kötü olmuştur kesin. Korkmuştur da... Köşeyi dönünce, en dipteki karanlık tarafın olduğu yerde bir ayak gördüm. Zorla da olsa gittim yanına. Tam tahmin ettiğim gibi... Koltukların yanına, köşeye yere oturup dizlerini karnına kadar çekmiş, öylece karşıya bakıyordu. Oturdum önüne hemen. Bir süre fark etmedi beni. Ayağına dokunca çevirdi gözlerini bana. Pespembe olmuştu yanakları. Kim bilir neler geçiyordu aklından... Daha da yandı canım. Açtım kollarımı iki yana. "Gel buraya," dedim. Bir süre öylece yüzüme baktı boş boş. Yineledim. "Gel..." Yine tepki vermedi. Bu defa ben tuttum yakasından, çektim kendime. Dediğimi yapıp kafasını omzuma gömdü. Sarıldı sımsıkı. Oğuz... 17 yıldır ne sünnetinde, ne öğretmenlerden dayak yediğinde ne de babaannesinin ölümünde tek bir damla gözyaşı dökmeyen, dökemeyen Oğuz, sürekli acı çekerken bile gülen Oğuz... Omzumda hıçkıra hıçkıra ağlamaya başladı.

"Yaprak bir şey olmaz değil mi? Güçlüdür Ali değil mi? Olmaz. Hem... Valla bak eğer uyanırsa, bir daha kızdırmayacağım onu... Bak yemin ederim her dediğini yapacağım. Yemin ederim," dedi omzuma akarken gözyaşları. "Yemin ederim..."

Oğuz, omzumda ağlarken bir hareketlilik oldu. Hemen sıçradım yerimden ve koşmaya başladım. Oğuz da peşimden... Koridorun başına gelince durdum öylece. İçeriden çıkıyorlardı... Doktor... Durdu... Maskesini indirdi... Ve konuştu... Elimi kalbimin üzerine koydum tüm dünya o anda olabildiğine sessizken... "Ali..." döküldü dudaklarımdan. "Ne olur... Bırakmamış ol... Beni... Bizi..."

Otuz Üçüncü Bölüm

Elim kalbimin üzerinde beklerken, kulağımdaki uğultulardan bir süre doktorun sözlerini duyamaz oldum. "Elimizden geleni," dedi. "Yaptık," dedi. "Bekleyeceğiz," dedi. Bunlar beynimin içinde bir türlü birleşmedi birkaç dakika. Uyuşmuştu beynim. Algılayamıyordum dünyayı. Normalde de çok akıllı biri sayılmam, avizelerle konuşur, çiçeklere sataşır, kumanda ile kavga ederdim ama... O anki öyle bir şey değildi. İlk kez beynimin bu kadar olmadığını hissettim. Sanki vücudum canım daha fazla yanmasın diye, düşünebilme yetimi doktor konuşurken o anlığına kaybetmiş gibiydi. Boş gözlerle ağlayarak doktorun koridorda ilerleyişini izlerken Oğuz'un omzumdaki elini hissettim. "Oğuz, ne dedi?" dedim. Ya da belki de diyemedim... Sanki algılayamıyordum dünyayı, kulağıma kendi konuştuklarım bile gelmiyordu o an. "Oğuz, ne dedi doktor?" dedim doktorun gittiği yöne bakarak. Oğuz cevap vermeden daha, Sinan yetişti yanıma. İki omuzumdan da tuttu. Başımı ona çevirdiğimde kıpkırmızı gözlerle bana bakıyordu. "İyi olacak... Korkma."

"İyi olacak değil mi?" diye sordum tekrar gözyaşlarım kıpır kıpır dalgalanırken gözlerimde. "İyi olacak değil mi Sinan?"

"İyi olacak Yaprak. Olmak zorunda. Beni geç... Gökhan'ı geç... Oğuz'u geç... Sen burada böyleyken, annesini son kez görememişken... Kolay kolay gider mi o? Yapar mı Ali? Ha? Ne zaman bizi bıraktığını gördün onun? Gördün mü?" Gözlerindeki yaşlardan bir tanesi süzüldü yanaklarından bir aşağı bir yukarı dans eden adem elmasına doğru. "Ali ben beni bildim bileli ben ne zaman ağlasam, ne zaman gülsem... Her gözyaşımda her kahkahamda yanımdaydı. Olmaz Yaprak. İlk kez bu kadar berbat hissediyorken kendimi beni yalnız bırakmaz o. Yapamaz... Hisseder. O hisseder... Anlıyorsun değil mi? Kendine gel," dedi tekrar sarsarken omuzlarımdan. "Ağlama, kendine gel!"

"Sinan haklı," dedi Oğuz birkaç adım atıp Sinan'ın tam yanında durarak. Beynimin buzları iyice çözülüyordu, gitgide netleşen görüntüden çıkardığım kadarıyla. Göğsümün üzerindeki acı, onlarla hafiflemese de katlanılabilir boyuta geliyordu usulca. "Ali'ye hep güvendim ben. Ne olursa olsun... O bizi bırakmaz."

"Eğer Ali'ye bir şey olursa," dedim dudağımı hafifçe ısırıp. "Olursa yaşayamam ben..."

"Yaprak!" diye bağırdı koridorun ucundan Gökhan. Sinan ve Oğuz kenara çekildiler Gökhan'ı görebilmem için. "O cümleyi bir daha kurma. Ali uyanınca ona söyler, gülersiniz birlikte. Çünkü bu... Çok komik. Ona bir şey olmayacak."

Elimi ağzıma kapattım bağırarak ağlamamak için. Göğsümdeki acı, duygulara karışınca iyice coşkun bir deniz gibiydi göğsüm o an... Gökhan da bize doğru gelirken, diğer elimi de bastırdım ağzıma. Ağlamak istiyordum. Ali'nin uyanacağına inansam da... Güvensem de onun içindeki güce... Ağlamak istiyordum. Onu birazdan sedyede götürürlerken, öyle görmeden önce ağlayıp atmak içimdekilerin bir kısmını... Yoksa duygularımın hepsi birleşirse ben atamadan... Ve hep dimdik Ali'mi görürsem öylece orada... Öyle bir ağlardım ki, bu defa ne kalbim ne beynim dayanabilirdi o duyguya, geberene kadar da susmaz, ağlardım. Gökhan da gelince yanımıza önce o çekti beni kendine sarıldı ben ağlarken. Sonra birinin daha sarıldığını hissettim... Sonra diğeri... Biz ne zaman böyle sarılsak, ki çok nadir olurdu bu, Ali olurdu beni kucaklayan. Hepimizi belki de... Daha da ağlayasım geldi bunu düşünce. Artık gözyaşlarım akmıyor, sadece hıçkırıyordum. Ve içimden hiç durmadan Allah'a dua ediyordum.

"Allah'ım ne olur... Ne olur, Ali'me bir şey olmasın. Eğer O'na bir şey olursa... Yemin ederim, yaşayamam. Yemin ederim yapamam..."

***

Sabah gözlerimi yoğun bakımın önündeki oturma yerlerinde, annemin kucağında uyurken buldum. Gözlerim o kadar acıyordu ki ağlamaktan, bir süre açamadım onları. Başım ağrıyordu... Dünyadaki en berbat histi o. Ağladıktan sonra oluşan baş ağrısı... Gözlerimi biraz zorlayıp açınca iyice, karşı tarafta Gül Teyze'yi gördüm. Ali'nin annesi... Hemen ayağa kalktım heyecanla. Kalbim hıphızlı atmaya başladı. Yanında Tekin Amca da vardı... Gül Teyze başını Tekin Amca'nın omuzuna yaslamış ağlıyor, Tekin Amca ise onun saçlarını okşuyordu yorgun yüzüyle. O kadar bitkin görünüyorlardı ki... Gül Teyze beni görünce ayağa kalktı direkT. Sımsıkı sarıldı bana... "Yaprak kızım," dedi sesi titrerken. "Kızım..." Ellerimi onun boynuna doladım. Öpüverdim ağlayan yanaklarından ben de ona eşlik ederken. "Gül Teyze... Ağlama ne olur... Ali hisseder, üzülür..." Biraz daha sıkı sarıldı ben öyle deyince. Gözyaşlarını omuzlarımda hissedince biraz daha burkuldu içim. Bir süre öyle ağladıktan sonra, beni saran kolları çözüldü. Yüzüne baktığımda, gözaltlarındaki morlukları çok net bir şekilde görebiliyordum. Sanki yazın gördüğüm Gül Teyze'den on yaş daha yaşlıydı o an gördüğüm kadın. Elini tuttum, o daha bir şey diyemeden. "Ali sizi çok özlemişti... Sizin geldiğinizi hissettiği an, şu an bulmaya çalıştığı yolu daha kolay bulacaktır. Gerçekten..." Son kelimeyi titrek sesimle söylediğim için çocuk gibi çıkmıştı sesim. Bu onu gülümsetti. Gözlerim Tekin Amca'ya kaydı usulca. Zorla da olsa gülümsedim selam vermek için. Başıyla onayladı beni. Normalde şen şakrak olan Gül Teyze ve Tekin Amca'da da gülecek hal kalmamıştı normal olarak.

Tekrar köşeme geçecekken ben, Sinan'ın babası geldi, yanında da Sinan... Önce Tekin Amca ve Gül Teyze'ye selam verdiler, sonra bana minik bir işaret verdiler yanlarına gitmem için. Anneme 'gidiyorum' der gibi baktıktan sonra Ömer Amca ve Sinan'ın peşine takıldım. Bahçeye çıktık önce. Yeni yeni parlamaya başlamış sabah güneşine adapte olamadı gözlerim ilk başta. Gözlerim yana yana, banklardan birine doğru ilerledim, Sinan'ın montunun kenarından tutarak. "Otur kızım," dedi Ömer Amca en içten ses tonuyla. Cebinden bir şey çıkardı. "Seni emniyete götürmek istemedim bu halde... İfadeni sonra verirsin. Ama bir bak şuna... Dün gecekiler bunlar mıydı?"

"Evet," dedim müthiş bir öfkeyle. Kan beynime sıçramıştı adeta onları tekrar görünce. "Bunlardı."

"Peki kızım," dedi telefonunu cebine tıkıştırırken. "Bu sabah gelip, teslim oldular. Kafaları da iyiymiş galiba, ayılınca pişman olup korkup gelmişler."

"Baba," diye araya girdi Sinan aniden. Ayağa kalkan babasının karşısına dikildi. "Bir şey soracağım. Şimdi o iki orospu çocuğu, sırf pişman oldular diye ve yaşları 18'den küçük diye... Fazla ceza almayacaklar öyle değil mi?"

"Sinan, ne olursa olsun ben senin babanım. Düzgün konuş... Ayrıca," dedi gözlerini kaçırıp. "Bizim yapabileceğimiz bir şey yok. Yasalar ne derse o olur."

"Düzgün falan konuşamam," dedi başını biraz daha dikleştirip. "Ve... O iki 'orospu çocuğu' çıkarsa dışarı, gezerlerse ellerini kollarını sallaya sallaya baba... Yemin ederim ne sana ne de adalete inancım kalmaz."

"Sinan!" diye kükredi Ömer Amca. "Üzüntünü anlıyorum ama ileri gitme... Ben de üzülüyorum, ben de kahroluyorum ama elimden bir şey gelmez!"

"Umurumda mı? Benim kardeşim orada o haldeyken... Sikimde değil. Eğer o iki puşt çıkarsa dışarı, ben gebertirim onları," dediğinde Ömer Amca elini kaldırdı yukarı. "Vursana baba. Hadi..."

"Sinan," dedim kolundan tutarak. "Ne olursun yapma..."

"Sinan, yorma beni oğlum. Üzme beni..." dedi Ömer Amca onun havadaki elini aşağı indirerek. Sakinleşmeye çalışıyordu Ömer Amca, gözlerini ara ara uzunca kapatıp derin nefes alışından anlayabiliyordum.

"Ne olur ki? Ben de içerim. İçmiştim, yaşım da 17... Hadi beni salın biraz daha, birini öldürürüm der çıkarım işin içinden. Olamaz mı? Bal gibi olur bu siktiğimin adalet sisteminde. Beş yıl sonra yine gelecek o herifler karşınıza. Biri diyecek sarhoştum karımı vurdum, diğeri diyecek haplıydım arkadaşımı kestim. Hiçbir bok yapamayacaksınız."

"Sinan!" diye bağırdı Ömer Amca tekrar. "Gelme üzerime!"

"Gidelim," dedi Sinan babasını dinlemeyip. Elimden sımsıkı tutup sürüklemeye başladı beni. "Korkma Yaprak... Adalet de yerini bulacak. Ali bir uyansın da..."

***

Üç gün geçti. Hastane koridorlarında uykusuz geçen tam üç gün... Annem ne kadar zorlasa da eve götürmek için, bir dakika bile ayrılmadım oradan. Hiçbirimiz ayrılmadık. Okuldakiler duymuşlar üçüncü gün. Bir sürü kişi geldi ziyarete. Güçlü durmak istedim ama beceremedim. Her gelene ağladım. Gökhan, Merve gelince iki gündür tuttuğu gözyaşlarını tekrar saldı. Ağladı yine sarışınının omzunda. Oğuz deseniz kimseyle görüşmek istemedi. Kim gelirse gelsin kendini yangın merdivenlerine attı onlar gidene kadar. Sinan zaten ölü gibi, kimseyle konuşamadı bile...

O gün akşam saat 4'e gelirken bitkin düşmüş bir durumda duvarın dibinde oturuyordum ki Barış'ın "Yaprak" demesiyle, geldim kendime. Panik içindeydi. Kıpkırmızıydı yüzü geldiğinde, belli ki koşmuştu... "Ali... İyi mi?" Cevap vermeden başımı usulca salladım. "Yeni duydum... Gerçekten," dedi yanıma çökerken. "Gerçekten çok üzgünüm şu an. Eminim uyanacaktır... O, güçlü biri. Fazlasıyla..." Elini elimin üzerine koydu güç vermek için. "Uyanacak," dedim fısıltıyla karışık.

"O kadar kötü görünüyorsun ki... Elimden gelse cidden şu an kalan ömrümün yarısını ona verirdim. Uyanması için..."

"Sırık," dedim gülerek. "Yeterince ağladım zaten. Sen bari ağlatma."

"Tamam... Ne yapmalıyım seni mutlu edebilmek için?"

"Gerçekten hiçbir şey..."

"Peki..." dedi derin bir iç çekip. "Bari yanında biraz kalmama izin verir misin?"

"Galiba ağlayacağım," dedim dolan gözlerimle Barış'a bakıp. Her zaman olduğu gibi gülümsedi. "Ağlıyorum."

"Ağla," dedi elini omuzuma atıp başımı omzuna yaslarken. "Birlikte hiç gülmedik ama... Galiba birlikte ağlayabiliriz."

Ve sanırım en insan tarafım Barış'a karşı ilk kez yumuşadı. İlk kez beni değil, gerçekten Ali'yi de önemsediğini hissettim. Gerçekten hissettim... Akşama kadar seçtiği kelimelerden, haline tavrına kadar her şeyi ile... Sadece benim üzülmeme değil, Ali'ye bir şey olma ihtimali için de üzüldü. Acılarıma ortak olan herkes gibi o gün, o da özeldi. O... Yani Barış... Belki de ilk defa... Sırık değil, Barış'tı o an benim için...

Hastaneden, Yaprak'ın yirminci kez 'artık gidebilirsin' demesi üzerine içi hiç rahat olmayarak çıkarken, iki adımda bir arkasına bakıyordu Barış. Bir yanı gitmek istemiyor, diğer yanı Yaprak'ın emin ellerde olduğunu söylüyordu. Belki de bu kadarı bile fazla benim için diye geçirdi içinden. Onun daha çok arkadaşlarına ihtiyacı olduğunu biliyordu çünkü. Otomatik kapı açılıp dışarı çıktığında, ancak tamamen önüne dönebildi. Telefonunu çıkardı. Kapatmıştı hastanedeyken kimse aramasın diye... Siyah ekran beyaza döndüğünde saatin 9'a geldiğini gördü. Ne kadar hızlı ve ne kadar yavaş geçti onca saat diye düşündü. Birkaç saniye sonra ise cevapsız çağrılar mesajı geldi. Korkarak açtı mesajı... Tam 32 kez aranmıştı. Koç, takım arkadaşları, sınıf arkadaşları... Maç vardı o gün. Yaprak ile iddiaya girdikleri... Ama Ali'nin hastanede olduğu haberini alıca, maça gitmeyip koşarak hastaneye gelmişti. Önemli bir maçtı ve takım kaptanı olarak orda olmaması felaketti onlar için ama... Aklı başından gitmişti haberi duyunca, ne olursa olsun tek bir saniye düşünmeden öylece bırakmıştı onları orada. Hem Ali için korkmuştu hem Yaprak için... Ali, rakibiydi ama, ona bir şey olma ihtimali bile midesinin düğümlenmesine yol açıyordu. Ne düşüneceğini, ne hissedeceğini tam kestiremese de; tek bildiği şey onun ölmeyi hak edecek son kişi olduğuydu. Kaşlarını çatıp tekrar kapattı telefonunu. Montunun şapkasını geçirip kafasına, yürümeye başladı. Birkaç adımda hastanenin dış tarafına ulaşıp köşeyi dönmesi ile durması bir oldu. Çünkü bir kız gördü okullarından. Duvarın dibine çökmüş, ağlıyordu. Çekinerek yanına gitti hemen. "İyi misin?" Kız şaşırarak baktı önce. Sonra hızlıca ayağa kalktı gözlerini kurulayarak. "İyiyim..."

"Bizim okuldansın değil mi? Ali'nin yanına mı geldin? Ben de oradan geliyorum. İstersen götüreyim seni..."

"Hayır..." dedi kız ellerini sallayıp hızla. "Gidemem."

"Neden?" dedi Barış şaşırarak, adını tam hatırlayamadığı sarışın kıza.

"Boş ver nedenini. Ali... İyi mi? Uyanmış mı?"

"Hâlâ uyanmamış maalesef. Gerçekten, neden burada durup ağlıyorsu- Bu arada adın neydi?"

"Bade," dedi kız burnunu çekip. "Barış'sın sen değil mi?"

"Evet... Barış. Gel götüreyim seni yanlarına."

"Gidemem," dedi Bade tekrar ağlamaya başlayıp. "Benim yüzümden..." Ellerini yüzüne kapatıp tekrar çöktü yere. "Benim..."

"Şşş, ağlama," dedi çocuk panik içinde ve o da yere çöktü. "Ne senin yüzünden?"

"Benim yüzümden... Okan... Okan benim eski sevgilimdi. O gün beni rahatsız ediyordu. Ali..."

"Anlamıyorum... Okan kim?"

"Okan... Ali'yi bıçaklayan kişi... Duyduğumda öleceğim sandım. Okan bıçaklamış... Ali'yi." Kız her kelimesinin sonunda hıçkırıyordu. "Ali'ye bir şey olursa dayanamam ben... Gerçekten..."

"Tamam, sakin ol... Olmayacak bir şey," dedi Barış kızı yatıştırabilmek için en sakinleştirici ses tonuyla. "Bak gel götüreyim seni yanlarına. Belki iyi gelir."

"Asla cesaret edemem. Bakamam onların yüzlerine. Cidden..."

"Burada mı bekleyeceksin sabaha kadar?"

"Gerekirse."

"Yapma... Hadi gel evine bırakayım seni. Söz Ali'den iyi haberi alır almaz sana haber vereceğim."

"İstemiyorum."

"Bu soğukta burada beklemen ne sana ne Ali'ye bir şey kazandırır. Hadi dinle, söz... Mutlaka sana güzel haberler vereceğim."

Barış kızı kollarından tutup usulca kaldırdı. Ne kadar dirense de, zorla götürdü onu hastanenin önünden. Galiba... Ali'ye âşık diye geçirdi içinden. Yol boyunca Ali'yi anlatıp durmuştu. Ağlaya ağlaya... Normalde sert duran o kız, o anlarda bir çocuktan farksızdı. İşte dedi Barış içinden yine. İşte aşkın ve acının büyüsü. Onun gibi bir herifi bir kızın karşısında kul köle eden, onun gibi bir kızı çocuk gibi ağlatan aşk... Acı ise daha sert. Rakibinizin de olsa, en derinde hissettiğiniz... Bade'ye de üzüldü o an fazlasıyla. Ben bile bu kadar üzülüyorsam, o âşık olduğu adamın o halde olmasına ne kadar üzülüyordur. Hem de bir nevi onun sebep olduğu bir olay yüzünden... Kim bilir canı ne kadar yanıyordur diye geçirdi içinden. Tek bir temennisi vardı Tanrı'dan o gece.

"Ne olursa olsun Tanrım... O çocuğu bunca seven varken, yanına bu kadar erken alman haksızlık olur. Lütfen Tanrım, onu bu gece sevdikleri için geri gönder aramıza..."

Akşam Barış gittikten sonra, bir hemşire çıkageldi. "Bir kişi, dilerse beş dakikalığına içeri girebilir," dedi. Hepimiz Gül Teyze'ye baktık aynı anda ayağa kalkıp. Güçten düştüğü için Tekin Amca tutuyordu ellerinden. Ben de onu yoğun bakım kliniğine götürebilmek için diğer elinden tuttum. Kapının önüne geldiğimizde ellerimizi bıraktı. Önce eşine baktı, sonra bana. "Sizin de sevginizi götüreceğim... Ayağa kalkması için." Böyle dedi gülümseyerek. Gözleri benden bir an boynuma kaydı. Sonra tekrar bana baktı. Sonra tekrar boynuma... Elimi istemsizce kolyeme götürdüm. Ali'nin yılbaşında verdiğ kolyeye. "Yaprak... Galiba sen gitsen daha iyi olacak. Sanırım Ali'nin karşısına çıkacak cesaretim yok," deyince ellerimi hayır der gibi salladım panikle. "Olur mu? Lütfen Gül Teyze. Şu an onu en çok senin görmen gerekiyor."

"Hayır kızım... Senin. Hem... Karşısına ne diye çıkayım... Aylardır yanında olmayan annesinden nasıl güç alsın? Şen şakrak, sevdiği bir arkadaşı daha iyi gelecektir ona. Hem... Onu burada yalnız bıraktığım için utanıyorum. Bakamam yüzüne... Hadi... Sen gir."

Şaşırsam da, olmaz desem de fayda etmedi. Bir yanım zaten deli gibi istiyordu girmeyi... Deli gibi...

En sonunda içeri girmeyi kabul ettim, içimde büyük bir korkuyla. Hemşire üzerime bir şeyler giydirdi, saçım, yüzüm... Her şeyimi kapattılar. Sanki ben zarar verebilirmişim gibi... Hemşire, 'Çok az...' diye tembihledikten sonra kapıdan içeri soktu beni. "Çok az..." dedim derin bir nefes alıp ağlamamı bastırmak için. İşte benim çocukluğum... İşte benim hafızamın büyük bir kısmı... İste benim gamzeli kahramanım... Çocukluğumun, gençliğimin vazgeçilmezi... Geleceğimde ise koşulsuz şartsız yanımda görmek istediğim... Makinelere bağlanmış bir şekilde, kımıldamadan yatıyordu orada. Önce adım dahi atamadım. O kadar tuhaftı ki... Daha önce ne o kadar acı çektiğimi hatırlıyordum ne de kendimi o kadar güçsüz hissettiğimi... Her ne olursa olsun, başıma ne gelirse gelsin mutlaka bir yerlerden Ali'nin çıkıp geleceğini ve beni güçlü kollarına alıp, "Korkma Yaprak," diyeceğini bildiğimden kolay gelirdi her şey bana. Korkmadan, cesurca atardım adımımı her sapa yola. Ama ilk kez... İlk kez onu o kadar güçsüz görüyordum karşımda. Parmağını oynatamayacak kadar... Dudağımı ısırdım, ağlama isteğimi bastırmak için. Oraya güç vermem için gönderilmiştim ben. Ağlayarak berbat ruh halimi yansıtmak istemiyordum. Gözlerimi kapatıp elimi göğsümün üzerine koydum ve başımı usulca iki yana salladım. Ve gülerek açtım gözlerimi.

"Ali'm..." dedim yanına giderken. "Sence de çok fazla uyumadın mı?" Yatağının yanına çöktüm usulca. Çenemi yatağın ucuna dayayıp, ellerimi yanlara koydum. "Bak... Annen de geldi. Seni çok özlemiş. Ama sen sürekli uyuyorsun... Bak, gülümsemeni görmek istiyor Gül Teyze. 'Gamzeli oğlum' diye sıkmak istiyormuş yanaklarını, öyle dedi. Uyanmazsan nasıl güleceksin? Değil mi?" Cevap vermedi tabii. Sustum, laflarımı biraz toparlayabilmek için. Kulağımda o berbat bip sesi çınlarken o güzel yüzüne baktım. Kalp atışlarının mı onlar Ali? Atıyor değil mi kalbin? "Buradan bir an önce çıkmalıyız Alikuş. Yapmamız gereken milyonlarca şey var. Bak Oğuz söz verdi," dedim başımı gömerken yatağın kenarına. "Bir daha sinirlendirmeyecekmiş seni. Söz dedi... Bak bilirsin Oğuz kolay kolay söylemez öyle bir şeyi. Hem... Ağladı bile. En son onu ne zaman ağlarken gördün? Görmemişsindir Alikuş. Oğuz ağlamaz ki... Ama ağladı. O bile... Uyanana kadar ağlayacağız hepimiz. Gerçekten Alikuş..." Sesimin çatal çatal çıkmasını engellemek için birkaç saniye duraksadım. "Gerçekten... Bak yemin ediyorum sen uyanmazsan... Açmazsan gözlerini valla yaşayamam ben. Biz... Cidden. Böyle sen burada uyurken sanki benim gücüm çekilmiş gibi hissediyorum. Sanki ben... Ali cidden. Bak söz vermiştim dışarı ağlamayacağım için ama... Dayanamıyorum be... Sen ben böyle konuşurken susuyorsun ya... Gülmüyorsun ya... Dayanamıyorum ben. Olmuyor Ali... Yemin ederim içimde kocaman bir acı var. Böyle kocaman. Hani şey gibi... Böyle kocaman elli biri kalbimi sıkıyormuş da, birazdan patlayacakmış gibi... Ne olur Alikuş... Kurtar beni bu-" derken yanağımda bir baskı hissettim. Bir şey yanağıma baskı yapıyordu. Kafamı usulca yana çevirdim. Yanağımdaki şey...

Ali'nin işaret parmağı...

Ali...

Yarım yamalak açtığı gözleriyle...

Olmayan gamzeme parmak sokarak...

Uyandım demek istedi...

Uyandım, küçük titan...

Ağlayarak tuttum yanağıma bastırdığı parmağını. Öpüverdim. "Ali..." O kadar bitkindi ve o kadar anlamıyordu ki sanki olan biteni, öylece şaşkın şaşkın bana bakıyordu yarım açık gözkapaklarıyla. Bir daha öptüm parmağından. "Ali... Çok korkuttun bizi... Şu an ölebilirim... Mutluluktan... Bekle... Haber vermem lazım herkese!" Hızlıca ayağa kalktım. Bir yandan her adımda geriye dönüp hayal olmasından korktuğum manzaraya bakıyor, bir yandan kapıya doğru koşuyordum. Birkaç kez takılıp düştüm ama sonunda ağlayarak o kapıya ulaşıp günlerdir bekledikleri haberi verdim herkese.

"Ali... Ali uyandı!"

***

Gece, şenlik yeriydi bizim için hastane bahçesi. İçeride gürültü yapamadığımız için, sıra sıra kısacık da olsa herkes girip gördü Ali'yi. Gören bahçeye çıktı naralar atmak için. Gül Teyze sevinçten bayıldı, Oğuz şoktan iki saat algılayamadı ne olduğunu, Gökhan ve Sinan Ali'yi görüp sesini az da olsa işittikten sonra sevinçten hastane etrafında üç tur attılar. Ben deseniz sevinçten yuvarlanmak istedim caddede, ama Gökhan "He, yuvarlan da kal bir arabanın altında. Bir de seninle mi uğraşacağız," diyerek ensemden tutup tekrar hastaneye götürdüğü için yapamadım. O mutluluk... Cidden şu dünyadaki en tarifsiz şeydi bizim için. Gece annelerimiz hepimizi zorla eve götürdü. En azından bir duş alalım diye. Hatta Zeliş Teyze duş paklamaz bunları, nöbetçi hamam varsa oraya götürelim dediyse de, herkes söylediğini espri olarak alıp gülüp geçti. Zeliş Teyze'nin pek şaka yapar gibi hali yoktu ya neyse... Gülüyorduk işte. Günler sonra ilk kez... Doktorun dediğine göre Ali'nin yarası birkaç santim daha yukarıda olsa kurtulması imkânsızmış. Zamanlama da önemliymiş tabii, tam vaktinde gelmiş hastaneye. Ama yine de çok riskliymiş... Bunları yeni öğreniyordum o gece. Söylememişler bana. Ya da o gün ameliyathaneden çıkınca söylemişti, ben duymamıştım. Neyse ne... Ali'miz, kurtulmuştu işte. Bizim gamzeli kahramanımız... Kurtulmuştu!

O gecenin sabahı, hepimiz erkenden hastane yolunu tuttuk. Ali'yi normal odaya almışlardı sabaha karşı, sonunda biraz muhabbet edebilecektik. Öyle heyecanlıydım ki anlatamam. Odasına girmeden önce durduk hepimiz. "Ulan gerdek kapısında olsam, bu kadar heyecanlanmam ha," diye mırıldandı Oğuz kapıyı çalmadan. Sinan, Oğuz'dan önce davranıp kapıyı tıklattı ve hepimiz aynı anda içeri girdik. Gül Teyze ve Tekin Amca bizi görünce ayağa kalktılar hemen gülerek. "Geldiniz demek, hadi Tekin, biz biraz çıkalım... Ama çok yormayın oğlumu olur mu kuzular?"

"Merak etme Gül Teyze, ben bu rutinleri dizilerden biliyorum. İşte 'Sadece beş dakika... Hastayı yormak yok...' diyen anaç bir hemşire falan... Her şey benim kontrolüm altında." Oğuz eliyle zafer işareti yapıp, ona has aynı anda göz kırpma ile birleştirdiği makas hareketini yaptı. Bu, onun 'her şey kontrol altında' hareketiydi. Ya da öyle bir şeyler...

"Ooo, Ali Bey... Bakıyorum gelmişiz kendimize," diyerek çöktü Sinan, Ali'nin hemen yanındaki sandalyeye.

"Kanka biraz daha uyanmasan, öpecekti Sinan seni. Uyuyan güzel Ali ve onun prensi koca popolu Sinan..."

"Oğuz, çocuk daha yeni uyandı gevşek gevşek konuşma," dedim dudaklarımı toplayıp. "Boş konuşmayın."

"Güldürmeyin ulan, acıyor," dedi Ali yarasını tutarak gülerken.

"Arkadaşlar," dedi henüz daha bir yere oturmamış Gökhan. "Beni iki dakika dinleyin. Şimdiden söylüyorum eğer herhangi biriniz böyle bir bok yerse, o girdiği yoğun bakıma onu tekrar sokar, bitkisel hayata girip yeşillenene kadar-"Cümlesini tamamlamadı Ali'ye bakınca. "Ömrümden 10 yıl gitti lan!"

"Ya ne gidiyorsun üstüne," dedim Ali'nin başına anaç bir tavırla hafifçe sarılarak. "O mu istedi?"

"Kızım ne diye Superman gibi atlıyor her yere... Niye haber vermiyor bize? Neyiz lan biz?"

"Sizi bilmem de, ben meseyim."

"Ya yemin ederim bu malın beyninde silikon var. Aksi mümkün değil," dedi Sinan, Oğuz'un kafasına vururken. "Bak elime," dedi Gökhan bir iki adım atıp. Ali'nin tam ayak ucunda durdu. "Kestim senin yüzünden. Sağ elim... En sevdiğim elimdi."

"Obaaa," diye kahkaha attılar Oğuz ve Sinan. "E normal favori olması."

"Lan... Öyle demek istemedim," diye koştu Gökhan Sinan ve Oğuz'un yanına. Ağızlarını kapatmaya çalıştı. "Ya ne salak heriflersiniz siz ya... Sağ el önemli... Yani yazı yazıyorsun, yemek yi- " Hâlâ anırarak gülen Sinan'ın kafasının tam ortasına elini yumruk yaparak vurdu çizgi filmlerdeki gibi. "Lan sussana!"

"Ya asıl sen sus salak, çocuğu yormayın..." Ali'nin kulaklarına elimi koydum.

"Asıl sen duyma şu sığırların pis geyiğini," dedi üzerinde serum iğnesi olan elini kulaklarımın üzerine koyup.

Bir süre o benim kulağımı kapattı, ben onunkini... O bana güldü, ben ona... İşte. Üç gündür en çok korktuğum şeyin neden o kadar korkunç olduğunu daha iyi anladım o an. Öyle bir gülüşü vardı ki, öyle güzel gamzeleri... En mutsuzken bile seni canlandıracak güzellikte, baba gibi güven veren, arkadaş gibi sıcak, sevgili gibi kalbini yumuşatan... Ellerimi kulaklarından çekip yanağına yerleştirdim daha da sağlam gülsün de elim usulca yanağından içeri girsin diye. Güldü. Ne kadar solgun olsa da yüzü... Gülünce aydınlandı sanki her yer. Gözlerimi kaçırdım hemen, komodin ile yatağın köşesinde bir yere kıvrıldım. "Ali var ya," dedim saçlarımı geriye atıp. "Sen yokken neler oldu... Oğuz ilk kez zırıl zırıl ağladı. Gökhan hemşireye atarlanıp 'Ne demek kanım olmaz' diye elini kesip kanını akıttı böyle dizilerdeki gibi. Sinan babasına diklendi. 'Eğer o çocukları salarsanız, adaletinizi sikeyim' falan dedi. Ben zaten ölmüşüm, bir buçuk saat sonra tekrar dirildim."

"Yalan ya, ben ağlamadım ki... Gözüme Yaprak'ın saçı girmişti ondan."

"Meseler ağlamaz, gitmeyin üzerine tosunumun..." Sinan dalga geçerek sarıldı Oğuz'a. "Değil mi tosunum?"

"Ya tamam susun, çocuğun başını ağrıtmayın saçma salak şeylerle," dedim yine mahallede bahçesine top gelmiş bir teyze ses tonu ve yüz ifadesiyle. "İyi geliyor Yaprak, bırak sen," dedi Ali gülerek. "Bana 'üzdün bizi' falan değil de, böyle davransınlar. İyi geliyor."

"Galiba ağlayacağım," dedim yine duygulanarak. Neydim ben, ağlanmaya programlanmış bir robot mu? Pek fazla ağlayamayan ben, o son dört günde tam dört litre ağlamıştım. "Ay, valla ben ağlamıyorum içimden geliyor. Lohusa dönemindeki kadınlara döndüm iyice..."

"Kanka bu Ali duygularımızı folloş etti ondan hep... Sabah da ben pizzamın üzerinde neden üç sucuk var diye ağlayacaktım az kalsın."

"Sabah sabah pizza mı yedin, hamurlaşacak beynin," dedi Sinan, Oğuz'un burnunu sıkarak.

"Kanka kaç gündür yemiyorum pizza, elim ayağım titredi, başım tuttu... Yere yatıp titreyerek kriz geçirince annem yaptı ev pizzası en son."

"Oğlum güldürmeyin, valla acıyor yaram," dedi Ali yine gülerek.

"Güldürmeyin diyor çocuk, güldürmeyin be," diye cırladım yine burnumu çekerek.

"Arkadaşlar..." dedi Oğuz beni takmayarak. Hepsinin derdi belliydi... Ali'ye 'her şey aynı' mesajı verip bir nebze olsun onu eskiye döndürmek ve o anki acısını unutturmak... Oğuz tek parmağı havadayken devam etti. "Ben buldum. Ali'ye bundan sonra Gamen diyelim. Superman gibi Gamzeli men... Kötülerin düşmanı, iyilerin dostu... O bir siken adam. O Gamen! Nasıl fikir?"

"Bana bırak Ali," dedi Gökhan. "Senin kıçına serum bağlar, öyle si-" Birden Gül Teyze girdi içeri, aniden. Hepimiz toparlandık. Gökhan yine 180 derecelik bir dönüşle toparlamaya çalıştı durumu. "Silerim. Silmek... Sildir git.. Silerim belanı ... Sil..." Toparlayamayacağını anlayıp ensesini kaşıyarak Gül Teyze'ye döndü, sanki bir şey yok gibi. "Aaa, sen mi geldin Gül Teyzeciğim. Ben de silmek fiilini çekimliyordum. Ödev verdi de öğretmen. Ne kadar da örnek bir öğrenciyim değil mi?"

Gül Teyze Gökhan'a sadece gülümsemekle yetindi. Umursamadı o an sanki onu. Yüzünde tuhaf bir ifade vardı. Gülümseyerek konuştu sonra. "Gökhan, Sinan, Oğuz... Oğullarım, sizinle biraz işimiz var. Benimle gelir misiniz? Yaprak... Kızım bir iki saat sen ilgilenirsin değil mi Ali ile?"

***

"Acaba ne işleri var," diye mırıldandım masanın üzerindeki kâğıtları karıştırırken. "Üçü birden..."

"Bilmem ki," dedi Ali hafifçe gülümseyerek. "Annem işte... Hiç değişmemiş. Yine kafasında aynı anda on kişi ile konuşuyordur."

"Muhteşem bir kadın... Bir anne için fazla zeki. Anne dediğin o kadar zeki olmamalı. Senin yerinde olsam sıçmıştım ben. Yalan söylesem, ikinci saniyede yakalardı Gül Teyze. Sen yalan söylemediğin için sorun olmuyordu gerçi."

"Olur mu... Oluyor. Bazen annene söylemek istemediğin şeyler oluyor ama... Dediğin gibi Gülcüğüm sağ olsun ikinci dakikada anlıyor olayı."

"Ay, sen Gülcüğüm demeyeli ne kadar uzun zaman olmuş şimdi fark ettim." Yanına iliştim tekrar. "Özlemişsin değil mi?"

"Keşke böyle bir olayla olmasaydı görmem onları ama... Özlemişim. Fazlasıyla..." Yatağında hafifçe kenara çekildi. Eliyle yan tarafındaki kısma vurdu hafifçe. "Gel... Uyumamışsın belli."

"Dün gece heyecanlandım biraz... Mutluluktan uyuyamadım. Ondan önceki üç gün de üzüntüden uyuyamadım. Biraz daha dayanabilirim yani."

"Gel dedim küçük panda." Ali'nin hep 'küçük bir şeyi' olmuştum yıllarca. Ama bana en çok küçük panda demesini severdim. Pandalar buldukları yerde uyur, üzülünce yalnız kalmak ister ve canları sıkıldıkça yuvarlanırlar ya... İşte tam da bendim o.

"Hemşire kızar ama görürse, kadın tam bir dişi terminatör. Korkuyorum o kadından... Az önce gördüm, bir eliyle bir adama iğne yaparken, diğer eliyle diğer bir hastanın serumunu değiştiriyordu. Valla beni yanında yatarken görürse kapıdan dart tahtasına ok atar gibi atar iğneyi alnımın ortasına."

"Olmaz bir şey, ben varım," dedi Ali yine her zamanki korumacı tavrıyla. "Peki," dedim ayakkabılarımı çıkarıp. Usulca yanına iliştim tek popomla. "Rahat ol," dedi gülerek. Daha da yanına çekti beni.

"Canını yakmaktan korkuyorum Alikuş..."

"Bak," dedi elimi tutup göğsünün soluna götürürken. Usulca sargıdaki yarasının üzerinde gezdirdi parmağımı. "Sen dokununca acımıyor."

"O kadar üzülüyorum ki... Benim yüzümden hep. Salağım çünkü."

"Deme öyle," dedi kolunu boynumun altından geçirip. "Biliyor musun, ölseydim... Yani senin yüzünden değildi ama... Farz edelim ki, senin yüzündendi. Ne derdim biliyor musun?" Başımı iki yana salladım şaşkınlıkla. "İyi ki derdim. İyi ki, ölen benim."

"Ali," dedim kalbim hızla atmaya başlayınca. "Cidden..."

"Üzdüm mü seni? Yanakların kıpkırmızı oldu." Elini alnıma koydu. "Benim yüzümden hasta olacaksın. Bir üzüyorum, bir mutlu ediyorum, bir şaşırtıyorum... Hiç iyi bir arkadaş değilim. Değil mi?" Cevap vermeden ona baktım. Kalbim hâlâ küt küt atıyordu. Biraz daha çekti beni kendine. O an göğsümün sol tarafı onun göğsüne değmiş olacak ki, şaşırarak bana doğru döndü. "Yaprak... Kalbin neden bu kadar hızlı atıyor?"

"Hemşireden korkuyorum sanırım Ali. Hemşireden..."

Otuz Dördüncü Bölüm

"Hemşireden korkuyorum sanırım Ali. Hemşireden..." diyen Yaprak başını telaşla Ali'nin göğsüne gömeli neredeyse yarım saat oluyordu. Sanki Ali yüzündeki ifadeyi görmesin diye, olabildiğince saklayarak yüzünü uykuya dalmıştı hemen. Neden yarım saattir onun yarım yamalak görünen küçük yüzüne bakıyordu, neden kalbi hâlâ bu kadar hızlı atıyordu anlam veremedi Ali. Aklına istemsizce gelen, kıza söylediği yalan yüzündendi belki... "Babandan korkuyorum Yaprak," demişti aylar önce kalbinin hızlı atışına bir kılıf bulmak için. Ya Yaprak da... diye düşünürken irkilerek başını iki yana salladı ve "Kendine gel Ali," dedi fısıldayarak. "Kendine gel..."

Kalbine ilk düştüğü andan itibaren onun her özel hareketinde umutlanmamak için kendine söz vermişti. Oyun oynarken hepsi düşse de Yaprak ilk ona koştuğunda umutlanmamak için söz vermişti. Yaprak onun elini tutup 'İyi ki varsın be Alikuş' dediğinde umutlanmamak için söz vermişti. Ama o an... Yaprak'ının göğsüne gömdüğü yüzüne baktığında başını usulca geriye attı. Dikkatini başka yöne toplamak için tavanı seyretmeyi denedi bir süre. Ama bu boş çabası sadece bir iki dakika sürdü... Ali ne yaparsa yapsın üçüncü saniyede onu izlerken buluyordu ya kendini, öyleydi yine. 'Umutlanma,' diye geçirdi içinden. 'Sakın onun kalbinin de senin için attığını düşünüp umutlanma.'

Aklı karmakarışık ve Yaprak'a düğümken gözleri onun kolye-

sine kaydı. Yılbaşı gecesi belki biraz olsun anlar diye vermişti o kolyeyi ona. Biraz da olsa anlamasını istemişti... Annesi Yaprak'ın boynunda Ali'ye büyükannesinin verdiği kolyeyi görünce hemen anlamıştı oğlunun Yaprak'ı sevdiğini. Büyükannesi ölmeden önce "geleceğimizin kıymetli kızına ver," diyerek Ali'nin eline sıkıştırmıştı kolyeyi. Annesi bunun farkındalığıyla gülümseyerek 'Ben bile anlamamıştım oğlum, nasıl sakladın bu kadar?' diye sormuştu babası yokken. Nasıl saklamazdı ki? Gündüzleri içinde, en derinde sakladığı aşkın yalnızca geceleri ortaya çıkmasını sağlamak ne kadar canını yaksa da insanın, saklamak zorundaydı işte. Yaprak'ı korumak için saklamak zorundaydı. Parmakları usulca kolyeye dokunurken, "Bugün," dedi içinden. "Sözümü tutamayacağım. Babaanne... Geleceğimizin kıymetli kızının kalbi ilk kez yanımda birden bu kadar hızlandı. Biraz umutlansam olur değil mi? Söz, canımı yakacak kadar umutlanmayacağım. Yalnızca... Birazcık."

"Bilincin açık nefes alırken pek bir vasfım yok diye sürekli uyuduğunu anlayabiliyorum. Ama beş dakika içinde o çilek desenli tuhaf kumaş parçası içindeki poponu kaldırıp hazırlanmazsan, üzerine oturur, sen bayılana kadar da kalkmam. Çirkin şey..." dedi sabahımın kızıl güneşi. O kadar alışmıştım ki onun beni böyle uyandırmasına, artık sinirlenmiyordum bile. Mecburiyetten "Sana da günaydın, kızılların efendisi. Sana da günaydın, ömür törpüm. Sana da günaydın diss kralı" dedim. Saçlarımı kaşıyarak yatakta doğruldum.

"Bugün seninle son günüm ya, bir mutlu uyanmıştım güne. Ama yine sinirlendim suratını görünce. Git yüzünü yıka, kendine gelirsin diyeceğim de, yüzünü komple tuvalet fırçası ile çitilemen lazım. Kaç gündür yıkamıyorsun yüzünü sen? İğrenç misin acaba?"

"Evet. İğrencim. Hadi diss at bana," dedim yatağın ucunda elleri ceplerinde dikilen Tuna'ya doğru. yatakta dizlerimin üzerinde ilerleyerek. "Hadi, hakaret et bana... Bugün ne dersen de, umurumda değil. Ali taburcu olacak bugün. O yüzden, kimse keyfimi kaçıramaz."

"Okula gelmiyor musun yani?" dedi tek kaşını kaldırıp.

"Geliyorum." Yataktan zıpladım hızlıca. "Devamsızlık hakkımız zaten kalmamıştı, Ali'nin bıçaklanma olayında da gitmedik hiç. Biraz daha devamsızlık yaparsak bizi 11. sınıftan direk 10. Sınıfa düşürecekler. O derece..."

"Eğitim sisteminin saçmalıkları ve yarattığı saçma öğrenciler... Devamsızlığı hak olarak görmek... Sonra, neden hâlâ gelişemedik ülke olarak. Dokuz gün keyfi gitme, sonra önemli bir durumda 'devlet bize neden on gün veriyor!' O on gün bile çok sizin gibilere. Hoş... Eğitim sistemi çok da okula teşvik edici değil, bir yerde öğrenciler de haklı. Ne yapsın, sözde 'seçmeli' olan ama kendi seçmediği derse mi gelsin koşa koşa, yoksa her dersi aynı anda bize yüklemeye çalışan bölüm derslerine mi? Sabah sabah sinirlendirdin beni. Yine ayaküstü herkesten nefret ettiğime göre, tamamdır. Ben çıkıyorum. Kaza ile üzerini değiştirirken görürüm seni, gözlerim alev falan alır. Son olarak," dedi burnu hafifçe yukarıdayken. "Saçlarını öyle alttan iğrenç bir şekilde toplayınca kafan patatese benziyor."

"Seviyorum seni Tunacığım," diye bağırdım dolabımın kapağını açıp. "Bugün cidden, seni bile çok seviyorum!"

O sabah ilk kez Ali olmadan gidecektik okula, onun verdiği üzüntü olsa da, Ali iyileşmişti ya... Gerisi önemli değildi. Doktorlar birkaç gün daha hastanede kalmasını isteseler de, Ali kendini iyi hissettiğini söyleyerek bir an önce eve gitmek istediğini söylemişti dün. Babası Tekin Amca, İngiltere'ye geri dönmüştü işi gereği. Gül Teyze ise işten birazcık daha izin koparıp, Ali'nin yanında kalmıştı. E ikisi de çok büyük bir firmada çalışan iki kimyagerdi... Annemler içten içe Tekin Amca'ya kızsa da ben hak verdim. Ali de...

Tuna'yı çok kızdırmamak için söylediği gibi beş dakikada hazırlanıp, büyük bir enerji ile aşağı indim. Kahvaltı masasından bir kızarmış ekmeği alıp ağzıma tıktım hızlıca ve koşarak dışarı çıktım. Tuna, okula yürüyerek gitmeye pek alışkın değilmiş, geçtiğimiz üç gün taksiyle gitmiş okula ben yokum diye. Öğrenememiş daha yolu... Annem sıkı sıkı tembih etmişti dün gece, Tuna'yla birlikte gidin okula diye, o yüzdendi karşılıklı bu mecburiyetimiz. "Düş önüme kızılcık şurubu, yanımdan yürümek istemiyorsundur. Hadi..." dedim elimi sallarken 'git' der gibi. Sırtını yasladığı duvardan gözlerini devirerek çekti bedenini. "Geri zekâlı mısın sen? Okul yolunu bilmeyen benim. Senin önden, benim arkadan yürümem lazım. Sen düş önüme, patates kafa."

"Çok haklısın," dedim sırıtarak. "Bugün cidden sana sinirlenmiyorum kızıl. Hatta tuhaf bir şekilde kanım kaynıyor sana. Benden tiksinmesen, valla sıkardım yanaklarını."

"Bana dokunursan, intihar ederim. Sakın öyle bir hata yapma."

"Tamam," dedim yine kamyoncu dayı gülüşü yaparak.

Okula Tuna'nın önünde yürüyerek giderken biraz düşündüm. Çok kısa bir zaman olmuştu Tuna hayatıma gireli ama ona bile alışıvermiştim hemen. İnsanoğlu böyle. İyisiyle kötüsüyle... Hemen alışıveriyoruz bir şeylere ve kaybedince canımız acıyor. Mesela Ali... Gökhan... Sinan... Oğuz... Onlar benim on iki yılımdı. Alışkanlıktan öte, öyle farklı boyuttalardı ki artık... Onlardan birini kaybetmek, benim için gerçekten ölümden farksızdı. Bir kez daha aklımdan bunları geçirip, Allah'a Ali'yi yanına almadığı için dua edip, gelecekte de o dört salağa akıl fikir vermesi ve bir daha böyle şeylerle karşılaşmamaları için, yalvardım. Ben yine içimden "Allah'ım bak ne olur..." ile başlayan çılgın dua cümlelerimi peş peşe en içten şekilde sıralarken, saçım atkuyruğumdan çekildi birden. "Dikkat et, öleceksin." Kafamı kaldırıp baktığımda, karşıdan karşıya geçmek üzere olduğumuzu fark ettim. Cidden az kalsın ölüyormuşum. Tuna'ya "teşekkürler" deyip kaldırıma çıktım hemen. "Saçlarına dokunduğum için, Afrodit beni lanetledi az önce. Galiba gidip bir koyunumu feda edeceğim."

"Sana altyazı geçelim. Bazen seni anlamıyorum kızıl" dedim gözlerimi kısıp en yapmacık gülümsememden atarak.

"Aptal olanların beni anlamaması kadar güzel bir şey yok şu dünyada. Kendimi özel hissediyorum."

"Vallahi şurada iki gram yaşam enerjim, iki gram özgüvenim iki gram huzurum vardı, sen bile kaçıramazsın dedim dedim ama cidden bak hafiften bir soğuk inmeye başladı sırtımdan. Yani nöronlarım pembeler içinde kendi hallerinde takılırlarken gözünü seveyim kılıçlarını kuşandırma onlara. Olur mu?"

"Nöron mu? Sende var mı gerçekten? Kaç tane, üç mü? Üç

buçuk tane mi yoksa?" diye sordu bana doğru bir adım atıp. "Kızılına ay yıldız çizer, seni göndere çekerim bak," dedim ben de ona doğru bir adım atarak. "Sen var ya, en sakin insanı üç dakikada sisteme küfreden ergenlere çevirir, isyana bağlatırsın ha!"

"Tanrım, kör et beni!" dedi eliyle gözlerini kapatarak. "Ne olur şu an gözlerim yuvalarından çıkıp, koşarak uzaklaşacak! Lütfen!"

"Geri dönüşümde camına kâğıt atarlar inşallah kızıl. Cips tutan parmağımı yalıyorum diye, yanlışlıkla diğer parmağını yalarsın inşallah. Allah'ım, yaz ayında çıkan pop şarkılardan oluşan top 10 listelerine girersin de, kışa kadar çıkamazsın; hayat motton sevgili arkasından atan ergen liselilere döner, psikolojin iyice ananı niyolay ye ye'ye dö-" Nefesim kesilmiş, kıpkırmızı olmuştum. Bana şaşkınlıkla 'neresinden nefes aldı bu kız' der gibi bakan Tuna'ya "Trake solunumuna geçiyorum ben arada beddua ederken. Sıkıntı yok," dedim elimi göğsümün üzerine koyup, zafer pozu verir gibi.

Cevap vermedi Tuna. Ama sanırım, yanlış anlamadıysam çok hafifçe... Aşırı hafifçe güldü bana. Ya da hep asık suratı çok az kasıldı diye ben yanlış anladım. Bilemiyorum...

***

"Hocam, tuvalete gidebilir miyim? Özel durum..." diye fısıldadım son derste resim öğretmeninin kulağına. Derste zaten serbesttik, hemen izin verdi. Kız olmanın sevdiğim nadir yanlarından biri... Kızsal o kadar özel durum vardı ki, her kapıyı açıyordu o bahaneler. Okuldan acil kaçmanız gerekiyor, 'çok özel bir durum, dayanamıyorum' diyorsunuz karnınızı tuta tuta, çok kurcalamamak için hemen salıveriyorlar. Galiba en büyük nimetlerden biri kızlar için bu durum. Kapıyı çekip çıkınca sınıftan, bir süre kapıda dikilip telefonumu kontrol ettim. Ali'den mesaj yoktu. Geçtiler mi acaba eve diye merak ediyordum bir yandan, ama çok da rahatsız etmek istemiyordum.

Yine de içim içimi yiyordu... Kafamı iki yana sallayıp, telefonumu geri cebime koydum ve kızlar tuvaletine doğru yürümeye başladım. Hani olur ya, kötü bir olayın ardından güzel şeyler olunca birden enerji patlaması yaşarsın da, günün son saatlerine doğru o enerji senin kıçında patlar ve içinde büyük bir boşluk oluşur... İşte tam o haldeydim. Yorulmuş muydum, yoksa gerçek dünyaya dönünce kafamdaki karman çormanlık ve 'ne olacak acaba' karmaşası geri döndüğü için mi birden anlık bir buhran geçiriyordum, bilmiyorum. Merdivenleri tırmanmaya başladım tırabzandan tutunarak. "Yaprak kızım, son günlerdeki duygu geçişlerin sana çok fena geçirecek de hayırlısı..." diye geçirdim içimden. Her zaman nöronlarına ekmek banılası bir kız olmuştum ama, son günlerde bu durum iyice dengesizliğimi artırmıştı ve bu durumdan bir hayli rahatsız oluyordum. Bir anda deli gibi üzülmek, sonra Ali'nin uyanması ile çılgınlar gibi sevinmek... Ali'nin sözleri ile şoke olup, birden kalbimin hızlanması... Barış'a karşı tutum değişikliğim... Hiçbir şekilde mantıklı bir tepki vermiyordu vücudum. Ayarım bozulmuştu galiba.

Kafamın içi bunlarla dolu iken, o kadar dalmışım ki kolonun birine kafa atmaya iki adım kala, kendime geldim. "Selam," dedim kolona. "Bir dahaki hayatımda kolon olacağım. Kafası rahat..."

Tuvalete giden yolda, köşeyi dönecekken bir şeyler duydum bir sınıftan. Yankılanan sesten anladığım kadarıyla sınıf boştu, bir öğretmen birini azarlıyor ya da telefonda birine bağırıyordu. Olduğum yerde durdum ve nedensizce duymaya çalıştım bağırışları. "Sorumsuz," diyordu bağıran kişi. "Nasıl böyle düşüncesizce davrandın," diyordu. Kaybettik, senin yüzünden... Emeklerimiz... Sıralanıyordu kelimeler böyle kulağıma birbirinden bağımsız... Göğsüm sıkıştı. Barış'a bağırıyordu sanırım beden öğretmeni. O an beynimde şimşekler çaktı. "O gündü..." dedim birden. Kaşlarımı çattım daha net hatırlamaya çalışırken. "Maç o gündü... Tabii ya..." Ben öylece boş gözlerle sınıf kapısına bakarken, sinirle bedenci çıktı içeriden. Bana baktı, görmezden gelmeyi tercih edip büyük bir hışımla merdivenlere yöneldi. Barış'ın çıkmasını bekledim birkaç dakika. Çıkmadı. Gerçekten o kadar üzülmüştüm ki o an ona... Dayanamadım. Çekinerek de olsa girdim sınıfa. Kapı açıktı zaten. Önce başımı uzattım. Barış fark etmedi bile. Öylece pencereden dışarıyı izliyordu. İçeri bir adım atıp, kapıyı örttüm. Kapının örtülme sesini duyunca arkasını döndü hemen. "Rahatsız etmiyorum değil mi?" dedim utanarak. 'Hayır' der gibi başını salladı. Yanına gittim çok da emin olamadan. "O gün... Hastaneye geldiğin gün, maç vardı değil mi? Şu önemli olan?"

"Öyle de denebilir," dedi gülerek. "Ne olmuş?"

"Ne demek ne olmuş?" dedim. Yarım yamalak oturduğu sırada yanına oturdum ben de. "Sonuçta..."

"Sonuçta daha milyonlarca maça katılabilirim ve sırf kupayı alamadılar diye ölmez takımdaki kimse. Ama o gün Ali o haldeyken... Sen o haldeyken..." Başını tekrar önüne çevirdi Barış sanki söylemek istediklerini yutar gibi. Konuşmadı bir iki saniye. "Olan oldu. Önemli değil. Sorun yok yani."

"Gerçekten," dedim içimdeki o üzüntü iyice göğsümden vücuduma yayılırken. "Ne diyeceğimi bilemiyorum."

"Ali iyileşti tamamen değil mi?" dedi konuyu değiştirmek ister gibi. "Geçmiş olsun dileklerimi ilet. Gelmek isterdim ziyarete ama... Galiba beni görünce kendini pek iyi hissetmez." Güldü. "Unutma ama geçmiş olsun dediğimi söylemeyi..."

"Barış..." dedim kedi cırlaması gibi çıkan bir ses ile. O iğrenç duygulanma ses tonu... Lohusa dönemi kadını Yaprak geri dönüyordu işte. "Birazdan yapacağım şey, tamamen arkadaşça bir teşekkür. Tamam, mı?" dedim onu gafil avlayıp. Dedim ve o daha başını bana doğru çeviremeden, omuzlarından tutarak sarıldım ona. "Teşekkür ederim. Hem Ali için hem benim için endişelendiğin için. Sizin için hayati bir maçı bırakıp, koşa koşa hastaneye gelecek kadar..."

"Galiba şu an kendimi daha iyi hissediyorum," dedi ellerini

bel boşluğumdan çıkarıp sarılmama karşılık verirken. "Korkma... Arkadaşça bir moral kucağı olarak alacağım bunu."

"Pekâlâ..." dedim kendimi hemen geri çekip. "Şimdi gidiyorum. Tekrar... Teşekkür ederim."

"İddia?" Güldü. "Maça çıkamadığıma göre kim kazanmış oldu?"

"Kimse..." dedim mantığa diss atarak. "Yani..."

"O zaman," dedi sağ elini havaya kaldırıp. "Taş kâğıt makasla belirleyelim mi kazananı?"

"Saçmalama," derken ben, birden elini yumruk yaptı Barış. Panikle ben de eşlik ettim. "Taş kâğıt makas!"

"Taş, kâğıt, makas... Ben kazandım!"

"Bu sayılmaz bana ne... Birden oldu," dedim Barış'ın yumruk yaptığı eline vururken. "İndir o eli... Bir daha. Taş kâğıt makas..."

"Taş, kâğıt, parti!" dedi eliyle zafer işareti yapıp. "Benimle partiye geliyorsun. Üzgünüm, kazandım bir kere." Otuz iki dişini göstere göstere güldü. "Ali de iyileşti... Ben de azarımı işittim. Her şey yoluna girecek. O gece. Seni o elbisenin içinde görmek için deliriyorum."

"Barış..." dedim Whatsapp'taki bezgin surat ifadesine benzer bir mimik ile. "Neden iki dakika sana iyi davranmamdan faydalanıyorsun? Ha?"

"Faydalanmadım."

"Paydanı değil payını eşitlerler de, dengesiz dengesiz takılırsın inşallah sırık."

"Olur, bana uyar."

"Cidden," dedim gözlerimi kısıp, elimi belime koyarak. "Cidden, seni alıp pet şişe gibi belini bükerek, kafanı şişenin kapağı gibi ileri fırlatasım var şu an."

"İleride bu ilginç hayal gücünü kullanabiliriz. Özel anlarda..."

"Oha," dedim gözlerimi kocaman açarak. "Kafa mı atayım yine sana? Yoksa kafanı mı ısırayım? Yoksa parmaklarımı yine burnuna mı sokayım? Kırk katır mı kırk satır mı girsin sana sırık, seç. Hadi…"

"Seni seviyorum."

"Sırıkların efendisi…" dedim Tuna'nın 'tiksiniyorum' yüz ifadesinden takınarak yüzüme. O an bana öyle bir baktı ki… Günlerdir sanki kötü günler geçiriyormuş da, bir an yüzüne el feneri tutulmuş; böyle parıl parıl aydınlanmış gibi oldu. Tuhaf hissettim kendimi. Biraz da vicdan azabı eklenince salıverdim yüzümdeki o sinirli ifadeyi. "Pes ediyorum."

"Harika… O gün saçlarını dalgalı yapmalısın bence. Sana aldığım elbise ile çok güzel olur."

"Şeytan diyor partiye o elbiseyi giy, ama altına eşofman giyip git partiye rezil olsun…" Gözlerimi devirdim. "Bu arada," dedim sakinleşince. "Senin aldığın ayakkabı var ya… Şu âşık olunca bunlarla gel dediğin… Onları giymem gerekiyor mu?"

"Âşık olunca giy dedim onları. Ama eğer kalbinde azcık yer açıldıysa bana karşı… Sürpriz yap bana. Onlarla gel eğer öyleyse."

"Ha… Ben de öyle bir aksiyon yaşatabilirdim sana belki ama… Şey diyecektim, bizim çocuklar onun topuğunu kırdı ya…" Elimle saçımı kaşımaya başladım, suçlu çocuk bakışı eşliğinde. "Bil diye…"

"Anladım…" Yüzü düştü birden. "Önemli değil. Sen gel yeter."

"Şey ama… Belki yapışabilir. Bir gün…"

"Bir gün… Yapıştıracaksın o topukları değil mi?"

"Söz veremem sırık…" dedim derin bir nefes alıp. "Elimde değil bazı şeyler. Ne olur, inan bilemiyorum."

"Sana verdiğim ayakkabıların topuklarını kırdıkları için biraz kalbim kırıldı. Şimdi sen de söz vermedin, biraz daha kırıldım. Azıcık," dedi eliyle 'küçük' işareti yaparak çocuk gibi. "Çok küçük, arkadaşça olmadan sarılabilir miyim sana? Az önceki… Hissizdi de… Belki kırılan kalbim biraz olsun toparlanır."

"Hiç yardımcı olmuyorsun ama" dedim fısıltıyla. "Bazen sana ne cevap vereceğimi şaşırıyorum."

"O zaman yine," dedi benim olumsuz cevabıma karşılık. Gömleğimin karın kısmından beni tutup kendine çekti. "Yine sana borçlanacağım. Bana âşık olacağın zamanlara... Her ne kadar o gün gelmeyecek de, sana olan borçlarımı bir bir ödeyemeyeceğim diye deli gibi korksam da..." Biraz daha sıkı sarıldı ben karşılık vermeden put gibi dururken kollarında. Biraz... Acıtmıştı sözleri sol yanımı, yalan söyleyemeyeceğim. "Umarım Amazon kızı... Bir gün bana o kırık topuklulara rağmen, koşa koşa gelirsin. O gün geldiğinde, seni şimdi olduğundan daha sıkı saracağım ve tadını merak ettiğim dudaklarından bir öpücük kapacağım en tatlısından. Bu... Benim düşleyebileceğim, en sade hayal. Belki de en zoru...

***

Akşam okuldan sonra koştura koştura Alilere geçtik. Ali cidden gelmişti eve. İlk başta tuhaf geldi görüntü. Sanki biri almış da Ali'yi oraya montajlamış gibi. Sonra fark ettim, Ali hep güçlü hali ile o evdeydi ya... Öyle solgun yüzüyle kanepede yatmak, pek yakışmamıştı ona... İlk birkaç saat hiç kendimiz gibi değildik. Gül Teyze de yanımızdaydı zaten. Önce Emre aradı. Biz o hengâmede arayıp söylememiştik, o duymuş... Ve galiba ilk kez küfretti bize. Çok tatlıydı sinirli hali... O kadar kızmıştı ki o her zaman sakin olan çocuk... Zar zor affettirdik kendimizi. Gül teyze en sevdiğimiz tarçınlı çöreklerden yaptı sonra ve bizi kendi halimize bıraktı. Gül teyzenin odadan çıkmasıyla, üçüncü saniyede, eski ekip geri döndü adeta. "Merve'nin twitterını hackleteceğim," dedi birden Gökhan. Ali'nin yattığı kanepenin önünde oturuyordum hemen. Usulca geriye döndüm. "Geri zekâlı mısın Gökhan?" dedim gözlerimi kısıp. "Değilim. Âşığım!" deyip ayağa kalktı sinirle. Numarayı tuşlama şeklinin sertliğine bakılırsa Merve'yi arıyordu. Telefonu kulağına götürünce "Merve'yi arıyorum, susun bak!" diye uyardı hepimizi.

"Aha çalıyor..." dedi sonra heyecanla. "Alo, Merve?" dedi elini beline atıp. "Bence gel sen twitter hesabını kapat beni katil etmeden. Ha sarışınım?"dedi. Merve olumsuz cevap vermiş olacak ki, odada volta atmaya başladı sinirle. "Kızım bak valla psikolojim bozuldu, tweetlerini favlayanların listesini tutuyorum. Üç kereden fazla favlayanı yakalarsam favlamaya gidiyorum evlerine, bak girme o çocukların da günahına Merve!" Merve öyle şiddetli bir kahkaha attı ki biz bile duyduk. Bu Gökhan'ı daha da sinirlendirdi, odanın ortasında durdu. "Kızım bak seri takip ederler, seri tacize giderim valla. Hapislere mi düşeyim Merve? Kızım kapanacak o twitter, beni psikopata bağlatma. Bak küfretmeyeyim diyorum ama yani valla bütün takipçilerini dar sokaklarda takip eder, finali sikertmeyle taçlandırır, 'bugün günlerden Merve' hashtagiyle paylaşır, sosyal medyayı sallarım Mer- Merve? Kapattın mı lan?" Bir telefona baktı Gökhan bir bize.

"Kanka, Merve yengenin takipçileri iki bini geçmiş. 'Parti kur oy verelim Merve' diye dolanacak millet yakında."

Gökhan, "Senin en hassas yerlerine mühür basıp iktidara getiririm çocuk!" diye Oğuz'a ayağındaki terliği fırlattı. Terlik, Oğuz'un elindeki çöreğe gelince, çörek yere düştü. Oğuz yerden geri alıp üfledi ve yemeye devam etti. Çöplük mideli mese... "Gökhan ya boş ver Merve'yi. Gel de ayak baş parmağımı emikle. Canım çok sıkıldı," diye laf attı Gökhan'a depresyonun dibini sıyıran Sinan. "Ali... Keşke uyanmasam diyor musun bu salakları görünce," dedim Ali'nin kulağına eğilip.

"Bu salakları görünce," dedi o da aynı şekilde fısıltıyla. "Seni görünce... Keşke diyorum. Hepimiz ölümsüz olsak."

Hani ağlamak istersiniz de ağlayamazsınız ya... Böyle birden, aniden burnunuzun direği sızlar. Çok tatlı bir duygulanma anıdır o... Hah, işte öyle bir andı Ali'nin kulağıma onları fısıldaması. Böyle birden içimdeki bütün duygular şaha kalktı, baktım öyle Ali'nin gülen yüzüne. Elimi tuttu, işaret parmağımı kavradı. Ve gülerek oluşturduğu yanak çukuruna, soktu parmağımı. Yutkundum. Neden sanki o parmağı gamzesine sokmuş gibi değil de, kanayan bir yaraya tuzlu parmağını basmış gibi hissettirmişti? *Allah'ım başımda bile bir acı hissediyorum...* Çok mu abartmıştım ne? Hayır hayır. O acı kafama gelen kumanda yüzündendi. Sıçradım ve kafamı tutarak geriye doğru düştüm.

"Kim attı lan onu?!" diye bağırdı Ali sırtındaki yastığı çekip, Gökhanlara doğru fırlatırken. "Yemin ederim hastayım falan demem, kalkarsam ayağa fena olur!" Eliyle kumandanın geldiği yere dokundu. "Acıdı mı?"

"Lan Yaprak, bir şey oldu mu? Yaprak'ım?" Gökhan kanepeden yanıma zıpladı. "Valla istemeden oldu. Ben Sinan'a sokacaktım onu, hıyar ayağıyla vurunca..."

"Yalan söyleme lan! Yaprak'ım valla istemeden vurdum kumandaya..." Sinan da geldi hemen yanıma. Hepsi altı koldan kafama dokunuyordu. "Neresi acıdı? Burası mı?"

"Hayır bir insan kumandaya gelişine vole nasıl vurur anlamıyorum," dedim ağlamaklı bir sesle. "Ulan azıcık bir nöronum var, sayenizde yarısı da gitti."

"Kız senin nöronlarını ekmek arası yapıp yerim," dedi Oğuz. Dizlerinin üzerinde emekleyerek geldi o da yanımıza. "Açım da... Çöreğini yemeyen var mı ya?"

İşte benim kusursuz arkadaşlarım.

O gün yine akşama kadar güldük, eğlendik, birbirimizi yedik, saçmaladık... Bu, yerinden kalkamayan Ali'ye, biz hâlâ eskisi gibiyiz, hemen iyileş koca oğlan, deme şeklimizdi bizim. Öyle duygusal cümleler kuramazdık çünkü... Akşama doğru ise durulduk biraz. Ali'yi bıçaklayanlardan konu açıldı, Ali şikâyetçi olmayacağını söyledi. "Eğer bu şehirden gitmeyi kabul ederlerse, şikâyetçi olmayacağım," dedi. Ne olursa olsun, bu yaşta yaptıkları bir hatanın bedelini böyle ödememelilermiş... Öyle söyledi. Birkaç şartı daha olacakmış, ama bize söylemedi onları. Yine kendi içinde binlerce karar alıp, herkesi aynı anda düşünmüştü kendine yakışır bir şekilde. Başta kabul etmedi bizimkiler. Epey nefret vardı içlerinde. Ama ne dedilerse Ali'yi vazgeçiremediler. Sonra o bizi ikna etti, her zamanki gibi.

Otuz Beşinci Bölüm

"Düşünme... Düşünme... Düşünme..." dedim yastığımı bacağımın arasına alıp, yatağımda sağa dönerken. "Olmuyor." Yüz üstü döndüm yastığıma, kendimi boğmak için. Ama üçüncü saniye kendime kıyamadığımdan, tepinerek geri döndüm. "Ay mı etkiliyor, benim gezegenim dönüp dönüp bana mı giriyor anlamadım bu ayki bu duygu geçişlerimi. İyice kafayı sıyırdım..." Gözlerimi kapatıp, sürekli aklımda dönüp duran Ali ve son zamanlarda onunla ilgili olan tuhaf şeyleri düşünmemeye çalıştım. "En iyisi kuşları sayayım," dedim yine beceremeyince. "Bir kuş... İki kuş... Üç kuş... Ali kuş... " Gözlerim anne babasını uygunsuz vaziyette yakalamış masum bir küçük çocuk gibi kocaman açıldı. "Yok bu böyle olmayacak," diye homurdanıp hızlıca üzerimdeki yorganı aşağı attım ve ayağa kalktım. "Kafa dağıtmam lazım."

Odadan dışarı çıktığımda önce annemlerin odasını kontrol ettim. Bir iş yemeğine gittikleri için saat 10 olduğu halde hâlâ gelmemişlerdi. Kaşlarımı çatıp merdivenlere yöneldim. "Acaba kendi kendimi merdivenlerden mi yuvarlasam..." Kafamı iki yana salladım hızlıca. "Tuna'lara ses gider, bir de onu çekemem." Evet, ölür müyüm acaba diye değil, Tuna'ya ses gitmesini sorun ediyordum o anki nöron savaşımın etkisiyle. "Aaa, Evreka! Tuna!" diye bağırdım, hayali hamam tasımla. Pijamamın cebinden telefonumu çıkardım merdivenlerden usulca inerken.

Kadriye Teyze'den aldığım numarasını tuşladım kızılın en diss tonunun. İkinci çalışta açtı yine aynı 'tüm dünyadan tiksiniyorum' ses tonuyla. "Alo, Tuna?"

"Ne var sevgili kusmuk kız?" diye çemkirdi.

"Kusmuk kız mı? Aşk olsun kızılına ay yıldız çizdiğim... Şey diyecektim, evdeysen azıcık geleyim mi? Annemler gelmediler de... Beni de uyku tutmadı. Kadriye Teyze'yle Survivor falan izlerim. Senden korkuma izinsiz gelmeyeyim dedim."

"Uyudu," dedi sert bir ses tonuyla. "İstiyorsan gel, mükemmel bir şekilde horluyor. Onu dinleyip, kafa dağıtabilirsin. Kulaklarıma pamuk tıkadım büyükannemin horultusuna, sen de gelirsen gözlerimin kepenklerini de indirmem gerekecek."

"Peki," dedim kedi gibi. "Gelmeyeyim ben en iyisi..."

"Tamam," dedi kapatmaya yeltenip.

"Tamam o zaman öleyim ben gidip sıkıntıdan..."

"Sen bu yaşta bu kafayla ölmediysen daha ölmezsen patates kafa. Merak etme."

"Ama valla ağlarım," dedim ağlamaklı bir sesle. "Bak moralim bozuk, mideme vuruyor; gelir kusarım yine kafana. Sinirlendirme beni kızılın en kırıcı tonu seni!"

"Pes ediyorum, senin için bu kadar radyasyon aldığıma değmez," dedi ses tonunu iyice çirkinleştirip. "Neyse... On saniyen var. On saniyeliğine kapıyı açık bırakacağım, gelirsen gelirsin. Yoksa kapıda kalırsın. On..."

Tuna dediğini yapardı. Bunu bildiğimden, cevap dahi vermeden çıplak ayakla aşağı kata koştum. "İki," derken son kalan üç basamağı tek seferde atlayıp, ayağımı kapıya koydum. "Geldim," dedim arsız arsız.

"Ayaklarını kesip mi girersin, yoksa yerine ben Barbie bebeklerin bacaklarını kökünden çıkarır gibi çıkarayım mı?" dedi çıplak ayak indiğim için. Kapıyı biraz daha açtı. "Geç..." Yüzünde yine o klasik Tuna ifadesi vardı bunu söylerken. Dudaklarımı hafifçe toplayıp, gözlerimi büyüttüm korktuğumu belli etmek için. "Geçiyorum bak," dedim yandan yandan bakarak.

"Eminsin değil mi?" Gözlerini gözlerime dikti ve dudağının sağını hafifçe yukarı kaldırdı, her zaman sinirlendiğinde yaptığı gibi. "Burnun kapının arasında kalsın istemiyorsan geç içeri!" diye bağırdı.

Sürekli girip çıktığım bir yerdi Kadriye Nine'nin evi ama Tuna varken ilk kez girdiğimden biraz çekinerek girdim. Girer girmez yüksek ses Kadriye Nine horlamasına maruz kaldım. Tuna'ya 'haklıymışsın' bakışı attım salona geçerken. Tabii ki tepki vermedi. "Uyuyor muydun yoksa?" dedim gereksiz gereksiz konuşmaya devam edip. "Uyuyor olsaydım bile şu saatten sonra ne fark edecek? Ruhu üç yaşında olan bir kızın duygu sömürüsü yüzünden ayaktayım sonuç olarak." Tuna'nın laf sokmasını umursamadan Kadriye Nine'nin en sevdiğim sallanan sandalyesine oturdum. "Azıcık kafam dağılsın gideceğim. Uyku falan tutmadı... Kafam dolu azcık. Evde de kimse olmayınca, avizelerle konuş konuş bir yere kadar. Delirecektim biraz daha yalnız kalsam," dedim yine kamyonca dayı gülüşümden atarak. Tuna'nın bu gülüşten nefret ettiğini bildiğim için, nedense ona bunu yapmaktan müthiş zevk alıyordum. Beklediğim tepkiyi verip derin bir nefes alarak gözlerini devirdi. "Yedi gün boyunca sizde kaldığımız için sana yedi kez tolerans göstereceğime söz verdim o yedi günün Karma'dan çıkması için. Daha önce dışarı çıkarken seni giydirmiştim, biri gitti. Kaldı altı. Bu gece sana biraz tahammül edeceğim kalacak beş..." Gözlerimi kırpıştırdım Tuna yine anlamadığım bir dile geçince. "Biz şu altyazı işini düşünelim mi ya?" dedim yine pişkin pişkin.

"Sen görüntü ve altyazıyı aynı anda takip dahi edemeyen tiplerdensindir eminim ki," dedi bana en uzak koltuğu seçip otururken. "Muhabbet etmek zorunda mıyız şu an? Ben pek anlamam bu misafir olaylarından."

"Ben her türlü avize, koltuk, masa ile falan da muhabbet edebildiğimden bana fark etmez ama... Bu gece biraz annanı niyolay ye ye benimkiler yine. Konuşsak ya azıcık" dedim sallanan sandalyede iyice hızımı artırıp.

"Ananı- ne?" dedi kaşlarını çatarak.

"Nöronların diyorum, çığlık çığlığalar! Bak ben dedim, bize altyazı şart."

"Hâlâ nöron diyor çok varmış gibi..." Kafasını iki yana salladı bana acıyarak. "İyi, konuş sen. Hadi..."

"Ya Tuna ya..." dedim sandalye iyiden iyiye hızlanınca, çocuklaşarak. "Bence özünde çok iyi birisin sen de, çaktırmıyorsun." Cevap vermeyince devam ettim. "Sana birkaç şey sorabilir miyim Tunacığım?"

"Tunacığım mı? Çabuk lafını geri al. Tüylerimi ürpertiyorsun."

"Hop, geri aldım. Kızılına sirke döküp turşusunu kurduğum, sana birkaç şey sorabilir miyim?"

"Sor, kafasının içi haşlanmış patates dolu sevgili üst komşum. Unutma, her soru bir Karma..."

"Karma dediğin şey şu 'Ne edersen, onu bulursun' olayı değil mi ya?"

"Evet. Sizde kaldığım günün iyilik borcunu şimdiden ödeyip senden arınmam lazım. O yüzden... Neyse. Sana tahammül etmem gerek beş iyilik daha... Her sorunun cevabı bir karmayı götürecek. Unutma."

"Tamam, tamam," dedim sandalyeyi durdurup. Ayağa kalkıp, güç bela halının ortasına ittirdim sandalyeyi ve tam karşısına geçtim. Tekrar oturdum sandalyeye ve Tweety'nin gümüş saçlı büyükannesi misali, sallanmaya başladım. "Soru bir, bir arkadaşının sana karşı tavrının değişip değişmediğini nereden anlarsın? Soru iki, normalde hiç olmayan bir şey olup, son zamanlarda aklına biri geliyorsa sürekli... Ama böyle çok acayip biri olsa... Hani aklına gelmesine falan anlam veremediğin... Hani o, şey gibi böyle normal olmayan ama olduğunda falan böyle..." Bana şaşkınlıkla bakan Tuna'ya baktım birkaç saniye çaresiz gözlerle.

"Cümlelerinin içinde kayboldun değil mi?"

"Galiba..."

"Birincisi, birinin sana karşı değiştiğini hissettiğin an... Değişmiş demektir. Ya da senden sakladığı bir yanını artık gizleyemiyordur. İkincisi, biri durduk yere akla geliyorsa da, ya kendi içinde bastırdığın bir şeyler patlak vermiştir ya da kafana çok takmıştır bir şeyi. Her şey olabilir. Yani kişiden kişiye değişebilir bu durum. Senin gibi düz insanlar duygularının içinden çıkamaz pek. Bence kafanı çok yorma böyle şeylere. Yakma kalan üç nöronunu da."

"Öyle mi dersin... Peki bir şey daha sorayım o zaman. İki hakkım kalmıştı değil mi? Şimdi bizim okulda biri var, belki görmüşsündür... Sırık oğlan. Sarışın olan hani, şu basketçi-" Tuna ellerini göğsünde birleştirip bana 'uzatma' bakışı atınca susup devam ettim. "Onunla girdiğim bir iddiayı yine kaybettim. Yine derken... Biz bununla..." Yine aynı 'sadede gel' bakışından yedim. "Neyse... Sonuç olarak birkaç gün sonra onunla bir doğum günü partisine katılmam gerekiyor. İddianın konusu da o partiye onun daha önce bana aldığı bir elbiseyle gitmemdi. Böyle pudra rengi, tüllü pullu bir şey... Süs balığı gibi oluyorum giyince. Şimdi ne yapayım, bilemiyorum. İddiayı kaybetsem de o uçuş uçuş tuhaf elbiseyi giyip bir yere gitmek... Bana göre pek değil. Gitmezsem sözümü tutmamış olacağım. Gidersem nasıl gideceğim? Yani makyaj yapmadan direkt o elbiseyi giyer giderim, bana koymaz da... İşte hani hem iddiayı kaybetti hem de galibiyetimi sabote ediyor durumuna düşer miyim?"

"Üç karma borcun var bana."

"Ama bunlar bir soru be kızılkuş."

"Git."

"Evime mi?"

"Hayır, patates püresi. Partiye. Nasıl kaybettiysen, o çocuk nasıl istiyorsa öyle git hem de. Söz, sözdür. Hem belki biraz farkına varırsın bir şeylerin."

"Neyin farkına varacakmışım? İçindeki prensesin deme valla kusarım üzerine. İçimde prenses falan yok oğlum benim. Varsa da içimde bir prenses, yemişimdir yanlışlıkla ben küçükken, ondandır."

"Prenses mi? Salak mısın? Kim sana içinde prenses var dedi? Sen Keloğlan'daki Cankız'sın. Prenses değil."

"Cankız mı? O kim hatırlamıyorum ama olur, bana koymaz. Çıkarmam gereken sonucu özet geçer misin kızıl?"

"Kendi yolunu tut."

"Kendi yolum tabii ya," dedim yapmacık ve abartılı bir kahkahayla. Sonra birden sustum ve "O yol tam olarak nereye düşüyor?" dedim konuşmanın gerginliğini sallanan sandalyede daha da hızlı sallanarak atmaya çalışırken. "Ne yolu?" Gitgide hızlanıyordum. "Hangi yol?"

"Başım döndü, durur musun artık?!"

"Duramıyorum Tuna..."

"Bana ismimle hitap etme, midemi bulandırıyorsun."

"Duramıyorum diyorum ya," dedim sallanan sandalyede bir arkaya bir öne deli gibi gidip gelirken. Beynimden gelen lıkırtılara bakılırsa, biraz daha duramazsam beyin sarsıntısı geçirecektim. "Oğlum yardım etsene ya, beynim kayısı hoşafına döndü şu an!"

"Galiba gidip büyükannemin varis çorabını kafama geçirerek intihar edeceğim. Hangi karmamın bedelisin sen?"

"Valla bak midem bulanmaya başladı, durdur beni! Ayağım uyuşmuş kımıldayamıyorum!" dedim sandalyede huysuzlanarak. "Şş, oğlum hadi kaldır şu poponu ya... Valla kötü oldum ha..."

"Galiba sinirden az önce tüberküloz oldum. Öhü, öhü!" dedi sahte bir öksürük sesi çıkararak. Ağzına götürdüğü elini bana çevirdi. "Bak kan geldi."

"Dalga geçme, valla kızılların içinden bir seni seçerim, bedduamı ederim valla durduramıyorum ya... Yardım et!" deyince yine elleri göğsünün üzerinde kenetli bir şekilde bir süre salak gibi sallanan bana baktı. Sonra iki ayağını uzatıp, sandalyeyi durdurmaya çalıştı umursamaz bir tavırla. Ayağıyla sallanan sandalyenin altına dokununca, birden öne doğru uçtum. Tuna'nın tam önüne. "Az kalsın kusacaktım Tuna," dedim yüzümüz birbirine çok yakınken. İki elini yanaklarıma bastırdı. Hayır, hayır, öyle Ali'nin sıktığı gibi değil... Bildiğin kafamı iki eliyle sıkıştırdı adeta. "Ne be?!"

"Patates kafalı kız... Beni iyi dinle." Biraz daha yaklaştırdı yüzünü yüzüme. Yanaklarımdaki elleri iyice acıtmaya başlamıştı canımı. "Son karma... Yüzün basit. Ama kusur yok. Kusur olmaması her zaman güzel bir şey değildir ama... Kusur insanları diğerlerinden farklı kılar. Seni diğerlerinden farklı kılacak farklı bir yanın yok. Gözlerin hariç. Gözlerinin rengi, işte seni farklı kılan tek şey. Ela ile yeşilin arasında kalmış, ilgi çekici bir renk. Eğer onları ön plana çıkarırsan makyajla, abartmadan o elbiseye uydurabilirsin kendi ruhunu da. Sadece gözlere... Tamam mı? Saçların dalgalı olmalı. Muhtemelen uzun diye bunaltıyordur, ondan topluyorsundur... Az çok tanıdım seni. Rahatın her şeyden önce geliyor. Onu da şöyle yap, kime yaptırıyorsan saçını hafifçe toplamalarını söyle. Böylece hem seni bunaltmazlar hem de öyle bir yere daha kolay uyum sağlarsın her şeyinle. Ayakkabı olarak küçük topuklular seç. Düz ayakkabı olmaz. Yüksek topuklu da asla... Minik... Üç-dört santimlik bir şey iş görür. Biraz ayağını vuracaklar ama olsun. En azından oraya gidene kadar dayan. Hatta oraya normal ayakkabıyla git, kapıda değiştir. Bu ayağında kalma süresini uzatır topuklunun. Kaşların... Sakın dokundurma. Kaşlarının alınmaya ihtiyacı yok. Belki biraz kesilebilir sadece... Çok az ama. Son bir şey, sakın allık sürdürme. Yanaklarının doğal rengi yeter. Dediklerimi yaparsan, o çocuğun prensesi ile senin yaramaz kızın orta yolda buluşur. Ve böylece sana olan karmam burada sona eriyor. Bir daha karşılaşmayız umarım patate-"

Cümlesini bitiremedi Tuna. Çünkü stresten kasılan ve sallanan sandalyede bulanan mideme daha fazla söz geçiremedim. Kafamı iki yandan sıktığı için balık ağzı gibi olan ağzımdan Tuna'nın kafasına doğru ikinci kere... Kustum.

***

"Kuzucum, ben annelerinizin yanına gidiyorum. Ali'yi rahatsız etmemek için burada toplanmayalım demişler... Bir şey olursa ararsınız, tamam?" dedi Gül Teyze paltosunu düğmelerken kapı girişinde. "Merak etme Gülkuş Teyzeciğim, Ali bana emanet!" Elimle zafer işareti yaptım gülerek. Gül Teyze yanağımı sıkıp, yüksek topuklu ayakkabıları apartmanın koridorunda yankılanırken asansöre doğru ilerledi. Bir yandan bana tekrar tekrar el sallamayı da ihmal etmiyordu. O kadar tatlı biriydi ki Gül Teyze... "Herkese selam söyleyin!" dedim asansörün kapası kapanmadan. "Söylerim kuzum!" diye bağırdı kapı kapanırken Gül teyzelerin en güler yüzlüsü. Birkaç saniye öylece inen asansörü izledim. Sonra kendi kendime gülümseyip, kapattım kapıyı ve içeri geçtim. Oğuz, telefonuna indirdiği bir oyun ile meşgulken, Gökhan telefonda Merve ile bir konuda tartışıyordu. Sinan ise en ayrı âlemlerdeydi... Bir gün önce 'aşkta kaybeden kumarda kazanır' diyerek doldurduğu iddaa kuponu tutmuş, tam 3 bin lira kazanmıştı. O yüzden saçma sapan davranıyordu o gün.

"Sinan'ın halini hiç iyi görmüyorum arkadaşlar. Acilinden buna bir sevgili bulalım," diye girdim içeri. Gökhan'ın ayakucuna oturdum. "Bir dişinin ilgisine ihtiyacı var."

"Kimmiş sevgiliye ihtiyacı olan?" dedi kapıyı ayağı ile açarak Sinan. Orasına burasına sıkıştırdığı paralarıyla yürüyüp, halının tam ortasında durdu ve ellerini beline attı. "Param var kızım benim. Para ile alınamayacak saadet yok. Örneğin..." dedi ve eğilip çorabından 200'lük bir banknot çıkardı. "Gökkuş, hadi beni sırtına al, havada ikili burgu üçlü salto at. Hadi..." Ayağıyla telefonda Merve ile konuşan Gökhan'ın bacağına dokundu. "Hadi ama..."

"Lan çekil git şuradan, seni bozdurur, kendime Trabzon bileziği yaptırırım valla!" dedi Gökhan elini telefonun ahizesine koyup. Sinan sırnaşmaya devam edince "Merve ben seni sonra arayayım mı ya?" deyip kapattı telefonu sinirle. "Lan sen bela mısın benim başıma, sabahtan beri sana para vereyim beni yoğur Gökhan, sana para vereyim ayağımı emikle Gökhan, sana para veriyim ebemin nikâhına götür beni Gökhan!" Kafasına bir tane vurdu Sinan'ın. Sinan depresyondayken o kadar yüzsüz oluyordu ki, normalde olsa büyük kavga çıkardı, ama her şeye rağmen yayıldı Gökhan'ın yanına. "Ulan gitsene yanımdan! Valla işkillendirme beni, fizikçi bitti sen mi başladın lan? Ne sandın lan sen beni? 'Ayça22' miyim lan ben? İnternet kafelerde masa açtırıp, tıklatırım sana Sinan." Sinan sinir bozucu bir gülümsemeyle Gökhan'a bakıyordu hâlâ. "Sinan hasta mısın lan sen, psikopat mısın oğlum? Ne bakıyorsun hâlâ?"

"Al şu 200 lirayı," dedi parayı Gökhan'ın gerdanına sıkıştırıp. "Ayak baş parmağımı emikle."

"Seni her liraya bir bıçak darbesi gelecek şekilde, canice katlederim Sinan, zaten rezil ettin bugün bizi yeterince! Sinirim soğumadan tekrar sinirlendiriyorsun. Ulan şarjda ısınan telefona döndüm senin yüzünden, ateş atıyorum en hassas yerlerimden!"

"Ne yaptı be?" dedim kaşlarımı çatıp. "Biz rezilliğe bağışıklık kazanmış canlılarız. En fazla ne yapmış olabilir yani?"

"Akbiline 200 lira koydurup, bir kıza otobüs kapattırmaya kalktı. Duraktaki kimseyi aldırmadı lan otobüse, biz de dahil! Zorla bindik, olay çıkıyordu az kalsın. Duraktakiler öldürüyordu az kalsın bu salağı. Sonra herkes binince tutturdu o zaman geri alacağım bastığım paraları... Şoför kalkıp basacaktı bunun en hassas yerlerine akbili, zor ayırdım."

"Ayna karşısında twerk yapmaya çalışırken, annene yakalanırsın da, üç gün utançtan kafanı pirinç kovasına sokup gezersin inşallah Sinan. Kıza otobüs kapattırmak ne oğlum?"

"Hadi onu geçin," dedi Oğuz telefonunu bırakıp. Oturduğu yerde doğruldu. "Gökhan bizi bırakıp kaçtı tamam mı en son dayanamayıp, ben de kulağımda kulaklık, şarkı dinliyorum sırf Sinan'ı duymayayım diye. Kanye West... Bir baktım kafamdan para saçmaya başladı bu. Resmen zenci rapçi klipinde gibi kaldım yolun ortasında. Etli butlu bir Latin kadın gelip önümde dans edecek, Pitbull bana şarkıda eşlik ederken zenci bir kadın gelip bana twerk yapacak, diğer taraftan sarışın bir çıtır gelip ayakkabıma kusacak diye çok korktum, anlayamazsınız. Hatta bir ara hayali bir kürk mont belirdi üzerimde. O derece... Ama bunları var ya, hep yazıyorum bir kenara. Acısını fena alacağım."

"Nereye yazıyorsun bebeğim, al şu 200 lirayı ona yaz..."

"Ben gidiyorum, biraz balkonda duracağım," dedi Gökhan. Oğuz da onun peşinden gitti. Sinan peşlerinden giderse Gökhan kesin balkondan aşağı sallandırır Sinan'ı diye onu alıp yatak odasına kilitledi Ali. Birkaç saat sonra Sinan tekrar içerde uyuyakaldı. Oğuz bunu fark edince, beklenen bir şey yaptı. Aşağıda oyun oynayan çocuklardan birine, Sinan'ın düşürdüğü paralardan birini verip, Barbie bebeğini ve kafasındaki prenses tacını ödünç aldı. Ve ben ne kadar, 'Yapma Oğuz' desem de dinlemedi. Sinan'ın başına küçük komşu kızından ödünç aldığı prenses tacını takıp, Barbie bebeği de eline yerleştirip fotoğrafını çekti ve gizliden Sinan'ın instagram'ına attı. Altına da bir not düştü.

"Prensesler gibiydim ben baba evinde."

***

Akşam saat 6 gibi Gül Teyze eve gelince, normalde olduğundan daha erken dağıldık. Geç olmamasına rağmen saat, yine de onlar bıraktılar beni eve. Sonra birlikte biraz dolaşmaya gideceklerdi. Yollarına tersti bizim ev, ama o son bıçaklanma olayı yüzünden asla yalnız bırakmıyorlardı beni, hava azcık kararsa bile. Bizimkilerden kapı önünde ayrıldıktan sonra, merdivenleri tırmanmaya başladım. Normalde üçer üçer atlaya atlaya çıkardım merdivenleri, ama o gün pek halim yoktu son zamanlarda olduğu gibi. İçimden merdivenleri bile saymıyordum, o derece... Ruh halim yine 'her yerinden öpüyorum Rüştü' diye sevinç naraları atan spiker gibiydi o gün. Hani böyle mutluyum da, bir tuhafım... Ya da Qe Sera Sera şarkısını 'i go, you go, we go' İngilizcesiyle söyleyen Sertap Parman gibi hissediyordum. Hani her şey yolunda ama bir bokluklar da yok değil iç dünyamda gibi... Kafam yine bunlarla doluyken, Tunaların katına gelince birden kafamdaki her şey uçtu, önce sağa baktım, sonra sola ve parmak uçlarımda yürümeye başladım. Ne olur ne olmazdı. Dün gece kustuğum için, en son beni fünyeyle patlatacağını söylüyordu da... Bir basamak, iki basamak, üç basamak derken birden kapı açıldı. Olduğum basamakta durup, gözlerimi kapattım. "Tamam teslim oluyorum, hadi beni süzgece çevirene kadar, uçlu kalem sapla bedenime. Hadi Tuna..." Arkamı döndüm, teslim olmuş surat ifademle. "Demek Tuna şimdiden çektiriyor sana küçük hanım," dedi kapının önünde duran orta yaşlı, güzel bir kadın. Ben şaşkınlık ve utançla gözlerimi sağa kaydırıp, elimi enseme attım. "Ay, pardon. Ben sizi Tuna sanmıştım da..."

"Sen Oya'nın kızıydın değil mi? Geçsene içeri, azcık muhabbet ederiz Tuna ile annem gelene kadar. Sabahtan beri yoklar... Aradım, Tuna cevap vermedi, annem de duymuyor herhalde... Sıkıntıdan patladım."

"Şey... Yani..." dedim yapmacık bir gülümsemeyle. Ama ben insanlara hayır diyemeyen tiplerdendim. Yüzdeki olumsuz cevaba hazırlanmış o hayal kırıklığı ifadesini görmektense, ne olursa olsun her zaman tamam derdim böyle durumlarda. "Geleyim bari..."

Dün gece Tuna'nın suratına kustuğum odaya girince, birden korku sardı beni. Tuna gelip beni yine o kanepede görürse, bu defa gerçekten iki patates, iki soğanla kısık ateşte güveç yapardı benden, etim pembeleşinceye kadar. Adını bilmediğim, Tuna'nın annesi teyze, çok pahalı olduğu belli olan topuklu ayakkabısını parkelere vura vura peşimden geldi. "Kadriye Nine ayakkabılarla içeri girdiğinizi görünce biraz kızabilir," dedim yine aile kızı Yaprak gülümsememle. "Kayınvalidem bana kızamaz, sever beni," dedi yine müthiş bir sevecenlikle. O kadar sıcak bir enerji yayıyordu ki gülümsemesiyle, içimden nasıl olur da Tuna bu kadından çıkar diye düşünmeden edemedim. Kanepeye oturdum, o da tam yanıma oturdu. "Tuna olsa şu," dedim parmağımla bana en uzak koltuğu işaret edip. "koltuğa otururdu. Benden biraz tiksiniyor da."

"Tuna mı?" dedi kahkaha atıp. "Tuna terör estiriyor anladığım kadarıyla burada da."

"Siz pek Tuna'ya benzemiyorsunuz. Keşke sizden biraz bir şey alsaydı," dedim Tuna'nın annesi teyzeye biraz yalakalık yapıp. Sadece gülümsedi bu sözüme. O kadar güzel bir kadındı ki, arada çaktırmadan incelemeye çalışıyordum, ama beceremiyor, yakalanıyordum. "Bu arada, Tuna'yı götürmeye mi geldiniz?"

"Çok özledim sadece. Görmek için geldim. Akşam 12'deki uçakla geri döneceğim. Ufak bir aram vardı, fırsatı değerlendireyim dedim." Yine çıkık elmacık kemiklerini sergileyerek gülümsedi. "Bu arada adın neydi?" deyince hızlıca, "Yaprak," dedim şartlanmış gibi. Elini yüzüme koydu. "Yüzün ne kadar yumuşacık... Pürüzsüz bir cildin var. Kullandığın bir ürün var mı?"

"Annem arada zorla bana değişik şeyler sürdürüyor ama ben genelde eski tip yöntem... Su sabun yani."

"İlahi Yaprak," dedi yine kendine has o zarif kahkahasından atarak. "Bir ara İstanbul'a gelirsen kesinlikle bizim dergi için poz vermelisin. Senin gibi doğal güzeller nadir bulunuyor."

"Poz mu? Ben ön kamera açıldığında korkuyorum. E-okul'a sırf fotoğrafımı görmeyeyim diye girmiyorum. Flaş görünce, gözüne ışık tutulmuş tavşana dönüyorum. O derece aram iyi değil pozla resimle." Elimi boynuma atıp, utanarak kafamı yere eğdim. "Öyle işte..."

"Çok tatlısın," dedi gülerek. "Hafiften Tuna'nın ilk sevgilisine benziyorsun biliyor musun, burun ve dudak yapınız çok aynı."

"Valla azıcık erkek reyonundan alabilirim bazı tişörtlerimi ama yani... Bir erkeğe de pek benzeyeceğimden emin olamadım," dedim gülerek. "Ne bileyim..."

"Erkek mi?" dedi tek kaşını kaldırıp.

"Tuna'nın ilk sevgilisi..." dedim yüzüne mimiksiz bir şekilde bakarak. "Ah, yoksa siz Tuna'nın gey olduğunu bilmiyor muydunuz? Pot mu kırdım!" dedim elimi ağzıma bastırıp.

"Tuna gey değil ki..." Kafasını geriye atıp, zarif boynunu sergileyerek koltuğun başına yaslandı. "Demek burada da durmuyor."

"Şu an Kuran'ı yırtan kız diye çocukluğumuzu kâbus eden o

resmin aslında İtalya'daki bal mumu heykeli olduğunu öğrendiğim andan daha büyük bir şok yaşıyorum. Ne demek Tuna gey değil?! Beni o giydirdi geçen hafta!"

"Öyle mi?" dedi yine kahkaha atıp. "Tuna... Hiç akıllanmayacak."

"Kirlendim," dedim ellerimle göğsümün üzerinde çarpı işareti yaparak. "Neden yalan söylüyor ki herkese? Tüm okula, mahalleye, hatta herkese... Direkt geyim diyor. Sormasalar bile."

"Bilerek yapıyor." Ciddileşti birden. "O yüzden buraya sürgün edildi ya zaten... Dedim ya, Tuna gerçekten çok farklı bir çocuk Yaprakçığım."

"Anlamıyorum..." dedim dudaklarımı büzüp. "Neden yapsın ki bir insan bunu?"

"Tuna belli ki daha epey kalacak burada. Bir kişinin onu iyi tanıması... Hele ki senin gibi bir kızın, gerçekten iyi olacak." Sırtını çekti kanepeden ve bana sokuldu. Ellerimi, ellerinin arasına aldı. "O zaman beni biraz dinle... Tuna'yı emanet edecek birine ihtiyacım vardı."

***

"Tuna... Çok farklı bir çocuk Yaprak. Ablası ve abisinden o kadar farklı bir karaktere sahipti ki... Ta çocukluğunda bile böyleydi. Sürekli odasında kitap okur, ilkokula giderken bile ona yedirdiğim şeylerin arkasını okumadan, son kullanma tarihine bakmadan yemezdi. Sürekli herkese, ilk düşündüğünü söylerdi en kibar cümlelerle. Sert sert... İlkokul öğretmenine bile sürekli laf sokardı. 'Tembeller, çalışkanlar diye sınıfı ayırmanız, çok çirkin. Eğer bir gün tembeller kümesine düşersem diye düşünmek istemiyorum sürekli. Matematik dersinde kesirlerini hesapladığımız elmalar ve armutlar değiliz biz!' Bir keresinde böyle diklenmişti öğretmenine. O derece...

"Babası... Yani kocam avukat. Bir hukuk bürosu var. Şimdi övmek gibi olmasın ama... En iyilerden. Sert, otoriter ve tuttuğunu koparan bir adam. Her zaman evde de öyle oldu. Mesafeli bir babaydı hep. Ben de bir dergide editörüm. Sabahım, akşamım karışık... Tuna doğduktan sonra iki yıl ara verdiğim için, tekrar dönünce daha sıkı sarılmam gerekti işime. Eskiden de işkolik biriydim ama dediğim o aradan sonra ikiye katlandı durum. E haliyle pek evde olamıyorduk zaten, gece gelince de Tuna uyumuş oluyordu. Bize çok kızgın büyüdü. Arada katılabildiğimiz akşam yemeklerinde, bize acıdığını söylerdi hep. Sürekli yüzünde bize karşı küçük gören bir ifade vardı. Çocuksun daha gül değil mi? Yok. Tuna pek gülmezdi o zamanlar da. Yaşıtları dışarıda çamura bulanırken, o çocuk oyunlarının sadece gereksiz olduğunu iddia ederdi. Psikoloğa götürmeye kalktım, bana 'bence senin gitmen lazım' demişti, hiç unutmam. Tuna... Bu anlattıklarıma bakarak korkunç görünüyor değil mi? Ama değil işte. Tuna aslında gerçekten çok hassas bir çocuk. İşte daha küçüktü... Yine bir gün çalışma odamda belgelerin üzerinde uyuyakalmışım. Uyandığımda Tuna'yı tam karşımda asık bir suratla bana bakarken buldum. 'Ne oldu oğlum, bir şey mi istedin?' diye sordum, cevap vermedi. Birkaç dakika sadece yüzüme bakıp 'Başkaları için kendini yoruyorsun. Zaten yaşlısın, gözlerinin yanları iyice kırıştı. Yakında tamamen bir babaanne olacaksın. Sana acıyorum. Senden nefret ediyorum. Midemi bulandırıyorsun' deyip koşarak çıktı odadan. Daha 11 ya da 12 yaşında falan... Neye uğradığımı şaşırdım bir an. Kendime gelince, odasına gittim biraz kızmak için. Kapı aralıktı. Kafamı içeri soktuğumda aralıktan, onu gördüm. Yatağının altına girmiş, sarılmış kırmızı tavşanına, ağlıyor. O an anladım... Tuna, sadece beni düşünüyordu. O, onun sevgisini gösterme yöntemi... Belki de üzüntüsünü.

"Mesela şu buraya sürülme olayı... Gey olduğunu iddia etmesi... O ise tamamen Tuna'nın kişiliğini anlayabileceğin bir örnek olacak."

"Nefes nerden alınıyordu unuttum şu an," dedim heyecanla. "Devam edin lütfen."

"Pekâlâ..." dedi elimi bırakıp. Sırtını dikleştirip devam etti anlatmaya. "Bu senenin başında, Ertuğrul, yani kocam yeni bir dava aldı. Çok büyük bir şirketin varisinin gey olması ile ilgili... İşte şirketin sahibi, çocuğun babası yani; oğlunun gey olduğunu öğrenince oğlunu hem şirketin varisliğinden, hem de mirastan mahrum bırakıyor. Çocuk da mahkemeye veriyor babasını. Babası da Ertuğrul'u tutuyor karşı atak için. Ertuğrul... Nasıl desem, biraz otoriter demiştim ya... Biraz daha sınırları olan bir adam. Klasik Türk babası anlayacağın... Muhafazakâr kendi çapında. Yani o da karşı homoseksüelliğe... Tuna zaten babasına hep çıkışırdı bu konuda. Ama olay fazla büyümezdi.

"Ama bu davada babasının o adamı savunacağını ve bir çocuğu sırf cinsel yönelimleri yüzünden hakkından mahrum bırakacağını öğrenince delirdi. Babasına ilk kez gerçekten ağır şeyler söyledi. Sonra ise, meydan okudu babasına. 'Eğer,' dedi. 'O davayı bırakmazsan, yemin ederim herkese gey olduğumu söylerim. Bütün o cemiyete... Bütün o yüksek mertebeli arkadaşlarına... Okula... Herkese. Madem öyle, madem utanılacak bir şey bu... Biraz da sen utan o zaman.' Böyle dedi. Dedim ya, Tuna çok farklı bir çocuk... Babası ciddiye almadı ama Tuna dediğini gerçekten yaptı. Herkese, her yerde, her koşulda ilk olarak, 'Merhaba ben Tuna. Ertuğrul Karaman'ın oğluyum ve geyim' demeye başladı. Bir süre sonra epey yayıldı bizim cemiyette... Tabii Ertuğrul delirdi. Davadan da vazgeçmedi ama. Tuna'yı bir süre susturabilmek için annesinin yanına buraya yolladı. Tuna gerçekten çok duyarlı bir çocuk ama keşke biraz da babasını anlasaydı..."

Duyduklarım karşısında, ağzım yere sıfır konuma gelmişti. Tepki veremedim, sadece şoktan içine kaçan nöronlarım yüzünden konuşma yetimle bir şeyler zırvaladım. Sonra Tuna geldi, önce annesine saydırdı, sonra bana çemkirdi. Sonra ben adının Nermin olduğunu öğrendiğim Tuna'nın annesi teyzeyle alelacele vedalaşıp, oradan ve Tuna'nın gazabından kaçmaya yeltendim. Tam kapıya gelip, ayakkabılarımı ayağıma geçiriyordum ki, Nermin Teyze beni çekti ve kulağıma fısıldadı.

"Tuna sana emanet. Birkaç hafta... Belki birkaç ay... Sana onları boşa anlatmadım. Tamam mı?"

Gökhan, tek elinde telefon, diğer elinde montu hızlı hızlı yürüyordu kaldırımda. Merve ile buluşacakları yere geç kalmıştı biraz, paniği ondandı. Kıza son bir 'Birazdan ordayım' mesajı daha atıp, telefonu cebine tıkıştırdı. Mesajı yazarken göremediği ağaca çarpmaktan son dakika kurtuldu. Sonra hiç bozuntuya vermeden kulaklığını kulağına takıp, devam etti yoluna. "Müzik dinleyerek yürürken gelen seksilik ve havalılık hissi" diye mırıldandı kendi kendine. Eliyle saçlarını düzeltti moduna uygun olarak. O gün, erkenden kalkıp saçlarını bile yapmıştı Merve'si için. Uzun zaman sonra ilk kez sabahtan akşama kadar vakit geçirmek için sözleşmişlerdi çünkü. Geç kaldığından biraz kötü başlayacaktı gün, ama olsundu. Akşama kadar Merve ile olacaklarsa hiçbir şeye sinirlenmeyeceğine söz vermişti kendi kendine. On dakika kadar sonra ulaştı buluşacakları sokağın ucuna. Kulaklığını çıkarıp montunun cebine koydu. Merve oradaydı işte... Tam kendisini görmesi için el sallıyordu ki bir çocuk geldi Merve'nin yanına. Gökhan istemsizce durup bekledi. "Kim lan bu cesareti William Wallace'a rakip, pezevenk?" Sinirlenmemeye söz vermişti ama ilk dakikadan sinirlenmişti bile. Eskisinden daha hızlı yürümeye başladı. Üç adımda koca sokağı geçmişti sanki, öyle hızlı varmıştı yanlarına. Merve, Gökhan'ı görünce biraz paniklese de çaktırmamaya çalıştı. "Aaa, hoş geldin aşkım," dedi. Uzun boylu esmer çocuğa bakarken "Merve?" dedi Gökhan sinirle. "Umarım arkadaş hologram falandır. Aksi takdirde, çok da hoş gelmiş olamayacağım aşkım."

"Üzgünüm ama, hologram değilim. Ben Batu. Memnun oldum," diyen esmer çocuk rahat tavırlarla elini Gökhan'a uzattı. "Merve, bu Batu falan diyor, ne olur bu Batu görünümlü bir Ayşe, Fatma, Elif falan olsun lütfen..."

"Sevgilin komedyen falan mı Merve?" dedi Batu Merve'nin 'sus Batu' diyen gözlerine inat. Gökhan sinirden çatlamak üzereydi. "Hayır," dedi burnundan soluyarak. "Sikedyen." Normalde olsa kafayı çocuğun sinir bozucu suratına çoktan çakmıştı ama Merve ile daha yeni kavuşmuşken ayrı düşmek istemiyordu. Son bir umut sordu Gökhan, "Aşkım son kez soruyorum... Bu kim? Lütfen amcan, dayın, halan falan olsun, bak valla dayanamıyorum ben."

"Aşkım ortaokuldan arkadaşım ya, sinirlenme!" diye üste çıkmaya çalıştı Merve. Gökhan'ı kolundan tutmuş çekiştirmeye çalışırken "Hadi gidelim... Görüşürüz Batu," dediğinde Gökhan ısrarla, "Doğruyu söyle Merve, bak valla kızmayacağım," dedi. "Ben söyleyeyim o zaman..." derken Batu'nun yüzünde sinir bozucu bir gülümseme vardı. "Eski sevgilisi desem, kızar mısın?"

"Kızar mıyım? Öğle namazına müteakip cenaze namazını bile kılarım" deyip beklenen hareketi yaptı Gökhan. Batu'nun tam burnunu hedef alarak, sağlam bir kafa geçirdi çocuğa. Mutlu son...

"Bak şimdi, içeri girince doğruca terlik iste annemden. Terliklerine değer verilmesinden çok hoşlanır," dedi Oğuz apartmanlarının içine girince. "Anladım," dedi İrem kalbi küt küt atarken. "Sonra temizliğini öv evin... Böyle de ki abartılı bir sesle 'Vaov, işte reklamlarda yeşil renkli kaslı adamın temizlediği eve benzer bir ev!' de tamam mı? Temizliğinin övülmesine de bayılır. Sonra sana bir şey ikram ederse, üçer tane al. Tık ağzına hepsini, sonra onları öv. Sonra Zeliş Sultan'ın gelinisin."

"Oğuz, bak ben senin karşına çıkabilmek için bir ay pratik yaptım. Birden annen... Valla öleceğim heyecandan."

"Bir ay mı? Kızım YGS-LYS'den daha zor bir sınavdır o. Bir ayda hazırlanılır mı? Dersane falan yazılıyor bazıları MAT için..."

"Ya dalga geçme," dedi İrem gülerek. "Zaten daha yeni sevgili adaylığına yükselebildim."

"İki aşaması daha var kızım, onları da geçersen averajına bakacağız artık. Belki ipi göğüslersin bugün. Göğüslemek dedim de... Valla iyi göğüslersin ha," derken kıs kıs gülüyordu Oğuz. Sonra İrem'e son kez, "Dediklerimi unutma sakın," deyip evin zilini çaldı. Genç kız Zeliş Sultan kapıyı açmadan derin bir nefes aldı. Oğuz zile bir kez daha bastığında hemen açılıverdi kapı. Zeliş Sultan sıcakkanlı bir tavırla, "Hoş geldiniz," dedi. "Geçin bakalım... Verin torbaları, neler aldınız böyle?"

"Merhaba, ben İrem, yeşil renkli kaslı adamın temizlediği evden istiyorum. Bu arada terlikleriniz çok güzel," dedi İrem heyecandan her şeyi karıştırıp. Ne söylediğini fark ettiğinde önce Oğuz'a baktı panikle, sonra Zeliş Sultan'a, sonra tekrar Oğuz'a... "Olmadı mı?" diye sorduğunda Oğuz kaşlarını 'olmadı' der gibi yukarı kaldırdı. İrem'in üç saniyelik korku filmi, Oğuz ve Zeliş Sultan'ın kahkahasıyla son buldu. "Ay ben yerim bu kızı, çok sevdim! Ay Zeliş Sultan yer senin o koca poponu!" deyip İrem'in yanaklarını sıkarken Oğuz'a çevirdi kafasını. Sonra oğlunun kulağına fısıldadı. "Aferin oğluşum, Gökhan'ın kuru götlü sevgilisi gibi birini bulacaksın diye çok korkmuştum. Maşallah tam ailemize layık ele gelmelik... Ben seni verdim, gitti."

***

"Ya ben şişko muyum sence?" dedi İrem, Oğuz'un yatağında oturup birlikte pizza yerlerken. "Annen popoma kocaman dedi ya..." Oğuz, iki dilim pizzadan aynı anda iki ısırık aldı İrem'i duymazdan gelip. İrem, oturunca ikiye katlanan göbeğini fark etti birden. Hemen Oğuz'un pelüş timsahını alıp, karnına koydu kendini kamufle etmek için. "Göbeğini mi saklamaya çalışıyorsun timsahla?" dedi Oğuz gülerek. "Biz ailecek kilolu seviyoruz kızım. Dert etme."

"Ha yani kiloluyum ben?"

"Şimdi şöyle ki," dedi Oğuz, İrem'in göbeğine bastırdığı pelüş timsahı çekip. Sonra iki parmağıyla göbeğini tuttu İrem'in. "Bak, dile gelecek yakında göbek."

"Ya Oğuz, utandırmasana!" dedi İrem elini göbeğine bastırıp. "Bu utanılacak bir şey değil ki... Niye utanıyorsun kızım? Hafif göbek kadar tatlı bir şey mi var? Bak şimdi," dedi İrem'in göbeğini hafifçe açarken. "Şş, ne yapıyorsun," dedi İrem panikle. "Kız dur, bak ne göstereceğim, annem küçükken bana yapardı." Çok hafifçe açtığı göbeğe dudaklarını yerleştirip hızlıca üfledi Oğuz. Göbeğine koyduğu dudaklarının yaydığı titreşimler, İrem'in göbeğini de titretmişti. Çocuklara yapıldığı gibi... "Kızım çok tatlı bir şey değil mi bu? Höpürdetilmiyor zayıf kızların göbeği. En iyisi balık etlisi."

"Teşekkür ederim, yağlı dudaklarınla göbeğimi höpürdettiğin için."

"Bir şey değil... Her zaman." Oğuz, üzerine bonibon döktüğü pizzayı İrem'e uzatınca genç kız başını eğip bir ısırık aldı hemen. "Midesiz kız... En sevdiğim," diyen Oğuz, İrem'in elindeki pizzadan da bir dilim ısırdı. "Ödeştik. Az önce test aşamalarından birini yapabilmek için pizzamdan ısırdın ya... Bir mese ne olursa olsun pizzasını vermez. Bilirsin... Neyse, sabahtan beri ne uzatsam indirdin mideye. Turların birini daha geçtin."

"Ben hâlâ göbekteyim," dedi çenesini yukarı kıvırarak İrem. "Diyete mi başlasam?"

"Kızım, bu göbek pizza göbeği," dedi Oğuz kızın göbeğini tekrar tutup. "O yüzden bırak kalsın. Hem bak, sıkıldığımda oynarım ben bununla. Yatarım falan üstüne. Çok kullanışlı. İsim de takalım buna... Senden sıkılınca bununla konuşayım ben. Ne olsun adı... Pig olsun. Pizza göbeği anlamında." Elini, anne karnındaki bir çocuğu severmiş gibi, kızın karnına koyup konuşmaya devam etti. "Kız sen pizzadan hamile misin acaba? Küçük boy pizzalarımız mı olacak yoksa? Birlikte o kadar pizza yedik, olacağı buydu."

"Ya Oğuz..." dedi İrem elini Oğuz'un başına koyup. "Seni seviyorum."

"Kız bana aniden böyle şeyler söyleme, valla panikle suratına yumruk falan atarım benim işim belli olmaz. Panik atağım var benim."

"Sana bir şey itiraf edeyim mi?" dedi İrem, Oğuz iyice kucağına yerleşince. Oğuz onun kıvırcık saçlarıyla oynamaya, o ise Oğuz'un gıdığını sevmeye başlamıştı. "İlk başlarda senden nefret ediyordum. Bana kantinde laf attığın gün... Eski sevgilimden ayrılmıştım o aralar. Telefonunda erkek arkadaşlarıyla açık saçık konuşmalarını yakalamıştım. Kızların orasından burasından bahsediyorlardı... Yok o kız çok güzelmiş, kalçaları çok dikmiş... Yok bu kız çok taşmış, memeleri büyükmüş... Sen de laf atınca 'Bütün hepsi aynı. Hele bu, iyice beter, hiç utanmadan herkesin içinde konuşuyor!' dedim kendi kendime. Sonra üç-beş gün falan geçti, derste tuvalete gitmek için izin istedim hocadan. İşte tam merdivenden çıkıyorum, bir kız düştü tuvaletin önünde. Böyle eteği falan açıldı hep. Tam ben koşacaktım ki, bi' oğlan ceketini fırlattı kıza. Eteği için... Kimse yoktu ortada ders olduğu için... Birden kalakaldım. Kız panik içinde doğruldu ceketi üzerine tutarak. Sonra sen geldin, kızı kaldırdın yerden. Ceketi atanın sen olduğunu gördüğümde küçük dilimi yutuyordum az kalsın. 'Nasıl düştün kız, şak diye' dedin gülerek sonra. Belliydi... Utanmasın diye dalga geçiyordun kızla. Başkası olsa, açılan eteğinin altına da bakardı gizliden, her şeyi yapardı. Ama sen, cidden tek bir saniye düşünmedin öyle bir şey. O an dank etti kafamda. Benim o eski sevgilim olacak geri zekâlı olsa, kıza yardım eder, 'canın acıdı mı' falan derdi kibar kibar. Ama akşam o arkadaş grubuyla buluşunca kızın külotunun rengine kadar anlatırdı. Sen... Çok farklısın onlardan. Açık açık söylüyorsun bazı şeyleri ama... Hani şey gibi... Gırgır. Eğlence. Sembolik. Cidden... Güzel bir kalbin var aslında. O gün, akşama kadar çıkmadın aklımdan. Sonra biraz araştırdım seni... Neleri sevdiğini... Notlar aldım. Her gün izledim biraz. Bazen güldüm sana, bazen kızdım. Başkalarına laf atınca falan..." Kendisine şaşkınlıkla bakan Oğuz'un yüzünü sıktı gülerek. "Şu sınavın ilk turunu geçmemde birazcık," dedi eliyle minik bir işaret yapıp. "faydası olmuş olabilir bu durumun. Ama söylediklerimde ciddiyim. Ayrıca pizza konusunda da... Göbek en büyük kanıtım." Gülümsedi tekrar. "Eee sayın mese... Ne yapacaksın şimdi? Aşık oldum işte dünyanın en şebek oğlanına. Ne yapacağım?" Oğuz, gerçekten beklemiyordu böyle bir şeyi. Kalktı usulca İrem'in kucağından. "O zaman son bir test yapmama izin ver," deyip eline bir dilim pizza aldı. "Eğer bu pizzadan bir ısırık almayı başarırsan... Sevgilim olacaksın." Pizzayı İrem'in burnunun ucuna tutup sallamaya başladı. İrem, Oğuz'un elindeki pizzaya bir hamle yaptı ısırabilmek için. Oğuz havaya kaldırdı pizzayı. Dizlerinin üzerinde kalkıp, pizzaya uzanmaya çalıştı *tekrar kız. İrem pizzaya saldırdıkça, Oğuz küçük daireler çizerek havada pizzayla İrem'den kaçırıyordu dilimi. Birkaç dakika, böyle gitti. Sonra Oğuz pizzayı tekrar İrem'in burnuna uzattı. İrem gözlerini pizzaya diktiği an, usulca kendine doğru çekmeye başladı. İrem de takip etti pizzayı Oğuz'a doğru. Biraz daha yaklaşınca pizzayı tamamen çekti Oğuz ve kızın dudaklarına bir öpücük kondurdu. "Dudaklarında pizza tadı kalmış... O yüzden öptüm." İrem'in heyecandan ve şoktan gözleri dolunca, gülümsedi. "Çok ciddi olamam ben. Ciddi ilişki falan bana göre değil. Gülerim ki hem ben... Ama," dedi elini yanağına koyup İrem'in. "Beni gerçekten anlayan birini bulduğum için... Deneyeceğim." İrem'in gözünün önüne düşen kıvırcık saçlarından bir bukleyi kulağının arkasına ittirdi. "Oğuz, senin de..." dedi İrem, Oğuz'un dudaklarına bir öpücük de o kondururken, "dudaklarında pizza kalmış." Bu defa biraz daha uzun bir öpücük oldu bu. İlk gerçek öpücükleri... Ta ki kapıdan bir tabak kırılma sesi gelene kadar.*

"Ne yapıyorsun kıza eşek sıpası!"

O pazar, herkesin işi olduğu için tek başıma gittim Alilere. Gül Teyze işim var diye çıktı gitti, yalnız kaldık. Fırsattan istifade, kaç gündür kapı dışarı çıkamayan Ali beni kandırdı ve evlerinin önündeki parka indik birlikte. Önce biraz oturduk, öyle sohbet ettik. Sonra çocukken olduğu gibi salıncakta sallamaya başladı beni. Çok hızlı sallayınca, ben korktum. Ben korktukça o daha hızlı salladı. En son dayanamayıp durdurdu salıncağı. Kalbim korkudan hâlâ küt küt atarken "Neden zevk alıyorsun çocukluktan beri beni böyle korkutmaktan?" dediğimde "Kalbimin hızlanmasını seviyorum çünkü," dedi. O zaman daha da hızlandı kalbim. Sonra Gül Teyze'ye yakalanacağız diye bahane edip, eve götürdüm Ali'yi, ben de kaçıverdim eve. Çünkü son zamanlarda anlam veremediğim bu tarz tuhaf olaylar, gitgide iyice rahatsız ediyordu beni.

Elimi yanağıma koydum evin merdivenlerini çıkarken. Alev atıyorlardı adeta... "Çok sallandık ondan," dedim kendi kendime. "Geçen sallanan sandalye, bugün salıncak... Sallan sallan... Ayran gibi kızım. Sanki üzerimde çalkalayarak için yazıyor..." Çantamdan su şişemi çıkarıp koydum yanaklarıma. "Valla aşırı sallanmaktan beyin olayları karıştırıyor kesin. Ondan hep bu tuhaf şeyler." Kafamı dağıtmak için, merdivenleri saymaya başladım içimden. Sayarken, birden Tuna çıktı karşıma merdivenin başında. O kadar tuhaf bir ruh halindeydim ki, Tuna'ya "Selam altın portakal," deyip geçtim yanından.

"Şu an havalı davranıp, kolundan tutup seni kendime çevirebilirdim ama, sana dokunursam anesteziye maruz kalmışım gibi uyuşur bütün bedenim. O yüzden bana dön."

"Tuna," dedim arkamı dönüp. "Valla istemeden kustum suratına. Bak şimdi benim beyin falan komple kayısı hoşafı şu an... Hakkımı sakla, sonra diss at, olur mu?"

"Çok konuşuyorsun..." dedi gözlerini kısıp. "Dün annem sana bir şeyler anlattı mı?"

"Yoo, ne anlatacak ya?" dedim abartılı bir Flash TV oyunculuğuyla. "Hiçbir şey anlatmadı. Valla..."

"Berbat bir yalancısın. Neyse... Bu da bir karma... Sırrımı sakla, yoksa dilini koparırım senin. Bu arada, sizden geliyorum şu an. Annen çağırdı. Şu bahsettiğin partiye seni benim hazırlamamı istiyor. Annene hayır diyemiyorum. Yine kurtulamadım senden. Pazartesi okul çıkışı alışverişe gideceğiz, hazırlan. Sırrımı saklaman karşılığında bu iyiliği yapacağım sana. Sonra da ömrüm boyunca seni kutsal Zeus adına lanetleyeceğim. Tamam?"

"B-bi dakika... Annem partiyi nereden biliyor? Ben daha hiçbir şey söylemedim ki."

"Senin şu sarışın basketçi çocuk söylemiş. Hâlâ yukarıda. Annenle karşılıklı kahve içiyorlar. Damadını kabullendi Oya Teyze galiba," dedi dalga geçerek. "Neyse, pazartesi okul çıkışına kadar gözüme gözükme, son iki gündür aşırı dozda sana maruz kaldım, ölebilirim."

"Sırık..." dedim Tuna'yı takmayarak. "Annemle... kahve mi içiyor şu an?!"

Otuz Altıncı Bölüm

Bazı anlar vardır, böyle üç bin dikenin üzerinde oturduğunuzu hissettiğiniz, bilmem bilir misiniz o duyguyu. Misafirlikte çorabınızın kaçık olduğunu fark ettiğiniz an gibi... Hani böyle ayağınızı içe bükmekten, konuşmalara konsantre olamaz, her an biri ayağınızdaki kara deliği fark edecekmiş gibi gelir. Oturamazsınız bir türlü rahatça. Ya da uzunca bir süre regl olmadıktan sonra gelen özel gün ve o şiddetli evrede, okulda sırada rahatça oturamazsınız ya... Hani kalktığınızda neyle karşılaşacağını bilmediğiniz o duygu yüzünden... Ya da kuaförün saçlarınızı öne atıp 'bana güven' diyerek sizi makastan geçirirken, 'ulan kırık alıyorum diye komple kafayı mı alacak yoksa' duygusu yüzünden panikle oturursunuz ya o koltukta... Hah, işte o an Barış ve annemle oturma odasında otururken tam da o tür bir duygu içerisindeydim. Bir Barış'a 'seni una bulayıp kızartmazsam bana da Yaprak demesinler' bakışı atıyor, diğer yandan anneme 'sen annesin, kendine gel' diyordum bakışlarımla. Birkaç dakikalık bakışmanın ardından ilk konuşan annem oldu. "Kahve ister misin kızım sen de?" dedi gülerek. "Anne sence şu an kahveden bahsedecek bir konumda mısın acaba?" Konuşmanın verdiği rahatlıkla ayaklarımı popomun altında toplayıp daha da dikleştirdim sırtımı oturduğum tekli koltukta. "Yani sen sırıkların efe-" Kendimi toparladım. "Yani Barış'la... Ne alaka?!"

"Epeydir şu elbise gönderen, seni buluşmaya çağıran, etek

giydiren delikanlıyı merak ediyordum. Sen hiçbir şey anlatmıyorsun ya..." Annem zevkten dört köşe olmuş bir şekilde kahvesinden bir yudum aldı. "İsmini falan Nilay'ın kızından öğrenmiştim. Sizin liseye gidiyor ya o da... Sonra Zeliş'le Facebook'tan falan bulup baktık." Barış'a döndü sonra gülerek. "Bugün de marketten elimde poşetlerle eve gelirken karşılaştık. Tanıdım hemen. O da sağ olsun poşetlerimi taşımama yardımcı oldu. Yukarı kadar... Ben de gel bir kahve iç bari dedim. İyi yapmışım değil mi kızım?"

"Cidden çok iyi bir fikir anne. Harikasın yani. Bravo." Ellerimi göğsümde birleştirip geriye yaslandım. "Babama söyleyeceğim seni. Ne biçim annesin sen? Ne bu rahatlık? Tamam, sevgilim olsa, getirsem tanıştırsam bir şey demeyeceğim. Ama elin sırık oğlanını eve getirmek... Çağdaşlığın da bir sınırı var. Nihayetinde Kaliforniya'da değil kütüğümüz. Sen Manisa, babam Amasyalı. Köklerini unutma bir yerde bence."

"Yaprak," dedi annem o meşhur annelerin diş sıkma hareketinin daha bir farklı versiyonunu yaparak. "Ben doğma büyüme İzmirliyim. Ne Manisa'sı..."

"Bir de bu var," dedim tek kaşımı havaya kaldırıp. "Neyse, kahveni içtiysen sen de ufaktan git bence sırık. Yoksa babam gelince seni patatesin içine koyup, kumpir niyetine yer."

"Ne biçim konuşuyorsun kız sen? Baban öyle biri mi?" Elindeki fincanı sehpaya bırakıp Barış'a döndü annem. "Sen bakma Yaprak'a. Kocam öyle biri değildir. Biraz korumacı sadece ama merak etme. Senin gibi efendi bir çocuğa tek laf etmeyecektir."

"Teşekkür ederim efendim, ama şimdilik bir şey denecek durumumuz yok zaten. Ama ileride olduğunda, eminim onunla da sizinle olduğu gibi iyi anlaşacağız."

"Bak bak bak şunun laflara bak," dedim gözlerimi kısıp. "Gelir kahvenin içine kusarım bak. Ne bakıyorsun?" dedim dudaklarımı toplayıp bana dudağının kenarıyla pis pis gülen Barış'a.

"Gerçekten..." dedi annem bana yine 'seni ben mi yaptım' bakışı atıp. "Oğlum bak boylu boslu, yakışıklı çocuksun. Maşallahın var. Sen niye bu huysuz kızdan hoşlanıyorsun? Yani kendi adıma seviniyorum ama senin adına üzülmüyor değilim. Hem göründüğünden daha fenadır. Mesela..."

"Meselaları fazlasıyla deneyimledim efendim. Mesela... " dedi bana dönüp. "Şu ana kadar aramızdaki tuhaf ilişkinin en özel anlarını sayayım size." Parmaklarıyla tek tek saymaya başladı. "Senden hoşlanıyorum dediğimde bana kafa attı. Sonra kafamı ısırdı. Burnuma parmaklarını soktu. Bedduaları da ilişkimizin tuzu biberi haline geldi. Adımla hitap etmez mesela bana. Ya sırık oğlan der, ya sarı kafalı sırıkların efendisi. Yani sorun değil. En fazla ne olabilir ki dediysem, hepsi oldu. Ve işin en tatlı kısmı, artık bunlar bana sevimli gelmeye başladı." Elindeki kahvesini sehpaya bırakıp, iyice yerleşti oturduğu kanepeye. Sanki içindeki yükü atmak ister gibi, normalden farklı olarak hızlı hızlı konuşuyor, daha önce duymadığım şeyleri söylüyordu. Benim şokumu, annemin dikkatli dinlemesini görüp daha da gaza geldi sanırım, durmadan devam etti. "Mesela Yaprak'tan önce bana biri bunları söylese, sağlam bir kahkaha atardım. Eminim yani buna... Ama onunlayken sanki normal olan bunlarmış gibi gelmeye başladı. Mesela sanki insan sevgilisiyle el ele tutuşup, gezmezmiş, bu çok tuhafmış da, sevgilisinin kafasını ısırmalıymış gibi. Bakmayın öyle efendim. Ciddiyim... Hâlâ ısrarcıyım ama. Onun içindeki yaramaz çocuğa ne kadar alışsam ve onu da asla bırakmayacak olsam da, size de Yaprak gelmeden önce bahsettiğim gibi... Sizin de istediğiniz gibi... Onun o kırılgan prensesini de bulup çıkaracağım. Prensesimiz... Yine kafamı ısıracak. Ama dediğim gibi, ısırırken ruju bulaşacak kafama." Güldü benim kırmızıdan mora, mordan tanımlayamayacağım başka bir renge dönen yüzüme doğru. "Annenden parti için izin aldım bu arada. O da benim gibi, seni o elbisenin içinde görmeyi merakla bekliyor."

Barış gittikten sonra, annemle biraz kavga ettik. Ona Barış'ı eve davet ettiği için kızdım, o da bana çok kaba davrandığım için... Babam gelene kadar ara ara sürdü laf dalaşımız. Sonra babam gelince, sofrayı hazırlarken mutfakta bana sarılıp, kulağıma "Mutlu olmanı istiyorum sadece" diye fısıldayınca bütün sinirim geçti. Ne garipti. Annemin de Barış'a benzemesi... O da benim içimdeki prensesi çıkarmak istiyordu. O da beni zaman zaman sinirlendirip, tek bir cümleyle sakinleştiriyordu. Emrivaki yapıyor, istemediğim şeyleri yapmaya zorluyordu zaman zaman. Ama işte, anneye kızamazsın ya... Tam olarak Barış da öyleydi benim için, o gece daha iyi anladım. Dediği doğruydu. Hâlâ ona âşık olmadığım konusunda kendimden emin olsam da, ona dair tek bir şey konusunda hemfikirdim içindeki nöron savaşçısıyla. Bir şekilde... Alışmıştım ona.

Akşam yemekten sonra odama çekildim. Bir süre gözlerimi avizeye dikip, son birkaç ayımı düşündüm. Kendi halinde arkadaşlarıyla yuvarlanıp giden, kimsenin üzerinde bile durmadığı bir kızdım. Aşk benim için sadece Gökhan'ın Merve'ye, Sinan'ın kızlara, Oğuz'un Kate Upton'a beslediği o duygunun adından ibaretti. Pek de üstünde durmazdım zaten. Şimdi ise aşk, parmaklarımın ucundaymış gibi geliyordu. Tuhaf bir his ile... Biri değildi kafamdaki. *Barış diyemem. Ya da bir başka ad vermemem ama... Sanki...* Ellerimi uzattım odamdaki ışığa doğru. İşte öyleydi. Sanki ışığa dokunuyormuş gibi oluyordu ya parmaklarımız. Aşk da öyleydi o sıralar benim için. Asla kendime konduramadığım o his... Parmaklarımın ucunda parlıyordu da, dokunulmayı bekliyordu sanki. Dokunduğum an, bütün vücuduma yayılacak gibi... Gözlerimi yumdum. "Âşık olmak için fazla açım ben," dedim ağlamaklı bir sesle. "Umarım aşk karın doyuruyordur. Çünkü eğer bu boktan mide düğümlenmesi olayı aşkın bir parçasıysa... Dana gibi olacağım."

***

Pazartesilerden nefret eder genelde her insan. Her zaman genellemelerde büyük parçada olduğum için böyle konularda, ben de nefret ediyordum. O gün hariç... Çünkü o pazartesi Ali'nin o çirkin olaydan sonra okula döndüğü pazartesiydi. Ne kadar özlemiştim onunla aynı sırayı paylaşmayı... O gün rutinimizi bozduk ve hepimiz doğruca Ali'nin evine gittik onu almak için. Gül Teyze ne kadar ısrar etse de taksiyle gitmemiz konusunda, Ali kendini iyi hissettiğini ve yürümek istediğini söyledi. Okulda çok fazla sevildiği için öğleden öncesi sürekli birilerinin gelip, nasıl olduğunu sormasıyla geçti. Araya bunu kullanan kızlar da karışmadı değil. 'İyi misin Ali?' deyip yapmacık tedirgin bir yüz ifadesiyle omzuna dokunmalar... Sinir bozucu şeyler.

Öğle arası o kadar bunaldı ki Ali, yemekhaneye bile inmedi. Biz de yasak olmasına rağmen, sınıfta yemeye başladık öğle yemeğimizi. İlkokulda yaptığımız gibi... Cam kenarında üç sıra birleştirip kantinden aldıklarını koy ortaya. Kusana kadar ye. "Kankalar bu arada dün Zeliş Sultan İrem'le beni öpüşürken bastı. Akşama kadar sen nerden biliyorsun böyle şeyleri diye çemkirdi suratıma suratıma!" dedi Oğuz saçmasapan karışımları ağzına tıkıştırırken. "Kadın ne bilsin oğlunun çocukken herkes bebekleri leylekler getiriyor dediğinde, leylekleri kim düdüklüyor diye sorduğunu," dedi Gökhan gülerek. Bir Oğuz'a baktım, bir Gökhan'a. Her zamanki laf dalaşları bile tatlı geliyordu o gün.

"Ya size de şu an on yaşındaymışız gibi gelmiyor mu? Evde bilerek az öğle yemeği yiyip, erkenden okula kaçar, böyle yemek yerdik. " Gökhan'ın omzuna dokundum. "Valla duygusal dönemlerimdeyim, ağlayacağım galiba."

"Ya şunu eski Yaprak yapsın biri. Bunu niye ağlamaya programladılar lan son üç ayda? Ayarlarıyla mı oynadınız? Fabrika ayarlarına geri döndürelim."

"Hayır arkadaşlar. Ben ağlamaya programlanmadım," dedim elimle 'dur yolcu' işareti yapıp. "Eğer bir şeye programlanmış bir şey isem ben kesinlikle uyumaya programlanmış bir mutfak robotuyum!"

"O zaman mutfak robotu," dedi Ali burnumu sıkıp. Burnumu sıktığı için, nefes alabilmek için açtığım ağzıma kopardığı poğaçadan bir parça tıkıştırdı. "Öğüt bunları."

"Bu arada gençler, akşam Tuna ile alışverişe gideceğim. Çarşamba günü parti gecesi malum... Tuna hazırlayacak beni."

"Tamamdır," dedi Gökhan sandviçini yerken. "Ama ben de gelirim. Tartışma bile kabul etmiyorum."

"Ben de," dedi Sinan da.

"Aaa, mesesiz alışveriş olur mu? Ben de geliyorum tabii ki."

"Ne işiniz var sizin oğlum? Tuna'nın retinası falan yanar, gelmeyin bence."

"Mutfak robotu," dedi Ali gözlerini pencereden dışarı çevirip. "Galiba bu defa..." dedi eliyle Gökhan, Sinan ve Oğuz'u gösterip. "Ben de onların tarafındayım. Ben de gelmek istiyorum."

Tuna, okulda yemek yemezdi hiç. Yemeğine çok dikkat ettiği için, evde hazırlar gelirdi. Vegandı zaten. Okulda çıkan yemeklerin çocuğunu yiyemiyordu o nedenle. Çoğu şeye de alerjisi vardı ayrıca. Son günlerde okuduğu kitabını da alıp, soğuk havaya rağmen herkesten uzakta olmak için arka bahçedeki banka gidip orada yemeğini yemek en cazibiydi o yüzden. O gün de yapacağı gibi... Bir elinde yiyecek paketi, diğer elinde gözlerini ayırmadığı kitabı... Banka doğru kitabını okuyarak yürürken bir ses dağıttı dikkatini. Kaşlarını hafifçe çattı "Burada da mı birileri var," diye homurdanarak. "Yeter artık, bıktım senden Aysu!" diye bağırdı tanıdık bir ses. "Asıl ben bıktım senden! Kendini küçük düşürecek şeyler yapma artık. Her zamanki gibisin... Zavallı!" diye karşılık verdi arkası dönük olan. Ve sinirle karşısındaki kızı ittirip, koşmaya başladı. Tuna, yüzündeki o meşhur memnuniyetsiz tavırla kızın koşuşunu izledi. Kafasını, kavga eden kızlardan diğerine çevirince yine aynı yüzü gördü. Son zamanlarda fazlaca gördüğü, okulun ilk günü kavga ettiği sarışın kızın yüzünü. Bade'nin yüzünü...

Bir süre elinde paketi ve kitabıyla, onun oturması gereken yere oturan Bade'ye baktı. "Burası benim yerim," diye bağırdı ağlayan Bade'ye doğru çatık kaşlarıyla. "Gel de al o zaman!" diye çemkirdi Bade ağlarken. O kadar şiddetli ağlıyordu ki, kelimeler ağzının içinden güç bela çıkıyordu. "Zaten çirkinsin, ağlarken iki kat çirkin oluyorsun," diye homurdandı Tuna banka doğru ilerlerken. "Kay." Eliyle bankın köşesini işaret etti. "Başka yer mi yok, git başka yere," dedi Bade burnunu çekip. Ama Tuna'nın söylediği gibi yana kaymayı da ihmal etmedi. "Yok," dedi Tuna tek kaşını kaldırıp. "Ne olacak?" Sonra gözlerini kısıp derin bir nefes aldı. "Tanrım, miyop derecem 0.50'den 2'ye çıktı. Cidden ağlamayı keser misin şu an!" Elindeki paketi yana bıraktı ve cebinden ipek mendilini çıkardı. Ve parmak uçlarında tutarak Bade'ye uzattı. "Sanırım kusacağım. Sil şu burnunu."

"Ya gerçekten," dedi Bade içini çeke çeke. "Gerçekten bak seninle uğraşamam turuncu kafa." Mendili alıp burnunu sildi. Bir süre ağladı. 'Ne oldu' demesini bekliyordu Tuna'nın, ama demiyordu karşısındaki aksi çocuk. Umursamadı bunu ve artık içinde tutamayarak konuşmaya başladı. "Gerçekten bu insanları anlamıyorum. O kadar salaklar ki... Egolu derler bir de bana. Asıl ona ne demeli! Ablam olacak bir de. Asıl egosundan önünü göremeyen o! Güya ablalık yapıyor bana... Neymiş, kendimi küçük düşürüyormuşum da... Zavallı gibi davranıyormuşum da... Ali'ye âşık olduğumu herkes öğrenmiş de... Âşık olmanın nesi zavallılık? Ben sadece... Kıskanıyor işte. Ali gibi birinin bana âşık olma ihtimalini kıskanıyor. Eğer Ali bana..." derken yana döndü Tuna'dan bir cevap bekler gibi. Tuna çoktan kulaklığını takmış, kitap okurken yemeğini yiyordu. Bade sinirle kulağındaki kulaklığı çekti çocuğun. "Beni dinlemek zorundasın!"

"Sen az önce kulağımdaki kulaklığı mı çektin, bana mı öyle geldi? O kulaklığın kablosunu kendine intihar ipi yapar mısın, yoksa ben ucunu çember yapıp kovboyların sığırları yakaladıkları gibi beş metre öteden yakalayayım mı seni tam o çirkin kafandan?"

"Sana mı kaldım," dedi Bade sinirlenip. "Dinlemezsen dinleme be!"

"Bana kaldın tabii," dedi Tuna alaycı bir tavırla. "Şu okulda bunları anlatınca arkandan dedikodunu yapmayacak... daha doğrusu anlattıklarını umursamayacak bir tek ben varım. Ve o yüzden şu an anlattıklarınla ilgilenmediğim halde bunları bana anlatıyorsun. Değil mi?" Elindeki kitabı kapatıp, bacak bacak üstüne attı ve yine o özgüvenli tavrını takınıp çenesini hafifçe yukarı kaldırdı. İyice döndü kızdan tarafa. "Ablanla kıyasladın hep kendini değil mi? Klasik ikinci çocuk vakası... Zayıf olmanızın getirileri... Biyolojik bir kronolojiyi bile kompleks yapıp büyük olan kardeşi her alanda geçmeye çalışmak... Hep ona mı alındı yeniler? Eskiler mi kaldı sana? Ya da hep o mu sevildi 'güzel kızım' diye. İlk onun mu sevgilisi oldu? Ya da senin çocuk aklınla küçükken âşık olduğun kişiyi, yaşının avantajıyla o mu kaptı?" Bir süre kırmızı gözleriyle onu gözlerini bile kırpmadan izleyen Bade'ye baktı acıyarak. "Eminim öyle oldu. Ya da buna benzer şeyler. Gördüm az önce. Bariz bir şekilde ona benzemeye çalışıyorsun. Saç rengin, boyunu uzun gösterme çaban, hatta seçtiğin koku... Bir kere yensen yetecek değil mi sana? Aptalsın. Cidden midemi bulandırıyorsun. Kendin bile olamazken nasıl yeneceksin onu? Hem yenmek de ne? Gidin çirkinlikte kapışın, bak nasıl kazanıyorsun."

"Kırmızı kafa..."

"Lafım bitmedi. Az önce kulağımdaki klasik müziğin sesini çirkin sesin bastırdığı için her şeyi duymak zorunda kaldım. Kulağım kanayacak, beyin hücrelerim yanacaktı az kalsın. Ali dediğin şu patates kafalının arkadaşı olan Ali değil mi? Duymuştum bir şeyler. Buzmuş... Prensmiş... Âşık olduğunu mu düşünüyorsun? Hayır. Sadece yine ablanı yenmek istemen yüzünden nerede zor var, ablanın bile kazanamayacağı kalp var ona dikiyorsun gözünü. Sebebi sadece bu. Bir kere kazansan böyle birinin kalbini, o zaman bitecek değil mi bu savaş?"

"Yeter," dedi Bade sinirle. Önüne dönüp tekrar sildi burnunu mendile. Ve tekrar ağlamaya başladı. "Hiç de öyle bir şey yok."

"Ben en iyisi kendime rahat yemek yiyebileceğim ve kimsenin retinamı yakamayacağı bir yer bulayım. Yine ayaküstü sinirlerim gerildi." Elini yiyecek paketine attığında, gözleri kocaman açıldı Tuna'nın. Kolunun üzerinde siyah bir şey... Bir böcek... Kaskatı kesildi. Çoğu şeyden nefret ederdi ama böceklere karşı olan durumu nefret değil, hastalık boyutunda bir şeydi. Bade, "Ne oldu, Vahey Kılıçarslan gibi dondun kaldın," dedi alaycı bir tavırla. Hâlâ ağladığı için sesi çok komik çıkmıştı. Bir kez daha sildi burnunu. Hâlâ aynı şekilde duran Tuna'ya döndü hiçbir hareket belirtisi hissetmeyince. "Cidden ne yapıyorsun heykel gibi kal-" Kolundaki böceği fark etti Tuna'nın. "Bundan mı korkuyorsun?" Elindeki mendille aldı böceği ve yana fırlattı. "Bana laf edene bak," dedi sonra gururla. "Küçücük bir böcek görünce kalakaldı." Bade saçlarını geriye atıp ayağa kalktı. "Ayrıca kırmızı kafa, saçlarım boya değil. Doğal. Bilemedin. Sadece yazları güneşten biraz rengi açılıyor, o kadar. Tek bir damla boya sürmedim." Tuna şaşkınlıkla gözlerini kırpıştırdı. "Mendilini yıkar veririm. Ama çok istersen mukuslu haliyle alabilirsin. Ha?"

"Karmama berbat bir karma daha eklendi," dedi kendi kendine Tuna. "Cidden insanlardan gına geldi. Ne zaman hepinizden soyutlanabileceğim ben? Ne kadar çabalarsam çabalayayım," dedi ikinci kez paketini kucağına alarak. "Sürekli sizlerle bir bağım kalıyor."

"Bu arada," dedi Bade nefesi daha da düzene girince. Bir adım atıp, Tuna ile burun buruna geldi. "Ablamı biraz kompleks yapmış olabilirim ama, her şey oradan göründüğü gibi değil kızıl. Annemle babam biz küçükken ayrıldılar. İki kızdık ve birimiz annemde birimiz babamda kalacaktık. Ve bil ne oldu?" Bir adım daha yaklaştı Bade, Tuna'ya. "Annemde ben kalmak isterken, annem Aysu'yu seçti. Ben ise babamda kaldım. Onu yenmek istemem... Dış görünüş ya da aşk gibi basit bir nedenden değil."

"Biraz daha yakınıma gelirsen, hücrelerim kendini imha edecek ve unufak olup evrene veda edeceğim." Tuna bir adım geri çekildi. "Bunlar beni ilgilendirmez ayrıca. Ben hâlâ tezimin arkasındayım. Tek amacın onu asla tercih edemeyecek birinin seni tercih etmesini arzulaman. Ali'ydi bu. Olmadı. O kadar. Şimdi çekil, daha fazla senin çirkin parfümünü içime çekemem." Bade'nin yanından geçip, yürümeye başladı. Birkaç adım atıp, hafifçe arkasına baktı bir ses gelmeyince. Bade olduğu yere hafifçe çömüp tekrar ağlamaya başlamıştı. Tuna onu yok sayıp yürümeye başladı. "Bir," dedi derin bir nefes alıp. "İki... Üç..." Durdu olduğu yerde. "Karmadan ve insanlardan nefret ediyorum." Hızlıca elindekileri yere bırakıp Bade'nin yanına gitti. "Kendimi öldürebilirim bunu yapıyorum diye ama... İnsanlardan soyutlanmam için bütün karmalarımı ödemem lazım. Böceği aldığın için," dedi Bade'yi kolundan tutup kaldırırken. Bade gözlerini kırparak Tuna'ya baktı şaşkınlıkla. "Ne?" dedi burnunu çekip. "Sus ve ne olursa olsun bozuntuya verme. Tamam mı?"

Tuna kızı kolundan tutup okula götürdü. Biraz bakındılar etrafa. Kantine çıktılarında Tuna doğru yerin orası olduğunu gördü. Aysu, şu Yaprak'ın sırık oğlanının da olduğu masada arkadaşlarıyla oturuyordu. Ve neredeyse onlardan başka kimse yoktu. "Kendimi asla affetmeyeceğim ama," dedi Bade'yi usulca kendine çekerken. "Seni benden başkası kurtaramaz bu takıntıdan." Hafifçe yan masadakilere baktı. O an masadakiler de onları fark etti. "Zeus beni lanetleyecek," dedi Tuna. Gözlerini kapattı ve Bade'nin yanağına ufak bir öpücük kondurdu. Sonra etraftaki şaşkın bakışlara aldırmadan, kulağına eğildi Bade'nin ve bir şeyler fısıldadı.

"Az önce okulda herkesin konuşmak için delirdiği, ama gey olduğu için kimsenin karşılık bulmaya umudunun bile olmadığı yakışıklı, zengin ve kültürlü bir kızıldan öpücük kaptın. Herkese o kadar güzelim ki, bir geyi bile kendime âşık ettim diyebilirsin. Artık ablan için imkânsız birini kazanmış sayılıyorsun. Ama şunu unutma... Hâlâ midemi bulandırıyorsun. Önümüzdeki bir yüzyıl benden uzak dur, bir karma daha ödeyecek takatim yok sana."

Okul çıkışı, beşimiz Tuna'yı beklemek için okul bahçesinin duvarına dizildik, fotoğraf çektirecek geniş aile gibi. Tuna kapıda görününce bizimkilere 'bekleyin siz' işareti verip hemen Tuna'nın yanına koştum. "Gidiyoruz değil mi?" dedim yapmacık bir gülümsemeyle. "Maalesef," diye yanıt verdi. Her zaman olduğundan daha sinirliydi sanki o an. "Şey," dedim başımı kaşıyarak. "Bu arada alışverişe bizimkiler de gelecek. Umarım çok sorun olmaz." Tuna bana 'günün sonunda kendimi öldüreceğim' der gibi çaresizlikle baktı ve başıyla 'düş önüme' yaptı. "Bu cidden son patates kafa. Cidden bu son. Sana son iyiliğimi yapıp siz insanları kendi halinize bırakıp köşeme çekileceğim ve ölene kadar bir Budist tapınağında yaşamımı sürdüreceğim." Tuna'nın altyazılarını takip etmek yerine, yolu takip ettim ben o konuşurken. Bizimkiler geldiğimizi görünce, çantalarını yerden alıp hareketlendiler. "O zaman," dedim iki tarafın da elektriğini almak için. "Alışveriş başlası-" Gökhan kafama hafifçe vurdu. "Gerek yok Yaprak'ım." Elimle başımın acıyan kısmına dokunup Gökhan'a döndüm. "Aman iyi be!"

Gittiğimiz alışveriş merkezi, bizim genelde yemek yemek dışında kullanmadığımız bir yerdi. Yıllardır oraya girip çıkmama rağmen pek bilmezdim neresinde ne var... İçeri girince ellerimle sırt çantamın kulplarından sımsıkı tutup şöyle bir etrafa baktım köyünden şehre yeni gelmiş bir Yeşilçam ana karakteri misali. Her şey yolunda gidecek miydi? İstemediğim bir elbisenin içine uyabilmek içindi ya bu uğraş, o yüzden çok da istekli değildim. Işıltılı alışveriş merkezine göz gezdirirken içimi çektim. Sonra birden beni kendime getirecek bir şey oldu. Gökhan bir kolumdan, Sinan bir kolumdan tutup ayaklarımı yerden kestiler birkaç saniyeliğine. Bu onların, 'Aptal kız, biz buradayız' deme yöntemleriyle. "Ne yapıyorsunuz?" dedim suratımı yalandan buruşturup. "Alışverişe geldik kızım, nefes alış verişine değil. Kaldır koca poponu, bak senin kızıl astı suratını gitti bile," derken Gökhan parmaklarıyla Tuna'yı işaret etti. Dediği gibi çoktan aramızdaki mesafe açılmış, yürüyen merdivene ulaşmıştı bile hayatımın en sert kan portakalı. "Tuna bekle," dedim koşarken. Arkamı dönüp, "Siz de hızlanın lan, sonra bana kızıyor!" diye bağırdım. Önümü dönüp, birkaç saniye içinde Tuna'ya yetiştim yürüyen merdivende. Tam arkasındaki basamakta durup, parmağımla sırtına dokundum bana bakması için. Ona dokunduğum için rahatsız olduğunu belli eden o meşhur yüz ifadesiyle bana doğru dönünce, elimle asker selamı verip, "Bugün seni son kez sinirlendirip, bu konuda unumu eleyip eleğimi asacağım ve emekliye ayrılacağım Tunacığım. Merak etme. Uslu bir öğrenci olacağım," dedim.

"Öğrenci mi? Sen kara tahtasın, ben akıllı tahta. Aramızda hiçbir şekilde eğitimsel bir denklik olamaz. Öğretmenin dahi olsam! Şimdi önüne dön, yoksa iterim seni aşağıya."

"Peki, öğretmenim," dedim inadına. "Siz ne derseniz o."

"Bugün bittiğinde bedenimi Türk Hava Kurumu'na bağışlayacağım galiba. Gerçekten aşırı dozda nöronsuz bir patates kafaya maruz kalıyorum şu an. Geri kalan hayatımda-" Yürüyen merdivenin sonuna geldiğimiz için tekledi bir an. Ama her zamanki havalı tavrıyla toparladı. "Gerçekten seni zihin gücüyle öldürmeyi deneyeceğim eğer tek kelime dahi edersen!" dediğinde Tuna, ağzıma görünmez bir fermuar çektim ve başımı küçük çocuklar gibi salladım 'tamam' der gibi. Ben böyle yapınca yüzü gevşedi ve sakinleşti sanki. "Tamam, önce ayakkabı o zaman," dedi parmağıyla bir ayakkabıcıyı işaret edip. O sırada bizimkiler yetişti arkamızdan. "Ayakkabı mı alıyoruz önce?" dedi Sinan sırıtarak. "Elbiseyi giyip fotoğraf çek demiştim dün, yaptın mı?" dedi Tuna, Sinan'ı duymazlıktan gelerek. Kafamı salladım ve elimi cebime atıp telefonu çıkardım. "Buyur," dedim resmi açıp. Tuna telefondaki resmi görünce gözlerini devirdi, hiçbir şey demeden telefonu bana geri uzattı ve daha önce işaret ettiği ayakkabıcıya doğru ilerlemeye başladı. Gökhan ve Oğuz kollarını omzuma atıp "Bize de göster" deyince, telefonu yukarı kaldırıp bizimkilere de gösterdim.

Pijamalarımın üzerine giyip denediğim tüllü elbiseyi...

"Ne var yahu, sadece elbiseyi görmek için istemedin mi fotoğraf çekmemi? Neden sinirleniyorsun ki?" Ayakkabıcıda Tuna'nın peşinde koşturuyordum bir aşağı bir yukarı. "Söylesen çıkarır giyerdik yani." Tuna beni asla dinlemiyordu bile. Bir o ayakkabıyı alıyor eline inceliyordu, bir diğerini... "Bence bu iyi," dedim dolaşmaktan sıkılıp rastgele bir ayakkabıya. "Sen 60 yaşında babaanne misin, bu ne?!" diye bağırdı bana elimdeki ayakkabıyı alıp yerine koyarken. "Ortopedik tabanlı almış bir de... İstiyorsan mavi banyo terliği alalım sana, onunla git. Çekil ayağımın altından," deyip ittirdi beni ben gözlerimi kırpıştırarak ona bakınca. "Ama bence gayet rahat görünüyorlardı," dedim Tuna'nın duymayacağından emin olduğum bir ses tonuyla. Ellerimi göğsümde birleştirip sırtımı duvara yasladım. "Çok sıkıldım," dedim kendi kendime. Gözlerimi yerden kaldırdığımda ise Ali ile göz göze geldik. O da sıkılmıştı galiba. Benim gibi bir köşeye geçmiş, öylece bana bakıyordu. Gülümsedim ona. O da bana gülümsedi. Sanki aramızda kocaman mesafeler varmış gibi... Halbuki üç adım atsam yanındaydım. Bunu düşünüp bir daha güldüm ve onun yanına gidebilmek için bir hamle yaptım. Hamlem ise boşunaydı. Çünkü attığım adımımın tam önüne, biri düşmüştü boylu boyunca. "Gökhan ayağımın altında ne yapıyorsun çocuğum?" dedim oğlunu tuvalette sigara içerken yakalamış anne edasıyla.

"Yerçekimine karşı bir mücadele veriyorum Yaprakçığım. Lütfen bu mücadelemde bana destek olur musun? Her like Newton'a karşı bir oy demek." Uzattığım elimi tuttu Gökhan.

"Yavşak Oğuz yüzünden düştüm. Tek ayağına topuklu ayakkabılardan birini geçirip tekme attı bana yaya geçidine kırmızı ışık diktiğim." Tam ağzımı açıp cevap verecektim ki "Yaprak!" diye bağırdı Tuna elinde bir ayakkabıyı sallayarak. Gökhan'a, "Bak uslu uslu durun, delirtmeyin beni" diye tembih edip Tuna'nın yanına gittim koşarak. "Geldim!"

Tuna üç tane ayakkabı koymuştu minik koltuğun önüne. Eliyle koltuğu işaret etti. Çantamı sırtımdan çıkarıp, kenara koydum. Ayağımdaki dünyanın en rahat spor ayakkabısını çıkarıp, Tuna'nın getirdiği ayakkabılardan altın renkli olanı aldım elime. Hangisinin sağ hangisinin sol olduğunu anlamaya çalışırken saf saf, bir tanesi gitti elimden. "Ali?" dedim şaşkınlıkla. "Sen hangisinin sağ, hangisinin sol olduğunu anlayana kadar..." dedi. Ve ayakkabıyı ayağıma geçirip, çocuğuna ayakkabısını giydiren anne dikkatiyle ayakkabının kemerini taktı bileğime. Sonra diğerini... "Gerek yoktu," desem de dinlemedi. Elleriyle giydirdi ayakkabılarımı. "Sinderella oldum sanki," dedim yapmacık bir gülümsemeyle.

"Siktirella..." diye güldüler Oğuz ile Gökhan.

"Lan," dedim kaşlarımı çatıp. "Şap istiyorsunuz galiba siz yine?!" Yan taraftaki spor ayakkabılarımdan birini onlara doğru fırlattım. "Hadi kalk bakalım," dedi Ali ayağa kalkıp. Elini uzattı kalkabilmem için. "Yürüyebilecek misin, o önemli."

"Aranızda aklı başında birilerinin olması gözlerimi yaşarttı," dedi Tuna alaycı bir ifadeyle. "Hadi diğerlerini deneyeceksin daha, oyalanma."

"Ay ay ay ay," dedim ayağa kalkarken romatizmalı yaşlılar gibi. "Ay nasıl duracağım ben bunda! Ali, bırakma elimi ya..." dedim ağlamaklı bir sesle. "Ayağında topuklu olduğunu unut, normal yürüyormuş gibi yürü," dedi Tuna. "Merak etme, sen bırak demeden bırakmam," dedi Ali ise. Bir adım attım, elim hâlâ Ali'nin elindeyken. "Ay ben bebekken ilk adımımı bile daha kolay atmıştım, hatta direkt tur bindirmiştim akranım bebeklere bu ne ulan?!" Ali'ye çevirdim başımı sonra. "Alikuş, ben istemiyorum ya" derken Tuna'nın sesi girdi Ali ile bakışmamızın arasına. "Yaprak artık yürümeyi dener misin?!" Ali'nin elini bıraktım panikle. "Ben tutarım seni düşersen," dedi Ali beni yüreklendirmek için ve birkaç adım önüme geçti. "Tamam yürüyorum," dedim hepsi pür dikkat beni izlerken. İçimden Tuna'nın öğüdünü tekrarlayıp, ayağımda sanki her zamanki spor ayakkabılarım varmış gibi düşünmeye çalışarak ilk adımımı attım. Sonra derin bir nefes alıp ikinciyi... Bulutların üzerinde olduğumu düşünmeye çalıştım. Sonra üçüncü adım... Evet evet... Ayaklarım yerden kesilmişti. Kesinlikle doğru taktik buydu. Bulutlar... Dördüncü adımı atacakken bulutlara takıldım galiba, ayağımı burktum ve düştüm. Hain bulutlar! Gözlerimi sinir olmuş bir şekilde açıp, sövmeye başlayacaktım ki Ali'nin çoktan söz verdiği gibi beni tuttuğunu fark ettim. Tanıdık bir kucak... Küfürlerimi yiyip, 'beceremiyorum' bakışı attım Ali'ye. "Çakma Sinderella düştü," dedim gülerek.

"Benim spor ayakkabılı Sinderella'm, camdan topukluyu giydi... Ve aşka düştü," diye fısıldadı kulağıma. "Şaka şaka... Bugünlük bana düştün sadece. Ama eminim yakın bir zamanda düşe kalka yürürken camdan topuklu ayakkabınla, prensine yürüyeceksin." Gülümsedi hafifçe. Tuna'ya döndü ve tekrar gür sesiyle konuşmaya başladı. "Boşuna uğraşıyorsun. Cidden giyemez Yaprak bu kadar topukluyu. Bizim kız normalde düz yolda yürüyemiyor, oraya buraya çarpıyor..." Bir kez daha güldü. "Böyle minik bir şey bulsan olmaz mı?"

Tuna, Ali'nin ricasına tepki göstermedi. Ben söylesem, kıyametleri koparırdı halbuki. Siyah düz, minicik topuğu olan bir ayakkabı seçti benim için. Sinir bozucu derecede rahatsız bir ayakkabı da olsa, en azından yürüyebiliyordum, o da bir şeydi. Ayakkabının parasını ödeyecekken, Ali benden önce davrandı. Anlaşmışlar, o gün dördü ödeyecekmiş ne alırsam. Güya ilk kez böyle bir şey oluyor ya... Bana hediye etmek istiyorlar bir şeyler. Salaklar... Ne kadar karşı çıksam da beceremedim tabii. Ayakkabı poşetini alıp çıktık mağazadan. "Ya sizce de bir şey eksik değil mi?" dedim sanki içeride bir şeyimizi unutmuşuz gibi. "Cüzdan, telefon falan bir şeyi unutmadık değil mi?" deyince "Yok unutmadık," dedi Ali güven veren bir ses tonuyla. 'Eh, iyi madem,' der gibi çevirdim kafamı. "Sırada ne var?" Tuna cebinden çıkardığı kâğıt parçasına baktı kaşlarını hafifçe çatarak. "Çorap ve iç çamaşırı" deyince hepimiz kocaman gözlerle Tuna'ya döndük. "İç çamaşırı derken?" dedi Ali sinirle.

"Çamaşırın içe giyilen kanka," dedi Oğuz gevşek gevşek. "Şş, orada bir duracaksın kızıl kültür mantarı. Tamam, geysin nasılsa diye bizim kızı sana emanet ediyorum rahatça ama o kadar da değil," dedi Gökhan her zamanki siniriyle. Kolunu çimdikledim. "Gökkuş sus bi..." deyip Tuna'ya döndüm tekrar. "Tunacığım," dedim dişlerimin arasından. "Ne gerek var iç çamaşırına... Benim çok şükür var on-"

"Salak mısın sen?" dedi Tuna iyice sinirlenip. Yüzü kafasıyla aynı rengi almıştı. "Çilekli külotlarını o elbisenin altına giyip rezil mi olmak istiyorsun?!"

"Çilekli kü-külot mu? Yaprak bu herif senin oranın buranın çileklerini nereden biliyor?" diye bağırdı Ali sakin tavrını bozarak. "Ya siz ne yapıyorsunuz o evde?!" diye bir adım attı Tuna'ya doğru. "Ali dur," dedim panikle Ali'nin kolundan tutup. "Askıdan düşmüştü. Balkondan... Onların şeye, balkona..."

"Kız sen balkona mı asıyorsun çilekli şeylerini!"

"Benim de kirazlı külotum vardı küçükken. Altıma işeyince şu filmdeki gibi 'Ben işemedim ki, kirazlar işedi' derdim Zeliş Sultan'a, hiç acımazdı valla, yerdim götüme popoma terliği. Kirazlar olurdu size komposto..." Oğuz yine en olmadık yerde gevşek gevşek konuşmayı başarmıştı. "Oğuz bi' sus!" diye bağırdım. "Siz de abartmayın tamam."

"İyi, gidiyorum ben o zaman. Bu sakarlıkla ilk düştüğün an, bütün herkes çilekli külotunu görecek. Keyfin bilir," dedi ve arkasını dönüp yürümeye başladı Tuna. Hemen peşinden koştum. "Tamam tamam, valla artık ağızlarını açmayacaklar, sen ne dersen o. Söz." Arkamı dönüp bizimkilere kaş göz işareti yaptım. "Değil mi?" Gökhan istemeye istemeye tamam dedi. Oğuz omuz silkti. Ali ise "Ben lavaboya gideceğim," deyip sinirlendi ve gitti. "Ah, evreka!" dedim sonra bir anda. "Neyi unuttuğumuzu buldum. Sinan?"

"Buradayım," dedi birden arkadan yaklaşıp Sinan. "Ulan o çantalarda ne taşıyor bu kızlar, kafamda beyinden eser kalmadı, beyin parçacıklı milkshake var şu an resmen kafamın içinde. Kafama her türlü çantayı yedim de, bu kadar ağırını ilk kez yiyorum. Dexter mısın anasını satayım, adam öldürdün de parçaları denize atmak için çantana mı koydun? Kanka baksana ya, kulağımdan akıyor mu kafamın içindekiler? Baksana bi..." dedi Sinan kulağını bana doğru uzatarak. "Ne yaptın kim bilir koca kafalı," deyince dil çıkardı sesli bir şekilde. "Bir şey yapmadım be... Bebek arabasındaki bir bebeği seviyordu kız. Altı üstü kafamı uzatıp 'Azıcık beni de sevsene ya...' dedim. Ne var bunda? Zaten sinirliyim, gelmeyin bak üzerime. Bütün sevgilerin üzerine kusacaktım az kalsın. Bütün sevgililer ölsün, ben hariç kendim..."

***

Takılar... Benim utandığım için içine girmediğim dükkândan alınan elbisenin altına giymem gereken iç çamaşırları... Gökhan'ın kalın siyah çorap alalım diye ısrar etmesine rağmen Tuna'nın aldığı ince ten rengi çorap... O akşam kullanacağı birkaç makyaj malzemesi ve oje... Bir oraya, bir buraya fıldır fıldır dönüp durduktan sonra listedeki her şeyi neredeyse, almıştık. Son bir madde... "Daha ne kaldı, içime dışıma ne varsa aldın. İstersen bir de oraya gidecek bir kız da alalım da tümden kurtulalım" dedim gözlerimi devirerek. "Kuaför kaldı sadece, sus ve dediğimi yap da bitsin şu gün." Tuna gözlerini kısarak pahalı saatine baktı. Sonra tekrar bana döndü. "Bacakların ne durumda?"

"Yürür vaziyetteler valla şu an."

"Salağa yatma patates kafalı çirkin şey. Ağdaya ihtiyacın var mı diye soruyorum, o gün bir sürprizle karşılaşmaktan korkuyorum da..."

"Haa o mu? En son iki ay önce falan annem almıştı."

"Anlaşıldı..." Arkasını dönüp, arkadan bitmiş bir vaziyette bizi takip eden bizimkilere seslendi. "Bizim kuaförde işimiz var, siz oyalanın. Bir saat sonra tam burada buluşuruz." Ensemden tuttu beni kedi gibi, tam karşıdaki kuaföre soktu. Elimdeki poşetleri aldı ve beni ön tarafa fırlattı.

"Ağda, saç kesimi ve kaş tasarımı olacak. Eti sizin, kemiğini bir hayır kurumuna bağışlayacağım."

***

"Badi parmağına kuşlar değil, manda konar yuva yapar oraya inşallah sırık. Yavrunu da sinek kapar inşallah," dedim kuaför koltuğunda ağlarken, burnumu çeke çeke. İkinci kere, bacaklarımdaki deriyi yüzdürmüştüm o sarı kafa için. "Tiridine banarlar, amanini yanarlar inşallah!" Kuaför, bir yandan saçlarımı tarayabilmek için ıslatırken, bir yandan da benimle muhabbet etmeye çalışıyordu. "Ay, daha önce hiç mi aldırmadın kuzum, neden o kadar acıdı anlamadım. Elim de hafiftir ama..." Burnumu çekip, önüme düşürdüğü saçlarımdan minik bir pencere açtım ve kadına 'yanacaksın' bakışı attım. "Valla kuaför abla, biraz daha yolsaydın beni subcitus eline gelecekti." Elindeki tarakla bir süre bana baktı kadın, ne dediğimi anlayabilmek için. "İki gram biyoloji bilgisiyle size espri yaptı güya hanımefendi, lütfen siz onu duymayın ve devam edin."

"Nasıl keseceğiz peki?" dedi Tuna'ya. Benimle direkt iletişimi kesip, ona odaklanmıştı kadın. "Uçlarından azıcık işte," diye girdim araya. "Belinden dört parmak yukarıda olsun. Biraz hareketli bir kesim istiyorum," dedi Tuna benimle ters düşerek. Tekrar saçlarımdan bir pencere açıp tek gözle baktım Tuna'ya. "Sen ne dediğinin farkında mısın kızıl?! Öldürseler kestirmem saçımı!" Saçlarımı elimle tuttum. "Neden kuzum, ne güzel değişiklik olur işte," dedi kuaför kadın anaç bir tavırla. "Yok kuaför abla, ben istemem şekil... Sonra saçım düzgün toplanmıyor. Yandan çıkan saçlarla uğraşamam ben."

"O zaman kıpkısa keselim, daha rahat edersin. Toplama derdi yok, bir şey yok. Ha?"

"Olmaz. İstemem. Ben uğraşamam kısa saçla falan. İstemiyorum değişiklik."

"Yaprak," dedi Tuna yanıma gelip. "Eğer susup dediğim gibi kesmesine izin vermezsen, o kafanı koparırım, hamamböcekleri gibi yedi gün kafasız yaşarsın!" Tekrardan kuaföre çevirdi sert yüzünü. "Kesin siz efendim. Benim dediğim gibi..."

El mecbur, kabul ettim korkumdan. Çok da kısalmayacaktı nasılsa... Kadın iyice ıslattı saçımı ve parçalara ayırdı. Saçlarım ıslaklığının etkisiyle kafa derime yapışınca, iyice Rıdvan Kanat lisesi müdürü Amil Bey'e dönmüştüm. Komiğime gitti bu görüntü, gülüverdim. Sonra içim acıyarak neredeyse popoma gelen saçlarımın kısalışını seyrettim. Saçımdan ayrılan her bir parçada çocukluğum vardı aslında... Ondandı bu kadar ısrarla onlardan ayrılmak istememem. Ali'nin arada taradığı, ördüğü ve bazen de ben uyuyamayınca hafifçe oynadığı saçlardı onlar. Ya da Oğuz'un arada beni sinirlendirmek için çektiği saçlar... Gökhan'ı uyurken gıcık etmek için burnuna sürtüp, hapşırtmak için kullandığım saçlar... Sinan'ın bir tutamını alıp, kafasına koyarak resim çekildiği saçlar... Maç yaparken, ellerine dolanan saçlar... Keçeli kalemle boyadıkları saçlar... Çocukluğumuzu, ergenliğimizi, gençliğimizi gören saçlar... Her bir makas sanki anılarıma kesip biçiyordu bir bir. Bu, acaba artık sadece bizimkilerin kızı olmayacağımı ve kısalan o saç uzarken başka biriyle daha mı anılar biriktirmem gerektiğini öğütlüyordu bana? Bu kişi, onunla partiye gidebilmek uğruna saçlarımı kestirdiğim Barış mıydı yoksa? Gözlerim doldu aklımdan bunlar geçerken. Göğsümün solundaki huzursuzluk, nedendi ki? Birazdan beni yeni saçımla gördüklerinde ya eski Yaprak değilmişim gibi gelirse onlara? Yerdeki saçlarıma baktım. Tekrar yapıştırma ihtimalim olsa, gerçekten yapardım o an. Ama, bir kere makas değen yer artık senin ötende bir parça oluyor ya... Öyleydi. Gözlerimi kapatıp, derin bir nefes aldım. Ne olursa olsun artık...

***

"Kaşlarına çok dokunmayın. Sadece çok az kesilsin istiyorum. Belki biraz şurası... Evet orası alınabilir ama dediğim gibi çok çok hafif." Tuna ile kuaför yine benimle ilgili bir diyaloğa girmiş, hararetli hararetli bir şeyler konuşuyorlardı. Ben ise ilgilenmiyordum ne olduğuyla. Aynadaki yansımama bakıyordum sadece. Kesimden sonra fönlenen yeni saçlarım... Tuna bir nevi sözünde durmuştu. Ne benden çok uzaktı bu görüntü, ne de eski ben... Elimle saçlarımdan bir tutam alıp kulağımın arkasına attım. O an, kadın yine boynumu o rahatsız boyunluğa yasladı ben kendime bakarken. Kaşlarımı önce kesti, sonra beni bağırtarak birkaç yerini yoldu. Sonra kızarıklığım geçsin diye hafifçe pudra sürdü yüzüme. "Bitti," dedi sonra yaptığından memnun bir ifadeyle. "Saçlarımı toplayacağım," dedim elimi tokama atıp, utangaç bir yüz ifadesiyle. Bileğimden tuttu Tuna. "Olmaz. Çarşambaya kadar sana saç toplamak yasak. Alışsın bünyen biraz. Yoksa o gün çok zorlanırsın." Tokamı alıp, cebine attı. "Hadi. İşimiz bitti. Arkadaşlarını bekletme." Bileğimden tuttu ve ayağa kaldırdı beni. Elime alışveriş poşetlerini tutuşturup ittirdi. "Çarşambaya kadar gözüme gözükme," dedi sonra yine Tunalaşarak. "Teşekkür ederim," dedim bana yakışmayan bir utangaçlıkla. Eliyle 'kış kış' yaptı. Yine o gülümseme ile gülümsememe arasındaki ince çizgideydi sert yüzü. "Para-" derken eliyle 'sus' işareti yaptı. "O da benim minik bir hediyem olsun. Senin için değil, bir an önce buradan gitmen için ödeyeceğim. Hadi git... Kış..." Sırtımdan hafifçe ittirdi yine. "Tanrım, parmak uçlarımı yakacağım kaçaklar gibi!"

"Gidiyorum..." dedim ve son bir kez gülümseyip yürümeye başladım. Çok tuhaftı. Fönlü saç... Genzimi yakan saç spreyi kokusu... Kaşlarımdaki hafif yanma... Ben sanki herkes bana bakıyormuş gibi yürürken, bir ses yankılandı ardımdan.

"Unutma! Sen prenses değilsin. Prenses olabilmek için fazla rahatına düşkünsün! Bezelye adlı masalı oku patates kafa! Bir bezelye tanesi bile rahatsız eder bir prensesi. Sen öyle değilsin!

Sen… Mutasyona uğramış başına buyruk, yeni nesil bir prenses olabilirsin ancak! Kanatların çıktı uçamayan. Farkında ol artık. Kanatlarını saklama sakın! Ama hâlâ ısrarla söylüyorum ki, görüntün retinamı yakıyor!" Güldü sonra. İlk kez… Tuna… Ama sadece üç saniyeliğine. Sonra tekrar düşürdü yüzünü. "Şimdi git. Sinirlerimi bozuyorsun."

***

Küçük adımlarla, önüme baka baka çocuklarla sözleştiğimiz yere geldim. Hiçbiri yoktu etrafta. Telefonumu çıkardım cebimden. Tuş kilidini açar açmaz, bir ıslık sesi yükseldi. Kafamı kaldırınca bana doğru gelen bizim dört aptalı gördüm. Islık çalan Sinan'dı. "Saçların!" dedi gözlerini kocaman açarak. Bana yaklaşıp elimi tuttu ve etrafımda çevirdi beni. "Şş, dur valla kusarım, döndürme topaç gibi," dedim dışım ne kadar değişse de içimin aynı olduğunu belli ede ede.

"Ulan bizim kız baya baya fıstık olacak o gece… Yok abi ben vazgeçtim, göndermiyorum partiye falan. Orada birileri bakacak falan, partiye molotof atmak zorunda kalacağım. Ya da… Ben de mi gelsem?" dedi Gökhan tek kaşını kaldırıp.

"Bence ben Yaprak'tan daha güzelim," dedi Oğuz yine dalga geçerek. Oğuz'du bu. Övemezdi ki zaten. Yakışmazdı ona. "Ama benden sonra içimizde en güzeli sensin Yaprak," dedi dudaklarını toplayıp.

"Oğlum bir şey yaptırmadım ki… Saçlarımı kesti azcık o kadar." Elimi istemsizce saçıma götürdüm tebessüm ederek. "Ali, sen beğenmedin mi?" dedim sesi çıkmayan Ali'ye bakıp yanaklarım pembe pembe.

"Çok güzel olmuşsun," dedi hafifçe. "Hadi gidelim… Biraz yoruldum. Sanırım gidip birkaç gün uyumam lazım."

***

Akşam saat epeyce geç bir saatte gittim eve. Gider gitmez annemin coşkuyla 'ne güzel olmuşsun'larına ve 'ne aldınız'larına aldırmadan kapımı kilitleyip yatağıma uzandım, üzerimi bile çıkarmadan. Yattığım yerde pantolonumu ve üzerimdeki gömleği çıkarıverdim. Pijamalarım hep yatağımın içinde olurdu zaten. Biraz yokladım etrafımı, üst pijamam yastığımın altında, alt pijamam ise tam yanımdaydı. Kalkmadan onları da zorlanarak geçirdim üzerime. Popomu hafifçe kaldırıp alttaki yorganı da çekerek yatağın iyice içine girdim. Işığın açık olmasına aldırmadan sımsıkı kapattım gözümü. Yorgunluğun ötesinde, tuhaf bir histi o anki ruh halim. Çamaşır suyuna pipet takmışım da içmişim gibi hissediyordum. Böyle sol taraf komple haşlanmış gibi... Biraz vicdan azabı vardı galiba. İstemediğimi savunduğum o kalıba uymak için ne kadar yorulmuş, ne kadar uğraşmıştım. Kendiyle çelişen aptal bir Yaprak... Evet, işin özeti buydu. Bir yanım hâlâ diretirken, bir yanım değişmeye başlamıştı bile. "Korkuyorum," dedim fısıltıyla. "değişmekten..."

Saatlerce, uyumadan gözlerim kapalı öylece yattım yatakta. Saatlerce ne isteyip ne istemediğimi ölçtüm, biçtim. Sonuç, yine ne bok yediğini ve yiyeceğini bilemeyen Yaprak... "Ne istediniz kendi halinde yuvarlanıp giden Yaprak'tan ulan," diyordu içimdeki nöron savaşçısı. Harbi... Ne güzeldi her şey birkaç ay öncesine kadar halbuki. Kafamı yastığa gömdüm iyice. Ali geldi aklıma. Surat yapmıştı sanki saçımı kestirdiğim için. Ona ayrı sıkıldı canım. "Keşke kestirmeseydim..." diye mırıldandım kafam yastığa gömülüyken. Sonra suratım titredi. Yok yok öyle değil... Yastığın altına koyduğum telefon çalıyordu sadece. Kafamı yastıktan kaldırıp, telefonu aldım. Gözlerim ışık yüzünden kısık kısık olsa da, seçebiliyordum arayanı. Hemen yatakta dikeldim. "Alikuş? Hayırdır, bir şey mi oldu?" dedim panikle. "Cama çıksana," dedi. "Neden?" dedim boş boş. Çoktan dediğini yapmıştım bile. "Çıktım," dedim hemen sonra. "Neredesin? Evin önüne mi geldin? Alo, Ali?" Ses vermiyordu. Pencereyi açıp, kafamı dışarı çıkardım daha iyi görebilmek için. Etrafa bakınırken, kafama bir şey düştü yukarıdan. "Ah," dedim elimi kafama götürüp. "O ne lan?!" Telefonu kapatmadan cebime koydum ve kaşlarımı çatarak yukarı baktım. Bir sepetti kafama düşen. Telefonu tekrar çıkardım cebimden ve bir kez daha konuşmayı denedim. "Ali, oynama benimle, sen misin? Kafam kırıldı haberin olsun."

"Kızım ne çıkarıyorsun kafanı, ayarlayamadım zamanını işte... Bir şey oldu mu? Çok acıdı mı?"

"Yok yok," dedim boşta kalan elimle sepete ulaşmaya çalışırken. "Yine gece gece delirdin. Ne şimdi bu, Saliha Teyze'nin bakkal sepeti gibi sarkıttın gece gece pencereme..." Sepeti ucundan yakalayıp, içeri çektim. "Hem sen dikkat et düşeyim müşeyim deme yukarıdan, geri çekil..." Telefonu omuzumla kulağımın arasına sıkıştırdım. Sepeti masamın üzerine bırakıp, içine baktım. Bir kutu vardı içinde, mavi renkte. "Ne kutusu bu..."

"Kapıya bırakacaktım da, sizin içeriden hâlâ sesler geliyordu. Alamazsın diye odana sarkıttım. Sepeti de üst komşunuzun kapısının önünden çaldım, Allah affetsin," dedi gülerek.

"Ben yarın bırakırım tekrar kapılarına, bir şey olmaz bir şey olmaz," dedim babannemvari. "Neyse dur iki dakika kapat, açamıyorum kutuyu, döneceğim ben sana."

Telefonu kapatıp yatağıma fırlattım ve bir bant ile iyice bantlanmış kutuyu açmaya başladım. Kısacık tırnaklarımla zorlansam da açarken, sonunda başardım. Kalbim nedensizce küt küt atıyordu. Ali hep böyle ani sürprizler yapardı ama, o anki zamanlaması gerçekten harikaydı. Kutunun kapağını açtım sonuna kadar heyecanla. Ve küçük bir çığlık attım içindekini görünce. "Ali..." Kutuyu alıp, koşarak odamdan çıktım. Annemle babama Tuna'dan fizik kitabını alacağım yalanını söyleyerek pijamalarımla yalın ayak koşa koşa terasa çıktım. Ali, öylece benden telefon bekliyordu. Elinde sımsıkı tuttuğu telefonuyla... "Salak çocuk," dedim gözünü telefondan ayırmayan Ali'ye. Ben gelince panikledi birden. "Neden çıktın sen buraya, hava çok soğuk..." Telefonunu cebine atıp, mavi kutuyu elinde sımsıkı tutan bana doğru gelmeye başladı. "Üşümüyorum," dedim omuz silkerek. "Nereden buldun bunu?"

"Bu gece bulmam lazımdı ve buldum. Ben bir süper kahramanım, unuttun mu?" dedi gamzesini belli ede ede gülerken. Montunu çıkardı sonra. Üzerime örttü ne kadar 'gerek yok' desem de. "Ayakkabı bile giymemişsin... Delirtecek misin sen beni? Hasta olacaksın. Gerçi hasta olursan partiye gitmemiş olursun, işime gelir." Tepki vermeyince, gülüp, "Şaka yaptım," dedi. "Şuraya oturalım mı?"

Terastaki eski battaniyelerden birini serdik altımıza, oturabilmek için. Mavi kutum hâlâ elimdeydi. Söylemedim değil mi size? İçinde tam on yıl önce Ali ile birlikte annemden gizli gizli gömdüğümüz pembe spor ayakkabılarım vardı. Çamurlu, pembe, minik ayakkabılar... Nereye gömdüğümüzü daha sonra unuttuğumuz ayakkabılar... Pembeden nefret ediyorum ve giymek istemiyorum diye gömdüğümüz ayakkabılar... Dönüşte Ali'nin yalın ayak yürümeyeyim diye o küçük yaşında beni düşünüp bana kendi ayakkabılarını vermesini sağlayan ayakkabılar... "Bu arada partiye seni ben götüreceğim," dedi birden. "Neden?" diye sorduğumda cevap vermedi. "Peki o zaman," dedim gözlerim tekrar ayakkabılara kayınca. "Nasıl beceriyorsun bunu Ali? Şu an bunları görmeye ihtiyacım olduğunu... Nasıl anlıyorsun?" dediğimde, gülümseyip elini yumruk yaparak ağzına götürdü. Hafifçe öksürüp, bir şarkı mırıldandı bana. Cevapların içinde olduğu... "Sen konuşmasan da... Ben anlarım çünkü en iyi ben tanırım seni. Ben anlarım, sakladım, silinmedi... Duvarların sağlam yıkılmaz sanıyorsun. Sen öyle zannet ben anlarım... La la la la..." Elimdeki kutuyu alıp yana bıraktı ve elimden tutup ayağa kaldırdı beni. Ayakkabılarını çıkardı sonra ve benim önüme doğru ittirdi. "O gün de yalınayaktın ve sana ayakkabılarımı vermiştim, hatırlıyorsun değil mi? Giy ve benimle dans et... İlk dansını sırık oğlana vermeni istemiyorum. Gitgide ona âşık olduğunu hissediyorum Yaprak. Bari ilk dansın... İlk sıra arkadaşın, ilk oyun arkadaşın, ilk sırdaşın... Benimle olsun." Cebinden bir kulaklık çıkardı sonra. O şarkı... Son ses açtı ve başımı göğsüne yasladı.

Bazı anlar vardır, sorgulamamanız gerekir. Sorgularsanız, anı yaşayamaz ve gelecekte pişman olursunuz. O an, öyle bir andı benim için. Doğrusu yanlışı... Nedeni sonucu... İyisi kötüsü yoktu o anın. Sadece... İçimden geçen şeyi yaptım. Söylediği gibi ayaklarıma onun kocaman ayakkabılarını geçirdim ve kollarımı boynuna doladım. İlk dansımı... Ona verdim. Ali'nin çıplak ayakları, benim kocaman ayakkabıların yükünü zor taşıyan minik ayaklarımın altına hafif soğuk bir İzmir gecesi dolandı. Hiçbir şey düşünmeden, hiçbir şey bilmeden, hiçbir şey görmeden benden o gece dinlememi istediği şarkıyı dinledim onunla dans ederken. Sadece...

Terasta çıplak ayakla sevdiği kızla dans ederken, içinden geçenleri söylemeye karar verse de becerememişti yine Ali. Söylemek istedikleri göğsünün üzerinde büyüyordu gitgide. O an aklına bir şey geldi. Cebinden kulaklığını çıkardı, mırıldandığı şarkıyı son ses açtı ve Yaprak'ın kulaklarına taktı. Başını göğsüne gömdü sonra kızın ve dans etmeye devam etti. İşte şimdi... Kızın yüzü ona dönük değilken ve onu duyamıyorken içinde yük olan cümleleri sıralayabilirdi. "Biraz daha yalan söylersem çatlayacak kalbim," dedi. "Biraz daha yalan söylersem...Gerçekten... Çatlayacak kalbim. İstemiyorum. O elbiseyi giymeni istemiyorum. Saçlarını yapmanı istemiyorum. Bu güzel yüzüne sırf o istiyor diye istemediğin şeyleri sürmeni istemiyorum. Ona gitmeni istemiyorum. Ona gülmeni istemiyorum. Ona ismiyle hitap etmeni istemiyorum. Onu düşünmeni istemiyorum. Onu aklına getirmeni istemiyorum. Ona karşı gardını indirmeni istemiyorum. Ona bakmanı istemiyorum. Ona kalbinin hızlı atmasını istemiyorum. Onun için... Güzel olmanı istemiyorum. Sana daha da âşık olmasını istemiyorum. İstemiyorum... Seni ona vermek istemiyorum. Yalan söyledim anasını satayım. Nefret ediyorum. Seni elinden tutup ona götürme fikri bile paramparça ediyor beni. Bir gün seni gelinlikler içinde başka bir herifin ellerine teslim edeceğim geliyor aklıma... Geberiyorum. Duymuyorsun ya şimdi beni... Hiçbir zaman duyamayacaksın diye ölüyorum. Anlamıyorsun... Ben söyleyemiyorum, bari sen anla diye elimden geleni yapıyorum ama... Anlamıyorsun be Yaprak. İstemiyorum işte. İstemiyorum... Senin ona gitgide âşık olman istemiyorum. Yapamıyorum.

Ne olur... Hadi çıkar kulaklığı. Çıkar... Çıkar da duy beni. Ne olacaksa olsun..." Biraz olsun içi rahatlar sanmıştı ama... Olmuyordu. O kadar büyüktü ki... Gitmiyordu içinde tuttukları, öyle hissediyordu. "Galiba... Çok zamanım kalmadı. Biraz daha söylemezsem sana bunları sen duyarken beni... Biraz daha tutarsam içimde bunları... Gerçekten kalbim patlayacak. Yakında..." dedi kollarını kızın başına usulca sararken. "Söyleyeceğim. Çok yakında... Her şeyi..."

Otuz Yedinci Bölüm

Parti günü

Aynada kendine çok fazla bakan tiplerden değildim ben. Banyoda saçlarımı şampuan köpüğüyle saçma sapan şekillere sokup dans ederken hariç… Aynaya bakmak o zamanlar dışında eğlenceli değildi çünkü. Ama o gün, uzun bir süre odamda giysi dolabımın önünde bağdaş kurmuş bir şekilde dolap aynasından kendimi izledim. En ince ayrıntıma kadar tanımak istedim sadece. Gözümün kenarındaki küçük, pek belli olmayan bene baktım. Kirpiklerime… Islak ve hafif dalgalı saçlarıma… Tuna'nın beni tek övdüğü şeye, gözlerime baktım. Şimdiye kadar benim için hiçbir şey ifade etmeyen anlamlarla… Küçük bir burnum vardı, genel algıya göre güzel demekti bu. Ne saçma… Kaşlarım hafif dolgundu, ama Tuna'nın dediğine göre zararsızdı bu. Yine son dönem modasıymış bu da… Bana neydi ki? Kirpiklerim uzundu. Küçükken annem kesmiş kirpiklerimi, daha uzun olsun diye. Öyle der hep… Sanırım o yüzden. Yüzümde küçük birkaç leke dışında bir şey yoktu. Güzel mi oluyordum yani? Saçma. Saçmaydı her şey. Saatlerce kendimi izlemenin ardından karar verdiğim. Bana göre, güzellik ya da çirkinlik saçma şeylerdi. Kendimi delirene kadar izlemem bitince, telefondan biraz araştırma yaptım. Merak ettim. Son zamanlarda sürekli birilerinin yargıladığı ve sürekli bana 'güzelliğinin farkında ol' dedikleri güzellik cidden onların dediği gibi bir şey miydi diye.

Japonlarda, kalkık burun beğenilmezmiş mesela. Daha kavisli burunlar daha çekici gelirmiş... Ama mesela Türkiye'de fındık burunlu olmak güzellik ifadesi. Sonra Almanya, Rusya gibi sarışın olan ırklarda esmer ten imrenilen bir şey... Ama Türkiye'de sarışınsan genelde güzelsin. Algı böyle... Mesela Asya'da kilolu biri güzel çok nadir bulunurmuş. Ama Moritanya denilen bir ülkede 60 kilodan aşağı olan kızlar evlenemiyormuş bile... İşte, vardığım sonuç. Güzellik güzellik diye başımın etini yiyenler sadece aptaldı. Aslında güzel veya çirkin diye kavramlar yoktu. Hepsi sadece... Algıdan ibaretti. Belki bir açı, belki güneşin vuruşu, belki kültür, belki moda... O gün saatlerce düşünmemin sonunda buna karar verdim. "Güzel ya da çirkin olmayı umursamıyorum. Herkes bulunduğu yerde nasılsa genel algı, ona göre davranıyor ve güzel olduğunu zannediyor. Saçma..." Telefonumu yan tarafımdaki puf mindere fırlattım homurdanarak. "Herkes mutlu olduğu gibi davranmalı."

"Bu sene kısa saç moda, burada uzun saç seviliyor, erkek arkadaşım sarışın seviyor... Kimseye aynı anda kendini beğendiremez kimse zaten. Unutma, sen kendini seversen, herkes seni sever," dedi Tuna kapının önünde dikilirken. Çok fazla şaşırmamıştım, zaten onu beklediğim için. "Cephaneliklerim hazır, kolla kendini patates kafa." Elinde, o kadar çok şey vardı ki, odaya adımını atar atmaz ayaklandım ve elindekileri içeri taşımasına yardım etmek için hamle yaptım Tuna'ya doğru. "Yardım edeyim," dedim elindeki en ağır poşete uzanıp. Ben der demez poşeti bıraktı Tuna. Tam ayağımın üzerine geldiği için sağlam bir çığlık attım "Tutsaydım bi' kızılın en kaba tonu!" derken. Gözlerini kısıp, bana "Tutsaydın, bana ne," dedi ve elindeki diğer iki poşeti yatağıma fırlattı. "Bugün yine tersinden kalktın galiba. Valla son bugün... Yarından itibaren söz, rahatsızlık vermeyeceğim sana."

"İstersen ver. Bundan sonra benimle girdiğin her diyalog senin ömründen çalınan bir sene demek olacak" dedi köşede duran sandalyeyi halının ortasına çekerken. "Gerçekten sabrım yüzde üç kaldı, kırmızı ışık yanıp sönüyor. Uzatmaları oynuyorum, o yüzden bugün beni yorma. Sonrasında denizkızı gibi köpük ol, uzaklaş benden. Tamam mı?"

"Ne zaman böyle konuşsan, bir şey çıkıyor, yine burnunun dibinde bitiyorum," dedim kıkırdayarak. "çok büyük konuşmayalım bence."

"Kafanı koparırım senin," dedi Tuna en serinkanlı haliyle. "Al kopar, al" dedim kafamı Tuna'ya doğru uzatıp. "Patates kafalı Samara," deyip saçımdan çekti, yere dizlerimin üstünde mecburi iniş yaptım. "Bugün kölesin. Ne dersem koşulsuz şartsız yapacaksın Samara." Elimle acıyan kafamı ovuştururken, hafifçe salladım kafamı. "Aferin. Kural bir; olabildiğince bana doğru bakma, midemi bulandırıyorsun. Kafanın arkasıyla muhatap olmak istiyorum bu akşam."

"Nasıl bir insansan, bağışıklık sistemim senin hakaretlerine göre yeniden programlandı valla kızıl elma. Yemin ederim, gram alınmıyorum." Dizlerimin üzerinde ters tarafa doğru döndüm. "Böyle konuşalım o zaman."

"Aynadan görüyorum seni," dedi her zamanki memnuniyetsiz ses tonuyla. Biraz yana kaydım. "Oldu mu?" Ayağıyla sırtıma dokunup, "Biraz daha yana" dedi. Dediğini yaptım. "Şimdi oldu" dedi.

Bir süre ses çıkarmadan bekledim orada. Seslerden anladığım kadarıyla, Tuna, poşetlerden bir şeyler çıkarıyor; kullanacağı şeyleri hazırlıyordu. "Priz nerde" diye sorunca, ağzımı açmadan parmağımla üçlü prizi gösterdim. "Bir metre kadar yana kay," dedi sonra bana vitrinde bir oraya bir bu yana sürüklenen biblo muamelesi yaparak. Ama haklıydı, ona bunca zahmet verdiğim için ne dese yapmak zorundaydım. Hafiften uyuşmaya başlayan ayaklarımla güç bela küçük hareketlerle dediği yere doğru gittim. "Ya kafamı döndürebilir miyim, manzaramdan çok sıkıldım. Ya da yer falan değiştirsek?" dedim yine pişkin pişkin. "İşim bitti zaten. Bundan sonra mecburen yüzünle muhatap olacağım," dedi tam önüme diz çöküp. Yüzünde her zamanki memnuniyetsiz yüz ifadesi vardı. Biraz ukalaydı da bu ifade, biraz kendini beğenmiş, biraz sinir bozucu ama biraz da güven veren... Gülümsedim birden. "Gülme," dedi. "Tamam," dedim elimle yana kıvrılan dudaklarımı aşağı indirirken. Hırkasına taktığı minik saç tokasıyla saçlarımı tepeden rastgele topladı. "Önce makyajını yapacağız," dedi önemli bir ameliyata girmek için hazırlanan doktor edasıyla. Kendimi tutamayıp, "Neşter hemşire hanım," dedim. Elindeki krem kutusuyla kafama vurdu. "Sana kim konuşma hakkını verdi pardon?" Elindeki şişenin kapağını açıp parmaklarına birkaç damla damlattı. Küçük noktalar haline yanaklarıma, burnuma, çeneme ve alnıma sürdü. "İyice yedir şimdi," dedi şişenin kapağını kapatırken. Dediğini yaptım. Gözlerimi sımsıkı yumdum ve iyice yedirdim krem mi başka bir şey mi anlamadığım şeyi yüzüme. "Tamam çek elini," dedi eline bu defa birden çok şişe ve kutu alıp. Önce ruja benzeyen ama ruj olmayan bir şey ile, yüzümde birkaç noktaya bir şeyler yaptı. Sonra yanaklarıma Kızılderililerin savaş boyalarını sürdükleri gibi iki çizgi attı, sanırım adı fondöten olması gereken o şey ile... Ben biraz gülelim diye elimi ağzıma götürüp Kızılderili gibi ötmeye başlayınca Tuna yine kafama vurdu elindeki şişeyle "Şurada prizde takılı saç düzleştiricisini görüyor musun? Hah, işte o düzleştiricinin arasına burnunu koyar, tost yaparım. Kapa çeneni!" diyerek. Korkup, ağzıma görünmez bir fermuar çektim yine. Eline sünger gibi bir şey aldı sonra ve yüzüme sürdüklerini iyice yaydı. "Yüzünde çok sorun yok. Sadece biraz renklerin aynı olması için kullandım kapatıcı ve fondöteni. Annemin yüzüne benziyor yüzün... Onunki de sürekli kırmızı. Aynı sinir bozucu kırmızı..." Kendi kafasının da kırmızı olduğunu hatırlamış gibi, kendine dipnot düştü. "Benim saçlarım kırmızı sadece patates kafa."

"Bir şey demedim ki be... İçimden de mi bir şey geçiremeyeceğim!"

"Sus ve gözlerini kapat. Midem bulanıyor, kulaklarım kanıyor ses tonundan. Sanırım kusacağım." Sözlerini duymamaya çalışarak kapattım gözlerimi. "Biraz aç." Açtım. "O kadar açma! Kapat biraz." Yine dediğini yaptım. Ama galiba yine fazla kapatmış olacağım ki, gözkapaklarımı parmaklarıyla yukarı kaldırdı ve gözlerini gözlerime dikti. "Senin hiç ortan yok mu? Gözkapaklarını koparırım, perdesiz ev gibi dolanırsın ortalıkta. Adam gibi, tam ortada tut şu kepenklerini, aptal şey!"

"Ya anne ya," dedim ağlamaklı bir ses tonuyla. "Küçükken annem beni yıkarken bu kadar geriliyordum en son..." Gözlerimi aşağı doğru indirdim ve dediği ayarda tutmaya çalıştım ne kadar zorlansam da. Homurdanarak devam etti Tuna. "Gözlerine biraz çok makyaj yapacağız. Bak sakın gözlerini kırpayım deme ben gözüne bunu sürerken-" Gözümü kırptım. "Yemin ederim Yaprak, yemin ederim şu elimde gördüğün var ya," dedi ben korkuyla bir adım geriye kaçınca. "Şu fırçayı burnuna sokar, oradan beyine kadar ilerlerim, siyaha boyarım bütün nöronlarını! Bir kere de lafımı bitirmemi bekle beni kızdırmak için!" İki elimi özür dilemek için birleştirdim. "Ay, valla kırpıverdim birden. Çok özür Tuna..." Gözüm aynaya takıldı Tuna'ya yalvarırken. Gözümü kırptığım için boya ince bir çizgi halinde gözümden aşağı uzanmıştı. Gülüp, "Bez bebekteki Joker gibi olmuş," dedim kamyoncu dayı gülüşümle. Boş bulunup o da güldü birden. Hemen toparladı ve "Gel buraya," dedi. "Bu son uyarım. Cansız manken gibi, öylece durmazsan seni pencereden aşağı atarım. Ve emin ol, bir dakika düşünmem bunun için."

Islak mendille boyanın bulaştığı kısımları silip, tekrardan bir şeyler yapmaya başladı. Her defasında yine bir yerlerime bulaştırdım boyayı. Yanlışlıkla gözümü ovuşturdum. Dur dediği yerde duramadım. Saçı gibi yüzü de kırmızı oldu yarım saat içinde Tuna'nın. Ama bir şekilde bağrış çağrış gözüme istediği şeyi yaptı. Sonra odadan çıkıp, yüzünü yıkamaya gitti siniri geçsin diye. O arada elbisemi giymemi istedi. Saçımı yaparken bozulmasın diye... Onca tülün arasından gireceğim yeri bulmak zor oldu benim için, ama becerdim. Yarısına kadar örtebildiğim fermuarı Tuna örttü geri gelince. Sonra sandalyeyi tekrar ortaya çekip oraya oturttu beni. Saçlarımı yapmaya başladı, bir yandan da bana ufak tavsiyeler vermeye... "Saçlarını çok hafif dalgalandıracağım. Sadece uçlarını... Sonra çok hafif yanlardan toplayacağım ki seni daraltmasın. Küpelerin, minicik. Topukların küçük... Rujun çok hafif bir pembe ve likit değil. Likit olsaydı yemek yerken beni rahatsız ediyor diye sürmezsin çünkü bir daha, seni biliyorum." Gülümsedim, nedensizce. "Yani demek istedim, bunlar aklında bulunsun. Kimseye güzel görünmek gibi bir derdinin olmadığını biliyorum. Rahatın da her şeyin önünde geliyor. O yüzden patates kafa, bu gece elbisen dışında senin için bütün seçtiğim şeyler senin rahatın ile bakımlı bir kızın ortada buluşmuş hali. Rimel sürme gerçek hayatta mesela... Sen beceremezsin. Gece silmeden yatarsın kesin üşenip, sabah panda gibi uyanırsın. Ama kirpik kıvırma aletlerinden kullanabilirsin. Kirpiklerin uzun zaten. Boya derdi de yok. Sonra ruj değil de, renklendiren dudak kremleri var. Onlar hem dudaklarını besler hem de hafif renk verir. Saçlarını sürekli saçma sapan toplama mesela. Biliyorum, şu an kafandan 'Ama rüzgârda ağzıma doluşuyorlar!' diye geçiriyorsun. Ama geçirme. Sana öyle yap da demiyorum. Ama toplayacaksan bile bunu güzel yap. İnternette bir sürü örgü modeli var. Onlara bak, sürekli anime izlemek yerine. Ya da yüzüne gidecek topuzlar yapabilirsin. Ya da hafifçe Elf kızları gibi toplayabilirsin minik bir tokayla. Anladın mı? Eminim hoşuna gidecek. Hem rahatın bozulmayacak, hem de aynaya bakınca kendini daha iyi hissedeceksin. Unutma, makyajı kızlar genelde kendilerini iyi hissetmek için yaparlar. Sen de öyle ol. Başkası için değil kendin için."

"Ay, kulağım yandı!" diye sıçradım birden, Tuna'nın kullandığı maşa kulağıma değince. "Komple kafanı yakarım, sinirlendirme beni. Kim sana lafımı bölme hakkını verdi patates kafalı çakma prenses?"

"Pardon, kulağım alev alev yanan maşana değmiş..."

"Sus, hızlıca işimi bitireyim. Sana öğüt verende kabahat." Saçımdan bir tutam alıp, yüzündeki ifadeyi bozmadan kendini düzeltti. "Gerçi bende değil kabahat. Kabahat bende olamayacak kadar mükemmelim. Sana katlanıyorum, daha ne olsun. Kabahatmiş..."

Tuna'nın sinirli yüzünü izlerken gülmek istedim. Aynadan

bakıyordum da, cidden komik oluyordu yüzü sinirlenince. Genelde sinirlenirdi ya zaten, neyse... Saçlarımı bitirince, daha önce dediği gibi çok hafifçe yanları topladı. Yani önüme düşüp beni rahatsız etmeyecek şekilde... En son rujumu sürdü. Dudaklarımı fazla büzdüğüm için ruju yedirecekti az kalsın ama o birkaç ayrıntıyı geçiyorum... İşi tamamen bitince kenara çekilip "Ayağa kalk," dedi bana. Çekinerek söylediğini yaptım. Eliyle aynayı işaret etti son halime bakmam için. Küçük birkaç adımla tam aynanın önünde durdum. "Renkli ben," dedim gülümseyip. "Sadece fark bu bence. Renklenmişim..." Güldü Tuna. Ama bu defa ciddi anlamda güldü. "Geri zekâlı," dedi aniden yüzünü düşürüp. "İkinciye asla tekrar etmeyeceğim, iyi dinle. Güzel oldun. Fazla güzel..."

"Ha?" dedim kahkaha atarak. "Bir daha söylesene, ses kaydına alacağım."

"Defolup gider misin acaba aşağı doğru? Arkadaşların ve annen mucizemi görmek için sabırsızlanıyorlardır." Eliyle kapıyı işaret etti ve dudaklarını sinirle büzerken duvara yaslandı.

"Teşekkür ederim Tuna. Her ne kadar bugün böyle şeylerin sadece basit bir algı olduğuna karar versem de, eğlenceliydi. Yani... Renklenmek. Her ne kadar patatese tülden bir elbise giydirmişler, içi aynı patates gibi düşünsem de... Sen güzel diyorsan, eminim öyledir. Umursamıyorum böyle kavramları, ama sen söyleyince ne yalan söyleyeyim; mutlu oldum. Şimdi gidip, bu tarz şeyleri önemseyen o aptalların yüzündeki o komik ifadeyi izleyip eğleneceğim. Sadece bu..." Elimle zafer işareti yaptım animelerdeki kızlar gibi, "Yaprak-chan gidiyor. Ja neee~"

"Patates-chan," diye bağırdı arkamdan ben tam kapıdan çıkacakken. "Umarım bu soğuk havada öyle gitmeyi düşünmüyorsun."

"Ha yok, montumu-" Sözümü bitiremeden yan taraftaki poşetten çıkardığı bir hırkayı kafama fırlattı. "Bunu giy. Elbiseni görünce uyacağını düşündüm. Annemin dergi çekimlerinde sırf annem zor durumda kalsın da biraz uğraşsın diye araklamıştım bu hırkayı. Sonra da buraya kadar getirmişim. İşte neye niyet patates kafaya kısmet... Dikkat et, tahmin edemeyeceğin kadar pahalı bir hırkadır. Sonra kırk yıl fotosentez yapsan, yine ödeyemezsin." Güldü. "Şaka yaptım. Senin olabilir. İyi şanslar, aptal kız. Kanatlarını umursamasan da, git ve göster herkese uçabildiğini. En azından bu gece..."

"Taner'i arkadaşlarıyla içmeye yolladım," dedi Yaprak'ın annesi kıkırdayarak. Oğuz, Sinan ve Gökhan ile birlikte Yaprak'ın aşağı inmesini beklerken laflıyorlardı. "Normalde özel günler dışında içmesine izin vermem biliyorsunuz ama, şimdi laf falan eder kızı bu halde nereye gönderiyorsun diye... Gece de geç gelir, zaten o kafayla Oğuz'u görse Yaprak zanneder." Sağlam bir kahkaha attı sonra. "Mükemmel bir anneyim."

"Oya Tyzeciğim," dedi Gökhan oturduğu yerde biraz doğrulup. "Yani ne bu neşe sizdeki anlamadım doğrusu. Yaprak benim kızım olacak, yeminle ensesinde GPS yerleştirmiştim bu gece." Kollarını göğsünde birleştirip, rahatsız bir yüz ifadesi takındı. "Gerçi hâlâ yapabilirim de..."

"Ay siz de Yaprak da beni yanlış anlıyorsunuz," dedi elindeki kahve fincanını sehpaya bırakırken kadın. "Korkuyorum evladım. Kızın sizinle takılmaktan erkeklik hormonu yükselecek de sonra şey olacak diye..." Öksürdü lafı çevirmek ister gibi. "Yani ben karşı değilim öyle şeylere ama... Yani tek kızım Yaprak sonuçta. Olmasın mı torunum? Bak ben de zamane gençleri gibi her hafta sevgili değiştirsin demiyorum, ama yani kaç yaşına geldi. Hiç mi hoşlanmaz birinden, hiç mi görüşmez? Yok yok. Ben Barış oğlumu sevdim. Çok iyi anlaştık. Bence Yaprak âşık olacak o çocuğa. Bir kere göreyim şu kızı akranları gibi kikirdeyerek mesaj yazarken, valla isterse sonra hiç kimseye düşmesin gönlü."

"Oya Teyzeciğim, tamam... Barış ve sevgili konusuna pek girmeyelim, ben geriliyorum biraz," dedi Gökhan kanepede şekilden şekle girerken. "Allah'ım inşallah kızım olmaz. Yoksa ben kesin deliririm."

"Ben bir Yaprak'a bakayım hazırlanmış mı," dedi Oya birden heyecanlanıp. "Çok merak ediyorum, ay!" Küçük topuklu pembe terliklerini şıplata şıplata yukarı kata çıkmaya başladı. "O değil de," dedi Gökhan, kadın gözden kaybolunca. "Bu partide kızı öpmeye falan kalkmasın. Öyle bir bok yerse, o dudaklarını ipe mandallarım, Duffy Duck gibi dolanır ortalıkta."

"Ya var ya, yemin ederim beni de kıskanıp evlenince gerdek gecesi odaya dalacak, aranızda yatacağım diyecek diye çok korkuyorum" dedi Oğuz, Gökhan'ı koluyla dürtüp.

"Sana Yaprak tipi beddua edeceğim, kolla kendini," dedi Gökhan başını yana çevirip. "Gerdek gecesi yatakta pizza yersin de tam iş üzerindeyken na böyle," dedi ağzını ve yüzünü yamultup, "çarpılırsın inşallah da, yüzyılın cenabeti olarak tarihe geçersin. Senin neyini kıskanacaksam, mandıra sığırı."

"Oha," dedi Oğuz gülerek. "Komikti lan. Düşünsene, çarpılırmışım... İrem şok."

"Yemin ederim arsız... Yüzüne tükür, ketçap mayonez alabilir miyim der."

"Oha sesler geliyor, geliyorlar galiba!" dedi Sinan birden heyecanlanıp ayağa kalkarken. "Oğlum çok merak ediyorum lan." Oğuz ve Gökhan'ı kollarından tutup ayağa kaldırdı ve merdivenin başına çekti büyük bir heyecanla. "Oğlum ben niye oğlu sünnet olan baba misali heyecanlandım lan?"

"Şaka maka ben de öyleyim," dedi Gökhan da, Sinan'ın omzuna kolunu attı. "Bir ben mi heyecanlanmadım?" diye sordu merdivenin başında duran Oğuz. "Bakın, kızı görünce sakın böyle saçmasapan tepkiler verip utandırmayın. Sakin sakin karşılayın... Tamam mı-" derken bir öksürük sesi duyuldu merdivenin yukarısından. "Bak kız geldi, sakın ha. Sakin..." Arkasını döndü Oğuz sonra. Ve son ses bağırmaya başladı. "Yapraaaaaaaak! Kız fotosentez yapışını sevdiğimin nöron savaşçısı! Kız bu sen misiiiiin?!"

"Mal!" diye bağırıp Oğuz'un ensesine vurdu Gökhan. "Oya Teyze o, geri zekâlı. Yanlış alarm!"

"Oyacığım, panik oldum, pardon. Devam edebiliriz..."

Merdivenin köşesinde öylece durup, Oğuz sesiyle tüm apartmanı inletirken bizimkilerin yanına inecek cesareti toplamaya çalışıyordum. Saçma tepkisi, güldürmüştü beni. Son kez elimle saçlarımı düzeltip, Tuna'nın verdiği hırkayı sımsıkı kavrayarak ilk adımımı attım anneme doğru. Annem beni gördüğü andan itibaren asla kapanmayan ağzı ve dolu gözleriyle bana bakıyordu yine bakmaya doyamıyormuş gibi. Gülümsedim anneme. Ve gözlerimi kapatıp birkaç adımda yanına ulaştım. Elini belime atınca annem, açtım gözlerimi. "Hadi in, arkadaşların seni bekliyor," dedi. Başımı salladım hafifçe. Ama o kadar utanıyordum ki... Bacaklarım titremeye başlamıştı heyecandan. Başımı yere eğip, kaşlarımı çattım ve tırabzanlardan tutunarak merdivenlerden aşağı inmeye başladım. Kimseden ses çıkmıyordu. Bakamıyordum da zaten. Öyle tuhaf bir histi ki... Onların yanında ilk kez mayo giydiğim zaman utanmıştım ilk, yedi yaşındayken. Bir de şimdi... Son basamağa geldiğimde, sanki her şey normalmiş gibi kamyoncu dayı gülüşü yaparak kaldırdım başımı. "Çok komik görünüyorum değil mi?" Ali yoktu. Gökhan, Sinan ve Oğuz ise bana hiçbir duygularını okuyamayacağım derecede mimiksiz bir suratla bakıyorlardı öylece. "Ali nerede?" dedim. "Mutfakta falan mı?"

"Yaprak..." dedi ilk olarak Sinan. Bir adım attı bana doğru. Saçımdaki buklelerden birine dokundu usulca. "Çok... Güzel olmuşsun." Oğuz da geldi hemen yanımıza. "Kız, benden bile güzel olmuşsun!"

"Ya Oğuz," dedim gülerek. Hafifçe omzuna vurdum. "Senden güzel olmam mümkün mü pizza güzelim." Sinan ve Oğuz'un arasından görünen ama hâlâ tepki vermeyen Gökhan'a çevirdim başımı. "Sen beğenmedin mi Gökkuş?" Cevap vermedi yine. "Ne oldu buna yine, puk mu oldu?" Sinan'ı hafifçe ittirip, Gökhan'ın yanına ilerledim. "Gökkuş, küs müyüz?"

"Eğer yanında beni de götürmezsen küserim."

"Ne?"

"Seni bu halde oraya nasıl yollayacağım lan ben? Abartmamış mısın biraz güzel olmayı? Sinirlendim." Kollarını göğsünde birleştirip, arkasını döndü ben gülerken. "Hem göğüs dekoltesi var bunun. Pijamanın üstüne giyseydin keşke yine..."

"Değildir, değildir. Ödemdir o. Göğüs dekoltesi olsa duramazdı!" diye bağırdı Oğuz gülerek. "Ne oluyor bakalım orada, Gökhan sorun mu çıkarıyor her zamanki gibi?" Annem ise merdivenden aşağı inerken, konuşuyordu kendi kendine. "Oya Teyze ya," dedi Gökhan tekrar önünü dönüp. "Ya illa bir partiye gidecekse ben Merve'yi falan ayarlayayım, onlarla pijama partisine gitsin. Baksana şuna... Valla Mahmut Tuncer gibi bayılacağım şuraya!" Yüzümü düşürdüm yalandan, Gökhan'ın huyunu bildiğimden. Asla dayanamazdı o yüz ifadesine. "Tamam asma yüzünü!" dedi yanağımı yana doğru çekip. "Ömrümün çeyreğini annem, diğer çeyreğini Merve, diğer çeyreğini sen yiyeceksin anlaşılan... Olsun. Ben kalanla idare ederim." Güldüm. O da güldü. Kollarımı iki yana açtım, hemen sarıldı hafifçe. Sinan da geldi kıskanıp. Oğuz da durmadı... Sonra "Sen de gel Oyacığım," dedi Oğuz, annem de geldi o meşhur kahkahasından atıp. Hafifçe hepimizi kucaklıyormuş gibi yapıp, geri çekildi.

"23 Nisan'da zorla Yaprak'a gelinlik giydirmiştik ya... O gün geldi aklıma. Kaç yaşınıza gelirseniz gelin, hep küçücüksünüz bizim için... Hep böyle kalın, olur mu çocuklar? Sen de hadi Yaprak, taksi aşağıda bekliyor. Geç kalacaksın."

"Ali götürecekti beni," dedim kendimi bizimkilerin arasından çekip. "O nerede?" Cevap vermedi kimse. "Demek ekti beni..." Yapmacık bir gülümsemeyle, "Peki o zaman, ben de yalnız giderim!" dedim.

Ayağımdaki küçük topuklular yüzünden tek tek inmeye başladım merdivenleri. Annem, bizimkileri bırakmamıştı kahve içmek bahanesiyle... O yüzden aşağı tek başıma iniyordum. Ali'nin bana verdiği sözü tutmaması, hatta yanıma bile gelmemesi aklıma geldi Kadriye Teyzelerin kata kadar indiğimde. Merdiven başında öylece durdum. Biraz... Hayal kırıklığına uğramıştım sanırım. "Öyle olsun gamzeli oğlan..." dedim fısıltıyla ve başımı hızlıca sallayıp bu konuyu gelecekte çekilecek hesaplar liseme ekleyerek, bir adım daha attım merdivende. İkinci ise atamadım. Çünkü ikinci adıma yeltendiğim an, birden ayaklarım yerden kesildi. "Ali?! Ödümü kopardın!"

"Şimdi yürüyemezsin sen topukluyla," dedi gamzelerini belli ede ede gülümseyerek. "O yüzden gamzeli süper kahraman, sana yardıma geldi. Emniyet kemerlerini bağla, küçük titan. Uçuyoruz." Ben daha şaşkınlıkla mutluluk arasındaki o tatlı duygunun içindeyken, bir tepki vermeye kalmadan Ali, kucağında benimle, koşarak merdivenlerden inmeye başladı. Ben düşeceğimizden korktuğum için başımı Ali'nin omzuna gömdüm. "Korkma, benim kollarımdayken güvendesin. Asla düşürmem seni!" diye bağırdı ben koşmasının etkisiyle sarsılırken. Ağırdım biraz sanırım, gitgide aşağı kayıyordum ama... Ali düşmeyeceksin diyorsa, düşürmezdi. Çocukken, ayağımı kırdığında sırtına alınca da öyle demişti ve düşürüp diğer bacağımı da kırmama sebep olmuştu ama olsun... O zaman güçsüzdü kolları. Şimdi ise hayatına giren bütün kadınları taşıyabilecek kadar güçlenmişlerdi. "İn bakalım," dedi, kapıya geldiğimizde beni usulca yere bırakıp. "Korktun mu? Bembeyaz olmuş yüzün."

"Yok, o Tuna'nın yüzüme sürdüğü şeylerden..." dedim gülerek. "Gelmeyeceksin sandım."

"Bir söz vermişsem, hele ki sana... Ne zaman tutmadığımı gördüm küçük hanım?"

"Bir keresinde çocukken-" Eliyle dur işareti yaptı Ali. "Çocukluk sayılmaz!" Gülüştük. "Pekâlâ... Geç kalmadan küçük titanı, partiye yetiştirelim. Hadi..." Eliyle taksinin kapısını açtı. Gülümseyip, güç bela girdim arka koltuğa. "Eteğin," dedi eliyle dışarıda kalan tülleri işaret edip. "Ah, alışamadım hâlâ" dedim çekerken. Ali kapıyı kapatıp, hızlıca ön tarafa doğru koştu. Yanıma oturmasını beklemiştim ama, nedense ön koltuğa oturmayı tercih etti. Yol boyu pek konuşmadık zaten. Sadece arada gözlerimiz kesişti dikiz aynasında, hemen çekti gözlerini. Sanki bana bakmamaya özen gösteriyormuş gibi... Kıyafetim ve makyajımla ilgili de bir şey dememişti. Sanki sıradan bir günmüş de beni gitmek istediğim bir filme götürüyormuş gibi... Ya da öyle görünmeye çalışıyordu, bilemiyorum.

Partinin olduğu iki katlı, lüks evin önüne geldiğimizde, Barış'a mesaj attım 'Kapıdayım' diye. Ali, Barış gelene kadar gitmeyeceğini söyledi, ben ne kadar gitmesini söylesem de. "Gözüm arkada kalır," dedi her 'gidebilirsin artık' dememde. Birkaç dakika kapıda Ali ile bekledikten sonra Barış göründü. Beni görünce, direkt gülümsemeye başladı. Bayağı otuz iki dişin göründüğü türden... Adımlarını hızlandırıp, hemen bahçe kapısına geldi ve kapıyı açtı bize. "Yaprak tahmin ettiğimden daha... Daha güzel... Hayır," dedi sonra bana büyülenmiş gibi bakarken. "Güzelden de öte... Büyülü gibisin."

"Teşekkür ederim sırık-" Elimi hızlıca dudaklarıma bastırdım. "Bu gece sırık yoktu, tamam. Barış..." Ali'ye döndüm son kez teşekkür etmek için. "Teşekkür ederim Ali, eşlik ettiğin için." Ali, kolumdan hafifçe tutup kendine doğru çekti beni, vedalaşmak için. Sarılmak ile sarılmamak arasında kaldı, kollarını bana dolaması. Kulağıma eğildi sonra, bir şeyler söylemek için. "İçme sakın, tamam mı?" dedi. "Dikkat et kendine. Bir şey olursa ara beni, hemen gelirim. Ayakların falan acırsa o ayakkabılarla... Yine tek bir mesajda sana kendi ayakkabılarını getireceğim. Tamam mı?" Kendini benden çekti ama hâlâ kolumu tutuyordu. Elini hafifçe kaydırıp bileğimi kavradı.

Ve Barış'a doğru uzattı...

Barış, hemen toparlanıp bana doğru bir adım geldi ve koluna

girebilmem için açtı kolunu. Ali usulca bıraktı bileğimi, Barış'ın kollarına doğru. Tuhaf hissettirse de bu... Ali'ye son kez baktım ve Barış'ın koluna girdim. Ama Ali bana değil, Barış'a bakıyordu. Sanki aralarında sessiz bir dil vardı ve ben anlamasam da bir şeyler diyorlardı birbirlerine. Sonra bana baktı son bir kez ve usulca veda etti.

"İyi eğlenceler küçük titan. Seni üzerse biri içeride, kafasını ısır. Tamam mı?"

Barış'ın koluna girip, paytak paytak yürüyerek partinin yapıldığı lüks evin içerisine girdim. Kapıdan içeri girer girmez herkesin yüzü bize dönünce, o kadar utandım ki tarif edemem... "Sırık, şunlara söyle de bana bakmasınlar," dedim sadece Barış'ın duyabileceği şekilde, salonun ortasına doğru ilerlerken. "Tüllü pullu zaten kendimi komik hissediyorum."

"Ooo, yengemiz bu demek," dedi bize doğru gelen fazlasıyla sulu bir tip. "Diğer kıza pek benzemiyor" dedi çenemden tutup yüzümü incelerken. Elini tutup boşluğa fırlattım. "Çok bedensel temasta bulunmazsak iyi olur canım," dedim baygın baygın bakarak. "Ooo, sinirli biraz. Peki peki..."

"Merhaba Barışınki!"

"Hoş geldiniiiiz kumrulaar ~"

"Sonunda kaptı kızı!"

Salon biraz kalabalıktı. Doğal olarak. Şıkır şıkırdı herkes. Her kafadan bir ses, varla yok arası bir müzik sesi... Bize doğru bakıp el sallayanlara Barış zafer dolu bir yüz ifadesiyle karşılık verirken, "Sırık, ben oturuyorum, valla yoruldum hemen bu ayakkabılarla," dedim fısıltıyla. Barış kahkaha atıp, parmağıyla köşedeki masayı işaret etti. "Bir şeyler atıştırmak istersin belki. Ben de seni izlerim," dedi. Elbisemin tüllerini hafifçe tutup, gözlerimi devirdim ve masaya doğru yürümeye başladım. Havalı havalı yürürken ayağımı burktum, yine güldü Barış. "Bekle, yardım edeyim."

Masa, salonun en köşesinde olduğu için, o an herkese tamamen hâkimdim. Daha iyi bakma fırsatım oldu herkese. Arada birbirlerine bir şey söyleyip aniden bana dönen yüzler... Birkaçı oynaşıyordu köşede. Birazı içiyordu. Ağzıma kurabiyelerden birini tıktım. "Boğulacaksın," dedi elini yanağına koyup beni izlerken Barış. "Beni izlemeyi keser misin, yemek yerken odaklanmam lazım."

"Herkes bayıldı sana."

"Emin misin," dedim kocaman bir dilim üzümlü keki ağzıma tıkıştırırken. "Şu an bu görüntüden sonra pek emin olamadım," deyip eliyle yüzümdeki kırıntıları silkeledi. "Şaka yaptım. Her halinle büyülüsün bu gece... Uzun uzun seni izlemek istiyorum."

"Barış, kim bu kız? Tanıştırmayacak mısın bizi?" Masaya yine tuhaf bir arkadaşı gelmişti, yüzü yabancı değildi. "Tanıştırayım," dedi Barış sinirli bir yüz ifadesiyle. "Yaprak... Bizim okuldaki hani. Bizden bir alt devrede olan. Âşık olduğum... Hatırladın mı?"

"Ne?" dedi çocuk şaşkınlığını gizleyemeyerek. Bir sağdan baktı bana, bir soldan. Eliyle aşağıdan yukarıya görünmez bir çizgi çekti. "Bu Yaprak mı?"

"Yok dal, bir taraflarına girecek olan," dedim ağzım yediğim keklerle doluyken. "Salak."

"Ha, evet. Yaprakmış..." dedi sonra. Dil çıkardım. "Baya..." dedi gözlerini yana çevirip. "Değişik olmuş." Barış'a baktı. Barış da gitmezsen 'bahsedilen dal gerçekten konacak en hassas yerlerine' bakışı atınca "E o zaman gideyim ben" dedi ve dayandığı masadan kendini çekip, üzerini silkeledi hafifçe. Yapmacık bir gülümsemeyle uzaklaştı yanımızdan. "Arkadaşlarının hepsi yavşak mıdır?" diye sordum çocuk gidince.

"Beni zor durumda bırakacak sorular sorma," dedi gülerek. "Neyse sen yemene devam et."

Ben masada tıkınırken, birkaç kişi daha geldi gitti yanımıza. Çoğunu görmezden gelip, yemeye devam ettim. Barış arada ne kadar kızsam da ben yemek yerken resmimi çekti, arada beni izledi. Bazen de yeni gelenlere selam vermek için kısa süreli ayrıldı yanımdan. Bir ara, Barış yokken yanıma çok güzel bir kız geldi. Bembeyaz tenli, uzun dalgalı saçlı, mavi gözlü bir kızdı. Böyle cidden peri masallarından çıkmış gibi... Sadece güzel olduğu için değildi bu benzetmem, konuşurken o kadar yavaş ve o kadar yumuşak bir ses tonuyla konuşuyordu ki... İncecik zarif parmakları, uzun boynu... Tamamen kusursuzdu. Benden epey... Farklı bir kız. Gerçek bir prensesti. "Ayşegül ben," dedi. "Sanırım Barış'ın sevgilisisin. Tanıştığıma memnun oldum." Her ne kadar "Sevgili değiliz," desem de pek inanmadı sanırım. Birkaç dakika benimle muhabbet edip, sonra ayrıldı yanımdan Barış'ı kapıda görünce. Barış, Ayşegül'ü yanımda görünce sinirlendi. Sebebini sorduğumda "Hoşlanmadığım birisi, bir daha yanına gelirse konuşma onunla," dedi beni şaşırtarak. Daha önce öyle sinirlenmemişti hiç... Ya da birinden gerçekten nefret ettiğini hissettirmemişti bana. Bir şey demedim.

"Ya bu şimdi gerçekten Yaprak mı, benimle dalga mı geçiyorsun?" diyordu ara ara yine o arsız arkadaşı. Üçüncü gelmesinde kafasına tuzlukla vurdum. Ama kafası iyi olduğu için sadece güldü. "Barış, ben çok bunaldım, ne olur dışarı çıkalım mı?" dedim en sonunda saat epey geç olunca. Herkes iyice eğlencenin suyuna limon sıkarken havalı havalı yürümeye başladım. İnsanlar dans ederken, onları yara yara geçtim aralarından. "Ya sen şimdi cidden-" Suratını çimdikledim ve yana ittirdim arsız yüzü. Alkol kokusu, sürekli çalan müzik ve insanların ilgisinden kusacaktım. Saçlarımı geriye doğru attım tek elimle. Diğer elimle, elbisemin eteğini tutuyordum. "Bekle," diye bir ses duydum arkamdan. "Kusacağım valla doğduğu güne şimdi, nefes alamıyorum," dedim. Salondan çıkıp, aşağı kata uzanan merdivenlerin başında durdum. Ayakkabılarla zordu... Topukluları çıkarıp elime aldım ve aşağı doğru inmeye başladım. Merdivenlerin ortasındaydım ki, belimde bir el hissettim. "Bekle..."

Elimi tuttu usulca, gülümsedi. "Ben de tam seni dansa kaldıracaktım. Madem öyle... Arka bahçede sadece ikimiz dans edelim. Daha fazla sana bakmalarına dayanamıyordum ben de." Hafifçe çekti beni aşağı doğru. "Hadi gidelim Amazon kızım..."

***

"Başım ağrıyor Barış," dedim ağlamaklı bir ses tonuyla. Arka bahçede, kış olduğu için boş olan havuzun başına gelince, elimi bıraktı Barış. "Ambiyans pek güzel değil... Ne yapsak, gözünü mü kapatsan acaba?" deyince nedensizce boş bulunup kahkaha attım. "Sorun değil... Kaparım ben gözümü." Elimi tutup tekrar, beni kendine çekti ve ellerini belimde birleştirdi. Gülmem durdu o an. Biraz... Gerildim galiba. Her ne kadar partiye sadece bir şeyler tıkınıp, arkadaşlarıyla tanışmak için gelmediğimi bilsem de, aniden böyle şeyler yapınca, tuhaf hissediyordum kendimi . Boyu uzun olduğu için epeyce aşağısında kalmıştım yine. Kollarımı boynuna dolamam lazımdı ama, yeltensem de çok uzanamayacakmışım gibi geldi bir an. "Kolundan tutsam, yetişemeyebilirim..." dediğim an beni yukarıya kaldırdı belimden destek alıp. Panik olup kollarımı boynuna doladım. "Bak, şimdi yetiştin."

"Ayaklarım yerde değilken nasıl dans edeceğim sırık oğlan, onu da düşündün mü?"

"Sen sadece gözlerimin içine bak. Gerisi önemli değil."

"Peki..."

"Bu gece geldiğin için teşekkür ederim. Benim için çok önemliydi. Herkes beni köşeye çekip, senin ne kadar güzel olduğunu söyledi. Birkaçı bana güzel kız radarı dedi biliyor musun? Nerde, ne halde olursa güzel bir kız, buluyorsun dediler. Biraz... Kıskandım. Yani... Başta seni güzel bulmayan herkese güzel olduğunu göstermeni istedim. Şimdiyse eskisi gibi güzelliğini bir tek ben görmek istiyorum. Dengesiz miyim?"

"Bizimkiler sana yampirik diyor ya, boşuna değil o. Dengesizsin ya, yampir yampir yürüyorsun o yüzden." Güldü. Güldüm. "Şaka yaptım. Yampir yampir yürümen, egon ağır geliyor yerçekimine o yüzden."

"Tamam, komik kız. Şu yampir yampir yürüme konusunu kapatalım."

"Ağırım değil mi?" dedim beni hâlâ kollarında taşıyarak benimle dans eden Barış'a, ilk kez tebessüm edip. "Bak şu yan tarafta tabure var, ben ona basıp da dans edebilirim istiyorsan."

"Sana komiklik yapmak yasak dedim mi demedim mi?"

"Peki..."

"Gözlerinin rengi ay ışığında... Tam da sana taktığım isme yakışır bir renk alıyor... Amazonlar gibi. Büyülü bir orman gibi... Nefesimi kesiyorsun." Bir şey diyemedim iltifatı karşısında. Utanıp gözlerimi kaçırmak istesem de, o gözlerimin içine bakarken öyle, beceremedim. "Seni seviyorum Yaprak..." Birkaç adım atıp, beni usulca bir masanın üzerine bıraktı. Ne yapacağımı bilemeyip masanın ucundan tuttum ellerimle. Ellerini, ellerimin üzerine yerleştirdi. "Sence de artık bir cevap vermenin vakti gelmedi mi? Ama biliyorum, Amazon kızım sözcüklerle yapamaz bunu. Beceremez. O yüzden... Cevabı bedeninin tepkisinden anlayacağım. Bakalım... Kalbin ne diyor."

Barış'ın yüzü tam yüzümün önündeydi o göğsümün solunu sıkıştıracak şeyleri art arda söylerken. Bir süre gözlerimin içine baktı sadece. Daha önce hiç o kadar uzun süre bakmadığımı fark ettim ona... Güzeldi yüzü. Açık mavi gözleri, ona ukala ifadesini veren kaşları, biçimli dudakları... Sarının altın rengi gibi, hafif uçuş uçuş saçları... Yüzü gitgide yüzüme yaklaşırken, nefesimi tuttum. İşte soru... Birkaç saniye sonra dudaklarımla birleşecek dudaklarına ne cevap verecektim? Ya kafamı yana çevirip reddedecektim onu. Ya da gözlerimi usulca kapatıp, evet diyecektim... Dudakları tam dudaklarımın yakınına gelince, durdu birden. Tam orada... Ellerimi sıktı. Sol yanağımın ıslandığını hissettim. Dudaklarının rotası değişip, yanağıma kaydı o an. Beni gözyaşının düştüğü yerden öptü ve kendine çekip sımsıkı sarıldı. "Merak etme... Bana âşık olmayan bir kızı öpecek biri değilim." O kadar tuhaf hissettim ki kendimi... Öyle suçlu hissettim ki... Birden iki gözümden hızla yaşlar boşalmaya başladı. "Ağlama... Suçlu değilsin." Daha sıkı sarıldı. "Sakın..."

"Özür dilerim..."

"Sana yakışmıyor Amazon kızım. Dileme..." dedi kollarını gevşetip. Elimden tutup masadan zıplamama yardım etti ben hâlâ ağlarken. "Gel... Bir yere götüreceğim seni."

"Özür dileri- Ne? Nereye?"

Cevap vermedi Barış. Elimi tutan eli, titriyordu hafiften. Daha kötü hissettim kendimi. Bahçeden çıkıp, arabaya götürdü, elleriyle emniyet kemerimi bağlayıp arabayı çalıştırdı. Ne kadar nereye diye sorsam da cevap vermedi bana. Kızgın mıydı, kırgın mı, üzgün mü çözemiyordum bir türlü, yol boyu onu izlesem de. Bir ara elini tutmak istedim, korkup geri çektim ellerimi. Birkaç kere ağlamaklı ses tonumla her zamanki saçmasapan laflarımdan ettim, geçiştirdi. Ta ki, bizim mahalleye gelene kadar. "Eve mi getirecektin? Ama bizim ev ile-" derken emniyet kemerimi çözdü Barış. "İn bakalım, geldik."

"Ama bizim ev parkın ilerisi" derken Barış arabadan inip kapımı açtı ve beni arabadan aşağı indirdi. "Eve değil, seni parka getirdim. Bekle," dedi arabanın arka kapısını açıp. Aldığı şeyi arkasında tutarak tekrar yanıma geldi. "Bu gece, çözmen gereken düğümler var Amazon kızım. İçindeki o düğümleri çözmezsen... Kimseye kalbini açamayacaksın. O yüzden bu gece... Amazon kızı olarak değil," dedi arkasında sakladığı şeyi çekip, kafama takarken. "Küçük titan olman lazım."

"Bu..."

"Tatilde senden çaldığım şapka." Elini omuzlarıma koyup, çevirdi beni olduğum yerde. Ve hafifçe ittirdi arkamdan. "Muhtemelen parkta tek başına, sigara içen üzgün birini göreceksin. Şimdi git... Ve onunla yüzleş. Bütün düğümler çözülürse... Aklındaki ve kalbindeki bilinmezlikler... Giderse hepsi. Ve anlamlandırırsan her şeyi... O zaman, bir umudum olacak. Gelecek için..." Bir kez daha ittirdi. "Hadi... Git."

Barış'ın söyledikleri, boğazıma bir yumru olarak yerleşmişti sanki. Titreyen bacaklarımla, parkın içine doğru ilerlerken az önce kuruyan gözlerim Ali'yi fark etmemle tekrar doldu. Bir ağaca yaslandım beni görmemesi için. Kafamdaki şapkayı aldım, göğsümün üzerine yerleştirdim elimi. O kadar hızlı inip çıkıyordu ki... Neydi yüzleşeceğim şey, Barış niye beni buraya getirmişti ya da o düğümler neydi o an anlamlandıramıyor, belki de anlamlandırmak istemiyordum. Ne kadar durdum orda aklım da dururken benimle, bilmiyorum. Burnuma damlayan bir damla yağmurla kendime geldim. Biraz daha geri çekildim ağaçta, yağmura yakalanmamak için. Belki de... Yağmur başlayınca eve gidecek olan Ali'ye... Yağmur iyice hızlanınca beklediğim oldu. Ya da korktuğum... Ayak sesleri duydum olduğum yere doğru. Ali, kapüşonunu geçirmiş, gidiyordu. Bir adım daha geri attım korkuyla. Bastığım çalının çıkardığı sesle, Ali benim olduğum yere doğru döndü aniden. "Yaprak?" dedi kaşlarını çatıp. "Ne yapıyorsun burada?" Çıkışa doğru ilerlerken, koşarak benim olduğum yere doğru geldi. "Bir şey mi oldu? Ben de seni almaya geliyordum... Barış bir şey mi yaptı? Yaprak?" Elini yüzüme koydu usulca, yüzüne yağmur damlaları vururken bana korkuyla baktı. "Güzelim bir şey söyle... Korkutma beni."

"Benden sakladığın bir şey var mı Ali?"

"Ne saçmalıyorsun... Ne olacak ki?" Çaktırmamaya çalışsa da, paniklediği her halinden belliydi. "Biri bir şey mi söyledi?"

"Ali..." dedim ona doğru bir adım attım. "Varsa öyle bir şey... Ya şimdi söyle... Ya da sana bir daha asla bu şansı vermem." Eliyle ağaca doğru ittirdi beni. Hızlıca üzerindeki montu çıkarıp üzerime örttü. "Ali!"

"Üşümüşsün... Hem yağmur yağıyor... Ağacın altında dur sen."

"Ali..."

"Otur..." dedi omuzlarıma bastırıp. "Hani filmlerde genelde önemli sahneler yağmur altında olur ya..." Beni ağacın altına oturtup, kendisi yağmura aldırmadan dışarısında kaldı ağacın. O da hemen dizlerimin ucuna çöktü. "Niye yağmur değil mi?" Yüzüne düşen damlalara dokundu usulca, sonra elini çekip, elimi avucunun içine aldı. "Çünkü önemli anlarda... Erkek karakter genelde içindeki en özel şeyleri döker ortaya. Bir erkek için kolay değildir bilinenin aksine. O yüzden... Yağmurlu günleri seçerler. Çünkü eğer kalpleri onlarla dalga geçip, ağlarsa... Utanacağı bir şey yaparsa yani... Yağmur kurtarıcıdır. Ağladığı belli olmaz erkeğin."

"Ali, oynama benimle... Ne olur..."

"Oynamıyorum küçük titan... Sadece kendime zaman kazandırıyorum. Birazdan canını yakacağım çünkü. Ve inan bu benim için dünyadaki en zor şey. Senin o küçük kalbini kırmak... Ölmeyi tercih ederim." Yutkundum. Boğazımdaki düğüm, çözülemeyecek bir hal almıştı. Birazdan kalbime inecek olan... O berbat düğüm... "Şimdi beni çok iyi dinle küçük titan. Sana çok aptal bir çocuğun hikâyesini anlatacağım. Bu hikâyenin şöyle bir özelliği var. Hikâyenin esas kızı bu hikayeyi duyunca esas çocuk ölüyor. Yani bir daha kimse duyamıyor bu hikâyeyi... O yüzden, çok iyi dinle. Tamam mı?"

***

"Beş yaşındayken ben, her sabah izlediğim bir çizgi film vardı. Her sabah gözlerim uykudan açılmasa da geçerdim karşısına yarım yamalak açık gözlerimle, izlerdim güne başlamadan. Bir gün... Hiç unutmuyorum, ilk kez kaçırdım o çizgi filmi. Uyandığımda bitmişti. O kadar ağladığım ki o sabah... Annem şöyle demişti gözlerimi silerken; "Hayatta kaybettiğin her şey için, Tanrı o gün içinde senin anlamadığın başka bir şey gönderir sana. Bugün sevdiğin çizgi filmini kaçırdın... Belki de çok önemli bir hediye alacaksın." Beni kandırdığını düşünsem de, sevmiştim bu fikri. Çocukken, kanmaya ihtiyacımız var çünkü, bilirsin. O gün, Oğuz ile çıktık dışarı. O zamanlar bir tek onunla tanışıyordum. Mahallenin aşağısındaki su birikintisinde balık bulmaya çalıştık. Bulamayınca kenarındaki kayalardan böcekler çıkardık. Saçmasapan şeyler... Oğuz yakaladığı böceği benim tişörtümün içine attı sonra bir ara... Sinirlenip kovalamaya başladım onu. Ama nasıl kovalıyorum... Sonra Oğuz, bu parka kaçtı. Ben de peşinden... Tam yakalıyordum ki Oğuz'u, bir kız gördüm tam bu ağacın altında. Aynı böyle oturmuş, ağlıyordu. Kıpkırmızı burunlu, kısa pantolonlu, burnu akan küçük bir kız. Şaşkınlıkla yanına gittim kızın. Annem hep kızlara karşı nazik olmam gerektiğini söylerdi bana. Ağlayan bir kız görürsen mutlaka mendilini uzat derdi. Tam başında dikildim. Cebimden mendilimi çıkarmaya çalıştım ama, böcek yakalamaya çalışırken çamur olmuş... Geri tıkıştırdım cebime. Sonra eğildim kızın önüne, neden ağlıyorsun dedim. Hiç unutmam, kız kafasını kaldırıp ağlamaktan kıpkırmızı olan o yeşil gözlerle bana öyle bir baktı ki... Bir an nefesimi tuttum. *Oynatmıyorlar* dedi, ileride top oynayan oğlanları gösterip. *Beni de aralarına alsınlar istedim... Kızsın sen, git evcilik oyna dediler...* Böyle dedi kız. Oğuz geldi sonra. Kıza burnundan bir şeyler akıyor dedi, kız güldü. O an ne hissettim biliyor musun? Bu tuhaf kız, hep gülmeli... Birden, evde topum var, istersen getireyim oynayalım deyiverdim o kıza. Ama yalandı, aslında topum falan yoktu. Koşa koşa eve gidip, anneme yalvardım bana top alması için. Bir kızı güldürmem gerekiyor deyince, annem öyle büyük bir kahkaha atmıştı ki hâlâ kulağımda... Gidip marketten yeşil bir top almıştı, ben de onların yanına koşmuştum sevinçle. O kısa pantolonlu, burnu akan kızı bir kez daha gülerken görmek istiyordum çünkü. Ne kadar çocukça değil mi? O günden sonra o kız hep yanımda oldu benim. Sürekli... Oğuz'a iki canavar daha eklendi. Beşimiz hiç kopmadık..." Diğer elimi de tuttu, ben nefesimi tutmuşken ve kalbim deli gibi çarparken. "O günden sonra birkaç kez kalbim çok hızlı attı. Koşarken hızlandığını düşündüm. Ya da öğretmene yakalanma korkusu yüzünden... Ya da karanlıktan korktuğum için... Öyle olmalıydı. Başka neden kalp hızlı atsın ki? Değil mi?" Durdu Ali. Yağmur o kadar hızlanmıştı ki, sırılsıklam olmuştu her yanı. Ama sanki bundan memnunmuş gibi, gülerek anlatıyordu hikâyesini. "Ama biz yaklaşık on-on bir yaşlarındayken ne oldu bir gün biliyor musun, bahçede oturuyoruz bu kızla... Koşma yok. Öğretmen yok. Karanlık yok. Kimse yok. Duvardayız... O jelibon yiyor, ben de öyle onu izliyorum. Sonra yine birden kalbim hızlandı. Ama böyle o kadar hızlandı ki... Hâlâ göğsümün solunda hissediyorum o anki hissi. Bahane bulamadım. Ne kadar inkâr etsem de o küçücük yaşlardan beri... O an bahanem yoktu Yaprak. Anlıyorsun değil mi?" Gözlerimden birden yaşlar akmaya başladı yine. Sanki kabullenemediğim gerçekler bir bir dökülürken Ali'nin dudaklarından... Tutamıyordum kendimi. Eliyle gözyaşlarımı kuruladı. Sonra da elimi alıp, kalbinin üzerine yerleştirdi. "Ne kadar hızlı atıyor şimdi de... Değil mi? Baban yok Yaprak. Kulağında kulaklık yok. Sarhoş değilsin. Artık ben söylemek zorundayım, sen de anlamak zorundasın..." Gözlerimi kapattım, yanaklarımdan yaşlar boşalırken.

"Âşığım sana Yaprak... Köpekler gibi âşığım. İlk gördüğüm, ilk hissettiğim, gözlerine ilk baktığım andan beri... Çok âşığım Yaprak. " Sesi çatal çatal çıkmaya başlamıştı onun da. Galiba, yağmura sığınmıştı, konuşmanın başında dediği gibi. "Siktiğimin kalbine söz geçiremiyorum, anlıyor musun? Olmuyor. Beceremiyorum. Defalarca denedim... Defalarca inkâr ettim..." Durakladı birkaç saniye. Sonra derin bir nefes alıp devam etti benim gözlerim hâlâ kapalıyken. "Çok âşığım. Yapamıyorum... Anlıyor musun? Seni bu elbisenin içinde görmeye dayanamıyorum. Seni başka biriyle görmeye dayanamıyorum... Kendimden nefret ediyorum bu yüzden ama... Elimden hiçbir şey gelmiyor. Ağlama Yaprak..." dedi tekrar elini yüzüme koyup. "Seni ağlatırsam affetmem kendimi. Şu an kendini kandırılmış hissediyorsun farkındayım ama... Yemin ederim kandırmadım seni." Elimi tekrar göğsünün soluna götürdü. "İnsan kalbi dört odacık... Birinde ailem... Birinde sen de dahil olmak üzere arkadaşlarım... Diğerinde diğer bütün herkes... Kalan son odacıkta ise... Sadece sen varsın. Dolu dolu... Hem arkadaşım olan Yaprak kalbimde, hem de geceleri beni aşkıyla öldüren o kız... Şu ağacın altında gördüğüm var ya..." Güldü belli belirsiz, ben gözlerimi açarken. "Âşığım sana. Duyamadığın anlarda duymanı dileyerek, çok söyledim bunu sana ama... Duymadın Yaprak.

Görmedin…" Birden elimi bırakıp ayağa kalktı. "Yaprak ne olur ağlama, ölüyorum karşında görmüyor musun?!" diye bağırdı birden. Daha da şiddetlendi ağlamam. Titreyen bacaklarımla zorlanarak ayağa kalktım ağacın dibinde. Üzerimdeki montu atıp yürümeye başladım. Becerebildiğim kadar büyük adımlarla... Ne diyeceğimi, ne düşüneceğimi bilmeden, sadece ağlayarak, baş edemiyordum o an duyduklarımla. Kaçmak istedim… Ama sırtımdan yakalayıp sımsıkı sarıldı bana. Başını omuzlarıma gömdü. Onu ilk kez… Ağlarken görüyordum. Kalbim o kadar hızlanmıştı ki acıyla… Deli gibi titremeye başladı vücudum. Gözyaşları yağmurla buluşup omuzlarıma düşerken, canımı daha da derinden yakacak şeyleri söyledi.

"Özür dilerim… Seni sevdiğim için. Ama elimden bir şey gelmez Yaprak. Yüz kere daha dünyaya gelsem, yüzünde de o ağacın altında ağlayan kısa pantolonlu, o kız çocuğuna âşık olacağım. Bin defa… Yüz bin defa da gelsem tekrar… Değişmeyecek. Âşığım sana küçük titan… Çok âşığım… Özür dilerim binlerce kez… Ama âşığım. Gerçekten üzgünüm ama… Aşığım. Elimden... Elimden hiçbir şey gelmiyor. Âşığım çünkü. Köpekler gibi… Çok… Âşığım…"

Otuz Sekizinci Bölüm

Ali, kollarını gevşetti usulca. Dönüp, bir şey dememi bekler gibi... Dönemedim. Duygularım, düşüncelerim, her şey o kadar karman çormandı ki... Beceremedim. Az önceki itirafı reddedebilirmişim gibi, kaçıp gitme isteğine engel olamadım yine. Ve yine, tek bir saniye bile Ali'ye bakmadan yürümeye başladım. Önce usul usul, sonra hızlı... Parkın kapısına gelmeden ise, koşmaya başlamıştım. Ama tekrar yakaladı beni parkın girişinde. Bu defa, ilk kez avazım çıktığı kadar bağırdım "Ali yeter!" diye. Cevap vermeden, beni kucağına aldı. "Sen istediğin kadar kaç, yine sen düştüğünde ilk ben tutabilmek için, peşinden geleceğim. Sonsuza kadar..." Bedenim, zangır zangır titriyordu kucağında. Karşı bile koyamadım. "Beni anlayana kadar, yanımdan ayrılmana izin veremem," deyip yürümeye başladı ben pes edip kafamı göğsüne yaslayınca. Yıllardır, göğsünde uyurken atışlarını ezberlediğim kalbi o kadar hızlı atıyordu ki, yine de dayanamadım. "Biliyorum," dedi fısıltıyla karışık. "Eğer şimdi bu halde gidersen eve, bir daha asla eskisi gibi olamayacağız. Belki bir daha yüzüme bile bakamayacaksın. O yüzden, ne yaparsan yap. İster kaç, ister küfret, ister vur kır... Ama bu gece, beni dinlemek zorundasın. Ta ki, beni gerçekten anlayana kadar..."

Yağmur çok hızlı yağıyordu, bizimle birlikte ağlar gibi... Başımı hafifçe kaldırıp, yüzüne baktım. Yağmur damlaları, keskin yüz hatlarından usulca kayıp, benim yüzüme damlıyordu. Sanki Ali'nin yıllardır kalbinde taşıdığı yük, bana taşıyor da ağırlaşıyormuşum gibi... Eve girmeden, bu ağırlığı o da hissetmiş gibi, hafifçe yukarı kaldırdı beni, daha güçlü tutabilmek için. "Ali indir," diye fısıldadım başımı tekrar göğsüne gömerken. "Olmaz," deyip apartmanın açık dış kapısından içeri girdi. Asansör yerine, beni eve kadar kendi taşımayı tercih etti, sanki kendini cezalandırıyormuş gibi. Ya da beni bıraktığı an pes edecekmiş gibi... Bilmiyorum.

Boşta kalan ellerimden birini hafifçe damarları gerilmiş koluna dokundurdum. Buz gibiydi... Bir yanım, kırgın, aldatılmış hissederken diğer yanım Ali için kanıyordu içten içe... Evin kapısına geldiğimizde, "Seni yere bırakınca sakın gitme olur mu?" deyip yere bıraktı beni. Bacaklarım hâlâ titrediği için ilk önce yalpalasam da, hemen tutundum kolonlardan birine. Cebinden anahtarı çıkarıp, hızlıca açtı kapıyı, gitmemden korktuğu için. Ve yaslandığım kolondan çekip usulca, tekrar kucağına aldı beni. "Ali artık yeter," desem de indirmedi kendi odasının kapısının önüne gelene kadar. Kapının arkasındaki anahtarı alıp, avucuma bıraktı, beni yere indirdikten sonra. "Oya Teyze'yi arayıp, partide sarhoş olduğunu; o yüzden seni eve değil buraya getirdiğimi söyleyeceğim. Merak etme, sorumluluğu alacağım, senlik bir durum kalmayacak. Sen de üzerini değiştir hemen, hasta olma. Sonra kapıyı arkadan kilitle. Ben gece boyu..." dedi bir adım gerisindeki kapı önünü işaret edip. "Burada oturup, seninle konuşacağım. İster dinlersin, istersen yatağımın yanındaki çekmeceden kulaklığımı alıp sesimi kesersin. Tamam mı?" Cevap vermedim. Ne o bakabiliyordu yüzüme, ne de ben onunkine... "O zaman," dedi ve bir adım geri atıp kapıyı çekip çıktı.

Ali çıkar çıkmaz, söylediğini yapıp kapıyı arkadan kilitledim. Kilitleyip, yığıldım kapının dibine... Üzerimdeki montu fırlattım önce bir kenara. Başımı geri atıp kapıya yasladım ve derin bir nefes aldım, Ali'nin annemle konuşmasını dinlerken. Gözlerimi sımsıkı yumdum. Toparlanmaya çalıştım, olmadı. Zihnim, kalbim ve mantığım bir türlü kabullenemiyordu çünkü. O kadar sarsılmıştım ki...

Kollarımı birbirine doladım üşüdüğüm için. Sanki hissetmiş gibi, kapıyı tıklattı Ali o an. "Kapının önüne havlu ve bir bardak kahve bıraktım. Al onları," dedi ve tekrar gitti. Alamadım. Birkaç dakika sonra tekrar geldi. "Yaprak, ne olur yorma beni... Hadi al şu havluyu, kurulan. Hasta olacaksın."

"İstemiyorum," dedim, duymadı. Tekrar tıklattı kapıyı. Bu defa daha güçlü bir şekilde bağırdım, "Gerek yok!" diye. Cevap vermedi. Sanırım o da pes edip, çöktü kapının diğer ucuna. Bir süre sadece sustuk. Sonra dayanamayıp o başladı konuşmaya.

"İlk okul ayakkabın 29 numaraydı. İlk kalemin yeşil tüylü bir kalem... İlk kez, sekiz yaşında oldu bisikletin. Kırmızıydı... İlk âşık olduğun çizgi film karakteri Scooby Doo'daki Fred'di. Sarışın diye ne kadar kıskanmıştım... İlk ağladığın film, Ateşböceklerinin Mezarı... İlk kez, dokuz yaşında kestin saçlarını kendi kendine. Bizimkine benzesin istemiştin... Annen döve döve kuaföre götürmüştü seni, sonra ise hiç kestirmene izin vermedi saçlarını. İlk resim dersimizde bir balkabağı çizmiştin. Sonra çirkin olduğunu söyleyip, buruşturup atmıştın. Yanındaki dolap var ya... Oraya, en alttaki çekmecenin en dibine bak. Hâlâ orada olduğunu göreceksin o çirkin balkabağının." Merakıma engel olamayıp, sürünerek dediğini yaptım. Gerçekten oradaydı. Buruşuk, eski bir kâğıt ve çirkin bir balkabağı çizimi... Kâğıdı da yanıma alıp, Ali'yi duyabilmek için tekrar kapının dibine geldim. "Kandırılmış, aldatılmış, incinmiş hissediyorsun, değil mi? Ama o resme bakınca anlaman lazım. O... Yedi yaşında bir erkek çocuğunun dünya üzerindeki en saf hisleri... Anlıyor musun? Senin buruşturup attığın o resmi, yıllardır saklayan şu an bana kızdığın Ali değil. Yedi yaşındaki, o saf ilkokul çocuğu. Söylesene Yaprak, sence o çocuk mu kandırdı seni? Sen ona dostun gibi sarılırken, o âşık olduğu kız gibi mi sardı sence senin o küçük bedenini?" Elimdeki kâğıda bir damla yaş düştü yanaklarımdan. Islak hırkamın kollarına sildim. "Seni, tek bir saniye bile kandırmadım ben. Sen bana dostun olarak geldiğin her an, ben de sana dostun olan Ali gibi kucak açtım. Yemin ederim... Kalbimin senin yanında hızlanmasına kolay kolay izin vermedim. Ama bazen, engel olamadım, o konuda hatalıyım. Özür dilerim, gerçekten... Babaannem hep, hapşırığını, hastalığını ve aşkını saklayamazsın derdi. İşte arada tutulmuyor, ne kadar sıksan da kendini. Bazen gözlerin dalıyordu bana öyle..." Durdu. Sanki güldü hafifçe, duymadan bile hissettim. "Hadi gel de hızlanmasın... Olmadı. Tek suçum bu, evet. Onun için de binlerce kez özür dilemeye hazırım. Bedelimi ödemeye de... İstersen, bir daha asla gözlerinin bana takılmayacağı yerde dururum. Gerçekten... Yeter ki kaçma benden." Elimdeki kâğıdı yana bıraktım, ağlamam şiddetlenince. "Küçükken zillere basıp kaçardık, hatırladın mı? Yine yapalım Yaprak. Yine dönelim o yaşlara. Yeter ki kaçtığımız sadece o yaşlı amcalar olsun. Yeter ki kaçtığın kişi ben olmayayım. Gerçekten... Her şeye dayanırım ama buna dayanamam." Birkaç dakika konuşamadı yine. Sigara yaktı galiba, seslerden anladığım kadarıyla. "Ağlıyorsun değil mi yine?" dedi iç çeker gibi.

Biraz daha ağladım, Ali böyle deyince. En çok, onun canının bu kadar acımasına kızdım. Bu kadar canı acırken, bize hiçbir şey yansıtmamasına... Dostumdu değil mi ne olursa olsun? O zaman söylemeliydi. Çünkü üç ay beş aydan bahsetmiyordu. Koskoca on iki yıl diyordu... Anahtarı çevirdim ayağa kalkmadan. İçimden geçen oydu o an, yüzünü görmek istedim. Canı gerçekten ne kadar yanıyor hissetmek... Kapıyı açtım yavaşça. İşte yine o hüzünlü yüz, işte çocukluğum ve işte bana hiç söylemediği acısı. "En çok neye kızıyorum biliyor musun," dedim ağlayarak. Hâlâ elim kapı kolundaydı. Sanki deyip, kapıyı kapatacakmışım yüzüne gibi. "En çok... Bu kadar canın yandığı halde bunu bize söylememene kızıyorum Ali."

"Ne söyleseydim Yaprak? Ben, kardeşimiz dediğimiz kızı içten içe köpek gibi seviyorum mu deseydim? Anlar mıydınız? Anladın mı? Hayır. Hikâyenin bu yanı, sadece beni ilgilendiriyor. Hâlâ... Sadece, o Barış denen herif sikti bütün hikâyeyi. Yoksa..."

"Yoksa ne? Ben biriyle evlenene kadar... Hatta çocuklarım olana kadar saklayacak mıydın bunu? Belki unuturum mu diyordun. Ha?"

"Yaprak, ben seni ellerimle başka bir herife vermeyi göze alacak kadar çok sevdim, anlıyor musun? Yapardım. Gerekirse, ölene kadar saklardım ben. Neden biliyor musun?" dedi parmaklarını yanaklarıma yaklaştırıp, bir santim kala durdurarak. "Ben bu gözyaşlarını görmemek için, ölmeyi tercih ederdim çünkü. Küçükken düşüp dizini kanatsan, seni tutamadım diye kendime kızardım. Şimdi seni ben ağlatıyorum. Sanırım bu yaşayabileceklerimin en kötüsü... Kendimi asla affetmeyeceğim."

"Ali... Anlamıyorum. Bencil misin, korkak mı, cesur mu... Yalancı mı, yoksa gerçek dost mu... İnan, delirmek üzereyim şu an. Peki, sen benim nasıl bir duygu karmaşası yaşadığımı anlayabiliyor musun?"

"Anlıyorum güzelim. Ben bu anı kaç kere düşündüm uyumadan, haberin var mı senin? Ne düşünür... Ne tepki verir... Canı yanar mı... O yüzden en iyi ben anlıyorum şu an seni." Dizleri üzerinde biraz daha yaklaştı bana. "Kızım çok zor. Sen karşımda böyle ağlarken, ellerimi yanaklarına bile değdirmeye çekinmek... Gözyaşlarını silmeye korkmak, sırf sen artık her dokunuşumdan korkacaksın diye... Söz. Sen kafanı toparlayana kadar, ya da istersen sonsuza... Senden uzak duracağım. Sen beni görmek istemediğinde, görmeyeceksin. Çocukların yanında çaktırmayalım ama, olur mu? Onlarla birlikteyken eskisi gibi davranalım. Ama onlar gidince, sen de git hep. Uzak kal biraz benden. İyice toparlan. Tamam mı?" Başımı salladım tamam der gibi. Dolu gözlerle, gözlerimin içine baktı birkaç saniye ve "Son bir kez sarılabilir miyim sana?" diye sordu.

"Ali... İşleri zorlaştırma benim için. Canım acıyor, görmüyor musun?"

"Kendim için istemiyorum zaten Yaprak. Ne zaman canın

acısa," dedi eliyle göğsünü işaret edip. "Çareyi burada aradın sen. Şimdi canını ben yaktım... O yüzden, eski Ali olup yine acının azalması için güç vereceğim sana." Kollarını açtı. Baktı bana öylece... Dayanamayıp sarılıverdim hıçkıra hıçkıra ağlayarak. Ben başımı göğsüne bastırır bastırmaz, güçlü kollarıyla sardı sımsıkı. "Küçükken seni kandırmıştım bir keresinde. Hani şu öğretmenden dayak yediğin gün. Yanağın kıpkırmızıydı, canın acıyordu... Kalbin de kırıktı herkesin içinde tokat attığı için öğretmen. Arka bahçeye kaçmıştın ders çıkışı. Ben de peşinden gelmiştim. Sana eğer üç kere *bulut ol* dersen, kalbindeki ve yanağındaki acının bulut olup öğretmene geçeceğini söylemiştim. Sen de üç kere, *bulut ol* demiştin yine ağlarken. Sonra gülmeye başladın, geçti diyerek. O gece, babaannem dua ederken, yanına çöküp ben de dua etmiştim. Allah'ım Yaprak üç kez bulut ol derse içinden, onun acısı bana geçsin diye... Geçti mi bilmiyorum ama, istersen yine dene. Bulut ol de üç kez, acılarının yükünü bana devret. Ben... Ben gerçekten diyecek başka bir şey bulamıyorum şu an. Elimde sadece küçük bir çocuğun dileğinden başka bir şey yok acını hafifletebilmek için." Biraz daha sıkı sardı beni, son kezmiş gibi... "Sabah annen sen gelmeden gitmeyeceğini söyledi işe. Baban yedi buçuk gibi gidermiş. Sabah yedide kahvaltını bırakırım kapının önüne. Sen şimdi üzerini değiştir, sonra uyu. Tamam mı? Sabah kahvaltını eder, gidersin. Ben gözüne görünmeyeceğim bir yerde uyurum. Son bir şey... Belki bir daha yapacağım için... Çünkü çok hayalini kurmuştum bunun." Kollarını gevşetti, ama bakmadı yüzüme. Omuzlarıma bastırdı yüzünü. "Seni seviyorum. Seni gerçekten çok seviyorum. Bir daha bana bunu söyleme şansı vermesen de, seveceğim. Eğer ileride duyamazsan bile, sakın şüpheye düşme olur mu? Çocuk kalbimle, çok temiz sevdim. Hâlâ aynı hislerle seviyorum. İleride de yine böyle seveceğim. Söz..."

Sonra gitti yanımdan, tek bir saniye yüzüme bakmadan. Sanki, utandırmıştı onu söyledikleri... Bakamıyordu yüzüme. O gidince, bir süre yerimden kalkamadım. Sonra dediğini yapamadan, o halimle yatağa bıraktım kendimi. Ama, uyuyamadım. Sabaha kadar kendi zihnimde kurduğum mahkemede herkesi yargılayıp durdum. Arada ağladım, bazen kızdım, bazen tebessüm ettim sadece...

Saat 7'ye gelirken, bir kırılma sesi geldi mutfaktan. Hemen korkuyla sıçradım ve mutfağa koştum. Ali, reçel şişesini kırmış öylece başında oturuyordu. "Ali iyi misin?" dediğimde güldü bana. "İyiyim... Reçel şişesini siktim," dedi. Kızarmış burun, ağzın içinde kaybolan kelimeler... Saçmasapan şeyleri doldurduğu kahvaltı tepsisi... "İçtin mi sen?" dedim yanına çökerken. "Yoo, içmedim," dedi burnunu çekip. O an gözlerim, bir düzine boş içki şişesine takıldı. "Evet, eminim içmemişsindir."

Ali'nin koluna girip, camlara dikkat ederek mutfaktan çıkardım onu ve yatağına yatırdım. Üzerinde hiçbir şey yoktu, buz gibiydi vücudu. Dolaptan bir kazak çıkarıp, giymesine yardım ettim. "Yaprak seni seviyorum," dedi tam kazağın baş kısmını geçirince kafasından. O kadar komik göründü ki gözüme, neredeyse gülecektim. "Barış'ı sikeyim ben," dedi sonra birden sinirlenip. "Âşık olma olur mu ona?" Ali'yi ilk kez körkütük sarhoş görüyordum. Cevap vermedim. "Hadi yat," deyip bastırdım omuzlarına. Dediğimi yapınca, yorganı çektim üzerine üşümesin diye. "Yaprak... Gitmesene."

"Gitmem lazım... Bir süre. Tamam mı?"

"Gitme."

"Sen şimdi uyu, uyanınca kahvaltı yap güzelce. Sonra bir ağrı kesici al. Tamam mı?"

"Gitme, lütfen..."

"Hadi kapat gözlerini," dedim elimi gözlerine kapatıp. "Rüyanda güzel şeyler gör."

Ali biraz daha huysuzlanınca, o sızana kadar başında bekledim. Tamamen dalınca uykuya, biraz onu izleyip, sonra gidip mutfağı temizledim. Kahvaltılıkları düzgünce tepsiye yerleştirip, onun yapması gerekeni ben yaptım ve odasında komodinin üzerine bıraktım. Tam gidecekken, dolabının aynasında kendimi görünce, gözlerim istemsizce boynumdaki kolyeye kaydı. Babaannesinin kolyesi... Bana çok sevdiği bir dostu olarak verdiğini düşündüğüm ama onun âşık olduğu kız olarak verdiği kolye... Birden çok ağır geldi boynuma o yük. Çıkarıverdim, sağ yanağımdan bir damla yaş akarken. Onu da bıraktım komodine, "Şu an bunu takacak güçte değilim Ali," diyerek. Ve sessizce terk ettim odayı.

Eve gider gitmez, annemin sorgusundan kurtulmak için banyoya kilitledim kendimi. Annem gidene kadar da çıkmadım. O kadar karışıktı ki iç dünyam... Ali benim için sadece dost muydu her zaman sandığım gibi? Aynı itirafı Gökhan, Oğuz ya da Sinan yapsa da böyle tuhaf hisseder miydim kendimi acaba? Sadece sinirlenir miydim yoksa? Delirmek üzereydim. Gerçek anlamda, kafayı sıyırmak... Hislerim o kadar gidip geliyordu ki... Ali, çok... Çok fazla özeldi. Gerçek anlamda... Ama bunun içini aşkla doldurmak mümkün müydü, o an için anlayamıyordum.

Annem gittikten sonra, üzerimi değiştirdim hemen banyodan çıkıp. Saatlerdir cebimde olan telefonu çıkardım, kapatıp rahat uyuyayım diye. Gökhanlardan mesaj gelmişti, okula neden gelmediğimle ilgili. Onlara hızlıca bir 'yorgunum' mesajı atıp korkarak Ali'den gelen mesaja baktım. Sanırım uyanmıştı birkaç saat içinde. Kafası da biraz olsun yerine gelmişti sanırım. Bir fotoğraf göndermişti bana. *Küçükken babasının yurtdışından getirdiği pelüş pandası.* En son iki sene önce, artık büyüdüğü için odasında kalmasına sinir olup dolabın en dibine tıkıştırmıştı. Şimdi ise, komodine bıraktığım kolyeyi pandanın boynuna asmış, bana fotoğrafını atıyordu. Küçük bir notla...

"Yokluğunda, bu küçük pandanın bu kolye artık. Sen beni merak etme. Bekleyeceğiz ikimiz de... Kolyeyi sen tekrar isteyene ya da sonsuza kadar reddedene kadar..."

"Ali'yi aradım küfredip kapattı. Başı ağrıyormuş, Yaprak da yorgunmuş ondan gelmemişler okula. Geri zekâlılar, var mıydı ulan bunların devamsızlık hakları?" Gökhan, kendi kendine söylenerek telefonunu kapatıp, Sinan'ın yanına çöktü kantinde. "Bugün arkadaş ortamımızdaki gevşek oranı arttı Ali ve Yaprak'ın yokluğunda."

"Hayır, sadece arkadaş ortamımızdaki sap yüzdesi düştü. Resmen tek sap ben kaldım aranızda. Oğuz İrem'in yanına gitti, sen de şimdi Merve'nin yanına gidersin. Oh valla... Sinan da burada oturup bisküvileri ayırıp arasındaki kaymağı yalasın."

"İyi hatırlattın ha, ben bir sarışınıma bakayım," deyip ayaklandı Gökhan, Merve lafını duyar duymaz. "Derste görüşürüz."

"Eros, umuyorum ki sizi hiç beklemediğiniz bir anda, açılmamış goncalarınızdan vurur!" diye bağıran Sinan'a sadece güldü ve kantinden ayrılıp Merve'nin sınıfına gitti koşar adım. Mesaj atmıştı kız ona, ben bu öğle arası sınıfta kızlarla olacağım, sen yalnız in yemekhaneye diye. O yüzden, onsuz gitmişti yemek yemeye. Ama içi içini yiyordu göremediği için.

Sınıfı kontrol ettiğinde bomboştu. Telefonla aradı Merve'yi, ulaşamayınca panik oldu biraz. Koridorda büyük adımlarla dolaşmaya başladı Merve ya da arkadaşlarından birini görebilmek için. Kızlar tuvaletinin yakınlarına gelince, bir tanesini yakaladı. "Şey, Ebru'ydu değil mi?" diye sordu arkadan kızın omzuna dokunup. Kız korkuyla sıçrayıp, kendini geri attı. Parmağıyla dişlerini yukarı kaldırdı "Korktum!" diye bağırarak. "Korkma korkma... Şey, Merve'yi gördün mü diye soracaktım."

"Ha..." dedi kız, kaşlarını bir şeyler hatırlamaya çalışır gibi çatarak. "Dersten sonra çıktı sınıftan. Sanırım arka bahçeye gitti."

"Peki, sağ ol," dedi Gökhan gülerek. Şaşırdığını çaktırmadı ve sakince arka bahçenin yolunu tuttu. Önce, oturma yerlerini kontrol etti, sonra basketbol ve futbol sahalarını... En son arka bahçenin çıkış kapısı geldi aklına. Onun önündeki büfeden bir şey alıyor olsa gerek diye geçirdi içinden. Birkaç adım atınca, her zaman saçlarına taktığı mor tokasını fark etti ilk. Oradaydı işte... Gülümseyip, oraya doğru koşmaya başladı.

Merve'nin biriyle konuştuğunu fark etti görüş açısı genişledikçe. Önce adımlarını yavaşlattı, sonra durdu. Karşısındakinin kim olduğunu anlamaya çalıştı yanlarına gitmeden. Anladığı an ise, göğsünün solu sıkıştı. Geçen hafta gördüğü çocuk... Merve'nin eski sevgilisi, Batu'ydu.

Kıpırdayamadı. Üstüne çökmüş olan o ağırlıkla, konuşmalarını izleyebildi sadece. Batu, Merve'ye yaklaşıp elini tuttuğu an ise, elindeki telefonu düştü parmaklarının arasından. Telefonun yere düşme sesiyle irkildi Merve. "Gökhan..." dedi şaşkınlık ve korku karışımı bir yüz ifadesiyle. Batu'yu ittirip Gökhan'ın yanına koştu hemen.

"Gökhan, şey... Konuşmak istiyormuş da, öyle arka bahçeye çık dedi yoksa-"

Gökhan elini, Merve'nin dudaklarına bastırdı susturmak için. "Şu an normal şartlarda sinir krizi geçirip o çocuğun ağzını burnunu kırmam lazımdı. Ya da küfürler savurmam. Değil mi?" Merve şaşkınlıkla başını salladı. "Ama şu an kendimi o kadar kırılmış ve o kadar kötü hissediyorum ki, sanırım şu an içimden geçen tek şey buradan siktir olup gitmek." Gökhan yere eğildi, düşürdüğü telefonunu aldı. Ekranı tuzla buz olmuştu. "Bak, böyleyim ben de şu an.' Bu diğer kıskançlıklarıma benzemiyor sarışın. Bu... Bu his, çok ağırmış. Benim kıskançlıktan delireceğimi bile bile gizlice eski sevgilinle konuşman... Hadi onu geç, bana yalan söylemen... Onu da geç, eminim epeydir rahatsız ediyordu bu şerefsiz seni, onu söylememen..." Kızın gözleri dolunca, dayanamayacağını hissetti ve kafasını önüne çevirdi. "Bir süre görüşmeyelim Merve, olur mu?"

Ali'nin itirafıyla sarsılan ben, uykusuzluk ve anne dırdırı ile iyice delirme aşamasına gelmiştim o sabahın akşamı. Düşünmemeye çalışmak istiyordum. Düşünmeyip, sadece biraz olsun rahatlamak... Ama olmuyordu. Yatakta bilmem kaçıncı turumu attığım an, sinirle yataktan inip, Tuna'nın yanına gittim. Her ne kadar bana gözüme sakın görünme dese de... Pijamalarımla, altımda annemin sokak terliği Tunaların dairesinin önüne dikildim. Kadriye Nine erkenden uyuduğu için, zile basmak yerine telefonla aradım Tuna'yı. İkinci çalışta, telefon yerine kapı açıldı. "Çirkin pijamaların, çirkin enerjin ve makyajınla ağlamaktan pandaya dönmüş çirkin patates suratınla beni hangi cesaretle arayıp içeri girmek için izin istiyorsun sen?" diye çemkirdi kapıyı açar açmaz.

"Nerden anladın?" dedim büyük bir ruhsuzlukla. O kadar ağlamıştım ki, konuşurken bile başım ağrıyordu. "Aptalların belli bir kokusu vardır. Senin kokunu üç kilometre öteden alıyorum direkt. Sinir bozucu şey!" Pijamamın yakasından tutup beni içeri çekti. "Geç içeri, seni öldürüp derini Türk Hava Kurumu'na bağışlayacağım."

Cevap vermeye bile takatim olmadığı için, Tuna'ya cevap vermeden oturma odasına geçtim ayaklarımı sürüye sürüye. O da peşimden geldi söylenerek. "Tanrım... Şu hale bak! Şiş bir surat, ebleh bir yüz ifadesi, dağılmış saçlar... Çirkinlikten ölünse, şu anda ölürdün biliyorsun değil mi? Midemi bulandırıyorsun." Gerisin geri çıktı odadan. Umursamayarak, kanepeye çöktüm ben ise. Birkaç dakika içinde elinde ıslak mendille geri döndü. Yanıma oturup, bir hışımla çenemden tutarak başımı kendisine doğru çevirdi ve gözlerimi temizlemeye başladı.

"Yüzünü çamaşır suyuna batırılmış sarı mutfak beziyle silmem lazımdı şu an ama... Neyse."

"Tuna, ben ne bok yiyeceğim," dedim başımı Türk filmlerindeki çocuk oyuncular gibi yana atıp. "Ne yersen ye, benden uzak olduğu sürece umurumda değil" diye cevap verdi. Sonra ağladı ağlayacak surat ifademe dayanamayıp, biraz geri çekilip bacak bacak üstüne attı. "Ne oldu dün?"

"Ali," dedim burnumun direği iyice sızlamaya başlayınca. "Ali..."

"İtiraf mı etti sonunda? Çok şükür. Bu karın ağrısından da kurtulduğumuza göre gidip Zeus için bir koyun daha feda etmeliyim."

"Sen nerden biliyorsun?" diye sordum gözlerimi kocaman açarak. "Şu gözlerini şöyle açma, kurbağa gözlü çirkin şey," diye bağırdı yine. Gözlerimi tekrar eski ayarına getirdiğimde ise, devam etti. "Yemin ederim, kırk ülkeden kırk şehir gezsem yaya olarak; yine de senden daha geri zekâlısını bulamam herhalde."

"Ne?"

"Diyorum ki, siz dört salak dışında herkes sizi uzaktan biraz izlese anlardı."

"Ama..."

"Sus, ses tonundaki geri zekâlılık midemi bulandırıyor."

Kafamı çevirip, başımı ellerimin arasına aldım. Kendime kızgınlığım gitgide artıyordu. Ama... Ama kimse, benim açımdan bakmıyordu olaya. Nasıl kondurabilirdim ki böyle bir şeyi? İmkânsızdı çünkü. Tuna, dayanamadı o haline sanırım, kafama vurdu hafifçe. "Çirkin şey, sakın ağlayayım deme. Ağlarken o kadar çirkin oluyorsun ki, aşırı dozda çirkinlikten sana maruz kalırsam ölürüm diye korkuyorum." Tepki vermeyince, ciddileşti bu defa. "Gel benimle..."

Bileğimden tutup, beni pencerenin önüne sürükledi. "Ne oluyor?" diye sorduğumda ise cevap vermeden perdeyi araladı.

"Şu... Senin dünkü çocuk değil mi? Saatlerdir orada bekliyor. Sanırım aramaya da cesaret edemiyor. İstersen gidip onunla konuş. Bu hikâyede başrol o ve Ali. Ben bir işe yaramam. Gidip yüzleşmen lazım."

Evet, Barış'tı kaldırımda elinde bir şey ile öylece bekleyen. Onu öyle görünce içim acıdı... Tuhaf oldum. Tuna'ya "Teşekkür ederim" deyip annemin terlikleriyle koşarak aşağı indim. Barış beni apartmanın kapısında görünce şaşırıp ayağa kalktı hemen. Elindeki şeyi arkasına sakladı. "Ne oldu?" dedim sakin bir tavırla, ellerimi göğsümde birleştirip. Yüzüme bakıp, gülümsedi ve bir adım daha attı bana doğru. Yüzündeki ifade o kadar tuhaftı ki...

"Sana bir şey anlatmam lazım Yaprak. Küçük bir itiraf... Sanırım bunu yapmazsam, asla düğümler çözülmeyecek ve anlayamayacaksın bazı şeyleri. Beni... Dinleyecek misin?"

"Pardon?" dedim kaşlarımı çatarak. Yüzümdeki şaşkın ifade eskisi kadar tatmin etmedi sanırım onu, gülümseyip dalga geçmek yerine bir adım daha atıp kollarımı çözdü ve elimi avuçlarının arasına aldı. Ellerimi bir annenin çocuğunun elini kaybolmaması için sımsıkı tuttuğu gibi tutarak, yürümeye başladı. "Gel benimle..."

Normalde huysuzlanmam gerekirdi. Ya da elimi lakabıma yakışır bir şekilde hoyratça çekerek, arkamı dönüp eve gitmem... Ama pes ettim kolayca ve Barış'ı takip ettim. Biraz yürüdük sokağın başına kadar. Köşeye döneceğimiz sıra ani bir hamle ile kaldırıma oturdu ve beni de çekti yanına. "Sana da yüz verince deliriyorsun sırık. Yani beni evden havalı havalı alıp, peşine takman, sokak başına kadar getirip popo üstü soğuk kaldırıma oturtmak için miydi?" dedim alaycı bir ses tonuyla. Elimi sımsıkı tuttuğu elinden çektim. "Gözlerinden," dedi ona bakmamaya özen gösteren bana. "ne kadar kötü bir halde olduğunu anlayabiliyorum Amazon kızım. Rol yapmaya çalışma lütfen. Bugün beni güldürmek zorunda değilsin."

"Seni güldürmek gibi bir amacım hiç olmadı sırık."

"Öyle mi..." dedi hafif bir tebessümle. "Ama beni hep en çok sen güldürdün bugüne kadar."

Bir şey diyemedim. O an ne numaradan ona laf sokacak ne de bir şey olmamış gibi davranacak gücüm vardı. Sadece sustum. Sessizlik her zaman sinirini bozardı sarı kafanın. Aptal çocuk... Yine dayanamayıp ilk o konuştu "Merak etmiyor musun ne diyeceğimi?"

"Etmiyorum," dedim yalan söylediğimi ayan beyan belli eden bir yüz ifadesiyle. Güldü. "Peki... O zaman ufaktan 'bir sırığın aşkı' adlı otobiyografiyi sana anlatmaya başlayayım." Küçük bir hareketle biraz daha yaklaştı bana. "Butikte karşılaştığımız gün... O günden önce beni hiç görmüş müydün okulda Yaprak?" diye sordu. Başımı hafifçe salladım hayır der gibi. "Anladım..." diye devam etti sonra. "O zaman biraz o kısımdan başlayayım. Adım Barış Ozansoy, on sekiz yaşındayım. Antalya'da doğup büyüdüm. Dokuz yaşında İzmir'e-" Koluna dirseğimle vurdum o alaycı bir ses tonuyla yarışma programlarına katılan hevesli gençler gibi konuşurken. "Tamam tamam, ciddileşiyorum," dedi hemen sonra, gülerek. "Bir sene öncesine kadar nasıl biri olduğumu biraz anlatmama izin vermelisin ama... Yani birkaç gündür kafamda bu konuşmayı canlandırmaya çalışıyorum da... Başka giriş bulamadım." Bu cümlesine sebepsizce güldüm. Hemen kendimi toparlayıp "Dinliyorum sırık," dedim. Devam etti sonra hiç susmadan.

"Bir yıl öncesine kadar arkadaş grubunun gözdesi, kızların peşinden ayrılmadığı, tek derdi eğlence olan kendi halinde bir lise öğrencisiydim. Yani tek derdim 'bugün'ümdü. Bugün güleyim yeter. O kafa... Kızlar konusunda çok seçiciydim. Peşimde çok kız olurdu, ama pek azıyla görüşürdüm. Hele sevgili olmak... O en zoruydu. Her anlamda kusursuzu arıyordum o konuda. Saçları güzel olmalıydı mesela. Gözlerini sevmeliydim. Beli mutlaka incecik olmalıydı. Güzel giyinmeli, en önemlisi güzel kokmalıydı. Bana göre kızlar annem gibi olmalıydı yani. Onun gibi oturmasını kalkmasını bilmeli, onun gibi tırnağı kırılsa hemen düzelttirmeli, onun gibi fönsüz gezmemeliydi. Yani gelecekte annem gibi kraliçe olabilmesi için, şimdiden bir prensesle birlikte olmam gerekiyordu. Bir sürü kızla çıktım. Hepsi uzun süre peşimden koştuktan sonra kendilerini bana kabul ettiren ama uzun süre hayatımda kalamayan kızlardı. Sonra aniden bir kız çıkageldi. Biz o zamanlar onuncu sınıfın ikinci dönemindeydik. Nakil olmuş bizi okula. Sınıfa ilk girişinde daha, sınıftaki bütün erkeklerin dibi düşmüştü. Kıvırcık saçları, ip incecik beli, kusursuz yüz hatları... Kimin sırasının yanından geçse kokusunu bırakırdı. Yürürken kırılacakmış gibi yürür, otururken tahtına oturur gibi olurdu. Öyle biriydi. Sonra bizim arkadaş grubumuza dahil oldu. Öyle okul çıkışları takıldığımız kafelere falan gelmeye başladı. Yakınlaştık falan... Sonra aradan birkaç ay geçti, bu kız bana âşık olduğunu itiraf etti. Kıza bir şey hissetmiyordum o sıralar ama ne yalan söyleyeyim, çok güzel buluyordum. Ama yine bir Barış klasiği, kıza hemen adım atmadım. Biraz peşimden koşmasını istedim içten içe. O kız yapmaz gibi gelmişti biraz da. En çok onu merak ettim. Ama ne oldu biliyor musun? O da tam üç ay peşimden koştu. Bir sürü çocuk varken çevresinde, kimseye dönüp bakmadı. Kimseyle ilgilenmedi. O üç ay, her gün biraz biraz âşık oldum ona. Usul usul... Üç ayın sonunda, ben de ona itiraf ettiğimde ona olan aşkımı, o kadar büyük bir hale gelmişti ki içimdekiler... Hayallerimdeki kız kollarımdaydı, ben ona âşıktım, o da bana... Kusursuz bir çift. O ve ben... Kızların peşinde olduğu yakışıklı kaptan ve erkeklerin gözdesi prensesler gibi bir kız... Güzel gidiyor hikâye değil mi?"

"İnan bu anlattıklarını nereye bağlayacaksın deli gibi merak ediyorum."

"Güzel bir yere bağlayacağım Amazon kızım. Merak etme. Hem de fazla güzel bir yere..." Eliyle saçlarımı okşadı usulca, sonra kaldığı yerden devam etti. "O kız partide senin yanına gelen kızdı işte. Ayşegül."

"Harbi mi?" dedim dünyanın en saçma tepkisini vererek.

Yine güldürdü tepkim onu. "Saçma bir tepkiydi, kabul. Devam et lütfen..."

"Neyse işte, her şey peri masalı gibiydi onunlayken. Annemle tanıştırdım onu mesela. Kraliçe ile prensesin görüşmesi gibiydi. Annem bile bayılmıştı Ayşegül'e. Ki kendisi kolay kolay beğenmez kimseyi. O günden sonra Ayşegül iyice hayatım oldu. Geleceğimi kurmak istediğim kişi... Altı ay falan çıktık. On birinci sınıfın ikinci ayı mı desem üçüncü mü... İşte sömestre yakındı. Bir gün geldi yanıma, ayrılmak istediğini söyledi ortada hiçbir sebep yokken. Sıkılmış artık. Öyle dedi... Sonra ben nasılsa barışırız diye düşünürken bir hafta sonra bir üst devrelerden bir çocukla çıkmaya başladı. Sonra araya tatil girdi. İkinci dönem ise okulunu değiştirdi. Sonra annem, babamla ettikleri bir kavgadan sonra terk etti evi. Kraliçe de prenses de masaldan gitmiş oldu... Hayatımda taptığım iki kusursuz kadın, kusursuz bir şekilde terk ettiler beni yani. O ara içime kapandım. Aldatılmak, terk edilmek, aşk acısı... Bana o kadar ters şeylerdi ki... Kimseyle konuşmamaya başladım. Basketbolu bıraktım. Dersleri hiç dinlemedim. Sadece en arka sıraya oturup, dışarıyı izledim. Seni de o ara fark ettim işte... Sürekli erkek arkadaşlarıyla takılan, canının istediğini yapan, biraz kaba... Tuhaf bir kız. Başta benim için böyleydin. Çevremdeki kızlardan fazlasıyla farklı... Başta sadece gözlerim takılınca bakardım sana garipseyen gözlerle. Sonra gitgide gözlerim aramaya başladı... Beden dersiniz o sene cuma günüydü mesela. En çok o günü severdim. Çünkü seni uzun uzun izleme şansım olurdu. Başta beni güldürdüğün için seni izlemek zevkli gelirdi. Çünkü düşerdin sürekli. Birilerine sataşırdın maç yaparken. Bazen oburluğun tutardı, gizlice bir şeyler yerdin derste ağzını sonuna kadar aça aça." Güldü. Sonra ellerini kaldırıma dayayıp başını geriye attı. "Tuhaf kız, komik kıza dönüştü aniden işte. Gitgide neşem yerine geliyordu seni izlerken. Mesela bir defasında teneffüste arkadaşına vuracakken yanlışlıkla müdür yardımcısına vurdun, hatırlar mısın bilmem... O an biz sınavda olduğumuz için çıkamamıştık teneffüse. Herkes içeride, hoca başımızda, sessiz bir ortam... Senin vurduğun kişinin müdür yardımcısı olduğunu fark edince yüzünün aldığı şekil o kadar komikti ki, kendimi tutamayıp kahkahalarla gülmeye başladım sınıfta. Herkes sınavı bıraktı bana döndü. Oysa ben nasıl gülüyorum..." dedi o anı tekrar yaşıyormuş gibi. Gülmeye başladı. "Ama nasıl gülüyorum... Hoca başıma geldi falan. Delirdiğimi düşündüler. Ama ben tam tersine akıllanıyordum, haberleri yoktu o an. Sonraki günlerde annemle babam barıştı mucizevi bir şekilde. Senin şansın mıdır nedir... Geri döndü eve annem. Sonra ben gitgide iyileştim. Arkadaşlarımla tekrar düzelttim aramı. Ama eski yerime de dönmedim sınıfta. Yine o arka sıraya geçtim hep. Seni izlemek için. Komik kız, âşık olduğum kıza dönüşmeye başladı yani... Daha dikkatli izlemeye başladım seni. Başta dikkat etmesem de, yüzün gerçekten güzeldi. Gözlerin... Burnun... En çok da saçların. Kendi kendime sordum bu kızı daha önce nasıl fark etmedin diye hatta. Ama... Kapatıyordun kendini Yaprak. Dört tane erkek çocuğunun gölgesinde hem de. Bunu fark ettiğimde bu defa sadece seni değil, onları da incelemeye başladım. Diğerlerine göre daha sakin olan, gamzeli çocuk dedim o zamanlar ismini bilmediğim Ali'ye. Komik oğlan dediğim Oğuz'a. Sinirli çocuktu Gökhan... Sinan... Kırmızı bir sweatshirtü vardı o sene, kırmızılı derdin. Bir süre sadece arkadaşlarındı onlar. Sonra... Sonra bir gün neyi fark ettim biliyor musun?"

"Neyi?" dedim korkarak. "Neyi fark ettin?"

"Sakin çocuk... Yani Ali. Diğerleri gibi değildi sana karşı. Sen ona bakmadığın zamanlar, farklı bakıyordu mesela. Sana bir şey olsa, en çok o korkuyordu. Bazen uzun uzun sana takılıyordu gözleri. Başta ciddiye almadım ama, sonra sonra iyice emin oldum. Yani besbelliydi sana karşı bir şey hissettiği. Ama ciddiye almadım pek. Çünkü mezuniyetime yakın ben sana içimdekileri itiraf edecektim, sen de bana âşık olacaktın. Ve o, ben her ne kadar onun için üzülsem de kaybedecekti. Her hikâyede olduğu gibi... Aradan bir yaz geçti. Seni deli gibi özledim. Arada evinin önünden geçtim seni görebilmek için. Bazen gittiğin markete gittim... Arada halı sahaya... Şansım yaver gittiği zamanlar gördüm seni birkaç kez. O da üç ay yetti bana. Sonra yeni bir okul dönemi... İyice büyüyen hisler... O tatilden sonra seni izlemek biraz işkence halini aldı. Nasıl desem... Biraz kıskanmaya başladım seni onlardan. Sonra sana kızdım güzelliğini öldürüyorsun diye. Sonra kendime kızdım seni daha önce fark etmedim diye... Ama bir şekilde dayanıyordum senin hayalimdeki elbise ile benimle mezuniyete balosuna geldiğin günü düşündükçe. O zaman işler daha kolay oluyordu. Sonra ne oldu da sana erken geldim, o paketleri daha erken yolladım biliyor musun Yaprak? Neden mezuniyeti bekleyemedim. Var mı bir tahminin?"

"Bu akşam ben hep pas geçiyorum. Yeterince şaşırdım ve yeterince soru cevapladım önceki gün. Malum... O yüzden," dedim gülümseyerek. Yüzümü Barış'ın bana dönük olan yüzüne çevirdim. "Sen anlat."

"Çünkü," dedi gözlerini gözlerime dikip. "Bir süre sonra bir şeyi daha fark ettim, seni daha dikkatli izlemeye başlayınca." Kafasını tekrar önüne çevirdi, sanki diyeceği şeyi söylerken gözlerime bakmak istemiyormuş gibi. "O sakin çocuk kadar bariz değildi ama... Böyle ani olaylarda senin de onu diğerlerinden farklı tuttuğunu fark ettim. Mesela... Mesela hepsi aynı anda düşse maçta, o ilk panik anında gözlerin ilk ona dönüyordu. Ona ilk hamleni yapıyor, sonra toparlayıp hepsine koşuyordun. Bazen farkında olmayacak kadar küçük anlarda gözlerin ona takılıyordu. Ya da... Öyle bir sürü ufak tefek şey işte. Yani, sadece çok çok dikkatli bir şekilde sizi uzaktan izleyen birinin görebileceği şeylerdi. O an anladım, içinde ona karşı filizlenebilecek bir şeyler olduğunu. Başta, bana zayıf bir rakip gibi gelen o sakin gamzeli çocuk birden rakibim Ali oldu. O yüzden erken davrandım. Onun sevdiği yaramaz kızı, benim prensesim yapmak için... Aslında sembolikti bu dönüşüm süreci. Sen onlarla olduğun sürece hep böyle olacaktın ve bir süre sonra aklın o çocuğa kayacaktı. Ya da sen bana uyup tamamen farklı birine dönüşecektin ve beni sevecektin. Hani hep diyorum ya... İçindeki prensesi çıkaracağım ve bana âşık olacaksın diye... Sanırım korktuğum içindi. Yani o kadar emin konuşursam, sen de ikna olursun gibi... Ama sanırım beceremedim. Biraz... Biraz geç kalmış olmalıyım. Çünkü ancak kalbinde gizli gizli birini tutan bir kız bana ve yaptıklarıma bu kadar tepkisiz kalabilirdi."

"Saçmalama," dedim sinirle. "Benim kalbimde kimse yok."

"Olmasa daha iyi benim için Amazon kızım. Ama artık itiraf etmen gerek. Üzgünüm, ama kalbinde istemediğin bir şeyler filizlenmiş bile çoktan."

"Saçmalama sırık. Yok öyle bir şey. Benden iyi mi bileceksin?"

"Sen kendini bir sene uzaktan izledin mi?"

"Geri zekâlı sapık sarı kafa! Seni var ya şikâyet etsem, sinir bozmaktan müebbet yersin. Röntgenci!"

"Bana hakaret etmeye başladığına göre cidden doğruları söylüyorum," dedi yine kahkahaları arasında. "Ama dert etme. İçindeki duyguları en iyi sen bilirsin tabii. Ben sadece tamamen açılacak ya da tamamen kapanacak bir şeylerden bahsediyorum kalbinde. O'na karşı..."

"Tamam sus, yeter. Canımı sıktın yine. Bir diyorsun bana âşık olacaksın, bir geliyorsun başkasını seviyorsun... Sanırsın kalbimin bekçisisin ha... Yok o girdi, yok bu çıktı!" Ellerimi dizlerime koyup ayağa kalkmaya yeltendim. Omuzlarımdan bastırdı kalkmamam için. "Ne be? Söylediklerin bitmedi mi? Gidiyorum ben."

"Dur iki dakika daha. Bitmedi..." deyip yanına koyduğu poşetin içinden deftere benzer bir şey çıkardı. "Bu ne?" dedim bana doğru uzatınca defter olmadığını anladığım şeye. Kaşlarıyla ufak bir işaret yaptı 'suş ve içine bak' der gibi. Derin bir nefes alıp, bana uzattığı şeyi aldım. Kalın kapağı açtığım an, kastığım yüzüm gevşedi. Bir fotoğraf albümüydü elimde tuttuğum. İlk sayfadaki fotoğraf ise beden dersinde köşede bir şeyler tıkınırken çekilmiş bir resmimdi. Tam ağzımı kocaman açıp, kocamam sandviç ekmeğini ağzıma atarken... Bir sayfa çevirdim. Bu defa yere düştüğüm bir resim vardı bahçede. Bir sayfa daha... Kantinde yemek sırasında insanlarla kavga ederken... Saçlarımı toplarken... Müdür beni azarlarken... Evimin balkonunda komik topuzumla esnerken... Halı sahada... Parkta çocuklarla oyun oynarken... Üzerime meyve suyu dökerken... Gitgide onu tanıdığım güne doğru gidiyordu resimler, kalbim hızla çarparken değişen sayfalara eşlik eder gibi. Sonra onu ilk gördüğüm gün... O butikte kasada görevliyle tartışırken... Sonra butikten çıkıp giderken... Ona kafa attığımda, müdür odasından çıkarken çektiği resim de vardı. İddiaları kabul ettiğim gün beni sinir etmek için çektiği resim de... Asansörde sarhoşken çektiği... Odama gizliden geldiğinde ben kara kara düşünürken çektiği... Hepsi. Bir yıl boyunca ne kadar tuhaf anım varsa, hepsi o albümdeydi. Son resim... Kafamda kırmızı bir şapkayla beni Ali'ye gönderirken çektiği sırtımın resmi. Giderken... "İşte bir sırığın hafızasında kalanlarla Amazon kızım" deyince ben son fotoğrafa bakarken, kafamı ona doğru çevirdim. "Barış..." dedim fısıltıyla. "Barış bu..." İyice yan döndüm yüzünü net görebilmek için. "Bu ne lan? Ağzım yarım metre açıkken ne demeye fotoğrafımı çekiyorsun? Oğlum salak mısın sen? Rezil kepaze oldum! Bak kimseye göstermedin bunları değil mi? Hele şu..." Hızlıca albüm yapraklarını karıştırıp yakından çektiği resimlerden birini açtım. "Ulan bir insan evladı böyle yakından çekilir mi? Sivilcem varmış o zamanlar, o da çıkmış... Resmen kendimden tiksindim! Gidip suratımı çamaşır suyu ile tuz ruhu karışımına basacağım!"

"Ya Yaprak," dedi yine gülmeye başlayıp. "Ya ben cidden seviyorum seni. Şunu başka bir kıza yapsam ağlayarak boynuma atılırdı, senin dediklerine bak."

"Ya resmen ileride şantaj olarak kullansan kullanırsın bunları," dedim en ağlamaklı ses tonumla. "Kendimi bir üç yıl kadar görmek istemiyorum şu resimlerden sonra."

"Ver bakalım." Elimdeki albümü hızla çekti. Ayağa kalktı ben "Ne yapıyorsun ulan?" diyerek söylenirken. "Evime gideceğim. Ne oldu?" deyince salağa yatarak, hemen ben de ayağa kalktım. "Albümü bana vermeyecek misin?"

"Hayır Amazon kızım. Bu benim. Daha albüme eklenecek resimler var. Senden vazgeçeceğimi mi düşündün?"

"Ha?" dedim elimi belime koyup. "Ne resmi ulan daha? Bir banyoda çekmediğin kalmış zaten!"

"O da olur. Ama evlendiğimizde," dedi yanağımdan bir makas alıp. "Sırık!" diye bağırdım çevredeki insanlara aldırmadan. "Gerçekten çift kişilikli misin yoksa amacın benim kafamı bulandırmak mı anlamıyorum. Ne yapıyorsun yahu sen? Ciddi anlamda merak ediyorum bunu."

"Ne mi yapıyorum... Seni seviyorum galiba."

"Sırık oğlan..."

"Bak," dedi benim düşen omuzlarıma dokunup. "Seni sadece biraz yalnız bırakacağım. İçindeki o duyguyu büyütene ya da öldürene kadar... Tamam mı? Ali ile yüzleşmeni izleyeceğim uzaktan. Belki ona kalbini açıp onu âşık olduğunu anlayacaksın. Belki de tam tersi... Onun sana iyi gelmeyeceğini. Ben ikinci seçeneğin olacağına inanıyorum. O sana iyi gelmeyecek. Çünkü... İkinizin de içindeki şeyler, bana kalırsa sadece çocukluktan kalma bir takıntı. O yüzden... Bunu ne zaman anlarsan anla, ben o günün umuduyla bekleyeceğim. Ve pes etmeyeceğim. Ta ki... Senin ona gerçekten âşık olduğunu kabul edene kadar. O gün, bu albümü sana geri vereceğim. Ama şimdi değil... O güne kadar kendine iyi bak. Ben, seni izlerken mutluydum. Yine mutlu olacağım. Sınavım yaklaşıyor zaten... Biraz ona odaklansam iyi olacak. Hem... Biraz da biz bekleyelim bakalım Ali gibi. Neler oluyor görelim. Hem belki bu bekleyiş, bana seni getirir."

"Barış..."

"Bana ismimle hitap etmeni seviyorum," dedi ani bir hareketle beni kendine çekip sarılırken. "Senden vazgeçmeyeceğim. Git ve ona olan duygularından emin ol. Âşıksan aşkını yaşa. Ama sonra onun senin için doğru kişi olmadığını anla ve bana geri dön. Tamam mı? Daha albüme ekleyeceğim bir sürü resim var çünkü. Seni seviyorum Amazon kızım. Unutma..."

Otuz Dokuzuncu Bölüm

1 Ay Sonra

"Sinancığım, giderken çöpü de at!"

Annesinin bağırmasını duymazdan geldi Sinan. "Çöp atmak için fazla yakışıklıyım bugün güzellik..." dedi usulca kendi kendine ve ayakkabısını eline aldı. Ayakkabılığın kapağını usulca kapattı ses çıkarmaması için. "Orta Doğu'nun en güzel annesinin yakışıklı oğlu kaçar!" diye bağırıp arkadaşlarının yanına gitmek için koşar adım evden çıktı. Kendini son zamanlarda fazlasıyla eskiye dönmüş ve enerjik hissediyordu. O gün olduğu gibi... Islık çalarak ve ayaklarıyla bir senkron tutturarak yürüyor ve yoldan geçerlere, komşularına ve esnafa neşeliyken yaptığı gibi küçük pembe yalanlarla süslediği ama onları mutlu eden iltifatlarını sıralıyordu.

"Günaydın güzellik!" diye bağırdı balkonda halı silkeleyen yaşlı komşularına. Manavın önünden geçerken "Kemal Abi, bugün salatalık tartmak için fazla mı yakışıklısın ne?" dedi.

"Melahat ablacım, salona gelen kadınlar senin güzelliğini kıskanıp bir daha kaş aldırmaya gelmeyecek sana ha!"

"Emine Nine, kaç oldun kız sen bu yıl? Otuz mu? Otuz iki mi?"

"Kilo mu verdin sen Firuze Abla?"

"Günümün daha da güzel geçmesini sağladığınız için teşekkür ederim," dedi yanından geçen bir kız grubuna.

Ellerini şaklatıp, kendi kendine bir şarkı tutturdu mahalleden çıkınca. Fazla... Fazla iyi hissediyordu kendini o gün. Birkaç adım sonra, beklediği gibi yine o küçük kız çocuğunu gördü. Sımsıkı giydirmişti annesi, nefes almakta zorlanıyordu. Huysuzlanarak, kucağındaki oyuncak bebeğini uyutuyordu.

Seke seke yanına gitti Sinan ve hemen kızın boynundaki atkıyı gevşetmek için tek dizinin üstüne çöktü. Kız, başlarda ürkek davransa da, artık alışmıştı ona. "Annen bugün seni yine mumyalamış," dedi gülerek. Boynundaki atkı gevşeyince derin bir nefes aldı küçük kız çocuğu. "Teşekkür ederim," dedi minicik ağzında lafları geveleyerek.

Sinan her zaman yaptığı gibi kızın yanaklarını sıktı önce. İki kulak yaptığı saçlarına parmağını dolayıp onlarla oynadı. En son minik ellerine küçük bir öpücük kondurup ayağa kalktı. O an balkondan onları izleyen anneyi fark etti. "Günaydın hanımefendi," dedi kadına el sallayıp. Son birkaç cumartesidir, sürekli görürdü kadını. O da alışmıştı artık. Selamına elini hafifçe kaldırıp gülümseyerek cevap verdi kadın. Tekrar küçük kıza dönüp "Yarın görüşürüz minik tavşan!" dedi Sinan neşeyle.

Sabahtan beri yüzünden düşmeyen gülümsemesiyle arkasını döndü yoluna devam etmek için. Ama edemedi. Çünkü karşısındaki manzaraya bakarken küçük bir dejavu yaşıyordu. "Sinan..." dedi Ece gülerek. "Yine burada buldum seni. Tesadüf mü dersin?"

"Yok, tesadüf olur mu hiç. Sen özellikle yine en mutlu olduğum anı kollayıp ağzıma sıçmak için pusudaydın kesin. Baktın mutluyum, Perihan Teyze misali, hubalahubalahop bittin hemen yanı başımda. Değil mi? Yoksa mutlu olduğum an, yanımda bitivermek için gizliden mutluluk simülatörü falan mı taktın bana. Ha? "

"Yahu güldürme," dedi kız birkaç adım atıp. "Bu defa seninle konuşmak için geldim onca yolu. Günahımı alıyorsun. Bana ayıracağın biraz zamanın vardır umarım."

Birlikte biraz yürüdüler önce. Sinan ne kadar gergin ve

şoktaysa, kız o kadar rahattı. "Buraya oturalım mı?" dedi kız yüksekçe bir duvarı işaret edip. "Bak, eğer yıllardır bana çektirdiklerinden tatmin olmadıysan ve beni yukarıya çıkardıktan sonra tansiyonumu düşürecek şeyler söyleyip aşağı düşmemi sağlayacak ve öldüreceksen şimdiden söyle. Ben zaten senin sadist bir sosyopat olduğundan şüphelenmeye başladım bile beş dakika falan önce." Kız, dinlemiyordu bile Sinan'ı. Çoktan, küçük duvara tırmanmaya başlamıştı bile. Kız tamamen duvarın üstüne çıkıp, oturunca; Sinan ellerini iki yana açtı ve "Ey mahalleli, eğer seksi bedenim buradan aşağı düşerse, bilin ki bu kız katilimdir" dedi.

Kızın peşinden duvara tırmanıp, yanına oturdu. Bir yandan hâlâ söyleniyordu. Ece, Sinan'ın söylediklerine aldırmadan konuştu. "Küçük bir köstebek bana bu aralar boşluğa düştüğünü söyledi."

Kaşları çatıldı Sinan'ın. "Seni görene kadar gayet Disneyland'a giden dört yaşındaki Amerikalı sarışın bir kız kadar mutluydum. Köstebeğin yanlış bilgi vermiş."

"Son bir aydan bahsediyorum. Hiçbir kızla görüşüp, konuşmamak normal şartlar altındaki bir Sinan için imkânsız değil mi? Hem o küçük köstebek her gün bana senin hakkında detaylı bilgiler verdi, yalan söyleme. Her şeyi biliyorum."

"Ben biliyorum o küçük köstebeği hangi ağaç kovuğuna sokup..." dedi Sinan kendi kendine dişlerini sıkarak. "Neyse ne... Bu durumun seninle alakası ne, hâlâ anlamadım."

"Sinan..." dedi kız ayaklarını sallamaya başlayıp. Sanki Sinan'ın cevapları önemli değilmiş gibi, ona asla cevap vermiyor, kendi kendine konuşur gibi devam ediyordu. "Bana ilk kez aşkını itiraf ettiğin günü hatırlıyor musun?" diye sordu kafasını gökyüzüne dikip. Elleriyle yanlardan destek alıp, iyice geriye attı başını. "O kadar berbat bir zamanlamaydı ki seninki... O ara bütün felaketler üst üste gelmişti. Babam annemi aldatıyor... Annem öğreniyor... Dava açıyor... Ve bu şehirden gitmeye karar veriyor... Ve bunların olduğu hafta, hoşlandığım çocuk bana âşık olduğunu itiraf ediyor. Trajikomik değil mi?"

"Ben... Bilmiyordum."

"Erkeklere olan güvenim sıfıra inmişti o zaman. Gençliğinde annemin yıllarca peşinden koşan babam, defalarca aldatmıştı onu... Hayatta en güvendiğim erkekti. Ne kadar yıkıldığımı tahmin edebilirsin belki. Sonra bunun üstüne sen gelince... Sana ne cevap verdiğimi de hatırlıyor musun?"

Gülümsedi Sinan başını öne eğip. Harfi harfine hatırlıyordu çünkü. "Hatırlıyorum. 'Asla, bu yaşta biriyle çıkmak gibi bir hata yapmayacağım. Çünkü, sonra nasılsa her şey değişecek. Kendimi boşuna yıpratamam.' Böyle dedin. Aşağı yukarı..."

"Hayır hayır, aşağı yukarı değil. Tam olarak böyle," deyip, elini biraz yana kaydırdı Ece ve Sinan'ın elinin üzerine koydu. Kalbi hızlandı Sinan'ın, ama çaktırmamak için başını sağa çevirdi. "Ama bir şey daha demiştim. Onu da hatırlıyor olman lazım."

"Ece, ne yapmaya çalıştığını biliyorum. Yapma..."

"Demiştim ki... Evleneceğim adamla kesinlikle sevgili olmayacağım. Ve onun da daha önce sevgilisinin olmadığına emin olacağım. Ve böylece çağın maymun iştahlı iki karı kocası değil, birbirine sadık bir çift olacağız. Bunu da kelimesi kelimesine hatırlıyorsun değil mi?" Elini sıktı hafifçe çocuğun. "Söylesene?"

"Ece..." deyip, başını tekrar kızdan tarafa çevirdi Sinan. İşte o dayanamadığı hüzünlü gözler... İçindeki bir parçanın cayır cayır yandığını hissetti. "Yapma."

"Annemin geçen yaz başka bir adamla evlendiğini biliyorsundur. Geçen gün ne oldu bil." Ece gülümsedi. Ve sanki karşısındakinden sessiz bir cevap almış gibi, onayladı başıyla. "Evet! O da annemi aldatıyor. Hem de iş arkadaşının karısıyla. Mesajlarını yakaladım... Henüz annemin haberi yok ama. Nasıl söyleyeceğim bilmiyorum. Bir şekilde söylemem lazım tabii. Ne kadar şanssız bir kadın... Ne kadar berbat hayatımıza giren erkekler..."

"Gerçekten... Üzgünüm."

"Üzül diye anlatmadım. Sadece, hâlâ fikirlerimin aynı olduğunu bil diye anlattım. Hatta daha güçlü... Hayatıma giren erkekler o kadar âciz ve o kadar berbat ki... Elimden en saf duygularımı alıp, yerine elli yaşındaki yorgun bir kadının hislerini koydular."

"Elimden gelseydi, bütün yaşama enerjimi sana verirdim."

"Biliyorum aptal. Konuyu saptırma ama... Konu ben değilim, sensin biliyorsun değil mi?"

Sinan başını tekrar önüne çevirdi. Konunun nereye geleceğini biliyordu çünkü. "Sırf ben, kimseyle çıkmamış biriyle evleneceğim dediğim için kimseyle çıkmıyorsun. Öyle değil mi?"

"Ne alakası var," dedi Sinan abartılı bir gülümsemeyle. "Ben ciddi ilişkilerin adamı değilim kızım. Ondan..."

"Benim tatlı çapkınım... Her zaman kızlara düşkün biri oldun ve bunu belli etmekten asla çekinmedin. Sana âşık olduğumda bunu biliyordum. Ama seninki zararsız inan bana... Çünkü ben karısı yanındayken başını önünden ayırmayan ama kapalı kapılar ardında başka kadınlara dokunmaktan midesi bulanmayan berbat iki adam tanıdım. Ve sen... Onlar gibi değilsin."

"Ece..." derken, aynı anda "Sinan..." dedi kız. "Sus... ve sadece beni dinle Sinan. Sen aslında... Başkasına âşık olmaktan korktuğun için kimseyle çıkmıyorsun. Ama olmaz... Böyle gitmez. Baksana şu haline... Birinin aşkına ihtiyacın var Sinan. Birileriyle vakit öldürmek bir yere kadar... Senin kalıcı bir limana ihtiyacın var. Senin özlemini duyduğun liman, yıkık. Ben yıkığım. Ve muhtemelen de, uzunca bir süre toparlanamayacağım. O yüzden..." Yutkundu kız. Başını hafifçe Sinan'ın omzuna dayadı. "O yüzden... Beni bırakıp, birilerine âşık olmayı denemelisin."

"Ama," dedi Sinan fısıltıyla. O da başını, kızın başına yasladı hafifçe. "Ben de seni sevmeyi bırakırsam, senin hiçbir şeyin kalmaz."

"Beni sevmeye devam edersen de, senin hiçbir şeyin olmayacak" dedi. Burnunun direğini sızlatmıştı çocuğun sözü. Birkaç dakika kendini toparlamak istedi ve sustu sadece. Duygularını tekrar kontrol altına alınca devam etti. "Beni merak etme. Ben bir şekilde idare ederim. Sürekli yapığım gibi yine arada görmeye gelirim seni. Ama bu defa senin beni görmene izin vermem."

"İstemiyorum."

"Mecbursun."

"Değilim."

Ece, başını çocuğun omzundan çekti kaşlarını çatarak. "Hayır efendim, mecbursun." Elini montunun cebine daldırıp bir kâğıt çıkardı ve Sinan'ın eline tutuşturdu. "Burada senin için hazırladığım bir liste var. On tane kızın ismi var orada. Sırasıyla hepsiyle sevgili olmayı deneyeceksin. Her hafta rapor istiyorum senden Sinan. Her hafta... Ta ki içlerinden birine karşı gerçekten bir şey hissedip, onunla gerçekten sevgili olana kadar."

"Kusura bakma ama bu yaptığının adına bizim oralarda pezeve-" Cümlesini tamamlamaması için, parmağını Sinan'ın dudaklarına bastırdı genç kız. "Ne biçim konuşuyorsun," diye azarladı sonra. "Burada hayırlı bir iş yapıyorum. Hem... Listenin ilk sırasındaki kişi seni çok heyecanlandıracak. Şu küçük köstebek..." dedi sinsice gülümseyip. Sinan'ın kaşları çatıldı köstebek lafını duyunca. "Oğuz ile mi çıkacağım?" diye sordu korkuyla.

"Oğuz nereden çıktı be?"

"Senin köstebek... Oğuz değil mi?"

Kız, elini yumruk yapıp kafasına vurdu Sinan'ın. "Tabii ki hayır. Sana deli gibi âşık bir kız!"

Sinan kim olduğunu sormak yerine ilk sıradaki ismi görmek için kâğıdı açtı hemen. "Kimmiş bakalım..." dedi tersten açtığı kâğıdı düzeltirken. İlk sıradaki ismi görünce ise "Yuh!" diye bağırdı. "Gözde ile sevgili olacağıma, gider Oğuz ile olurum!"

"Kaba şey!" deyip bir daha vurdu Ece çocuğun kafasına. "Bir daha duymayayım. O kız gerçekten ne yapıyorsa seni sevdiği için yapıyor. Ben... İlk onunla denemeni istiyorum. Unutma... Seçim şansın falan yok. Ödevin bu."

Sinan, kâğıdı tekrar katlayıp iç cebine yerleştirdi bir şey söylemeden. Çünkü ne derse desin, Ece bir şey istiyorsa, yapardı. Bir süre konuşmadan yan yana öylece oturdular. Arada kaçamak bakışlar atsalar da birbirlerine, birkaç dakika sonra ayrılacak, birbirini seven iki kişi olarak işlerini daha da zorlaştırmamak için mümkün mertebe başlarını önde tutuyorlardı. "Ben..." dedi ikisi aynı anda. "Sen söyle önce," dedi Ece. Sinan başını salladı usulca. "Benimki önemli değildi. Sen söyle..."

"Ben sadece..."

"Sen sadece?"

Ece, her ne kadar kendine hâkim olmak için dirense de, yapamadı ve birazdan yanından ayrılacağı sevdiği çocuğa sımsıkı sarıldı. Birkaç saniye içinde, Sinan'ın kolları da dolandı onun omuzlarına. "Ben sadece mutlu ol istiyorum. Benim gibi umutsuz bir kızı bekleme... Ama... Ama şunu söylememe izin ver Sinan. On yıl... On yıl sonra evlilik çağıma geldiğimde, iyileşmiş olacağım. Söz... Sadece, o zamana kadar biraz sevil. Seni uzaktan izleyeceğim hep. Ve on yıl sonra, en yıkık anında yine o küçük kızın yanında bulduğum gibi bulacağım seni. Bu defa ben soracağım sana... Ve ne olursa olsun, evlendiğin kadın ben olacağım. Belki bana hayır diyeceksin o gün. Belki sevdiğim başka biri var diyeceksin. Muhtemelen o zamana kadar yalnızlığa daha da alışmış olurum. O yüzden... Bu riski göze alıyorum. O zamana kadar severek ve sevilerek gelmen için..."

Sımsıkı kapattılar ikisi de gözlerini. Sustular bir süre. Sanki bir daha asla sarılamayacakmış gibi, kuvvetlice sardılar birbirlerini. İkisi de ağlamamak için kendini sıkmak zorundaydı. Sonra ise, hiçbir şey söylemeden, küçük bir veda edip serbest bıraktılar birbirlerini. İkisi de ayrı yola saptı. Ayrı yollardan yürüyüp, ayrı yollarda ağlamak için.

Sinan içinden bir kez daha söz verdi kendine.

"Söz veriyorum Ece, senin için sevileceğim."

Tıpkı Ece'nin yaptığı gibi...

"Söz veriyorum Sinan, senin için iyileşeceğim."

***

Sabahın en karanlık saatinde, gün doğumuna dakikalar kala uyandı Oğuz. Çünkü bir önceki gece, aşağı mahalledeki parkta güneşin doğuşunu kız arkadaşıyla birlikte pijamalarıyla izlemek için sözleşmişlerdi. Uykusu açılsın diye her zaman yaptığı gibi tuvalette biraz tweet okudu. Sonra, kimseyi uyandırmamak için parmak uçlarında gittiği mutfakta ne bulduysa mideye indirdi ve dişlerini fırçalayıp hava hâlâ karanlıkken çıktı evden. İlk durağı, İrem'in eviydi. Gittiğinde kızı, montuna sımsıkı sarınmış bir halde apartmanın kapısında buldu. "Kız niye burada bekledin, karanlıkta bir şey falan olacak," dedi onun elini tutarken. Kız gülümseyip omuz silkti sadece. "Parka değil mi?" diye sordu sonra dünkü planlarını teyit etmek ister gibi. "Parka," diyerek onayladı Oğuz.

Parka doğru el ele yürürlerken, ikisinin de üzerinde aynı pijamadan vardı. Bir eşi Oğuz'da, bir eşi Nunu Nine'de olan pizza desenli pijamanın son eşini de İrem'e hediye etmişti, birkaç hafta önce. Bu ona göre, özel bir şeydi. Gitgide aydınlanmaya başlayan o cumartesi sabahı birbirinin eşi pijamalarla, uykulu bir suratla, birlikte esneyerek parka yürümek ikisine de fazla romantik gelmişti. Her ne kadar uykulu oldukları için çok fazla idrak edemeseler de... "Kimden çıktı kız bu sabah parkta güneşin doğuşunu izleme fikri... Keşke batışını izleseydik. Yemin ederim atlar gibi ayakta uyuyakalacağım şimdi."

"Senden çıktı fikir mese sevgilim," dedi İrem esnerken. "Ben dedim sana sabah sabah kalkamayız diye ama..."

"Benden mi çıktı? O zaman harika bir fikirdir. Bir mese asla kötü bir fikir üretmez."

"Dikkat et," dedi İrem bir ağaca çarpmakta olan sevgilisini kolundan çekerken. "Yüce mese ölüyordu."

Parka girdiklerinde, uykuları biraz dağılmıştı ikisinin de. Önce yan yana iki salıncağa oturup güneşin doğuşunu izlediler. Sonra bunun sıkıcı bir fikir olduğuna karar verip, kendi hallerinde takılmaya başladılar parkta. Oğuz, salıncakta sallanan İrem'i deli gibi salladı. Kız korkudan çığlık attıkça, kendi de bundan zevk alarak güldü. İrem'in oturduğu salıncağa Oğuz da asıldı sonra ve salıncağı kopardılar. Kopan salıncağın oturağına İrem'in poposu sıkıştı. Oğuz buna yerlere yatarak, yaklaşık beş-altı dakika kesintisiz güldü... Tahterevallide oyalandılar biraz. Orada da uslu durmadı Oğuz ve İrem'i iki kez tahterevalliden düşürdü. En son kaydıraktan arka arkaya kayarken hızlarını alamayıp yere yuvarlanınca, bu defa ikisi de kahkahalarla gülerek yan yana yatıp, ayaklarını kaydırağın ucuna uzattılar. Bir elini ensesine attı Oğuz, diğeri ile kızın elini tuttu. O an, saatlerdir gülmekten başka bir şey yapmayan İrem konuşmaya başladı.

"Bana bundan birkaç ay önce sabahın altısında, pijamalarımla, sevgilimle bir parka gidip deli gibi oyun oynayacağımı, onun beni defalarca düşüreceğini, popomun salıncağa sıkışacağını ve birlikte kaydıraktan kayarken tepetaklak olacağımızı söyleseler ve bir de bundan zevk alacaksın deselerdi... Kahkahalarla gülerdim söyleyen kişiye. Ama şimdi... Bazen sevgilim değilmişsin de, anaokulundan oyun arkadaşımmışsın gibi geliyor biliyor musun? Bu iyi bir şey mi bilmiyorum ama... Yani birlikte gülüyoruz. Birlikte çatlayana kadar pizza yiyoruz. İnsanlarla uğraşıyoruz. İyiyiz ama... Sanki... Sanki bunları arkadaşlarınla da yapabilirmişsin gibi. Benim arkadaşlarından ne farkım var Oğuz? Mesela Gökhan'dan farkım ne senin için?"

"Seninle öpüşüyoruz ama Gökhan'la öpüşmüyorum mesela. Bence bu bir fark. Bir de sen Gökhan'dan daha güzelsin."

"Ya salak," dedi İrem, tuttuğu eli hafifçe kaldırıp yere vururken. "Ciddi ol. Ben burada ilişkimiz adına ciddi bir konuşmaya imza atıyorum."

"Kızım benim fabrika ayarlarımda ciddiyet diye bir şey yok, küçükken aldırmışız bademciklerimle birlikte onu da. Ciddi olamıyorum."

"Oğuz dedim..." İrem onun elini tekrar sıktı. "Yani mesela... Hiç kıskanmıyorsun beni. Ne bileyim, kısa giydiğimde ya da bir erkekle gördüğünde..."

"Sen de beni kısa giyince kıskanmıyorsun ki," diye cevap verdi Oğuz gülerek. "Hem, ben o konuda Gökhan ile Kanye West arasında bir yerdeyim. Yani sen bir eteği kendine yakıştırıp giyiyorsan, benim ona laf söylemeye hakkım yok. Senin kararın o. Yani... Lady Gaga gibi külotlu çorapla dışarı çıkmadığın sürece sorun yok bence."

"Peki, şu ana kadarki bütün ilişkilerinde böyle miydin? Yani... Ne bileyim."

"Kızım, ben o kıskançlık olaylarını ilkokulda bıraktım. Şimdi bizim sınıfta bir kız vardı, ben de hoşlanıyorum gibi bir şey bundan. Yani sekiz yaşında nasıl hoşlanılıyorsa işte... Neyse, kızı her görüşümde heyecandan gidip dövüyordum kızı. Öyle saçma bir şeydi... Sonra bir gün bu arkasında oturan sınıfın ineği Kerem'le çikolatasını paylaştı. Orda çok kıskandım tamam mı... Sonra gidip yine kızı dövdüm. Sonra kız beni öğretmene şikâyet etti. Öğretmen de beni dövdü. Sonra öğretmen beni dövdü diye çıkışta gidip kızı bulup bir daha dövdüm. Sonra bu defa okula ailemi çağırdılar..."

"Oğuz," dedi kız gülmemek için kendini zor tutarken. "Kızları incitmemen gerektiğini biliyor olman gerekmez miydi o yaşta? Kızı kıskanıp gidip dövmek ne?"

"Dövmek dediysek, gidip saçını falan çekiyordum. Tekme tokat dalmıyorduk herhalde... İlkokul sevdicek dayağının bir kuralı vardır, siz kızlar bilmezsiniz. Hem... Aramızda kalsın ama ben o yaşımda kızla erkeğin ayrımını yapamıyordum zaten. Kızların da pipisi var sanıyordum. Hatta sünnetimizde Yaprak niye sünnet olmuyor diye ortalığı ayağa kaldırmıştım." İrem dayanamayıp, sağlam bir kahkaha patlattı sevgilisinin son anlattıklarına. "Ama var ya Allah korumuş. O kız şimdi lisede benim sınıfımda. Eğer beni öğretmene söyleyip dövdürmese de, aşkım devam etse şu an kendi en sevdiğim uzuvlarımı bahçe makasıyla kesiyordum herhalde."

"Bunu daha önce söylememiştin bana... Demek ilkokul aşkınla aynı sınıftasın. Kimmiş o kız?"

"İlkokul aşkı değil kızım, iki dövdük iki kıskandık diye aşk mı oldu? Yani o yaşın şartlarına göre öyle olabilir ama," derken, İrem'in koluna çimdik atmasıyla küçük bir 'ah' sesi çıkarıp "Yeşim," dedi. "Şu sürekli kavga ettiğim kız var ya, sarışın olan. Ütü masası gibi göğsü olan... Tek me olan. Hani şu-"

"Anladım kim olduğunu," dedi kız kendini kaptıran Oğuz'u susturarak. Kaşlarını hafifçe çatıp, dudaklarını sallandırdı. "Mesela ben şu an kıskandım. Sevgili olmak bunu gerektirir çünkü."

"Seni kıskandığım tek an, pizzamı senden önce bitirdiğim anlar. O sayılıyor mu?"

"Oğuz! Şurada ilişkimiz için önemli bir şeyden bahsediyoruz ama değil mi? Belki de bu ilişkinin devam edip etmeyeceğini belirleyecek. Sonuçta... Eğer birlikteliğimiz arkadaşlığa yakınsa ve sen benim gibi âşık değilsen... Belki ayrılabiliriz bile. Bence ciddiye al..." Bunu yapmayacağını adı gibi bilse de, karşısında her şeyi şakaya vuran yaramaz çocuğun da en az kendi kadar ilişkilerini ciddiye almasını istiyordu kız.

"Kızım bak," dedi Oğuz elini İrem'in elinden çekip. İki elini de ensesinde birleştirdi sonra. "Ayrılıyorsak bile şu an ayrılmayalım çünkü bu aralar aşk acısı çekecek lüksüm yok. Sonra beni ayrılığımızın ardından gülerken görürsün, üzülürsün."

"O ne demek be?" diye sordu İrem kaşlarını çatıp. "Kızım şimdi," derken Oğuz yan döndü hafifçe. Durumu açıklamak ister gibi bir tavır takındı yüzüne. "Bu aralar bizimkiler bir tuhaf. Gökhan, Merve'yle ayrıldı. Çocuk depresyonun Göksel boyutunu yaşıyor, kendini dolaba kilitleyip nefessiz bırakacak diye korkuyorum. Sonra Sinan... Herifin depresyonu dillere destan zaten. Geçen gün Ece'yle bir şeyler konuşmuşlar, o günden beri kendine gelemedi. Yaprak'la Ali desen... Onlara ne oldu anlamadım ama o ikisi de bir tuhaf. Moralleri bozuk bir şeylere... Ben de olmasam var ya Yaprak Dökümü'ndeki gibi patır patır döküleceğiz. Resmen grubun direğiyim. Yüküm ağır kızım. O yüzden, benden ayrılacaksan da bunlar böyleyken ayrılma. Cidden üzülemem."

"Ya... Kıyamam sana," dedi İrem en anaç tavırla. Elini Oğuz'un soğuktan kırmızı kırmızı olan yanaklarına yerleştirdi biraz daha yana dönerek. "Ayrılmayı düşünmedim hiç zaten.

Sadece, acaba arkadaştan öteye gidemeyecek miyiz diye... Ay, benim tatlı Ali Rıza Beyim..."

"Bak sana ne yapacağım," dedi Oğuz, kızın son cümlesinden sonra gülerek. "Bak..." Çenesini olabildiğince aşağı indirip gıdısını sıkıştırdı ve gözlerini yukarı kaydırdı. "Ali Rıza Bey gibi öldüm. Eğer beni terk edersen bir gün böyle öleceğim."

"Ya Oğuz," deyip bir kahkaha daha patlattı kız. "Sen de yap" deyince, kız da hemen aynısını yaptı. Bir süre öylece kalıp, sonra aynı anda kahkaha attılar.

"Ya salak çocuk, az önce ilişkimizle ilgili ne zamandır aklımı kurcalayan bir konu hakkında ciddi ciddi konuşmaya çalıştım senle. Beş dakikada geldiğimiz duruma bak... Ölen bir Ali Rıza Bey taklidi yaparken buldum kendimi. Sen bana ne yapıyorsun?"

"Geçmişte sana ne yaptılar bilmiyorum. Sanırım sen sadece yaşına bakmadan olayları abartan birkaç buluğ çağı veledi ile çıkmışsın, o yüzden böyle hissediyorsun. Yani altı üstü sen 16 yaşındasın, ben 17... En fazla ne kadar ciddi olmalıyız ki? Bence bizim yaşıtlarımız dram seviyor. Hem eğlenmenin aşkla uyuşmayan tarafı ne ki? Bizim yaşımızda aşk böyle yaşanmalı. Bu yaşında, bir partide içtiğin içki yüzünden ya da kilo alıyorum diye parmağını boğazına soktuğun için kusmamalısın zaten. Çatlayana kadar pizza yemeliyiz ve kusmana bir tek bu sebep olmalı. Ben saçlarından tutup kusmana yardım ederken, dalga geçmeliyim seninle. Gülmeliyiz. Saçmasapan şarkılar söylemeliyiz birlikte. Kıvırcık saçlarının arasına bir şeyler sokuşturmalıyım gizlice, sen sonra bulup sinirlenmelisin bana. Sinirlenme sebebin telefonumda gördüğün bir kız ismi ya da sınıftan çıkarken yan yana yürüdüğüm bir kız olmamalı. Mesela böyle pijamalarımızla çocuk parkına gelip eşek kadar boyumuza bakmadan salıncağa binip o salıncağı koparmalıyız. Buradan kalkıp yine pijamalarımızla bir kütüphaneye gitmeliyiz ve oradan kovulana kadar saçmasapan konuşup gülmeliyiz. Ama gülmeliyiz... Suratlarımız kızarana kadar gülmeliyiz... Ağlatmamalıyım seni. Ağlamayı sevmemelisin. Diğerlerinin sana öğrettiği gibi... Gelecekte çok daha tutkulu şeyler yaşayacaksın zaten. Ya da daha acı şeyler... Ama şimdi sırası değil. Biz... Eğlenmeliyiz. Dışarıdan bakanlar kaçık bunlar demeli. Bana dedikleri gibi... Eğer bir gün sadece bana değil, ikimize derlerse, işte o zaman gerçek bir çift olacağız. Seni kıskanınca değil... Ya da ben seni kıskanınca değil... Öyle işte... Bazen," dedi Oğuz kafasını kıza doğru çevirip. "Bazen yeriyse... Öpmeliyiz birbi-" Lafını bitirmesine izin vermeden, yeri olup olmamasını umursamadan öptü kız onu dudaklarından. Oğuz, birkaç saniye İrem'e gözlerini kırpıştırarak baktı, sonra yine ölü Ali Rıza Bey taklidi yaptı. Kız güldü. O güldü. Sonra o da öptü kızı. Sonra ikisi de ölü taklidi yaptılar. Yine güleceklerdi ki, fırsat kalmadan olayları hep yanlış anlayan birinin sesi duyuldu parkın yanındaki demirlerden. Oğuz'un annesinin.

"Ay yetişin komşular, oğlumla gelinim bayılmış!"

***

Tuna, mutfakta kahve yapmak için ısıttığı suyu fincanına boşaltırken, banyodan büyükannesinin kendisine seslendiğini duydu. Yemeğin altını kıs diye bağırıyordu yaşlı kadın. Hemen, büyükannesinin dediğini yapıp ocağın altını kıstı ve aynı anda tencerenin kapağını açtı ne piştiğine bakmak için. Etli türlü yemeği vardı tencerenin içinde. Gözlerini kısıp, "Affet bizi sevgili kuzu. Bir daha dünyaya geldiğinde seni kesenleri, sen de kesebilirsin. İzin veriyorum. Nasılsa aynı hesap... Tamam, mı?" deyip yerine yerleştirdi kapağı. Sonra hemen tekrar açtı. "Şaka yaptım. Yapma öyle bir şey."

Kahvesini alıp oturma odasına geldi ve en sevdiği köşeye geçti. Fincanını küçük sehpaya bırakıp, kitabına uzandığı an kapının zilini duydu. "Eğer yine o küçük patates kafaysa, onu bu defa sineklikle öldüreceğim," dedi ve kitabı geri bırakıp kapıyı açmaya gitti.

Yaprak olduğundan emindi, o yüzden kapı dürbününden bakmadan direkt açtı kapıyı. Kendini Yaprak'a sayacağı şeylere hazırlamıştı ki, kapıda başka bir kızı görünce hepsini tek tek yutmak zorunda kaldı. "Selam!" diye inletti apartmanı tiz bir ses. Tuna kapıyı gelen kişinin yüzüne kapattı cevap dahi vermeden.

Çünkü az önce abartılı bir şekilde ona selam diye bağıran kız, iki yıl önce ayrıldığı sevgilisi Gökçe'ydi. Babasının ortağının kızı... O an İstanbul'da olması gereken kız... Her gördüğünde sinirden delirdiği kız... Tek pişmanlığı...

Derin bir nefes alıp, yanıldığını umarak kapıyı geri açtı. Elini beline atmış, kaşlarını çatarak duruyordu aynı görüntü. "Lütfen," dedi Tuna. "Lütfen sadece teknolojinin fazla geliştiğini ve buradaki görüntünün sadece bir hologram olduğunu söyle. Yoksa pahalı ama zevksiz leş parfümüne karşı korunmak için apartmanda üstün hal ilan ettirmem ve gaz maskelerine erişimlerini sağlamam gerekecek."

"Tanrım, hâlâ aynı Tuna!" deyip kapıdan içeri bir adım attı Kız. Ona engel olmak için, aynı anda kapıyı örttü Tuna. "Nereye giriyorsun bakalım sen?" dedi dişlerini sıkarak. Kız ise çoktan kapı ile kiriş arasına kendini yerleştirmişti bile. Başını, kapıdan içeri doğru sokup "O kadar yol geldim, içeri almayacak mısın beni?" diye sordu. Kapıyı ikisi de son güçleriyle ittirdiği için, saniyeler içinde yüzleri kıpkırmızı olmuştu. "Kapımı taciz etmeyi bırakır mısın acaba?!"

"İçeri-" Biraz daha ittirdi kapıyı. "Gireyim..." Çantasının sapındaki parmaklarını gevşetip, yere düşmesini sağladı ve içeri daldırdığı ayağıyla çantaya vurup içeri fırlattı. "Bak sana bir şey..." derken bedeninin büyük bir kısmını içeri sokmuştu. "Şu gey çocuğun davasıyla ilgili..."

Dava lafını duyunca, kapıyı ittirmeyi bıraktı Tuna. O an, içeri girmek için insanüstü bir çaba harcayan kız, paldır küldür içeri yuvarlandı. "Ne oldu davaya?" diye sordu Tuna, kızın düşmesini umursamadan. "Şşş, sosyetik külkedisi..." deyip ayağıyla dürttü tam önündeki kızı. "Sana soruyorum!"

"Ay bir dur be," dedi Gökçe ayağa kalkmaya çalışırken. Giydiği gösterişli elbisesi ile bunu yapması güçtü. Ancak birkaç dakikalık debelenmenin ardından kalkabilmişti ayağa. "Salon nerede" diye sordu üzerini silkelerken. Tuna'nın sinirlenip cevap vermeyeceğini bildiği için, kendi sorusunu kendi yanıtlayıp, "Ben bulurum nasılsa," dedi ve koridorda yüksek topuklu ayakkabılarıyla ilerlemeye başladı.

Önce yanlışlıkla Tuna'nın büyükannesinin odasına girse de, ikinci de salonu tutturdu ve üzerindeki elbiseye aldırmadan en yakın kanepeye kendini bıraktı. "Tuna, burası ne kadar acayip!" dedi her zamanki coşkusuyla. "Mobilyalar falan... Eski bir film setindeymiş hissi uyandırıyor!"

Tuna, kızın peşinden salona girerken yüzüne her zamanki küçümseyen ifadesini yerleştirdi. "Seninle muhabbet edemeyecek kadar fazla nefret ediyorum senden. Davaya ne oldu?" Birkaç adım atıp, kızın karşısına dikildi. "Özet geç." Kız, Tuna'ya birkaç saniye dik dik baktıktan sonra bileğinden tutup yanına çekti onu. "Dur be, iki dakika... İnsan bir hal hatır sorar değil mi?"

Tuna, kendini zorla kızın uzağına attı kanepede. "Gökçe," dedi sinirle. "hobilerim arasında senden nefret etmek var. Bunu sana defalarca söyledim. Hâlâ söylüyorum. Seninle değil muhabbet etmek, aynı ekolojik sistem içinde bile bulunmak istemiyorum ben. Bunun için gerekirse boyut değiştirebilirim. O derece... O yüzden benimle oyun oynama. Ne söyleyeceksen söyle ve git. Yoksa seni atomlarına ayırıp, herhangi bir ilkokuldaki fen dersine bağışlarım deney için."

Ellerini göğsünde birleştirip, sırtını geriye yasladı kız. "Ben İstanbul'dan sırf sana bu haberi vermek için geleyim, senin şu yaptıklarına bak..." diye söylenerek.

"Drama kraliçesi, yine kendini araya sokacak bir yer buldu yani... Tebrik ediyorum. Ama gelmek yerine arayabilirdin değil mi? Ah... Ama pardon, IQ seviyen ile ayak numaranın aynı olduğunu unutmuşum. Akıl edememişsindir sen bunu. Gerçi ateşle haber vermeye kalkıp, İstanbul'u ateşe vermediğine şükretmeli."

"Çok biliyorsun sen... Telefonlarımı ne zamandan beri açar oldun da arayarak söylememi bekliyorsun?"

"Doğru... Senin için radyasyon aldığıma değmez diyerek iki yıl önce bırakmıştım aramalarına cevap vermeyi. Ama yine de bu, alakanın olmadığı bir konuda bana haber vermek için kilometrelerce yol gelmeni açıklamaz."

"Alakam mı yok?" diye sordu kız gözlerini kocaman açarak. "Alakam..." dedi Tuna'ya doğru yaklaşıp. "bal gibi de var. Babamı ikna etmesem, Ertuğrul Amca o kadar kolay vazgeçmezdi davadan!"

"Ne? Babam vaz mı geçti?" Şaşırmıştı Tuna. Hem de fazlasıyla. Ama vücudunu şaşkınlıktan daha çok, sevinç dalgası kaplamıştı aynı anda. "Nasıl oldu?" diye sordu merak eden gözlerle. "Nasıl vazgeçti?"

"Ben seni sırf o olay yüzünden buraya sürdüğünü duyunca biraz delirdim. Sen gittiğinden beri babama dil döküyorum, senin haklı olduğunu falan anlatıyorum..." Biraz daha yaklaştı onu ilk kez ilgiyle dinleyen Tuna'ya doğru. "Ertuğrul Amca da o gey çocukla konuşmuş zaten senden sonra, biraz yumuşamış. Ben de babamın beynini yıkayınca, bir gece bizdeyken konu açıldı. Ben bir yandan, babam bir yandan, annen bir yandan derken vazgeçti davadan. Hatta sıkı dur... Daha bombası geliyor. Çocuğun avukatı da babam olacak! Davada karşıya geçtiler!"

"Ciddi misin sen?" dedi Tuna duyduklarına inanamayarak. "Doğru söylüyorsun değil mi?" Ayağa kalktı heyecandan. Gökçe de ayağa kalktı hemen ve "Evet, ciddiyim!" dedi gururla. "Sayende, çocuğun geleceği kurtuldu. Azıcık da benim sayemde tabii..." dedi kendinden emin bir şekilde.

"Kendini araya sokmasan olmaz zaten çirkin drama kraliçesi..." Tuna güldü sonra. "Çok mutluyum şu an. Cidden..."

"Artık İstanbul'a dönebilirsin yani! Seni götürmeye geldim. Bu akşam gidelim!"

Tuna'nın yüzündeki duygusal ve mutlu ifade, kızın o cümlesiyle yerini klasik Tuna ifadesine bıraktı saniyeler içinde. "Ben hiçbir yere dönmüyorum, ama sen istediğin yere dönmekte özgürsün."

"Tuna bak, abim üniversiteyi burada okuyor, biliyorsun. Burada kalmam hiç de zor değil. Eğer sen gelmezsen, ben seni oraya götürmeye ikna edene kadar burada kalırım. Ne kadar inatçı olduğumu bilirsin, yaparım yani. İstanbul'a dön ve yine benden nefret et. Sorun değil. Benimle gel yeter ki... Hem... Burası sana göre bir yer değil."

"Kapsama alanı dışına doğru alayım seni... Gerçekten, sesindeki o iğrenç ton midemi bulandırıyor. Kedi gibi, ensenden tutup dışarı atabilirim seni; ancak lateks eldiven giymem gerekecek sana dokunurken. O yüzden beni uğraştırma da, kendin çık."

"Ya Tuna," dedi Gökçe çocuksu bir ifadeyle. Kendinden emin tavrı, yerini bu ifadeye bırakmıştı. Dudaklarını aşağı sallandırdı hafifçe. "Ama ben seni seviyorum..."

"Kendime olan özsaygımın yarısı gitti şu an. Lütfen az ötede sev, olur mu? Mümkünse, birkaç bin kilometre ötede." Tuna kızı omuzlarından tutup çevirdi ve ittirmeye başladı. "Akşam uçağına yetiş. İstanbul'a dön ve okuldaki paralı ucubelere, Tuna sizden hâlâ nefret ediyormuş de. Annemlere de, Tuna artık yok, kendini bilimsel çalışmalar için UNESCO'ya bağışlamış de. Hadi..."

"Peki Tuna..." dedi kız Tuna'nın önünde pata pata ilerlerken. Dış kapının önüne gelince, yere düşen çantasını aldı. "Bunu sen istedin. Ben de Gökçe'ysem..." dedi kapıyı açarken. "Ne yapıp edip seni bu dönem bitmeden İstanbul'a gitmeye ikna edeceğim." Dışarı bir adım atıp, ardından kapıyı sertçe çekti ve sesi tüm apartmanda yankılanacak şekilde bağırdı. "Bekle ve gör!"

***

Peki Gökhan. Yarın okul çıkışı...

Gökhan, o gün içinde defalarca yaptığı gibi, yine sarışınının attığı son mesaja baktı. Hafifçe mırıldandı mesajı kendi kendine. Peki Gökhan... Mesaj kutusundan çıkıp, telefonundaki saate baktı. Okula gitmeye cesaret edememişti o gün, öğle saatinden beri kızla buluşacağı parkta oturuyordu. Onunla konuşmayalı, *kokusunu hissetmeyeli, gözlerine yakından bakmayalı tam bir ay olmuştu, onun verdiği bir gerginlik vardı üstünde ve atamıyordu bir türlü. Kıza söyleyeceği şeylerin ağırlığı da vardı tabii.*

"Sen doğru olanı yapıyorsun Gökhan," dedi telefonunu cebine koyarken. "sakın geri adım atma. Kendin için değil, onun için..."

Kalabalık kümeler halinde, öğrencilerin parkın yanından geçtiğini ilk gördüğü an, kalbi bir kez daha sıkıştı. Oturduğu bankta doğruldu. Dikkatini başka yere toplayabilmek için, montunun fermuarıyla oynamaya başladı. Sonra dayanamayıp, sırt çantasını bıraktığı yerden alarak ayağa kalktı. O an, gördü Merve'yi parkın girişinde. Ellerini, önünde birleştirmiş ona doğru bakıyordu. Elindeki çantasını yere düşürdü kızı görünce. Paniklediğini çaktırmamak için, gülerek eliyle gelmesini işaret etti kıza. Hemen eğilip çantasını aldı ve hafifçe silkeleyip çantanın tek kolunu omzuna taktı.

"Merhaba," dedi kız Gökhan'ın yanına yaklaşınca. "Epey oldu, beni görmek istemeyeli."

Merve'nin laf sokmasına aldırmadan, hafifçe tebessüm etti Gökhan, "Merhaba sarışın" diyerek.

"Demek sarışınımdan sarışına terfi ettim. Her geçen gün beni daha da şaşırtıyorsun Gökhan." Merve ilk dakikadan hayal kırıklığına uğramıştı ve bunu belli etmekten çekinmiyordu. Çünkü bir aydır ondan kaçan erkek arkadaşının, onu oraya barışmak için çağırdığını düşünüyordu. Daha doğrusu, öyle temenni ediyordu. "Öyle söyleme," deyip, parmağıyla boş bir salıncağı işaret etti Gökhan. "Geç otur, azıcık konuşalım."

"Konuşalım bakalım..."

Merve boş salıncağa oturup, çantasını kucağına aldı. Başta onun yandaki salıncağa oturdu Gökhan da. Sonra dayanamayıp, yerinden kalkarak kızın tam dizlerinin önünde bağdaş kurdu. "Ne yapıyorsun?" diye sordu Merve, onun hareketlerine anlam veremeyip. "Bilmem, konuşurken yüzünü görmek istedim sadece."

"Gökhan... Dinliyorum."

"Öncelikle... Seni köpek gibi özledim şu bir ayda. Sakın mesajlarına ya da aramalarına cevap vermedim diye başka türlü

düşünme. Sadece, direnmem lazımdı. İçimdeki kırgınlığı ve öfkeyi kontrol edene ve bazı şeyleri... Kafamda kesinleştirene kadar."

"Bana kırgın olduğunu anlıyorum. Öfkeli olduğunu da... Ama inan Batu'yu sana söylemememin tek nedeni, ilişkimizi ve seni düşünmemdi. Yemin ederim ben... Sadece kendim halledebilirim sandım." Çantasının kulplarını sımsıkı tuttu Merve. Yutkundu. Gökhan tanırdı Merve'yi. O hali, ağlamadan önceki beş dakika demekti. Ölmek istedi o an. Dizlerinin üzerinde ayağa kalkıp, elini kızın yanağına uzattı usulca. "Sana öfkeli olduğumu kim söyledi sarışın? Benim öfkem kendimeydi."

"Gökhan... Sence de aptalca bir sebepten-" Elini ağzına bastırdı kız, ağlamamak için. Kendine hâkim olunca, çekti elini ve tamamladı cümlesini. "Gerçekten aptalca bir sebepten bir aydır işkence çektirmiyor musun bize? İlk defa... İlk defa gerçekten beni terk edeceğinden korktum. Daha önce ben ayrılırdım ama ne olursa olsun peşimden geleceğini bilirdim... Burnun sürtsün biraz isterdim. Ama bu defa... Bu defa sen..." Gökhan dayanamayıp ayağa kalktı, kızın başını kolları arasına aldı ve kalbinin nasıl fena çarptığını Merve'nin hissedecek olmasına aldırmadan göğsüne bastırdı. O an, bir aydır bastırdığı gözyaşları akmaya başladı kızın yanaklarından.

"Özür dilerim sarışın. Ama ben sana iyi gelmiyorum. Baksana... Ben ve aptal kıskançlığım seni ne hale getirdiyse, o herifin seni rahatsız ettiğini bile benimle paylaşamadın. Ve şimdi... Karşımda defalarca olduğu gibi ağlıyorsun yine. Ben... Ne yaptım sana böyle? Sadece âşıksın diye asla tahammül edemeyeceğin bir herife tahammül etmek... Zor olmuştur eminim ki."

"Gökhan yapma..." dedi Merve, başı hâlâ onun göğsündeyken. "Bu konuşmanın sonu nereye gidiyor biliyorum."

"Bir gün bunu senin için yaptığımı anlayacaksın sarışın."

"Anlamayacağım," dedi Merve sinirle ve kendini geri çekti. "Anlamayacağım aptal! Bu sen değilsin! Benim tanıdığım Gökhan, ne olursa olsun vazgeçemezdi. Bağırırdı, küfrederdi ya da gider o çocuğu döverdi. Yaptıkları her ne kadar beni delirtse de, o bunları yapardı. Sonra kendini bana affettirmek için deli gibi uğraşır, sonra da başarırdı. Böyle... Böyle sessizce ayrılacak biri değildi!"

Sevdiği kızın ağlaması yeniden şiddetlenince, Gökhan dizlerinin üzerine çöktü pes ederek. Yan tarafta olan çantasına uzanıp, içinden üzerinde minik bir kuş figürü olan kırmızı renkte bir kutu çıkardı. "Bu kutu," dedi ona bakmayan Merve'ye. "Bunu... Sizi birlikte görmeden önce sana almıştım." Biraz daha öne uzattı kutuyu dikkatini çekmek için. "Güzel değil mi?" diye sorunca, yere diktiği gözlerini, kutuya çevirdi kız. Gökhan o an kutuyu ters çevirdi ve altını gösterdi. Neredeyse tamamen çiziklerle kaplıydı alt tarafı. Uzun, derin ve çirkin çizikler... "Sessizce..." dedi hafifçe gülerek. "Sessizce değil. Buradaki çizikleri görüyor musun? Her birini, odamda sinir krizi geçirip her yeri dağıttıktan sonra sakinleşince attım. Ve... Yüzlerce çizik var burada. Eğer seni şimdi özgür bırakmasam... Böyle olacaksın sarışın. Ben... Ben sadece kendi aptallığımın cezasını sensizlikle ödeyeceğim, sen de... Sen de ödülünü bensizlikle alacaksın beni unutunca. Ben... Severken saçmalıyorum. Hep doğru olanın bu olduğunu düşündüm. Yani koruma içgüdüsü gibi... Ama, şu bir ayda anladım ki... Yani..."

Cümlelerini bir türlü toparlayamıyordu Gökhan. Merve de anlayınca bunu "Sonuç," dedi ayağa kalkarak. O da peşinden kalktı hemen. "Sonuç..." dedi kutunun kapağını açıp. Boşta kalan elini göğsünün soluna götürdü, görünmez duygularını sembolik olarak aldı oradan ve kutunun içine koydu. Sonra sımsıkı kapattı kapağı ve kıza uzattı. "Sonuç... Her ne kadar kendime saatlerce küfür edecek olsam da sen yanımdan ayrıldıktan sonra... Her ne kadar seni unutamayacak olsam da... Senin için..." Biraz daha uzattı kutuyu. "Al..."

"Peki," deyip kutuyu aldı Merve. Sinirle çantasına attı. "Bu kutuyu gömeceğim ve asla sana bir daha bana dönme şansı vermeyeceğim Gökhan. Bunu unutma. Bu defa... Sen bitirdin bizi. Ve bu, diğerlerine benzemiyor."

"Öyle yap, tamam..." dedi Gökhan ve çantasını aldı yerden. "Kendine iyi bak sarışın. Bundan sonra kimsenin seni üzmesine izin verme. Tamam mı?" dedi göz kırpıp. Arkasını dönüp parkın çıkışına doğru ilerlemeye başladı. Sakın... Sakın arkana bakma... diyordu kendine. Ama birkaç büyük adımdan sonra dayanamayıp çantasını bıraktı olduğu yere ve arkasını dönüp az öncekinden daha büyük adımlarla geri döndü, hâlâ orada durup gidişini seyreden sarışınına. Tam karşısında durunca, sağlam bir tokat geçirdi kız yüzüne. Gökhan yana düşen suratını gülerek tekrar çevirdi kıza doğru. "Canımı yakamadın yine sarışın," dedi. Diğer yanağına da geçirdi bir tane kız daha da sinirlenip. "İstediğin kadar vur bana," dedi Gökhan başı hâlâ yandayken. Kafasını kaldırdığında kızın yeniden kasılan yüzünü gördü. Kahverengi gözlerinde kıpırdayan gözyaşları, boğazına dolmuş gibi hissedince kızın tekrardan kendisine doğru kalkan kolundan yakalayıp kendine çekti ve sımsıkı sarıldı.

"Bir gün, mutluluğun için bana teşekkür etmek için arayacaksın. Ben de, bu defa kıskanabileceğim en güzel şeyi kıskanacağım. En güzel kıskançlık... Mutluluğun... O gün, bana hak vereceksin."

Merve, kollarında çırpınmaya başladığı an gevşetti kollarını Gökhan ve onun koşup gitmesine izin verdi. "Hoşça kal sarışınım. Bu aptal, kıskanç ama âşık çocuğu unutma..." dediği an saatlerdir tuttuğu gözyaşlarından bir tanesi onu daha da öfkelendirerek yanağından aktı. "Siktir... Ağlamayacaktım." Arkasını döndü bağırarak. "Kafanı sikeyim Gökhan!" Ellerini başının arasına alarak yere çöktü. "Duygularına hâkim olamayan göt herifin tekisin!" dedi kendine. Yumruklarını sıkarak tekrar ayağa kalktı. Öfkesi, o kadar büyüktü ki kendine... Sinirini çıkarmak için arkasını dönüp, az önce Merve'nin oturduğu boş salıncağa bir tekme savurdu. Ama işler onun için yine ters gitti, tekme savurduğu salıncak bir kızın kafasına çarptı ve kızı yere düşürdü. "Oha... O neydi lan?" dedi gözlerini kocaman açarak. Kız düştüğü yerden kalkmayınca şaşkınlığı korkuya dönüştü ve hemen düşen kızın yanına koştu. "İyi misin?" diye sordu başında durup. Kız cevap vermeyince hemen dizlerinin üzerine çöküp kızı omuzlarından tutarak hafifçe sarstı. "Kızım bak katil olmak için fazla aşk acısı çekiyorum şu an, cidden... Aç gözlerini!" dedi panikle. Kızın kafasını kendine yaklaştırdı kanıyor mu diye bakmak için. Tam o sırada, kısa saçlı, temiz yüzlü genç kız açtı gözlerini ve birkaç santim önünde duran yüzün burnunu ısırdı.

Gökhan, kızı bıraktı ve acıyla geriye attı kendini burnunu tutarak. "Kızım psikopat mısın?!"

"Az önce söylediklerinle bir kızı ağlattın. Şimdi de başka bir kızı yaraladın. Asıl sen psikopat mısın? Yoksa ülkemizde fazlasıyla alışagelmiş kadınların derdi klasik bir alfa erkeği misin?"

"Alfa mıyım beta mıyım bilmem ama..." dedi Gökhan sinirle. Elleriyle yerden destek alıp ayağa kalktı. "Şu an seninle uğraşmak, ölmeden önce yapmam gereken iki milyar şey içinde en sonda. İyiysen, sorun yok." Arkasını dönüp az önce çantasını bıraktığı yere doğru yürümeye başladı. Çantasına ulaştığında, onu almak için eğilince birden sırtına zıpladı kız. "Kızım ne yapıyorsun?! İn sırtımdan, aşağı atarım ha!" diye bağırdı Gökhan yine.

"Beni gideceğim yere kadar taşımak zorundasın. Emlakçım bir evde şu an beni bekliyor ve az önce kafama falsolu bir salıncak yedim. Yürüyemiyorum."

"Yürüyemiyorsun ama koşup koşup sırtıma atlayabiliyorsun" derken, kızı sarsacak şekilde vücudunu döndürmeye başladı Gökhan. "İn sırtımdan." Biraz daha sarstı kendini. "Kızım in." Kendi etrafında iyiden iyiye dönüyordu. Ama kız ısrarla kene gibi yapışıyordu sırtına. Onu sırtından indirebilmek için bir süre savaş verdi, ama ne yaparsa yapsın fayda etmedi. "Seni şimdi gidip, aşağıdaki boklu dereye yuvarlayacağım! Bekle sen," deyip, çantasını aldı sinirle ve sırtında kızla parkın dışına doğru hızla yürümeye başladı. Yürürken hissedilmiyordu bile sırtındaki kız aslında. Bir hayli zayıf biriydi... Ama Gökhan o kadar sinirliydi ki, on gram olsa, on ton gelirdi o an ona. Öyle hissediyordu. Bir süre yürüdü öyle. Kız ne derse desin, onu dinlemeyip sadece *evine gidecekti. Evlerinin önüne gelince mecburen inerdi nasılsa, öyle düşünüyordu. Eve yaklaştığını belli eden son köşeden de dönünce Gökhan, "Nereden biliyorsun gideceğim yeri," diye sordu kız şaşırarak. Boş bulunup durdu ve kaşlarını çatarak "Ha?" diye sordu Gökhan. "Ne nerden bilmesi?"*

"Emlakçının bana göstereceği ev... Şu yolun sonundaki."

"Yolun... Sonundaki?"

"Mavi apartmanın çatı katına talibim de..."

"Mavi apartman mı?"

"Evet. Niye şaşırdın bu kadar?" diye sorarken kız, Gökhan boş bir anına getirip, silkeledi kendini ve kızı yere düşürdü. "Yok canım. Ne şaşırması... Altı üstü üst katım," dedi. "Ve şimdi sırf sen taşınma diye apartmanı ateşe vermeye gidiyorum. İyi günler..."

Barış ve Ali'nin üst üste bana kalplerini açmalarının ve kafamın içindekilerini bir tayfun gibi darmaduman etmelerinin ardından bir ay geçti. Ali ile çocukların yanında konuşmamızın dışında neredeyse hiç konuşmadık. Bizimkiler evden ayrılırken onlarla çıkıyor, onlarla eve geri giriyordum. Ali de onların yanında çaktırmıyordu ama bir anlığına bile gitseler yanımızdan, hemen gözlerimin takılmayacağı yerlere kaçıyordu, söz verdiği gibi. Barış... O zaten kayıptı. Sağlık raporu almış torpille, gelmiyordu okula. Sözde üniversite sınavı için ama... Aması vardı işte. Bir benim bir onun bildiği... O bir ay, ikisi de beni kafamdaki kaosun ortasında yapayalnız bırakmışlardı yani.

Her gece, dokuz demeden yatağa yatmak, avizeye içimi dökmek, ne hissettiğimi çözmeye çalışırken delirme aşamasına gelmek ve soluğu her ne kadar beni görünce delirse de Tuna'nın yanında almak son bir ayımın gece ritüeli gibi bir hale gelmişti.

Öyle gecelerin birinde, Tuna, sürekli ondan benim yerime duygularımı çözmesini istemem üzerine dayanamayıp olaya müdahale etmiş, bir not defteri tutuşturmuştu elime. Ödevim, basitti. Defteri ortadan ikiye ayıracaktım. Yarısı Ali, yarısı Barış için... Sonra hangisi aklıma gelirse onun bölümüne çarpı atacaktım. Eğer güzel bir şekilde aklıma geldiyse kırmızı, aklıma gelince beni sinirlendirdilerse siyahla ya da o ikisinden birini başka bir kızla düşünüp kıskanıyorsam ise maviyle... Bir hafta falan yaptım bu dediğini. Sonra ödev kontrolü bahanesiyle akşam soluğu yine yanında aldım kızıl akıl hocamın.

Tunaların ziline bastığımda, kapının açılmasını beklemeden

elimdeki not defterimi yüzüme siper ettim, yüzümü görmezse daha az sinirlenir diye düşündüm. Kapı, beklediğim gibi hemen açıldı. "Bil bakalım ben kimim Tuna!" dedim not defterinin altından pişkin pişkin. "Cevap veriyorum, Ali Rıza Binboğa," dedi alaycı bir ses tonuyla. "Geç içeri geri zekâlı," deyip yüzüme tuttuğum not defterini yüzümden çekti. "Sadece burnun kapanıyor ayrıca. Sinir bozucu yüzünü tamamen gizlemek istersen beton falan döktürmen gerekiyor."

"Aaa, öyle mi?" diye sordum çocuksu bir ifadeyle. Ayağımdaki terlikleri çıkarıp, içeri geçtim hemen. "Ben hep yiyorum bu haltı. Küçükken saklambaç falan oynarken hep popom açıkta kalırdı mesela. Halbuki ben Harry Potter'ın pelerinini giymişçesine, kimsenin beni görmediğine inanarak saklanırdım. Sonra sobe..."

"Seni hayat doğarken sobelemiş." Burnunu hafifçe yukarı kaldırdı kibirle. Koordinatları bekleyen bir pilot edasıyla nereye geçeceğimi söylemesini beklerken "Balkon," dedi sinirle. Elimle asker selamı verip, uygun adım balkona ilerledim.

Balkona ulaşınca, birkaç numara büyük balkon terliğini ayağıma geçirip ayaklarını yere sürterek küçük masanın yanındaki sandalyelerden birine çöktüm. Tuna da hemen peşimden gelmişti. Her zaman yaptığı gibi sandalyesini benden uzak bir köşeye çekip, bacak bacak üstüne attı. "Yeni mi başladın buna?" dedim elindeki kitabı işaret edip. "Ne kadar çok kitap okuyorsun. Çok imreniyorum sana kızıl kitap kurdu."

"Keşke sen de biraz okusaydın, belki beynine giden yollardaki tıkanıklığa iyi gelebilirdi." Elindeki kitabın ayracını kaldığı sayfaya yerleştirerek kitabı masaya bıraktı ve geriye yaslandı. "Bu haftaki ödevini yapmış gibi görünüyorsun. Göster bakalım." Elini not defterini vermem için bana doğru uzattı. Not defterini hemen avucuna bıraktım. "Bakalım bakalım..." dedi ve defteri incelemeye başladı sınav kâğıtlarını okuyan bir öğretmen edasıyla. Bir süre iki tarafa da attığım çarpılara baktı kaşları çatık bir şekilde. Sabırsızlanarak "Sonuç ne sence?" diye sordum bir türlü bir şey söylemeyince. Benim soruma sinirlenip defterin kapağını sertçe kapattı ve masaya fırlattı. "Sonuç ne mi? Sonuç senin tam bir umutsuz vaka olman! Bu ne biçim bir defter be? İkisine de aynı sayıda aynı renkte çarpı atmışsın. Ben sana dürüst ol kendine demedim mi?"

"Ama kızıl... Çok zor benim için," dedim başımı öne eğerek. "Yani aklıma geldiklerinde neden geldiklerini kestirmek... Mesela aklıma Ali gelince üzülüyorum. Ama bu hem arkadaşlığımız için olabilir hem de... Yani bilmiyorum. Anlamıyorum. Çözemiyorum. Ne yaparsam yapayım olmuyor. İçimde bir fırtınanın koptuğu kesin ama... Ama o fırtınayı kimin kopardığı meçhul."

"Fırtınayı kim kopardı bilmiyorum ama senin kafanı bir gün ben koparacağım çirkin şey."

"Ya Tuna..." dedim artık alıştığım iğnelemelerini takmayarak. "Gerçekten ben çok mutsuzum."

Ben böyle deyince dayanamayıp biraz yaklaştırdı sandalyesini bana doğru. "Aptalların doğasında mutlu olmak vardır. Kendine gel aptal kız!" dedi. Kafamı kaldırıp, "Hayatımda duyduğum en vasat teselliyi verdiğin için tebrikler," dedim. Omuz silkip "Çok bile sana. Bir aydır gelip Edward ile Jacob arasında kalmış ortaokul çocuğu gibi taraf seçmeye çalışıyorsun ve bu sürece beni dahil ediyorsun. Hayır anlamadığım, sen birini seçtikten sonra diğerini bana mı yapacaksın? Neden bu işkenceyi ben çekiyorum? "

"Birini seçmeye çalışmıyorum!" diye bağırdım panikle. Ellerimi, hafta sonu mangal meraklısı çılgın bir babanın, mangalın başında etleri kızartmak için yel yaptığı gibi hızla sallamaya başladım. "Ben sadece içimdeki şeyleri dışarı çıkarıp, o ikisine kesin bir şeyler söyleyip, böylece o ikisinin de hayatımda..." Yutkundum. "O kitabın konusu neydi ya? Güzel mi? Güzelse ben okuyayım," dedim. Evet, eğer dünyanın en saçma konu değiştirme çabası ödülü diye bir şey olsaydı, kesinlikle şimdi birileri çıkıp o ödülü ellerime bırakmış olurdu. "Yaprak gerçekten," dedi Tuna gözlerini kısıp. Ellerini tekrar göğsünde birleştirdi ve geriye yaslandı. "Şu yaşıma kadar tek bir kez dahi küfür etmedim. Ama eğer bir gün edersem, kesinlikle ilk sana edeceğim."

"Söz, o gün ben de sana eşlik edeceğim kendime küfrederek. Yeter ki bana son bir kez yardım et... Beni kendi halime bırakırsan ben gidip aşkı Google'da arayacağım sadece. Cidden..."

"Eminim onu bile yapmışsındır," dedi gözlerini devirip. Cevap vermeyince kaşlarını çatarak tekrar bana döndü. "Yaptın mı yoksa gerçekten?"

"Yani birkaç kez..."

"Eros... Aşk tanrısı... Bu kızı neresinden vurdun sen?" dedi alay ederek. "Beni dinle. Bu da son iyiliğim sana... Ne yaparsam yapayım, ne dersem diyeyim bir halt anlamıyorsun çünkü." Sandalyesiyle iyice yaklaştı yanıma. "Kapat gözlerini."

"Düşünsene," dedim gözlerimi kapatırken. "Öpermişsin birden."

"Öyle bir şey yaparsam emin ol, dudaklarımı ipe takar, kışlık biberlerle birlikte kuruturum."

"Komikti," dedim kıkırdayarak. Böyle lafları artık canımı sıkmıyor, aksine komik geliyordu. "Şimdi, beynini tamamen boşalt... Gerçi dolu olduğunu sanmıyorum da..."

Gözlerimden tekini açıp, "Aşk olsun kızılın en kırıcı tonu," dedim ve tekrar kapadım. Beni takmayarak devam etti. "Sınıftan birini seç. Birazdan onun bedenine gireceksin..."

"Pardon?" dedim yine gözümü açıp. Parmağını neredeyse gözüme sokuyordu "Kes sesini!" diye gürlemeden önce. Gerisin geri, kapadım gözlerimi "Tamam be aman!" diyerek. Sakinleşince, devam etti yine aynı ses tonuyla. "Birini seç. Herkesi en iyi gözlemleyeceğini düşündüğün... En arka sırada oturan sessiz bir kız var ya, o olabilir mesela."

"Meliha..."

"Tamam. Osun sen... Şimdi onun bedenine girdiğini hayal et ve sınıfın en arkasına geç. Ali sadece arada bir günaydın dediğin bir sınıf arkadaşın... Tamam mı? Şimdi Ali'ye onun gözünden bak. O senin on iki yıldır tanıdığın Ali değil... Kitabından kafanı kaldırdığın an sana bakıp gülümsediğini fark ediyorsun. Sonra çık sınıftan. Üst kata, kızlar tuvaletine... Merdivenlerin başında bir çocuk gördün. O, sana hayatta daha önce hiç yaşamadığın şeyleri yaşatan, sırık oğlan değil. O sadece, üst devrelerden bir çocuk. Yanlarından geçerken gözleriniz takılıyor birbirinize..."

Tuna'nın anlattıklarını tek tek canlandırdım kafamda. Yapmak istediğini belki de ilk kez bu kadar net anlıyordum. Hislerimin üstlerine örttüğüm topraklardan başkası olarak kurtulmamı sağlayıp, en saf duygularımı çıkarmak istiyordu. Anlattıkları zihnimde ve kalbimde harekete geçtiğinde, işler dayanılmaz hal alınca derin bir nefes alıp açtım gözlerimi. "Kim?" diye sordu heyecanla. "Kimi düşünürken nefes alamayacağını düşündün?"

"Kimseyi" diye bir yalan uydurdum hemen. "Kimse." Ayağa kalktım. Az önce hissettiklerimin ağırlığıyla paniklemiştim. "Gitsem iyi olacak, iyi geceler!" dedim balkonun kapısının kolunu kavrarken. "Daha ne kadar kaçacaksın?" sorusu ise, kapının kolunu bıraktıran doğru soruydu. "Daha ne kadar?"

Tuna'ya dönük değilken, kendimi birkaç saniye içinde toparlamaya çalıştım. Yalandan bir gülümseme yerleştirdim muhtemelen bembeyaz kesilmiş suratıma ve ona doğru döndüm. "Neden kaçıyormuşum?" diye sordum, çaktırmayarak.

"Kanatları çıktı en uçamayanın," diye tekrar etti son birkaç aydır sık sık dediği gibi. "Ama bu defa kanatları çıkan sen değilsin, kalbin. Uçtu, uçacak sevgili patates kafa. Uçmadan kabul etsen iyi olur, yoksa çok geç olabilir."

Tuna'ya cevap vermeden, koşarak çıktım balkondan ve aynı hızla eve gittim. Kendimi odama kilitleyip, yatağa atladım ve sanırım bir aydır ara ara yaptığım gibi hıçkıra hıçkıra ağladım. Ben, hislerime hazır değildim çünkü. O... O his bana... Fazla büyüktü.

Yağmurlu bir hafta sonu sabahı, o pek sevdiği parkta oturmak için çıktı evden Ali. Yaşadığı şehre pek yağmur yağmazdı. Ama son birkaç haftadır, sanki o yağmurlu geceyi hatırlatmak ister gibi, normalden daha fazla yağıyordu. Her yağmur yağışında, "Ben zaten fazlasıyla hatırlıyorum" diyordu içinden. Öyleydi de. Ama yine de, o geceyi tekrar tekrar yaşamak için her yağmur yağdığında bu fırsatı değerlendirip yine o banka giderdi. Önce köşedeki büfeye uğrayıp bir paket sigara aldıktan sonra tabii...

"Parliament," dedi büfedeki adama. Adam sigara paketini uzatınca, o da aynı anda parayı uzattı. Paranın üstünü beklemeden, paketi açıp bir dal sigara yerleştirdi dudaklarına ve cebinden çıkardığı çakmağıyla tutuşturdu. Paketi cebine attı ve montunun kapüşonunu kafasına geçirdi. Yağmurdan etkilenmemesi için henüz bir nefes çektiği sigarasına avuçlarını siper edip para üstünü almadan arkasını döndü, adam para üstünü uzattığı an. "Kalsın Hasan Abi" dedi sigarası dudaklarının arasındayken. "İyi günler."

Kafasını kaldırıp, bir adım atmıştı ki şemsiyeli bir kız gördü bir adım önünde. "Pardon," dedi geriye çekilip. O anda şemsiyesini hafifçe yukarıya kaldırdı kız. Bade'ydi. "Seni gideceğin yere kadar bırakayım mı?" dedi şemsiyesini hafifçe sallayarak. "Geçiyordum da... Şemsiyesiz bir buz prens gördüm. Erimesin dedim..."

"Teşekkür ederim, ama yağmurla aram fazlasıyla iyi" diye cevap verdi Ali. "Görüşürüz."

Bu defa yan tarafa bir adım attı ve ilerlemeye başladı. Kız

da peşinden yürüdü. "Cidden tüm iyi niyetimle söyledim onları. Yağmur çok şiddetli, hasta olursun," dedi adımlarını hızlandırıp. Tam Ali'nin yanına gelince, "Cidden" diye yineledi. "Teşekkür ederim, ama iyiyim ben," diye yanıt verdi Ali yine, kendinden ödün vermeyen bir tavırla. "O zaman yanında yürüyeyim yolun sonuna kadar, olur mu?"

"İstediğin yerde yürümekte özgürsün tabii," dedi Ali sigarasını dikkatli bir şekilde ağzına götürürken. Ama o, çoktan yağmur yüzünden sönmüştü bile. "Bak!" diye bağırdı kız. "Gördün mü? Şemsiyemin altına girseydin böyle bir şey olmazdı."

"Bade..." dedi Ali gözlerini kısıp. Kız, omuz silkip önüne döndü.

Bir süre yan yana konuşmadan yürüdüler. Bade, günlerdir Ali'ye söylemek istediği şeyi söylemek için fırsat kolluyordu aslında, Ali ise Bade'yi bir an önce atlatıp yalnız kalmayı bekliyordu sadece. Yolun sonuna geldiklerinde, Ali veda etmek için hazırlanırken, "Ben artık senden hoşlanmıyorum," deyiverdi. Ali'nin yüzü şaşırdığı için hafifçe kasıldı ama toparladı hemen. "Peki," dedi ne olduğunu anlayamayan bir ifadeyle. "Senin adına sevindim."

"Şu ana kadar başına açtığım dertlerden dolayı beni affet. Cidden... Öyle olsun istememiştim. Sadece, senin benden hoşlandığını sandığımdan... Yani, senin gibi birinin benden hoşlanıyor olma fikri, iyi gelmişti sanırım. Sonra..." Utandı kız. Başını yere eğdi. "Öyle işte. Artık başına bela olmayacağım. Merak etme." Sonra gülerek kaldırdı başını yerden. "Hem... Sana bir sır vereceğim. Sanırım... Başkasına âşık oldum."

"Efendim?" dedi Ali gülerek. "Tuna!" diye yanıt verdi Bade, heyecanla. "Son bir aydır... Tanrım, deli gibi onu düşünürken buluyorum kendimi. Cidden umutsuz vakayım. Önce kimseye yüz vermeyen buz prens, sonra herkesten nefret eden bir gey... Sırada kim var bilmiyorum. İşim çok zor, ama bu defa önümde en azından zor bir rakip yok. O yüzden," dedi elini yumruk yaparak. "sonuna kadar savaşacağım."

Ali, "Geçenlerde Yaprak ağzından kaçırdı. Sanırım, Tuna gey değil. Neden böyle bir yalan söylüyor bilmiyorum ama, bilerek öyle söylüyormuş herkese," dediği an, Bade mahalleyi ayağa kaldıracak bir çığlık attı. "Ne?! Ciddi misin?!" dedi sevinçle.

"Kulaklarım..." deyip elini kulağına götürdü Ali. "Neyse, sana iyi şanslar. Ne olursa olsun, işin çok zor." Elini yumruk yapıp, Bade'ye uzattı. "Elinden geleni yap" dedi. Bade de gülümsedi ve Ali'nin yumruğuna minik bir yumrukla karşılık verdi. "Sen de... Sen de elinden geleni yap buz prens."

Arkasını dönüp yürümeye başladı kız içi içine sığmazken. İki adımda bir arkasına dönüp bakıyordu. "Gey değilmiş," dedi gülerek kendi kendine. Arkaya baktı sonra tekrardan. Önüne dönerken boştaki elini ağzına götürüp, kıkırdadı. "Resmen gey değil."

Bade, dikkatsizce yürürken, yağan yağmurun kayganlaştırdığı kaldırımda ayağı kaydı ve yere yapıştı. Dizlerinin üzerinde, çamurlu kaldırıma yapışmasının verdiği utanç ve acıyla buruşturdu yüzünü. Sonra, rüzgârın gitgide aşağı uçurduğu şemsiyesine baktı. Dizlerini açıp, poposunun üzerinde kaymaya başladı şemsiyesine doğru. "Ne yapıyorsun sen?" dedi Ali yanına gelip gülerek. "Dur yardım edeyim..." derken, parmağıyla hâlâ umutsuzca uçan şemsiyesini işaret ediyordu kız. O sırada, Ali, Bade'nin kanayan dizini fark etti. Külotlu çorabının diz kısmı paramparça olmuştu. "Kötü düşmüşsün," deyip, kalkmasına yardım etti. Ama Bade, kalkar kalkmaz tekrar düştü yere. "Dizim çok acıyor" dedi ağlamaklı bir sesle. "Yapacak bir şey yok o zaman..." Ali üzerindeki montu çıkarıp Bade'nin başına örttü ve onu kucağına aldı. Kız tam, "Gerek yoktu," demeye hazırlanıyordu ki, susturdu onu.

"Senin evine kadar götürmeye kalksam, bu yağmurda hem sen iliklerine kadar ıslanır hasta olursun, hem de yaran mikrop kapar. Yapacak bir şey yok, bize götüreceğim. Yaranı temizler, sararız. Sonra taksi çağırırım, gidersin eve. Tamam mı?"

Genç kız, yol boyu, utanç ve minnetle gömdü başını Ali'nin omzuna. Aylarca hayalini kurduğu bir sahneydi bu, ama gerçekleştiğinde ona bir şey hissetmiyordu. Bu da hayatın ona oynadığı bir oyundu ona göre. "Biliyor musun, senin lakabının buz prens değil, gamzeli kahraman olması lazım cidden. Arkadaşların haklı... Tam bir süper kahramansın" dedi Ali'nin kollarında gitgide ağırlaştığını hissettiği an. Ali gülümseyip, "Sorma..." dedi alaycı bir tavırla. "Cidden... Senin yaptıklarını yapan centilmenler kalmadı."

"Ben centilmen değilim. Sadece bazı konularda hassas biri olarak yetiştirdi annem beni o kadar."

"Mütevazı olma..."

"Ben iki-üç yaşlarındayken..." dedi apartmanın kapısına ulaştıklarında. Şanslarına açıktı kapı, kolayca içeri girdiler. Merdivenin ilk basamağından çıkarken, devam etti anlatmaya. "Ablam ölmüş. Sanırım o da beş yaşında falandı öldüğünde. Ben pek hatırlamıyorum. Doğduğundan beri hastaymış, beş yıl dayanabilmiş... Annem çok üstüne düşermiş o yüzden. Miş diyorum, ben hatırlamıyorum çünkü. Annemin anlattığı kadar işte..." Kucağındaki kızı hafifçe yukarı kaldırdı düşürmemek için. "Ağır mıyım?" diye sordu kız. Başını salladı Ali usulca, merdivenleri tırmanırken. "Neyse," diyerek devam etti sonra. "O zamanlar aklım pek sarmasa da bir şeye, annemin dediğine göre ablamla çok ilgilenirmişim. Gidip sürekli kontrol eder, öper, suyunu falan götürürmüşüm... Çünkü annem, ablam için 'Onun ilgiye ve sevgiye ihtiyacı var' dermiş hep. O yüzden... Sonra ablam ölünce, annem daha da hassaslaştı kız çocuklarına karşı. Nerde bir kız çocuğu görse, gözleri falan dolar... Kıyamaz hiç. Beni de öyle yetiştirdi. Nerede yardıma ihtiyacı olan küçük bir kız çocuğu görsen, mutlaka yardım elini uzat... Böyle derdi. Hatta hâlâ sık sık öğütlediği bir şey var bana. 'Ne olursa olsun oğlum, kırgın bir kıza, ağlayan bir kıza ve hasta bir kıza yardım et.' O yüzden, belki diğerlerinden biraz daha hassas olabilirim bazı konularda ama..." Kapının önüne gelmişlerdi, o anlatırken. Bade'yi usulca yere bıraktı. "Aslında öyle abartılacak bir şey değil, sadece birkaç durumda fazla duyarlıyım. Ya da çevredekiler fazla duyarsız..."

Anahtarını çıkarıp, kapıyı açtı hızlıca ve tekrar koluna girdi kızın. "Üstüne basabiliyor musun?"

***

İçeri girdiklerinde, hemen dolaptan temiz bir havlu verdi kıza. Üşütmemesi için üzerine de bir hırka örttü. Sonra, dizindeki yarayı temizlemeye başladı kız onu hayranlıkla izlerken. "Kötü yaralanmışsın. Düz yolda düşmeyi nasıl becerdin inan anlamadım."

"Ne bileyim..." dedi Bade dudaklarını toplayıp. "Düşüverdim işte."

Ali yarayı tamamen temizledikten sonra canını yakmamaya özen göstererek sargı beziyle sardı ve küçük bir bant yapıştırdı açılmaması için. "Bitti" dedi sonra.

"Teşekkür ederim Ali."

"Kim olsa yapardım."

"Her zamanki buz prens... Ayrıcalıklı olmadığımı biliyorum merak etme," dedi Bade gülerek. Ali de güldü. "Bu arada, Yaprak'la nasıl gidiyor?"

"Gitmiyor," diye cevap verdi Ali iç çekerek. Bade, Ali'nin yüzündeki hüznü görünce, bir kez daha hissetti Ali'nin Yaprak'a karşı olan güçlü aşkını. "Severken abartanlardansın değil mi?" diye sordu çocuksu bir tebessümle.

"Yıldız kayarken, tek dilek hakkımı onun da penceresinden görünsün diye harcıyorum her defasında. Sanırım... Evet."

"Tanrım... Nasıl güzel bir aşktır bu," diye mırıldandı kendi kendine. Sonra yanlış bir şey söylemiş gibi, dudaklarını ısırdı. "İçimden söyleyecektim," dedi gülerek. "Cidden... Yaprak'a olan aşkını azıcık hisseden birisi, sana âşık olmaya utanır." Cevap veremedi Ali. Sadece başını hafifçe önüne eğdi ve gülümsedi. "Ama bir şeyi cidden merak ediyorum. Şimdiden bu kadar uzun yıllar sevdin... İleride bir gün sıkılmayacak mısın? Ya da azalmayacak mı aşkın?"

"Âşık olmak sakız çiğnemeye benziyor aslında. Önünde sınırsız sayıda sakız var ve istediğin kadar alıp çiğneyebilirsin. Çocukken bir tane, lisede bir tane, üniversitede bir... Orta yaşta... Yaşlılıkta... Ortalama bir insan ömründe, bu evrelerde defalarca âşık oluyor birilerine. Sonra o sakızdan sıkılıp ya atıyorlar, ya da yutuyorlar. Yutarlarsa aşk, sevgiye dönüşüyor. Ta ki vücuttan atılana kadar... Atarlarsa ise ayrılmış oluyorlar. Ben, çocukken bir kez attım ağzıma bir sakız. Sonra her evrede, bir diğerini çıkarmadan aynı sakızdan sokuşturdum ağzıma. Bütün haklarımı Yaprak'ta kullandım ve yine gelecekteki haklarımı da onun için harcayacağım. Bir süre sonra çiğneyemeyeceğim büyüklüğe erişince yutacağım o kocaman sakızı. Tam şurama," dedi eliyle göğsünün solunu işaret edip. "şurama yapışacak. Ve oradan..." Eliyle, pencereden görünen gökyüzünü gösterdi. "Buhar olup, mor bir bulut olarak göğe ulaşacak. Ve Yaprak ilerde kiminle olursa olsun, o bulut onun üzerinde durup hep koruyacak onu." Ali onu şaşkınlıkla dinleyen kıza gülümsedi. "Yani... Ben öyle istiyorum."

"Cidden... Hayatımda bu kadar güzel seven bir erkeğe rastlamadım ve rastlayacağımı da düşünmüyorum. Tanrım, Yaprak kör mü? Nasıl görmez böyle birini?"

"Söyleme öyle. Kolay değil onun için de..."

Ali'nin gülümsemesi halı desenini izlerken sabit kaldı. Aklına düşmüştü yine Yaprak çünkü. Bade de kendi kendine gülümseyen Ali'yi izliyordu. İçinden, ona bir şeyler hissettiği zaman tek hayalini kurduğu şey geçti o an.

Tek hayali, Ali'yi o güzel gamzelerinden öpmekti. O an ona bir şey hissetmese de, kalbine hayran olduğu adamı, arkadaşça da olsa öpmek istedi tam da oradan. Kızacağını bilse de, o an kendine engel olmadı. Dizlerinin acımasına aldırmadan, sürünerek yanına kadar gitti ve o daha ne olduğunu anlamadan gamzesine bir öpücük kondurdu.

Ali, sadece yutkunabildi. Beklemiyordu bunu. Kız, dudaklarını yanağından çekerken bir şeyler söyleyip kızmak istedi Bade'ye. Ama yapamadı. Çünkü tam o an dış kapının çarpılma sesi duyulmuştu.

Yağmur damlalarının pencereme çarpma sesleriyle uyandım o gece. Yalnızca birkaç saat önce dalmıştım uykuya. Son zamanlarda fazlasıyla huy edinmiştim erkenden yatıp gece yarısı kalkmayı... Annemler uyumuşlardı. Onları uyandırmamak için, sessiz adımlarla balkona çıktım yağmuru hissedebilmek için. Balkondaki terliklerin ıslak olmasına aldırmadan geçirdim ayaklarıma ve balkonun en ucuna kadar ilerledim. Yağmur damlalarının yüzüme çarpışını hissetmek istemiştim sadece.

Kollarımı balkon demirine yaslayıp, çenemi koluma dayadım. Yağmur, o gece demekti. O akşam Tuna'nın söylediklerini düşünmekten yanan beynim, bir de yağmur yüzünden yangın yerine dönmüştü gece gece. Kafamı dağıtmak için, köşedeki saksıya laf attım "N'aber kız, zilli" diyerek. "Bir ara seninle fotosentez parti yapalım. Sen karbondioksiti ayarla ben suyu... Malları hazırlayınca gizli gizli buluşuruz." Gözlerimi kırpıştırdım öylece duran saksıya bakarken. "Delirmiyorum... Delirmiyorum..." derken, yağmur şiddetlenip iyice ıslatmaya başladı yüzümü. Dilimi çıkarıp yağmur suyunun ağzıma dolmasına uğraştım. Birkaç damla dilime konunca panikle içeri çekip, yüzümü ekşittim. "Bulutlar işemiyordur umarım..."

Geriye çekilip, kapıya yasladım sonra. Yağmurun kaldırımlara düşüşü, yine aklıma düşürdü son bir aydır içinde olduğum çıkmazı. Yağmurla gelmişti, yağmurla gitmeliydi... Belki de o yüzden son zamanlarda bu kadar çok yağıyordu. Gözlerimi kapadım. Tuna'nın yaptığı ve benim korktuğum şeyi tekrarladım o akşamdan beri defalarca yaptığım gibi. Başka birinin gözünden, onlara bakmak...

Sonuç aynıydı. Aynı kişi gelince aklıma sıkışıyordu göğsüm.

"Yağmurla geldi, yağmurla gidecek..." dedim sırtımı çekerken kapıdan. "Bugün, içimdeki düğümleri çözeceğim."

Üzerimi giyip, şemsiyemi de alarak dışarı attım kendimi. Saat, on bire geliyordu ben sokağa çıktığımda. Ali'nin uyanık olup olmadığını bilmediğimden anahtarı da almıştım yanıma.

Birkaç ay önceki bıçaklanma olayı yüzünden eskisi kadar korkusuz dolaşamıyordum geceleri. O yüzden, olabildiğince hızlı adımlarla yürüdüm. Yer yer koştum bile hatta...

Ali'nin evinin önüne gelince, kalbim hızla atmaya başladı. Elimi göğsümün üstüne koyup, sakinleşmeye çalıştım. "Sakin ol... Bu gece, kafandaki o aptal düğüm çözülecek," dedim gözlerimi kapatıp. İçimden ufak birkaç dua gönderdim işlerin yolunda gitmesi için. Sonra anahtarı usulca deliğe yerleştirip, çevirdim.

Olabildiğince sessiz hareket ediyordum. Nedensizce... Kapıyı hafif aralık bırakıp, önce uyuyup uyumadığını kontrol etmek istedim Ali'nin. Salonun ışığı açıktı ama, arada öyle uyuyakaldığını bildiğimden, emin olamadım. Parmak uçlarımda salonun kapısının önünde durup, içeri baktım.

İçeride gördüğüm görüntüyle, yüzümdeki gülümseme birden yerle bir oldu. Bade ile Ali halıda bağdaş kurmuş gülerek oturuyorlardı. Şoktan, ne içeri girebiliyor ne de bir ses edebiliyordum. Elimdeki anahtarı sıktım sinirimden. İçimi yine, o anlam veremediğim duygu kapladı saniyeler içinde. Tuna'ya göre kıskançlıktı bu.

Birkaç dakika, gölge olup durdum adeta salon kapısı önünde. Kafamda ne yapacağımı tasarlamaya çalıştım, olmadı. Sessizce gitsem, içimdeki o çirkin duygu duvar örüyordu. İçeri gireyim desem, sanırım gurur denen çirkin duygu barikat kuruyordu... Bedenim bu çatışmayla her an her yöne gidebilecekmiş gibi dururken, bir anda Bade, yanağından öptü Ali'yi. Tam, gamzesinin olduğu yerden... Göğsümün soluna daha önce hissetmediğim bir sancı yapıştı o an. O duygu, az önceki kadar masum bir çirkinlikte değildi. Çok... Acımasızdı. Sanki kocaman elleri olan biri sıkıvermişti kalbimi. Ne yapacağımı bilemeyip, arkamı dönüp çıktım evden koşar adım. Kapıyı yavaş çekmek istedim beni duymasınlar diye, ama elim kolum o kadar birbirine karışmıştı ki, hızla çekiverdim.

Merdivenleri üçer adım atlarken, birkaç kez düştüm. Ama acımadı canım. Ya da hissetmedim...

Kendimi apartmandan dışarı attığım an, daha da şiddetlenen yağmur çarptı yüzüme. Şemsiyemi yukarıda bıraktığım için, montumun şapkasını geçirdim kafama ve tekrar koşmaya başladım.

Nereye gideceğimi bilemeden koştum, koştum, koştum...

Ama ayaklarımın beni götürdüğü yer, belliydi kafamın içindeki pusula için. Her şeyin başladığı yere götürüyordu. O parka... O ağaca...

Ağacın önüne geldiğimde, sırılsıklam ve nefes nefeseydim. Birkaç saniye soluklanıp, kendimi ağacın altına attım güçlükle. Sırtımı ağaca yasladığım an ise, yağmurun ulaşamadığı yüzüm ikinci kez ıslandı. Boynuma doğru akan yaşlar, sinirimi bozacak bir senkron tutturup birbirlerine karışarak akıyorlardı. Neden o kadar yanıyordu canım? Kandırılmış mı hissediyordum kendimi, yoksa sadece kıskançlık mı yapıyordum? Kafamı iki yana salladım. Montumun kollarına sildim yanaklarımı. Ama kolum da ıslaktı ya, işe yaramadı. Kafamı kollarıma gömüp, biraz daha ağladım sonra.

Birkaç dakika sonra, bir el dokundu başıma. Korkuyla sıçradım. "Benim," dedi tanıdık bir ses. "Ne yapıyorsun Yaprak?"

"Hiç..." dedim Ali'ye. "Hava almaya çıktım sadece."

"Bu havada..." dedi eliyle bir yanağımdaki yaşı silerken. "Hem de bu saatte..." dedi diğer yanağımı da silip. "Hem de ağlayarak."

"Ağlamıyorum ben," dedim burnumu çekip. "Sen git. Ben iyiyim... Bade'yi yalnız bırakma evde."

"Yapma..." dedi fısıltıyla. "Hadi kalk, eve bırakayım seni. Hasta olacaksın."

"Ali beni rahat bırak!" diye bağırdım onun sakin tavrına daha fazla dayanamayarak. "Şu an sadece yalnız kalıp geberene kadar... İçimdeki kandırılmış aptal kız ölene kadar, o aptal his geçene kadar ağlamak istiyorum sadece!"

"Yaprak, yapma..." dedi Ali yine. "Gerçekten..."

Benim içimde gitgide birbirine karışan ve bütün vücuduma dağılıp her bir hücremi dağlayan o berbat hisse rağmen, onun sakin tavrı o kadar öfkelendirmişti ki beni... Sinirle ayağa kalktım. "On iki yıl dedin ama bir ay beklemeye dayanamadın bakıyorum da Ali. Gerçekten... Ne kadar aptalmışım. Bu kaz kafamın almadığı, senin saatlerce anlattığın aşkını kabul etmek için bu kadar uğraşmam... Kendimi bu kadar zorlamam... Boşunaymış."

"Yaprak... Yanlış anlıyorsun," dedi Ali. Sakin sakin konuşuyordu ama boynundaki damarlardan kendini sıktığını rahatlıkla anlayabiliyordum.

"Barış haklıymış... Seninki sadece çocukluktan kalma bir takıntı. Biraz aramız açılınca, hemen Bade'ye döndün değil mi? Yoksa epeydir elinin altında mı tutuyordun?"

"Yaprak... Gerçekten gelme üstüme. Sana..." dedi elini sinirden yumruk yaparak. "Sana kırıcı bir şey söylemek istemiyorum. Bu, hayatta en son yapacağım şey. Ama biraz daha gelirsen üstüme... Gerçekten..."

"Ben..." dedim tekrardan ağlamaya başlayıp. "Ben... Bir aydır neler çekiyorum biliyor musun Ali? Kendimle ne kadar savaşıyorum biliyor musun? Ne içindi hepsi? Seni gecenin bir körü başka bir kızla o halde görmek için miydi? Bana saf olduğuna inandırdığın aşkın... Belki de aşk demek yanlıştır, belki de sadece..." dediğim an bana doğru bir adım atıp ağaca yasladı sırtımı ve ağacın gövdesine sağlam bir yumruk geçirdi. Kızaran gözlerini gözlerime dayadı. İlk kez onu, gerçekten öfkeli görüyordum. Kalbim acıyla hızlandı.

"Ben bir aydır ne çekiyorum senin haberin var mı? Ulan ben senin kafan karışmasın diye, tek kelime konuşmuyorum seninle. Sırf sen istemiyorsun diye, gözünün görmeyeceği yerlerde duruyorum hep! Yapma Yaprak... Yapma... Sen gözümün önündeyken, seni özlemekten delirme aşamasına geldim ben. Anlıyor musun? Bazen sen gittiğin halde, köşede oturduğunu görmeye başladım. Sırf senin de uyuyamadığını bildiğimden, bir aydır doğru dürüst uyku girmedi gözüme. Senin canını yaktığımı bildiğimden, tek bir saniye rahat etmedi içim! Yapma Yaprak... Şimdi karşıma geçip, bana böyle şeyler söyleme. Tamam mı? Hele... Hele o herifin içinde geçtiği bir cümleyle, benim sahip olduğum tek güzel şeye... İçimde yıllarca büyüttüğüm aşka dil uzatma. Ayrıca... Bir ay boyunca benden uzak durmak için kaçacak delik arayıp, şu an bir anda bunu yapman... Beni Bade'den kıskanman... Yaprak... Ne olur birkaç saat sonra pişman olacağın şeyler yapma. Umut... Beni öldürür. O yüzden, yarın 'senin arkadaşlığını paylaşamıyorum' gibi bir bahaneye sığınacağın bir şey için, öldürme beni. Ben elimden geleni yapıyorum, sen de yap..."

Yanaklarımdan gözyaşlarım birbirlerinden bağımsız bir şekilde akarken, son kez kuruladı yüzümü. "Ağlamandan nefret ediyorum..." dedi ve arkasını dönüp yürümeye başladı.

Onun gidişini izlerken, daha da arttı öfkem. Benim Ali'm, ben öylece ağlarken bana arkasını dönüp gitmezdi çünkü. "Geri zekâlı Ali!" diye bağırdım öfkeyle. "Ona gidiyorsun değil mi?" Ayakkabımın tekini çıkardım küçükken yaptığım gibi ve ona doğru fırlattım. Oralı bile olmadı. "Aptal Ali!" diye bağırıp diğer ayakkabımı da fırlattım. Ama asla durmuyordu. Sanki... Kaybediyordum onu her adımda. Daha da hızlandı kalbim. Daha da arttı göğsümdeki öfke. "Korkak!" diye bağırdım. "On iki yıl korkaklığın yüzünden bu hale geldik biz. O aşkıyla alay ettiğin Barış bile senden daha cesur çıktı! En azından çıktı karşıma dedi ki-" Durdu o an. Devamını getiremedim cümlemin. Daha sonunu getirmeden pişman olmuştum bile. Korkmuştum da... Arkasını dönüp bana doğru yürümeye başladı Ali. İstemsizce bir adım geri attım. Kalbim, sanrım göğsümü delecekti o bana ulaşamadan... Yaklaştıkça, gözlerindeki öfkeyi ve acıyı daha iyi görebiliyordum. "Özür dilerim..." dedim kendimin bile zor duyacağı bir ses tonuyla. Çıplak ayaklarımla çamura aldırmadan bir adım *daha attım geriye. O an, aramızdaki mesafeyi tamamen kapattı. Ben korkuyla gözlerimi kapattığımda ise, yaptığı şeyle durdu zaman benim için. Güçlü kollarıyla beni kendine çekip dudaklarını dudaklarıma bastırdı...*

Yağmur yağıyordu... Ağlıyordum... Korkuyordum... Ama... Bir yandan da eriyordum usul usul... Sanki yıllardır içimde şişirdiğim bir balon, dudaklarının dudaklarıma değmesiyle patlamış ve usulca yayılıyordu bütün hücrelerime kadar... Çamura saplanmıştı çıplak ayaklarım. Ama sanki boğazıma kadar o çamurun içindeydim... Nefes alamıyor, genzime dolan toprak kokusuna, Ali'nin taze bir bahar çiçeği gibi olan kokusu karıştıkça ölüyordum sanki. Bir koku, nasıl yakabiliyor böyle? Bir kalp, nasıl böyle hızlı atabiliyordu? Yıllardır, yanında olduğum bu adam, nasıl böyle hissettirebiliyordu yalnızca üç saniyede? Neden bu üç saniye bana bu kadar uzun geliyordu? Onun kalbindeki on iki yıl, nasıl sığabiliyordu üç saniyeye? Onun ömründe on iki yıl, benim aptal dünyamda üç saniyeye mi denk geliyordu yoksa? Peki bu uyuşukluk... Neden tüm bedenime, milyonlarca iğne batırıyorlarmış gibi hissettiriyordu o his... Peki neden aynı zamanda her bir iğnenin ucunda dünyanın en yumuşak, kadifesi varmış gibi geliyordu? Aynı anda nasıl hem dünyanın en özgür insanı gibi hissederken, diğer yandan esir düşmüş gibi hissediyordum? Nasıl oluyordu da, korkudan tir tir titrerken, cesaret beynimde zonkluyordu. Üç saniye... Bir üç saniye nasıl aklımı kaçırma noktasına getirebiliyordu beni? Paslı bir üzüm gibi olan, yarı hüzünlü yarı tatlı o hisler nasıl üç saniyede şarap olup sarhoş ediyordu beni? Üç saniye... Sadece üç saniye... Yemin ederim, sadece üç saniye...

Elleri başımın iki yanındaydı. Dudaklarını dudaklarımdan çekerken, "Bir daha asla bana korkak deme" dedi. "Ne olursa olsun... Duygularını, kendine dahi itiraf edemeyen biri olarak, bana bunu demeye hakkın yok Yaprak." Küçük bir öpücük daha kondurdu dudaklarıma, gözyaşlarım yağmur damlalarına karışır-

ken. "Ve sakın, benim yanımda bir daha o çocuğun adını böyle anma. Tamam mı?" Kollarımdan tutup, "Ayağımın üzerine bas, hasta olacaksın," dedi. O an, beynim de dahil, vücudumun her parçası uyuştuğu için, ne bir şey düşünebiliyor ne de bir tepki verebiliyordum. "Ayaklarımın üzerine bas..." diye yineleyince, dediğini yapıp ayaklarının üzerine bastım çamurlu çıplak ayaklarımla.

O beni sımsıkı tutarken, titreyen ellerimden birini, onun göğsünün soluna, diğer elimi de kendi göğsümün soluna yerleştirdim. İkisi de o kadar hızlı atıyordu ki, korkuyla çektim ellerimi hemen. "Aynı atıyorlar değil mi?" diye sordu. Cevap veremedim. Ağlayarak, yüzüne bakabiliyordum sadece. O an, sol elimin işaret parmağını kavradı. Yağmur damlalarının usulca aktığı yüzüne götürdü. Ve gülümsedi... Gülünce çukur olan yanağına dokundurdu parmağımı. "Burası senin..." dedi. Aynı parmağımı, teninden çekmeden, yukarı çekti ve şakaklarına bastırdı. "Burası da..." Sonra, göğsünün soluna indirdi ve göğsüne bastırdı. "Burası da... Ve bunlara asla başkası sahip olamayacak. Sen istediğin sürece sonsuza-"

Cümlesini bitirmesine izin vermeden, az önce hissettiğim şeyi tekrar hissetmek ister gibi ne yaptığımı dahi bilmeden dudaklarımı Ali'nin dudaklarına bastırdım. O an, belimi sımsıkı saran kolları usulca yukarı kaydı. Yanağıma koyduğu eliyle, hafifçe ittirdi başımı. Dudaklarımız ayrıldığında, birbirimizin gözlerine baktık. O an, yemin ederim, yağmurlardan apayrı bir yaş gördüm yanağında. Nefes alış verişi hızlandı. Belli belirsiz bir gülüş yerleştirdi yüzüne. Bir kez daha yerleştirdim ellerimden birini onun, diğerini benim göğsümün soluna... Yine o... Yine aynı his... "Kaç kere daha denersen dene... Yine aynı atacak. Kabul et artık..." dedi titreyen sesiyle. Gözlerimi Ali'nin gözleriyle aynı hizaya getirebilmek için, parmak uçlarımda yukarıya kalktım. Hâlâ aynı uyuşukluktaydı bedenim... Sanki yıllarca içimde hapsettiğim bir kuş, çıkmak için deli gibi kanat çırpıyormuş da, bedenim onun acısıyla kasılıyormuş gibi... Ve Ali'nin dudakları dudaklarıma her değişte kırılıyormuş gibi kilit... Bir kez daha öpmek ve bir kez daha denemek için, dudaklarımı dudaklarına yaklaştırdığım an kendini hafifçe geri çekip, başımı göğsüne bastırdı. "Bir kez daha öpersem seni... Gerçekten ölebilirim," dedi. Başımı, o kadar sıkı kavramıştı ki... Kalp atışları, o kadar hızlıydı ki... Ve her ne kadar güçlü durmaya çalışsa da, o da titriyordu benim gibi... Sanki gerçek olduğumdan emin olmaya çalışırmış gibi, başımı göğsünden kaldırıp bakıyor, sonra tekrar göğsüne bastırıyordu sürekli.

"Az önce, yemin ederim seni burada bırakmayı aklımın ucundan bile geçirmedim. Sadece... Biraz sakinleşmek için zaman kazandırıyordum kendime. Ama... Benim yaramaz kızım, beni daha da öfkelendirdi ve... Özür dilerim. Sadece... Bir an... Barış deyince..."

"Ne zamandan beri biliyordun?" diye sordum başım hâlâ göğsündeyken.

"Neyi Yaprak?"

"Seni... sevdiğimi."

"Bana ayakkabılarını fırlatana kadar bilmiyordum..." dedi. "Küçükken sinirlendiğinde hep böyle yapardın. Kime sinirlenirsen, kafalarına atardın... Bana sinirlendiğinde ise, sadece küserdin. Biliyorum Yaprak. Seni tahmin ettiğinden daha iyi tanıyorum. Sen, arkadaşın olan Ali'ye kıyamazdın. Ama az önce... Arkadaşın olan Ali'ye davrandığın gibi davranmadın." Cevap vermeyip, sadece kafamı iyice gömdüm göğsüne ve güç alabilmek için montunun uçlarından sımsıkı tuttum. O an öyle bir sarıldı ki bana, aşktan kemiklerimi kıracakmış da, kendini zor tutuyormuş gibiydi. "Canını yakmıyorum değil mi?" diye sordu, kollarını hafifçe gevşetip. Cevap vermeyip, burnum göğsüne değerken, başımı iki yana salladım hayır der gibi. Çenesini, başımın üzerine yerleştirdi. Bir eliyle hâlâ beni tutmaya devam ederken, diğer eliyle montunun fermuarını açtı ve montuyla beni sımsıkı sardı.

"On yaşında falanken, teneke kolanın açma halkasını parmağına yüzük diye takmıştın. Ben de çaktırmadan kendi kolamınkini parmağıma takmak istedim. Çocuk aklı işte, güya annemle babamın yüzükleri gibi olacaktı ikimizinki... Benim parmaklar kocamandı tabii seninkinin yanında. Epey zorlamıştım... En sonunda ne yapıp edip sokmuştum parmağıma ama... Amasını hatırlarsın sen de. Parmağıma sıkışmıştı halka, hastaneye götürmüşlerdi çıkarttırmak için. O günden bir iz kaldı yüzük parmağımda. Küçük bir kesik... Sana duyduğum o masum aşktan bir iz... Kader gibi ha? Geçenlerde sigara içerken dikkatimi çekti. Çok hafif belli oluyor hâlâ. O an dedim ki... Eğer bir gün, Yaprak ile o yüzüğün gerçeğini takamazsan, senin ömür boyu taşıyacağın acıdan alyans hazır... Epey, yenilgiye hazırlamıştım kendimi yani. Ama..." Daha da sıktı kollarında hâlâ tir tir titreyen bedenimi. "Benim kızım, bana en güzel sonu yazdı masalımızda. Kendimi, onun başka bir prensin ardından camdan topuklu ayakkabısını düşürmesine hazırlamışken; o spor ayakkabılarını prensinin kafasına fırlatmayı tercih etti. Benim kafama... Kendine yakışır gibi."

Yağmur bizi deli gibi ıslatırken, çıplak ayaklarım onun ayaklarının üzerindeydi hâlâ. Sadece o konuştu ben dinledim bir süre. Sonra o da sustuğunda, ertesi gün ne hissedeceğimi bilmeden... Pişman olup olmayacağımı düşünmeden... Sadece kalbimin sesini dinleyerek konuşmaya başladım. "Ne oldu bilmiyorum. Ne zamandan beri farklı tutuyorum içimde seni anlamıyorum. Ya da, ne zaman fark ettim hatırlamıyorum... Adına aşk dendiğini bile bilmiyordum ben bu duyguların. Benden başkasına gülmeni istemiyorum mesela. Gamzelerini sadece ben göreyim istiyorum. Sadece bana bak istiyorum, sadece beni gör... Sürekli yanında olmak istiyorum. Başka bir kızla görünce seni, deliriyorum. Aptal ben, bunların hepsini dostluğa sığdırmaya çalışmışım. Taşmış kalbimin etrafına, bir de kabuk bağlamış duygular... Ondan girememiş başka kimse yıllardır kalbime. Görememişim de. Aptalım ya azcık, bilemedim Ali. Sana o kadar kızmışken, kendime bunu itiraf etmek de o kadar zordu ki... Hâlâ... Hâlâ zor kabullenmesi. Şu an bile..." Biraz daha konuşursam, cesaretimi kaybedecektim sanki. Bunu anladığım an, cümlelerimi yarım bırakıp başımı kaldırdım ve cesaretimi toplayıp "Seni seviyorum" dedim çekinerek. "Yani galiba..."

Birkaç saniye gözlerime bakıp gülümsedi. "Bunu duymayı kaç yıl bekledim ben..." dedi titreyen sesiyle. "İnan... Bu kadar güzel bir his olduğunu bilseydim bir bu kadar daha seve seve beklerdim." Yutkundu usulca. "Ben de seni... Ben de seni küçük titan. Tahmin ettiğinden... Hissettiğinden... Kat ve kat daha çok hem de." Küçük bir öpücük daha kondurdu dudaklarıma. Gitgide çözülen beynim, o anın duygusallığını ancak iletiyordu sanki yanaklarıma. Yanaklarımın ısındığını hissettim o an. Gitgide, canlanıyordu yüzü. O anın büyüsü yerini utanca bırakınca, ikimiz de aynı anda kaçırdık gözlerimizi. "Ali..." dedim yağmur hâlâ deli gibi yağarken. "Yağmur yağacak galiba... Çamaşırları toplamamız lazım."

"Ama önce onları yıkamamız lazım, değil mi?"

SON.

Şaka şaka…
Devam edecek…
Siz onları özlediğinizde, geri döneceğiz.
Söz. Anakuş sözü.

LÜTFEN BULUTUN İÇİNE, ŞU ANA KADAR YAŞADIĞINIZ BÜTÜN KALP KIRIKLIKLARINI VE ACILARINIZI YAZIN. SONRA DA, BU SAYFAYI KOPARIN VE BU BULUTU KİMSENİN GÖRMEYECEĞİ BİR YERE GÖMÜN. SONRA DA DEYİN Kİ;

"BULUT OL, BULUT OL, BULUT OL..."

Aşağıda, her karakteri temsilen tam 6 adet kupon var. Ve her kuponda, yapmanızı istedikleri bir şey... Lütfen kuponları kesin ve onları birlikte yapmak istediğiniz bir kişiye verin ve eğer o kabul ederse birlikte yazanları deneyin! Bu ailenizden biri, arkadaşınız ya da sevgiliniz olabilir. Karakterleri yanınızda hissedin ve onlarla eğlenin! Onlar, her zaman yanınızdalar. ☺

Ben, Ali'nin kızıyım/oğluyum. Onun gibi, sağlam seviyorum seni. Ve birlikte, gökyüzünü izleyelim istiyorum. Gökyüzümü çalsalar da, birlikte kendi gökyüzümüzü yaratmak... Yağmurda, ıslanmak ve ıslanırken bir masal anlatmak istiyorum sana. Çıplak ayaklarımızla dans edelim istiyorum. Kulağımıza kulaklık takıp, birbirimizin yüzüne, söyleyemediklerimizi haykıralım istiyorum. Ve beni, gör istiyorum... Göreceksin bir gün, değil mi? ♡

Ben Oğuz'un kızıyım/oğluyum. Onun gibi, seninle birlikte çatlayana kadar pizza yemek istiyorum. Pijamalarımızla günün doğuşunu izlemek, bir parka gidip deli gibi oyun oynamak ve sokaklarda bağırarak şarkı söylemek... Ta ki bize 'çatlak bunlar' denilene kadar... Tamam mı? Bence tamam. Çünkü bir meseye kimse hayır diyemez de... ♡

Ben Yaprak'ın kızıyım/oğluyum. Tıpkı onun gibi, seninle birlikte halıda yuvarlanmak, çikolatalı süt komasına girip, 'ne içtik bee' demek istiyorum. İnsanların içinde gidip cansız nesnelerle konuşmak ya da... Mesela "Ne haber kız, bugün çok agresifsin bakıyorum da" diyelim geçiş yasak levhasına. Sonra da, kamyoncu dayı gülüşü yapalım, herkes bize deliymişiz gibi bakarken. Evet demezsen, beddua geliyor biliyorsun... Ha? Ne dersin? ♡

Ben Sinan'ın kızıyım/oğluyum. Onun gibi, gün boyu sokaklarda dolaşarak, duraklardaki yaşlı teyzelere iltifat edelim, herhangi bir çocuk parkında küçük çocuklarla oynayalım istiyorum. Birbirinin aynısı iki çorap alıp, onları insanlarla tanıştırmak... Sonra "azıcık sensene beni ya" diye başımızı birbirimize uzatalım istiyorum. Sonra da, kocamaaaaan sevelim birbirimizi istiyorum. Ya da kocaman sevilelim... Gülelim... Arada depresyonlara girelim... Ama ne olursa olsun hep birlikte olalım istiyorum. Olur mu? Olsun bence. Yoksa depresyona girerim. ♡

Ben Barış'ın kızıyım/oğluyum. Bir iddiaya girmek istiyorum seninle, tıpkı onun gibi. Bence bir oturuşta üç hamburger yiyemezsin. Ya da, üst üste yedi çikolatalı gofret... Ve ya üst üste beş tane üçlük atamazsın potaya. Ne dersin? Girelim mi iddiaya? Ben seninle her şeye varım da... ♡

Ben Gökhan'ın kızıyım/oğluyum. Onun gibi kıskancım biraz. Seni paylaşmak istemiyorum hiç. Seni tuvalet kağıdıyla mumlayalıp, üzerine 'sadece benim' yazmak istiyorum. Yanlışlıkla (!) kendimi sana yapıştırmak istiyorum. Başka biriyle görünce, yanınıza gelip, "senin konuştuğun kişi aslında yok, sen onu kafanda yaratmışsın" deyip çekip almak istiyorum seni onun yanından. Sürekli yanımda ol diye seni küçültüp, çantamda taşımak istiyorum. Şey... Bana kızıp, abartma deme lütfen. Biliyorsun, bunlar hep sevgiden... Seni kıskanmaya devam etsem olur değil mi? ♡